善書坊

注释本

熊召政 著

张居正

卷一 木兰歌

ZHANG JUZHENG
MULANGE

赵望秦 曹循 注

陕西师范大学出版总社

图书代号　WX16N1121

图书在版编目(CIP)数据

张居正：注释本：全4卷/熊召政著.—西安：陕西师范大学出版总社有限公司，2017.7

ISBN 978-7-5613-8630-9

Ⅰ.①张… Ⅱ.①熊… Ⅲ.①长篇小说—中国—当代 Ⅳ.①I247.5

中国版本图书馆CIP数据核字（2016）第225100号

张居正·注释本

熊召政　著

选题策划 /	刘东风　郭永新
责任编辑 /	高　歌　杜莎莎　梁　菲
	张　佩　宋媛媛　谢勇蝶
装帧设计 /	龚心宇
出版发行 /	陕西师范大学出版总社
	（西安市长安南路199号　邮编 710062）
网　　址 /	www.snupg.com
印　　刷 /	山东临沂新华印刷物流集团有限公司
开　　本 /	730mm×1070mm　1/16
印　　张 /	106.5
插　　页 /	16
字　　数 /	1620千
版　　次 /	2017年7月第1版
印　　次 /	2017年7月第1次印刷
书　　号 /	ISBN 978-7-5613-8630-9
定　　价 /	398.00元（全四卷）

读者购书、书店添货或发现印装质量问题，请与本公司营销部联系、调换。
电话：（029）85307864　85303629　传真：（029）85303879

目 录

001 / 第一回
病皇帝早朝生妄症　美贵妃衔恨说娈童

016 / 第二回
述病情太医藏隐曲　定总督首辅出奇招

030 / 第三回
主事钻营买通名妓　管家索贿说动昏官

044 / 第四回
魏侍郎惊听连环计　冯公公潜访学士府

062 / 第五回
姨太太撒泼争马桶　老和尚正色释签文

075 / 第六回
新总督街头奇断案　假老表千里访行辕

089 / 第七回
斗机心阁臣生龃龉　信妖术天子斥忠臣

104 / 第八回
江南大侠精心设局　京城铁嘴播弄玄机

119 / 第九回
密信传来愁心戚戚 死牢会见杀气腾腾

136 / 第十回
王真人逞凶酿血案 张阁老拍案捕钦差

152 / 第十一回
慈宁宫中红颜动怒 文华殿上圣意惊心

167 / 第十二回
太子无心闲房搜隐 贵妃有意洞烛其奸

184 / 第十三回
皇上驾崩阁臣听诏 街前争捕妖道潜踪

197 / 第十四回
访南岳时黜官受窘 极高明处孤鹤来临

211 / 第十五回
李按台坐镇南台寺 邵大侠月夜杀贪官

225 / 第十六回
后妃定计桃僵李代 首辅论政水复山重

238 / 第十七回
怒火中草疏陈五事 浅唱里夏月冷三更

258 / 第十八回
勘陵寝家臣传密札 访高士山人是故知

273 / 第十九回
解偈语秉烛山中夜　敲竹杠先说口头禅

292 / 第二十回
演蛤蟆戏天子罚跪　说舍利珠内相谗言

309 / 第二十一回
众言官吃瓜猜野谜　老座主会揖议除奸

324 / 第二十二回
辗转烹茶乃真名士　指点迷津是假病人

338 / 第二十三回
紫禁城响彻登闻鼓　西暖阁惊听劾奸疏

351 / 第二十四回
东厂豪校计诛妖道　工部老臣怒闯皇门

366 / 第二十五回
哭灵致祭愁壅心室　问禅读帖顿悟天机

379 / 第二十六回
御门宣旨权臣削籍　京南饯宴玉女悲歌

第一回

病皇帝早朝生妄症
美贵妃衔恨说娈童

隆庆①六年闰二月十五日清晨，春寒料峭的北京城仍是一片肃杀。后半夜响了几声春雷，接着扯起漫天丝丝冷雨，天气越发显得寒冷，直冻得狗缩脖子马喷鼻，巡夜的更夫皂隶②一挂清鼻涕揪了还生。却说各处城楼五更③鼓敲过之后，萧瑟冷清一片寡静的京城忽然喧哗起来，喝道声、避轿声、马蹄声、唱喏④声嘈嘈杂杂。通往皇城的各条街衢上，大小各色官轿⑤一乘接一乘匆匆抬过。憋着一泡尿也舍不得离开热炕头的老北京人都知道，这是例朝⑥的日子——不然，这些平日锦衣玉食的章服之侣⑦介胄之臣⑧，决计不肯吃这等苦头。

大内刻漏房⑨报了寅牌⑩，只见皇城午门⑪内东南角的内阁⑫衙门，两扇厚重

---

① 隆庆：明穆宗朱载垕的年号，从公元1567年至1572年，共六年。
② 皂隶：古代衙门里的差役，因其常着皂色即黑色服装而得名。
③ 五更：古人将黄昏至拂晓一夜间，分为甲、乙、丙、丁、戊五段，谓之"五更"，又称五鼓、五夜。
④ 唱喏：达官显贵出行时，随从人员在前面开道吆喝，令行人回避。
⑤ 官轿：四人抬的大轿。明代轿子有官轿与民轿之分，民轿除了婚礼用的花轿外，都是二人抬的小轿。
⑥ 例朝：也称常朝，朝会的一类。明代朝会有大朝、常朝。大朝逢正旦、冬至、万寿圣节（皇帝生日）于皇极殿（今名太和殿）举行。常朝有：朔望朝，逢初一、十五在皇极殿举行；日朝，每日于右顺门（今名熙和门）举行；午朝，每日于左顺门（今名协和门）举行。
⑦ 章服之侣：章服指以纹饰颜色为等级标志的礼服，这里的章服之侣指朝廷的官员。
⑧ 介胄之臣：介胄指铠甲和头盔，介胄之臣指的是穿铠甲和戴头盔的武将。
⑨ 刻漏房：明代内廷的宦官机构，负责用铜壶滴漏计时，奏报时辰。
⑩ 寅牌：即寅时，凌晨三点至五点。
⑪ 午门：紫禁城的正门，位于紫禁城南北轴线上。
⑫ 内阁：起初是明成祖设置的秘书机构，负责顾问兼协理章奏，后来内阁逐渐替皇帝处理国务政事，遂发展成全国最高的权力机构。

的朱漆大门被司阍①缓缓推开。内阁首辅②高拱与次辅张居正从门里走出来。此时熹光初露冻雨才停,悠扬而又威严的钟鼓声在一重重红墙碧瓦间跌宕回响。参加朝见的文武百官在鸿胪寺③官员的带领下已来到皇极殿④外序班站好。

两位阁臣刚出大门,一阵寒风迎面吹来,把高拱一部梳理得整整齐齐的大胡子吹得凌凌乱乱。就因为这部大胡子,再加上性格急躁,臣僚和宫廷中的太监背地里都喊他高胡子。

"都二月了,风还这么刺骨头。"高拱一面整理胡子,一面用他浓重的河南口音说道。

"二月春风似剪刀嘛。"身材颀长器宇凝重的张居正,慢悠悠回答。他也有一部长须,只因用了胡夹,才不至于被风吹乱。

内阁大门出来几十步路,即是会极门⑤。两个腰挂乌木牌的小火者⑥正在擦拭会极门的柱础,见两个辅臣走过来,连忙避到一边垂手恭立。高拱看都不看他们一眼,只顾着和张居正说话:"太岳,今日皇上要廷议⑦广西庆远府僮⑧民造反之事,兵部平常都是由你分管,你准备如何奏对?"张居正说:"广西庆远府山高林密,僮民于此聚居,本来就持械好斗,加之地方官吏无好生之德,盘剥有加。遂激起民变。其首领韦银豹、黄朝猛两人,胆大妄为,率领叛民屡戮天子命官,攻城劫寨,甚嚣尘上,如今已经三年。地方督抚⑨连年请兵请饷,朝廷一一答应调拨,如今已耗去几百万两银子,可是叛民却越剿越多。昨日警报抵京,说是韦银豹又攻陷收复不到半年的荔波县城,把知县的人头挂在城墙上示众。擒贼擒王,要想荡平庆远积寇、地方宁谧⑩,只有一个办法,把韦银豹和黄朝猛这两个贼首捉拿擒杀。"高拱点点头说:"理是这个理,奈何剧贼据

---

① 司阍:皇官的守门人,阍指官门。
② 首辅:明代内阁大学士的首席,又称元辅、首揆等。
③ 鸿胪寺:为明代中央官署之一,主要掌管朝会礼仪及接待外宾等。
④ 皇极殿:本名奉天殿,明永乐十八年(公元1420年)建成,嘉靖四十一年(公元1562年)改名皇极殿,清顺治二年(公元1645年)改称太和殿,是明清两代举行重大朝会的场所。
⑤ 会极门:本名左顺门,明永乐十八年建成,嘉靖四十一年改名会极门,清顺治初年改名协和门。会极门是皇帝午朝的场所,百官奏章也从此门送入内廷,在明代政治生活中有着重要的地位。
⑥ 火者:受阉的仆役。
⑦ 廷议:即廷臣会议,是明代朝廷的议事制度。明代廷议之事均为事关大利害的政事,须下廷臣集议。廷议的具体方式多为按部门以商讨问题的形式进行。
⑧ 僮(zhuàng):壮族的旧称。
⑨ 督抚:是总督和巡抚的合称。明代掌管一省军政的长官为巡抚,掌管二省以上军政的长官为总督。
⑩ 宁谧(mì):指安抚、安定。

险，五万官军剿了三年，自己损兵折将，却没伤着韦银豹一根毫毛。""这是用人不当，"张居正决断地说，"应重新选派两广总督①。"高拱警觉地问："你认为应该选派谁？"张居正答："我还是推荐殷正茂。"高拱的脸色略一阴沉，这位"天字一号"枢臣②，同时兼着吏部尚书，拔擢用人之权，被他牢牢抓在手中。此时他冷冷地说："你已经三次举荐他，我已说过，这个人不能用。"张居正并不计较高拱的粗暴态度，只是感叹道："我真不明白，元辅为何对殷正茂成见如此之深。"高拱说："殷正茂这个人虽有军事才能，但贪鄙成性，起用他，不要说我，皇上也不会同意，朝中大臣更不会支持。"张居正摇摇头。他知道高拱在这一问题上怀有私心。现任两广总督李延是高拱的门人，深得高拱信任。但正是这个李延，心胸狭窄嫉贤妒能容不得人。先是排斥令倭寇蛊贼闻风丧胆的铁胆英雄戚继光，戚继光奉调北上任蓟镇总兵后，另一位抗倭名将俞大猷接替他继续承担剿匪任务，李延又多方掣肘，克扣军饷，弄得俞大猷进退两难。这回韦银豹攻陷荔波县城，李延不但不引咎自责，反而上折子③弹劾俞大猷拖延军务，剿匪不力。朝中大臣，如兵部尚书④杨博、左都御史⑤葛守礼等，都知道俞大猷的冤枉，但高拱一味偏袒李延，他们也无可奈何。张居正私下里征求过杨博和葛守礼的意见，他们都认为李延不撤换，庆远叛贼就绝无剿平之日……

张居正沉思着不再说话，高拱又说："太岳，待会儿见到皇上，不要主动提出更换两广总督一事。不管李延留不留任，反正殷正茂不能接任。再说，内阁没有议决的事，一下子捅到皇上那里，倘若争执起来，叫各位大臣怎么看？"

高拱明是规劝，暗是威胁。张居正苦笑一下答道："你是首辅，凡事还是你说了算。"

---

① 总督：明代官名，全称为总督某处军务兼理粮饷。明代总督初创于正统时，成化以后渐成定制，常设蓟辽、宣大山西、陕西三边、两广和漕运总督。明代总督无品级，以都御史兼兵部侍郎或尚书衔出任，带有中央差遣官的色彩，总管一个大军区的军政事务。
② 枢臣：指宰辅重臣，相当于以前的丞相或宰相。
③ 折子：奏章的俗称。明代各类奏章均用白纸折成本状，故俗称折子或本子。
④ 兵部尚书：明代中央官署之一兵部的正长官，统管全国军事，品级为正二品。
⑤ 左都御史：明代中央专门行使监督职权的机构——都察院的长官。明代都察院设有左都御史、右都御史，品级均为正二品。

说话间，两人走出会极门。由此北上，便是皇极门①前的御道②。忽然，御道上传来喧闹之声，两人循声望去，只见靠近皇极门的御道中间，停着隆庆皇帝的乘舆③。

高拱顿时心下生疑，对张居正说："皇上这时候不在皇极殿中御座，跑来这里做甚？"

张居正也大惑不解。隐隐约约，他看到隆庆皇帝站在乘舆跟前指手画脚，仿佛在发脾气。

"元辅，皇上像是有什么事。"

张居正话音刚落，只见内使抬了两乘小轿飞奔过来，招呼两位阁臣上轿，说是皇上要见他们。

两位阁臣赶到时，只见隆庆皇帝朱载垕正在乘舆边上走来走去。他三十岁时，从父亲嘉靖皇帝④手中接过皇位，改年号为隆庆。朱载垕今年三十六岁，正值盛年，却因酒色过度，未老先衰。这会儿只见他满脸怒气，虽是常朝，身上却穿着大朝时的章服，头上的冠冕都没有戴正，前后对称的綖板⑤歪在一侧，缀吊着的珍珠宝玉一片乱摇。一大群乾清宫⑥的近侍环跪在隆庆皇帝周围，一个个战战兢兢，显得异常紧张。

"皇上！"不等轿子停稳，高拱就跳将下来，疾声喊了一句，走到皇上跟前跪了磕头。张居正跟在他身后，也跪了下去。

"啊，你们来了，来了就好，我要告诉你们，我气死了，气死了，气死了！"隆庆皇帝不停地来回走动，嘴里恨恨不休地唠叨着。雨虽停了，但天尚阴沉，北风一阵赶一阵地刮。两位大臣跪在地上，棉袍子被渍水浸湿，又冷又硬的石板硌得膝盖生疼，寒气也透入骨髓。这滋味很不好受，但皇上没有发话，谁也不敢起来。"皇上，赐两位老先生平身吧。"服侍在侧的乾清宫管事牌子⑦张贵小声提

---

① 皇极门：原名奉天门，是明朝宫殿主体皇极殿的正门。
② 御道：专供帝王车驾通行的道路。
③ 乘舆：特指皇帝和诸侯王所乘坐的车子，秦后成为皇帝用车的专称。
④ 嘉靖皇帝：明朝第十一位皇帝，名朱厚熜，公元1522—1566年在位，年号嘉靖，庙号世宗。
⑤ 綖板：皇帝所戴冕旒冠的顶部叫"綖板"。綖板前圆后方，比喻天圆地方，表示博大之意；綖板涂黑漆，以示庄重。
⑥ 乾清宫：乾清宫既是明代皇帝在紫禁城中处理日常政事的地方，也是明朝十四个皇帝的寝宫。
⑦ 管事牌子：即管事的太监。

惠而不费，劳而不怨，欲而不贪，泰而不骄，威而不猛。"子张曰："何谓惠而不费？"子曰："因民之所利而利之，斯不亦惠而不费乎？择可劳而劳之，又谁怨？……

"好了好了。"陈皇后放下书，一把搂过朱翊钧，称赞说，"这么深的学问书儿，你都背得滚瓜烂熟的，长大了怕不要当个状元郎。"

"不，母后，状元郎由我来点，我想叫谁当，谁就当！"

朱翊钧说这话时，眼睛睁得大大的，虽然是个孩子，但露出一副天潢贵胄①的气派。

陈皇后一愣，随即明白了过来，自嘲地笑道："哎呀，看我糊涂的，我的儿是当今太子，将来要当万岁爷的。状元郎学问再好，也只是你手下一个办事儿的，是不是，钧儿？"

朱翊钧点点头。

"太子爷，早安！"

忽地门外一声喊，循声望去，只见陈皇后跟前的一名近侍提着个鸟笼子站在门口。方才的话，并不是近侍说的，而是笼子里那只羽毛纯白的鹦鹉叫出来的。

这名近侍也只有十五六岁年纪，叫孙海，专管这只鸟笼子。朱翊钧很喜欢这只会说话的鹦鹉，每次来，都要逗逗它。

"大丫鬟。"

朱翊钧欢快地喊着白鹦鹉的名儿，追了上去。陈皇后也很喜欢这只鸟，说它像贴身丫鬟一样可以逗乐儿，解闷子，故给它取了这么个酸不溜丢的名儿。

朱翊钧把嫩葱儿一样的手指头塞进鸟笼，戳着白鹦鹉的脑袋，鹦鹉也不啄他，只是扑棱着翅膀躲闪。

陈皇后说："孙海，带太子爷到花房去，逗逗鸟儿。"

"是。"

---

① 天潢贵胄：指皇族或其后裔。

孙海答应着，带朱翊钧离开了暖阁。

细心的陈皇后早已觉察到，李贵妃今儿早上像是有心事，因此便支走小太子，好给两人留个说话的机会。

听得小太子的皮靴声橐橐橐地走远了，李贵妃开口说："皇后，看你的气色，这些时一天比一天好。"

"我自家也感觉好些，以前总是空落落的，打不起精神来，现在这腿儿、胳膊肘儿也不酸软了。"陈皇后说着，晃了晃身子，表示自己的身子骨硬朗了许多，接着说："身子在于调养，春节后，换了个太医的药，吃了一个多月，明显地见效。"

"可是，皇上的病，怎么就这么难得好？"李贵妃脸上挂着的笑容消失了，换了个愁容满面。

陈皇后瞟了李贵妃一眼，看她心事重重的样子，一定有不少隐情，于是问道："你是说，皇上手上的疮？"

李贵妃点点头，说道："春节时，只是手腕上长了一颗，起先只有豌豆那么大，几天后，就铜钱那么大一颗了，而且还流水，黄黄的，流到哪里，疮就长到哪里。过元宵节看鳌山灯①那会儿，这手上的疮，就长了十几颗，起先还只是右手有，后来左手也长了。现在，屁股上也长了两颗。"

陈皇后明白李贵妃的愁容是为这档子事儿，于是宽慰说："昨儿个我还问了太医，他说皇上的疮已经结痂了。"

"那是让人看得见的地方，"李贵妃说，"胳肢窝里的、屁股上的，还在流水啊！"

陈皇后因为身体不好，已有好几年不曾侍寝。听李贵妃说到皇上这些隐私地方，心中难免生起醋意，但一闪即过，随即关心地说："你可得当心，听说这种疮叫杨梅疮，同房会传染的。"

李贵妃叹一口气说："多谢皇后关心，妾身正为这件事担心不尽，昨晚，皇上让我过去，我推说在经期，身子不便，就没有去。"

"这样皇上岂不伤心？"

---

① 鳌山灯：把千百盏彩灯堆叠成山，形状像鳌，称为"鳌山"，为古时灯景之一。

"是啊,可是我又有什么法子呢?"李贵妃说着流起了眼泪。

陈皇后也蹙起眉头,半是忧虑半是愤慨地说:"妹子,你我都知道,皇上一天都离不得女人,还巴不得每天都吃新鲜的。宫中嫔妃采女数百个,像你这样能够长期讨皇上喜欢的,却没有第二个。这时候他招你,除了陪他作乐,他还想说说体己话。你这样不能满足他,孟冲这帮浑蛋就又有可乘之机了。"

"你是说,皇上还可能去帘子胡同?"

"什么?帘子胡同?"陈皇后仿佛被大黄蜂蜇了一口,浑身一抖索,紧张地问,"你怎么提到这个龌龊地方?"

李贵妃从袖子中掏出丝帕揾了揾眼角的泪花,不禁恨恨地说:"昨日冯公公过我那里,对我说了一件事。"

"什么事?"

"去年腊月间一天夜里,万岁爷让孟冲领着,乔装打扮,偷偷摸摸出了一趟紫禁城。"

"啊?去哪儿?"

"帘子胡同。"

陈皇后倒抽一口冷气。早在裕王府的时候,有一次,朱载垕在枕边提到北京城中的帘子胡同是男人们快乐销魂的地方,于是她就起心打听。不打听不知道,一打听吓一跳,原来这帘子胡同里住着的净是些从全国各地物色来的眉目清秀的小娈童①,专供闲得无聊的王公贵戚、达官贵人房中秘玩。

"孟冲这个浑蛋,勾引皇上去这种脏地方。"陈皇后不由得恨恨地骂起来。

孟冲是司礼监②的掌印太监③。宫内太监称为内宦,机构庞大,共有十二监、四司、八局等二十四衙门④,打头儿摆在第一的就是司礼监。而掌印太监

---

① 娈童:被当作女性玩弄的美貌男孩。
② 司礼监:明朝内廷特有的一种建置,居内务府十二监之首,属于二十四衙门之一。明代中期以后,皇帝多不亲自上朝处理政事,而常常由司礼监的秉笔太监代行批阅奏折的大权。
③ 掌印太监:即司礼监掌印太监,是明朝十二监中最具权势的太监职位,负责完成朝廷决策当中有关批阅奏折的部分。
④ 二十四衙门:明代宦官的主要机构,分别是司礼监、御马监、内官监、司设监、御用监、神宫监、尚膳监、尚宝监、印绶监、直殿监、尚衣监、都知监、惜薪司、钟鼓司、宝钞司、混堂司、兵仗局、银作局、浣衣局、巾帽局、针工局、内织染局、酒醋面局、司苑局。除浣衣局外,其余都在紫禁城内。

又是司礼监第一号头儿，因此也是太监的大总管，地位显赫，素有"内相"之称。隆庆皇帝登基时，掌印太监是陈洪。陈洪因办事不力被撤了，接任他的便是孟冲。

"这件事若是传了出去，朝中文武百官、天下百姓，该如何看待皇上？"李贵妃一腔怒气，强忍着不便发作。

这时宫女送上两小碗滚烫的参汤来，陈皇后取一杯呷了一小口，徐徐说道："做出这等下流事来，不知是皇上自己糊涂呢，还是受了孟冲唆使？"

李贵妃怒气攻心，嫌参汤太热，吩咐侍女另沏一杯花茶，接着回应陈皇后的话说："孟冲毕竟是个无根的男人，也不知道娈童究竟有何滋味，这肯定是皇上的心思。这些年来，皇上什么样的女人都玩过了，心中难免就打娈童的主意。"

陈皇后不解地问："娈童究竟有什么好玩的，妹子你清楚吗？"

李贵妃脸一红，忸怩了一阵子，不情愿地回答："听人说，娈童做的是谷道生意。"

"谷道，什么叫谷道？"陈皇后仍不明就里。

"谷道就是肛门。"

陈皇后顿时一阵恶心："这种地方，也能叫皇上快活？"

李贵妃道："皇上毕竟是男人啊，男人的事情，我们做女人的哪能全都体会。"

陈皇后紧盯着李贵妃，一脸纳闷的神色，喃喃私语道："看你这个贵妃，大凡做女人的一切本钱你都有了，可是皇上为何不和你亲热，而去找什么娈童呢？果真男人的谷道胜过女人？"

几句话臊得李贵妃脸色通红，赶紧岔开话头说："话又说回来，孟冲如果是个正派人，皇上也去不了帘子胡同。"

"我早就看出孟冲不是好东西，"陈皇后继续骂道，"偏偏皇上看中他。"

"皇上？皇上还不是听了那个高胡子的。"李贵妃银牙一咬，泼辣劲儿也就上了粉脸红腮，"皇上一登基，高胡子就推荐陈洪，陈洪呆头呆脑的，什么事都料理不好。皇上不高兴，高胡子又推荐了孟冲，这人表面上看憨头憨脑，其实一肚子坏水，流到哪里哪里出祸事。这不，把万岁爷勾进了帘子胡同，惹出这个脏病来。"

"啊，你说万岁爷的疮，是在帘子胡同惹回来的？"陈皇后这一惊非同小可。

"不在那儿又在哪儿呢？你、我、宫中这么多的嫔妃贵人，哪个身上长了这种疮？"

陈皇后点点头，又说："听说杨梅疮是男女房事时相传，只是不知娈童的谷道里，是不是也带这种邪毒。"

说到这里，李贵妃的脑海里立刻浮出一个高鼻凹眼的波斯美女，顿时把银牙一咬，恨恨地说："要不，就是那个奴儿花花传的！"

一听这个名字，陈皇后浑身一激灵，说："这个骚狐狸，幸亏死了。"

"就因为她死了，皇上才不开心，跑到帘子胡同寻欢作乐。"

"这倒也是。"陈皇后叹了一口气，"亏得冯公公打探出来，不然我们还蒙在鼓里。"

"唉，想到皇上的病，这般没来由，我就急得睡不着觉，昨夜里，我又眼睁睁挨到天亮。"

说着，李贵妃眼圈儿又红了。陈皇后心里也像塞了块石头。正在两人唉声叹气之时，乾清宫里的一个管事牌子飞快跑来禀告说："启禀皇后和贵妃，皇上又犯病了。请你们即刻过去。"

第二回

述病情太医藏隐曲
定总督首辅出奇招

紧挨乾清宫的东暖阁，是皇上披览奏折处理政务之地。虽然书籍盈架卷帙浩繁，看上去却少有翻动。硕大几案后头的正面墙上，悬了一块黑板泥金的大匾，书有"宵衣旰食"四个大字，乃当今皇上的父亲世宗皇帝手书。按规矩这东暖阁外臣不得擅入，但隆庆皇帝有时懒得挪步，偶尔也在这里召见大臣垂询军政大事。因此这东暖阁中也为大臣设置了一间值房①，以备不时之需。眼下这间值房正好派上了用场。离开隆庆皇帝寝宫的高拱与张居正，被安排在这里等候。没有皇上的旨意，他们不得离开。

乾清宫本来就烧了地龙②取暖，再加上值班太监临时又增烧了铜盆炭火，值房里显出一片温暖祥和。两位大臣刚刚坐定，御膳房的小火者就摆上了一桌茶点，琳琅满目总有好几十样。折腾了一早晨的高拱，早已饥肠辘辘。小火者添一碗加了蜜枣枸杞的二米粥捧上。他接过刚要喝，却一眼瞥见盛粥的小瓷碗上绘了一幅春宫图：一对妙龄男女全身赤裸一丝不挂，少女弯腰两手扶住一把椅子，回过头来朝身后站着的少男莞尔微笑，大送秋波，少男手拿阳具顶着少女高高翘起的白腻丰腴的屁股……高拱顿时大倒胃口，放下那只碗，对侍立在侧的小火者说："再给我换一碗。"

小火者以为高拱嫌二米粥太烫，躬身回答说："高老先生，二米粥刚出锅，都是这么烫的，要不，您老先喝碗牛乳。"

---

① 值房：明代朝廷高级官员等候皇帝接见、召见的地方。
② 地龙：在宫殿的地面下设有火道，与地面上的洞口相连，在外面烧火，热气通过火道传到屋内。

第二回　述病情太医藏隐曲　定总督首辅出奇招

宫中规矩，太监统称内阁大臣为老先生。高拱知道小火者理解错了，索性将错就错，只要能换碗就成，回答说："中，那就先喝碗牛乳。"

小火者添了一碗牛乳捧上。高拱接过那只碗，又傻眼了。碗上仍是绘的一幅春宫图，一对赤裸男女在床上滚作一堆，两嘴相吻，男的一手拿住女的乳房，一手按住女的下身，淫邪不堪。高拱又把碗放下了。他看了看坐在对面的张居正正专心致志地喝着二米粥，顿时生起气来，朝小火者做起了脸色："再给我换一碗。"

小火者觉得这位首辅大人比皇上还难侍候，却也只能赔着小心问道："要不，给您老换一碗莲子雪花羹？"

高拱回答："还是二米粥，给我换只碗。"

"换碗？"小火者伸着脖子看了看高拱面前的两只碗，迷惑不解地问，"请问高老先生要只什么样的碗？"

高拱指了指碗上的春宫图，啐了一口骂道："你看看这碗上画的什么劳什子①，叫人如何吃得下饭，嗯？"

小火者这才明白高拱挑剔的原因，嘴一咧想笑，但看高拱乌头黑脸样子吓人，又赶忙收了笑容答道："今天这顿早点，是孟老公公特意关照下来，按皇上早点的规格给二位老先生办下的，皇上平常用餐，用的也是这些碗碟。"

小火者这么一解释，高拱不好再说什么，只得缓和口气说："你给我找只没画儿的碗来。"

小火者见怪不怪，摇摇头答道："不是奴才驳您老的面子，这乾清宫里，实在找不到一只没有画儿的碗。您老看看桌上的这些碗碟，哪一只上头没有画儿？"

高拱俯身一看，果然所有的杯盘碗碟，大至汤罐小至羹匙都绘有春宫图。张居正这时正津津有味地吃着第二碗二米粥，高拱狐疑地问他："你那碗上也有？"

张居正笑一笑，把碗伸过来给高拱看，说道："我这只碗上不但绘有巫

---
① 劳什子：明代方言，即令人讨厌的东西。

山云雨男女销魂之状,旁边还题了一句诗:春宵一刻值千金。"

"你吃得下?"高拱问。

"皇上吃得下,我们做大臣的,焉有吃不下之理。"张居正说着,又伸筷子夹了桌上的一块枣泥糕送到口中。

高拱无奈,只得弃了牛乳、二米粥不喝,伸筷子夹桌上的各色点心吃。一边吃,一边问小火者:"你刚才提到孟公公,他人呢?"

小火者答道:"孟公公在司礼监值房里。"

"他怎么没过来?"

"回高老先生,没有皇上的旨意,孟公公不能过来。"

吃着吃着,高拱心里又来了气。世宗皇帝在位时,当今皇上被封为裕王。高拱是裕王的老师,担任讲席有十几年之久,两人感情自是非同一般。裕王登基成了隆庆皇帝,高拱政治生涯峰回路转,顺利入阁。但因他性情急躁遇事好斗,很快又受到几个资深老臣的排斥而怆然出阁,直到隆庆四年才荣登首辅之位。隆庆皇帝对这位老师甚为倚重,大小政务任其处置,绝少掣肘。高拱对这知遇之恩感激涕零,久而久之也就沾恩恃宠,朝中大事由他一人专断。他心底很清楚,要想保住这种一人之下万人之上的天字一号枢臣地位,就必须保证皇上春秋康健,国祚绵长。可是,怎奈这个皇上是个色中饿鬼。刚才在皇极门外,问他要那个波斯美女奴儿花花。现在在这乾清宫里,又看到这么多餐具器皿上的春宫图。长期置身于这种淫邪环境,纵是神仙,也难保金刚不坏之身。想到这里,高拱把手中筷子狠狠朝桌上一掼,怒气冲冲地说:"这些餐具,应该统统撤换!"

几个小火者都吓得退到一边,噤若寒蝉。张居正呷了一口茶汤漱漱口。十年前他与高拱在国子监①共事,尔后又都充当裕王府讲官,现在又同为内阁辅臣,对高拱的脾气心性是再熟悉不过了。"元辅,"张居正缓缓说道,"制作这批餐具瓷器的二十万两银子,还是你指示户部②,从太仓银③中划拨的呢。"

---

① 国子监:设在京城的最高学府。
② 户部:明代朝廷的官署,为六部之一,掌管全国土地、户籍、赋税、财政收支等事务,正长官为户部尚书。
③ 太仓银:明代朝廷的税收钱财。

第二回 述病情太医藏隐曲 定总督首辅出奇招

张居正这么一提醒，高拱倒记起来了。他任首辅之初，皇上谕旨要在景德镇开窑烧制一批宫廷专用瓷器，内务府①造了一个预算报来，总共需用二十万两银子。高拱心里头虽然觉得此举太过靡费，但皇上既已发话，还得承旨照办，于是吩咐户部如数拨给。宫廷所用各色物件，照例都由皇上直接派太监监造，大臣不得过问。所以高拱虽然出了钱，却并不知道烧制的是些什么玩意儿。

"我倒要查查，把春宫图烧到瓷器上，究竟是什么人的主意。"高拱悻悻地说。

"元辅不用查了。"张居正说着，就把东暖阁的当值太监喊了来，问他："听说东暖阁里头，有一面墙陈列的都是隆庆四年烧制的瓷器，可有此事？"

当值太监回答："回张老先生，确有其事。"

张居正说："你可否领元辅进去一看？"

当值太监点点头。东暖阁与这值房本来就一门之隔，当值太监推开门，让两位辅臣进去。皇上召阁臣议事，大都在文华殿②或者云台。高拱与张居正两人虽然都在内阁多年，却也是第一次进到东暖阁。高拱首先看到"宵衣旰食"那块匾额。扫了一眼罗列整齐的书籍卷帙之后，便走到北墙一列古色古香的红木古董架前，靠近皇上披览奏章的那只架子上，分三层陈列了二十四只尺八月色素盘，这些盘光泽典雅，薄如卵膜，每只盘面上均绘有男女交媾之图。仔细看来，却是根据民间流传已久的《素女经》③编绘而成的。二十四幅春宫图分别描绘出二十四种男女交媾之法。"皇上每天就是看着这些盘子处理国家大事？"高拱不禁在心底发问，顿时产生国家社稷庙堂神器遭到亵渎的感觉。张居正比高拱看得仔细，他伸手弹了弹一个盘子，发出清脆的响声，整只盘子仿佛都在颤动。他拿起那只盘子举在眼前一看，盘子几乎是透明的。他把盘子翻了一个面，从盘底依然可以看清盘面上绘制的那幅春宫图——红男绿女，毛发俱见。

---

① 内务府：明代掌管宫廷事务的重要机构。
② 文华殿：明代宫殿名，在明代北京紫禁城东华门内，规模比其他宫殿稍小而极精工，为皇帝讲授经史之所。
③《素女经》：古代的一部性学著作，约完成于战国至两汉之间，魏晋六朝时期在民间流传并有所修改。

"这是景德镇瓷器的极品！"张居正赞叹道。

当值太监凑上前来答道："听万岁爷说，就这二十四只盘子，烧制的工价银就费去了六万两银子。"

"啊？"张居正目光一转，望着高拱说道："云南一省一年的赋税收入，不过两万多两银子，贵州一省也才三万多两。这一套盘子，要耗掉两省一年的赋税。"

高拱恨不得把这些盘子一股脑儿掀翻在地摔个粉碎，但听出张居正的话中却有讥讽他的意思，不由得脸一沉，反唇相讥道："你我方才吃的这顿早点，也够乡下小户人家一年的用度，处处打小算盘，皇上的威福何在！"

说话间，两人回到值房。小火者已撤去了那桌早点，为两人重新沏茶。吃早点之前，高拱就吩咐过，一俟太医给皇上诊断完毕就过来禀报。这会儿太医离开寝宫来到值房，行了官礼之后，高拱问道："皇上患的何病？"

太医答："依卑职诊断，皇上是中风。"

"中风？"高拱有些怀疑，"大凡中风之人，或偏瘫在床，或口齿不清，如何皇上还满地乱跑，打妄语①？"

太医答道："元辅所言极是，一般中风之人都是这种症状，但皇上情形又有所不同。皇上平常吃的补药太多，人总是处在极度亢奋之中。方才卑职给皇上把脉，寸脉急促，关脉悬浮而尺脉游移不定，这正是中焦阻塞内火攻心之象。病从丙，按五行来讲，丙为火，正月为寅，木助火发，皇上内火出表为疮，可见火毒之重。如今到了卯月，邪火更旺，出表为疮，攻心为毒。皇上的火毒已由表及里，由皮入心。在表者，疮毒猖獗，入心者，火燎灵犀，便会生出许多妄想。所谓风，就是火毒。所以卑职才敢断语，皇上今次之病，实乃中风之象。"

这太医快七十岁了，在太医院已待了四十年，论医术是太医院中的首席。听他娓娓道来，剖析明白道理充足，高拱不得不信，一颗心顿时也就沉重起来，他下意识捻了捻胡子，打量着太医问道："依你看，皇上的病，重还是不重？"

---

① 打妄语：即说假话。

第二回　述病情太医藏隐曲　定总督首辅出奇招

"重！"太医回答肯定。

"重到何等地步？"

面对首辅的逼问，太医感到犯难。因为据他拿脉来看，皇上已病入膏肓，弃世也只在百日之内。但如据实禀告，首辅一怒，定他个"妖言惑众，诅咒皇上"的罪名，轻者发配边疆，重者斩首弃市①。若隐瞒不报，到时候皇上真的一命归西，也可以定他个"诊治不力，贻误病情"之罪，照样可以严惩。在心里盘桓一番，太医答道："中风之症，古来就是大病，何况皇上的风症，比起寻常症状来，显得更为复杂，若要稳住病情不至发展，重在调养。"

"如何调养？"

"方才卑职已经讲过，病从火，人自娘胎出来就带了火毒，一个人只要注意降火，就能保证大病不生，以终天年。自古神医如扁鹊、华佗，还有孙思邈的《千金方》，张仲景的《伤寒论》，讲的都是祛火去邪的道理。而祛火去邪之大法，第一条就是要清心寡欲。皇上只要能做到这一点，再辅以汤药，病情就一定能够好转。"

听了太医一席话，在座的人都默不作声。太医又把为皇上开出的药单呈上请高拱过目。高拱胡乱看了一回，脑子里却浮出瓷盘上的那些春宫图来。他知道皇上第一等做不了的事就是清心寡欲。作为臣道，可以为皇上排忧解难，处理好军政大事，但对于皇上的私生活，却是不敢随便进言的。隆庆二年时，礼科都给事中②胡达奎上本规劝皇上不要沉湎女色，而应配厚德于天地，以国事为重，进贤亲政，垂范天下。结果惹得龙颜大怒，批旨下来把胡达奎削职为民，永不叙用，从此再没有人敢进言规劝皇上。高拱饱读圣贤之书，红颜误国的道理，他可以一车一车地讲。但他柄国两年，对皇上的贪恋女色却一味地采取纵容袒护态度。唯其如此，他这位内阁首辅才能够臣行君道，挟天子以令诸侯，控御百官于股掌之中……如今风云突变，尽管太医闪烁其词，但从他的口风中依然可以听出皇上患了绝症。高拱看了看坐在对面比他小了十三岁的张居正，突然感到了巨大的威胁。他挥手让太医退下，又喊来东暖阁当值太监，对

---

① 弃市：原指受刑罚的人在街头示众，民众共同鄙弃之，后用来专指死刑。
② 礼科都给事中：六科之一礼科的长官。明代设吏、户、礼、兵、刑、工六科，每科设都给事中一人，正七品，左、右给事中各一人，从七品，给事中若干人，是皇帝的侍从和言官，对口稽查吏、户、礼、兵、刑、工六部处理的政务，故其官阶虽低，而地位很高。

他说道："你现在去内阁，传我的指示，让内阁中书①迅速拟一道紧急咨文②照会③在京各衙门。第一，皇上患病期间，各衙门堂官④从今天起，一律在衙门夜宿当值，不得回家；第二，从明日起，各衙门官员全部青衣角带⑤入衙办公，为皇上祈福三天；第三，所有官员不得妄自议论皇上病情，违令者从严惩处；第四，各衙门不得借故渎职，办公勤勉一如往昔，凡欲议决之大事，一律申报内阁，不得擅自决断……"高拱斩钉截铁，一口气讲完他的指示。当值太监领命出了东暖阁前往内阁去了。望着他笃笃跑去的背影，高拱这才想起张居正坐在屋里，也就敷衍地问了一句："太岳，你看还有什么需要补充的？"张居正虽然对高拱这种无视次辅存在的做法大有腹诽，但表面上却看不出任何一点怨恨来，他笑模笑样地说："元辅的安排妥帖周到，下官全都赞同。"

说话间，只见又有一个太监飞奔进来，跪在高拱面前，高声说道："通政司⑥差人给高老先生送来一封八百里快报。"说着把一封盖了关防⑦封了火漆⑧的信封双手递上，高拱接过一看，又是从广西庆远府前线传来的塘报⑨。

塘报是两广总督李延寄来的。自从去年冬月叛民猖獗以来，李延一直在前线督阵围剿。这封塘报的内容是，继上次韦银豹攻破庆远府后，数日前又连续劫掠了宜山、天河两县，军民死伤无数，天河县城几乎被焚毁。高拱读过，顺手把塘报递给张居正，恼怒地说："蒙古鞑子没有犯边，北方无事，没想到广西的几个蟊贼，竟然越闹越欢！"张居正看完塘报后说："李延不要奸隐瞒，如实禀告军情，也还算一个老成之人。他在塘报中为这次县城失

---

① 内阁中书：明代废中书省，于内阁设中书舍人，即在朝廷内阁的诰敕房和制敕房中负责起草文件的官员，内阁中书是官署与官职的合并省称。

② 咨文：明清时期三品以上衙门或官员之间行文使用的一种公文。

③ 照会：官署之间就有关事务交换意见的行文。

④ 堂官：明清时期中央各部正、副长官的统称，因在衙署大堂上办公而得名。

⑤ 青衣角带：青衣指青色或黑色的衣服，多为地位低下者所穿；角带指以角为饰的腰带，是下级官吏及平民的服饰。这里指官员们为了给皇帝祈福，穿着十分朴素。

⑥ 通政司：通政使司的简称，设通政使一人，正三品，左、右通政各一人，正四品，左、右参议各一人，正五品，主要负责收受、检查内外奏章和申诉文书，外地抵京的奏章都要送通政司登记并审查格式。

⑦ 关防：明清时期的一种官印，明太祖所创，取"关防严密"之意，其形长方，为总督、巡抚、总兵等临时差遣官员所用。

⑧ 火漆：以熔化的松香加入颜料拌匀制成的物质，易熔化，也易凝固，通常用于密封文件、瓶口、仪表等。

⑨ 塘报：一种由下呈上，由地方向中央逐级汇报军情的文报，是有关军事信息的专业性的传播工具。

守所做解释，说是岭南瘴疠，军士驻扎其中，多染疾疫，上吐下泻，浑身酸软乏力，站立尚且困难，何况持戈杀敌。这也不算推诿之词。"高拱哑然失笑，不无揶揄地说："一个时辰前，你还义正词严，申说两广总督一定要撤换，如何现在口风一变，又为李延说起好话来？"张居正摇了摇手中的八百里塘报，回答说："仆之所言，元辅可能还没有完全理解。李延心存朝廷，遇事实报，这是优点。但此人实非军事人才，奏章弄文是把好手，运筹帷幄，决胜千里却非他的长处，至于马上弯弓，诛凶讨虐，更非他能力所及。当一个府尹、抚台、按台，李延足资重任，但当一个威镇三军的总督，实在是叫他勉为其难。"

两人谈话间，东暖阁当值太监进来复命，言内阁书办官已按首辅指示拟出咨文，下午散班之前，即可传至京师各大衙门。与此同时，司礼监掌印太监孟冲也派人将十几份亟待"票拟"的奏折送来，请首辅阅处。高拱翻了翻，挑出李延前一份报告庆远府失守的奏折以及广西总兵俞大猷自劾失职申请处分的奏本，递给张居正说："这两份折子，皇上让我们票拟，你看如何处置？"

张居正心里忖道："你不早就明确表示了态度吗？这时候又何苦来假惺惺地征求我的意见呢？"不满归不满，但回答极有分寸："为剿灭韦银豹、黄朝猛率领的叛民，皇上已下过两道旨。限期剿灭的话，不但兵部、内阁咨文多次提起，就是圣旨上也郑重说过。如何匪焰愈剿愈烈？依仆之见，督帅既然不作改动，但李延也好，俞大猷也好，都应该谕旨切责，稍加惩戒。"

"如何惩戒，是降级还是罚俸？"

"既是稍加惩戒，还是罚俸为宜。"

"罚俸有何意义，"高拱冷冷一笑，没好气地说，"打仗打的是白花花的银子，总督纵然俸禄全无，吃克扣也可以吃出个富甲一方的人物来。"

张居正心里一咯噔，他听出高拱的话改了平日态度，于是问道："依元辅之见，罚俸太轻？"

"是的。"

"元辅想给他们降级处理？"

"还是太轻！"

"那么，依元辅之见？"

"李延就地撤职，令其回原籍闲住。俞大猷嘛，罚俸也就不必了，降旨切责几句，令其戴罪立功。"

高拱一脸愤怒，差不多已是吹胡子瞪眼睛了，这倒叫张居正犯了踌躇。俞大猷本来就是冤枉的，这么处理倒也在情理之中，但对李延的态度，却不知为何在这么短的时间内来了一百八十度的大转弯。"元辅……"张居正喊了一句，竟没了下文。他以为高拱是一时生气说的气话，想规劝几句，但刚欲开口时又动了一个念头：高拱躁急于外而实际城府甚深，他如此做戏，肯定另有原因。因此把要规劝的话又全部咽回肚里。

"太岳，"高拱指了指值房一头的几案，余怒未息地说，"你现在就坐过去，按我刚才所说进行票拟。"

"元辅，还请你三思而行。"张居正坐在红木椅上品着茶汤，不挪身子。

"李延是我的门人，我知道你心存顾虑，也罢，我自己亲手来票拟。"

高拱说着，人已坐到几案后头，援笔伸纸，一道票拟顷刻出来：

李延全无兢慎之心，屡误军机，骄逸丧败，导致叛首韦银豹、黄朝猛匪焰猖炽，期月连陷数县。失土之臣，罪责难逃。姑念平日尚无恶迹，今令原地致仕①，开缺回籍，不必来京谢恩。钦此。

票拟完毕，高拱反复看了两遍，认为字字妥帖之后，才递给张居正，并问道："殷正茂现在何处？"

张居正心知高拱这是明知故问，仍然答道："在江西巡抚②任上。"

高拱点点头，眼中掠过一丝不易察觉的狡黠，对张居正说："太岳，今天这第二道票拟，该由你来执笔了。着殷正茂接旨后一刻不能停留，火速赶赴广西庆远前线，接任两广总督之职。"

张居正又是一惊。他与殷正茂是嘉靖二十六年的同科进士，素知殷正茂

---

① 致仕：辞官退休。
② 巡抚：明代官名，全称为巡抚某处地方赞理军务（或提督军务）。一说明代巡抚出现于宣德年间，无品级，由都御史兼侍郎等衔出任，带有中央差遣官的色彩，可节制三司，统管一省或一个军区的民政、军事与监察事务。

处事心狠手辣，大有方略，实乃封疆大吏之才。因此才抱着"外举不避仇，内举不避亲"的态度，屡次举荐他担任两广总督平定广西庆远叛乱。怎奈高拱知道殷正茂与他同年①，屡屡找些理由搪塞。现在忽然主动提出起用，张居正本该高兴，但他觉得高拱态度改变过于突兀蹊跷难解，因此也就不敢掉以轻心，斟酌一番问道："首辅不是说，殷正茂这个人贪鄙成性，不堪担此重任吗？"

"我是说过，"高拱并不为自己前后矛盾的态度而心虚神乱，而是把热辣辣的眼光投过来，侃侃言道，"论人品，殷正茂的确不如李延。但好人不一定能办成大事，好人也不一定就是个好官，李延就是一个例子。他出任两广总督，在前线督战半年，连耗子也没逮着一只。你多次推荐殷正茂，老夫也找人调查过，殷正茂是有些才能，但太过爱财，故落了个贪鄙成性的坏名声，因此，殷正茂虽不是一个好人，却是一个能人。这次用他，是不得已而为之。"

高拱这番议论，张居正颇为赞同。但他同时也感到这是首辅的台面话，至于为何突然改变主意仍是一个谜，因此盯问："元辅这么一说，下官自然明白了。但元辅就不怕殷正茂利用两广总督的权力贪污军饷吗？"

"只要能荡平积寇，贪污又怕什么？"高拱说着伸出手指，扳着指头说道，"自从韦银豹谋反，李延请兵请饷，前后花去了朝廷几百万两银子，结果叛匪越剿越多。既浪费了银两，也耽误了时间。现在来看这一问题，平心而论，这种浪费比贪污更为可怕。你让殷正茂到任后，即刻呈一道折子上来，言明剿灭韦银豹要多长时间，多少银两，在他所需的军费总数上，再加上二十万两银子。老夫可以对你明说，这二十万两银子，是准备让殷正茂贪污的。若是殷正茂能限期荡平匪患，纵然让他贪污二十万两银子也还划得来。"

"如果殷正茂不能荡平匪患呢？"

"那他就不可能像李延这样全身而退。我必请示皇上，对他治以重罪！"

两位辅臣你一言我一语斗起了心智，接着就这一问题的细节进行磋

---

① 同年：同一年通过科举考试的官员士人，他们常以此为纽带结为党羽。

商。这时，值房门外的过厅里响起脚步声，只见张贵推开虚掩着的门，走进了值房。

"张公公，皇上怎么样了？"高拱问道。

张贵脸色白煞煞的，显然还没有从早晨的惊吓中恢复过来。"皇上现在和皇后、皇妃娘娘在一起，"张贵一脸愁容地说，"皇上拉着太子爷的手，在哭着说话儿呢。"

一听这话，高拱急得直跺脚，说："中风之人最忌讳折腾，皇上现在什么人都不能见，要静心修养才是。"

"可不是这话儿，"看到高拱急得邪火直蹿，张贵越发慌了神，"皇后也说要走，可皇上就是不让。"

"跟前还有谁？"高拱问。

"冯公公。"

"冯保！"高拱像被大黄蜂蜇了一口，恨恨地说，"他怎么也在那儿？"

张贵说："冯公公是陪太子爷来的。"

"陪太子爷，哼，我看他是狗拿耗子——多管闲事。"

高拱冲着冯保生气，张贵哪敢接腔。他虽然也是一位大珰①，但比起司礼监秉笔太监②兼东厂提督③的冯保来，地位又差了一大截。而眼前这位高胡子，又是当朝内阁首辅，也是惹不起的人物。两头都不能得罪，张贵便朝两位阁臣揖了一揖，说："我是来告诉两位阁老，皇上一时还没有旨意下来，只怕两位阁老还得宽坐些时。"

张贵说着要走，一转身，门外又进来一人。只见他五十岁左右，中等个儿，身材微胖，穿一件小蟒朝天的元青色纻丝曳衫，内套着豆青色羊绒袄子，头戴一顶竹丝做胎、青罗面子的钢叉帽，浑身上下，透着一股骄奢富贵之气。此人正是刚才惹得高拱生气的冯保。

---

① 大珰：指当权的宦官。
② 秉笔太监：明代协助皇帝批阅奏章的宦官。明太祖废除宰相制度后，所有官员奏章均皇帝亲自批阅，明中后期的皇帝常常象征性地批阅几本，其余由司礼监的太监代批。司礼监设掌印太监一人，秉笔太监、随堂太监若干人，每日照内阁票拟的内容，用朱笔楷书批复奏章。
③ 东厂提督：明成祖永乐十八年设立东缉事厂，简称东厂，由宫中的亲信大宦官担任首领，其官衔全称"钦差总督东厂官校办事太监"，简称"东厂提督"。

第二回　述病情太医藏隐曲　定总督首辅出奇招

冯保是直隶①清河县人，十二岁净身入宫，在紫禁城中已待了将近四十个年头。明朝开国皇帝朱元璋，不准太监识文断字，更不准太监干政，违者处以剥皮的极刑。随着年代久远，政令松弛，明太祖定下的许多规矩，都已废置不用了，太监干政的事，也屡有发生。到了武宗②、世宗之后，司礼监与内阁，竟成了互相抗衡的两大权力机构，内阁首辅因得罪司礼监而被撤职甚至惹来杀身之祸的，也屡见不鲜。冯保从小就有读书的天资，入宫后又专门学习了几年，琴棋书画，竟无一不会，尤为精通的是琴艺与书法，在宫廷内外，这两样的名气都不小。还在嘉靖皇帝时，他就是司礼监秉笔太监，东厂提督。隆庆皇帝即位，恰好掌印太监出缺，按资历应由冯保接任。但不知怎的，高拱不喜欢他，因此推荐比冯保资历浅得多的陈洪接任掌印太监。陈洪离职，高拱又推荐孟冲接任，横竖不让冯保坐上掌印太监的宝座。因此，冯保对高拱恨之入骨。高拱呢，自恃是皇上的老师，凡事有皇上撑腰，又处在说一不二的首辅位上，也根本不把冯保放在眼里，平常见了，也不怎么搭理。遇到公事回避不过，也是颐指气使，不存丝毫客气。

"啊，冯公公来了。"张贵赶忙避到一边，让冯保进来。

两人打过照面，张贵趁势走了。冯保径直走进了值房，朝两位阁臣点头施礼，然后走到张居正身旁的空椅子旁，大大咧咧坐了下来。

"两位阁老，用过早餐了吗？"冯保问。一进门，他就发觉气氛有点不大对头。

"用过了。"张居正欠欠身子，客气地一笑。

高拱紧绷着脸，一言不发。冯保瞅着他，冷冷地一笑，突然他又霍地站起，用他那娘娘腔厉声说道："高阁老，皇上着我传旨来了。"

"啊！"高拱一惊，抬头望着冯保，看到那张白白胖胖的脸和那两道又冷又硬的眼光，他真恨不得大骂一句"你是什么东西！"然后拂袖而去。但这里是乾清宫，加之这阉人又说他是传旨来的，高拱只好压下火气，撩起袍

---

① 直隶：直接隶属于京师的地区。明太祖建都南京，以其周边大致相当于今天安徽、江苏两省和上海市的地区为直隶。明成祖迁都北京后，改南京所在为南直隶，北京所在的大致相当于今天河北省和天津市的区域为直隶。

② 武宗：明朝第十位皇帝朱厚照，年号正德，在位十六年（公元1506—1521年）。

角朝地上一跪，冷冷地回道："臣高拱接旨。"

冯保口传圣旨说："高拱，朕让你和张居正预作后事安排，切望尔等借资殷鉴，继体守文，尽快拿出章程，写本来奏。"

"臣遵旨。"高拱硬声硬气回答。

"遵旨就好。"看到高拱艰难地从地上爬起来，冯保心中升起一丝快意，但仍一脸峻肃地说，"内阁就你们两位大老，商量起来方便。皇上交代的后事，还望你们想得周全一点。"

"这也是皇上的旨意吗？"高拱逼问。

"不，这是鄙人的建议。"

高拱一拍几案，厉声喝道："冯公公，内阁的事儿，用不着你来建议。"

冯保重又坐回到张居正身边的椅子上，眼睛盯着茶几上的果盒，冷冷地问："高阁老，你哪来这么大的火气？"

"内阁乃朝廷处理国家大事的枢机重镇，你一个内臣，竟敢向辅臣提什么建议。这干政之嫌，你担当得起吗！"

高拱唇枪舌剑，咄咄逼人。张居正并不参与两人的争执，只是一味地低头喝茶。

"高阁老说得是，"冯保仍旧不温不火地说，"内阁是首脑机关。可是不要忘了，这个机关仍是为皇上办事儿的。你在外为皇上办事儿，我在内为皇上办事儿，区别仅在于此。"

"你！"

高拱一时语塞，一跺脚，坐回到椅子上。

张居正这时放下茶盅。他知道这两个人的性格，高拱脾气火暴，胸中存不得一点芥蒂，而冯保绵里藏针，说话尖刻，若听任两人争执下去，什么样的后果都有可能发生，因此说道：

"冯公公，你是宫内的老人，在司礼监十几年了，同高阁老也打了四五年的交道，难道还不知道高阁老的为人？皇上突然犯病，我们做臣子的，心里头都不好受。这时候，偏偏你一撩拨，高阁老的气话儿，不就脱口而出了？"

经张居正这么一劝说，冯保的脸色，稍许轻松一些。只是高拱，仍然气得胡子一翘一翘的。冯保摇摇头，忽然有些伤感地说："我也没想要和高阁老拌嘴斗舌，大家都是皇上跟前的老臣，这样你防着我，我瞪着你，全然没有一点和气，又有什么意思呢？"

"这还像句人话。"高拱心底说，但出口的话依旧火辣辣呛人："为皇上做事，公情尚且不论，哪里还敢论及私情。何况内外有别，更不能谈什么和气。"

听了这句话，冯保不禁打了一个寒噤。他下意识地望了一眼张居正，张居正的眼光正好从高拱身上移过来。两道眼光短暂地一碰，又迅速分开。冯保一直有意要讽刺一下这位盛气凌人的首辅，现在逮着机会，焉有轻易放过之理？此时只见他先是嘿嘿一阵冷笑，随着笑声戛然而落，出口的话便如同霜剑一般：

"好一个天下为公的高阁老，把自己说得同圣人一般，其实也不过同我冯保一样，都是皇上的一条狗而已。狗咬狗两嘴毛，当然就存不得一团和气了。"

"你，你，你给我滚！滚——"

气得嘴唇发乌、浑身哆嗦的高拱，顿时咆哮如雷，若不是张居正把他拦住，他直欲冲过来与冯保拼命。冯保碍着东暖阁与皇上寝宫离得太近，设若惊动皇上祸福难测，也就趁机起身离开，走到门口，仍不忘丢下一句话：

"是你滚还是我滚，现在尚难预料！"

第三回

主事钻营买通名妓
管家索贿说动昏官

酉时①刚过，挂在夫子庙檐角上的夕阳，已经一缕一缕地收尽了。秦淮河一曲碧波，也渐次朦胧起来。胡自皋坐着一乘四人暖轿，兴冲冲地来到倚翠楼。

自从燕王朱棣篡了侄儿建文帝的皇位，把个皇城迁到北京，这大明开国皇帝朱元璋钦定的首都南京，便成了留都②。但因为明太祖的皇陵在南京，龙脉之所出的南直隶凤阳也离南京不远，朱家后代的皇帝，出于对祖宗的尊敬，至少在名分上，还是保留了南京的特殊政治地位。除了内阁之外，一应的政府机构，如宗人府③、五军都督府④、六部⑤、都察院⑥、通政司、大理寺⑦、詹事府⑧、翰林院⑨、国子监、太常寺⑩、鸿胪寺、六科、行人司⑪、钦天监、太医院、五城兵马司⑫等，凡北京有的，南京也都保留了一套。北京所在

---

① 酉时：下午五点到七点。
② 留都：古代都城迁移新址后，在旧都城仍设置一套官制，配备官员作为留守，处理政事，称为留都。
③ 宗人府：明代管理皇室宗族事务的机构，其长官称宗人令。
④ 五军都督府：是明朝中军都督府、左军都督府、右军都督府、前军都督府、后军都督府等五个性质相同的军事官署的总称。
⑤ 六部：吏部、户部、礼部、兵部、刑部、工部的总称。宋代以前统归尚书省管辖，元代统归中书省管辖，至明代废除中书省，六部独立，直接对皇帝负责。
⑥ 都察院：明代设置的监督、弹劾官吏并参与重大案件审理的最高监察机构。
⑦ 大理寺：明代朝廷掌管刑狱的官署，常与刑部、都察院合称为三法司，会同处理重大的司法案件。
⑧ 詹事府：明代朝廷官署，明中期以后只是用于翰林院官员的升迁，并无实职。
⑨ 翰林院：明代朝廷掌管著作、修史、图书等事务及培养后备官员的外朝官署。
⑩ 太常寺：明代朝廷官署，掌宗庙礼仪、祭祀礼乐等事务。
⑪ 行人司：明代设行人司，掌管持节奉使等事务，凡颁诏册封、抚谕征聘，都由行人司差官办理。
⑫ 五城兵马司：明代京城地区的中、东、西、南、北城兵马指挥司的合称，分区掌治巡捕盗贼、疏理街道沟渠及囚犯、火禁等事。

第三回　主事钻营买通名妓　管家索贿说动昏官

府为顺天府，南京所在府为应天府。不过，北京政府管的是实事儿，而南京的政府，除了像兵部守备、总督粮储的户部右侍郎①、管理后湖黄册②的户科给事中这样为数不多的要职之外，大部分官位都形同虚设。由于实际的政治权力掌握在北京政府手中，南京的政府官员大都是仕途失意之人，或者是为了照顾级别，安排来南京当一个"养鸟尚书"或者"莳花御史"。尽管两府级别一样，但是，同样品级的官员，由北京调往南京就是一种贬谪，由南京调往北京则被视为可喜可贺的升迁。因此，一大批受到排挤或者没有靠山的官员都聚集在南京，尽情享受留都官员的那一份闲情逸致。

享受闲情逸致，出门有禅客书童，进屋有佳肴美妾。对月弹琴，扫雪烹茶，名士分韵，佳人佐酒，应该说是人间第一等的乐事。但官场上的人，除了白发催人晋升无望，或疾病缠身心志颓唐，一般的人，又有谁不想奔奔前程呢。公务之暇，可以由着性子，怎么玩得开心就怎么玩。话又说回来，当官没捞到一个肥缺，又哪有本钱来玩得开心呢。就为着这一层，南京政府里头的官员，大都削尖脑袋，使出浑身解数钻门路巴结北京政府中那些有权有势的大臣，以图在审查考核时，有个人帮着说说话。常言道人在朝中好做官，椅子背后有人，就不愁没有时来运转、升官坐肥缺的时候。

眼下这位走进倚翠楼中的胡自皋就正是这样一个人。今晚上，他准备在这里宴请京城里来的一个名叫徐爵的人吃花酒。

胡自皋现任南京工部主事③。他是嘉靖三十五年进士。合该他走运，甫入仕途，就被任命为户部府仓大使④。别小看这个府仓大使，虽然官阶只有九品，却是一个天大的肥缺。大凡国家一切用度，如永安南邑等州的银货，云南大甸等州的琥珀、宝玉和象牙，永州的零陵香，广州府的沉香、藿香，润柳鄂衡等州的石绿，辰溪州的朱砂，楠州的白粉，严州的雄黄，益州的大小黄白麻纸，宣徽等州的宣纸，蒲州的百日油细薄白纸，河南府的兔皮，晋汾等州的狸

---

① 户部右侍郎：户部的副长官，品级为正三品，辅佐协助户部尚书处理户部事务。
② 黄册：明代的户籍册，黄册以户为单位，详细登载乡贯、姓名、年龄、丁口、田宅、资产，并按从事职业划定户籍，因用黄纸书写，故名。黄册是明代前期征收赋役的重要依据，明初中央保存的黄册总册，储存在南京后湖（今玄武湖）的黄册库，定期重修。
③ 工部主事：明代在工部设置的官职，品级为正六品。
④ 府仓大使：掌管仓储事务的官员。

皮，越州的竹管，泾州的蜡烛，郑州的毡，邓州的胶，虢州的席，鄜州的麻，凡四方所献金玉珠贝珍奇玩好之物，都得由他这个承运库大使验收入库。他说各地交纳的货物合格，那就百无一事。他若挑肥拣瘦，偏要在鸡蛋中寻出气味儿来，得，你这货物就交不出去。须知一州之长，除了守土安民的本职之外，第一号重责，就是按规定每年向朝廷交纳这些地方上的珍品出产。一旦这些货物不能按质如数交纳，等于是违抗君命，你这头上的乌纱帽还戴得安稳吗？因此，为了上缴的货物能顺利验收，各个州府前来送货时，都要预先准备一份厚礼送给这个府仓大使。胡自皋在这个肥缺上干了数年，等于家里开了个钱庄，连解溲的夜壶，都换成了一把银制的。手头有钱，就好照应人。他使出大把大把的银钱，把个户部和吏部的头头脑脑们招呼得服服帖帖。隆庆元年，又升迁到盐运司①判官的任上，这又是一个肥得流油的差事。但天有不测风云，正当胡自皋官运亨通大扯顺风旗时，却没想到母亲病逝。按明太祖定下的律条，父母双亲去世，官员必须卸职回老家丁忧三年。胡自皋回到乡下守制②，好不容易挨过三年，回到京城，上本吏部等待复职。不想这时候，家乡的县太爷给他奏了一本上来，说他守制时违反天条，居然和族中子弟饮酒作乐，还吹吹打打纳了一个小妾。这样不守孝道，哪里还能复官？这真个是祸从天降，但责任还在胡自皋自己。他自恃京官出身，又有的是钱，回到家乡守制，全然不把县太爷放在眼里。他不主动去县衙门拜访不说，县太爷来看他，他居然当着族人的面，数落县太爷的不是。不怕对头事，就怕对头人。因此，当他回京时，县太爷便奏上了这么一个本儿。在以孝治天下的明朝，这可是一件十恶不赦的事。凭空落下这么一个祸来，胡自皋只好自认倒霉。出事的时候，内阁首辅正是高拱。高拱同时还兼着吏部尚书，其权势已达到了一手遮天的地步。胡自皋本也是一个极会钻营的主儿，他人上托人，保上托保，居然认识了一个人称邵大侠的人物。这邵大侠非官非儒，非文非商，不知为什么，跟高胡子的交情却很深厚。他给了邵大侠一万两银子的厚礼，邵大侠居然把事儿给他办成了。不但照常例补，还由从六品升到了正六品。只是位子挪了，由盐运司判官变成了南京

---

① 盐运司：是掌管地方盐务或负责运输食盐的官署。
② 守制：即守孝，古人父母或祖父母死后，儿子或长孙在家守孝二十七个月，在此期间，不任官、应考、嫁娶等。

的工部主事。官虽然升了,却是一个无所事事的闲官。胡自皋哪里吃得住这个,到任一年,进部衙办事只当是点卯,一门心思都用在巴结京城有权势的官员上头。

北京来的这个名叫徐爵的人,是前天到的南京。他一来,就受到了应天府官员们的关注,因为他一不是什么官员,二也没什么功名,却居然是拿着一张兵部的勘合①驰驿而来。而且来的当天,权倾一方的南京守备太监孙朝用就在稻香楼上为之摆筵接风。这么一个神秘人物,立刻引起了胡自皋的兴趣,经各方打听,才探知这个徐爵是当今秉笔太监兼东厂掌印冯保的大管家——如今也是簪缨②之人,冯保出钱为他捐了一个从六品的锦衣卫镇抚。冯保的大名,胡自皋哪有不知的?他考中进士那年,冯保就已是秉笔太监,经历嘉靖和隆庆两朝,上头的掌印太监已换了五个,他却岿然不动。中间虽听说他与高拱不和,却也不见他倒牌子、挪位子,可见根基之深。若能攀上这个高枝儿,或许是一条晋升之路。于是他通过一个平素有些来往的南京内府的管事牌子,和徐爵交换了名帖③。今天夜里,又包下了这座倚翠楼,让当红名妓柳湘兰陪陪这位冯公公的大管家。明朝的司礼太监,每人都有自己的一套照应官人,被称作"各家私臣"。这些私臣各有名衔,各掌其事。如掌家,实乃一家主管;管家负责办理食物,出纳银两;上房管理箱柜锁钥;司房一职则负责批发文书,誊写应奏文书一应事项。这些私臣,既可以是阉人,也可以是正常人。例如这徐爵,便是一个有着妻儿老小的人物。在冯府中,他担任掌家之职,深得冯保信任。

南京为六朝故都,素有"北地胭脂,南朝金粉"之誉。衣冠文物,甲于江南,白下青溪,桃叶团扇,冶艳名姝,不绝于史。早在洪武初年,朱元璋就敕令建造轻烟、淡粉、梅妍、柳翠等十四楼以容纳官妓④,风流天下,盛极一时。过了一二百年,到了隆庆年间,这秦淮河畔的烟花事业,越发蓬勃起

---

① 勘合:一种半印公文。古时符契文书中缝上盖印信后分为两半,当事双方各执一半,用时将两张符契并拢,验对骑缝印信作为凭证。
② 簪缨:古代达官贵人的冠饰,后遂借以指高官显宦。簪为文饰,缨为武饰。
③ 名帖:又称名刺,就是现在的名片。在一小方红纸上书写姓名、职衔,用作拜谒求见时通报的帖子。
④ 官妓:官方提供侍奉官员的妓女。明代的官妓隶属教坊司管理,但不再侍候官吏。

来。从武定桥到利涉桥，再延伸到钓鱼巷，迤逦以至水关临河一带，密簇簇儿地一家挨着一家，住着的莫不是艳惊江南的名妓。这些女史①们的居所称作河房，亦称河楼。凤阁鸾楼都构筑得极为精巧华丽，雕栏画槛，丝幛绮窗，看上去宛如仙家境界。这一带出名的河楼，虽然有几十家，但其中最叫响的，莫过于停云、擎荷、倚翠三家。皆因这三座楼的主人，都是色艺双佳、技压群芳的当红名妓。公子王孙、豪门巨贾到了南京，都想登门造访，一亲芳泽。因此，想得到她们的眷顾，都得提前预约。单说这倚翠楼的主人，叫柳湘兰，与她的约会，都订到一个多月以后了。亏得胡自皋本事大，硬是临时挤了进去。

天尽黑了，倚翠楼中早已点起了亮丽的宫灯。胡自皋和柳湘兰坐在楼上厅堂里，荤一句素一句地扯着闲话儿。为了掩人耳目，胡自皋卸了官袍，换了一身便服。不过，从头到脚，一招一式，还是那官场的做派。柳湘兰十七八岁年纪，眉如新月，肤如凝脂，穿着一身西洋布面料制成的洁白衫裙，还梳了一个别出心裁的高高的发髻，一朵嫣红的玫瑰斜插其上，站在窗前，仪态万方，一颦一笑，无不妩媚动人。

胡自皋与柳湘兰，也是第一次见面，开始说话时还有些生分，不过，一盅茶后，两人说话就无遮无挡了。

"胡大人，你说北京来的老爷，姓什么来着？"柳湘兰娇声问道。

"嗨，刚说的，你怎么又忘了？"胡自皋故意装作生气的样子，"我再说一遍，你记清楚，姓徐，徐老爷。"

"徐老爷多大的官儿，值得胡大人这样巴结他？"

"你怎么知道我巴结他？"

"这还用问哪，"柳湘兰两道细长的眉毛轻轻一挑，咯咯地笑起来，"到我这儿来的人，都是只顾着自个儿销魂，哪有像你这样儿的，大费周章进了倚翠楼，却是帮北京来的那位徐老爷跑龙套。"

柳湘兰伶牙俐齿，一边说一边笑。听了这番挖苦，胡自皋倒也并不觉得怎么难为情，也陪着笑起来。

---

① 女史：原是对知识妇女的美称，这里代指妓女。

第三回　主事钻营买通名妓　管家索贿说动昏官

"玉儿，给胡大人续茶。"柳湘兰喊了一声侍立一旁的小丫鬟。

胡自皋呷了一口茶，文绉绉地说："湘兰女史，你以为卑职，啊不，你以为在下没有怜香惜玉之心？那你就错了。从一进你的门儿，我就开始怅然若失。"

"那你为何要让给别人？"

"人家是远道的客人，我总该有点君子之风。"

"好一个君子之风，"柳湘兰揶揄地一笑，"你一个六品官儿，说小也不算小了，拿着小女子去巴结北京来的大老爷，这也算是君子之风？"

"你？"受了这一顿抢白，胡自皋脸上有点挂不住了，悻悻地说，"你打着灯笼访一访，本官在南京的名声，哪容你这样胡说。"

"哟，看看，本官不高兴了。"柳湘兰学着胡自皋的腔调，流莺一样掠起，走到胡自皋跟前，弯腰施了一礼，说道："奴家说话多有冒犯，这厢赔不是了。"

看着柳湘兰不胜娇羞的神态，胡自皋又转怒为喜，自己转弯说："就你这个柳湘兰，害得有本事的男人，到了你这儿，骨头都称不出斤两来了。"

"胡大人，奴家听不出，你这话儿，是抬举奴家呢还是贬损奴家。"

"当然是抬举，"说着，胡自皋对玉儿丫鬟说，"你去楼下，把我的管家喊上来。"

玉儿去了不一会儿，便领了一个半老不老的人上来，手里提着一个礼盒。

胡自皋拿过礼盒，双手送到柳湘兰面前，说道："这是几样首饰，作为见面礼送给女史，望笑纳。"

柳湘兰接过礼盒，打开一看，只见是一对玉镯、一对耳环、一只佩胸，绿莹莹幽光温润，都是上乘的翡翠。看到这么贵重的礼物，连见惯了大场面的柳湘兰，也不免惊讶。

"胡大人，这么贵重的礼物，奴家怎么消受得起。"

"我想着女史的楼号称倚翠楼，所以就选了几样翡翠，小意思。这里还有一千两银票，算是送给你的脂粉钱。"

胡自皋出手如此阔绰，倒真令柳湘兰感动了。她嗫嚅①着说："胡大人，

---

① 嗫嚅：想说而又吞吞吐吐不敢说出来。

你如此耗费，叫奴家怎样报答你才好。"

胡自皋挥挥手，管事退了下去。

"只要你今晚上把徐大爷陪好，让他满心欢喜地回去，你就算报答我了。"

"这位徐老爷，究竟是什么人？"柳湘兰又问。这回，她不再是打情骂俏，而是郑重其事地打听了。

胡自皋略一沉吟，问："你知道冯公公吗？"

"冯公公，哪里的冯公公？"柳湘兰茫然地摇摇头。

"就是当今的司礼监秉笔太监兼东厂掌印冯保。"

"不知道。"柳湘兰还是摇头。

胡自皋看她一问三不知，心里头有些窝火。但一想，她一个南京的青楼女子，不知道北京官场的显要人物，也属正常。于是又提高嗓门问："当今的皇上是哪个，你总该知道吧？"

"这个倒难不倒奴家。"柳湘兰认真地回答。

"这个冯公公，是隆庆皇帝身边的秉笔太监，大红人儿。"

"啊，皇上身边的人，"柳湘兰的神情立刻就肃穆了，"胡大人，你说今晚上就是他来？"

"不是他，今晚上来的是徐老爷。"

"徐老爷和冯公公是什么关系？"

"徐老爷是冯公公的管家。"

听到胡自皋绕了半天弯子，才兜出这层关系，柳湘兰在心中轻蔑地说道："说到底是龙尾巴上的一只虾子。"但在表面上，她却恭维地说："我说胡大人怎的这等虔诚，原来是个踩得皇城晃动的人物。"

"明白了就好。"胡自皋长出一口气，说，"这会儿，徐老爷也该到了。"

柳湘兰又恢复了轻松活泼的神态，她说："请胡大人放心，今儿晚上，我要让徐老爷在奴家这里玩得开心，不过……"

"不过什么？"胡自皋盯问。

"跟徐老爷是逢场作戏，奴家现在，倒实实在在有些喜欢胡大人了。"

这时，只听得楼下一声大喊："徐老爷驾到！"

胡自皋陡地站起，准备下楼迎客，临出门时对柳湘兰说道："如果你真的喜欢我，也要等把今天晚上的这一场戏做完。"

胡自皋还没有走到楼下，徐爵已奔着楼梯口儿上来了。只见他五短身材，蒜头鼻，鱼泡眼，走路鸭子似的摇晃。看他这副尊容，胡自皋不免心里头犯嘀咕："冯公公家的大管家，怎么就这德行，十足一只癞蛤蟆。"但转而一想："人不可貌相，福在丑人边。冯公公看中的人，必定还是有一番能耐。"想到此，胡自皋便迎着上楼的徐爵喊道："徐老爷，下官胡自皋在此恭候多时。"

"你就是胡大人？"徐爵上楼后，来不及进到厅堂，就一边喘粗气儿一边嚷开了，"中午多灌了几口黄汤，睡过了头。"

进得厅堂，先是让座儿，接着寒暄叙礼。胡自皋把柳湘兰介绍给徐爵。柳湘兰弯腰蹲一个万福①，说道：

"徐老爷，多谢你赏脸，肯到奴家的寒舍里来叙叙话儿。"

徐爵色迷迷地盯着柳湘兰，喷着酒气说："听胡大人讲，柳姑娘的花酒，都订到一个多月以后了。"

"多谢众位老爷扶持。"柳湘兰打心眼里头腻味这个什么公公的大管家，只是碍于胡自皋的情面，不得不强颜欢笑，"其实，奴家是徒有虚名。"

"嗯，这句话听了受用。"徐爵把丫鬟递过来的茶，咕噜咕噜一口气喝干了，接着说："在京城，干你们这行儿的，我见得多了，刚出道儿时，有只烂梨子吃也就满足了，权当是解渴。一旦走红了，嗨，就开始架起膀子，自称是圣是贤了。俗话说，皇帝的女儿状元的妻，叫花子的老婆一样的屄……"

徐爵的话越说越粗野，眼见柳湘兰红晕飞腮，两道柳叶眉蹙作一堆儿，胡自皋情知事情不好，于是干咳一声，硬着头皮打断了徐爵的话："徐老爷，你看，是不是把酒摆上？"

"再喝会儿茶吧。"徐爵趁着酒意，故意说一阵粗话，这是他寻花问柳的惯用伎俩，看着美人儿粉脸气乌，他心里才有十二分的快活。他瞟了一眼还在咬着嘴唇怄气的柳湘兰，指着挂在墙上的琵琶问："柳姑娘想必是曲中高手？"

---

① 万福：古时妇女相见，一边行礼，一边称"万福"，后来用作妇女行礼的代称。

"谈不上。"柳湘兰冷冷地回答。

徐爵哈哈一笑，说："我徐爵生平有一大爱好，就是喜欢看美人儿生气。今天，又过了一把瘾。柳姑娘，你暂时下楼去消消气，我和胡大人谈点正经事，待会儿，再一边喝酒，一边听你唱曲儿。"

柳湘兰如释重负地下楼去了。

听着柳湘兰在楼下指桑骂槐地训斥丫鬟，胡自皋小心翼翼地说："徐大人，你怜香惜玉的方式，好像和一般人不一样。"

徐爵眨了眨眼睛，狡黠地说："再好的女人，也不能宠她。否则，她就会把你缠得透不过气来。"

"好哇，"胡自皋称赞，"你这是温柔乡中的孙子兵法。"

"胡大人，我这个人快人快语，有话喜欢明说，现在请你告诉我，你见我有何事？"

比起刚才与柳湘兰讲话时的疯态，徐爵已是判若两人。胡自皋这才领教到此人并非等闲之辈。他下意识抬眼看看这位大管家，只见他两道犀利的目光也正朝他射来。

胡自皋毕竟是官场老手，他很自然地躲过那目光，微微一笑说："徐大人这样子，倒像是个审案子的。"

"官场复杂，我不得不小心啊。何况我家主人，一向洁身自好，始终恪守大明祖训，不与外官①交往，因此也总是告诫我等，不可在官场走动。"

听了徐爵这番话，胡自皋在心里忖道："不在官场走动，你那兵部的勘合是怎么来的？"但出口的话，却又是肉麻的奉承了："冯公公的高风亮节，在天下士人那里是有口皆碑。徐老爷在他身边多年，耳提面命，朝夕熏染，境界自然高雅。"

"你还没说呢，找我究竟何事？"徐爵又开始追问。

胡自皋看着徐爵盛气凌人的样子，心中已有几分不快。心想这人怎么这么不懂规矩，自己好歹是朝廷的六品命官，哪容得你这样盘三问四。但一想到冯保，窝囊气也只好留下自己受用了。

---

① 外官：指宫廷外的朝官，非贴近皇帝侍奉的臣子，与宫内的宦官相对。

"下官倒也没有什么特殊的事，只是仰慕冯公公的声名。"胡自皋说。

"我虽然与胡大人今日才见面，但早有耳闻，"徐爵说，"金榜题名后，一路放的都是肥缺，守制三年，虽然让人奏了本儿，但有惊无险，依然升了个正六品。这事儿，你还应该多多感谢高阁老。"

高拱与冯保的矛盾，胡自皋早有耳闻。听徐爵故意点出高阁老来，知道他对自己有所提防，于是轻描淡写地说："下官与高阁老也并无交情，只是托人求他说了一次情。"

"这话倒实在。"徐爵点点头，"像你这种六品官儿，在京城衙门里，哪间房里都坐了好几个，高阁老哪里都认得过来？你一不是他的门生，二又没有乡谊，他哪能格外照顾你？遇上什么事儿，拿银子抵上，抬手放你过去，送个顺手人情，总还是可以的。不过，话又说回来，只要舍得花银子，顺手人情哪个不会做？盐运使判官你做也是做，别人做也是做，就看谁会办事。胡大人，你说是不是？"

"是，是，"胡自皋连声附和，"有钱能使鬼推磨，这是千古至理。"

"我看高阁老就不成心帮你。虽然你升了个工部主事，却是南京的，这是个什么官儿嘛，穷得家里连老鼠都跑光了。你花了多少银子我不知道，也不想知道。但花钱买来一股子穷酸，这不明明是捉弄人吗？"说到这里，徐爵顿了一顿，看到胡自皋在低头思考，又接着说："胡大人，鄙人有句话想提醒你，又想到初次见面，难以启齿。"

"但说无妨。"胡自皋抬起头来。

"那就恕鄙人无礼了。"徐爵看了看窗外，压低声音说，"你虽然也算是个老官场了，但其中的道道儿，你还没有估摸透。"

"不才愿闻其详。"胡自皋来了兴趣。

徐爵说："会用钱者，四两拨千斤；不会用钱者，千斤换来一屁毛。"

胡自皋问："何为会用钱者，何为不会用钱者？"

"会用钱者，烧冷灶，不会用钱者才去烧热灶。"徐爵见胡自皋神情疑惑，索性捅穿了说，"比方说吧，你大把大把银子送给高胡子，这烧的就是热灶，他那里本来就火焰熊熊，还差你这把火吗？你赶着去投柴火，人家并不领情。倒是那些冷灶，靠你这一把火，扑腾扑腾烧出热气儿来，人家才会记得你。"

"理是这个理儿，"胡自皋思虑了一会儿，缓缓说道，"只是人家热灶办得成事，若是个冷灶，终究讨不来便宜。"

"胡大人此话差矣，"徐爵冷冷一笑，"既做官，就是一生的事业，哪能在乎一时的成败得失。你烧了三年冷灶，看似吃亏，到了第四个年头儿，说不定时来运转，冷灶成了热灶，你岂不也跟着鲤鱼跳龙门，落进了金窟窿！"

胡自皋听出徐爵弦外有音，就索性抄直说："徐老爷，不才还要请你指点，现在去哪里找寻这样的冷灶呢？"

徐爵看到胡自皋已经着了道儿，也就不再遮掩，脱口便说："我家主人就是。"

"冯公公，他？"胡自皋一下子惊愕了，"他这么大的权势，还是个冷灶？"

"南北两京的内侍太监，总共有两三万人，比起那些一般的管事牌子，他当然是大大的热灶，但……"说到这里，徐爵故意卖了个关子，眨了眨鱼泡眼，摇着脑袋说："算了，算了，还是不说的好。人心隔肚皮啊。"

"徐老爷与我初次见面，信不过我，倒也在情理之中。"胡自皋悠悠一笑，接着说："不过，徐老爷吞进肚中的半截子话，就是不说，下官也猜得出来。"

"是吗？"徐爵挪了挪身子。

"您要说的是，冯公公的头上，毕竟还有一个司礼监掌印太监孟冲。"

这回轮到徐爵吃惊了。他盯了胡自皋一眼，心里想："可不能小瞧了这个六品官儿。"嘴里说道："是啊，现任的司礼监掌印太监孟冲，论资历，论才情，哪一点比得上我家主人？"

胡自皋一笑，神情矜持起来："徐老爷方才问我，为何要请你，现在可以回答了。"

"请讲。"

"为的是烧冷灶。"

话音刚落，两人同时大笑起来。笑毕，徐爵严肃地说："胡大人，君子无戏言，你说话可当真？"

"当真!"

"好!"徐爵显得颇为高兴,一脸横肉松弛下来,蒜头鼻子也泛起了红光,"有您这句话,回到北京,我一定在我家主人面前替大人多多美言。"

"那就多谢了,兄台。"胡自皋改了个称呼,问徐爵:"这样称呼,您不介意吧?"

"早该这样,显得亲热多了。"徐爵点头首肯。

"兄台打算何日离开南京?"

"事情若办得顺利,我明日就回。"

"您走时,愚弟预备一份厚礼,请兄台转给冯公公,兄台处我也另备薄仪①。"

"我这儿就免了,我家主人处,你倒是要好好儿孝敬一下。"

"如何孝敬,还请兄台指教。"

"既然不是外人,我就索性直说了。我这次来南京,是为了替我家主人觅一份宝物。"

"什么宝物?"

"你知道菩提达摩②这个人吗?"

"知道,"胡自皋点点头,接着就卖弄起来,"他是从印度来到中国的大和尚,被称为中国禅宗初祖。"

"听说他从印度来时,先到广州,后从广州来到南京拜见当时梁朝皇帝梁武帝③,并赠了一挂佛珠给梁武帝。这挂佛珠是用一百零八颗得道高僧的舍利子④缀成的,被梁武帝奉为国宝。梁朝到如今,已过了一千多年,但这挂佛珠却仍在南京。"

"这可算得上是国宝了。"

"是呀,这挂佛珠如今落到一位师爷⑤手里,我找到他商量转卖,他开始

---

① 薄仪:微薄的礼物。
② 菩提达摩:南天竺人,属婆罗门种姓,通彻大乘佛法,为修习禅定者所推崇。北魏时,曾在洛阳、嵩山等地传授禅教。成为禅宗的创始人。
③ 梁武帝:南梁的开国皇帝,名萧衍,公元502—549年在位。
④ 舍利子:僧人死后在火化后产生的结晶体称为舍利子。
⑤ 师爷:中国古代地方官府中无官职的佐助人员,分管刑名、钱谷、文案等事务,由长官私人聘请,亦称幕友、幕僚、幕客、幕宾等,师爷乃其俗称。

一口咬定不卖，说这宝物留在他家已经五代了，不能在他手上消失，落下个不肖子孙的名声。好说歹说，连南京守备太监孙朝用大公公也出面了，人家看我有些来头，这才松了口答应转卖，但出价五万两银子。按理说，这样一件国宝，五万两银子也不算贵，只是我家公公，平常为人清正，哪里凑得出这么大一笔银两。我还是和那师爷扯葛藤，讨价还价，今天下午才算敲定，三万两银子，明儿上午去宝应门旁的藕香斋，一手交银，一手交货。"

听徐爵说了前因后果，胡自皋感叹："没想到冯公公敬佛如此虔诚。"

"佛就是他的命根儿，每年他都要做大把大把的善事。"徐爵一说到"我家主人"，便是一脸的恭敬，"但这次，我家主人差我十万火急地赶来南京收购这件宝物，却不是为了自己收藏。"

"哦？"

"当今皇上病了，你知道吗？"

"知道，早有邸报过来，内阁也发来咨文，命各衙门每夜都留人守值。"胡自皋说到这里，顿了一顿，接着说："我正想问兄台，皇上的病怎么样了？"

"皇上的病是朝廷最高机密，我辈哪会知道底细。但从我家主人这一段行迹来看，万岁爷的病，恐怕不轻。我这次来寻那串佛珠，也同万岁爷的病有关。"

"此话怎讲？"

"皇上最宠的李贵妃，也就是当今太子爷的生母，是个极其信佛的人。平常就吃花斋①，所住的慈宁宫里，还布置了一个大大的佛堂。每日里抄经念佛，宫女都称她为观音娘娘再世。这回皇上病了，她更是吃了长斋。前几天，冯公公去给李贵妃请安，无意中提到南京城中有这么一串佛珠。李贵妃顿时就盯问起来，接着叹一口气，说国中还有这样的佛宝，应该能保皇上万寿无疆。说者无心，听者有意。回到家来，我家主人就差我火速来南京。无论如何，也要把这串佛珠弄到手，孝敬给贵妃娘娘。"

"兄台带的银票不够？"

"是呀。"徐爵点出李贵妃这一层，原是想胡自皋爽快地掏银子。看到

---

① 花斋：指佛教信徒里有一些不能完全不吃荤腥的人，而在特定时间内吃素的一种方式。

胡自皋还在盘算，就故意激将说："不过，只要我肯张口，这三万两银子也不是什么大事，多少人想巴结我家主人，只愁找不到门路呢。"

胡自皋点点头，他承认徐爵说的是实话，冯公公再不济，在皇帝爷身边滚了十几年，三万两银子总还是拿得出手的。这次差徐爵来南京，压根儿就没想过自己掏钱买那串佛珠。他胡自皋舍不得花这笔钱，自然会有人抢着出。徐爵固然狡黠，但还是托出了底盘。可转而一想，三万两银子毕竟不是一个小数目，若被徐爵假借冯公公名义，骗走私吞了，自己岂不就成了天大的傻瓜。但若徐爵所言当真，三万两银子结交冯公公，还搭上李贵妃的线，又是一件天大的便宜事。皇上的病，已经折腾了一两个月，假如那些太医们不能妙手回春，一旦龙宾上天，太子爷接任，李贵妃就是一个大大的热灶了。想到这一层，胡自皋心头一热，开口说道：

"兄台，这三万两银子，我出了！"

"好！"徐爵一拍茶几，脸上绽出了难得的笑容，"胡大人果然爽快，我先替我家主人感谢你。"

银子虽然出了，但胡自皋还是留了一分小心，紧接着徐爵的话说："等明天那串佛珠到手，我派一个人和兄台一起进京，面呈冯公公，以示鄙人的一片孝心。"

徐爵一愣，他知道胡自皋是在担心自己从中做手脚，心中已有些不愉快，于是没好气地说："也好，三万两银子虽然不多，但既然胡大人看重，派个人和我一起见见冯公公，鄙人也就卸开了嫌疑。"

胡自皋听出话中的骨头，连忙赔笑脸说："兄台不必多疑，下官只是担心路上，怕万一有个闪失。"

徐爵勉强一笑，起身踱到临河的窗前，只见各处河房前的大红灯笼都已点燃，把个秦淮河照耀得如同白昼。河上画船相接，岸上楼阁参差。香雾缭绕，烛影摇红，箫鼓琴筝，不绝于耳。他伸了个懒腰，情欲难以抑制，于是迫不及待地问胡自皋：

"柳姑娘呢？叫她上楼来。"

第四回

魏侍郎惊听连环计
冯公公潜访学士府

　　隆庆皇帝中风之后，吃了太医祛火去邪的汤药，又严禁了房事，不过十天，病情就显著减轻，这一日还挪步到西暖阁批了几道折子。消息传出来，日夜守在内阁须臾不敢离开的两位辅臣才大大松了一口气——按皇上的意思，本来是要他们在东暖阁中安歇。但高拱坚持内外有别，并申明内阁也在紫禁城中，距乾清宫不过一箭之遥，有事喊得应，皇上这才同意他们回到内阁宿值。如今皇上病情既已解危，内阁又发出一道咨文，从今天起，各衙门堂官不必守值，可以回家歇息了。前面已经说过，高拱身任首辅同时又兼着吏部尚书，平日工作习惯是上午在内阁入直，下午到吏部处理部务。因为皇上犯病，他已有十来天没到吏部，这天下午一俟签发了咨文，他就起轿往吏部而来。

　　吏部左侍郎①魏学曾早就在门口迎候，并一起走进高拱宽敞明亮的值房。这魏学曾是嘉靖二十九年的进士，为人性格耿直，有口无心，敢作敢为，曾出抚山西、辽东，颇有政绩，在官场上素有"魏大炮"之称。无论是脾气还是办事干练的作风，魏学曾都深得高拱赏识，因此拔擢他来担任自己的副手，主持吏部日常政务。却说两人在值房坐定，魏学曾简要地把这十几天来吏部事务述说了一遍。高拱向来大事小事都牵肠挂肚，虽然放手让魏学曾处理部务，但凡事却又必须向他汇报明白。这会儿魏学曾杂七杂八说了一大堆，高拱不厌其烦听得仔细，遇到含糊处，还要插话问个清楚。魏学曾说

---

① 吏部左侍郎：吏部的副长官，辅佐协助尚书管理本部事务。

第四回　魏侍郎惊听连环计　冯公公潜访学士府

毕，高拱问："李延可有辞恩折子到部？"

按规矩，接旨致仕官员都要上折子辞恩，这类折子须得寄吏部转呈。魏学曾摇摇头说："尚未收到，广西庆远离京城数千里之遥，想必李延的折子还在路途之中。"

高拱皱了皱眉，垂下眼睑思虑一会儿，问道："惟贯，你和李延是同年，你说，这李延骤然间丢了两广总督的乌纱帽，会怎么想？"

"那还会怎么想，一个字——气！"

魏学曾心直口快，说话不看人脸色。高拱被他噎了一下，强笑了笑，问道："他自己失职，气从何来？"

魏学曾回道："失职可以罚俸，可以降级，可以另换位置，断不至丢了乌纱帽。何况李延还是元辅的门人，对门人处罚如此严厉，何以羁縻①人心？再说替换李延的殷正茂，也不是什么循吏良臣。现在这件事在京城里头已被炒得沸沸扬扬……"魏学曾还欲说下去，突然一眼瞥见高拱脸拉得老长，便打住了话头。

其实，高拱的脸色并不是做给魏学曾看的。他是因为衙役送茶进来，眼见青瓷茶盅而联想到东暖阁中那些绘满春宫图的瓷器。看到魏学曾不说话了，便问道："你怎么不说了？"

"我怕元辅不肯听。"

"这是哪里话，"高拱当即收回心思正襟危坐，专注地看着魏学曾说，"你说下去。"

魏学曾因为"断"了这一下，冲动的情绪受到遏制，顿失了长篇宏论的兴头，愣了一下，只说了一句："依下官之见，元辅以殷正茂取代李延，走的是一步险棋。"

高拱哈哈一笑说："你干脆说是一步臭棋得了，我还不知晓你魏大炮，心里头就这么想的。"魏学曾不置可否，佯笑了笑。高拱眼中犀利的光芒一闪，接着说道："外头舆情②恐怕还不止这么多，三公③九卿④里头，谁都知道张居正已经

---

① 羁縻：笼络，怀柔。
② 舆情：广大民众的看法、意见。
③ 三公：明代三公是太师、太傅、太保，正一品；少师、少傅、少保为三孤，从一品；太子太师、太子太傅、太子太保为太子三师，从一品；太子少师、太子少傅、太子少保为太子三少，正二品。以上官职都是不常设的虚职，常用作内阁大学士（正五品）和六部尚书（正二品）的加衔，以提高其品级待遇。
④ 九卿：明代六部、都察院、大理寺、通政使司的长官，合称"九卿"。

三次推荐殷正茂，是我坚持不用。公平地说，此人在江西巡抚任上，捕盗安民，催收赋税，功劳苦劳都有。江西税银累年积欠总额排在全国第三位，殷正茂去南昌开府建衙不过两年，这积欠的排位已往后退了十七位，绩效最为显著。但是，此人性贪，去江西两年，弹劾他的折子就有十二份之多。这里面固然有地方官员不满殷正茂的苛政，挟私愤告刁状的成分，但所列举殷正茂贪墨之劣迹，据我判断，也并非尽是捕风捉影之事，这是我坚持不用的理由。这一点，记得以前我不止一次与你谈过。"

魏学曾点点头，正是因为他知道这一层，因此更不明白高拱为何突然间改变了态度。皇上任命殷正茂为两广总督的旨意到部，魏学曾遵旨作速办理敕书①及关防文书时，便觉得事变突然，不由得犯嘀咕。当他听到大内太监传出话来说皇上曾骂高拱"朕看你也不是忠臣"时，还以为高拱失宠，拔擢殷正茂是张居正的主意。后来一看又不像，高拱仍稳坐首辅之位，心里头这一块疙瘩老是解不开。现在正好当面问一个清楚，解开这个谜，于是说道："对李延和殷正茂这两个人，元辅的态度前后判若两人，这正是大家迷惑不解之处。"

"此一时，彼一时也，惟贯，这个道理你总该明白。"见魏学曾兀自愣怔，一脸不解之色，高拱接着解释说："那天做出这个决定之前，事情有了两个变数，一是皇上突然犯病，二是李延又有城池失守的八百里塘报送到。皇上十八岁时封了裕王，我就是他的老师，君臣间的情分，自不是一般人能够窥测揣度得到的。但皇上那天在皇极门金台一怒，居然也骂了老夫一句'不是忠臣'的话，这就叫天意难测。后来太医在东暖阁陈述皇上病情，吞吞吐吐，老夫心里头就升起不祥之兆。万一皇上春秋不豫，鼎祚有变，就会有人趁浑水摸鱼，来抢这首辅之位了……"

"你是说张居正？"魏学曾插话问道。

"不是他还能有谁？"高拱咕噜咕噜一口气喝干一盅茶水，伸手抹去嘴角的余滴，又滔滔而言道："嘉靖三十七年，我任国子监祭酒②时，张居正由

---

① 敕书：明清时期以皇帝名义颁发的人事任命文书，主要用于总督、巡抚等中高级官员。
② 国子监祭酒：设在京城最高学府国子监中的正长官。

第四回　魏侍郎惊听连环计　冯公公潜访学士府

翰林院编修①升任国子监司业②，当我的助手，开始与我共事。当时的首辅是严嵩，我俩都对他极为不满，也都怀有论道经邦燮理③阴阳的宰辅之志，很快我俩就成为莫逆之交，互相以相业期许。后来又先后入阁，任辅臣之初，他与我还能心心相印。在筹边、治漕与侯王爵禄裁正等诸多国家大政上，与我互相策应，配合默契，办成了一些大事。但我早已看出，张居正并非是甘心久居人下之人。自去年内阁中陈以勤、殷士儋等人相继致仕，只剩下他和我两人时，他的夺位之心就已日见端倪。他对我表面承应如初，暗中却在摩拳擦掌，与我较劲。最显著的表现，就是国家凡有用人之机，他就尽量推荐自己的同乡、同年和门生，这一点，从他入阁之初就开始做了，只不过不像近两年如此明显。举荐殷正茂，正是出自他培植朋党的私心。"

　　高拱牵藤扯蔓数萝卜下窖，把陈年往事说了一大堆。魏学曾认真听来，已明白了大概，同时想起一件与之关联的往事：隆庆二年初春，在当时的礼部尚书高仪的提议下，内阁中的几名大学士联名给隆庆皇帝上了一道公折，希望皇上尽早确立朱翊钧的太子地位。隆庆皇帝有两个儿子，均为李贵妃所生。朱翊钧是大儿子，当时只有五岁，隆庆皇帝对这个皇长子非常喜欢。他记得有一天自己正骑着马在宫中游玩，朱翊钧忽然出现在御道上拦住马头，仰着脸对玩得高兴的父亲说："父皇，你一个人骑着马，摔下来怎么办？"隆庆皇帝见儿子这么小如此懂事，心中好不喜欢，连忙翻身下马，抱起朱翊钧着实抚慰一番。当时收到内阁大臣请求册立太子的公折，他立刻准奏，并于三月份举行了册立仪式昭告天下。那时的内阁首辅是松江人徐阶，张居正甫一入阁，就赶上了这件大事。而先张居正入阁的高拱，却因与徐阶闹翻，遭到言官们的弹劾，在头年年底就被排挤出阁回了河南老家。因此在册立太子这件大事上他可谓"手无寸功"。当时合疏上折的四名内阁大学士，如今只剩下张居正一人。历朝历代，大凡太子登基，都会重用拥立太子的功臣。高拱是隆庆皇帝登极前的老师，故得到皇上的宠任。现在皇上突然犯病，若有不测，十岁的太子朱翊钧就会承继大统。从习惯上讲，朱翊钧自然在感情

---

① 翰林院编修：在翰林院中负责诰敕起草、史书纂修、经筵侍讲的官员。
② 国子监司业：国子监的副长官，协助国子监祭酒管理国子的教学事务。
③ 燮理：协和治理。

上更亲近张居正。高拱虽是德高望重的柄国之臣，却毕竟输了这一着。俗话说"一朝天子一朝臣"，可谓道出了个中奥秘。魏学曾心里清楚，高拱久居政府，当然知道其中的厉害。他现在突然改变主张舍弃李延而拔擢殷正茂，正是在这非常时刻的应变措施。但高拱既不肯说破，魏学曾也不便追问。不过，他觉得高拱这步棋走得太险，憋了一会儿，还是忍不住问道："元辅既知道张居正这等心思，为何还要顺水推舟促成这件事呢？"

高拱就知道魏学曾会这么问，不由得得意地一笑，站起来从容地舒展一下身子，然后又坐下说道："我看李延也是扶不起来的臭猪肠，领了那么多的兵马和粮饷，却奈何不了几个蛮贼。春节后写来三份塘报，全是坏消息，再不撤换他，叫天下人怎么看我？说实话，若在一年前把李延撤下，局势不会坏到这种地步。这也是老夫一点私心，照顾门生而贻误军机。现在皇上病情前途未卜，设若变故发生，有人就会利用李延之事大做文章，陷老夫于被动挨打之中。与其让别人来涮这个涮水锅，倒不如自己先整治干净。至于用殷正茂，老夫也存了一份心思。张居正三番五次举荐他，我若硬顶住不用，别人就会数落老夫堵塞才路，不肯为朝廷进贤。何况殷正茂这个人，在朝野之间纷争很大，原也在用与不用两可之间。我现在起用他，一则可以堵塞政敌之口，二则还可以观其后效。他若果真有能耐剿灭叛匪，这知人善任的美誉，少不了有我高拱一份；他若真的是个银样镴枪头①，对不起，我就得先礼后兵，新账老账一块儿算了！"

高拱伸手一挥，做了一个"砍"的动作，脸上也摆出腾腾杀气来。魏学曾到此明白了高拱如此处置的真实意图，不由得对这种工于心计一石三鸟的老辣手段佩服得五体投地。"生姜还是老的辣，不愧是官场老斗士！"魏学曾心中啧啧称叹，趁势又问："听说元辅指示户部，在殷正茂造出的军费预算上多加上二十万两银子，明着让他贪污，此事可是真的？"

"确有此事。"高拱点点头承认。

魏学曾立即表示反对："这样做有乖政体，下官不敢苟同。当今之世，各地官吏已贪墨成风，元辅如此做，等于是推波助澜，纵容天下官员

---

① 银样镴枪头：将焊锡做成枪头，看上去明晃晃的像银质一样，比喻表面看起来还不错，实际上不中用，好像颜色如银子的锡镴枪头一样。镴，焊锡，也就是铅锡合金。

贪赃枉法。"

"好你一个魏大炮，轻轻松松地就给老夫定了天大一个罪名。"高拱手指差点戳到魏学曾的鼻梁上，嘴里喷出笑声，满屋子嗡嗡回响，一丛连鬓长须抖动如风中秋草，"你这个人，优点在于疾恶如仇办事干练，但稍嫌不足的，则是遇事不肯在脑子里多转几个圈。你就不想一想，这二十万两银子，他殷正茂敢拿吗？"

"元辅既公开给他，他哪有不敢拿的？"

"问得好——好就好在'公开'二字。"高拱由于兴奋，已是一头热汗，他随便撩起一品仙鹤官袍上绣有四爪金龙的长袖举到额头一阵乱揩，然后凑过身子，双眸炯炯盯着魏学曾问道："古往今来，你何曾见过哪一位官员敢公开贪墨？"

魏学曾也神经质地揩了揩额头——其实他微汗都不曾出得。他感到高拱问话中藏有玄机，仓促答道："古往今来也没有哪一位首辅，敢拨出二十万两太仓银让人贪墨。"

"看看，你又说出这等人云亦云的话来。我多拨出二十万两太仓银是真，但咨文上详示仍是军费，并没有一个字说明这二十万两银子是给殷正茂贪墨的。"

"啊？"

魏学曾惊诧地睁大眼睛，随即懊悔自己怎么忽略了这一细节，和元辅不明不白抬了半天杠。

高拱接着说道："殷正茂敢私吞这里面的一两银子，我就有理由拿他治罪。"

"原来元辅多拨二十万两银子是一个圈套？"

"你以为是什么？我高拱作为柄国之臣，难道是那种鼻窟窿朝天的傻子？"

"可是官员们私下谣传，说是你亲口说的，多拨二十万两银子就是给殷正茂贪墨的。"

"我是说过，那是故意说给张居正听的，我就知道他会把这句话传出去。但是，口说无凭，以字为证。你在哪一道公文上看到我同意殷正茂私吞军饷？"

"如果殷正茂既打赢了这一仗，又鲸吞了这二十万两银子，元辅你如何处置？"

"送大理寺鞫谳①，治以重罪。"高拱毫不犹豫地回答，接着脸一沉，不安地说："我所担心的不是怕殷正茂贪墨，而是怕他不贪墨。你也知道，他和张居正是骨头连着皮的关系。殷正茂出的问题越大，张居正的干系也就越大，神龛上的菩萨，请是请不下来的，要想他挪位子，只有一个办法——搬！"

听完高拱的连环计，魏学曾已是惊得瞠目结舌，他没想到这么简单的一件事情里头，竟隐藏了这么深的杀机，使得他对高拱的阴鸷有了更深的领教。话既说到这一步，凭着他对首辅忠贞不贰的感情，他真恨不得飞往庆远府，把那一张二十万两银子的单票硬塞进殷正茂的口袋，以成就首辅的一番苦心。

"万一殷正茂有所警觉，不贪墨也不要紧，"瞧着魏学曾怔忡不语，高拱又顾自说道，"老夫还留有一手，他殷正茂前脚刚走，我就密札给江西道御史，要他加紧查实殷正茂在江西任内贪墨劣迹。总之，庆远府一仗，他殷正茂打赢了，我有罪治他，打输了，我更有罪治他！"

…………

不知不觉，两人已在值房里私语了半日，透窗的阳光已经收尽余晖，值房里光线曚昽起来。早就过了散班时辰，因两位堂官关门密语，吏部一应官吏也就不敢离开。衙役又进来冲茶，值日官瞅空儿进来禀告吏员都还没有离开，不知两位堂官是否有事召见。"都回去吧，"高拱吩咐，"这些时大家都累了，也该回家睡个囫囵觉。"值日官退下，魏学曾也起身告辞。

"惟贯，你就别走了。"高拱喊住他。

魏学曾以为高拱还要长谈下去，便把已经迈出值房门槛的一只脚抽了回来，规劝道："元辅，你也该回家了，半个多月没有回去，老夫人必定挂念。"

高拱并无儿子，膝下一个女儿也早已出嫁，他也未曾讨妾，只有一个原

---

① 鞫谳：审讯决断狱案。

第四回　魏侍郎惊听连环计　冯公公潜访学士府

配夫人与之长期厮守，从未享受过儿孙满堂的乐趣——这正是高拱最大的缺憾。"我那个老婆子，"高拱揶揄地说，"十几年前就吃起了长斋，我回家等于进了庙，吃肉喝酒如同犯了天条。今晚上，你就陪我吃顿饭。"说毕，也不等魏学曾表态，朝门外高喊一声："高福——"

高福是高拱的大管家，听得主人喊叫，连忙滚葫芦一般跑了进来。高拱问他："你上回说，啥馆子的猪头肉做得好吃？"

"回老爷，是熏风阁的。"

"你头前去安排，我和魏大人随后就到。"

高福应诺而走。不一会儿，高拱与魏学曾换了两乘便轿，朝位于灯市口的熏风阁迤逦而来，他们撤去仪仗扈从，只是为了安全起见，留了一队护兵暗中保护。

却说到了熏风阁后，高福早把一切安排妥当，店老板亲自出店迎接，巴结不尽地把他们领到楼上一处罗绮满堂、宫灯璀璨的雅间。洗手净面之后，七大碗八大盘各色菜肴也就在顷刻间摆了满满一桌。中间一个尺二见方的花钿髹漆木盒里，盛满了刚起蒸锅的热气腾腾的猪头肉，一片片通红透亮，切得极薄。

"哦，好香！"高拱耸耸鼻子，禁不住吞了一口涎水，夹起一小块放在嘴中，果然肥而不腻，香而有味。他让高福把侍立门外的店老板喊了进来，问道："你这猪头肉是怎么制作的？"

店老板回答："启禀首辅大人，小人这店里头的猪头肉，都是熏制出来的。"

"我知道是熏制的，湖南的熏肉也算是名产，但烟气太重，老夫并不喜欢吃，你店里这个熏猪头，却颇合老夫口味。"

"承蒙首辅大人夸赞，有您老肯赏脸亲来品尝，小的也不枉开了这爿店子……"

店老板受宠若惊，加之又从未见过这等显赫人物，因此唠唠叨叨词不达意。高福见他狗扯羊肠，便从旁喝道："少啰唆，你就直接回答我家老爷，你熏制猪头肉有何秘方。"

"是，是，"店老板点头哈腰赔笑说道："其实也没有什么秘方，这猪头肉是用茯苓、当归等药材熏制的。熏之前，取新鲜猪头先腌三五日，然后取出来挂在过风处,晾它十天半月,让它收水风干,再吊在熏笼里用药材来熏,微火轻烟,熏好一只猪头,总得一个多月工夫。"

高拱饶有兴趣,边吃边问:"为啥只是猪头呢,猪肉中不中?"

"猪肉就差一点了,因为猪头上骨头多,处处有缝隙,熏烟炙进去,从里面再往外透,药材的香味儿便彻底渗了进去。"

"嗯,有道理。"

高拱点头称赞,说话的当儿,三个人已把那一盘猪头肉吃去大半,其他的菜肴却无人伸筷子。高拱吃得兴起,对店老板说:"你把这些菜肴都撤了,再上一盘猪头肉来,今夜里咱们专吃这个。"

店老板遵命撤盘换菜,这时门外有人隔着门缝儿朝里窥探。魏学曾眼疾,大喝一声:"谁?"

"是我。"一个约莫三十来岁身着七品官服的人应声推门而入,于桌前跪了下去,"卑职叩见元辅与魏大人。"

来者是高拱内阁值房中的帮办文书韩揖。

"你怎么来了?"高拱问。

韩揖呈上一封文书,说道:"这份塘报天黑才送到,小的看塘报上所言之事有些紧要,故寻到这里来了。"

"谁送的塘报?"高拱问。

"应天巡抚张佳胤从安庆府传来。"

高拱接过塘报,匆匆看过,顿时脸色大变,他把塘报递给魏学曾,阴沉地说:"你看看,张居正已经撕开脸面了。"

"落轿——"

随着一声长长的吆喝,八个穿着一色张府号衣的轿夫动作熟练地把那顶蓝呢大轿停在张大学士府的轿厅里。一位年老的长随①早就候在一旁,待轿子停稳,立刻伸手撩开轿门帘儿,恭恭敬敬地喊了一声:"老爷。"

张居正缓缓下得轿来,只要他一回来,偌大一个张家府宅,就会变得鸦

---

① 长随:明代宦官等级中的第二等。

雀无声。无论是在官场还是在家里，张居正的不苟言笑都是出了名的，有时十天半月，都不能在他的脸上看到一丝笑意。因此，张家的人，上至公子下至杂役，都很怕他。

张居正的大学士府位于灯市口大街的纱帽胡同。从皇城的东角门出来，再进入灯市口大街，不过一箭之遥，而纱帽胡同就在灯市口大街进口不远。隆庆元年二月间，张居正四十二岁的时候，由翰林院掌院学士①晋升为吏部左侍郎兼武英殿大学士②。数月之间，由一个五品文官骤升为正三品重臣。原先的住宅顿时就显得寒酸了，于是，就托人觅下了这一处新的居所。这里原是一个工部侍郎的住宅。那位侍郎是苏州人，好治园子，因此把这一处住宅弄得很有点江南园林的味道。大院占地约略有十亩，分前后院，后院为眷属住所，前院为宴饮会友之地。隔开前后两院的，是一个四亩多的花园。亭台楼阁，不失为居家胜景。张居正觅宅子时，正好这位侍郎致仕要回苏州老家，于是一说即合。老侍郎一来庆幸名园有主，二来也乐得巴结眼看就要当"阁老"的重臣，于是只要了张居正两万两银子。这座院子，按当时京城的价格，不说十万两银子，八万两是绝对好卖的。如此贱卖，张居正甚是过意不去，执意要加价，怎奈老侍郎死活要做这个人情，半推半就，这桩交易就成了。张居正买下院子后，又根据自己的爱好，略加修葺整理，再搬过来住下，不觉过了五年。

从轿厅到前院之间，还有一个过庭。虽然节令已过清明，江南已是一派柳条青菜花黄的春景。可是北京城里，树枝儿才刚刚破绿，过庭正中的这棵老槐树，也只稍稍筛下一点春意。倒是庭角的一株春梅正开得茂盛，院子里弥漫着一股幽幽的馨香。在皇城困了半个多月未曾回家的张居正，此刻没有心情观赏它。他低头穿过庭道，径直走到后院，卸去官服、官帽，换了一件居家所穿的藏青葛布道袍③，头上戴了一顶明阳巾。在后院客厅里坐定，和夫人一起，依次接受了敬修、嗣修、懋修、简修四个儿子的请安。张居正一共有六个儿子，除上述四位外，还有十岁的允修、九岁的静修两个。问了几个

---

① 翰林院掌院学士：翰林院的主官，总领翰林院中侍读学士以下各种官员。
② 武英殿大学士：明代设置的辅佐皇帝处理朝廷政务的官员，相当于宰相。
③ 道袍：古人家居常服，斜领大袖四周镶边的袍子。

成年儿子的学习情况后,便一起用晚膳。

饭毕,张居正回到前院书房里喝茶。品茶时,他让书童把管家游七喊来。一会儿,一个四十来岁的中年人走进了书房。

来人清瘦,淡眉毛,小眼睛,脸颊狭长,右嘴角往外挪一寸的地方长了一颗豌豆大小的朱砂痣。他身穿一件用上海县三林塘出产的青色标布制成的道袍,脚上穿了一双皮金衬里的浅帮布鞋,头上戴着一顶天青色的堂帽,浑身上下透着一股子精明之气,此人就是游七。

游七与张居正同乡,都是荆州府江陵县人,张居正嘉靖三十三年病休回乡,三年后再度回京复官,就把游七带到了北京替他管家。从那以后,一晃过了十六年。游七与张居正沾有一点远房亲戚,应该喊张居正表哥,但游七谨守主仆身份,从来不以亲戚自称,而只喊老爷。这游七自幼也喜读诗书,原还想参加乡试①博取功名,跟了张居正后,遂把那门心思搁置了起来。张居正不但看中游七的儒雅之气,更觉得他办事机警。让他管家,他把家中一应事务料理得井井有条,且接人待物,都极有分寸,有时帮张居正应酬一些事情,也从不失误,因此很得张居正的信任。

这会儿,张居正靠坐在套着锦缎丝棉软垫的竹榻上,游七垂手站在竹榻旁。张居正示意游七坐下,游七便拖把椅子坐到竹榻跟前。看到游七脸上约略透出一些倦容,张居正说道:"我这些时不在家,你辛苦了。"

"都是平常事儿,说不上辛苦,"游七毕恭毕敬地回答,"只是老爷您要多多注意身体。"

"怎么,你看出什么变化了吗?"

"十几天不见,老爷消瘦了一些。"

"哦,是吧。"张居正苦笑了一下,问:"这一段时间,家中有什么大事吗?"

"半个月前,老太爷来信,要在清明节前往宜都祭奠祖坟,并说明用度不足。老爷不在家,我请示夫人,托人给老太爷带去二百两银子。"

张居正"哦"了一声,一股思乡之情不禁油然而生。张居正的先祖一直

---

① 乡试:明代在各省城举行的科举考试,考中的称举人。

可以追溯到元朝末年的张关保。张关保是南直隶凤阳人，与明太祖是同乡，明太祖起事时，张关保也跟着当了一个兵士，后来在大将军徐达的麾下当了一名下级军官。明朝立国之初，朱太祖论功行赏，把张关保封了一个归州长宁所世袭千户，也就入了湖广的军籍。明朝的军籍，无论兵士和官长，都是世袭的。张关保在史册上没有留下什么功绩，死后葬在宜都。张关保有一个曾孙，叫张诚，因是次子，不能享受世袭的尊荣，因此从归州迁到江陵，这个张诚便是张居正的曾祖。小时候，张居正曾跟着祖父张镇前往宜都祭扫过一次祖茔①，自那以后四十年过去了，张居正再没有去过宜都。前年，他曾给宜都县令许印峰写过一信，说过"远祖孤茔，辱垂青扫拂"的话。殷殷孝心，只能托地方官来完成了。张居正自嘉靖三十三年那次病休回家闲居了三年，至今已有十六年再没有回过江陵，也没有见过父母双亲大人了。虽然常有书信来往，但京城离江陵毕竟有三千里之遥。关山阻隔，亲情难觅，不要说侍汤奉药，甚至像祭祖这样的大事，自己也无暇参加。想到这一层，张居正心下怏怏，于是说道：

"祭祖这样的大事，二百两银子，是不是太少？"

游七迟疑了一下，嗫嚅着回答："以老爷这样的身份，这一点银两带回家是少了一些，但是……"

"但是什么？"看到游七欲言又止，张居正追问。

"府上的用度，这两月有些吃紧。"

张居正听了又不吭声。张府上上下下，从眷属到仆婢，总共有百十号人，这么多人吃喝开销，说起来也是一个无底洞。单靠张居正一个人的俸禄，肯定是不够的。有时候，皇上也额外给一点奖赏，但毕竟有限。京官的大部分收入，都靠门生或各地方官员的孝敬。偏偏张居正不喜经营，平常要好的仕官朋友送点礼金杂物来，客气一番，半推半就，还是收下了。若是一些想说情升官的人走他的门道儿，十有八九会碰上一鼻子灰。张居正游历官场，想做经邦济世的伟业，因此绝不肯在人前落下什么把柄。因此，他的经济总也没有宽裕的时候。为了节省开支，有时也想裁减用人，但抬轿的轿夫、侍弄园子的花匠、做饭的厨师、照顾幼儿的奶妈、外院的书童、内院的丫鬟，似乎一个也裁减不得。官做到这个位置，

---

① 祖茔：祖上的坟地。

必要的排场还是要讲的。在这么一个两难的境况下，张居正常常捉襟见肘，因此最怕谈的就是这个"钱"字儿。幸亏游七是个能干人，由于他的筹划，家中总没有弄到入不敷出、山穷水尽的地步。有时候，张居正也风闻游七背着他收一些地方官员的礼金，免不了要严厉地申斥几句，但也没有往深处追究。毕竟这么大一个家，一切的用度开支，还得靠他维持。而且，没有他的点头，数目稍大的礼金，游七也绝不敢擅自做主的，这一点张居正心里有数。

"用度吃紧，节省就是。"张居正慢悠悠地说，接着问："还有其他的事吗？"

不待游七回答，又有门房进来禀报："老爷，徐爵求见。"

"快请。"张居正吩咐，游七便随门房到外头迎客去了。不一会儿，游七领了两个人踅回书房，一脸兴奋地说："老爷，冯公公看你来了。"

"啊！"张居正大吃一惊，连忙起身相迎。因刚才自家人讲话，书房里只秉了一根蜡烛，光亮昏暗看不清来者，这会儿书童点亮那盏八角玲珑宫灯，在雪亮灯光下，只见冯保一身青布道袍学究打扮，头上那顶叫人望而生畏的钢叉帽也换成了儒雅可亲的程子巾①。他朝张居正一揖，深沉一笑说："张先生，冯某冒昧来访，还望海涵。"

"哪里话。"张居正一面让座还礼，一边回道，"刚才门房只说徐爵，要知道您来，我当出门迎接，失礼了，失礼了。"

冯保提提袍角欠身坐下，说道："先生不必多礼，是我这样吩咐的，免得人多口杂，传出去不大好。"

张居正暗自诧异，冯保从未登过他的家门，今天何故不请自来？不过，他并不急于刨根问底，而是虚与委蛇扯起野棉花来："前几日听说一件事，有个苏州女子，自称江南第一丝竹高手，素慕冯公公琴艺，特意千里迢迢携琴来访，要与冯公公一较高低，可有此事？"

论年龄，冯保比张居正大了四五岁，但因是个不男不女的身子，加之保养得好，一张白净圆胖的脸上竟没有半点皱纹，看上去比张居正显得年轻。就张居正的问话，冯保一边品茶，一边答道："是有这么回事儿，哦——就

---

① 程子巾：宋代大理学家程颢、程颐兄弟常扎的一种头巾样式，被称作"程子巾"。

第四回　魏侍郎惊听连环计　冯公公潜访学士府

是和高胡子在东暖阁闹了个大不愉快的第三天,那女子叫什么来着?"他偏头问徐爵。

"蒋心莲。"徐爵答。

"对,蒋心莲。"冯保怡然一笑,"那小女子走路如袅袅秋风,很有一副看相。听说她四岁学琴,是江南琴王李湖帆的关门弟子,九岁就弹得一手好琴,十三岁就名满江南。王公贵戚官绅臣僚家的堂会①,若能请得她到场,必定是喧传一方轰动一时的盛事。"

冯保着实把那女子抬举了一番,却是闭口不谈两人斗琴的事,一屋子人情绪都被他撩拨起来。游七忍不住插嘴问道:"冯公公,蒋心莲琴艺如此之高,不知您老如何对付。"

冯保也不答话,只是欣赏自己那一双赛过女人的白手,抿嘴笑着。善于见风使舵的徐爵,这时站出来替主子说话:"斗琴那天,京城风雅名士来得不少,蒋心莲一出场便赢得一片啧啧称赞之声,那气韵风度,让人想到是仙女下凡。应我家主子的邀请,蒋心莲先弹了一曲《春江花月夜》,她嫩葱儿样的手指只往琴弦上那么轻轻一拨、一揉、一划拉,在座的人便都邀齐了把耳朵顺过去——天啊,那可真是仙音哪,白居易形容琵琶女'大珠小珠落玉盘',到此就觉得言不尽意。一曲终了,众人哪肯放过,蒋心莲拗不了大家这份抬举,竟一气弹了八支曲子。众人仍不放过,这些呆头名士,竟忘了蒋心莲是来与我家主子斗琴的。蒋心莲说什么也不肯再弹了,再三施礼蹲万福请上我家主子。蒋心莲用的那张古琴,听说是唐朝宫廷乐师李龟年传下的旧物。我家主子用的琴,却是自个儿一手造出来的。主子坐到琴前,焚香入定调息凝神,刚才还闹哄哄一片聒噪的堂会,顿时鸦雀无声。风流戏子呆头名士们,一个个都鸭颈伸得鹅颈长,眼睛直勾勾地看着我家主子。

"我家主子神息调摄停当,然后轻轻伸手往那琴上一探,悠悠一声响,像是有人在空蒙静夜往那三万顷太湖水中丢了一颗石子。就这一下,我看到蒋心莲的脸色都变了,她毕竟是江南第一丝竹高手哇,知道这轻轻一拨已入化境。我家主子弹的是《平湖秋月》,他弹完这一曲,众人像被魔法定住

---

① 堂会:古时有钱有势的人家遇上喜庆的事,请艺人来家里举行演出。

了,半晌都吱声不得,蒋心莲更做得绝,当即下令跟随的琴童把那张心爱的古琴摔成碎片,她满面羞愧地说:'听了冯公公这一曲,我终生再也不复鼓琴了。'说完,也不管我家主子再三挽留,径自去了。"

徐爵这一场绘声绘色的描述,倒叫在座的人都听得痴了。张居正暗自思忖:"皇上病重,身为秉笔太监兼东厂提督的太监却有闲心来斗琴,而且家中堂会声势搞得如此之大,难道他对皇上就不存点忠心?"心中虽起了狐疑,但表面上却逢场作戏大为赞叹:"蒋心莲的琴艺让众人狂,冯公公的琴艺让众人痴,何为高手,何为大师,区别就在这里。"

冯保虽骨子里头自命不凡,回话却谦逊有加:"先生过奖了,鼓琴如从政,都是要经历的。平心而论,蒋心莲琴艺高超绝伦,冯某自有不及处,但她稍微欠缺的,便是这琴艺之外的人生历练。"冯保悄悄引过话题,接着朝尚在兴奋之中的徐爵做了一个手势,徐爵会意,连忙捧上一只红木匣子。

"这是什么?"张居正问。

冯保笑道:"打开看看便知。"

徐爵打开红木匣子,取出一幅装裱精致的立轴,游七帮忙牵开立轴。原来是用皇宫专用的极品四尺宣纸整张书写的一张条幅。张居正站起凝视,禁不住低声吟哦起来:

燕市重来二月初,翩翩意气曳长裾。
金门未售甘泉赋,玄室何人问子虚。
太乙夜燃东壁火,天池时化北溟鱼。
乾坤岁岁浮春色,环佩相将侍禁庐。

诗后有一行题款:敬录太岳先生诗,冯保。"保"字儿下面,钤了一阳一阴一方一圆两枚图章,阳文方章是魏碑体的"冯保"二字,阴文图章上的两个字却是有着秦篆字韵的"大伴"①。

冯保抄录的这首诗,是张居正二十一年前写的。那是嘉靖二十六年,他

---

① 大伴:大宦官冯保与小时候的万历皇帝关系密切,因此,万历皇帝称他为"大伴"。

和同乡好友初幼嘉两个年轻举子来北京参加三年一度的会试①。他考中进士并被选拔为翰林院庶吉士②，而初幼嘉却名落孙山。两人于京城客邸分手，张居正写了这首诗送给初幼嘉，现在重读这首诗，张居正不禁感慨万端。那时年轻气盛，初临京城，看到锦衣玉食鲜衣怒马的王公贵戚、文武百官，这一位来自江陵的青年士子，既为自己的穷酸而气馁，同时又为自己的满腹经纶而自信。诗的字里行间，透露出他的远大政治抱负，就是要问鼎人臣之极：环佩相将侍禁庐。

张居正吟诵完毕，心中怦然一动："这个冯保，这时候把这首诗抄来送我，是何用意？"他又一次端详这幅立轴——这次不是看诗，而是看字。这幅字行草结合，腴而不滞，平中见狂，大得颜真卿《江外帖》的笔意。张居正拈须一笑，说道："朝野之间，盛赞冯公公琴书二艺冠绝一时，不要说两京大内三万内宦无人能出其右，就是朝中进士出身之人，也没有几个能望其项背，这幅字我将永远珍藏。"

"先生如此说，冯某愧不敢当。"冯保指示徐爵卷好那幅立轴装回红木匣中，继续说道："其实先生的书法在鄙人之上，我见过你几张送给友人的条幅，至于先生的奏疏条札我就见得更多了，可以用一句话来形容：无意为书而深得个中三昧，随手写来尽得风流。我当了十六年秉笔太监，严嵩、徐阶、高拱几位首辅的字都见过，却没有一个比得上先生。说起书法，冯某怎敢在先生面前班门弄斧，我欣赏的是先生的这首诗。"

冯保说话时，徐爵与游七都知趣地离开书房到外头客厅里拉扯闲话去了。书房里只剩下张居正与冯保，张居正把书童送上来的一盘南丰贡品无子蜜橘剥了一个递给冯保，自己也剥了一个来吃，一边吃一边说道："冯公公抄录的这首诗，原也不值一提，那是仆年轻时张狂不谙世事，诌出的几句妄语。"

冯保回道："先生真会说笑话，李清照说'生当作人杰，死亦为鬼雄'，那才是妄语。她一个女流之辈，只不过能写几句诗，有何资格谈人杰

---

① 会试：明清时期科举的一级考试。明清时期科举分为三级考试，第一级是各省举行的乡试，考中的人称为"举人"，举人再赴京师参加中央举行的会试，会试考中再参加殿试，殿试原则上不再淘汰，但会重新排名，根据殿试结果，授予考中的人一甲、二甲、三甲进士的头衔。

② 庶吉士：也叫庶常，明清时期从当科进士中选拔到翰林院进修的人员，他们一边继续学习各种知识，一边参与行政事务，是高级官员的重要储备人才。

与鬼雄？先生则不然，你现在已位居次辅，离人臣之极只差一步，只要稍作努力，就能当上一个千古宰相。"

"千古宰相？"张居正情不自禁重复了一句，内心一阵激动，他自小的志向就是要当伊尹吕望一类人物，操庙算之权行强国富民之术，"冯公公，你认为在下有这种可能？"

"不是可能，只要你愿意，这首辅之位，犹如探囊取物。"冯保口气恳切不容置疑。

张居正脑海里蓦然想起那日东暖阁中冯保与高拱吵架时说的那句话，"是你滚还是我滚，现在尚难预料"。此中已透露出冯保的驱逐高拱之心。"探囊取物谈何容易，"为了探得冯保的全部底细，张居正故意低调说话，"冯公公是不是过于乐观了些，须知高阁老是皇上第一宠臣。"

"这一点不假，但凡事都有变数，如今这变数在即。"冯保说到这里，探头看了看虚掩着的书房门扇，压低声音说："张先生，皇上得的是绝症。"

"绝症？不会吧，皇上今天不是已经开始在东暖阁批折子了吗？"

"这也不假，"冯保冷笑一声，眼神越发难以捉摸，"太医说过，皇上的病，第一要禁的是房事，但今夜里，皇上又命孟冲把帘子胡同里的那个娈童，乔装打扮偷偷摸摸领进了大内。"

张居正大惊失色："竟会有这等事？"

"事情不仅于此，李贵妃也知道了这件事，她顿时盛怒，一跺脚要冲进乾清宫，从万岁爷的龙床上拉下那个卖屁股的东西，一刀割了他的脑袋。"

"后来呢？"

"是我拦住了她，我劝她忍得一时之气，免得百日之忧，太子迟早是要接位的，到那时候，贵妃娘娘有什么话不能说，又有什么事做不成呢。"

张居正已经知道徐爵诳胡自皋三万两银子买那串菩提达摩佛珠孝敬李贵妃的事，看来这位大内老臣已完全取得李贵妃的信任。他顿时心中生出隐忧："皇上的生命，是不是也在他的掌握之中？"因此问道："听你这么说来，皇上病情还会有反复？"

"不是反复，说得刻薄一点，皇上如今是走在黄泉路上的风流皇帝。"

张居正心中一咯噔：他认识到问题的严重性，同时也看到了千载难逢的机会……

冯保关注张居正脸上神色的变化，继续摇动三寸如簧之舌，煽风点火说道："还有一件事，我说出来，恐怕张先生会生气。"

"何事？"

"今日在东暖阁，我看到高胡子给皇上的密折，他举荐高仪入阁。这个时候增加一个阁臣，明摆着是为了挤对你。"

张居正点点头："这事我前两天就有耳闻。高仪与高拱同是嘉靖二十年的进士，已当了五年礼部尚书，资历名望都够了。高仪生性淡泊，对是非之事，避之唯恐不及。"

"可是，据我所知，高拱与高仪平日里交情甚好，又都是同姓，不可不防。"

张居正瞟了冯保一眼，没有吭声。冯保接着又压低声音说道："先生不要忘了，当今太子可是高仪提议册立的啊。现在满朝文武，只有你和高仪是拥立太子的大功臣。高拱这只老狐狸，早不提，晚不提，偏偏在这时候把高仪补进内阁，其用意不是很明显吗？"

张居正是个慎思笃行的人，对高拱此举的用意当然十分清楚。但他仍不想第一次与冯保谈话就过分坦露心迹，因此只淡然一笑，说道："我说过，高仪为人正派，加之身体又不好，他就是进了内阁，也不可能有什么越格的举动。"

"高仪如何是高仪的事，高胡子如此做，却完全是为了制约你。如果这件事还不足以引起张先生警惕，那么高拱突然一改初衷，十万火急起用殷正茂，又是何居心呢？"

冯保工于心计，不但看出内阁两位辅臣间的矛盾，而且蛛丝马迹萍末之风都了然于胸。至此，张居正也觉得再没有什么好隐瞒的了。他思量一番沉吟答道："高阁老任用殷正茂是醉翁之意不在酒，想让我栽个大跟头，只要殷正茂那头一出事，他就有理由把我赶出内阁，这一招固然毒辣，但尚欠火候。"

"先生既已看出个中蹊跷，冯某也就放心了。"

至此，两人心思已经融合一处，当下又说了许多朝廷宫闱秘事，并讨论大政方略，在此按下不表。

第五回

姨太太撒泼争马桶
老和尚正色释签文

  这几天，驻扎在庆远街上的两广总督行辕①虽然外头依然重兵把守戒备森严，里头却乱成一锅粥。厅房过道屋里屋外东一箱笼西一挑子的净是散乱物件。李延做梦都没有想到他会被免职，一时间恼怒烦躁沮丧惶恐心里头什么滋味都有，却也无可奈何，只得盼咐亲兵侍卫赶紧打点行装收拾细软，一俟殷正茂前来接职就拍屁股走人。这李延本是那种"人在花下死，做鬼也风流"的混角儿，从肇庆出发到庆远前线督阵作战，居然带了两个小妾，到桂林游览漓江时看中船老大十五岁的幺姑②，顺手牵羊又纳了一个。及至到了庆远街，他觉得当地妇女把头发揪到一边歪着盘一个大花鬏的发型特别好看，又动用军乐吹吹打打把一个演傩戏③人家的女儿娶进中军大帐。庆远街本是广西西部崇山峻岭中弹丸之地，街头撒泡尿流到街尾——再往前流就出城了。街上有头有脸的人家无非是打制首饰的银匠和刺刀见红的屠户之类，烟柳画桥吟风赏月的乐事一概全无。李延庆幸自己有先见之明，千里迢迢自带了"销魂散"来，每日里让那四个婆娘陪着逗乐解闷，倒应了唐代诗人高适的两句诗：战士军前半死生，美人帐下犹歌舞。
  春去秋来光阴荏苒，弹指就是三年。韦银豹、黄朝猛率领的叛民没逮住几个，总督行辕里却多了两个哭闹的婴儿，这是那个幺姑和傩戏人家的女儿

---

① 行辕：旧时高级官吏的行馆，亦指在暂驻之地所设的办事场所。
② 幺姑：方言，即家里最小的姑娘，指小女儿。
③ 傩戏：广泛流行于南方地区的一种传统戏剧，以佩戴面具表演为特色。

第五回　姨太太撒泼争马桶　老和尚正色释签文

"扁"出来的。"后搭船先上岸，足见我李延知人善任，眼力不差。"李延在中军帐内接见三军将领，曾这么自豪地说过。谁知乐极生悲——如今削职为民，眼看就要黯然神伤风餐露宿回归故里，这些"销魂散"连带她们的产品顿时都成了累赘。

却说这一日李延正在值房里监督两名师爷清理官文书册，哪些该移交，哪些该焚毁，哪些该带走，他都要一一过目定夺。有的文书一自上架入屉，就很少翻动，如今已是积满灰尘虫屎。两名师爷搬上搬下，弄得灰头灰脑，不时被呛得喷嚏连天。忽然，一名姓梁的师爷从专装信札的柜屉里翻出三张田契来，一张来自浙江湖州，另一张来自南直隶无锡，各载明水田一千五百亩，还有一张是北京近畿涿州境内的两千亩麦地。三张田契均把亩数、块数、界桩连属情况记载得详细明白，田主栏下填的名字是高福。梁师爷平日深得李延信任，却也不知这三张田契的来历。他朝在另一侧整理书牍的董师爷挤挤眼睛，董师爷凑过来，梁师爷把那三张田契递给他，低声问道："高福是谁？"董师爷摇摇头，两人鬼鬼祟祟的样子被李延看见了，喝问一声："你们两人捣什么鬼？"

梁师爷赶紧从董师爷手中抽回田契，递到李延面前，说道："在下看到这三张田契，不知如何处置。"

"啊，是这个，"李延接过田契瞟了一眼便赶紧藏进袖中，"这个不与你们相干，忙你们的去。"

话刚落音，忽听得院子里一个女人杀猪似的号叫起来："天杀的贱贷，竟敢欺负到我头上来了，你不就仗着老爷喜欢你的屁肥，才敢这样放肆吗！"

"你呢，一条骚狗，一天到晚裤裆里流水，又是什么好东西！"另一个女人的尖嗓子也毫不示弱。

李延顿时勃然变色，拔腿就往门外跑。慌不择路被门槛绊了一下，差点跌倒。幸亏门口守护的侍卫眼明手快，赶紧上前一挽，才不至于摔个嘴啃泥。

"成何体统，呃，你们成何体统！"

李延刚刚站稳，就朝两个吵架的女人大声呵斥。这两个女人，一个是从肇庆带来的二姨太，另一个是那个傩戏人家的女儿——四姨太。二姨太如今也才芳龄二十，高挑个儿鸭蛋脸，一双滴溜溜溜大眼睛，两片微微上翘的薄嘴唇，给人印象是既娇嗔，又泼辣。原来她最为得宠，只因她嫌李延口臭，同房时总爱别过脸去不肯让李延亲嘴，久而久之李延也就腻味起她来。这四姨太古铜色的皮肤，身材丰满，胸前两只鼓嘟嘟的大奶子，后头一个磨盘样结实而又肥大的屁股，走起路来，前头一突一突，后头一翘一翘，处处散发出那种勾人的魅力。打个不恰当的比方，二姨太如果是"海鲜"，这四姨太则是地地道道的"山珍"了。李延入乡随俗，竟觉得"山珍"更合口味。为此，两个女人常常争风吃醋，口角一番还嫌不过瘾，隔三岔五还免不了花拳绣腿较量一番。

李延开口大骂时，只见四姨太怒目圆睁，双手叉腰，站在一捆行李旁边，二姨太则歪坐在地，一只赭红色的马桶压住了拖地的八幅罗裙。十几位帮忙打点行李的士兵站在一旁看热闹，见总督大人跑出来发怒，都慌忙闪开，干各自营生去了。看到这幅景象，李延气不打一处来，恶声骂道：

"你们好大的胆子，竟敢在军机重地哭闹，你们吵什么？说，为什么吵？"

两个女人一个站着咬嘴唇，一个坐着抹眼泪，都不答话。

"你们聋了，哑了？"李延唾沫乱飞，接着目光四下扫寻，喊他的管家，"李忠，李忠——"

"老爷，小的在。"李忠从一堆码得高高的行李后转出来。

"她们为什么吵？"李延问。

李忠嗫嚅着道出事情原委：三天前，李忠按李延吩咐开始安排人收拾家私行李。这四房姨太太各有不少东西，一件也舍不得扔下。收拾下来，把个内院竟堆得满满的。从庆远街出柳州，都是盘旋山道，运输负重全靠马匹。李忠把集中起来的捆扎物件粗略统计一下，大约要一百匹马驮运，便禀告李延。李延觉得用一百匹马驮运行李太过张扬，指示李忠一定要压缩到八十驮。李忠只好找四位姨太太一个个劝说，把不太紧要的物件撤下一些。大姨太和三姨太好歹清了一些出来，二姨太和四姨太却顶着不办。李忠好说歹说，四姨太终于答应把不满周岁小儿子专用的澡盆撤了一个下来。轮到二姨太了，她的行李里头有一只马桶，李忠建议把这只马桶扔掉，二姨太杏眼一睁,一杆笛样叫起来:"哟,那怎么使得,这只马桶是檀香木制的,我从肇庆千里迢迢带过来,越用越舒服,如果换了一只马桶,我就拉不出屎来,扔不得,扔不得。"她这里犟住了,李忠摇头,四姨太可不依,心想:"我连宝贝儿子的澡盆都扔了,你那只秽气冲天的马桶有什么舍不得的?"心到手到,这四姨太立马就冲过去,把守护在行李驮前的二姨太猛地一把揉倒在地,顺手扯起那只用油纸包好的马桶,发狠掼到地上。

李忠陈述时,两位姨太太依然剑拔弩张,随时准备冲过去厮杀。这总督行辕,原是庆远街千总①衙所,地方局促。前院办公,后院为官廨②,两院加起来也不过三十来间房子。姨太太们住在后院,平日也还是讲些规矩不来前院搅和的。现在皆因搬家,她们的行李都被搬到略微宽敞些的前院,为了清点物件,她们才来到这里。俗话说家丑不可外扬,如今两个姨太太当着师爷军校侍卫管家这么多下级僚属的面,为了一只马桶打起架来,李延面子上搁不住。再仔细一看,想打架的是四姨太,这二姨太一向娇贵,经这一摔,站都站不起来了。李延吩咐三姨太扶她起来,没好气地对她数落:"女人就是头发长,见识短,甭说是一个檀香木马桶,就是金子制的,该扔时也得扔。"说着又吼了四姨太几句:"你若把二姨太一掌推成了残废,你就要服侍她一辈子。在家中撒泼成何体统,你果真有穆桂英的本事,去把韦银豹给我捉来。"李延在这边骂,那边大姨太已领着这几位"销魂散"退到后院里去了。李延看着院子里堆积如山的行李,对李忠说:"看来八十驮还是太多,减至五十驮吧。"

回到值房,相跟着看了一回热闹的两位师爷先已回来继续整理文册。这两名师爷也是李延从肇庆带过来的,梁师爷四十多岁,主管总督府一应章奏文牍,董师爷比他小了四五岁,主管钱粮往来册簿,都是李延的办事心腹。"先歇歇吧。"李延招呼他们。"文件太多,怕一时整理不完。"梁师爷回答。

"殷正茂来了恐怕还得交接几天,来得及的。"李延说着,吩咐堂差备茶。

---

① 千总:明代驻守京师的京营兵分为三大营,设千总、把总等领兵官,职位低下。
② 官廨:官署,官吏办公的房舍。

三人在值房里分宾主坐定，饮了一会儿茶后，李延说道："常言道落毛凤凰不如鸡，我如今就成了一只落毛凤凰。你们二位跟了我多年，如今我倒霉，害得你们也丢了饭碗，这也是我不情愿发生的事，还望两位先生海涵。"

梁师爷生性憨直，见李延伤感，连忙安慰道："我们入幕这几年，东翁待我们不薄，该照顾的也都照顾到了，人非草木，东翁的这份情，我们永远记得。董师爷，你说呢？"

"梁兄说得是。"董师爷随话搭话，"这几年我们跟着东翁，也得了一些好处，即使从此散席，也绝不至于为生计犯愁。"

两位师爷说的都是实话，他们跟着李延，每年捞的外快也不下四五万两银子。李延也懂得他们的意思，但依然从袖子里摸出两张银票，一人手里递了一张，说道："这是一万两银票，回到肇庆即可兑现，你们拿去收藏好，算是我奉送的安家费用。"

两位师爷免不了逊让辞谢一番，但还是半推半就收下了。李延接着说道："两位先生手头掌握的文札，务必清理干净，不要让后来人看出破绽来，特别是董师爷，你那些账目，能抹平的就尽量抹平。"

董师爷会意，与梁师爷略一注目，说道："这个东翁尽可放心，您就是不吩咐，在下也知道如何处置。该掩饰的我都已掩饰过了，只有一宗最最要紧的账目，恐怕难以抹平。"

"什么账？"

"就是兵士的空饷。"董师爷蹙了蹙眉头，小声说道，"这三年来，我们给兵部具文，报的都是五万兵士，实数其实只有三万，其间有两万兵士的空额，新的总督来，我们断断交不出五万名兵士来。"

"是啊，这也是我最最担心的事。"

李延说罢站起身，在值房里橐橐橐踱起步来。却说三年前李延来到庆远街，不出一月，他就发现了一个大大的生财之道，那就是吃兵士空额。一名士兵每月马草粮秣例银衣被等各项开销加起来是三两银子，庆远前线本来只有三万士兵，李延求财心切胆大妄为，竟然谎报成五万。那子虚乌有的两万兵士，一年下来就给李延带来了七十多万两银子的进项。李延入驻之日经过

第五回　姨太太撒泼争马桶　老和尚正色释签文

筹划，认为不出一年，韦银豹、黄朝猛等数千蟊贼即可尽行剿灭。但李延为了多吃空额，并不认真追剿，在给朝廷的塘报中，往往还夸大叛民力量。他本意是想吃满四年空额之后，再活捉韦银豹献俘北京，这样就可名利双收，私囊大饱不说，还可加官晋爵。为了达到这一目的，三年来他不断派人进京，花重金打点吏部兵部户部等要紧衙门的官员，加之又有"高拱门生"这一块金字招牌，他满以为按计划行事，可以高枕无忧，谁知中途出了这么大的变故。他至今也不明白被撤职的原因，难道就为那一份县城失守的塘报？须知过去这样的塘报已经送过十几份，从不曾出什么问题……

这时院子里一片阒寂，临午的阳光透过窗棂，白炽得炫人眼目。忽然，一只乌鸦飞临院中的那棵女贞树上，发出几声刺耳的叫声，李延心中顿时升起不祥之兆。

"你们两个也知道，这些银子也并没有进我一个人的腰包。"李延又转回藤椅上坐下，心事重重地说道，"身边的人不说，好处自然都得了，还有京城几个部衙门的要紧官员，也都礼尚往来，领了我的献芹①之心。只不知为何平地一声雷，皇上来了这么一道旨意。"

两位师爷都是久历江湖玲珑剔透之人，哪能不知道这件事的严重性，只不过是李延自己不提，他们不好说破就是。现在见东翁有讨教的意思，几天来一直憋在心底的话也就有了一吐为快的机会。梁师爷清咳一声，首先说道："皇上垂拱九重，深居大内，哪能知道这庆远街上的事。何况皇上的旨意，均采自内阁票拟，依在下陋见，东翁这次致仕，问题还是出自内阁。"

李延垂下眼睑思量一会儿，狐疑说道："这就奇了，内阁首辅高拱是我座主，我对他执门生礼，这是天底下人所共知的事，难道他会整我？前年广西道御史上折子弹劾我，说我排斥戚继光，剿匪不力。结果皇上颁下旨意把戚继光调到蓟州，高阁老亲来信札对我安慰有加，虽然也要我慎思笃行早传捷报，但口气十分体己。自后弹劾折子还上过几道，都被高阁老一一化解。这回风云突变，真的让我百思不得其解。"

说毕，李延垂下一副苦瓜脸，两手抚着腮帮，显得烦躁不安。董师爷接

---

① 献芹：谦言自己赠品菲薄或建议浅陋。

着说道:"东翁这几年花大把的银子,把京城各要紧衙门打点得路路通。照理不会落到这般结局的。事既至此,我看得分两步棋走,第一是求平安,不要把这里的事捅出去,按《大明律》,我们干过的事怎么治罪都不过分,但事在人为,京城里那些得过东翁好处的高官为了自身安全,也不会袖手旁观见死不救。只要躲过这一劫,东翁的第二步棋就是活动起复,在下平常也读点杂书,略通相术,东翁天庭饱满,地角方圆,官运好像不会到此为止……"

董师爷一向话多,好要点小聪明,眼看他又要东扯葫芦西扯瓢大摆龙门阵①,李延一挥手粗暴打断他的话,没好气地说:"你那个相术我不止听过一百次,不要说了,你只说说,如今这一劫怎么渡过。"

受此抢白,董师爷也不气恼,他反正看惯了东翁的脸色,知道如何应付,当下答道:"渡过难关,就用那七个字,解铃还得系铃人。"

"你指的是高阁老?"梁师爷插问。

"正是。"董师爷转向李延,压低声音神秘地说,"东翁这两三年花在京官们身上的银子,少说也有五六十万两,可是,您却没有在高阁老身上花过一厘一毫,东翁恕我冒昧,您这是失了门生之礼啊。"

李延苦笑了笑,说道:"董师爷你这见识就差了,不是我李延不懂规矩,而是天下官员无不知晓,高阁老是一等一的清正廉洁之臣,我若送钱给他,岂不就是备了棺材送礼?"

董师爷不以为然摇摇头,嘻嘻一笑回道:"东翁见识差矣,天底下我还没见过不吃鱼的猫,高阁老爱不爱钱,通过一件事可以得知。海刚峰海瑞大人,被人称作天下第一廉臣,在嘉靖皇帝手上差点掉了脑袋。他在高阁老手上复官并升任应天巡抚,可是刚刚一年,海瑞头上这顶还没戴热的乌纱又被高阁老摘了。你想想,高阁老如果真的不爱钱,他能罢海瑞的官吗?"

"是啊,老董言之有理,"这时梁师爷也插进来附和,"常言道同声相应,同气相求,单看高阁老门下那帮亲朋门生,一个个都是在钱窟窿里翻筋斗的人物,就知道高阁老的真正为人。"说到这里,梁师爷突然意识到李延也是高拱的门生,自觉失言,又连忙拿话来掩饰:"总归是天下乌

---

① 龙门阵:方言,聊天、闲谈的意思。

第五回　姨太太撒泼争马桶　老和尚正色释签文

鸦一般黑，听说这次来接任的殷正茂，见了钱，连喉咙管里都会伸出一只手来抓。"

两位师爷你一言我一语说得起劲，李延默然坐听，忽然间有了主意，心里一轻松，便打了一个呵欠说道："今天暂且议到这里，下午，你们随我去一趟西竺寺。"

两位师爷退出值房，李延从袖子里抽出那张田契，又反复看了一遍，接下来是小心翼翼地折起又打开，打开又折起，一时间又心乱如麻，呆呆地出起神来……

这三张田契上的五千亩地，是他为座主高拱置办的一份厚礼。尽管两位师爷认为高拱不爱钱是假，但李延知道高拱平素的确很少收人礼物。这位性格倔强的首辅大人，对自己的门生呵护有加，但一旦门生做出越格非分之事，他的脸色也变得极快。李延心里清楚，没有高拱就没有他的官运财路。他有心报答，却找不到表达心意的门径。送银票不敢，送别的又显不出孝敬。思来想去，他才想到干脆出银子为座主添置些田产。主意一定，他连心腹师爷都信不过，差了管家李忠带十万两银票去湖州、无锡、涿州三处秘密购置五千亩上等田地。买主名字填的是高拱大管家高福——这也是为了掩人耳目。买好田产之后，他并没有立即送给高拱，他是想等高拱致仕之后，再把这三张田契送过去。到那时高拱禄位尽失，为桑榆晚景着想，大致再不会申斥拒收。他自认为这个主意并不差，但现在形势出了大变数，殷正茂一旦接任两广总督，立刻就可以从账目上发现那个天大的窟窿……思来想去，李延决定冒险给高拱写封信，坦白告诉他为之购买田产的事。高拱不爱钱是真，但两位师爷的分析也并不是全无道理。一千两银子他不要，一万两银子五万两银子他也可以不要，如果是十万两呢？面对这么一大笔数目高拱设若还不动心，那就是天要灭我李延，只好引颈认命。但是，如果高拱肯收下这三张田契，情况就不一样了。即使这边问题暴露有人上折子弹劾，高拱仍会一如既往竭力维护，那么多得过好处的官员更会看首辅眼色行事援手相救。这步棋虽险，但尚有一半成功的把握，不走这步棋，事情就会弄到一团糟不可收拾，甚至死路一条也尚未可知。李延想晕了脑袋，终于横下一条心来，提笔给高拱修书一封，告知代置田产一事，他本想把那三张田契随信附上，但临时又动了个念头：信件终究不太稳当，田契还是亲手交上为好。故又从信封里把那三张田契抽了出来，然后亲手封上火漆，最后一次动用两广总督关防，采用八百里快报投递方式，日夜兼程，把这封信送往北京。

忙完这件事，不觉午时①过半，李延就在值房里胡乱吃了一点东西，想到两位小妾为马桶打架的事，也没有心情去后院歇息，就着值房里的藤椅，把一双脚搁在茶几上小寐了一会儿。醒来已交未时②，正要喊过两位师爷一起前往西竺寺，忽然侍卫进来禀报："大人，参将刘大奎求见。"

"他回来了？请他进来。"李延吩咐。

七天前，李延收到快报，言殷正茂已从江西南昌出发，取道柳州前来庆远府接任。柳州距庆远有三百余里路程，一过三岔镇，便是崇山峻岭的庆远地面，为了安全起见，李延命令参将刘大奎率一千兵马前往三岔镇等候迎接。如今既然回转，想必新总督也随军来到了，李延正准备整衣出门迎接，只见一个七尺须眉黑脸大汉挑帘进来，单腿一跪，两手抱拳高声言道：

"参将刘大奎叩见总督大人。"

"起来，新总督呢？"李延问。

"回大人，末将没有接到新总督。"

"这怎么会呢，按日程计算，两天前他就该到了。"

"可是末将犹如痴汉等丫头，就硬是等不来他。"刘大奎一脸焦急，说道，"我如今把一千兵马留在三岔镇，单骑回来请示，我是继续等还是撤回来。"

"会不会出了意外？"李延嘴上这么说，心里头却并不着急，对刘大奎说，"你立即回到三岔镇一直等下去，不接到新总督就不能回来。"

"是，末将遵命。"

刘大奎抱拳一揖，又风风火火退了出去。听得他的马蹄声嘚嘚而去，李延这才吩咐备轿，带了两个师爷，在刀兵马队重重护卫之下，威风八面地来到城西两里地的西竺寺。

---

① 午时：上午十一点至下午一点。
② 未时：下午一点至三点。

第五回 姨太太撒泼争马桶 老和尚正色释签文

这西竺寺乃是唐朝天宝年间修建的一座古寺。初名西明寺，宋元祐年间重修时改名西竺寺，至今已有七百多年历史。比起中原沃野黄河两岸的那些恢宏巨刹以及江南春水秋山之间的瑰丽梵宇，这西竺寺就显得规模狭小不成气势，但在庆远街它却是名列榜首的古迹文华之地。当地壮瑶侬等各族土著，虽然凶悍异常却都虔诚信佛，因此这西竺寺才能七百年香火不断。李延甫将离任心境恓惶，仍不忘来一趟西竺寺，其目的一不是拜佛，二不是游玩，而是专门跑来抽签的。西竺寺的灵签本也远近闻名，而李延更是亲身体验过。

记得是三年前李延初来乍到庆远街，一日得暇便动了兴头来西竺寺游玩，同行人告诉他西竺寺的签灵，他也就随喜抽了一支，抽的是第五十一签，签文是：

朝朝暮暮伴娇莺，虽败犹荣拱近臣。
忽然一阵大风起，金是沙来沙是金。

这是一支平签，解签也有四句话：急水狂浪，不可妄为，定心求佛，待时无忧。

李延一看这签文不妙，总督刚刚上任，还未开仗，就冒出个"虽败犹荣"，心中老大不舒服，顺手把那支签往地上一丢，不屑一顾地说："什么灵签，都是些模棱两可不三不四的话，我偏不信它。"

西竺寺里有一个老和尚叫百净，最会解签。大凡抽签之人都会请他讲解一番，经他点拨，这签文中暗含的玄机就会一一弄个明白。李延既不满意这支签，又拿着总督大人的架子，自然不肯屈尊去请教百净。过了两年，两个师爷有一次陪着李延吃酒，趁着酒兴，董师爷旧话重提，对李延说："东翁，您初来时在西竺寺抽的那支签，还是很灵的。"李延不以为然，一脸稀松地说："签文说的什么，我早就忘得一干二净了。"董师爷答道："东翁当时扔了那支签，梁老兄把他捡了回来。"接了董师爷的话，梁师爷起身去值房找出了那支签，李延接过又仔细看了一遍，顿时沉默不语。梁师爷觑着东翁脸色，谨慎说道："前些时，俞大猷的兵在荔波吃了个败仗，东翁自劾，塘报到京，皇上不但没有责怪，反而谕旨安慰，我就想到，这不就是签上讲的'虽败犹荣'吗？"李延一听有理，愣怔一会儿说道："这头两句倒是灵验了，三、四两句是何意思呢？忽然一阵大风起，什么大风？金变沙来沙变金，倒来倒去又有什么玄机？"三个人就在酒桌上推测来推测去，也没有个满意的结论。董师爷说："东翁要想参透玄机，看来还得去找那个百净老和尚。"李延当时答应下来，但日后手头事情一多，这件事又搁下了。直到这次免职，李延才明白"忽然一阵大风起"的含义，心里头也就急切地想去西竺寺拜见那位百净老和尚。

李延在西竺寺门前落轿，步出轿门。但见日头已经偏西，四周山色苍翠如黛，寺前两棵高大的鸽子树上如绢白花开得正旺。寺中阒无一人——在李延到来之前，早有军士前来清场，轰走一应闲杂人等。李延步入寺中，应景儿也在大雄宝殿敬了三炷高香。两个小沙弥站在法案之侧，在李延敬香时为之敲动钟磬，完成这一仪式后，李延问小沙弥："你们的百净师父呢？"

"在方丈室里头。"小沙弥答道。

董师爷狐假虎威，朝那小沙弥喝道："两广总督李大人到，你们师父为何不出山门迎接。"

小沙弥朝董师爷施了一礼，不卑不亢地回答："我家师父年事已高，不见客已经一年多了。"

董师爷还欲逞威，李延咳嗽一声，对小沙弥说道："烦请小师父进去通报百净老和尚，就说前两广总督李延求见。"

小沙弥跑进去即刻又回来，说道："我家师父请施主李大人过去。"

李延跟着小沙弥走出大雄宝殿后门，来到紧掩的方丈室门前。两位师爷欲同李延一起进去，却被小沙弥挡住了。

"我家师父只肯见李大人一人，请两位施主留步。"小沙弥说罢，又是一礼。

两位师爷无法，只得回到客堂吃茶等候。

却说李延走进方丈室后，只见当中藤椅上坐了一个身穿大红袈裟、须眉皆白的古稀老人。他脸颊瘦削，双目炯炯有神，仿佛一眼就能看透人的五脏六腑。李延不禁暗暗称奇，这等地老天荒瘴疠夷蛮之地，竟还藏有如此超凡拔俗的高蹈之士，心中气焰顿时矮了一截，抱拳一个长揖①，说道："李延叩见百净老师父。"

"李大人免礼请坐。"

百净一开口说话，声音虽不大却脆如铜磬。小沙弥给李延搬过椅子沏过茶后退了出去。百净接着问道："李大人来见老衲，可是为三年前您抽的那支签？"

"正是。"李延欠欠身子，恭敬回话，"这签中有许多玄机，还望方丈指点迷津。"说罢从袖中摸出那支签来。

百净并不接签，问道："李大人抽的可是第五十一签？"

"对，就是五十一签。"

"请问李大人今年贵庚？"

"五十一岁。"

"正好与签数相符，这也是巧合。"

百净平淡说来，李延越发觉得深不可测，想探明究竟的心情更加急迫，于是不由自主地把椅子往百净身边挪近一步，急切地说："此中玄机，还望方丈明示。"

百净目光如电，在李延身上扫了一下，缓缓说道："李大人，若是三年前你不负气把签摔到地上，而是移过几步，让老衲给你开示如何趋吉避凶，情形也不至于糟到现在这种地步，临时抱佛脚，恐怕为时已晚喽。"

几句话说得李延惊悸十分，口气也就变成央告了："三年前求签，李某心气太盛犯了糊涂，如今如何补救，只要方丈指点出来，即使破财毁家，李某也在所不辞。"

李延急得像乌眼鸡②，百净看在眼里，笑在心里，仍是不急不慢地说："解签十六个字，最要紧的是'不可妄为，定心求佛'，李大人恕老衲直言，你在庆远三年，是做尽了妄为之事，而心中全无佛界，事既至此，你还要问什么？"

"请教方丈，金变沙来沙变金是何含义？"

---

① 长揖：旧时拱手高举继而落下的一种敬礼。
② 乌眼鸡：乌眼鸡好斗，故形容人互相嫉恨、怒目而视的样子。

"妄为金变沙，向佛沙变金。"

"既是如此，事情尚有可救之处，"李延自我宽慰说，"我现在捐五万两银子，把西竺寺翻修一新。"

百净摇摇头，一口回绝："李大人，你捐的银子，西竺寺一分一厘都不能要。"

"这是为何？"

"你的银子来路不正，都是横财。"

百净此语一出，李延一下子脸色通红，两只鱼泡似的大眼袋，竟胀出了黑气。他在心里骂了一句"老秃驴"，恨不能上前一把捏死百净。但从百净的眼色中，他仿佛看到自己已经大限临头，于是强压下心中怒火，哀求道："救苦救难乃佛家根本，方丈既已看出李某有灾，总不至于袖手旁观吧。"

百净闭目沉思一会儿，又睁开眼来死盯着李延，直盯得李延心里抽冷发凉，这才开口说话："风流才子唐伯虎写过一首诗，其中有一句'公案三生白骨禅'饶有兴味，李大人可回去认真参悟。"

李延觉得百净这一指点太玄，正欲问得再仔细一点，忽听得方丈室的大门被擂得山响，董师爷在外头高喊："东翁，李大人！"

"什么事？"李延应声询问。

"新总督已经到了行辕。"

李延一惊，心中忖道："刚才刘大奎还说没有接到，怎么一下子就到了行辕？难不成从地底下钻出来的？"也顾不得细想，起身朝百净作了一揖，说道："李某告辞，另外再寻日子向方丈讨教。"说罢闪身出门，起轿回衙。

第六回

新总督街头奇断案
假老表千里访行辕

新旧总督的交接工作进行了三天，这期间还包含了搬家。那天殷正茂走进总督行辕，伸头朝后院看了一眼，但见架起的两条竹篙上晾满了五颜六色的尿片，还听到两个婴儿哇哇啦啦一片哭声，再面对满院子绊手绊脚乱七八糟的箱笼行李，心里头顿觉秽气，半刻也不肯待下去，当时就决定另觅地方设立总督行辕。第二天，中军帐前参将黄火木在街东头觅了一处覃氏祠堂，前前后后大小房间也有二三十间，殷正茂遂下令把老行辕里该移交的文书物件一股脑儿搬了过去，移交工作就在这覃氏祠堂里进行。交接期间，李延千方百计套近乎，怎奈殷正茂完全一副公事公办的态度，不给李延表示亲近的机会。这样子更让李延一天到晚提心吊胆，一落空就胡思乱想。这时又有人告诉他，殷正茂其实已经来了三天，与他会见之前，先去见了总兵俞大猷，两人秉烛夜谈。具体谈的什么，外人却不知道。这一来李延心中更是打鼓，他与俞大猷关系紧张，这已是人所共知的事，殷正茂一来就先偷偷摸摸去找俞大猷，这究竟是何用心？

自殷正茂到来之日，李延就已脱下了三品官服，换上一袭青衣道袍，一身赘肉，满脸沮丧。他的这副蛤蟆身材，往日看上去是威风八面，清咳一声也会吓得老鼠跳梁，如今看起来却是臃肿卑琐，树叶儿掉在头上也成了旱天闷雷，才几天工夫就判若两人。却说这天交接完毕，已是夕阳西下。殷正茂新的值房已安排妥帖，他挥挥手让师爷帮办随差一应吏员退了出去，屋子里只剩下他和李延两人。"老弟，这边交接完毕，你准备何时起程回乡？"殷正茂问。论年纪，他比李延小了一岁，论科名他是嘉靖二十六年的进士，却比李延早了两届。官场序齿首重科名，加之两人一升一退，运势又不一样，故殷正茂尚未开口说话，先已摆出了老大的姿态。李延听出这口气不大友好，但如今有事还求着人家，也只得干笑了笑，答道："就在这三两日内动身。"

"老弟还有何吩咐，请直讲。"

李延一听这话里有缝儿，赶紧说道："小弟的确有一事相求。从这里去柳州，还有两百多里山路，韦银豹这些叛民神出鬼没，杀人越货，路上很不安全。兄台是否可以拨一些军士护送我的家眷到三岔镇？"

"这有何问题，仍让刘大奎带领一千兵马，把你们一行一直送到柳州。"

殷正茂回答干脆，李延生了一点感激之情，愧疚地说："这刘大奎说起来也是一个憨头，我令他在三岔镇接你，居然你来了三天，他还没有发现。"

"我这个人素来不喜欢张扬，带了两个师爷，背着罗盘，乔装打扮成风水先生，一路这么逍遥走来。过三岔镇时，守住路口的士兵简单问了两句就放行了，这也怪不得刘大奎。"

殷正茂说得轻轻松松，殊不知李延就是这件事放心不下。见殷正茂主动提上话头，便趁机问道："不知兄台为何一定要绕过刘大奎，甘冒生命危险只身前来庆远街。"

殷正茂明白李延的心思，干脆捅穿了说："老弟你也不必多疑，我殷某这么做，原是为了察看这里的山川形势，从山民野老口中，听一点实实在在的匪情。"

"听说兄台在俞大猷营中住了两个晚上？"

"这也不假，俞大猷军营在三岔镇与庆远街之间，路过时我顺便先去探望这位名闻海内的抗倭名将，李老弟，这有什么不妥吗？"

"没有没有。"李延赶紧申明，他见殷正茂有深谈的意思，便说："殷兄，我们能否借一处说话？"

"去哪里？"

"魁星楼，庆远街上就这一家酒店还像个样子。"

殷正茂哈哈一笑，说道："看来我俩想到一块儿了，我已派人去包下了

第六回　新总督街头奇断案　假老表千里访行辕

魁星楼。"

"今夜里就由我做东，我还未替你接风呢！"

"这个就不用争了，"殷正茂口气决断，"我已命令所有参将以上官员今天都来赴宴，欢送卸任总督，为你饯行。"

"兄台何必如此张扬，几年来我李某运筹无方，上负皇恩，下负将士，还有何面目赴宴。"

李延说着，干涩的鱼泡眼顿时潮润，伤感起来。殷正茂觑他一眼，安慰道："李老弟也不必如此说话，没有功劳还有苦劳嘛。何况，致仕对于你也不是什么坏事，离开这鸟不生蛋的地方，回家颐养两年，说不定首辅大人另有更好的肥缺起复用你。"

"兄台这是宽心的话……"

"依殷某之见，你还真有这种可能。"殷正茂说道。接着起身踱到窗前，看了看夕阳余晖下的烟火人家以及苍茫参差的远山，又回过头来盯着李延，饶有深意地说："只要你李老弟在这两广总督的三年任上，没有什么麻烦让人揪住，不出两年你就会东山再起，要知道你的座主高阁老还是赫赫首辅。"

殷正茂的话风已经透明：你李延能否东山再起，就看我殷正茂把不把你的"麻烦"抖搂出来。李延眼前顿时浮出那一堆已搬进这覃氏祠堂的账簿，心中又惊又怕，犹豫了一会儿，便从袖中抽出一张早就准备好了的银票，双手递给殷正茂，说道："兄台，这是小弟的一点心意，不成敬意，万望笑纳。"

殷正茂接过一看，竟是一张二十万两的银票。出手如此阔绰，殷正茂心中怦然一动，但他很快冷静下来，把银票朝李延身上一摔，冷笑一声说道："怎么，李老弟真的以为我殷正茂是贪鄙之人？"

"哪里哪里，兄台别误会……"

殷正茂突然变脸，李延猝不及防，慌忙解释又找不到合适的话，故支吾难堪。其实，出重金行贿殷正茂是董师爷出的主意。原也就信定殷正茂是"贪鄙之人"，他既得了李延奉送的巨额银两，还可继续吃空额大发横财，何乐而不为呢？本以为银票一送，皆大欢喜，谁知殷正茂不领这份人情。李

077

延尴尬地坐在那里，想道："殷正茂与我素无交往，突然送这么大一张银票给他，推辞拒收也应在情理之中。不管他是真的不要呢还是假意推托，反正我今天一定要把这张银票送出去。"

李延这厢沉思，那边殷正茂又开口说道："李老弟，咱俩明人不说暗话，我可以实话告诉你，与你见面交接之前，我就听到一些传闻，说你吃空额，一年的进项上百万两银子。这几天看过账目，虽然百万两银子一说有些夸大其词，但两万士兵的空额一年能有多少，也是一笔明账。"

殷正茂无情揭露，李延也清楚这事无法隐瞒，既到了这一步，也只好硬着头皮把话说穿："账是明白，但银子却并非我一人独吞。兄台若真要揪住这事不放，我李某也只好认命，承担这弥天大罪了。"

"李老弟怎能如此说话，我殷某既非贪鄙之人，更不会落井下石。"

"啊？"

李延抬起头来，眼睛里射出希望之光。

"你放心，我殷正茂决不会上折子弹劾你。"

殷正茂说得斩钉截铁。他这时雨时晴的态度，倒把李延折磨得心里头七上八下，出了一身臭汗。

"兄台如此大度，李某感激不尽……"

李延一激动，好话也就整箩筐地倾倒，殷正茂像猎人欣赏已收在笼中的猎物一样，专注地听着李延的那些语无伦次的感激之词。其实，殷正茂如此做，并不是真心帮助李延，而是为自己的根本利益着想。接到皇上圣旨赴庆远街接任两广总督之前，他已打听凿实此次举荐乃是高拱所为。他与张居正有同年之谊，张居正三次举荐未获通过，作梗者就是高拱。这次高拱一反常态擢用殷正茂，而且动作如此之快，令殷正茂大为惊讶，心中也存了一个难解之谜。他也知道李延是高拱门生，虽无本事却后台强硬，在未摸清高拱真实态度之前，他决不肯贸然行事与李延作对。何况他昨日查核塘报来往册档，发现两天前李延还利用八百里驰传给高拱送去一信，这更让殷正茂感到形势扑朔迷离。他虽然拿到了李延吃空额的证据，但如何利用这个证据，还得审时度势……

李延还在唠唠叨叨讲好话，殷正茂打断他问道："听说你那天去西竺寺，老和尚不肯给你解签？"

李延心中一惊：这个殷正茂果然刁钻，连这件事也探知了。一笑说道："老和尚说话玄妙，要我一心向佛。"

"佛是什么？人心就是佛。"殷正茂回报一笑，但他笑得异样，让李延不寒而栗，"百净老和尚说的是讨便宜的话，算了，不扯这些闲话，咱们现在就去魁星楼。"说罢起身要走。

李延也连忙站起身来，觍着脸把那张银票又递到殷正茂面前，说道："这个还望兄台赏脸。"

"不能收。"殷正茂头摇得拨浪鼓似的。

"为何不能收？"

"我已答应帮你，决不把这里的事情捅出去。如果收了你的银票，这件事就不是人情，而是交易了。"

"兄台既如此说，这张银票就一定要收。"

"这是何道理？"

面对殷正茂疑惑的眼光，李延忽然灵机一动，故作神秘答道："愚弟已经听说，高阁老举荐你时，还吩咐户部多给你拨了二十万两银子的军费，让你……嘿，这事也就不要说明了，这件事在高阁老是知人善任，用人不拘一格，但在你，这二十万两银子的军费是断断不可装进私囊的。"

殷正茂一听话中有话，心中便猜疑是不是高拱另有交代，本想探个究竟，表面上却装作不屑一顾地说："我根本就没有想到要贪污这二十万两银子，首辅如此行事，大概是想试探我殷某是否真的就是贪鄙之人。"

"殷兄确非贪鄙之人，这一点愚弟可以作证，"李延说着，便把银票硬塞到殷正茂手上，"这张银票，就正好补了那一笔。"

这到底是李延的主意还是高拱的授意，殷正茂倒有些捉摸不定了。略一思忖，说了一句模棱两可的话："李老弟既如此盛情，这张银票我就暂为保管吧。"说罢藏进袖中。

李延顿时欢天喜地，自觉所有威胁尽数解除，遂跟着殷正茂走出覃氏祠堂，在众位将士簇拥之下，朝魁星楼踱步而来。

魁星楼离覃氏祠堂本也不远。斯时天色尚未黑尽，街面上戒备森严，到处都是荷枪执刀的兵士，这几日新旧总督交接，为防万一，临时又从别处调拨五千兵马前来驻扎守护，把个庆远街保护得铁桶一般。城内人口骤增，倒是比平日热闹得多。街上居民长期受战火熏染，已是鼓上的麻雀吓大了胆，这会儿听说新旧总督联袂出行，都想一睹新总督风采，街边上值岗兵士的身后，三个一堆五个一群聚集了不少人驻足观看。

殷正茂因要主持公宴，故仍旧穿上了簇新的三品孔雀官服。他个子瘦小，与身高马大的李延走在一起硬是矮了一个头，加之走路喜欢左顾右盼，比之昂首挺肚目不斜视的李延，"官品"又是差了一截。立时，街上看热闹的人窃窃议论开来：

"看这新总督，怎么像一只猴儿？"

"老总督像一头猪。"

"猴也好猪也好，都是来我们庆远揾食①的，靠他们剿匪，哼哼……"

幸亏这些当地土著说的都是"鸟语"，外地人根本听不懂。否则，还不把这些封疆大吏活活气死。

眼看快到魁星楼了，忽然，从街边蹿出一人，闪过岗哨，冲到新老总督跟前，当街一跪，大声喊道："请总督大人为小民做主。"

说时迟那时快，只见几个兵士抢步上前，架起那个下跪的人就往旁边拖。

"停下。"殷正茂断然一喝，兵士们松了手，那小民又冲过来跪下，殷正茂问他："你有何事？"

小民叽里呱啦说了一通，只因是"鸟语"，殷正茂一句也未曾懂得。寻来一个当地籍贯的小校翻译，这才明白了意思：这小民叫覃立山，就在魁星楼旁边开了一间熟食店，常有一些兵士跑到他的店里吃白食，他的小本生意实在应付不来。今儿下午，又有四个兵士进店里饱餐一顿，临走时，覃立山要他们付账，他们不但不给钱，反而把覃立山痛打一顿，还砸坏了店里的东西。覃立山怄气不过，便斗着胆子拦街告状。

庆远街自设立两广总督行辕以来，由于军纪松弛，骚扰百姓的事屡有发

---

① 揾食：本义为找吃的，引申义为工作。

生，白吃白喝明抢暗偷的现象已是司空见惯。常言道兵匪一家，老百姓招惹不起，小本生意人只好忍气吞声关门关店。因此，当地百姓对官军的痛恨甚于土匪，这也是韦银豹的叛军越剿越多的原因之一。殷正茂虽然只来几天，但在明察暗访中遇到投诉最多的就是这一类扰民事件。他本已决定一俟李延离开就立即整顿军务，严明纪律，没想到瞌睡来了遇枕头，出了个覃立山拦街告状，他当即也不忙着进魁星楼吃饭了，当街站定，问覃立山："下午那四个吃白食的兵士，你可还认得？"

"认得。"覃立山仍跪在地上答道。

"你起来，去把那几个兵士找来。黄火木，带一队人随他前往。"

"是，末将遵命。"

黄火木横刀出列，正欲带领兵士随覃立山前往抓人，覃立山却仍跪在地上不起来，嘴中说道："总督大人，也不用兴师动众了，眼前就有一个。"说着，抬手指向在魁星楼门口站岗的一个魁梧大兵。

"你过来。"殷正茂朝那士兵一喝。

大兵丢了手中砍刀，过来跪在覃立山旁边。

殷正茂打量这位大兵，体壮如牛，一身剽悍之气，虽然面对众多长官，眼中却毫无畏惧之色。"好一个勇士！"殷正茂心中赞叹，但脸上却冷若冰霜，一声厉喝："你好大胆子！竟敢吃人白食。"

"我没有吃。"大兵犟着颈子亢声回答。

"覃立山，你没有认错人？"

"小的不会认错，这位兵爷绰号叫牛疯子，就是他带头砸了我的店子。"

覃立山是个机灵人，看出这位新总督有给他撑腰的意思，就一口咬得死死的。牛疯子跪在一旁，立刻就把醋钵大的拳头伸过来，在覃立山眼前晃动说："你敢诬蔑好人，小心兵爷我在你脸上开个酱油铺子。"

"大胆狗才，你再敢放肆，我剥了你的皮！"殷正茂一声怒骂，牛疯子收敛了一些。殷正茂又问覃立山："你说他白吃了你的酒肉，可有证人？"

"有。"

覃立山指了几个，有当兵的，也有街坊。但他们有的出于袒护，有的害怕报复,都不肯出来做证。牛疯子得意了,跪在那里,龇着牙笑。

殷正茂面对这番景象,朝李延一笑,拱手说道:"李老弟,今晚上这场为你钱行的宴会,看来要耽搁一些时候。"接着,他双手往背后一剪,两道眉往上一吊,睁大了三角眼,喝道:"来人哪,搬几把椅子来,今天,本总督要在这大街上把这个案子审个清楚明白。"

斯时天色黑尽,幽邃天幕上缀着疏星朗月,魁星楼门口也点亮了两盏灯笼,兵士们不知从何处弄来十几把松明①点燃,星光月光灯光火光摇曳辉映,鹅卵石的街面上倒也亮亮堂堂。殷正茂拉过椅子坐定,问覃立山:

"这几个兵士,在你店里都吃了些什么?"

"麂子肉,还有两只野兔。"

"你,"殷正茂指着牛疯子,问道,"在这个老覃的店里,吃没吃这些东西?"

"没有。"

"好,我再给你一次机会,吃没吃?"

"没有,没有,不要说麂子肉,我连麂子鸡巴都未曾见到。"

因为没有人敢站出来做证,这牛疯子越发肆无忌惮。殷正茂很欣赏牛疯子这股子野性,但也断定他是白吃了人家的酒肉。他眯起一双小眼睛,两道寒光直射牛疯子,仿佛直可看透他的心肝五脏。

"黄火木。"殷正茂喊了一声。

"末将在。"黄火木又闪身出列。

"中军帐前侍卫,可有刀法娴熟之人?"

"回总督大人,中军帐前侍卫,各个刀法娴熟。"

"好,叫上几个来。"

"是。"

黄火木手一挥,立刻就走出四个手执大砍刀的威武兵爷。

"去,扒了他的上衣。"

殷正茂手朝牛疯子一指,四个兵士抢步上前,把牛疯子扑翻在地,三把

---

① 松明:把多油脂的山松木劈成细条后点燃以照明。

第六回　新总督街头奇断案　假老表千里访行辕

两把就把他的上身剥个精光。

"总督大人，你不能随便杀我。"被压在地上动弹不得的牛疯子号叫起来。

殷正茂冷冷一笑，厉声回道："本总督不杀你，但要在你身上取证。给他开膛破肚！"

"这……"

真的要动手，那四个兵爷也怔住了。跪在一边的覃立山本想告状弄回几个小钱，眼看要闹出人命，也惊慌不知所措，连忙磕头如捣蒜替牛疯子求情："总督大人，求你饶这兵爷一条命，这顿饭钱小人情愿不要了。"

殷正茂已是凶神恶煞，狞笑一声说道："家有家规，军有军法，这事再不用你覃立山卖乖。你说牛疯子白吃了你的麂子、兔子，牛疯子又拒不承认，我现在只好给牛疯子开膛破肚，掏他的肠子，如果他的肠子里还有嚼烂了的麂子、兔子，他就罪有应得。如果找不出什么来，对不起，你姓覃的就得杀人偿命。你们还愣着干什么，动手！"

四个兵爷见总督大人已是盛怒，事情已无转圜之地，只得遵令。只见一个兵爷横刀一划，接着是听得扯布似的一声响，牛疯子撕肝裂胆的喊叫也同时响起，过后悄无声息。牛疯子已被开膛，白花花的肠子流了一地。

众位旁观的将军虽然杀人如麻，但眼前这一惨烈场面依然令他们战栗不已。李延更是闭着眼睛看都不敢看，一阵血腥味冲过来，他掩鼻不及，顿感恶心，连忙俯下身来，翻肠倒胃地呕吐起来……

唯有殷正茂，一尊铁人似的，坐在椅子上纹丝不动。

"肠子里可有证据？"殷正茂问。

"有，有不少的肉渣子。"兵士颤声回答。

"哼，这就是咎由自取了。把他拖下去，看能否救活他一条命。"

四个刀兵抬着牛疯子飞奔而去。盯着地上的一摊鲜血，殷正茂眼皮都不眨一下，又喊道："覃立山！"

覃立山早已吓得瘫倒在地，昏死过去。殷正茂命人用凉水把他泼醒，说道："覃立山，兵士白吃你的酒肉，是本总督管教不严。相信这种事今后再不会发生，这顿酒饭钱，明日我派人给你送来，现在还得麻烦你辛苦一趟，给黄将军带路，去把剩下的三个全都捉拿归案。"

覃立山筛糠①一般，被黄火木一干兵爷架起走了。殷正茂这才扶着椅把站起身来，拍了拍尚在俯身干呕的李延，笑道："李老弟，走，魁星楼的饭菜，恐怕早就凉了。"

李延走了两三日，那一天殷正茂正在行辕中召集俞大猷、黄火木等几个将领商议剿匪事宜，忽有士兵进来禀告说门口有人找。殷正茂正全神贯注听俞大猷陈述用兵方略，便说不见。士兵退下去又转来奏道："总督大人，来者自称是你的亲戚，一定要见。"殷正茂一听纳闷："亲戚？我怎么会有亲戚跑到这里来？"遂请俞大猷暂停说话，急匆匆走出行辕大门，只见一个身穿藏青棉布道袍、头戴诸葛巾的胖子背对着他，在门前的空场上踱步，这背影很是熟悉，但仓促间想不起是谁。"先生，总督大人来了。"带路的士兵喊了一声，那胖子回转身来，殷正茂这才看清来者面容，不免大吃一惊，喊道："怎么会是你？"

"想不到吧。"胖子笑吟吟走近前来。

殷正茂由惊诧变为激动，两手抓住胖子肩膀一摇，叫道："好你个李……"

胖子"嘘"了一声打断殷正茂的话，说道："老表哇，我来这里收购药材，听说你也升官到了这里，就顺便过来看看。"

"好，好，"殷正茂应声说道，"你先歇息下来，喝盅茶解解乏，那边还有一个会议，我去收个场就马上过来。"说罢喊过一名侍卫，让他把来者带到自己的值房。

从总督的神情态度，行辕内的侍卫听差便知来者是贵客。送进值房之后，当值听差又是躬身打揖，又是请坐上茶，又是绞来热毛巾擦汗去尘，忙得团团转，为的是讨来者一个笑脸。其实这位大模大样的来者并不是殷正茂什么亲戚，而是湖南道②按察使③李幼滋。他与张居正、殷正茂都是嘉靖

---

① 筛糠：身体因惊吓或受冻而发抖打战，像用筛子筛糠一样的，来回摇晃。
② 湖南道：明代湖广按察司的派出机构。明代各省设提刑按察使司，掌一省刑狱、监察等事，设按察使一人，正三品，副使若干人，正四品，佥事若干人，正五品。每省划分为若干分司，称为"道"，由副使、佥事出巡分管。其中，湖广按察司设武昌道、荆南道、湖南道、湖北道。
③ 按察使：明代一省的最高司法长官，掌管刑狱案件以及弹劾地方官吏的事务。

二十六年同年进士。因他是荆州府应城县人,与张居正兼有同乡之谊,是张居正屈指可数的密友之一。这次千里迢迢从湖广长沙秘密来到庆远,正是肩负张居正的使命而来。

在值房里落座不过片刻,李幼滋已喝了一大壶热茶,在同僚中,李幼滋有"李三壶"的绰号,意思是说他"茶壶、酒壶、尿壶"一样都离不得。听差见他这么能喝茶,索性端上一把镶银的特号陶制茶壶。

"哟,你们总督这么阔气。"李幼滋指着茶壶说。

听差回答:"这是前任总督李大人留下来的。"

提到李延,李幼滋心中就有了一阵不平之气:"这狗日的,连吃败仗还发了大财,只落个致仕的处分,太便宜他了。"于是问道:"听说李大人走时,用了五十匹马搬运行李?"

"这还是砍了一半儿呢。"听差是个老兵油子,见多识广,嘴上也就特别滑溜,"依李大人原来的想法,什么都想带上,两百匹马都不够。"

"怎么会有这么多?"

"怎么就不会有这么多?"听差反问,接着指了指窗外远处的崇山峻岭,说道,"你这位先生新来乍到不知道,这大山里头有一种野果子,才花生米那么大一颗,酸酸涩涩的也没啥味道,却有一种特别功效,吃下去能给鸡巴长劲。每年中秋前后,这果子长熟了,李大人就派兵士上山采撷。去年,摘果子的士兵还遭了韦银豹的伏击,死了二十多人。果子采回来后,李大人命人用蜂蜜把果子制成果脯。一年要做几十坛子,除了自己受用,还拿出去送人。就这玩意儿,李大人准备带走十坛,十坛就得五匹马来驮,后来一裁减,只带走了两坛。"

"听你这么一说,这野果子不就是春药吗?"

"是呀,"听差神秘地眨眨眼,煞有介事地说,"听人说,如果长年吃这玩意儿,人就变成了发情的公猪。"

一句话逗得李幼滋捧腹大笑,说道:"现在我明白了李大人为何要找四房姨太太。"

"我们这儿,一头公猪一年要给上百头母猪配种哩!"

听差说话越发肆无忌惮,他那又憨又狡的滑稽模样,使李幼滋笑得直喘粗气。正在这时候，殷正茂一步跨进门来，凑趣说道："什么事这么热闹！"

李幼滋又把听差说的话学了一遍，殷正茂也忍俊不禁，扑哧笑了一声，让听差退了出去。

"三壶兄，"殷正茂打量一眼李幼滋，口气诙谐地说道，"你这堂堂正正威镇三湘的按台大人，怎么冒充鄙人的亲戚，突然间来到这里？"

李幼滋压低声音说道："我奉太岳兄使命而来，事属机密，不得不乔装打扮。"

对自己这次升迁任职，殷正茂一直感到是个谜。上任之前，他除了给皇上寄上谢恩折子，还分别给高拱与张居正各去一信。虽属私人信札，却是应景公文，无非是些感激话。因为不明就里，殷正茂不敢贸然表态。现在见到李幼滋，知道个中蹊跷可以解开，于是急切问道："太岳兄有何吩咐？"

李幼滋故意卖关子，嘻嘻一笑说："我倒想听听，石汀兄对自己这次高升有何见解。"

殷正茂脱口说道："什么高升，说不定是一个陷阱。"

李幼滋回道："怎么不是高升？你由三品官的八叠篆文铜印换成如今九叠柳叶篆文的银印。虽然官阶没有升，但你手上这颗银印，其规格尺寸，虽比一品大员稍稍小了一点，却比二品大员还要丰硕一些，而且鼻纽还是一只卧虎。我大明立朝二百年来，凡持此印者，只要打了胜仗，立刻就可升任九卿。石汀兄，这一点你难道不清楚？"

殷正茂听出李幼滋的话中明显含有醋意，故意反问："如果打了败仗呢，下场还不同李延一样，卷铺盖滚蛋？"

"咱们同年中，谁不知道你殷正茂是个人精？"李幼滋喝干了一壶茶，又喊听差进来续上一壶，接着说道："所以，太岳兄担心的不是怕你吃败仗，而是怕你上了高胡子的当。你刚才不是说到陷阱吗？高胡子真的就给你设计了一个陷阱！"

"什么陷阱？"

"高拱给你多拨二十万两银子的军费，并放出风来是让你贪污的。请问石汀兄，你怎么处置？"

"这个请你转告太岳兄，我殷正茂一两银子也不会拿。"

第六回　新总督街头奇断案　假老表千里访行辕

"全都退回去？"

"不，既然以军费名义拨出，我为什么要退回去？"殷正茂先是冷冷一笑，接着侃侃言道："我打算用这笔银子作为犒赏之资，凡斩叛匪一个首级的，奖银十两，斩一个叛匪头目的，奖一百两，活捉韦银豹、黄朝猛的，奖银五万两。重赏之下必有勇夫，有这二十万两银子在手，剿灭叛匪也就更有把握。"

李幼滋频频点头，说道："老兄如此安排，太岳兄也就大可放心了。"

"怎么，太岳兄也认为我是贪墨之人？"

李幼滋听出殷正茂的问话中已透出些许不快，连忙解释说："石汀兄，你别误解了太岳兄的意思。他不是担心你贪污这二十万两银子，而是怕你不知道，这些银子实际上是高拱设下的诱饵。"

"诱饵？"殷正茂睁大了眼睛。

"是呀，京城里头最近发生了一些事情你并不知道，太岳兄本来想写信告诉你，又怕信件落入他人之手。故派人来湖南告知这件事的前因后果，让我设法告假十几天，偷偷来到庆远与你通气。"

李幼滋遂把隆庆皇帝生病，高拱与张居正两人间的一些过节述说一遍。殷正茂听得仔细，预感到京城大内正在酝酿一场暴风骤雨，但对高拱欲加害自己的计谋却是将信将疑，深思半晌问道："如果我既不贪污这二十万两银子，又打了胜仗，他高拱如何能够害我？"

"老兄大概还不知道吧，你刚离开南昌，京城都察院就已秘密派人到了南昌，为的是调查你在江西任上有无贪墨行为。一走一来，也就是前脚后脚的事。大凡升迁之人，绝没有京城都察院追着屁股勘察之理，而且这个监察御史①，与李延是同年，都是高拱的门生。石汀兄，这其中的奥妙，你难道还看不清楚吗？"

李幼滋振振有词，句句都是殷正茂不愿听的话，却又句句都得听，不免心中一阵烦躁，对高拱的一点幻想也就烟消云散，代之而来的是一种刻毒的

---

① 监察御史：明代都察院下属的监察官员。明代设都察院，下辖十三道，与十三行省相对应，每道有监察御史若干人，正七品，负责纠察百官、监督官员行政、弹劾不法官员，还被外派到各处巡视和处理具体政务。监察御史官阶虽低，却是明代非常重要的监察官与言官，其他官员都不敢轻视。

报复心理，顿时三角眼内又射出两道寒光，咬牙说道："我倒要看看，高拱是不是真的把我当猴耍。"

"如今他已经在耍你了。"李幼滋补了一句。

"那就看到底是谁耍谁！"殷正茂一拍大腿，声音低却很瘆人，"我手里有张王牌，只要放出来，倒的绝不是他高拱一人。"

李幼滋一震，急忙问道："什么王牌？"

殷正茂狡猾地一笑，说道："其实也不是什么王牌，到时候你便知道。"

殷正茂所说"王牌"就是李延送给他的那一张二十万两银票，他虽然并不怀疑李幼滋确实奉张居正使命而来，但他觉得李幼滋所说之事有一些尚待证实，因此仍存了一点戒备心理，不肯道出实情。李幼滋也看出这一点，心里头便不愉快，遂起身告辞。

"怎么就要走，好歹要住一个晚上。"殷正茂看出李幼滋不满，便真心挽留。

"不能住，"李幼滋朝值房门外看了一眼，说道，"你这总督行辕，还有不少李延旧人，设若知道我的真实身份，对你我、太岳兄都不利，还是快走为妙。"

"这么说，我也不强留了。"殷正茂说道。

两人在辕门前拱手别过。

第七回

斗机心阁臣生龃龉
信妖术天子斥忠臣

离辰时①还差半刻，张居正就走进了内阁院子。辰进申②出，这是内阁铁打不动的办公时间，自永乐皇帝迁都北京后一直未曾更易。内阁建制之初，场地非常狭小，三四个阁臣，挤在一间屋子里办公。后屡经扩建，才形成今日的规模。这内阁院子现共有三栋小楼，正中间一栋飞角重檐，宏敞富丽，为阁臣办公之所；院子东边的小楼为诰敕房③，西边为制敕房，南边原为隙地，后因办公地方不够，在严嵩任首辅期间，又于此造了三大间卷棚，内阁各处一应帮办属吏，都迁来这里。

阁臣的办公楼，进门便是一个大堂，堂中央供奉着文宗圣人孔子的木主牌位。大堂四面都是游廊，阁臣四套值房，门都开在游廊上。楼上房间，有的是会揖朝房，有的是阁臣休息之所。首辅高拱的值房在厅堂南边，窗户正对着卷棚，张居正的值房在其对面。自从赵贞吉与殷士儋两位阁臣去年相继致仕后，值房就一直空着两套，门上落着锁。值房一套一进两重，共有六间，机要室、文书室、会客室等一应俱全。现在，高拱隔壁的一套门已被打开，两个杂役正在房中收拾。张居正知道，那是预备高仪入阁办公了。

张居正刚在值房里坐定，内役还没把茶泡上来，便有一位吏员进来禀告说高阁老有请。张居正起身过去，只见高拱端坐在硕大的红木案桌前，看得

---

① 辰时：上午七点到九点。
② 申：申时，下午三点到五点。
③ 诰敕房：指明代皇帝的秘书处，设在内阁里，负责皇帝起草封赠赐爵诏令等文秘工作。

出他已到了一些时候，桌上摆了几份翻开的折子，显然都已看过。高拱指着文案横头的一张椅子，示意张居正坐下。

"太岳，昨夜睡了个安生觉吧？"高拱侧过身子，摆了摆官袍问道。

"回家头一个晚上，反倒失眠了。"张居正答。

"总不至魂一夕而九逝吧，"高拱眼角微微一动，揶揄道，"你向来风雨如磐，也有失眠之时？"

张居正听出高拱话中讥刺之意，想到会不会是高拱知道了冯保昨夜来他府中潜访之事，顿时多了一份警惕，装糊涂说道："前些时因为担心皇上病情，心绪不宁，一时还没调整过来。"

高拱并不知晓冯保潜访的事，说这几句话无非是寻个话头开场，其实他一门心思还在张佳胤送来的塘报上。如今拿眼睃了睃摆在案桌上那份黄绢封面的塘报，脸色一沉，出气也不匀了。

"兵部的事情，平常都是由你分管，我也十分放心。"高拱打了一个顿，把话引上正题，"安庆驻军哗变的事，如何处置？"

三月间，安庆驻军指挥张志学纵兵围攻与其有怨隙的知府查志隆的官邸，与官邸守军发生战斗，打了好几天，直到应天巡抚张佳胤带兵前往弹压才得以平息。当时，塘报到京，因皇上正病重，内阁没有会议此事。张居正便给应天府尹张佳胤去信，着他全权处理。府军关系紧张甚至交恶已属司空见惯，每年各地时有发生，本不是什么了不得的大事。所以，张居正致信张佳胤后再也没有过问，现在见高拱恼着脸问起，便猜想其中生了变故，于是谨慎说道："事发之后，仆责成张佳胤调查此事，究竟如何处理，尚未收到塘报。"

"你看看。"

高拱把桌上那份塘报推到张居正面前，张居正一目十行看了下来：

……此次安庆兵变，首恶为驻军指挥张志学，此人性在厉直，失在激讦；质在坚劲，失在涸浊。为报个人仇隙，置朝廷纲纪而不顾，竟纵兵围攻安庆府官邸，导致军士死九人，伤二十一人，无辜百姓亦有五人死于流矢乱刃之中……

第七回　斗机心阁臣生龃龉　信妖术天子斥忠臣

查安庆知府查志隆，于此次兵变，亦负有不可推卸之责任，平日会揖驻军将领，不行谦恭，处处颐指气使；府军合办之事，虽在微末，亦行刁难。此次兵士哗变之起因，实乃为查志隆调拨军粮，以次充好。府仓陈米几近糜烂，鼠屎沙砾乱布其中。遂招致张志学怒不可遏，引来一场血战。下官勘察之中，发现查志隆尚有种种贪墨劣迹，故决定将张志学、查志隆一并锁拿，下刑部鞫谳……

读完塘报，张居正意识到张佳胤这下闯了大祸。这张佳胤是嘉靖二十九年的进士，为人清廉，是有名的干练之臣，张居正很欣赏他。正是由于他的鼎力推荐，隆庆五年，张佳胤由山西按察使出任应天巡抚，管辖南京附近十府，其中就包括安庆府。处理安庆兵变，本是他职权分内之事。从塘报中列举事实来看，这种处置算是秉公而断并无错处。但张佳胤却不知查志隆是高拱的门人，事前不做任何通报，径将查志隆锒铛下狱，这岂不是蔑视首辅权威？

"好一个张佳胤，这样大的举措，竟然事先不同内阁通气！"见张居正放下塘报，高拱冷峻说道，"这样下去，政府威权何在？"

张居正心底清楚，高拱所指的内阁实际就是他自己。他也不想争执，只是息事宁人地说道："仆今日就给张佳胤去信，查证这件事。"

"查证什么？人已关在南京刑部大牢里了。"高拱一拍桌子，胡子也戟张起来，"我只问你，张佳胤如此处置，是否向你请示过？"

这一问真的让张居正犯难：若回答没有请示，以高拱狭隘心胸，轻而易举就会给张佳胤定一个"怙权失察，信谗助虐"的罪名，轻则降职，重则免官；若说张佳胤请示过，则明显是引火烧身。而且从高拱出言吐气来看，他已怀疑自己与这件事有牵连。

"元辅。"张居正不管高拱怒火燃胸，依旧口气平和亲亲热热喊了一声，接着说道："张佳胤把张志学与查志隆两人一同捉拿下狱，并没有向我请示，但仆以为，张佳胤有权这样做。"

"有权？谁给他这么大权力？"高拱逼问。

张居正仍是不紧不慢说道："仆上次给张佳胤信中，责成他全权处置，这实际上已经授权于他。"

高拱感到张居正明显在袒护张佳胤，心火一蹿，气昂昂地说道："如此说来，捉拿查志隆，你也是赞同的喽？"

逮住高拱的话尾巴，张居正正色答道："张佳胤公心办案，僧面佛面都不看，把查志隆拿下了。仆知道查志隆是元辅门生，张佳胤未必晓得，不知者不为罪，我这就写信，让张佳胤放了查志隆，元辅你看如何？"

张居正外示关切内含威胁，高拱听了很不受用。待张居正话音一落，他立刻反唇相讥："查志隆是我门生不假，但张佳胤是你幕客①，也是朝野之间人所共知的事。俗话说，打狗欺主，太岳呀，我看你是成心要撕破脸皮与老夫作对了。"

"元辅，此话言重了……"

张居正还欲解释，却一眼瞥见乾清宫大珰张贵急匆匆走了进来，遂打住话头。张贵来传旨，让高拱去文华殿候见皇上。张贵退出后，高拱喊住准备离去的张居正，余怒未消地说道："这件事我要面奏皇上。"说罢，趋身来到文华殿。

文华殿在会极门之东，离内阁最近，沿会极门侧砖道前行不过数百步，即是文华殿的正门文华门。该殿永乐中建，但长期闲置，历届皇帝都不曾临御。嘉靖皇帝践祚之初，谕旨将文华殿鼎新修建，易以黄瓦。从此，文华殿就成了皇上斋居经筵②及召见大臣的地方。

高拱走进文华门，早有文华殿当值太监迎上来，把高拱领进殿西侧的恭默室等待皇上召见。太监给高拱沏上用上等朱兰窨出的西湖龙井，笑吟吟说道："高阁老宽坐些儿，万岁爷还没有驾临呢。"

这恭默室乃大臣等候接见的进退之所，原也是高拱坐惯了的地方，屋子里的古董摆设，墙上的字画匾对，无一样不熟悉。这时已日上三竿，室外花圃中的芍药，碗口大一朵一朵，在煦暖阳光下无不显得婀娜多姿不胜娇羞。高拱已喝了两盏茶，皇上仍未莅临，他便信步走出恭默室，站在花圃前欣赏这些开得正旺的紫烟朱粉。忽然，他瞥见一个人正顺着恭默室前的砖道上匆

---

① 幕客：指官员请到衙门里出主意和帮助应酬的谋士和清客。
② 经筵：中国古代大臣为皇帝讲论经史的御前讲席。

匆走来。"这不是姚旷嘛，他来这里干啥？"高拱心下疑问。姚旷是张居正值房里当差的吏员，平时最得张居正信任。待姚旷走到跟前，高拱喊住他。姚旷勾头走路，万没有想到会在这里遇上高拱，心里一慌张，开口说话便不自然："啊，是首辅大人，小人不知道首辅大人会在这里。"

高拱见姚旷手中拿着一个已经缄口的足有寸把厚的信札，问道："你手上拿的什么？"

姚旷干笑了笑，说："是张阁老让我送给司礼监的。"

"啊？送司礼监？怕是送给冯公公的吧！"高拱厉声一喝，"姚旷你说实话。"

姚旷站在原地不作声，那忸怩不安的神情，算是默认了。

"写的什么？"高拱追问。

"首辅大人，小的的确不知。"

高拱挥挥手，姚旷飞也似的走了。望着他的背影，高拱懊恼万分心绪烦乱……

打从嘉靖二十年考中进士并被选为庶吉士后，高拱就一直置身在京城的政治漩涡之中。明朝内阁辅臣几乎清一色都由大学士担任，而大学士又必须是翰林院出身。每次京城殿试中放榜的进士，只有极少数被主考官看中的隽才，才有可能进入翰林院当庶吉士。庶吉士虽然也列名观政①，却并无实授官阶，只是留院研究历朝经籍典故、治国用人之术，以备日后晋升为侍读侍讲，作为皇帝顾问的储备人才。因此，一旦被选为庶吉士，就是通常所说的点了翰林，前程就不可限量。选中庶吉士的人不一定都能入阁，但自永乐皇帝至隆庆皇帝这一百多年间，进入内阁的八十一位大臣，绝大部分都是庶吉士出身。高拱与张居正，以及即将入阁的高仪，三人也都是庶吉士出身。朱元璋开国之初，承袭元朝政体，设中书省及丞相之职，后因丞相胡惟庸谋反，朱元璋借机诛杀"胡党"近七万人，并决定废除中书省，永远撤销丞相之职，同时下旨说："今后谁敢言设丞相者，杀无赦。"撤了中书省，总得有人给皇帝办事，于是，内阁就应运而生。内阁起初只是作为皇帝的一个顾

---

① 观政：指明代读书人考中进士后，并不立即授予具体的官职，而是被派到九卿等衙门实行政事。

问机构存在，入阁的学士，官阶不得超过五品。至仁宗朝后，由于阁臣杨士奇、杨荣、杨溥三人深得皇上眷顾，受宠日深，仁宗遂让他们处理朝中大事。阁臣操持权柄，就此开了先河。内阁首辅从此成了柄国之臣，诏旨不经内阁，不得擅发。作为权力中枢的内阁，也就成了争权夺利刀光剑影之地。阁臣们虽然都是庶吉士出身，但为专权，不惜陷同门同种于死地。远的不说，二十多年前，次辅严嵩设计构杀首辅夏言就是一例。那时，高拱尚在翰林院中供职，对那一桩震惊朝野的冤案，他从头到尾看得清清楚楚，对被腰斩的夏言寄予深深同情。由此他看到了政治斗争的残酷，但他并没有因此退却，相反，他更加坚定了自己入阁的决心。堂堂七尺须眉，既入仕途，不入阁，不当首辅，又怎能把自己的满腹经纶用来报效皇上报效国家呢？经历几番风雨、几次坎坷，总算如愿以偿。从隆庆四年开始，高拱担任内阁首辅并兼吏部尚书，兼朝政、人事大权于一身，加之隆庆皇帝厌烦政务，诸事对他倚重，让他放手去干，这给他施展才干提供了极好的机会。两年来他经天纬地，颇申其志；责难陈善，实乃独裁。满朝文武，进退予夺，无不看元辅颜色。但春风得意之时，亦是隐忧酝酿之日。高拱初任首辅时，内阁中除张居正外，尚有陈以勤、赵贞吉、殷士儋三位阁臣。这三人资格均在张居正之上，与高拱差不多。除陈以勤有长者之风遇事忍让，赵贞吉、殷士儋两人都同高拱一样恃才傲物，得理不让人。俗话说，一个圈子里拴不住两头叫骡子，何况有了三个。内阁从此成了争吵甚至肉搏之地。脾气火爆的殷士儋，好几次为了丁点小事，竟与高拱老拳相向。赵贞吉恪守"君子动口不动手"的古训，又天生一副好嗓子，遂经常与首辅叫板，骂得唾沫星子乱飞，声音响彻内阁大院。机枢重地，成何体统！高拱恨得牙痒痒的。他毕竟在京城官场历练三十多年，"窝里斗"一整套学问烂熟于胸，应用起来娴熟自如。首先，他把张居正团结起来——两人多年交情，关键时候，张居正帮高拱说话。阵脚既稳，然后瞅准时机各个击破，暗中搜集赵贞吉和殷士儋的劣迹，发动六科十三道各路言官上本弹劾，皇上那一头又听信高拱一面之词。因此，两年时间内，陈以勤、赵贞吉、殷士儋三位阁臣相继致仕。除陈以勤是自己看着没意思上本请求回乡外，另外两位都是被高拱逐出内阁的。所以，到了隆庆六年，内阁就只剩下高拱与张居正两人了。内阁算是平静了几个

第七回　斗机心阁臣生龃龉　信妖术天子斥忠臣

月,自从隆庆皇帝得病以后,宫府形势顿时又变得扑朔迷离。睡觉都睁着一只眼睛的高拱,突然发现真正的对手不是什么殷士儋和赵贞吉,而是自己昔日的挚友、现在位居次辅的张居正!平心而论,高拱觉得张居正的才能,不但远在赵贞吉和殷士儋之上,就是大明开国以来的所有阁臣,也没有几个人的才能盖得过他。一旦意识到这一点,高拱更感到猛虎在侧,威胁巨大,也就特别注意张居正的一言一行。那一日,在乾清宫东暖阁中,他与冯保争吵起来。张居正出面解劝,貌似公正,实际上却在偏袒冯保。几乎就在那一刻,高拱在心中做出决定,一定要把张居正赶出内阁,而且事不宜迟,越快越好。

高拱不愧为铁腕人物,就在内阁入直的这二十多天里,他就办妥了增补高仪入阁的一应事宜。高仪是他的老同事,此人清心寡欲,淡泊处世,既不求名,也不求利,并不是合适的阁臣人选。但高拱一时情急找不到合适的人,只好用他了。管他呢,先弄个盟友进来,对张居正多一份掣肘总是好的。与此同时他又故技重演,布置自己的门生及言官,搜集张居正的材料伺机上本弹劾。他的这一举动,也曾引起一些门生故旧的担心,他们都知道张居正非等闲之辈,一旦让他知晓,内阁中就会狼烟滚滚,高拱即使能赢,也是元气大伤。但高拱主意已定,不听劝告。现在,通过查志隆被捉拿下狱一事,他越发相信自己的判断,张居正觊觎首辅之位,早已暗中动手了……

高拱在恭默室里胡思乱想,不知不觉过去了差不多一个时辰,仍不见皇上到来,这种事往常从来没有发生过。皇上下旨候见,最多也等不了半个时辰。高拱正心下狐疑,只见张贵又满头是汗跑进恭默室,朝高拱施了一礼,说道:"皇上让奴才来通知高阁老,今日的召见取消了。"

"为何取消?"高拱一惊,顾不得礼貌,直愣愣问道。

张贵面有难色,但经不起高拱一再追问,于是低声说道:"你是阁老,告诉你也无妨。万岁爷刚才还好好的,跟奴才有说有笑。却不知为何打了一个喷嚏之后,那脸色顿时就变了,又摔杯子又砸凳儿,闹腾起来了。"

高拱顿觉不妙,心知皇上的病情又有反复。于是吩咐张贵:"你快回宫照顾皇上,我这就回内阁,给皇上上折子问安。"

说罢,两人离开恭默室,张贵一溜烟跑回乾清宫,高拱快步走回内阁。

过了会极门，刚要跨进内阁大门，忽见树荫下蹿出一个人，一迭声喊道："老爷，老爷！"

高拱停下脚步一看，喊话的竟是家人高福。他诧异地问："你跑来这里干啥？"

高福神色极为诡秘，四下里瞧瞧，见没有人，便压低声音说："邵大侠来了。"

"邵大侠？"高拱心头一紧，问道："他进京干啥？"

"他要我尽快告诉老爷，他有紧急事找老爷商量。"

"他现住哪里？"

"棋盘街苏州会馆。"

高拱略一沉思，吩咐道："你先去苏州会馆陪一陪他，酉时过后，我再去看他。"

"是。"

高福拔腿就走，高拱又把他喊住，小声叮咛："告诉邵大侠，京城人多口杂，凡事务必谨慎，尤其不要暴露身份。"

高拱刚回到值房，正欲写一便札给司礼太监孟冲，让他打听今日姚旷送往司礼监的究竟是什么札子。刚提起笔来，忽听得大堂里有人扯着嗓子高声喊道：

"皇上驾到——"

听说皇上来了，高拱与张居正都慌忙跑出值房迎驾，刚跨出游廊，只见隆庆皇帝已站在门道过厅里了。两人赶忙趋步上前，跪在大堂上。值楼各房间里一干属官胥吏，也都拥了出来，在两位阁老的后面，黑压压跪了一片。

"皇上，臣高拱、张居正于此接驾。"

高拱伏地喊了一声，隆庆皇帝也不答应。大堂中出奇地寂静，只有皇上的登龙靴在砖地上发出"橐橐"的响声。

皇上不发话，跪着的人也不敢起来。高拱心中纳闷："皇上不是发病，取消了在文华殿的会见吗？怎么事前也不发旨，就突然跑到内阁来了？"他抬头朝皇上觑了一眼，只见隆庆皇帝穿着一件玄色纻丝直裰，外套一件紫色褡褳，头上的那顶没骨纱帽，也是随便戴上去的。一看就是大内居闲的便服，穿这种衣服，是不可会见外臣的。

就在高拱暗自思忖的同时，张居正也朝皇上觑了一眼。除了那身打扮让他感到奇怪之外，他还看清皇上略微浮肿的脸上，泛着飘忽不定的青色，这是久病伤元的特征。

高拱与张居正等已跪了一些时候，隆庆皇帝没有什么表示。这时，张贵气喘吁吁从外头跑了进来，他找皇上来了。他从恭默室与高拱分手回到乾清宫时，皇上莫名其妙的怒火才稍稍平息，并移步到西暖阁养正轩，听司礼监当值的秉笔太监读了两份奏折，忽然一摆手说："不读了，备轿，朕去慈宁宫看看太子。"一乘杏黄色的四人暖轿立刻抬了过来。隆庆皇帝登轿，刚出乾清门，隆庆皇帝突然撩开轿窗帘儿，锐声喊道："快，追上她！"四个抬轿的内侍被这一声急喊弄糊涂了，一时都收住了脚步。"大胆奴才，这边！"隆庆皇帝指着左崇楼方向，在暖轿里急得直跺脚。内侍瞧着左崇楼前的御道上空无一人，却也不敢分辩，只得抬起暖轿沿着御道向文昭阁①的方向飞奔。"快！快！"隆庆皇帝拍着轿杠嚷道。内侍们一个个上气不接下气，累得脚不点地。过了会极门，隆庆皇帝手朝内阁大门一指，喊一声"进去！"暖轿便抬进了内阁。

轿还未停稳，隆庆皇帝就跳下轿来，高喊了一声"奴儿花花"，就跑进了内阁小楼。

"奴儿花花？"

内侍们一听这个名字，吓得一伸舌头，心中也就明白了八九分。

却说隆庆皇帝登基之后，成了九五之尊，沉湎酒色，更加有恃无恐。后宫佳丽，美眷如云。开头两年，他倒也颠鸾倒凤，乐此不疲。但时间一长，他就嫌老面孔不新鲜，侍寝味同嚼蜡。去年，深谙皇上嗜好的司礼监掌印太监孟冲，暗地里差人送信给被隆庆皇帝封为顺义王的鞑靼首领俺答，请他进贡几个塞外异族的美女。俺答很快就办好了这件事，一下子贡上来十个。孟冲神秘兮兮把她们弄进紫禁城，隆庆皇帝看后，顿时龙颜大悦，照单全收。其中有一个波斯美女，叫奴儿花花。深瞳碧眼，肤如凝脂，从身材到

---

① 文昭阁：明皇极殿东庑中之阁，始建于明永乐十八年，明初称文楼，至嘉靖时改称文昭阁。清初改称体仁阁。

脸蛋，没有一处不叫人疼爱，没有一处不让人销魂。隆庆皇帝看见她，当时就挪不开步。偏偏这奴儿花花生性大方，轻佻放达，颦笑嗔怒，尽合人意。唱胡曲，跳胡舞，痛快淋漓，让人耳目一新。隆庆皇帝遂命在乾清宫后北围廊的游艺斋中传膳，只要奴儿花花一个人陪他饮酒。御膳房做了一桌精美的菜肴，御酒房送来自酿的并已窖藏多年的竹叶青酒。杯箸都已摆好，箸是银箸，杯是宫中银作局用纯金锻造的做工极为精美的龙凤杯。为了接待波斯美女，隆庆皇帝破例了。

酒斟上，隆庆皇帝正要举杯相邀，奴儿花花嫣然一笑，嗲声嗲气说说道："万岁爷，这样不好！"

"有何不好？"隆庆皇帝问。

奴儿花花碧色发亮的眼珠一闪，指着酒杯说："这酒杯不好。"

"这是龙凤杯，朕亲自选的，取游龙戏凤之意。"

"不好，"奴儿花花摇头，"应该用樱桃杯。"

"樱桃杯？"隆庆皇帝思索一会儿，摇摇头说，"没见过。"

"在这哪。"

奴儿花花指指自己猩红的嘴唇，随之，只听得珠喉呖呖，一阵娇滴滴的笑声满屋飘荡。

"嘴？"隆庆皇帝一时没有明白过来。

"万岁爷，汉人不是有'樱桃小嘴'这句话吗？"

"哦，好一个樱桃杯。"

隆庆皇帝恍然大悟，也大笑起来。

"万岁爷，我要用嘴喂你。"

"好，好，用你的樱桃杯。"隆庆皇帝色迷迷伸出两个指头，在奴儿花花猩红的嘴唇上轻轻拧了一把。

于是，奴儿花花喂一口，隆庆皇帝就接一口。反之，隆庆皇帝喂一口，奴儿花花也接一口。隆庆皇帝酒量很大，喂酒的时候，他总是满满地含一大口，奴儿花花也不含糊全数吞下。只不过吞下去后，总是娇嗔地瞪一眼隆庆皇帝，故作生气地说："万岁爷用的不是樱桃杯，而是大烧锅。"隆庆皇帝高兴得浑身打战。那一顿饭，他吃什么都是香的。

第七回　斗机心阁臣生龃龉　信妖术天子斥忠臣

　　那一夜两人如胶似漆播云行雨不必细说，一完事儿就想睡觉的隆庆皇帝，竟然一个晚上瞌睡全无。第二天他宣旨让孟冲进宫，把孟冲大大地嘉奖了一番，并当着孟冲的面情不自禁说道："这奴儿花花，真是无上妙品！"

　　从此，奴儿花花这位波斯美女几乎填满了隆庆皇帝生活的全部空间。饮酒调琴，插科打诨①，花前月下，耳鬓厮磨，须臾不肯离开，真不知今夕何夕。此情之下，后宫虽然表面上平静如常，但暗地里已经是剑拔弩张、杀机四伏了。隆庆皇帝贵为一国之主，谁也不敢把他怎么样。但奴儿花花就不同，一个异国女子，万里迢迢孤身来到大内，虽然得到了皇上的专宠，却把后宫三千佳丽全部得罪。可怜这些花容月貌之人，每到夜晚，一个个迟迟更鼓耿耿星河，饱受孤衾之苦。第一个对她恨之入骨的，自然是太子朱翊钧的生母李贵妃。她是一个端庄贤淑的女人，哪里能容得这么一个妖冶放荡的骚狐狸把皇上弄得神魂颠倒、昼夜不分。一天她找来冯保，秀眉一竖气咻咻说道："我看皇上被这狐狸精缠落了魂，忘了自己是一国之君。再这样下去，千秋百年之后，皇上的英名如何能保！"因为奴儿花花，孟冲在皇上跟前更是得宠。冯保心中一直暗藏怒气，这一下找到知音，两人遂秘密计谋一番。几天后，隆庆皇帝在文华殿接见大臣归来，发现奴儿花花死在御花园的窨井之中。他顿时咆哮如雷，声言要严厉追查，但查来查去也查不出名堂来。除了皇上和孟冲，宫廷内外的人都因奴儿花花的死而大大松了一口气。隆庆皇帝虽然风流成性，却是一个懦弱之人。"无上妙品"一死，虽然在气头上他也说几句狠话，过些日子，他也就不再提起奴儿花花了。只是他变得比过去更加沉默寡言，有时一个人还跑到那口窨井旁站上片刻，流几滴眼泪。过罢上元节，由于长期酒色过度，加之奴儿花花给他心灵带来的创伤，他终于病倒。手腕生疮，一股子黄水流到哪儿，疮就长到哪儿。宫中暗地议论，皇上长的是"杨梅疮"。关于这疮是怎么长上身的，说法不一：一说这疮是奴儿花花带给他的，一说是皇上在孟冲的陪同下"微服私访"帘子胡同惹下的。但不管怎么说，皇上因这疮变得喜怒无常，一会儿清醒，一会儿糊涂。刚才，他本说得好好儿的要去慈宁宫，可是一出乾清宫，他就分明听见奴儿花

---

① 插科打诨：戏曲演员在表演中插入一些滑稽的动作和诙谐的语言引人发笑，泛指不庄重地开玩笑逗乐。

花娇滴滴地喊了一声"万岁爷",掀开轿帘儿,他看见奴儿花花婀娜身影在御道上向着文昭阁方向奔跑。于是他双脚一跺轿板,命令抬轿的内侍一股劲儿地跟着奴儿花花的背影穷追不舍,直直儿地就进了内阁院子。

早有小火者飞快报知张贵:暖轿出了乾清门,没有向右去慈宁宫,而是向左拐,沿左崇楼文昭阁一线去了。张贵这一惊非同小可,立刻撒鹰似的追赶过来。

"万岁爷!"

张贵顾不得擦去满头汗水,扑通一声跪倒在皇上脚前。

"你来干什么?"

皇上朝张贵呵斥一声,这是他走进内阁后说的第一句话。

张贵心里清楚皇上病又犯了,于是嗫嚅着说道:"奴才来接皇上回宫。"

"朕不回去!朕明明看见奴儿花花跑进来,怎么就不见了,朕一定要找到她。"

皇上连连跺脚,走到高拱跟前,高声喊了一句:"高拱!"

"臣在!"高拱伏地回答。

"张居正!"皇上又喊了一句。

"臣在!"张居正同样回答。

"你们平身,和朕一起去找奴儿花花。"

"谢皇上。"

两位阁老从地上爬起来,高拱朝跪着的吏员们挥挥手命令道:"你们全都退下。"

吏员们谢恩,都退回到各自房间去。大堂里只剩下隆庆皇帝、高拱与张居正、张贵四人。张贵朝两位阁老偷偷地做了一个手势,意思是皇上犯病了。他不做手势,两位大臣心里也明白。皇上当着一干吏员的面,要他们去找奴儿花花,使他们颇为难堪。高拱心中思忖:如今第一等重要之事,是要让皇上从迷迷糊糊的状态中解脱出来。见皇上眼神游移不定,犹自天上地下东张西望地乱看,高拱突然厉声高喊:"皇上!"

声音炸雷一般地响,皇上吓得一哆嗦,向后踉跄几步。张贵赶紧上前扶住他。这一招还真管用,皇上顿时清醒过来。

第七回　斗机心阁臣生龃龉　信妖术天子斥忠臣

"我这是在哪里？"皇上问。

"启禀皇上，这是内阁，臣高拱与张居正在此候驾。"说罢，两位阁臣又跪了下去。

"平身。"皇上有气无力地说道。

大堂空空荡荡，凳子也没有一只，高拱请隆庆皇帝进楼上的朝房稍事休息。于是张贵留在楼下等候，两位阁臣随着皇上到了楼上的朝房。

皇上的情绪显然还没有安定下来，坐在椅子上不安生，来回地挪动。这时早有一位小太监端了一碗参汤上来，皇上呷了一口，忽然又连声叹气。高拱观察皇上的一举一动，小声地问："请问皇上，要不要起驾回宫？"

皇上摇摇头，说道："这会儿好多了。"他起身走了两步，叹了一口气，又坐了下来，勉强问道："你们两位阁臣，有何事奏来？"

高拱本有许多事情要向皇上面陈，但因碍着张居正在身边，一时又不知从何说起，想了想，问道："殷正茂的谢恩折子，昨日送进宫中，不知皇上是否看到。"

隆庆皇帝答道："昨日孟冲挑了几份折子给我看，没有殷正茂的，他谢什么恩？"

见隆庆皇帝压根儿忘掉了这件事，高拱奏道："上次皇上让臣下票拟，起用殷正茂替代李延任两广总督，圣旨发下已经一个多月。殷正茂到庆远接任后，给皇上寄来谢恩折子。"

"啊。"隆庆皇帝点点头，问道："李延呢？"

"已经致仕回家了。"高拱答道。

隆庆皇帝的眼珠子有气无力翻动几下，说道："这个李延，眼睛中完全没有朕这个皇帝，早就该撤职了。"

隆庆皇帝突然冒出这么一句话，让两位阁臣大吃一惊。高拱警惕地瞟了张居正一眼，他疑心是不是张居正背着他在皇上面前说了李延什么坏话。

"皇上，"高拱赔着小心说道，"李延愚钝无才，不堪重任，但对皇上，却绝不敢存有二心。"

"你吃过李延送的果脯吗？"隆庆皇帝问道。

"果脯，什么果脯？臣没有吃过。"

"你呢？"隆庆皇帝又问张居正。

"回禀皇上，臣也没有吃过。"张居正恭敬答道。

隆庆皇帝干巴巴地一笑，说道："如此说来，这个李延不但眼中没有皇上，也没有内阁啊。"

高拱奏道："皇上所言，臣等实不明白，还望皇上明示。"

"李延秘制的果脯，滋阴壮阳有特等功效，他每年都做了几十坛子送人。你们查查，都送给谁了？朕吃不上，首辅吃不上，次辅吃不上，都是哪些人吃了，呃？"

隆庆皇帝说着说着就动了怒气。高拱生怕他又气出了"妄症"，赶紧奏道："李延的果脯实乃区区小事，皇上圣体要紧，大可不必为此动怒。"

"我是病了，但我得的并不是绝症。"隆庆皇帝听高拱说他病了，越发生气，发了一通脾气后，又伤感说道："你们两位，都是朕裕邸旧臣，应该知道朕的病起因为何。"

两位阁臣脑子中几乎同时想起奴儿花花，但谁也不敢明说。正在愣怔间，隆庆皇帝又开口说道："昨日孟冲领了一个老道进宫，这老道深谙阴阳大法，是世外高人，看过我的病后，献了一个方子，朕觉得这个方子比太医的方子好。"

"请问是何方子？"高拱问道。

"老道说朕并不是什么大病，只是节令交替，导致体内阴阳失调而已。他说可为朕秘制丹药治疗，这丹药叫阴阳调和散。取十二岁男童子尿液和十二岁女童初潮经水，这经水也一定要取自午时，然后将它们混合配以中药炼制而成。因为剂量要大，所以童男童女各要一百，朕想这也不是什么难事，一百童男童女也不多，或许京城里头就可找齐。朕就让孟冲办理此事。"

隆庆皇帝轻松说来，张居正的心情却越听越沉重，忖道：隆庆皇帝的父亲嘉靖皇帝一生笃信道教方术，终日在西苑内斋醮①炼丹，导致国事糜烂，政风颓败。现在眼前这位九五至尊又要步其父亲的后尘，听信妖道之言，再行

---

① 斋醮：请僧道设斋坛，祈祷神佛。

让大臣嗤鼻让百姓詈骂的虚妄之举……想到这里，张居正忘记了个人安危，脱口说道：

"皇上，臣以为此事要三思而行。"

"为何？"隆庆皇帝问。

张居正肃颜奏道："陛下乃天下至尊，万民垂范，决不可妄听妖道之言。"

"高拱，你说呢？"

高拱内心赞同张居正的看法，但出于政治谋略，却违心答道："臣认为老道言之有理，试试但也无妨。"

隆庆皇帝长出一口气，对高拱投以信任的一瞥，然后恼着脸怒斥张居正："张居正哪张居正，你虽是朕裕邸旧臣，却全然没有爱朕之心！"

第八回

江南大侠精心设局
京城铁嘴播弄玄机

出东华门①不远，紧挨着皇城有一片热闹非凡的街市，这便是棋盘街。有一首诗单道棋盘街的繁华："棋盘街阔静无尘，百货初收百戏陈。向夜月明真似海，参差宫殿涌金银。"这棋盘街在元朝就是京城里第一等繁华之地。永乐皇帝迁都北京，在元代大内的太液池②之东，新修了当今的这座皇城，其规模气派不知超过了元城多少倍。元城周围的市廛③店肆也迁走了不少，但是这棋盘街却留了下来。棋盘街又名千步廊，它一头靠着皇城宫禁，另一头连着富贵街。宗人府、吏部、户部、礼部等重要政府衙门，都在那条富贵街上。棋盘街得了这寸土寸金的上好地望，不热闹那才叫怪。天下士农工贾，无论是来京述职交差，还是经商谋事，都得到这棋盘街上落个脚儿，溜个圈儿。因此，这一条四围列肆、百货云集的棋盘街，每日里驰马传牒，肩摩毂击，喧喧哗哗，一片锦绣丰隆之象。

苏州会馆就坐落在棋盘街上。它当街的门面并不宏阔，却显得格外富贵。大门之上的骑楼，装扮得朱梁画栋，锦幔宫灯，一看便知是纸醉金迷之地。门里是花木扶疏的庭院，接着是一进五重的楼阁，都是安顿旅客的房间。嘉靖年间，北京时兴建立会馆。各个地方的士绅商贾，为了进京旅居方

---

① 东华门：明代紫禁城东门，始建于明永乐十八年。东华门东向，与西华门遥相对应，门外设有下马石。

② 太液池：明成祖朱棣定都北京后，在元朝宫殿位置的基础上向南移动，并营建新的皇宫以丰富皇城园林景观，把开挖南海的土和开凿筒子河的土堆成万岁山，就是今天北京北海公园中的景山。北海、中海、南海统称"太液池"，属于皇城西苑。

③ 市廛：市中店铺，也指店铺集中的市区。

便，有一个固定的居停场所，供同乡朋友宴集，于是会馆便应运而生。什么顺天会馆、山西会馆、四川会馆、福建会馆、扬州会馆等等，北京城中骤然间就冒出百十来座。就是这棋盘街上，也有十几座之多。苏州乃江南膏腴富饶之地，文华藻渥之乡，因此建在北京的会馆，比起别的州府，自然也就要胜出一筹了。

昨夜到京的邵大侠，就下榻在苏州会馆。因旅途劳累，当夜休息无话。第二天一大早，他就让仆人把帖子投到高府，原想趁高拱赴阁之前就能看到他的帖子，没想到高拱走得更早，管家高福知道邵大侠的来头，也不敢怠慢，亲自跑到内阁送信。高拱立即约定今晚见面。

这邵大侠究竟何许人也，就连权倾天下的高拱也不敢马虎，这事还得从头说起。

邵大侠今年刚过不惑之年，应天府丹阳县人氏。他的父亲是当地的一位乡绅，虽算不得望族，倒也是一个书香门第。邵老先生一妻二妾，生有三个女儿，儿子就邵大侠这么一根独苗。因此邵老先生对邵大侠疼爱有加，期望他认真读书，将来博取功名光耀门庭。偏偏邵大侠兴趣不在"之乎者也"上头，虽聪明过人，却毫无兴趣读书。硬着头皮读完四书，应景儿的吟诗作对也学会了一些，便再也不肯待在书房中当那咬字的书虫。他整天在街上胡闹，一会儿拜这个师傅学螳螂拳，一会儿拜那个师傅学太极剑。这一阵子研究风水符卦，下一阵子又研究房中秘术。一年三百六十日，他天天都是闲人，却又天天忙得脚不沾地。他本名邵方，久而久之，人们见他使枪舞棒，装神弄鬼，便都改称他邵大侠，倒把他的本名忘记了。父亲见他如此胡闹，气得吹胡子瞪眼睛，却又束手无策。那一日见他又跑出去和几个不三不四的人鬼混，恨他不过，在院中照壁①上写了一句话骂他："赌钱吃酒养婆娘，三者备矣。"邵大侠看过一笑，拿起笔来，在那句话下边又添了一句："齐家治国平天下，一以贯之。"两句相叠，正好是绝妙的一联。邵老先生看了，这才发觉儿子心中还藏有一股奇气，也就只好听之任之了。

长大成人后，这邵大侠便成了远近闻名的江湖人物。浮浪子弟、市井屠儿、师爷拳手、和尚道士，甚至仕宦人家、内廷大珰、三教九流各色人等，

---

① 照壁：大门内外对着大门做屏蔽用的墙壁，又称"萧墙"。

他统统交往。这做法，竟有点像水泊梁山的及时雨宋公明了。在江湖上呼风唤雨，无所不能，慢慢地也就在应天府地面挣下偌大名气。

却说隆庆二年，当时的内阁首辅徐阶因谏止隆庆皇帝不要游幸南海子沉湎酒色，引起隆庆皇帝的不满，加之司礼监掌印太监李芳在一旁煽风点火，徐阶便被隆庆皇帝下旨致仕，回了松江老家。在这前一年，高拱也因徐阶的排挤而在家赋闲。普天下皆知这是两位最有本事的阁臣。继徐阶之后担任首辅的李春芳，是个不得罪人的好好先生，当首辅的第一天就在内阁宣布，他并不贪恋这个位子，随时准备让贤。此情之下，便有不少人觊觎首辅这个位子。那时张居正虽已入阁，才能也够，只是资历尚浅，尚没有竞争首辅的可能。扳着指头数一数，最有可能接替李春芳的，还是徐阶和高拱这两个人。

邵大侠虽是江湖中人，却也留心政事，想在政治上有所作为。一番权衡之后，邵大侠觉得自己有能力让徐阶或高拱东山再起，重登首辅之位。经过周密策划，他于隆庆三年的秋天，先到松江拜会徐阶。他刚说明来意，徐阶就一口回绝。这位老谋深算处事谨慎的退位首辅，怎么可能相信一位江湖人士自我吹嘘的所谓"锦囊妙计"呢？他决不肯拿自己的身家性命开玩笑。邵大侠见这位名满天下的江南才子不领情，只在心里头骂了一句"真是狗咬吕洞宾，不识好人心"，便又一跃上马，披星戴月赶往河南新郑拜会高拱去了。

高拱致仕回家，不觉已闲居两年。但人在江湖，心存魏阙。无日不在盘算如何重登三公之位，在皇上身边调和鼎鼐①，燮理阴阳。他本因徐阶而致仕，现在徐阶这只拦路虎走了，他重回朝廷的心思也就一日浓似一日。邵大侠此时来访，正是人到病时，遇上郎中。但高拱毕竟久历官场，心情再迫切，也不会病急乱投医。与邵大侠素昧平生，答应不答应，先摸摸他的底细再说。这正是高拱与徐阶不同的地方。徐阶不问情由，一拒了之。而高拱则不显山不露水，先把客人好生款待一番。一连两天，高拱把邵大侠好吃好喝地招待，还让高福带着邵大侠到附近的庄园跑马游乐，到三十里外的古德禅寺烧香拜佛，就是不谈正事。不过，他暗地里嘱咐高福，要密切关注邵大侠的一言一行，有何可疑之

---

① 调和鼎鼐：调和五味。喻指宰相治理天下。

第八回　江南大侠精心设局　京城铁嘴播弄玄机

处要及时禀报。两天下来，高福说邵大侠风流倜傥，言谈举止颇有大家风范，看样子是有些来头。高拱这才决定与邵大侠接谈。

当晚，高拱在客厅里摆了一桌酒席，与邵大侠对饮。事涉机密，高拱屏退左右，连斟酒的丫鬟都不要了，自己亲自执壶。

酒过三巡，高拱问道："邵先生，你一向做啥营生？"

邵大侠知道高拱这是在盘查他的家底了，"吱儿"一口干了杯中酒。"不瞒高太师，"邵大侠笑嘻嘻说道，因高拱担任过太子太师一职，故邵大侠如此称呼，"说来惭愧，我邵大侠虽然也是出自书香人家，却视功名如畏途。"

"为什么？"

"我的性格，天生受不得挟持。说来太师不信，我这个人很有一些怪癖。"

"说与老夫听听。"

也不等高拱斟酒，邵大侠自己把酒壶提过来，自斟自饮，饮了一大口之后，朗声说道："人喜欢诗词歌赋，我喜欢刀枪棍棒；人喜欢凤阁鸾楼，我喜欢荒村古寺；人喜欢上林春色，我喜欢夕阳箫鼓；人喜欢走马兰台，我喜欢浮槎沧海；人喜欢温文尔雅，我喜欢插科打诨；人喜欢温情脉脉，我喜欢嬉笑浪谑。总之，恨人之所爱，喜人所不喜，故弄成现在这一副文不成武不就的样儿。"

邵大侠音韵铿锵的一番表白，逗得高拱一乐，也就打趣问道："你这不是故意和人闹别扭吗？"

邵大侠瞅着高拱悠然一笑，饶有深意地说道："太师，恕后生狂言，人生的学问，都从这闹别扭处得来。"

高拱频频点头，顿时对邵大侠有了几分好感，于是转入正题问道："你如何想到要让老夫重回内阁？"

邵大侠隐瞒了先去徐阶家这一情节，却把他那好弄玄虚的江湖性格表现出来，神色庄重地说道："我看太师的气色，根本就不是赋闲之人。"

"啊，你还会看相？"高拱问道，把身子往前凑了凑。

"麻衣与柳庄都翻过几页，也受过二三高人指点，故略知一二。"邵大侠颇为自负，自斟自饮说道，"太师双颐不丰而法令深刻，眼瞳不大而炯炯有神，且鼻隼如塔，人中顾长，长颊高颧，眉扬如剑，十足一副腾搏万里的饿鹰之相，加之气色如赤霞蕴珠，沉稳中露出一股虎气。如此大贵之相，世间少有。形主命，气主运。有此相者，必位列三公。有此气者，说明已时来运到，内阁首辅归之太师，已是指日可待了。"

高拱被邵大侠说得怦然心动。数年前，还在当国子监祭酒的时候，一天去京城白云观游玩，门口一个摆摊儿看相的老头就说他有宰相之命，出口的词儿，与这邵大侠大致差不多。但高拱仍担心被人诓骗，略一沉思，说道：

"邵先生从丹阳来时，并不知晓老夫长的何等模样啊！"

"是的，"邵大侠点头承认，应付之词也来得极快，"我当时只是分析朝政，从道理上看，偌大一个朝廷，能荣登首辅之位的只有两人，一是松江徐相国，再就是你这位卧龙新郑的高太师了。及至我来到贵府，看过太师的相，就认定新任首辅，必是太师无疑了。"说到这里，邵大侠顿了一顿，又接着说了一句吊胃口的话："我原打算，如果高太师这边无意问鼎，我就立即赶赴松江去找徐相国，现在看来不必了。"

"你真的如此看中老夫？"

"不是我看中，而是高太师你确实有宰相之命。"

邵大侠言辞恳切，高拱仍是将信将疑问道："你打算如何操办？"

"解铃还须系铃人。我认识几个宫中的大珰，他们都是李芳线上的红人。"

李芳是司礼监掌印太监，正是他玩弄花招使徐阶去位，眼下是唯一能在隆庆皇帝面前说得上话的人物。高拱清楚这一点。

沉思半刻，高拱追问道："你所说的那几个大珰，都是哪几个？"

邵大侠狡黠地一笑，说道："请太师原谅，我不能告诉你。同时也可以在这里给太师打个包票，这件事我出面来办，保证万无一失，你就坐着等皇上的圣旨吧。"

说到这里，邵大侠好像已经马到成功，端起酒杯，站起来就要给高拱敬酒，高拱伸手一挡，问道：

"你为何要这样做？"

"为天下苍生，为大明社稷。"

"你要什么代价？"

第八回　江南大侠精心设局　京城铁嘴播弄玄机

"代价？你指的是什么？"

"银子。"

"银子？"邵大侠哈哈一笑，一屁股坐回到椅子上，放下酒杯，两手撑着饭桌说道，"太师也忒看扁人。如果为了银子，我邵某不会千里迢迢赶来新郑，在顺天府，我随手就能捞到大把大把的银子。"

如果邵大侠开口要钱，高拱就会端茶送客。江湖骗子太多，骗钱伎俩也是五花八门。邵大侠既说不是为钱而来，高拱这才放下一直狐疑着的心思，反而不好意思地说道："老夫在京城待了几十年，知道办这种事，上下打点，要花不少的银子。"

"花多花少，太师全不用费心。"邵大侠大包大揽豪气十足地说道，"这点银子我还拿得出。"

"不为钱，那你为什么？"高拱有些纳闷，又把邵大侠打量一番，说道，"事成之后，要官？"

"我也不要官。"邵大侠回答干脆。

"钱也不要，官也不要，那你图个啥？"

高拱倒真是捉摸不透了。

邵大侠一边谈话，一边饮酒。一壶酒被他喝了一大半，可他毫无醉意。这会儿他又满饮一杯，开口说道："我若说什么也不为，太师反而会疑神疑鬼，以为我邵大侠要在太师身上设个什么局。既如此，事成之后，太师要答应我一个小小的要求。"

"请讲。"

"请太师向皇上讲情，赦免王金、陶仿、陶世恩、刘文彬、高守中等人的死罪。"

邵大侠点出的这几个人，高拱全都认识。这五人都是嘉靖皇帝身边的方士。嘉靖皇帝一心访求长生不老之术，把这几个人弄到自己居住的西苑开炉炼丹。但吃了他们炼出的丹药后，嘉靖皇帝不但没有延年益寿，反而一命呜呼了。嘉靖皇帝宾天①之后，首辅徐阶就下令把这五人抓起来问成死罪。鞠讞

---

① 宾天：帝王死，也泛指尊贵者之死。

定罪差不多用了一年多时间，到了隆庆二年，还没有等到秋天问斩的日子，徐阶就致仕回籍了。这几个人的刑期也就一直拖延到现在还没有执行。平心而论，高拱对这几个人也深恶痛绝。当初若是由他主政，他也会把这五人问成死罪。但这事恰恰是徐阶办的，高拱寻思自己如果真的能够重新入主内阁，首先就得把徐阶经办的大事悉数推翻。

见高拱沉默不言，邵大侠激了一句："怎么，太师感到为难？"

高拱一掀长髯，朗声笑道："这有什么为难的，只要我能入阁，不出一月，我就奏明皇上，请旨让法司改议！"

"那就一言为定！"

"一言为定！"

第二天，邵大侠就告别高拱，束装入京。其时已是枫叶红、芦花白的残秋十月。两个月后，经司礼监掌印太监李芳推荐，隆庆皇帝下旨，命高拱入阁主政，并兼吏部尚书，集首辅与冢宰①于一身。

当高拱在新郑高家庄接旨的那一刹那，他不得不惊叹邵大侠的通天手段。同时，他的心中又升起一丝隐忧：万一这事张扬出去，我高拱在士林之中，岂不要遭人唾弃？

邵大侠已经猜透了高拱的这层心思，所以自从在高家庄见过一面，也再不露面。只是在高拱履行诺言，奏明皇上将死囚王金等五人改判为流放口外之后，邵大侠差人给高福送来了一张纸条，请他转给高拱。纸条上并未署名，只写了一副对联：

卖剑买牛望门投止

吹箫引凤从此无言

听说高拱要到晚上才能见他，吃罢午饭，邵大侠闲着无事，便上街闲逛来了。

出苏州会馆向左一拐，一片琳琅满目，乃是店肆林立的街市，以绸缎、

---

① 冢宰：明人习称吏部尚书为冢宰。

第八回　江南大侠精心设局　京城铁嘴播弄玄机

珠宝店为多。再往前走一截子，便是耸着一座钟鼓楼的十字街口。由此向东向南向北，三条大街皆是店铺。彩旗盈栋金匾连楹，红男绿女川流不息。邵大侠并不买什么东西，只想寻个清静地儿打发这半日光景。按高福的意思是连街也不想让他上，但他受不住憋，还是走出来溜达溜达。邵大侠站在街口看了看，便往行人略少的北街走去。走了二三十丈远，右手边出现了一条横街。街口第一家是一间两层楼的茶坊，门口挂着布帘子，屋内支着四五只茶炉，都烧得热气腾腾的。临街窗户里头摆了十几张桌子，一些清客在此一边喝茶聊天，一边看街景。楼上还有七八间雅室，传出吹箫弄笛之声，想是什么公子王孙在里面品茗听曲。邵大侠本想坐下来喝杯茶，一看还是闹哄哄的，又挑帘儿走了。往横街里走过了七八家，邵大侠这才看出横街弥漫着一股子风雅。家挨家的小铺子，门脸儿有大有小，都收拾得极有韵致。门上泥金抹粉的牌匾书着这个轩那个斋的，牌匾两旁的门柱上，都悬挂着黑底绿字儿的板书对联。这些对联亦庄亦谐，于店铺的营生都极为切合。邵大侠挨个儿看下去，卖膏药的铺子门口悬的是：

> 神妙乌须药，一吃就好
> 祖传狗皮膏，一贴就灵

隔壁是一间中药铺，对门是一家专营杭州绸缎的店子，对联也很切题：

> 去对门买一匹天青缎
> 来敝舍吃六味地黄丸

再过去是一家装裱店，兼着做药材生意，广告词来得贴切：

> 精裱唐宋元明古今名人字画
> 自运云贵川广南北道地药材

接着是一间小小的酒肆：

劝君更进一杯酒
与尔同销万古愁

酒肆的下家最为逼窄，仅能容下两张椅子的过厅里坐着一个帮人修脚的老头儿，门口竟也悬了一幅：

足下功夫三寸铁
眼前身价一文钱

一家家看过来，邵大侠心中忖道："京城天子脚下，气象毕竟不同。就这么一条小胡同，似乎也是藏龙卧虎之地。"这么想着，又来到一家铺子跟前，抬头一看，挂着的一副对联便有些奇妙：

赚得猢狲入布袋
保证鲇鱼上竹竿

邵大侠想了半天，也不知是什么意思，抬头一看，横匾上写着"李铁嘴测字馆"。测字看相、打卦抽签这一应事儿，邵大侠本来就喜欢。心想反正没事，一抬腿就走了进去。厅堂不大，两厢里摆了一架古董，几钵盆花。正中一张八仙桌，几把椅子。迎面的香案之上，挂着一幅峨冠博带的神仙像，两旁还有一副对联：

帮庶民求田问舍
许国士吐气扬眉

"客官，请坐。"

邵大侠刚一进门，一个二十来岁的戴着程子巾的年轻人就满脸堆笑地迎过来。

第八回　江南大侠精心设局　京城铁嘴播弄玄机

"你就是李铁嘴？"邵大侠问道。

"啊，不是，我只是这里的堂倌。"年轻人给邵大侠递了一盅茶，说道，"客官可是要测字，我这就去喊先生出来。"

不一会儿，堂倌就领了一个老者出来，看他有六十挂零的年龄，精神矍铄，几绺山羊胡子，平添了儒者风范。一出内门，他就朝邵大侠抱拳一揖，谦恭地说道："老朽李铁嘴，欢迎远道而来的客官。"

邵大侠还了一礼，寒暄几句，他指着画上的神仙问李铁嘴："请问老先生，这是哪一路神仙？小人不才，竟没有见过。"

"啊，这是本主神仙，字神仓颉。"

李铁嘴朝墙上端望一眼，样子极恭敬。邵大侠见李铁嘴还有一点仙风道骨，便有心找个字儿让他测一测。先就李铁嘴的话开了个玩笑："仓颉是造字之人，何时成了神仙？"

李铁嘴白了邵大侠一眼，语气中略含教训："要斧头锯子的鲁班成了神匠，抓药看病的扁鹊成了神医，仓颉能造字，为什么就不能当神仙？玉皇大帝，如来佛爷，上至九五至尊、王公贵戚，下至芸芸众生，只要能开口说话的，就离不得仓颉。"

邵大侠一笑，说道："帮有帮规，行有行主，我随便说说而已。请问李老先生，这测字儿的生意可兴隆？"

"托客官的福，偌大的北京城，没有几个不知道我李铁嘴的。"

李铁嘴外表谦恭，内里却颇为自负："请客官报个字儿，试试老朽的本事，若说得不准，你出门去把'李铁嘴测字馆'的招牌砸了。"

"好，"邵大侠起身去掩了大门，回头在八仙桌边坐下说，"我测字儿，不喜欢有闲杂人进出。你测得好，我多给赏银。"

"请客官报字。"李铁嘴递过纸来。

邵大侠略一思忖，就在纸上写了一个"邵"字。

李铁嘴接过纸问："请问客官问什么？"

"问一个朋友的祸福。"

李铁嘴点点头，把个"邵"字端详了半天，又眯着眼睛把邵大侠好生看了一回，摇摇头自言自语地说道："不像啊。"

"你说什么不像?"

李铁嘴说:"这个'邵'字儿里头隐含的天机,与你不像啊。"

邵大侠被李铁嘴吊起了胃口,性急地说:"你莫疑神疑鬼的,看出什么来就快讲。"

李铁嘴惊讶地说道:"你这客官,不显山不露水,竟有这么大的朋友做靠山。"

"多大?"邵大侠不露声色。

"此人之位,不是三公就是九卿,皇上身边的大臣,是不是?"

"你怎么看出来的?"

"你看,"李铁嘴指着"邵"字儿说道,"召字左边添一个'言'旁,就是'诏'字,皇帝的旨意称为诏。你的朋友在皇上说旨的时候,只能出耳朵听而不能动嘴说,所以无'言'而有'阝'。从这一点看,六部尚书都还不够资格,你的朋友必定在内阁里头。"

尽管邵大侠自己也是一个预测阴阳的人,此时也不得不佩服李铁嘴断字如神。他尽量不让李铁嘴看出他的吃惊,故意显得漫不经心地说道:"我如今明白了什么叫鲇鱼上竹竿,你这张铁嘴倒还真的名不虚传,胡诌得有滋有味,请往下说。"

尽管邵大侠极力掩饰,但李铁嘴见多识广,哪里又瞒得过他?李铁嘴知道邵大侠已经折服了,于是趁着性儿,越发说得神乎其神:"至于你这位朋友的祸福,我看是凶多吉少!"

"何以见得?"

"你这位朋友虽然在皇上面前无言,但对待下官,却是口上一把刀,因此结怨不少。现在还有皇上护着,听说万岁爷病得重,一旦宾天,你这朋友就凶多吉少了。以刀代士吉不随身,危在旦夕。"

"危险来自哪里。"

"这'阝'旁之左,加'氏'为'邸',加'良'为'郎',当官不见邸,是罢职之象,问政不从良,必招天怒人怨。若要问你朋友的对头,大概是一个侍郎出身的人。"

李铁嘴从容道来,言之凿凿,没有一句模棱两可的话。邵大侠的心情,

却是越听越沉重,不禁双手按着八仙桌,发了好一阵子呆。李铁嘴瞧他这样子,便在一旁捋着山羊胡子,自鸣得意问道:

"客官,这'邵'字儿,解得如何?"

这一问倒把邵大侠问醒了,他勉强笑了一笑,说道:"解得好,不愧是铁嘴。"

李铁嘴心中暗笑:"又一只猢狲入我的布袋了。"嘴中却说道:"本主仓颉造字,暗藏了许多天机……"

不等李铁嘴说完,这边邵大侠从怀里掏出五两一锭的银子往桌上一摜,骂了一句:"你他娘的一派胡言!"

趁李铁嘴被搞得懵里懵懂、不知所措时,邵大侠早已闪身出门,扬长而去了。

骂归骂,李铁嘴的一番话,犹如一块石头塞在邵大侠的心窝里,要多难受有多难受。他这次进京,又是为高拱的事专门而来。两年半前的那个秋天,通过他成功的游说,高拱重新入阁荣登首辅之职,且还兼任主管天下官员进退升迁的吏部尚书,顿时由一位管领清风明月的乡村野老摇身一变为朝中第一权臣。高拱精明干练,在任时政风卓著。对于知情人来说,他之重返内阁本不值得惊奇。大家感到惊奇的是,他这次回来,竟然兼首辅冢宰于一身,真正是一步登天。本来平淡无奇的士林宦海,竟被这一件突如其来的大事激得沸沸扬扬。一些好事之徒免不了到处钻营打听这件事情的根由始末。尽管高拱本人讳莫如深,闭口不谈,但天底下没有不透风的墙,何况刺探别人隐私的能人高手,又全都在皇城内外的官场里头。很快,有人探明了事情的真相,许多人都知道了邵大侠这样一个神秘人物。不要说别人,就是高拱自己,也觉得邵大侠高深莫测,属于异人一类。他原以为事成之后,邵大侠会登门拜见,并从此缠着他,提无穷无尽的要求。谁知等来等去,只等来那一张写着一副联语的字条,联语的意思也很明白,那就是从此不见面了。看着字条,高拱松了一口气,一颗悬着的心也终于放下。邵大侠这般办理,也有他的理由:在新郑县高家庄的会面,从言谈举止,他已看出高拱心胸并不开阔,而且猜疑心甚重,虽属治国能臣,却非社稷仁臣。这种人很难交往,何况靠阴谋猎取高位,本为天下士林所不齿。高拱要洗清这一事实,迟早也会构害于他。这一手，邵大侠不得不防。再加上自己的目的也已达到，王金、陶仿、陶世恩、刘文彬、高守中五位羽巾方士也都被隆庆皇帝赦免死罪，放出天牢。这五人在江湖上党徒甚众，势力不可低估，除王金与他交往甚深，其余四人都未曾谋面，但同在江湖，义气为重，救命之恩，焉能不报。于是，几个人凑齐了五十万两银子送给邵大侠，邵大侠坚辞不受。但经不住几个人的一再感谢，也就半推半就地收下了。为高拱复职，他巨额贿赂李芳、孟冲、滕祥等一帮隆庆皇帝身边的宠宦，总共也花了十来万两银子。现在加倍回收得到这一笔大大的财喜，也犯不着再去高拱那里讨什么蝇头小利。思来想去，邵大侠遂决定从此不见高拱，便差人送了那一张字条。但经历了这件事，邵大侠在江湖上的名声就变得如雷贯耳。他用王金等人送的那一大笔钱，在南京城里开了七八处铺号，伙同内宦，做一些宫中的贡品生意，两年下来，竟也成了江南屈指可数的巨商。无论是在商业，还是江湖的三教九流之中，他都是呼风唤雨、左右逢源的头面人物。由于在内宦、官场中有许多眼线，他虽然住在南京城中，却对北京城里发生的事情了如指掌。这次隆庆皇帝的病情，他知道的内情，比北京快马送来南京的邸报上写的还多。宫廷中接二连三发生的事件以及南京各部院一些浮言私议，让他意识到皇城中又在酝酿一场你死我活的权力斗争。高拱无疑又是这场斗争的主角之一，而他的竞争对手张居正也是一位声名远播的谋国之臣。虽然其资历、权势都不及高拱，但其心计策略却又在高拱之上。两人争斗起来，鹿死谁手尚难预料。邵大侠凭自己的感觉，任性负气的高拱一定不会把张居正放在眼里，果真如此，必定凶多吉少……尽管邵大侠对高拱一直回避，但事到临头，他发觉自己对高拱感情犹在。在这扑朔迷离阴晴难料的节骨眼上，他觉得还是有必要赴京一趟，就近给高拱出点主意。

这趟来京，除了十几个家人充当随从，他还带着平日养在府中的四五个家妓，雇了一艘官船，沿运河到通州上岸，然后换乘马车入城，把苏州会馆的一栋楼都给包下了。下午，他命令所有随从都留在会馆里休息不准出来，自己一个人跑到街上闲逛。不想在李铁嘴的测字馆中，花钱买了个天大的不愉快。

出了测字馆，邵大侠又重新走回北大街，正兀自闷闷不乐地走走停停，

第八回　江南大侠精心设局　京城铁嘴播弄玄机

忽然听得迎面有一个人说道："哟，这不是邵大官人吗？"

邵大侠抬头一望，只见说话的人三十岁左右，方头大脸面色黧黑，耳大而无垂珠，一双雁眼闪烁不停，穿一件紫色程子衣，脚上蹬一双短脸的千层底靴，头上戴一顶天青色的马尾巾，巾的侧面缀了一个月白色的大玉环。偏西的阳光，把这只大玉环照得熠熠生光，十分抢眼。邵大侠看这人有些面熟，却想不起在什么地方见过。

"嗨，邵大官人可是把我给忘了，"来人操着一口纯正的京腔，"我是宝和店的钱生亮。"

这一说，邵大侠立马就记起来了，这钱生亮是宝和店的二掌柜。去年春上，曾跟着宝和店的管事牌子孙隆去南京采办绸缎，与邵大侠开的商号有生意来往。邵大侠陪着孙隆在南京、苏州、扬州玩了十几天，这个钱生亮一直跟着。

"啊，是钱掌柜。"邵大侠赶紧抱拳一揖，"瞧你这一身光鲜，我都不敢认了。我还说明天去看望孙公公，顺便也看你。"

钱生亮答道："多谢邵大官人还惦记着我，不过，小人已离开了宝和店。"

邵大侠一怔："宝和店这样一等一的皇差你都辞了，跑到哪儿发达了？"

钱生亮看了看过往的路人，小声说："小人现在武清伯李老爷家中做管家。"

武清伯李伟，李贵妃的父亲，隆庆皇帝的岳丈，皇太子朱翊钧的外公，算得上当今朝中皇亲国戚第一人。一听到这个名字，邵大侠顿时眼睛发亮，当下就拉着钱生亮，执意要找个地方叙叙旧情。钱生亮说出来帮武清伯办事，不可耽误太久，要另约日子。邵大侠不好强留，当下约定让钱生亮引荐，过几日到武清伯府上拜谒李伟。

当街与钱生亮别过，邵大侠从测字馆中带出来的懊丧心情顿时被冲淡了许多。他觉得这个钱生亮简直就是上天所赐，通过他牵上李伟这条线，再让李伟影响女儿李贵妃。即使隆庆皇帝龙驭上宾，高拱失了这座靠山，李贵妃还可以继续起作用保高拱的首辅之位。"这是天意，高拱命不该绝……"邵大侠一路这么想来，走到方才路过的那座茶坊门前，冷不防后面冲过来一个人，把他重重撞了一下，他踉跄几步站立不稳，幸亏他眼明手快，抓住一根树枝才不至倒下。他抬头看见撞他的那个人跑到街口一拐弯不见了，正说拔腿追赶，忽然后面又冲上来几个人，把他扑翻在地，三下两下就拿铁链子把他绑得死死的。

邵大侠扭头一看，拿他的人是几位公门皂隶，腰间都悬了刑部的牌子。

"你们凭什么拿我？"邵大侠问道。

内中一个满脸疙瘩的差头瞪了邵大侠一眼，恶声吼道："老子们布了你几天，今天总算拿着。"

听这一说，邵大侠一笑说道："差爷，你们想必看错人了。"

这时一位老汉跑来，差头问他："老汉你看清，在流霞寺强奸你黄花闺女的，可是这汉子？"

老汉只朝邵大侠瞄了一眼，顿时一跺脚说："是他，正是他。"说着就要扑上前来殴打。

差头把老汉隔开，对邵大侠说道："好歹你得随爷们走一趟了。"

说着，也不听邵大侠解释，将一个先已预备好了的黑布头套往他头上一罩，推推搡搡，把他押往了刑部大牢。

第九回

密信传来愁心戚戚
死牢会见杀气腾腾

内阁散班，高拱没有如约去苏州会馆与邵大侠相会，而是吩咐轿班径直抬轿子回家，并让人通知魏学曾速来家中相见。高拱到家不过一刻时辰，魏学曾就赶了过来。

"吃饭了吗？"高拱问。

"听说首辅找我，我就从吏部直接赶了过来，哪还顾得上吃饭。"魏学曾答。

高拱当下喊过一个家役，说道："你去通知厨子，熬一锅二米粥，烙几张饼，直接送到书房来。"说罢便领着魏学曾进了书房。

这时天已黑尽，书房里早已掌起灯来。刚落座，高拱就急匆匆说道："惟贯，出大事了。"

"啊，究竟何事？"魏学曾也紧张起来。

高拱从袖中抽出一封信札，魏学曾接过一看，正是李延数日前最后一次动用两广总督关防给高拱送来的那封信。魏学曾读过，虽对李延这种做法鄙夷，但也看不出这里头会有什么祸事发生。正沉默间，高拱怒气冲冲说道："这个李延，我原以为他只不过能力稍差，人品还不坏，谁知他背着老夫，竟做出这等猫腻之事。"

魏学曾知道高拱素来廉洁自律不肯收人财物，发这一顿脾气原也不是假装，但事既至此，也只能拿好话相劝："李延做的这件事，虽然违拗了元辅一贯的做人准则，但作为门生，李延对座主存这点报恩之心，也在情理之中。送不送在他，收不收在我。元辅既不肯污及一世廉名，把这五千亩田地退回就是，又何必为这区区小事动恼发怒呢。"

"小事？如果真的是小事，老夫会这么十万火急把你找来？"高拱烦躁不安，挪动一下身躯，继续说道："下午刚接到这封信时，我同你想法一样，后来我又把这封信反复看了两遍，慢慢也就看出了破绽。按信上所说，李延是在出任两广总督的第二年，就为老夫购置了这五千亩田地。可是，为何过了一年多时间才来信告知？他陈述的理由是，本来是想待老夫致仕之后才把田契送给我，这理由也还说得通。说不通的是，他为何在撤官之后，又动用八百里驰传给我送来这封信呢？往日仕途平稳时不急着送，现在丢官了，就急得邪火上房，赶紧申说此事。惟贯，你不觉得这里头大有文章吗？"

"首辅洞察幽微，这么一说，李延这封信里，倒还真有名堂。"魏学曾说罢，又把搁在茶几上的那封信重新拿起来阅读。

这时厨子抬了一张小饭桌进来，摆好了二米粥、煎饼和几碟小菜。高拱瞅了瞅煎饼旁边的一碟酱，问道："这是哪里的酱？"

厨子回答："回老爷，这是御膳房的酱品，有名的金钩豆瓣，还是过年时皇上赐给您的。"

"不吃这个酱，口味淡吃不惯。你还是去把老家送来的麦酱送一碟子上来。"说着，高拱拿起那碟金钩豆瓣就要让厨子撤下去，忽然又放下，对魏学曾说道："也许你喜欢吃，留下吧。"

接了刚才的话题，两人边吃边谈。

"这信你又看过一次，应该看出问题来的。"高拱嚼着一口煎饼，说话声调便有些改变，"李延字体你也熟悉，往常送来的折子或信札，一笔小楷个点个明，很有几分赵孟頫的功夫。这封信却写得相当潦草，几处明显的笔误，像把'涿'州写成'琢'州，也没有发现，可见他写信时心绪烦乱。"说到这里，高拱盯了魏学曾一眼，问道："李延有没有给你行贿？"

魏学曾摇摇头，说："他进京述职时，曾来我家拜访，听说我女儿出嫁，他大包大揽说'令爱的嫁妆就包在我身上'，被我一口回绝，此后便不再提起此事。"

第九回　密信传来愁心戚戚　死牢会见杀气腾腾

"母狗不摇尾，公狗不上身，说的就是这个理。"高拱笑过一回，又问道："那么，他是否给你送过果脯？"

"果脯？"魏学曾一愣，讶然笑道，"北京到处都是果脯，哪用得着他千里迢迢送什么果脯。"

"此果脯非彼果脯也！"高拱似笑非笑，接着就把上午隆庆皇帝的话述说一遍。

"皇上深居大内，怎么知道李延的果脯？"魏学曾感到纳闷。

"这正是我担心的理由，"高拱面无表情，其实心里头像翻开了锅，"别看皇上平常对政事并不关心，但他耳朵灵透得很。你想想，冯保管着东厂，暗地里专门监视百官动静，这帮王八蛋，一天到晚泥鳅似的四处乱窜，什么事情打听不到？前几天，一个工部郎官①逛窑子喝醉了酒，回来从马上跌下来，摔掉了一颗门牙。第二天上午皇上就问我这件事，我还不知道呢。冯保这阉竖②，每天都有大把的访单送给皇上。"

"提起东厂，百官们又恨又怕，世宗一朝多少大狱，都是因为东厂兴风作浪造成的。"魏学曾对东厂从来都深恶痛绝，故愤愤不平说道，"冯保提督东厂，不知给皇上进了多少谗言，元辅应该想想办法，尽早把他收拾了。"

"这是后话，"高拱紧接着说道，"眼下李延之事如果处理不好，让人家拿到证据，我们就会让人家给收拾了。"

"果真有这么严重？"

"有！"

高拱说着打了一个响嗝，这是方才吃饭太急的原因。他喝了一口茶顺顺气，正欲讲下去，忽然门房来报，说是韩揖求见。高拱蹙眉说道："他来凑啥热闹，让他进来。"

韩揖灰头灰脸进来，看见魏学曾在座，越发显得局促不安。

"你有何事？"高拱问道。

---

① 郎官：明代六部所属各司，设郎中一员管司事，正五品，员外郎一人副之，从六品，通称郎官，是六部事务的具体负责人。

② 阉竖：对宦官的蔑称。

"有点小事，不过……"韩揖看了一眼魏学曾，吞吞吐吐说道，"不过，也不甚要紧。"

"不甚要紧你跑来干啥？"高拱毫不客气地训斥，"你没看见，我和魏大人谈事。"

韩揖弄了个面红耳赤，站在原地想走又不想走。魏学曾看出韩揖的意思是想和首辅单独谈事，于是起身说道："韩揖有要紧事禀报，我暂且回避一下。"

"不用不用，你且坐下，没有什么事好瞒你的。"高拱这么一说，魏学曾只得又坐下。高拱又对韩揖说道："有啥事就说吧，魏大人不是外人，听听无妨。"

韩揖遵主人之命，一躬身寻了把椅子坐下，讷讷说道："首辅大人，我还是想来和你说那一万两银子的事。"

"啊，原来你是为这个而来。"高拱点点头，见魏学曾兀自愣怔不明就里，便把这件事的来龙去脉向他述说了一遍。

那天下午看过李延信后，高拱独自一人在值房沉思，这时恰好他的书办韩揖送公文进来。这韩揖虽只是一个七品小官，但因在首辅身边当差，又深得信任，因此六部堂官封疆大吏等一应朝中大臣都不敢马虎他。韩揖尽管在外头拉大旗作虎皮招摇充大，但在高拱面前却显得谨慎小心，永远都是那一副克勤克俭虔敬有加的样子。高拱除了烦他事无巨细一概请示汇报这一条外，余下的也都满意，在心中也就把他当成了家臣。

却说韩揖放下公文之后，磨磨蹭蹭还不想走，高拱问他："你还有啥事？"

韩揖打了一躬说道："方才孟公公差人送了两盆花来，都是大内御花园培植的异品芍药。一盆白色，叫霓裳舞衣，一盆猩红，叫秋江夕照。卑职三十多岁，还是第一次见到如此娇艳美丽之花。现请首辅大人示下，这两盆花是摆在值房里呢，还是拿回家中欣赏。"

隆庆皇帝旧病复发跑来内阁寻找奴儿花花，以及李延来信这两件事，正搅得高拱心乱如麻，吃饭都味同嚼蜡，哪里还有闲心来赏花？韩揖话音一落，高拱就没好气地吼道："闲花野草这等小事，也值得你嚼舌头请

第九回　密信传来愁心戚戚　死牢会见杀气腾腾

示？下去！"

"是。"

本想讨个彩头的韩揖，只得唯唯诺诺退下。这时高拱忽然动了一个念头："这韩揖平日在老夫面前帮着李延说过不少好话，这么做是不是得了人家的好处？"疑心一起，他又把韩揖喊了回来，问道："李延这个人，你觉得他到底如何？"

刚挨过训斥的韩揖，不敢贸然回答，因为李延给首辅的信是他半个时辰前送进来的。首辅看罢信后心情不好，却不知为的什么，斟酌一番，回道："李大人在庆远剿匪连连失利，落下个撤官的处分也不算重，但庆远乃西南崇山峻岭蛮瘴之地，李大人在那里待了三年，没有功劳也有苦劳。"

"你这琉璃蛋①的话等于没说，"高拱鹰一样犀利的眼光扫过来，说道，"你与李延并不熟识，你来我值房办事，李延已在两广总督任上，就前年李延来京述职，你俩见过一面，也只是点头之交。可是，你为何老是在我面前帮着李延说好话？你现在解释一下这其中的原因。"

高拱催问甚急，韩揖眨巴眨巴眼睛，又说了一句滑头的话："我想着李延是首辅的门人，因此就放心地为他说几句好话。"

"放屁！说这种哈巴狗的话，你不嫌害臊？"高拱怒不可遏，手指头戳到韩揖的鼻梁上，喝道，"你现在老实交代，得了李延多少好处？"

"首辅大人……"

韩揖喊了一声却没有下文，高拱看他脸色陡变，汗如雨下，已经明白这一"诈"起了作用，便索性一诈到底，他捡起李延那封来信在韩揖眼前晃了晃，冷笑一声说道："好你个韩揖，吃了豹子胆，竟敢瞒着老夫收受贿赂，事到临头还敢抵赖。"

韩揖真的以为李延信中谈及此事，顿时双膝一软，扑通跪倒在高拱面前，拖着哭腔说道："首辅大人，卑职不敢抵赖，李延派人给我送了两次银票，每次五千两，共一万两。"

"你收了？"

---

① 琉璃蛋：形容为人圆滑，善于趋利避害。

"卑职……收了。"

高拱顿时气得七窍生烟,恨不得一脚把韩揖踹出门去。韩揖跟了高拱两年,从未见过高拱如此盛怒,吓得面如土色,贴身襕衫①已被冷汗浸透。他腰一弯伏地不起,哽咽说道:"卑职一时财迷心窍,辜负首辅栽培之恩,还望首辅念在卑职犬马之忠分上,饶我这一回,从今以后我当洗心革面,重新做人……"

依高拱的性子,恨不能把韩揖送进刑部鞫谳问罪,但顾忌着"家丑不可外扬",他又强咽下怒火,长叹一声说道:"你起来说话。"

韩揖瑟缩着爬起来,也不敢落座,只筛糠似的站在那里。高拱瞧他那副熊包样子,恨不得啐他一口痰。他看看窗外,花木扶疏,卷棚里也无人进出,但仍压低声音问道:"你知道还有谁拿过李延的贿赂?"

韩揖知道几位大臣都得过李延的"孝敬",但他断不敢攀连别人,摇着头说道:"李延做这种事情,断不会让第三者知道,因此卑职不知。"

高拱想想也是这个道理,又问道:"李延大把大把地往外送银子,这钱从哪里来?"

听这问话的口气,好像李延并没有在信中交代什么。韩揖不免后悔这么快"坦白",但说出的话如泼出的水,收是收不回来了。为了求得高拱原谅,又不落下个"卖友"的罪名,韩揖便含糊答道:"李延怎样敛财,卑职也不甚清楚,但听说兵部车驾司②郎官杜化中知晓。"

"你现在就传我指示,命杜化中速来内阁。"

不到一个时辰,杜化中就气喘吁吁走进高拱值房。他本也是高拱门生,因此一接到老座主指示,不敢怠慢,便骑了一匹快马跑来。高拱又如法炮制,"诈"出杜化中三次共收下李延送来的礼金三万两银子,并从杜化中嘴中知道了李延吃空额贪污巨额军费的事实……

魏学曾听过高拱这段叙述之后,也感到了问题的严重性,两道又浓又黑的眉毛顿时锁到了一堆,看着眼前这位韩揖畏畏缩缩的样子,气便不打一处来,也忍不住数落他几句:"你这个韩揖,一万两银子就让人买走了

---

① 襕衫:明时秀才、举人穿的一种公服。
② 车驾司:明代兵部所属四司之一,掌皇帝车驾、仪仗、禁卫以及驿传和马政等事务。

灵魂。前几日，元辅还与我商量，要提拔你去六科担任吏科都给事中，这个官职的分量你也知道，天下言官之首！这下可好，鲤鱼不跳龙门，却跳进了鬼门。"

韩揖羞愧难当，恨不能找个地缝儿钻进去。扭捏一阵子，方开口说道："魏大人，下午首辅当头棒喝，犹如醍醐灌顶，卑职已知罪了。晚上卑职冒昧前来，为的是退还这一万两银子。"说着，从袖筒里抽出一张银票，恭恭敬敬递给高拱。

高拱并不伸手去接那银票，而是起身从书架上抽出一本宋嘉祐年间刻印的《贞观政要》，翻到中间《贪鄙篇》一段，递给韩揖，说道："你把这一段念一念。"

韩揖接过书，磕磕巴巴念了下来：

> 贞观二年，太宗谓侍臣曰："朕尝谓贪人不解爱财也。至如内外官五品以上，禄秩优厚，一年所得，其数自多。若受人财贿，不过数万。一朝彰露，禄秩削夺，此岂是解爱财物？规小得而大失者也。昔公仪休性嗜鱼，而不受人鱼，其鱼长存。且为主贪，必丧其国；为臣贪，必亡其身。《诗》云：'大风有隧，贪人败类。'固非谬言也……"

"好了，"高拱打断韩揖，奚落说道，"你也是乡试会试这么一路考过来的进士出身，《贞观政要》这部书难道过去没有读过？"也不等韩揖回答，又接着说道："唐太宗一代英主，勤劳思政，魏征、房玄龄、萧瑀等一班干臣①，廉洁奉公。如此君臣际会，才开创出盛唐气象。当今圣上虽不像唐太宗马上得天下，但克己复礼，始终守着一个廉字。他本喜欢吃驴肠，自听说每天御膳房为他做一盘驴肠就得杀一头驴子，他从此就再也不肯吃驴肠了。这样的好皇上哪里去找！可是你这做臣子的，轻轻松松就贪了一万两银子。皇上从牙缝里省下来的钱，都被你们这帮混账东西化为己有，皇上岂不

---

① 干臣：指精明强干之臣。

寒心？百姓岂能不恨？刍荛①岂能无怨？'为主贪，必丧其国；为臣贪，必亡其身'。这是至理名言啊！"

高拱说这番话时，再也不是雷霆大怒，而是侃侃论理，句句动情。听得出，讲到后来他喉头都有些发硬了，在座的魏学曾与韩揖无不大受感动。韩揖抹了抹眼角的泪花，说道："听了首辅这席话，卑职已无地自容，明天我就给皇上上折子，自劾请求处分。"

"这倒也未必。"高拱盯着韩揖，以恨铁不成钢的口气说道，"只要你有这份认错的心，老夫就原谅你这一回，这事就到此为止了。你也不必哭丧着脸，让天底下人都知道你做了什么亏心事。你也去跟杜化中讲讲，该干啥就干啥，不要心事重重，让人看出破绽。"

高拱一改刻毒态度，突然变得这么宽容，韩揖始料不及，继而感激涕零。他知道高拱与魏学曾还有事谈，连忙知趣告辞。

"回来，"高拱喊住韩揖，指着韩揖放在茶几上的那张银票说，"这个你先拿回去，怎么处理，等有了章程后再说。"

韩揖走后，魏学曾喟然叹道："首辅嘴上如刀，却原来还是菩萨心肠。"

高拱自嘲地一笑，说道："不这样，又能何为呢？据老夫分析，李延这几年给京城各衙门送礼不在少数，两万名士兵的空额粮饷，够他送多少银子？你想想，他会送给谁？各衙门堂官，再就是要紧部门的郎中主事，这些人又有几个不是经你我之手提拔起来的呢？我高拱经营多年，总算有了现在这一呼百应的局面，眼下正值与张居正较劲的节骨眼上，总不成让人一网打尽吧。"

高拱担心的这一层，魏学曾也想到了，这时忧心忡忡说道："李延贪墨数额如此之大，账簿上不可能了无痕迹，如今殷正茂接任，会不会顺藤摸瓜，查出这宗大案来？"

"是啊！"高拱附和，接着分析道，"这里头有两种可能：一是殷正茂难改贪墨本性，同李延一样张开鲸鱼大口，当一个巨贪；再就是他有所警惕，铁心跟着张居正，揭露李延，如果是这样，局势就岌岌可危了。"

---

① 刍荛：割草打柴的人。

第九回　密信传来愁心戚戚　死牢会见杀气腾腾

"早知李延如此，悔不该让殷正茂去接职。"

魏学曾心直口快，又放了一"炮"。高拱心里头虽也有些后悔，但他从来就不是自怨自艾之人，愣了愣，他说道："殷正茂前几日寄给老夫的信，意在感谢拔擢之恩，字里行间既不亲近，也不疏远，看得出来他还在观察风向。这个时候我们再拉他一把，兴许就能收到化敌为友的功效。李延是以佥都御史①一衔领受两广总督，这殷正茂我看就提他一级，以右副都御史②领衔两广总督，你明天就写一份公折送呈皇上说明此意，我即行票拟，这两天就发出去。"

魏学曾一听高拱对殷正茂的策略有些改变，立即问道："监察御史已到了南昌，殷正茂在江西任上的事还查不查？"

"查！不但要查，而且还一定要查出他的贪墨劣迹来。"高拱斩钉截铁回答，"如果他万一揭发李延，我们手中也必须攥住他的把柄。先给他糖吃，不吃糖，再给他兜头打一闷棍。"

"如此两手准备，不失为万全之策。"魏学曾思虑变被动为主动，也只能如此行事，接着说道："殷正茂升迁公文，我明日到部即行办理。但李延一人身上，系着众多官员的安危，却也不能掉以轻心。"

"这个你就放心好了，我自有主张。"

一番计议，不觉夜深，魏学曾告辞回家。

魏学曾前脚刚走，高福后脚就跨进了书房。高拱有些疲倦，伸了个懒腰，然后问道："事情办妥了？"

"回老爷，办妥了。"高福毕恭毕敬回答。

"没难为他吧？"

"没有，老爷没指示下来，刑部里头那帮人，任谁也不敢胡乱行事。"

"备轿，我现在过去。"

"老爷，夜色已深，是不是明天再去？"

---

① 佥都御史：明代都察院的正官，分左、右，地位次于左、右副都御史。
② 右副都御史：明代开始置都察院，左、右都御史为副长官。担任总督巡抚的官员，也加都御史或副都御史、佥都御史之衔。

"此刻路断人稀，正好出行，再说，人家是远道而来的贵客，咱也不好太冷落。大轿子就不坐了，你去备一乘女轿。"

"是。"

高福退出。高拱去内室换了一身道袍，然后到轿厅里上了女轿，趁着夜色朝刑部大牢逦迤而来。

他此行前往拜访的不是别人，正是从南京专程赶来与他相见的邵大侠。

却说上午高福跑来内阁告知邵大侠到京的消息后，高拱让高福带信给邵大侠诸事小心，慎勿外出。想想又不放心，又派人把高福找回来，嘱咐他去刑部找几个捕快暗中跟踪邵大侠，若他出街闲逛，就寻个由头把他弄到刑部大牢关押起来。高拱下这道命令，原也存了一份心思，想神不知鬼不觉地把邵大侠弄死。出任首辅之后，他对邵大侠这个人一直放心不下。后差人暗访，邵大侠在南京一门心思做生意，从未谈起过帮助他东山再起这段往事，因此他便收了杀人灭口之心，决定放他一马，从此天各一方互不相挨。去年邵大侠托人进京找上门来帮胡自皋说情，他内心便不愉快，虽然给面子免了胡自皋处分并升了个南京工部主事，但对邵大侠已经淡下来的提防之心又重新收紧。这次邵大侠突然来到京城并说有急事相见，高拱凭直感就知道他又是为掺和政事而来，因此心中老大不高兴。他本来就想让邵大侠无踪无影永远消失，现在既然送上门来，焉有任其逍遥之理？高福深知主人心思，因此办这件事也特别卖力。当邵大侠被抓进刑部大牢后，他又跑来内阁报信，请示下一步该如何处置。此时高拱正被李延来信搅得心绪不宁，只说了一句："先打入死牢秘密关押，不要让任何人知道，暂时也不要给他加刑。"高福去后不一刻时辰，高拱便起轿回家与魏学曾相见，一番深谈之后，关于如何处置邵大侠，他又有了新的想法。

高拱来到刑部大牢时，差不多已是一更天。斯时更鼓沉沉，万籁俱寂，刚刚钻出天幕的下弦月，撒下点点寒光，朦朦胧胧照得大牢门前一对石狮子，更显得面目狰狞阴森可怕。砭人肌骨①的春寒峭风在阒无人迹的巷道上扫掠而过，更让人产生那种阴阳未判大限临头的恐惧。一交酉时，戒备森严的

---

① 砭人肌骨：形容冷空气、寒风、冰水等像针扎一样渗入肌肤骨节，使人感到疼痛。

第九回　密信传来愁心戚戚　死牢会见杀气腾腾

刑部大牢就把大门关闭，夜间办事公差都由耳门①进出。知道高拱要来，管理大牢的狱典②一直不敢离去。这会儿见高拱一身便装从女轿下来，先是一愣，接着跪迎自报家门，高拱让他头前带路，狱典起身要把高拱领进朝房。

"人关在何处？"高拱问。

"在死牢里。"狱典回答。

"那就直接去死牢，不进朝房了。"

"回首辅大人，死牢里鬼气森森，连把凳子也没有，大人您还是去朝房升座，我吩咐捕快去把那人带来。"

狱典是担心死牢里关押着犯人会把首辅吓着，故委婉阻拦。高拱觉得朝房仍有闲杂人等，不如死牢里安全，故不领情，说道："别啰唆了，快前面带路，去死牢。"

狱典无法，只得命人扛了凳子，一行人拐弯抹角往死牢走去。

虽是深夜，死牢门口依然布满岗哨。守牢的锦衣卫兵士盔甲护身持刀而立，如临大敌不敢有些微松懈。狱典命兵士卸下死牢门杠，亲自开锁，领着高拱踏进死牢甬道③。走了大约十几丈远，便看见甬道两旁都是一个挨一个的单人牢房，除向着甬道一边是厚重木栅之外，剩下三面墙壁都是一尺见方的石头垒砌而成。隔两三丈远，甬道上就挂着一盏风灯。火光昏昏，暗影幢幢，站在甬道之上，真有一步踏入地狱之感。

高拱平生第一次来到这种地方，乍一闻到令人作呕的霉臭味与血腥味，顿时不寒而栗，起了一身鸡皮疙瘩。也许是听到他们脚步声的缘故，一片死寂的牢房忽然起了小小的骚动。虽单禁一室犹刑具加身的死囚们都昂起头来看这一帮人沓沓走过，不知深更半夜突然发生了什么事情。高拱随着狱典刚走过三四个房间，突然听到一阵声嘶力竭的叫骂："我操你八辈子奶奶，你们看看，这只老鼠一尺多长，把老子的脚啃得只剩下骨头了。"

出于好奇，高拱停下脚步，朝传出骂声的牢房看去，只见一个囚犯躺在窄小的土炕上，被铁链锁得死死地动弹不得，一只肥大的老鼠正趴在他的脚

---

① 耳门：指正院或正房及大门两旁的侧门。
② 狱典：明代看守监狱的低级官吏。
③ 甬道：也叫"甬路"，是在院落或墓园当中用砖石铺成的道路。

背上啃噬着腐肉。看见人来，那只老鼠闪了一下身子，却也并不逃走，只瞪着绿莹莹一双豆粒眼睛，警惕地注视着木棚外的人影。被它啃过的脚背，真的露出了白森森的骨头，这凄惨景象令人毛骨悚然。

"怎么不给他松一松绑？"高拱问道。

狱典对这种事司空见惯，冷漠回道："这是等待秋决的犯人，原也不值得同情的。"

高拱"哦"了一声，便挪动脚步。狱典领着他一直走到最里头，又见一道铁门，并有两名狱卒把守。狱典做了一个手势，其中一名狱卒掏出钥匙打开铁门，走进去两三丈远，又见一扇小门。高拱走进这扇小门，才发现这里原来是一间四面没有窗户密不透风的石头密室。

这本是囚禁钦犯之地，邵大侠就关在这里。

高拱进来时，邵大侠正蜷缩在土炕上，背对着小门睡得迷迷糊糊。狱典放下凳子，躬身退了出去。屋子里只留下高拱高福主仆二人。见邵大侠犹自酣卧不醒，高拱便清咳一声。

邵大侠一动，转过脸来，揉揉眼睛，一看是高拱，连忙翻身坐了起来。

"太师！"

邵大侠这一喊真是百感交集。高拱假惺惺装出关切的样子，急忙问道："他们没有为难你吧？"

"怎么没有为难？"邵大侠愤然作色，怄气说道，"平白无故诬我强奸良家妇女，在大庭广众之下把我一链子锁到这里来，这是个什么地方我都不知道。"

"你一路走来，怎会不知道这是何处？"

"我怎会知道，他们扭住我，便往我头上套了个黑布罩子，牵狗似的弄进这间屋子，才把头罩卸下。"

邵大侠一边说一边比画，十分窝火的样子。高拱故作惊讶说道："原来如此，这么说，你倒真是受了委屈。"

"太师，现在咱们可以走了吧。"

"不能走，偌大一座北京城，只有这里才是万无一失安全之地。"

"这是在哪里？"

第九回　密信传来愁心戚戚　死牢会见杀气腾腾

"刑部死囚牢房。"

"死囚牢房？"邵大侠这一惊非同小可，心有余悸说道，"亏得太师及时找到，不然，我邵某成了冤鬼还无人知晓。待老子出了这个门，一定找刑部这帮捕快算账。"

高拱说道："这事怨不得他们。"

"那怨谁？"

"要怨就怨我，此举实乃老夫的主意。"

高拱的话扑朔迷离，听得邵大侠如坠五里雾中。高拱接着说道："看你这样子，想必晚饭也不曾吃，高福，去吩咐狱典弄桌酒席来，我就在这里陪邵大侠喝几杯。"

高福遵命而去，屋里只剩下高拱与邵大侠两人。邵大侠狐疑问道："太师为何要把我弄进死牢？"

高拱坐在凳子上，又把这密不透风的密室打量一遍，佯笑着说道："京城天子脚下，既是寸寸乐土，也是步步陷阱。东厂、锦衣卫，还有巡城御史①手下的密探，都是一些无孔不入的家伙，满街上川流不息的人，你知道谁是好人，谁是特务？你住在苏州会馆这么惹眼的地方，又包了一栋楼，如此挥金如土之人，还不被人盯死？"

几年未见，邵大侠没想到高拱变得如此小心谨慎，心里头突然涌起一股莫名的懊恼，怏怏说道："我邵某可以打包票说，京城百万人口，能认得我邵某的超不过十人。"

"但几乎所有的三公九卿、文武大臣，都知道你的名字！"

高拱说这话时，一丝不易察觉的刻毒从眼神中掠过。灯光昏暗，邵大侠没有察觉，但从高拱语气中，他依然听到某种可怕的弦外之音。为了进一步探明高拱心思，他悻悻说道：

"太师觉得不便相见，让高福告诉我就是，又何必这样风声鹤唳，把我弄到死牢来受这份窝囊罪呢？"

"若说不便相见，倒也不是推托之辞，"高拱屈指敲着自己的膝盖，

---

① 巡城御史：明代负责巡视京城地区中、东、西、南、北五城治安的官员。

说起话来也是字斟句酌，"京城最近的局势，想必你也知道。自从皇上犯病以来，政府中兄弟阋于墙，张居正谋夺首辅之位的野心，已是路人皆知，我猜想你此番进京，大概也是为此事而来。"见邵大侠频频点头，高拱接着说道："古话说得好，路遥知马力，日久见人心。三年前我高拱荣登首辅之位，你邵大侠立下了汗马功劳。可是新郑一别，除了你差人送来那一副对联表明心迹外，却从来不登我的家门，这是真正的世外高人作风，仅此一点，我高拱对你就敬佩有加，焉有不见之理？不要说你主动来京城见我，你就是不来，我还要派人去把你请来相见，在这非常时期，我的身边就需要你这种不为功利只为苍生的义士，荣辱与共肝胆相照的朋友……"

说着说着高拱竟然动了情，眼角一片潮润泛起泪花。如果邵大侠对高拱之前还心存疑惧，现在见高拱与他促膝谈心，出口的话诚挚感人，那一点狐疑也就烟消云散，不免也动情说道：

"自从三年前在太师故里相见，从此我邵某心中无时无刻不在惦记着太师，只是因为太师在朝为柄国重臣，邵某在野为闲云野鹤，身份悬殊不便相见。诚如太师所言，现在皇上的病牵动两京朝野百姓万民之心，宫府之间内阁之中的一些摩擦也渐为外人所知。邵某虽然身处江湖，但偶尔在官场走动，也听到一些传闻，因此很为太师担心。这才又斗胆跑来京师，原是想投到太师门下，在这一场纷争中尽一点责任……"

邵大侠话匣子打开，正欲就宫府内阁的纷争发表意见，高拱却把他的话头截断，说道："你对老夫的一片深情我已心领，多余的话也不用说了，我只问你一句，你觉得老夫的气数是否已尽？"

邵大侠脑海里次第闪过李铁嘴和钱生亮的形象，下午见到的这两个人，可谓一忧一喜。邵大侠笃信神灵命运，想了想，答道："气与数是两回事，气中有命，数中有术。命不足之处，当以术补之。"

高拱听罢大笑，说道："好一个以术补之，好，好！命由天定，术由人造，按你的意思，我高拱气数未尽？"

"是的，"邵大侠一半恭维一半真诚说道，"只是要提醒太师一句，一定要注意术，就像在棋枰上，务必要下出套住大龙的妙手。"

"说得好，邵大侠真乃无双国士也。"高拱一番称赞，使邵大侠眉宇之间神采飞扬，高拱见火候已到，趁机说道："老夫现在倒想了一术，不过，若要完成它，还得仰仗邵大侠的妙手。"

"太师请讲，只要邵某能做到，万死不辞。"

"有你这句话，老夫放心了。"

高拱说着，便从袖筒里抽出李延的信，邵大侠接过读罢，不解地问："这是门生对座主的孝敬，这么绝密的私人信件，太师为何要让邵某过目？"

"让你看，就因为方才讲的那一个'术'，就由这封信引起。"

高拱收回信小心放进袖筒藏好，然后把李延以吃空额方式贪污巨额军饷这件事的前因后果仔细讲了一遍。

邵大侠听罢，也深感问题严重，忧心说道："若让张居正知道这件事，太师就危在旦夕。"

"是呀，不只是我，京城各大衙门，一时间恐怕都会人去楼空。"

"你说，这件事如何办理？"

高拱缓缓地捻动胡须，反问道："依邵大侠之见，此事应该怎样处理才是？"

邵大侠咬着嘴唇思忖片刻，突然一击掌，面露凶光说道："只有一个办法，杀掉李延，以堵祸口。"

高拱心中一震，一双贼亮的目光，定定地瞅着邵大侠，半晌才摇着头说："不行，这样做太刻毒。"

"太师，江湖上有句话，无毒不丈夫……"

邵大侠还想据理力争，但高拱挥手打断他的话，说道："李延毕竟是我门生，他如此贪墨固然可恨，但让我置他于死地，又有些于心不忍。"

"那，太师打算如何处置？"

"我想让你辛苦一趟，前往广西见一见李延，一来向他要回那三张田契，二来带老夫的口信给他，我可以对他既往不咎，但条件是他必须守口如瓶，避居乡里，再不要同官场上任何人打交道。"

"就这个？"

"就这个。怎么，邵大侠感到为难吗？"

"这点小事，有什么为难的。"邵大侠拍着胸脯说，"太师放心，我邵某一定把这趟差事替你办好，把口信带过去，把那三张田契带回来。"

高拱看着邵大侠的神态，知道他把意思理解错了，连忙解释说："我要那三张田契干啥，你把它烧掉就是。"

"也好，太师你说何时起程为好？"

"越快越好，最好今夜起程。"

"这么急？"

"真的就有这么急！不及早同李延打招呼，恐怕隆庆一朝最大的谶狱就会从他嘴中吐出来。"

"既是这样，我这就走，只是我带来的一干家仆，都还在苏州会馆。"

"这个你不必担心，我已差人把他们全都送往通州，你现在可以赶去和他们见一面。明天一早，他们沿运河乘船回南京，你则可沿中州大道直奔广西而去。"

"仆人中，有三四个功夫不错的，我得带上。"说到这里，邵大侠一拍脑门，叫道："哎呀，差点忘了，我这次来京之前，给太师在南京物色了一个十六岁的良家小姐，叫玉娘。虽非天姿国色，倒也有闭月羞花之貌，我本说当面交给太师，现在只好让高福给你领回去了。"

"你怎么想到这个，"高拱又好气又好笑，说道，"老夫今年六十一，你领来一个娇娃一十六，像什么话！"

"上次去新郑，就听高福讲，太师一生不曾纳妾，老夫人又没生下儿子。我当时就留了心，一定要给太师物色一个合适的好女子，给太师生个儿子传宗接代。"

邵大侠说得恳切，高拱却不动心，摇着头说道："心意我领了，人还是让她回南京。"

"太师，你总得给我邵某一点面子。"

邵大侠说着就沉了脸。高拱虽然心里不乐意，但不肯让这等小事误了大事，只得应承下来，说道："好吧，我让高福去通州，把这位玉娘接回来。"

"如此甚好。"

第九回　密信传来愁心戚戚　死牢会见杀气腾腾

邵大侠腾地下炕，一拍屁股就要开路。

"慢着，"高拱拦住他，说道，"我们的酒席还没吃呢，这个高福，弄了这半夜，酒席还不知道在哪里。"

"老爷，酒席在这里。"

话音未落，高福和狱典两人便推开门，抬了酒席进来，原来酒席早就备好，高福见里头两人正谈得火热，生怕打扰，就静静地站在外面守候。

邵大侠看看一桌已经凉了的酒菜，也没有什么胃口，说道："方才太师进来时，我肚子的确感到饿，现在又什么都不想吃了。"

"不想吃也得吃一点，"高拱说着拿起酒壶，斟了满满两杯，举了一杯说道，"三杯通大道，来，邵大侠，既是为你接风，又是为你送行，我们来满饮三杯。"

邵大侠笑了笑，端起了杯子。

第十回

王真人逞凶酿血案
张阁老拍案捕钦差

张居正让姚旷送给冯保的信札，谈的仍是张佳胤处理安庆驻军哗变的事。他感觉到高拱又会在这件事上大做文章，故向冯保说明事情原委，希望他注意高拱近期的奏折，方便时烦能及时通报。大约两天后的下午，趁着高拱去吏部入直，冯保约张居正来恭默室相见。刚一坐下，冯保就打开随身带来的小红木匣子，拿出三份折子递给张居正。这三份折子中，张佳胤的那一份张居正已在高拱值房里看过，余下两份，一份是查志隆的申诉，一份是高拱对于此事的处理意见。

高拱的折子对张佳胤措辞严厉，认为他逮捕查志隆是"夺皇上威权以自用，视朝廷命官如盗贼……国朝两百年来，抚按①两院台长②出巡，虽惩治巨奸大猾，犹须事前请得君命。未有如张佳胤者，尽弃纲纪，擅作威福。何况查志隆虽有小过，却非大劣……如此处置，岂不长叛将凶焰，而令天下士人对皇上齿冷？伏请皇上，颁下圣旨将张佳胤削职为民，永不叙用。张志学、查志隆一案移交三法司审理……"

这封奏折盖了内阁的关防，显然是高拱领衔呈上的公折。看罢折子，张居正的不愉快已是不消说的：既是公折，张居正就有权知道，何况这份折子事涉兵部，按常理，他这个分管兵部的次辅应该是这份公折起草之人，可是如今折子已送进了大内，他却不知不晓。可见在高拱眼中，他这个次辅早已

---

① 抚按：明代巡抚和巡按的合称。
② 台长：明代设置都察院，以左、右都御史为台长。

第十回　王真人逞凶酿血案　张阁老拍案捕钦差

成聋子的耳朵——摆设了。

"这三份折子，皇上看过了吗？"张居正问。

"没有，"张居正读折子时，冯保百无聊赖伸出十个指头在茶几上练弹琴指法，这会儿听到问话，便收了手回道，"折子今天上午才送给司礼监，正好我当值，记着你的吩咐，就先没有让人看。"

张居正表示了谢意，接着问："依公公之见，皇上看到这几份折子，会如何处置？"

冯保想了想，没有直接回答，而是绕了一个弯子说道："那一天，万岁爷从内阁回来，不知为何，把高胡子大大称赞了一番，对先生的态度，却好像有些不客气，这是怎么回事？"

"那是因为我冒犯了皇上。"

张居正说着，就把那日内阁中发生的事情述说了一遍。冯保听罢切齿骂道："高拱这只老狐狸，最会看皇上眼色行事。"

张居正没有冯保那么激动，但他开口说话语气中便充满鄙夷："其实高拱对这些妖道也恨之入骨。嘉靖皇帝驾崩后，当今皇上褫①了龙虎山张天师的封号。去年，张天师到京活动想恢复爵位，找到高拱，他一口回绝。这次他也不是真的相信那妖道的什么奇门偏方，而是为了取悦圣心以博专宠。作为柄国大臣，应该是'主有失而敢分争正谏'，如果曲意奉上，倒真的要让天下士人齿冷了。"

张居正如果不是对冯保绝对相信，断然不敢说出这番"骂在高拱，讥在皇上"的话，冯保听了却默不作声。这里头另有一层张居正并不知晓的隐情。去年张天师到京时，曾托人找到冯保送上一万两银子，希望他在恢复爵号一事上也帮着在皇上面前说说话。冯保满口答应，正是因为高拱作梗，这事儿才没有办成。如今张居正旧事重提，冯保内心颇有一些难堪，沉默少许，他便引开话题：

"先生刚才问皇上对张佳胤的态度，我看十之八九还是老规矩，发回内阁票拟。"

---

① 褫：剥夺。

张居正苦笑了笑："还票拟什么，高阁老的态度，已在折子上表明了。"

"是啊，张佳胤头上的这顶乌纱帽，戴不了几天了，"冯保叹息着说道，"万岁爷这两年，从没有驳回过高拱的票拟。"

"可怜了张佳胤，一世廉名，秉公办事，反遭了这等削籍的下场。"

张居正说着站起身来，踱到正墙上悬挂的"励精图治"四字大匾之下——这乃嘉靖皇帝手书，反剪双手，长久地凝视不语。

冯保理解张居正此时的痛苦心情，在一旁以同情的口吻说道："听说这张佳胤是当今江南四大才子之一，写得一手好诗，写得一笔好字，官又做得清正，却不成让高拱给害了。张先生，你看我们想个什么法子，把张佳胤搭救搭救？"

张居正回转身来，坐回到椅子上，看着高拱的奏折，缓缓说道："救，就不必了。"

"先生，这是为何？"冯保不解地问。

"我猜想高拱，正是想到我一定会上折子疏救，这样势必引起皇上不快，他就可以趁机请旨，把我挤出内阁。"

冯保觉得张居正分析得有道理，但仍不无忧虑地说："听说张佳胤如此处置，原是得到了先生令他全权处理的批示，现在问题既出，先生又袖手旁观，岂不让那些好生是非的官员，有了嚼舌头的由头？"

"这正是高拱的阴险之处，"张居正无奈地摇摇头，喟然叹道，"救吧，就会得罪皇上，不救吧，又会得罪同僚，冯公公，此情之下，你想得出两不得罪的上乘之策吗？"

冯保想了想，说道："看来，先生也只能隔岸观火，丢卒保车了。"

张居正苦笑了笑，说道："如果丢了我这一只车，能把张佳胤这一只卒保下来，我也就豁出去了。问题是人家设计好了的圈套，是想让车和卒同归于尽啊！"

"俗话说，留得青山在，不怕没柴烧，只要先生能稳坐钓鱼台，张佳胤这只卒就有东山再起之日。"冯保温声抚慰。

"唯愿如此。"张居正长吁一口气，接着问道："皇上最近病情如何？"

第十回　王真人逞凶酿血案　张阁老拍案捕钦差

"时好时坏。"冯保脸色陡地沉下来，说道，"今儿下午，万岁爷把孟冲叫进乾清宫西暖阁，关起门来说了一个多时辰，也不知说些什么。"

"会不会与那个妖道有关？"张居正问。

"不清楚。"

"那个妖道叫什么？"

"王九思，自号崆峒道人。"

"这么说他是从崆峒山下来的？我原还以为是张天师手下的人。"

"这个人跟张天师没什么关系。"冯保趁机替张天师辩解几句，"张先生有所不知，张天师这人还正派，约束手下一帮真人道士，不搞这些邪门歪道的法术。"

张居正不置可否，思路仍在那妖道身上，说道："三五天之内，要在京城里头找到两百个童男童女，谈何容易。听说京城有孩子的人家闻到风声，都把孩子送到乡下藏起来了。"

张居正口气中充满反感，脸上也怒形于色，冯保盯着他，诡秘说道："什么阴阳大丹，都是诳人的鬼话，这又是孟冲的馊主意，每夜里，都要弄一对童男童女给万岁爷伴睡。"

"皇上真的不要命了？"

"我看活不长了。"冯保意味深长，接着拖腔拖调低声说道："张先生，咱们熬吧。"

张居正乘坐的绿呢锦帘帷轿抬出东角门时，日头已经偏西，被门楼的飞角重檐挑起的瓦蓝天空，这时已升起大片大片的火烧云。这几日天气燥热，刚过仲春时节的北京城，仿佛一下子进入火烧火燎的夏季。街上一些店家，开始卖起凉透了的大碗茶，而蒲扇凉席夏布汗衫背褡等一应消夏物品也立马走俏起来。坐在轿中的张居正，虽然感到闷热，却也懒得掀开轿窗上的黄缎丝幔透透气。他仍在为张佳胤的事情感到烦躁。与冯保道别从恭默室出来，他又回到内阁值房给张佳胤写了一封信，告知可能发生的事情，让他早做准备。还有庆远那边的事情他也一直牵挂在心。李幼滋自庆远回到长沙后，给他来过一封信，说到殷正茂似乎有"脚踩两只船"的意思，他并不赞同这一说法。殷正茂虽然为人一向刁钻，但也讲究情义，君道臣道友道分得一清二楚，不是那种卖身投靠之人。他寻思殷正茂之所以不肯对李幼滋口吐真言，一是担心李幼滋口风不严，二是对京城这边局势不甚了解，所以不肯贸然行事。昨日，吏部给皇上的公折发回内阁票拟，要提拔殷正茂挂右副都御史衔，寸功未见先升官一级，这有违朝廷大法。明眼人一看便知，高拱是想借此笼络人心，把殷正茂从张居正的阵营中夺走。秉公而论，张居正想阻止这件事。但一想又不妥，高拱一意孤行，加之圣眷优渥，想阻止也阻止不了，而且还会白白得罪朋友。事情到这种地步，也只能听之任之了。不过，他相信以殷正茂的精明，不会看不出高拱这种"欲擒故纵"的伎俩……

一路这么想来，忽然，张居正感到轿子停了不走。"李可，怎么回事？"张居正收了手中缓缓摇动的泥金折扇，撩开轿门帘问轿前护卫班头——一个身着橙色软甲的黑靴小校。不用李可回答，张居正已自瞧见轿前千百人头攒动，喧腾鼓噪拦住去路。这是在灯市口大街南头二条胡同口上，距张居正府邸纱帽胡同只有几步路了。

"大人，小的也不知发生了何事，我这就前去驱散他们。"

李可说罢，还来不及挪步，就见人群像潮水般向大轿这边涌来。唬得李可一声令下，几十名锦衣侍卫一起拔刀把大轿团团围住。张居正定眼一看，围上来的都是短衣布褐的平民百姓，男女老幼各色人等一个个面含悲戚。头前一位老人在两个青年人的搀扶下，跌跌撞撞，直欲穿过仪仗扈从奔大轿而来，李可恐生意外，提刀就要上前阻拦。

"李可，不可胡来！"

张居正一声锐喊，李可收住脚步，众侍卫也闪开一条通道，放了三人进来。

走近轿门，三人一齐跪下，当头那位老人泪流满面，泣不成声说道："请张阁老给小民申冤。"

这老人约莫六十开外，身上穿的一件半新不旧的青标布道袍滚了不少泥渍，脚上靸着的一双黄草无后跟凉鞋也被弄掉了一只，情形极为狼狈。张居正看这老人面善，开口问道："老人家有何冤屈，可有诉状？"

老人回道："小民没有诉状，我的儿子被官府人打死在路上。"

第十回　王真人逞凶酿血案　张阁老拍案捕钦差

"哦？"

张居正一惊，走下轿来，顺着老人所指方向看去，只见人群已朝两边散开，几十丈远的地面上影影绰绰躺了一个人。

老人一把眼泪一把鼻涕诉说事情原委。

老人叫方正德，就住在东二胡同口上，家中开了一片杂货铺。前面开店，后头住家，小日子过得殷实。方老汉的儿子叫方大林，帮助料理店务，负责一应采购事宜。这方大林膝下生有一女，叫云枝，生得娇娇滴滴，出水芙蓉一般。胡同里人家对方大林生了这么个好女儿，有的羡慕，有的嫉妒，说是"鸡窝里飞出了金凤凰"。方家也把云枝视作掌上明珠，真个是含在嘴里怕融了，托在手上怕飞了，一心巴望她长大找个功名举子的女婿光耀门庭。但人算不如天算，前几日忽然从紫禁城中传出风来，说是当今皇上颁旨又要选宫女了。望子成龙，望女进宫——千百年来天底下的父母，都期望自己的儿女有这两样花团锦簇的前程。可是，京师地面天子脚下的百姓人家，想法却不一样。养了儿子，巴望他读书做官出将入相这个没有改变，但生的女儿，却是没有几个父母愿意把她送进皇宫。偌大一座紫禁城上万名宫女，幸运者只是极少数，大多数宫女的命运都非常凄惨。青丝红颜灿烂如花的少女一旦走进红墙碧瓦的皇宫深院，从此就暌违①永隔亲情难觅，哪怕熬到白发苍苍老态龙钟，也绝不可能离开宫门一步。因此一听说有了选宫女的旨意，凡是养了闺女的京师百姓人家无不慌张。今年的旨意特别，只选一百个十二岁女孩子，而且还要配上一百个十二岁的童男。这是个什么章程？人们纳闷之余便四处打听，终于得到确切消息。原来是要用这两百名童男童女为皇上配阴阳大补丹。十二岁男童的尿一屙就是，这十二岁女童的月经可不是想有就有的。听得那个叫王九思的妖道先用什么法术把女童迷镇，不出一天就来了初潮。传得神乎其神，养了女儿的人家听得心惊胆战。

云枝的爷爷方正德和父亲方大林听到这消息，更是慌得手搓麻绳脚转筋——因为云枝今年正好十二岁。爷儿俩一商量，便把云枝女扮男装，连夜送到乡下亲戚家藏起来。亏她走得及时，第二天一大早，便有顺天府的公差

---

① 暌违：别离，隔离。

走来二条胡同,在方家门口贴了一张盖了顺天府关防的空白纸条。初时方家并不知这是什么意思,到后便知凡家中有十二岁女童者,门口就贴上一张白纸关防,凡家中有十二岁男童者,就贴一张红纸关防。早饭后,就有三人一队的衙门皂隶按纸条到家取人。

却说三个皂隶来到方大林家扑了一个空,家中女流躲在后屋,就方老汉一人在前堂招待。

皂隶翻看随身带来的册簿,问道:"你就是方正德?"

"是的。"方老汉满脸堆笑点头应承。

"你有一个孙女叫云枝?"

"是有一个。"

"人呢?"

"走了。"

"走了?"皂隶脸上肌肉一扯,问道,"走哪儿了?"

"回差爷,俺孙女嫁了。"

方老汉作揖打躬,按昨夜商定的谎话陈说,只因说的是谎话,脸上表情就极不自然,怀里也像揣了只兔子。

皂隶嘿嘿一笑,回头对两个同伴说:"你们听听,他十二岁的孙女儿嫁了!"接着瞪了方老汉一眼,吼道:"嫁给谁了?是嫁给了风还是嫁给了雨,你给本差交代清楚。"

"实不相瞒,俺孙女八岁上就定了亲,今年过罢春节,她婆家就把她接过去了。"

"成亲了?"

"过去了。"

"过哪里去了?"

"差爷,远着呢!那地方叫什么来着?"方老汉假装记不清了,拍着脑门子说道:"啊,是了,开封府。"

皂隶不言声,把方老汉双手端上的盖碗茶抿了一口,又问:"知道我们为何而来吗?"

"回差爷,小老并不知晓。"

第十回　王真人逞凶酿血案　张阁老拍案捕钦差

"难怪你推三阻四，却不知我们三人，是给你送一个天大的喜事而来。"

"你们别诳我小老儿了，我们小户人家，哪会有什么喜事从公门送来？"

"谁诳你。"皂隶满脸讪笑，说道，"方老汉你养了个好孙女，万岁爷看上了，我们是奉命前来，领她进宫的。"

"进宫？"方老汉朝着紫禁城的方向伸手一指，"差爷你是说，皇上看中了俺孙女云枝？"

"正是，方老汉，好歹我们也得蹭一顿喜酒吃了。"

皂隶们接着就起哄，方老汉摇摇头，哭丧着脸说道："这样的好事怎么去年不说，现在迟了，俺孙女云枝嫁了。"

皂隶们这才感到方老汉是一块牛皮糖，那为首一个将信将疑问道："你孙女真的嫁了？"

"嫁——了，去了开封府。"

"他娘的，十二岁就开了封，也忒早点儿，"皂隶涎皮赖脸，油腔滑调说道，"这么说，喜酒也没得吃了？"

"只怪俺孙女没这福气，但总不成让差爷空报一回喜，这点孝敬，你们拿去吃杯水酒。"

方老汉说罢，就把早已准备好了的二两碎银拍到皂隶手中。皂隶嫌少，看看这爿小杂货店也榨不出太多的油水，便只好犟着脸收下，拍拍屁股走人。

皂隶这一走，方老汉一颗悬着的心总算落定，而一家老少也无比欢欣，庆幸只花了二两碎银就轻松渡过难关。

谁知道第二天上午，那三个皂隶又转了回来。

一踏进门槛，为首那一位就嚷了起来："方老汉，你竟敢糊弄公门，不要命了！"

方老汉慌忙把这些差爷请到堂屋坐定，赔着小心说道："好差爷们，小老儿纵然吃下十颗豹子胆，也不敢糊弄你们。"

皂隶冷笑一声："哼，还在耍赖，有人亲眼看见前天夜里，你儿子方大林领着云枝女扮男装出了城。"

方老汉心里一沉，暗自骂道："这是哪个王八羔子告了密，嘴上长了疗疮。"为了应付过去,也只能搜肠刮肚把谎话编下去,"差爷,您说的也不假,前些时云枝是回门住了几天,但就在你们来的前一天,她就又回婆家了。"

"你别他娘的猪鼻子上插葱,装象了,这一胡同人,啥时候见过你家办喜事?"

"这……"方老汉一时语塞。

"这、这、这个鸡巴。"皂隶粗鲁地骂了一句,接着逼问:"你儿子方大林呢?"

"送云枝尚未回来。"

"那我们就坐在这里等。"

三个皂隶再不搭话,一个个跷起二郎腿。方老汉被晾在一边,心里头虽然窝火,却又不得不强打笑脸,忙不迭地献茶、上点心。看看到了午饭时间,皂隶们还没有走的意思,方老汉只好硬着头皮上前搭讪道:

"差爷,要不就赏个脸,中午在小老儿家里吃顿便饭。"

皂隶眼一横,鼻子一哼,刁难道:"爷们嚼干了嗓子,要吃燕窝滋润滋润,你家有吗?"

方老汉赔笑说道:"爷们真会说笑话,我方老儿活了这一把年纪,还没见过燕窝是个啥东西。"

"那,鱼翅也行。"

"这,这个也没有。"

"这也没有,那也没有,那你请我们吃什么?"

"反正到了吃饭时间,好歹对付一顿。"

"就是要对付,也不能在你家对付,从这里出胡同口,向左拐百十丈远,就是京华楼饭庄,咱们就去那里对付一顿。"

皂隶轻悠悠说来,方老汉知道这又是敲竹杠,心想蚀钱免灾送走瘟神也是好事,便心一横,去杂货店里用木托盒托出几吊钱来。说道:

"差爷,这是小老儿孝敬的饭钱。"

皂隶瞥了一眼,不满地问:"怎么都是铜的?"

方老汉忍气吞声答道:"俺小本生意,一个铜板卖只箆子,两个铜板卖

第十回　王真人逞凶酿血案　张阁老拍案捕钦差

只海碗，平常收不来银钱。"

"哭什么穷，咱爷们又不是乞丐！"皂隶吼罢，又兀自静坐，不吭声了。

方老汉无法，只得返回杂货铺，哆哆嗦嗦地从钱柜里抠出一两碎银，回来递给皂隶，噙着泪花说道："差爷，这是俺小店的本钱，就这么多了，你们好歹拿着。"

"谁不知晓你们生意人，钱窟窿里翻跟斗！"

皂隶悻悻然夺过银子，连带着把木托盒上的几吊钱也收起装了，然后扬长而去。

这回方家人再不敢高兴了，而是提心吊胆生怕还有意外发生。当天晚上方大林从乡下回来，听父亲讲述这两天家中发生的事情，免不了埋怨老人几句，气冲冲说道："你何必那么小心，公门里的人，喉咙管里都会伸出手来要钱，喂不饱的狗。明日再来，俺就不搭理，看他们咋办。"

一夜无话，第二天上午也平安无事。下午刚过申时，坐在杂货店里的方老汉，突然看到一乘四人官轿从胡同口里抬了进来，仪仗里头，除了一对金扇，还有六把大黄伞。这显赫规模，连部院大臣也不曾有得。方老汉在天子脚下住了一辈子，不消打听，就是拣耳朵也听熟了，朝廷各色官员出行的轿马舆盖都有严格规定，任谁也不敢僭越。瞧眼前这拨子轿马，除了官轿稍小，用的扇伞却如同王公勋爵，更有特殊之处，那一对金扇前头引领开路的是一对两尺多长的素白绢面大西瓜灯笼，正面缀贴有四个红绒隶书大字："钦命炼丹"。"这是哪一路王侯，怎么就没有见过？"方老汉正在纳闷，却见那乘官轿停到了自家门口。走上前哈着腰殷切掀开轿门帘儿的不是别人，正是那个两次来家横挑鼻子竖挑眼的皂隶。

"大真人，请！"

随着皂隶一个"请"字，一个四十多岁的蓄须男子从轿门里猫腰出来。只见此人身着黑色府绸道袍，袖口翻起，露出一道细白葛布衬底，脚蹬一双千层底的黑色方头布鞋，头上戴了一顶黑色的忠静冠，从头到脚一身黑色打扮，连手中摇着的那一把扇子，也黑骨黑柄黑扇面，端的黑得透彻。此人就是领命为隆庆皇帝炼制"阴阳大补丹"的崆峒道人王九思。

"这就是方家？"

一出轿门，王九思就拿腔拿调问道。皂隶连忙回答："正是。"

王九思看到站在杂货铺里的方老汉，又问道："你就是当家的？"

方老汉一时紧张，张着口却没有声音。那皂隶又抢着回答："他就是方老汉，这杂货店的掌柜，云枝就是他的孙女儿。"

王九思点点头，靠着柜台说道："方掌柜的，听他们讲，你把孙女儿给藏起来了。"

"回……"方老汉不知如何称呼王九思。

"这是皇上钦封的王大真人。"皂隶介绍。

"啊，回王大真人，"方老汉打了一个长揖，小心说道，"俺已禀告过这位差爷，俺的孙女儿云枝，已经出嫁了。"

"出嫁到开封是不是？"王九思声音突然一冷，眉心里耸起两个大疙瘩，申斥道，"你方老汉一辈子没出过京城，怎么能够把姻缘牵到开封？连编谎话都不会，快说实话，把你孙女儿藏到哪里去了？"

打从京城闹腾起征召童男童女这件事，王九思就成了家喻户晓的著名人物。京城里那些养了童男童女的人家，每天都不知要把他诅咒多少遍。其实，这王九思也并非真的就是什么崆峒道人，而是陇西地面上的一个混子。年轻时曾在家乡的一处道观里学过两年道术，因在观里调戏前来敬香的妇女，被师父赶了出来，从此流落江湖，吃喝嫖赌无所不能。在这京城里也混了几年，终是个偷鸡摸狗的下九流人物。直到去年交结上大太监孟冲，这才时来运转，成了部院门前骑马、紫禁城中乘舆的显赫人物。这次隆庆皇帝犯病，信了他巧舌如簧，要征召两百个童男童女炼制"阴阳大补丹"。他原以为圣旨颁下，在偌大一个京城征召两百名童男童女应该不是难事，孰料他把这事想得过于简单。一听到风声，各户人家都把儿女藏起来了，一帮皂隶没头苍蝇一样忙了几天，才找上来二十几个。皇上那边又催之甚紧，王九思这才急了，决定亲自出马，他别出心裁制作了一对"钦命炼丹"的大灯笼，放在仪仗前头招摇过市，赶马混骡子地就来到了方家。

方老汉虽然每天都会见到达官贵人的出行仪仗，但从未与他们打过交道，如今王九思把大轿子歇在他家门前，并咄咄逼人说他撒谎。方老汉顿时

第十回　王真人逞凶酿血案　张阁老拍案捕钦差

慌得六神无主，正在这时，方大林从里屋三步并作两步赶了出来。

"有何事？"方大林瞅了王九思一眼，劈头问道。

"你是谁？"王九思反问。

"这是犬子……"

方老汉赔笑介绍，方大林抢过话头，硬声硬气答道："我叫方大林。"

"方大林……哦，你就是方大林。"王九思问身边皂隶："他的女儿叫什么来着？"

"云枝。"

"方大林，你把女儿藏到哪里了？"

"送回开封府了。"

"娘的，你们爷儿俩都是鸭子死了嘴硬，小心别惹得爷生气。"王九思狞笑着，收了手中扇子朝灯笼一指："这上面的字，认识吗？"

方大林瞟了一眼，答道："认得。"

"认得就好。"王九思双手往后一剪，一边踱步，一边玩着纸扇说道，"钦命炼丹，你是京城里头的百姓，自然知道什么叫钦命，征召你家女儿云枝，这就是钦命，你把女儿藏起来，这就是违抗钦命。违抗君命是多大的罪，你知道吗？"

王九思摆谱说话时，左邻右舍过往行人已是聚了不少，把个巷子口堵得水泄不通。方大林见有这么多人看热闹，也不想装孬种让人瞧不起，于是朗声答道："回王大真人，小人知道违抗君命可以杀头。但小人并没有违抗君命。"

"你把女儿藏了起来，岂不是违抗君命？"

"皇上颁旨征召童男童女不假，可圣旨里头，并没有点明要征召我家云枝。"

"你，"方大林这一狡辩，竟让王九思一时搭不上话来，顿时恼羞成怒，恨恨骂道，"你这刁钻小民，不给点厉害让你看看，你就不相信颈是豆腐刀是铁，来人！"

"在！"

众皂隶一起顿了顿手中水火棍，答应得山响。

"把这小子锁了。"

"是！"

几个皂隶立刻上前扭住方大林，拿住木枷就要往方大林头上套。

"你们凭什么拿我？"方大林扭着身子反抗。

王九思上前，用扇柄抵住方大林的喉管，恶狠狠说道："爷专门治你这种犟颈驴子，进了大牢，站站木笼子，你就老实了，带走！"

看着王九思一副幸灾乐祸的样子，方大林气得七窍生烟，一时也顾不得危险，竟"呸"的一声，把一泡痰吐到王九思脸上。

这一下闯了大祸。

"打！"

王九思接过皂隶递过来的手帕儿①揩净痰迹，一声怒喝。早见众皂隶一起举棍劈头盖脸朝方大林打来。方大林顿时被打翻在地一片乱滚，满头满脸是血。

"打，往死里打！"

王九思犹在狂喊。其时方大林躲避棍棒，已自滚出胡同口躺到了灯市口大街，众皂隶接了王九思命令仍不放过，一路追着打过来，可怜方大林顷刻之间皮开肉绽，七窍流血便已毙命。

眼看一个活生生的人被打死，围观的人群可不依了。他们把欲登轿离去的王九思团团围住。正在双方僵持不下的当儿，张居正的大轿抬了过来。

听罢方老汉的哭诉，张居正感到事态严重。心中忖道："两天前我曾为这妖道之事挨了皇上的训斥。现在如果再管这件事，要么得为王九思开脱，这样就会大失民心，遭天下士人唾骂；要么就秉公而断，严惩王九思草菅人命的不法行为。如此一来又会引火烧身，因为一旦得罪皇上，自己本来就岌岌可危的次铺地位恐怕更是难保了。"正在左右为难之时，恰好巡城御史王篆闻讯赶了过来，他本是张居正的幕客，平日过从甚密，被张居正倚为心腹。

王篆知道张居正的难处，故一来就大包大揽说道："先生您且登轿回

---

① 手帕儿：指手巾。

第十回 王真人逞凶酿血案 张阁老拍案捕钦差

府，这里的事留给学生一手处理。"

"这样也好。"

张居正点头答应，转身就要登轿而去，方老汉眼见此情连忙膝行一步，抱住张居正的双腿，哀哀哭道："张老大人，你不能走啊，这王大真人口口声声说是奉了钦命而来，巡城御史恐怕管不了他啊！"

接着方老汉的哭诉，渐次围上来的市民百姓也都一起跪了下来，叩地呼喊："请张老大人做主。"

面对男女老幼一片哀声，张居正已不能计较个人安危了，只得长叹一声，与王篆一道走到了胡同口。

这时王九思一行尚被围观人群堵在方家杂货铺门前，王九思虽然仗着自己有皇上撑腰，弄出人命来也感到无所谓。但看到围观的人越来越多，且群情激愤，大有一触即发之势，心里头还是难免发怵。这时在一片喧哗声中，王九思得知张居正来了，顿时如得救星。他虽然从未与张居正打过交道，但根据"鱼帮水，水帮鱼"的道理，相信张居正一定会设法把他救出困境。

"张阁老，你看看，这些刁民要造反了！"

看到身着一品官服的张居正走进人群，王九思便扯起嗓子号了起来。

张居正瞅着一身黑气的王九思，没好气地问道："你是谁？"

王九思一听这口气不善，心中一咯噔，答道："在下就是皇上钦封的大真人王九思。"

"你就是王九思？"张居正目光如电扫过来，仿佛要看透王九思的五脏六腑，接着朝路上躺着的方大林一指，问道："这个人是你打死的？"

"他抗拒钦命。"

"什么钦命？"

王九思指着侍从手上的灯笼，骄横地说道："我奉钦命炼丹，要征召童男童女，这方大林违抗君命，把女儿藏了起来，本真人今日亲自登门讨人，他不但不知错悔过，反而羞辱本官，所以被乱棍打死，死有余辜。"

"好一个钦命炼丹！"张居正厌恶地看了一眼那两盏灯笼，义正词严说道，"你炼丹奉了钦命，难道杀人也奉了钦命？"

"这是他咎由自取。"

"当今皇上爱民如子,每年浴佛节以及观音菩萨诞辰,他都要亲到皇庙拈香,为百姓万民祈福。你这妖道,竟敢假借炼丹钦命,当街行凶打死人命,皇上如果知道,也定不饶你!"

张居正话音一落,人群中立刻爆发一片欢呼,有人高喊:"张阁老说得好!杀人偿命,把这妖道宰了。"

王九思本以为来了个救星,谁知却是个丧门星。顿时把一张生满疙瘩的苦瓜脸拉得老长,与张居正较起劲来。只听得他冷笑一声,悻悻说道:"张阁老,看来你成心要跟我王某过不去了,别忘了大前天在内阁,你因反对炼丹,被万岁爷骂得面红耳赤。"

围观者一听这话,都一齐把眼光投向了儒雅沉着的张居正,众多眼神有的惊奇,有的疑惑,有的愤懑,有的恐惧。张居正脑海里飞快掠过高拱、孟冲以及皇上的形象,禁不住血冲头顶气满胸襟,忍了忍再开口说话,便如寒剑刺人:

"君父臣子千古不易,臣下做错了事,说错了话,皇上以圣聪之明,及时指正,这乃朝廷纲常,有何值得讥笑?倒是你这妖道,非官非爵,出门竟敢以两把金扇、六顶黄伞开路,仪仗超过朝廷一品大员。不要说你杀了人,就这一项僭越之罪,就可以叫你脑袋搬家,王大人!"

"在!"

王篆朗声答应,从张居正身后站了出来。张居正指着王九思,对他下令:"把这妖道给我拿下!"

"你敢!"王九思跳开一步,吼道,"众差人,都操家伙,谁敢动手,格杀勿论!"

几十名皂隶闻声齐举水火棍把王九思团团围住,而王篆带来的一队侍卫也都拔刀相逼。双方剑拔弩张,眼看一场厮杀难免。

"都给我闪开!"

张居正一声怒喝,缓步上前,伸手拨了拨一名皂隶的水火棍,问道:"你在哪个衙门当差?"

"回大人,小的在顺天府当差。"

"啊。"张居正点点头,说道,"顺天府三品衙门也不算小,你也算见

第十回　王真人逞凶酿血案　张阁老拍案捕钦差

过世面，你认得我身上的官服吗？"

"小的认得，是一品仙鹤官服。"

"那你再回头看看，你身后这位王真人穿的是几品官服。"

皂隶扭过头看看，回身答道："回大人，王真人穿的不是官服。"

"既然他没有官袍加身，你们为何还要听他的，却来违抗我这一品大臣的命令，嗯？"

张居正这一问声色俱厉，众皂隶顿时杀气泄尽，纷纷把举着的水火棍放下。

"上！"

王篆一挥手，持刀侍卫早已一拥而上，把王九思五花大绑。

第十一回

慈宁宫中红颜动怒
文华殿上圣意惊心

巳牌①时分,在乾清宫重帷深幕的寝宫中酣然高卧的隆庆皇帝朱载坖才迷迷糊糊醒来。

自从吃了王九思每日呈上的三颗色如琥珀软如柿子且毫无异味的药丸子,隆庆皇帝又嫌夜晚太短时间不够用。此前他一直都在吃太医的药,太医每次把脉问诊,总要婉转告诫"皇上须得以龙体为重,暂避房事为宜"。其实不用太医规劝,朱载坖已经这样做了。不是他心甘情愿,而是根本没有这个能力。他整日里两腿像灌了棉花,人有一种被掏空的感觉。王九思的阴阳大补丹他只吃了两天,就感到腿上有劲,食欲大增,当晚就弄来一对金童玉女快活一番。王九思把他配制的药丸子说得神乎其神玄之又玄。他每天取一对童男童女的尿液经水,再加进十几种秘不示人的药粉一块熬炼成糊状,然后再做成三颗蜜枣大的药丸,让隆庆皇帝分早中晚三次吃下。王九思打下包票,阴阳大补丹吃满一百日,隆庆皇帝就会病体痊愈。如果吃药之初,隆庆皇帝对王九思的话还将信将疑,那么现在他则是言听计从深信不疑。最让隆庆皇帝感到快慰的是,王九思不但不像太医那样要他"禁绝房事",反而教给他"采阴补阳"的房中大法,把男欢女爱巫山云雨之事当作治疗手段,于快乐逍遥中治病,这是何等的乐事!

在贴身小太监的服侍下盥洗完毕,隆庆皇帝脱下杏黄色的湖绸睡袍,换

---

① 巳牌:即巳时,上午九点至十一点。

第十一回　慈宁宫中红颜动怒　文华殿上圣意惊心

上一件淡紫色夹绸衬底的五爪金龙闲居吉服①，系好一条白若截肪色泽如酥的玉带，这才踱出寝宫，来到阳光灿烂的起居间中坐定。刚要吩咐传膳，忽见孟冲急匆匆进来跪下。一看见他，隆庆皇帝就想到吃药。这王九思的丹药并不是一次炼好，而是炼一天吃一天，每天寅时前炼好三颗，交由孟冲亲自送进乾清宫。

"药呢？"隆庆皇帝问。

"回万岁爷，小的该死，今天没有药。"

孟冲哭丧着脸，伏在地上不敢抬头。隆庆皇帝惊愕地盯着他，问道："为何没有药。"

"王九思被张居正下令抓了。"

"啊？"隆庆皇帝这一惊非同小可，急忙问道，"究竟怎么回事？"

孟冲于是把事情经过大致述说一遍，但把王九思打死方大林一节一语带过，而着重渲染张居正如何飞扬跋扈抓走王九思。

"反了，简直反了！"

听完孟冲奏报，隆庆皇帝怒不可遏，一挺身离开座榻，本来就浮肿发暗的脸颊顿时变成了猪肝色。一直候在门外的张贵眼见此景，生怕隆庆皇帝又犯病，连忙跑进来跪下奏道：

"请万岁爷息怒。"

隆庆皇帝怒火攻心，哪能一下子"息"得下来？他兀自吼道：

"张居正人呢？他人在哪里？"

孟冲答道："他人大概在内阁，一大早，他就亲自到皇极门外，给皇上递了一个折子。"

"折子呢？"

"在。"

孟冲从怀里掏出一份奏折，双手呈上，隆庆皇帝却不接，一屁股坐回到座榻上，阴沉地说道："念。"

"是。"

---

① 吉服：本意是祭祀时穿着的礼服，这里泛指龙袍等礼服。

孟冲打开奏折，磕磕巴巴地念起来：

仰惟吾皇陛下，臣张居正诚惶诚恐伏奏：

  昨日臣散班回邸，路经灯市口二条胡同口，见千百围观民众堵塞路途，并有老汉名方正德者拦轿哀哭告状，言其子方大林被王九思下令皂隶用乱棍打死，伏尸街头。臣遂下轿勘问，见王九思一行亦被怨民围困。

  查此命案，皆因王九思擅以钦差之名，强索方老汉孙女云枝……

"这一段不念了，往下念。"

隆庆皇帝吩咐，此刻他半躺在座榻上。早有一个小太监进来，搬过一只春凳①，让隆庆皇帝一双腿搁上，替他按摩揉捏。

孟冲身躯肥胖，跪得久了，膝下虽垫了套着锦缎的软棕蒲团，双腿仍感酸麻，他趁机扭了扭腰，挪动一下跪姿，又一字一顿念了起来：

  ……查王九思并非崆峒道人。早在嘉靖末年就混迹京师，与妖言邪术惑乱先帝的陶世宗、王金之流攀缘结纳，沆瀣一气。陶、王之流被圣上裁旨流放塞外终身不赦，王九思避祸潜踪，敛迹六年。但秽行不改，依旧招摇撞骗。去年秋季重返京师，倚陶、王之余党，交接大珰，再以陶、王之乱术，进谄邪于圣上。搜求童男童女以其尿溲经水炼制阴阳大补丹，在药理则荒诞不经，在民间则怨声载道……

  臣谨记，陛下践祚之初，对陶、王奸佞之流惑乱先帝之事，切齿痛恨，并亲降旨意一体擒拿。问谳之初，又降旨大理寺必欲斩首西市。后依内阁首辅高拱计议，遵从厚生之德，改判流放口外。孰知六年之后，陶、王阴魂重返，大内再起邪烟……

---

① 春凳：一种板面宽大的长凳。

第十一回　慈宁宫中红颜动怒　文华殿上圣意惊心

"不念了。"

隆庆皇帝挥挥手，孟冲如释重负地放下折子，他两手伏地，替跪麻了的双膝撑撑力，抬头看了看在座榻上半坐半躺的隆庆皇帝，只见他闭着眼睛，脸色黄中泛黑已是十分难堪。

"王九思现在何处？"隆庆皇帝舔了舔干燥的嘴唇，仍是闭着眼睛问道。

"还关在刑部大牢里。"孟冲伸着颈子，眼巴巴说道，"请万岁爷降旨放王九思出狱，回去赶紧炼丹，不可耽误万岁爷今天的药。"

隆庆皇帝并不答话。趁这空儿，张贵小心奏道："万岁爷，早膳已备好。"

"送上。"

"传膳——"

随着张贵一声吆喝，早有两个御膳房的小火者抬了一桌饮食进来，在座榻之前摆好。张贵上前扶起隆庆皇帝，看着面前一应打开的热气腾腾的食盒，隆庆皇帝胃口全无，他伸手指了指盛着燕窝红枣粥的瓷钵，张贵会意给他添了一小碗。

隆庆皇帝一边喝粥，一边对孟冲说："你去传旨，着高拱文华殿候见。"

"大伴，这两个皇帝的字，你说哪个的好？"

在慈宁宫的东披檐①里，传出一个孩子脆脆的问话声，这是太子朱翊钧。按规矩，太子应住在乾清宫左手东二长街的钟祥宫里，但因年纪太小，便随其生母李贵妃住在乾清宫右手西二长街的慈宁宫中。为了照顾太子的学习，便把宫后院的东披檐改建成了一间大大的书房。除了每月规定出阁讲学的日子到文华殿听翰林院的学士们入直讲学之外，平常大部分时间，都在这东披檐的太子书房里温书习字。今天，又是他跟冯保练习书法的日子。刚过辰时，冯保就进了慈宁宫，来到东披檐指导太子的书法。

---

① 披檐：正屋屋檐下搭建的附属建筑物。

文华殿的中书房里，珍藏了许多前代有名的法帖，朱翊钧观赏临摹过不少。今天，冯保又从中书房借来了梁武帝的《异趣帖》和宋太宗的《敕蔡行》两帖，请朱翊钧鉴赏。

朱翊钧虽然是十岁的孩子，但已跟着冯保练了五年书法，加之还有内阁制敕房的几位书法高手指点，书法造诣自然也就不同凡响，一笔字写出手竟看不出什么孩子气。这会儿，他小大人似的眯缝了两只眼，把展在面前的两幅字帖左瞧瞧，右看看，然后，似乎是捉摸出什么道道儿来了，这才开口问侍立在身边的冯保。

冯保两道稀疏的淡眉一挑，尽管他心中有事，表面上却仍乐呵呵说道："太子爷考奴才，奴才正想考考太子爷呢。"

"你考我？"朱翊钧小嘴巴一噘，颇为自信地说道，"这两个帖，比起王羲之、怀素的字来，都差了一截。王羲之号为书圣，一部《兰亭集序》，其书法之精微，可与孔圣人的半部《论语》相抗衡。你看他写的一个'永'字，把笔画间架用到最简洁、最神妙的地步。还有他写的一个'鹅'字，一笔写就，那气势，那融会贯通的法力，都无人企及。还有怀素，人称草圣，随手写来，每个字皆有法势。他的字狂，但狂得有规矩，狂得有味，我也是百看不厌。这两个皇帝的字，虽然也都中看，但还算不上书法神品。"

"太子爷好眼力。"冯保啧啧称赞，接着话锋一转，"不过，王羲之、怀素这些人的字再好，也只是臣子的字。这两幅字的主人，可都是前朝的万岁爷啊。"

朱翊钧抬杠问道："按大伴的话说，能当万岁爷的人，就一定是书法大家？"

"这倒也未必，"冯保尴尬一笑，指着面前的这两幅字帖说道，"不过，这两帖字，的确也可圈可点。"

"万岁爷天生龙种，这两幅字必然也都是铁画银钩了。"

站在一边侍奉笔墨的孙海，这时凑上来夸了一句。由于朱翊钧很喜欢孙海和那只"大丫鬟"白鹦鹉，前几日，陈皇后便把孙海和鹦鹉一并赏给了朱翊钧。孙海本是慈宁宫一个弄鸟儿的小火者，一旦升任太子的贴身太监，行头立刻就变了。一件豆青贴里的襕衫换成了圆领曳衫，悬在腰间的荷叶头乌

第十一回 慈宁宫中红颜动怒 文华殿上圣意惊心

木牌子也换成了用篆文书刻的牙牌①。

冯保对孙海并不怎么了解,这时候听他说这一句话,心想这个小人物还是个机灵鬼,于是颔首一笑,接着说:"孙海这小奴才说的是,只是比喻不恰当,铁画银钩,只能是臣子的字,万岁爷的字,是龙翔凤舞。"

"龙翔凤舞?"

朱翊钧重复了一句,他再次望了望面前的两幅帖和书案上几大摞已经写过的宣纸,那都是自己练字留下的。

"大伴,"朱翊钧迟疑地问,"写好字是不是就一定能当好皇帝?"

没人回答。朱翊钧抬头一看,冯保魂不守舍地朝慈宁宫精舍那边窥探。

"大伴,你看什么?"朱翊钧不满地追问。

"啊?没看什么。"冯保又赶紧回过头来,赔着笑脸问道:"太子爷方才问的什么?"

朱翊钧又把问话重复了一遍。

"这个是一定的,"冯保口气坚决,"一个好皇上,是文治武功,样样来得,这文治里头,书法是第一招牌。"

朱翊钧点点头,想了想,又摇摇头说道:"我看不见得,汉高祖、唐太宗,还有我大明开国的太祖皇帝,都是一代英主,怎么就没看见他们的字儿留下来?"

这一问让冯保心头一惊,他没想到十岁的太子会想得这么深,脑瓜子一转,立刻答道:"太子爷问得有理,依奴才之见,大凡开国之君,都是武功为主。方才太子爷点出的都是开国的皇帝,而太平天子,则是以文治为主的,梁武帝、宋太宗都是太平天子。"

"梁武帝有什么功绩?"

"奴才小时候读唐诗,有'南朝四百八十寺,多少楼台烟雨中'之句,这写的就是梁武帝的功绩。他一生信佛,造了好多好多的寺庙。"

"那宋太宗呢?"

"宋太宗当政的日子,宋朝天下一片祥和,老百姓安居乐业,真是一片歌

---

① 牙牌:象牙腰牌,相当于官吏的身份证。

舞升平的好景象，太宗本人潜心学问，大规模扩大科举取士，让天下的读书人都有晋升之道。他还把朝中最有学问的人组织起来，编纂了一部大书《太平御览》①，这部书有一千卷，编成后，宋太宗只用一年的时间就读完了。"

"他怎么读得这么快？"

"他一天读三卷，一天也不间隔地读。"

冯保虽然从容对答，但仍看得出他心不在焉。而在一旁侍候笔墨的孙海，也是急得抓耳挠腮。原来昨天夜里，他曾告诉太子，御花园靠近更鼓房的地方，那棵枝叶蔽天的老柏树上，结了一个鸟窝，春天来了，那窝儿里肯定有鸟蛋。太子当时就来了兴趣，约定今日巳时一过，就一起去御花园里掏鸟蛋。可现在午时都快到了，太子好像忘记了这事儿。情急之中，孙海看到了挂在窗外游廊上的那只白鹦鹉"大丫鬟"。他便轻手轻脚走到窗前，隔着窗子，对"大丫鬟"扮了一个鬼脸。正迷迷瞪瞪蹲在纯金锻制的横柱儿上无事可做的"大丫鬟"，顿时一个机灵，扑了扑翅膀，伸着颈子，朝屋子里婉转喊了一声：

"太子爷！"

朱翊钧循声一望，见是"大丫鬟"在朝他扑棱着翅膀，孙海趁机朝他做了一个爬树的动作。他顿时记起去御花园爬树掏鸟蛋的事儿，于是对冯保说："大伴，今天就到此为止了。"

冯保顿时如释重负，连忙作揖打躬辞谢出来。穿过游廊，对站在那里的一名女官②说："烦请通报李娘娘，说冯保有急事求见。"

女官进去不消片刻，便出来通知："李娘娘请冯公公花厅③相见。"

李贵妃笃信佛教，刚刚抄了一遍《心经》，这会儿正坐在花厅里休息。谷雨之后，京城里艳阳高照，春深如海。宫里头各色人等早就换下了厚重的冬装，这时李贵妃穿了一件以绯绸绲边的玉白素色长裙，盘得极有韵致的发鬏上，斜插了一支"闹蛾"，这是自嘉靖年间才兴起的宫眷头上饰物。所谓

---

① 《太平御览》：北宋初年编纂的"四大书"之一，属于类书。全书一千卷，共引古书一千多种，以天、地、人、事、物为序，分成五十五部，包罗古今万象。
② 女官：又称宫官，是有一定品秩俸禄的官女，负责管理较低级的官女，训练新入宫的官女，照顾公主、皇子等。
③ 花厅：古时住宅中大厅以外的客厅，多建在跨院或花园中。

"闹蛾",就是草蝴蝶。有时闹蛾也用真草虫制成,中间夹成葫芦形状,豌豆一般大,称作"草里金",一支可值二三十金。李贵妃这身装束,让人感到既端庄又妩媚。冯保进来,只匆匆一瞥,便觉得李贵妃今日如芙蓉出水,仪态万方。他再也不敢多看一眼,低了头跪下请安。李贵妃吩咐宫女搬了一只凳儿赐座,她坐在绣榻上,手里正在拨弄着一串念珠。冯保觑眼一看,那串念珠正是他前日孝敬的"菩提达摩佛珠"。

"冯公公,"李贵妃慢悠悠开口说话,听得出,她并不把冯保当"奴才",语气中显示出尊重,"太子今日学的什么?"

冯保毕恭毕敬回答:"回娘娘,奴才让太子爷看了梁武帝和宋太宗的字帖。"

"梁武帝?"李贵妃扬了扬手中的念珠,"可是这串佛珠的第一个主人?"

"正是。"

"你上次说,这个梁武帝一生修建了数百座寺庙?"

"是。"

"这是无上功德啊。"李贵妃感慨地说,"皇上化育万民,正好借助我佛慈悲。"

"娘娘所言极是,"冯保此时想看看李贵妃的表情,又不敢抬眼睛,"奴才相信,当今皇上,还有太子爷做下的功德,将来必定超过梁武帝。"

这个马屁拍得既得体,又中听,李贵妃心下欢喜,但一想到皇上的病,脸色又阴沉了下来。她叹了一口气,问道:"皇上这两天都在做些什么?"

"回娘娘,这些时,万岁爷在吃王真人的丹药。"

"哪个王真人?"

"此人叫王九思,自号崆峒道人,是孟冲把这个王真人引荐给万岁爷的。"

李贵妃眉头一蹙,生气地说道:"又是孟冲,王真人给皇上吃的什么药?"

冯保搓着手,嗫嚅说道:"奴才不敢隐瞒娘娘,但又不好说。"

"有什么不好说的,直说好了。"

冯保便把王九思通过孟冲取悦皇上炼丹治病的经过大致说过。李贵妃住在慈宁宫中，除了带太子去慈庆宫向陈皇后问安之外，很少去别处走动，所以对宫中发生的大小事情都不甚清楚。眼下听了王九思这件事，不禁勃然大怒，把手中那串"菩提达摩佛珠"朝手边茶几上一掼，恨恨骂道：

"这个王九思，明明是一个禽兽不如的妖道，皇上万乘之尊，怎么就会上他的贼船。"

冯保一心想把李贵妃的火气撩拨起来，便添油加醋说道："这个王九思炼制的阴阳大补丹，万岁爷吃了很有效果。"

"有何效果？"

"自上次万岁爷发病，跑到内阁去寻奴儿花花，一连十几天在乾清宫独处，从没有点名让嫔妃侍寝。可是，自打吃了王九思的丹药，万岁爷竟长了好大的精神，晚上不但招了童女，有时还招童男去侍寝。"

"有这等事？"

"奴才的话句句是真。"

李贵妃杏眼圆睁，咬了银牙半晌不吭声。花格窗外的庭院里花树交柯，鸟鸣啾啾。李贵妃踱到窗前站定，她并不是欣赏这窗外的怡人春景，而是借入室熏风来清醒头脑，稳定情绪。待她重新说话时，又恢复了平日的沉稳：

"冯公公，依你之见，这个王九思的阴阳大补丹，究竟是什么药？难道那些童男童女的尿溲经水真能治病？"

"取童男童女的尿溲经水，只不过是掩耳盗铃，"冯保愤然答道，"其实真正起作用的，是王九思秘不示人的那些药粉。"

"啊？"

李贵妃回转身来盯着冯保，用她忧郁焦灼的眼神催促冯保说下去。冯保一进门就被李贵妃美丽的丰姿震慑，这会儿更不敢迎向她逼视的目光，只自垂着头，迟疑答道：

"依奴才之见，王九思给万岁爷炼制的阴阳大补丹，八成儿是春药。"

"春药？"李贵妃脸色倏然一红，随即镇定下来，咬着嘴唇说道，"这王九思果真有这么大的胆子？"

"这种妖道，什么事做不出来？"

第十一回　慈宁宫中红颜动怒　文华殿上圣意惊心

"看来，皇上是鬼迷心窍了，这样下去，他的病……"

李贵妃说到这里打住话头，她的心头已经升起了不祥之兆，长叹一声，眼睛里噙着晶莹的泪花。

一直眯着眼睛察言观色的冯保，这时认为时机已经成熟，便离了杌子①跪到李贵妃面前，哀声求道："李娘娘，老奴今番求见，还有一事相求。"

"什么事？"

"请李娘娘搭救张居正。"

"张居正，他怎么了？"李贵妃一惊。

冯保接着就把昨日发生在灯市口二条胡同口的事说了一遍。李贵妃听罢，不由得感叹称赞："满朝文武，就张先生一人秉持正义，以耿耿忠心对待皇上。"

"难为娘娘如此评价，张先生若得知，也必定感激不尽，"冯保说着竟哽咽起来，"只是好心人不一定会得到好报，张先生现在的处境，已是十分危险。"

其实不用冯保挑明，李贵妃也虑到这一层，略一沉思，她问道："你知道皇上打算如何处置这件事？"

冯保答道："皇上态度我还不得而知，但奴才一早来到司礼监，就听说张先生为此事专门给皇上上了手本②。孟冲急得猫掉爪子似的，往乾清宫跑了五六遍要面奏皇上，只不过我来时，皇上尚未起床。奴才这头在想，王九思是孟冲引荐给皇上的，他见皇上，还能说出什么好话来？"

李贵妃点点头，吩咐说道："你现在回去，看皇上那边如何处置，再速来告。"

"谢娘娘。"

冯保叩谢而出。

文华殿西室中，隆庆皇帝与高拱君臣间的一场对话正在进行。

隆庆皇帝因王九思事件紧急约见高拱，是想向这位多年的老师及首辅

---

① 杌子：小凳子。
② 手本：公文。

讨教，此事应如何处理。其实，昨日这件事发生不久，高拱就得知了这一消息。当时他尚未回家，正在吏部与魏学曾讨论一批候缺官员的补职。乍一听说张居正当街把王九思绑了，他的第一个感觉是这一下张居正闯了大祸，不由得幸灾乐祸说道："咱们正在想方设法、绞尽脑汁对付这个张居正，没想到他自惹其祸，捅了这个马蜂窝。"魏学曾听了这话，愣愣神，以讥诮的口吻问道："元辅，你如何看待王九思这个人？"高拱脱口答道："这家伙颠三倒四糊弄皇上，也不是个好东西。"魏学曾说："这就对了，张居正把他抓了，是大快人心的事。他若因这件事下台，必将留下千古清名。"高拱一听不再说话。当夜回到家中，便听说京城不少官员闻讯都赶往张居正府邸看望。今天早上，兵部尚书杨博与左都御史葛守礼这两个素负重望的朝中老臣也都来到内阁看望张居正，又是称赞又是安慰，直让高拱觉得这些"戏"是做给他看的，人心向背由此可知。高拱此时的心情是既忌妒又恼怒。平常听说皇上召见，他总是满心喜悦，可是这一回却不同，从内阁到文华殿那几步路，虽顶着四月的温煦阳光，他却走得周身发冷头昏眼花。

待高拱看过张居正的手本之后，隆庆皇帝问道："你看这件事应如何处置？"

高拱看皇上的神情是犹豫不决。他猜透了皇上的心思，想保全王九思惩处张居正，又顾忌满朝文武官员的言论，所以下不了决心。其实高拱一门心思也在这个难解的矛盾上头。皇上向他讨计发问，他一时答不上来，只含糊说道："依愚臣之见，还是先把王九思从牢里放出来。"

隆庆皇帝显然不满意这个答复，他伸手摩挲着蜡黄干枯的脸颊，阴沉地说道："放王九思，朕一道旨下去就解决问题。但张居正上这道折子，口口声声说王九思是个妖道，朕若没个正当理由放人，满朝文武岂不骂朕是个昏君？"

隆庆皇帝的意思再明白不过了，他要高拱给他找个放人的理由。高拱尽管官场历事多年，满脑子都是主意，但这时仍不免有黔驴技穷之感，搜肠刮肚思忖半刻，说道："皇上，这件事说大不大，说小不小，老臣一时也想不出什么好主意，是否可请高仪、杨博、葛守礼等几个大臣前来廷议，商量一个策略？"

第十一回　慈宁宫中红颜动怒　文华殿上圣意惊心

"这么一件小事也值得兴师动众？"隆庆皇帝看出高拱有推诿之意，故不满地申斥，"又不是荐拔部院大臣，讨论朝中大政，为何要廷议？这只是朕的一件私事，你出出主意就成。"

挨了几句骂，高拱心里头有些窝火，性子一急，思路反而通透了，他嘟哝一句："皇上，恕老臣直言，天子并无私事！"

"啊？"隆庆皇帝略略一惊，重复了一句："天子并无私事？朕患病，找人给朕配药，这不是私事？"

"这不是私事，皇上！"高拱侃侃而论，"皇上以万乘之尊，一言一行，皆为天下垂范。皇上圣体安康，是苍生社稷之洪福，圣躬①欠安，天下禄位之人草民百姓莫不提心吊胆。以皇上一人之病，牵动百官万民之心，怎么能说是私事？"

高拱的这几句话，隆庆皇帝虽然听了心里舒服，但依然感到不着边际，因此顺水推舟说道："爱卿所言极是，你既把事体剖析明白，这件事就交由你来办。第一，王九思要立即释放，继续为朕炼丹。第二，张居正此举是蔑视皇权，要严惩。究竟如何惩处，你票拟上来。"

隆庆皇帝说罢旨意，再也不肯与高拱多言，便命起驾回宫。高拱跪在地上，目送皇上由太监搀扶登轿往御道而去，这才怏怏地从地上爬起来，魂不守舍返回内阁值房。斯时张居正已返回府邸，按朝廷大法，凡遭弹劾或涉案之人都需引咎回避，不必入直办公而在家听候旨意处理。高拱吩咐吏员把新入阁的高仪喊了过来。不久，只见一个又矮又瘦的老头子走了进来。这人便是高仪。他与高拱同是嘉靖二十年的进士，年纪也与高拱相仿，只是脸色憔悴，看上去要比高拱苍老许多。

待高仪打横②坐定，高拱便向他传达了皇上在文华殿接见时的旨意。然后两手一摊，懊丧说道："你看看，这么一件满手扎刺的事情，皇上一甩袖子，竟然要我全权处理。"

高仪并不答话，只垂下眼睑，看着面前热气腾腾的茶盅出神。

与高拱相比，高仪是官场的另一种楷模。虽然官运亨通，但他却更像一

---

① 圣躬：就是圣体的意思，臣下称皇上的身体。也用来代指皇帝。
② 打横：围着方桌入座时坐在末座。

位优雅的学者。嘉靖四十五年，担任礼部尚书的高拱入阁，高仪由南京翰林院的掌院学士升调北京，担任高拱空下的礼部尚书一职。甫一接任，高仪就做了一件令人吃惊的大事：嘉靖皇帝崇尚道教，弄了很多方士进宫。这些方士都在太常寺挂职领取俸禄，这帮人自恃皇上恩宠，平日里为所欲为，甚至凌辱朝官。高仪早就看不过眼，调查取证后，便给嘉靖皇帝上了一本，要求太常寺裁汰冗员四十八人，并开列了应被裁汰的名单附后。他所指出的"冗员"，几乎全是嘉靖皇帝身边的方士。这是一个谁也不敢捅的马蜂窝，偏偏被这个有名的"好好先生"给捅了。一时间大家都对高仪刮目相看，也都为他捏了一把汗。看到这份奏折，嘉靖皇帝的确震怒非常，但他也只当高仪是个书呆子，倒没有特别为难他。不久，嘉靖皇帝去世，隆庆皇帝登基，一应大典礼仪，事无巨细，都由高仪斟酌擘画①，上承祖制，下顺圣心，没出半点纰漏。大臣们都交口称赞高仪是最为称职的礼部尚书。隆庆二年，隆庆皇帝诏令取光禄寺②四十万两银子给宫中后妃采购珠宝首饰。高仪是礼部尚书，国库银钱归户部管辖，本没有他的事儿。但他觉得国家财政空虚，便上疏力谏劝隆庆皇帝收回诏令。皇帝不听，高仪便以生病为由，连上六疏，请求辞去礼部尚书一职。隆庆皇帝无奈，只好同意他致仕。养了三年病，没想到高拱又推荐他担任文渊阁大学士③，入阁办公。尽管他有心推辞，但看到隆庆皇帝病重，忠君之心，使他开不了口。但入阁不到一个月，倒有一半的时间是在家中养病。

高仪久居北京，长时间位于九卿之列，对高拱与张居正都有相当的了解。两人都有经世之才，都是善于笼络人心，不愿与别人分权的铁腕人物。所不同的是两人的性格，高拱急躁好斗，一切都写在脸上，而张居正城府甚深，喜怒不形于色。隆庆初年，高拱正是由于他的这种褊狭性格而被首辅徐阶排挤出阁。隆庆四年他重新入阁并担任首辅，仅两年时间，内阁中先后就有三名大学士因与他难以相处而纷纷致仕回家闲住。但是，隆庆皇帝对他的宠信却一直不曾衰减。这一来是因为隆庆皇帝本来就不喜欢过问朝政，

---

① 擘画：筹划，安排。
② 光禄寺：明代朝廷官署，专门管理酒礼膳食的事务。
③ 文渊阁大学士：原为侍从顾问性质的臣子，品级为正五品，后入内阁参与机务，权势渐重，批答章奏，草拟诏旨，成为事实上的宰相。

第十一回 慈宁宫中红颜动怒 文华殿上圣意惊心

二来高拱也的确是宵衣旰食的任事之臣，在他柄政期间，国家没有发生任何动荡，政府也没有一件积案。正因为如此，高拱才变得越来越跋扈，什么人都不放在眼里。对张居正，他过去一直比较信任，但自从内阁只剩下他们两人之后，高拱这才发现，张居正又成了他的最大威胁。由于高拱比张居正大了十几岁，又是老资格，在他眼中，张居正根本不是什么次辅，仅是一个"帮办"而已。因此对张居正说话从不存什么脸面，颐指气使，常常弄得张居正难堪。这一点，各部院大臣早就看了出来。他们并不奇怪高拱的做派，却不得不佩服张居正的忍耐与退让。但是，细心的人也看得出来，张居正是绵里藏针，表面上对高拱唯唯诺诺，从不抗争，但在许多问题上却有自己的看法，并且巧妙地与高拱周旋，常常弄得高拱顾此失彼，进退维谷。自高仪入阁后，两人都在拉拢他。张居正明知道他是高拱推荐入阁的，却仍对他显出相当的尊重和热情。他内心不得不佩服张居正的雅量，但平心而论，他和高拱是多年的朋友，有着更深一层的感情。一入内阁，他就陷在"坐山观虎斗"的尴尬位置上。他本来就是有名的"好好先生"，一辈子淡泊名利，埋头学问。加之身体不好，从礼部尚书的官位上申请致仕后，已是"两耳不闻窗外事，一心只读圣贤书"了。不想被高拱挖掘出来，推荐给皇上补了文渊阁大学士，入阁参赞机务。这在别人是梦寐以求，而在他却是一个天大的负担。他实在不愿搅进两位阁僚的争斗，但又想不出脱身的方法，故抱着"做一天和尚撞一天钟"的想法，诸事敷衍不肯拿什么主意。对他的这种想法，高拱早就看出来了，但高拱引荐高仪入阁，本来就是为了两票对一票，哪肯让他去当"好好先生"。所以无论大事小事，还是事先找他通气并商量对策。

见高仪长时间沉默不语，高拱急得嚷起来："南宇兄，都什么时候了，你还像个扎嘴葫芦！"

高仪勉强一笑算是歉意，接着慢条斯理问道："中玄兄，如果昨天发生在东二胡同的事，不是张居正，而是恰好被你碰上了，你将如何处置？"

这一问倒真把高拱问住了，想了想，答道："也只好像张居正这么做了。"

"是啊，凡朝中秉节大臣，都会这么做的，"高仪说着气愤起来，"光天化日之下，乱棍打死人命，身为朝廷命官，岂能袖手旁观！张居正此举深得民心，深得官心。中玄兄，不用愚弟说明，这一点你也是清楚的。"

"又遇到一头犟驴子了。"高拱心中暗暗叫苦，正想着如何措辞说服高仪为他分忧，只听得高仪继续说道：

"嘉靖四十五年，我刚接任礼部尚书时，给世宗皇帝，也就是当今皇上的父亲上一道折子要求裁减太常寺冗员，目的就是要赶走世宗身边那四十八个妖道方士。张居正昨日所行之事，比之当年我之所为，更显得激烈慷慨，他的这股子勇气魄力，愚弟十分敬佩。"

高仪的话句句属实，但高拱句句都不愿听，因此拉长了脸，悻悻说道："南宇兄，张居正昨日所为，的确并无挑剔之处。但皇上为此事震怒非常，一定要惩处张居正，这件事放在你会怎样处置？"

"我辞职，不当这个首辅。"

高仪斩钉截铁地回答，一下子把高拱噎住了，随即气愤地顶回一句："为区区小事而撂挑子不干，这岂不是妇人之举！"

高仪长叹一声说道："中玄兄，我看你是铁了心要惩处张居正了。"

"南宇兄，你不要栽到我头上，惩处张居正是皇上的意思。"

"但部院大臣们都知道，你和张居正早就在闹意气了，这件事如果处置不当，你就有落井下石之嫌。"

这场谈话又是不欢而散。

第十二回

太子无心闲房搜隐
贵妃有意洞烛其奸

朱翊钧跟着孙海，从慈宁宫的后门溜了出来，七弯八折，来到了承光门①后的御花园，兴冲冲地跑到那棵老柏树下，抬头一望却傻了眼。昨日看到挂在树梢的那个鸟窝，此时却已不见，回头看看地上，有被打扫过的痕迹。孙海沮丧说道："到底还是来迟了。"

"什么人这么大胆，我问问人去。"朱翊钧一跺脚，准备去找人。

孙海喊住他，说道："太子爷，依奴才看不用问了，说不定就是有人知道太子爷要掏鸟窝儿，故意先叫人掏了。"

"一年也难得找一回乐事，又乐不成了。"说着，朱翊钧怅怅地望着柏树梢，一脸的不高兴。

此时的御花园中，姹紫嫣红，百花齐放，水清叶翠，鸟语花香。温暖的阳光直射下来，连平常显得阴郁冷峻的假山，这会儿也变得生机勃勃，明媚可爱。但朱翊钧已经没有了游玩的兴致，和孙海一前一后，快快地离开御花园。沿途，不时有路过的太监避向路旁，恭恭敬敬给太子爷请安，朱翊钧也懒得搭理。为了避人，他趱向乾清宫西五所②，决定从平常很少有人走动的永巷③回慈宁宫。

---

① 承光门：在明代北京城内钦安殿北，正中有一座琉璃牌楼门，称为承光门。

② 西五所：明代紫禁城即今北京故宫内廷西六宫以北五座院落的统称，始建于明初，乾西五所与乾东五所相对称，由东向西分别称为头所、二所、三所、四所和五所，每所均为南北三进院，为皇子所居。

③ 永巷：原指未分配到各宫的宫女的集中居住处，后来成为幽禁失势或失宠妃嫔的地方。

"孙海，你走上来。"

刚拐进乾清宫西五所的甬道，朱翊钧就回头喊。孙海身为奴才，哪敢与皇太子并肩行走。尽管紧走两步，缩短了两人间的距离，但仍拖拖拉拉不肯上前。朱翊钧见孙海还掉在后头，索性停住脚步，扭过头恼怒地问："你怎么不上来？"

"奴才不敢。"孙海低声说。

"我要问你话儿，你掉在后头，我怎么问？"

见太子爷发了怒，孙海只得硬着头皮跨步上前，和太子爷并肩走着。

"你今年多大了？"朱翊钧问。

"十五岁。"

"你比我大五岁。"

"是，太子爷。"

"你哪一年进宫的？"

"隆庆三年，已经三年了。"

朱翊钧突然停住脚步，抬头望了望白云悠悠的天空。问道："宫外有什么好玩的吗？"

说到"玩"，孙海眼睛一亮，平日训练出来的那种拘谨一下子不见了，说话的嗓子也提高了："回太子爷，宫外好玩的东西，确实太多了，太多了！"

"啊，是吗？"朱翊钧艳羡地瞪了孙海一眼，"你说说，有哪些好玩的。"

"赶庙会、看社戏、玩狮子、踩高跷、打炮仗、放河灯、斗蛐蛐、过家家……"

孙海如数家珍，说得有板有眼，接着又说了每一种"玩"的方法和乐趣。把个朱翊钧听得心花怒放，惊叹不已。待孙海落了话头，朱翊钧又接着问道："现在这时候，外头都玩些什么？"

"放风筝。"孙海张口就答，"我还只有五岁的时候，爷爷就教我唱会了一首歌。"说着，孙海就小声唱了起来：

第十二回　太子无心闲房搜隐　贵妃有意洞烛其奸

乍暖还寒四月天

东风好像一支鞭

抽得大地百花吐

咿哟喂，呀咿喂

抽得俺的蜈蚣咿呀嗨嗨

抽得俺的蜈蚣咬着蜻蜓尾巴飞上天

孙海唱得很是投入，唱罢，怕朱翊钧不懂，又解释说："蜈蚣、蜻蜓都是风筝名儿。俺爷爷手巧，凡昆虫百兽，都能扎制成风筝，放到天上去。"

朱翊钧兴奋地说："走，我们也回去扎个风筝放一放。"

孙海摇摇头，说："放风筝要好大好大的空地儿，宫中到哪儿放去？就皇极门里的那片广场还可以放，但皇极殿是万岁爷开朝的地方，威严得很，怎么能让人放风筝呢。"

朱翊钧一听泄了气，不无伤感地说："孙海，宫外头有那么多好玩的，我真不明白你为什么要进宫来。"

孙海叹口气说道："太子爷，奴才家穷，进宫是命中注定的。"

"你放心，我不会亏待你的。"

主仆二人这么走走停停说话，不觉已把永巷走了一半。忽然，他们听到咸福宫①后一排小瓦房里，传出嘤嘤的哭泣声，两人便停下脚步。听了一会儿，朱翊钧说："走，去看看。"两人寻着哭声，推开一间小瓦房的门。

屋里，一个眉发斑白的老太监坐在杌子上，一个只有十一二岁的小太监跪在地上，正抽抽搭搭地哭。看见朱翊钧推门进来，慌得老太监赶忙滚下杌子，伏跪地上请安。

"你是干什么的？"朱翊钧盛气凌人地问。

"回太子爷，奴才是教坊司②里打鼓的。"老太监哆哆嗦嗦地回答。

"啊，宫中戏园子的，我看过你们的戏。"朱翊钧指了指跪在地上的小

---

① 咸福宫：明永乐十八年建成，初名寿安宫，嘉靖十四年（公元1535年）更名为咸福宫，属于内廷西六宫之一，为后妃所居。

② 教坊司：明代朝廷官署，隶属于礼部，主管乐舞和戏曲。

太监，问老太监："你为什么欺负他？"

老太监头也不敢抬，小声解释说："奴才不敢欺侮他，是他犯了错儿，奴才按规矩惩罚他。"

"他犯了什么错？"

"这小杂种吃了豹子胆，竟跑到御花园里掏鸟窝儿。"

"啊，原来鸟窝儿是你掏的，"朱翊钧一听也生起气来，朝跪着的小太监屁股上踹了一脚，恨恨地说，"该打！"

小太监没提防这一脚，顿时往前摔了个嘴啃泥。本想放声大号，但一看这位太子爷来头不善，忍住疼痛，又爬起来跪好。

屋子里空落落的，只有那一条杌子。孙海抽过来，请朱翊钧坐了。

"鸟窝儿里有什么？"朱翊钧把脸凑过去，问跪着的小太监。

"有鸟蛋。"小太监瑟缩地回答。

"有几个？"

"四个。"

"蛋呢？"

小太监把手伸进襕衫，掏出四只蚕豆大的鸟蛋来，双手托着送到朱翊钧面前。

朱翊钧拿起一只，还是温热的，他把蛋举到阳光下照了照，问："你掏鸟蛋干什么？"

"喂蛤蟆。"

"喂什么？"朱翊钧没听清。

"喂蛤蟆。"小太监一字一顿回答。

这莫名其妙的回答，倒让朱翊钧给愣住了："喂蛤蟆，喂蛤蟆……"他念叨着，感到不可理解。

孙海站出来喝道："大胆小奴才，敢诳太子爷，罪不轻饶。"

老太监跪在一旁说道："请太子爷息怒。这小杂种没有欺骗太子爷，他真的养了两只癞蛤蟆。"

"你养癞蛤蟆干什么？"

"好玩。"

第十二回　太子无心闲房搜隐　贵妃有意洞烛其奸

小太监回答，他双手仍托着鸟蛋。看来他才入宫不久，还不懂什么礼节。

"怎么个玩法，你玩给我看看。"

朱翊钧顿时来了兴趣，见小太监仍跪着不动，禁不住伸手去拉他。

"快起来，"孙海喝道，"这么不懂礼貌，还要太子爷牵。"

小太监这才起身，把四只鸟蛋依旧放回怀里揣了，跑进里屋，提出一只布袋和两只竹筒来。他先从布袋里倒出两只蛤蟆来。只见那两只蛤蟆茶盅托盘那么大，一只背上点了红漆，另一只背上点了白漆。两只蛤蟆一落地，就互相扑了一扑，然后头朝小太监，挨着站成一排。小太监伸出手指头戳了戳两只癞蛤蟆的脑袋，又用另一只手指了指朱翊钧，说了一句："给太子爷请安！"只见那两只癞蛤蟆转过身子，朝向朱翊钧，把两只前爪直直地伸着，齐齐儿地把脑袋往前探了两探。这看似笨拙却又极通灵性的动作，惹着一屋子人哄堂大笑，笑毕了又啧啧称奇。刚看到癞蛤蟆滚落地上的时候，朱翊钧还有些害怕，经过这一番表演，他一下子变得乐不可支。他指着仍向他趴着的蛤蟆问孙海："它们是不是蛤蟆精？"

孙海也不懂，他朝小太监努努嘴，说："你回答太子爷。"

"回太子爷，它们不是蛤蟆精，它们的动作是奴才训练出来的。"小太监回答。

"癞蛤蟆还能训练？"朱翊钧黑如点漆的眼珠子瞪得大大的，充满了迷惑，"它们还能表演什么？"

"请太子爷往下看。"

小太监说着，又把那只竹筒搬了过来。在蛤蟆两边分开倒着摆好，竹筒口相对，中间隔着两尺多宽的空地。小太监一击掌，红背蛤蟆便爬向左边的竹筒口，白背蛤蟆爬向右边的竹筒口。小太监又是一击掌，两只蛤蟆便朝着竹筒口鼓腮起跳，一连进行了三次。然后缓缓挪过身子，靠着竹筒趴下，脑袋都对着竹筒前的空地。这时间，只见竹筒里竟爬出了两队蚂蚁。红背蛤蟆这边爬出了红蚂蚁，白背蛤蟆那边爬出了白蚂蚁。两队蚂蚁直直地爬成两条线，一红一白，比墨斗线弹得还直。小太监又一击掌，两只蛤蟆在竹筒边又鼓腮跳了一跳，而这两队蚂蚁也像得了号令，急急地往对方线阵上爬，顿时队形大乱。只见红白蚂蚁各自捉对儿厮杀起来，昂头拱腿，抵角相扑。搏战了一会儿，白队的蚂蚁显然抵挡不住，开始溃败。红队蚂蚁则越战越勇，乘胜追击。这时，小太监又是一击掌，两只蛤蟆便开始向空地上爬。而正在厮杀的两队蚂蚁也赶忙鸣金收兵，各自归队，一溜线儿地回到两只竹筒中，那两只蛤蟆依旧如前样，头朝着太子，乖乖地趴在那儿。

不要说年仅十岁的太子，就是那个六十多岁打鼓的老太监，也没有见过这等蹊跷事，一时都惊讶得说不出话来。

"太子爷，好玩吗？"小太监天真地问。

"好玩，好玩。"朱翊钧如梦初醒，意犹未尽地问道："这叫什么游戏？"

"癞蛤蟆指挥蚂蚁兵。"小太监说。

"谁教给你的？"

"我爷爷。"

朱翊钧望了望小太监，又望了望孙海，大感不解地说道："怎么你们的爷爷都这么能干，一个会扎风筝，一个会训练蛤蟆和蚂蚁。"

小太监受了表扬，顿时兴奋起来，拍着巴掌说道："我爷爷真是能干，就因为他会这游戏，要饭的时候总不会空着手儿。"

"你胡说什么？"老太监喝住小太监，又朝朱翊钧赔着笑脸说，"这小杂种才进宫，什么规矩都不懂，请太子爷多担待些。"

朱翊钧心里已经很喜欢这个小太监了，便问他："你叫什么？"

"客用。"小太监答。

"在宫中做什么？"

"分在钟鼓司①。"老太监抢着回答。

"什么钟鼓司？"客用迷茫问道。

孙海一乐，嘻嘻说道："连自己的差事都弄不明白，你这个太监怎么当的？"

"我不是太监。"

---

① 钟鼓司：明代宦官四司之一，掌钟鼓及宫内的杂戏演出。

第十二回　太子无心闲房搜隐　贵妃有意洞烛其奸

客用此话出口，一屋子人莫不大惊失色。须知重门深禁大内之中，除了皇上和未成年的皇子，任何男子擅入其内都得杖杀。

"你不是太监，怎么进来的？"朱翊钧问。

"前几个晚上，他们给我穿了这套衣服，塞进一乘小轿，抬进来的。"

"他们？他们是谁？"

"我不知道，"客用眨巴眨巴眼睛，伸手指向老太监，说道，"你问他。"

"你说，他们是谁？"朱翊钧又追问老太监。

老太监早已吓得面如土色，此时跪在地上身子筛糠一般，瑟瑟答道："孟公公只是交代，让奴才把这几个小子看管好，别的奴才一概不知。"

"啊，还不止客用一个？"朱翊钧朝屋里扫寻一遍，问道："还有的呢？"

"在隔壁屋子里头。"

"走，过去看看。"

太子发话，老太监不敢怠慢，领着朱翊钧出门，掏钥匙打开隔壁房间门锁，朱翊钧探头朝里一看，只见有三个年纪与客用相仿的小男孩，瑟缩在屋子一角，一起用惊恐的眼光看着面前这一位满身华贵的太子爷。

太子年纪小，但宫内规矩大致还是知晓：是谁带进这些男孩子呢？他正想问个明白，孙海却抢先道："奴才去禀告贵妃娘娘。"

朱翊钧点点头，两人飞快地跑回慈宁宫。

片刻，一乘杏黄色的女轿停在咸福宫小瓦房门前，李贵妃走下轿来，问随轿跟回来的太子："钧儿，可是这里？"

"正是。"朱翊钧回答。

一排小瓦房已是锁扃紧闭。随行太监把每扇门都敲遍，也无人应答，李贵妃下令把门踹开，只见空荡荡寂无一人。

"这么快都逃了？"李贵妃秀眉一挑说道。

原来朱翊钧回到慈宁宫后，立即向她报告了在这咸福宫后小瓦房里发生的事情。她顿时意识到，这几个小男孩极有可能是孟冲暗地里替皇上物色的"娈童"，因此决定抓个把柄，把孟冲狠狠整治一番。不想这位老太监行动飞快，不出片刻时间，就把人转移得无影无踪。此时接到李贵妃口信的冯保也带了一群内侍飞快跑来，见李贵妃动怒，连忙说道："请娘娘回宫歇息着，这件事交给奴才来办，他们就是钻了地缝儿，奴才也把他们抠出来。"

李贵妃想了想，说道："也好，你这东厂提督，这回正好派上用场了。"

按下李贵妃带了朱翊钧乘轿返回慈宁宫不表，单说冯保当即对随行东厂一位掌作太监下达命令："你作速调集人员封住大内各个出口，每一个出门太监，无论大小，不管是挂乌木牌还是牙牌的，都给我严加盘查，不许漏走一个可疑者。"掌作太监领命而去。冯保又叫过一位内宦监牙牌大珰，令他去找教坊司掌作，查出那个打鼓老太监的行踪。那位牙牌大珰稍许犹豫，表露出为难的样子。冯保看在眼里，脸色一冷，厉声斥道："你磨磨蹭蹭干什么？我告诉你，这可是皇贵妃和太子的令旨，你办出差错来，小心我剥了你的皮！"牙牌大珰再也不敢延误，飞跑而去。

冯保诸事分派妥当，回到司礼监值房刚刚坐下喝了一盏茶，便见那位牙牌大珰领了教坊司掌作太监李厚义急颠颠跑了进来。两人刚跪下施礼，冯保就迫不及待地问道："人呢？"

"回冯公公，你要找的那个打鼓老太监，叫王凤池，不知为何，已在钟鼓司后的闲屋里上吊自尽了。"

答话的是李厚义，冯保听了并不吃惊，只冷冷一笑说："他倒是死得正是时候，走，去看看。"

说罢起身，一行人又来到御花园之侧的钟鼓司院内，走进背旮旯那间堆放破鼓烂钟等杂物的闲屋，只见王凤池老太监颈子上系了一条钟绳，直挺挺挂在屋梁上。冯保命人把王凤池解下来，蹲下翻了翻他的眼皮和嘴唇，又起身围着尸体兜了两圈，突然对同行的两个东厂黑靴小校下令："把李厚义给我绑了！"

李厚义慌得往地上一跪，哀求道："冯公公，小的委实没做什么错事，不知为何要绑我？"

冯保指着尸首，杀气腾腾说道："大凡吊死的人，舌头都伸得老长，为何这个王凤池却牙关紧咬？看他脖子上还有血印子，这是掐的，看来有人存心要杀人灭口，你是教坊司掌作，第一个脱不了干系。"

第十二回　太子无心闲房搜隐　贵妃有意洞烛其奸

"冯公公，我这是冤枉。"

"冤枉不冤枉，进了东厂便知，绑了！"

冯保一挥手，两个小校把李厚义扑翻在地，双手反剪绑了起来，李厚义还自挣扎反抗，嘴里杀猪似的干号。

正在这时，又有一群太监一拥而进，打头的一个身着小蟒朝天的玄色曳衫，只见他身材矮胖，挺胸凸肚，满是赘肉的脸上，一只酒糟鼻子很是扎眼。

此人正是大内主管——司礼监掌印太监孟冲。

孟冲也是五十多岁的人，论进宫的年头儿，和冯保前后差不多，但晋升没有冯保快，冯保东厂掌印时，他还只混到尚膳监①属下的西华门②内里总理太监的位置。嘉靖末年，冯保已担任秉笔太监好几年了，孟冲才成为尚膳监主管。这尚膳监负责皇上及后宫的伙食，在内监衙门中，虽不显赫，却也极其重要。孟冲生就一副憨相，在内书堂③读书时，成绩就没有好过。但一谈起吃喝玩乐，他就眉飞色舞，头头是道。特别是吃，他显得特别有研究。给他一头羊，他可以给你弄出二三十道色香味风格各异的菜来，什么冷片羊尾、爆炒羊肚、带油腰子、羊唇龙须、羊双肠……吃过一次的人，都会念念不忘。因此，让他出掌尚膳监，倒也是再合适不过了。孟冲憨归憨，小心眼还是有的。隆庆皇帝登基以后，孟冲服侍得格外小心。每次用膳，他都亲自传送，侍立在侧，看皇上吃什么菜，不吃什么菜，什么菜只夹了一筷子，什么菜连吃了好几口。他都默记在心，不到一个月时间，他就摸清了皇上的口味，每次传膳，皇上都吃得很有胃口。甜酸咸淡，都恰到好处。皇上免不了总要夸赞几句，孟冲更是殷勤有加。一次，皇上提出想吃果饼，让孟冲去宫外市面上买些进来。孟冲哪敢怠慢，两脚生风地跑到棋盘街食品店，买了十几盒松、榛、饧饸④等送进乾清宫。皇帝边吃边问："这些值多少钱？"孟冲答："五十两银子。"皇上大笑说："这些最多只要五钱银子，不信，你去东长安街的勾栏胡同⑤去买。"原来皇上

---

① 尚膳监：明代内官宦官官署。十二监中的一个，掌管皇帝及宫廷膳食及筵宴等事务。
② 西华门：明代北京紫禁城西门，始建于明永乐十八年。西华门西向，与东华门遥相对应，门外设有下马石。
③ 内书堂：明代内廷的宦官教育机构。内书堂创建于宣德年间，选十岁上下的小内侍二三百人入内读书，择翰林院官任教习，学习《百家姓》《千字文》等及撰写公文。
④ 饧饸：干的饴糖。
⑤ 勾栏胡同：据传是明代北京城内高档妓院的聚集地。

登基前住在裕王府，闲来无事时，偶尔也逛到勾栏胡同买甜食吃，因此知道价钱。孟冲本想多报一些银子，贪污一点银两。没想到皇上对价钱如此熟悉，顿时吓得面如土色，伏地请罪。幸好皇上并不计较，仍是笑着说："京城里头的奸商也没有几个，偏让你这个憨头碰上了，日后注意就是。"有了这次经历，孟冲再不敢在皇上面前耍小心眼，而是在庖厨内尽数使出他的十八般手艺，讨好皇上的胃口。这样过了两年，这位大厨师忽然时来运转，摇身一变成了司礼监掌印。应该说，他的这次升迁完全得力于高拱，前任司礼监掌印陈洪因触怒皇上而去职，按常例应由当了多年秉笔太监的冯保继任，但高拱对冯保是瞧哪儿哪儿不舒服，硬是推荐孟冲把冯保顶下来。皇上虽然知道孟冲爱贪点小便宜，但"憨得像个大马熊，尚有可爱之处"，也就同意了高拱的推荐。孟冲上任之后，由于善于揣摩皇上心理，投其所好，从进贡奴儿花花开始，专为皇上挑选俊男美女供其享乐，因此深得皇上信任。这次把王九思推荐给皇上，本来又是一个极讨彩头的事，但没想到张居正横枪杀出，事情顿时搅得难以收拾。今儿个上午皇上与高拱在文华殿会见之后，又令他立即去刑部大牢放出王九思。他刚把王九思安顿妥当让他火速炼丹不误皇上吃药，不想宫里头又出了这样的大事，便连忙赶了过来。虽然他是大内主管，是权势熏天的"内相"，但对于冯保，他也不敢轻易得罪。尽管他现在的职务在冯保之上，但无论是资历还是心机，冯保都压他一头。因此大小事情，只要不涉及他自身利害，凡冯保想做的，他从不阻拦。

　　李厚义被两个小校推搡着正要出门，一眼瞥见孟冲，李厚义顿时像遇见救星，大声嚷道："孟公公，请救我。"

　　按规矩，在大内之中捉拿太监，不要说李厚义这样的牙牌大珰，就是一个挂乌木牌的小火者，没有他孟冲点头，也是绝对不允许。孟冲眼见五花大绑的李厚义，顿时感到自己的权力受到挑战，脸一下子拉得老长，悻悻问道："冯公公，李厚义犯了哪样大法，值得这样捆绑？"

　　冯保也知道自己这是越权行事，但他自恃有李贵妃撑腰，说话口气也硬："他有杀人灭口之嫌。"

　　"什么杀人灭口，就这个？"孟冲指着地上王凤池的尸首，哧地一笑，说道，"冯公公，咱俩进宫的时候，这王凤池就在教坊司里打鼓，最是胆小

第十二回 太子无心闲房搜隐 贵妃有意洞烛其奸

怕事。上次给皇上排演《玉凤楼》，老是把鼓点子打错，气得皇上要打他三十大板。李厚义赶紧跪下替他求情，才免了这一灾。当时你也在跟前，看得清清楚楚。王凤池六十多岁年纪，不要说三十大板，就是三板子下去，也就拔火吹灯了，李厚义若想要他的命，当时为何还要救他？"

"此一时，彼一时也，"冯保抄手①站立，并没有被孟冲的气势吓着，而是似怒非怒、似笑非笑地回答，"孟公公你大约也知道了，这王凤池领进四个野小子擅入大内，这是犯了杀头的禁令。他王凤池正如你孟公公说的一样，树叶子掉下来怕砸破脑袋，哪有这等勇气？不巧这件事被太子爷无意中撞上，露了底儿。如今贵妃娘娘令旨严查，不过片刻工夫，王凤池就一命呜呼，那四个野小子也被藏得无影无踪。孟公公，你说，这是不是有人想杀人灭口？"

孟冲心气再憨，也听出冯保口气不善，忍了忍，问道："就算有人想杀人灭口，你怎么就断定，这人一定是李厚义？"

"他是教坊司掌作，王凤池归他管带，第一个值得怀疑的当然是他。"

冯保话音刚落，李厚义跟着又嚷了一句："孟公公，我冤枉啊！"

孟冲用眼扫了扫屋内，有二十多名大小太监。如果当着他们的面，让冯保把李厚义带走，自己这个司礼监掌印太监今后说话还有哪个肯听？何况那四个"娈童"正是他弄进大内交给王凤池看管的。他素来不肯与冯保结仇翻脸，现在看来已顾不得这些了，心一横，说话便用了命令的口气：

"冯公公，李厚义你必须放了！"

孟冲一贯溏稀，陡然间态度一硬，冯保始料不及，略微一愣，回道："我可是奉了贵妃娘娘的令旨。"

"我有皇上的旨意！"

孟冲骑着老虎不怕驴子，腆着肚子朝冯保吼了一句。屋子里气氛本来就十分紧张，这一下更是如临大敌，在场的大小太监眼见大内二十四监中两个最有权势的人物顶起牛来，一个个吓得噤若寒蝉，不敢出声。

冯保听得出孟冲这句话的分量，皇贵妃的令旨比起皇上的圣旨来，简直

---

① 抄手：两手在胸前或背后交互插入袖筒中，也指两臂交叉放在胸前。

是芥末之微不在话下。这口气忍不得也得忍，冯保眼珠子咕噜噜一转，把满脸杀气换成佯笑，说道："孟公公既是奉了圣旨，这李厚义就交给你了。"他朝黑靴小校挥挥手，顿时给李厚义松了绑。

孟冲占了上风，乘势朝着在场的太监们吼道："都愣着干什么，还不动手把王凤池收拾收拾，抬到化人场去。"

众太监得了吩咐，一时间都乱哄哄忙碌起来，孟冲怕留在原处与冯保纠缠，提脚就出了门，偏是冯保不舍，追出门来问道："请孟公公示下，那四个野小子到底找还是不找？"

"不……"孟冲本来想说不找，但一想不妥，又改口说道："这事儿，我去向皇上请旨。"

隆庆皇帝自文华殿见过高拱回到乾清宫，正自百无聊赖，躺在西暖阁的卧榻上，一边让身边侍候的小太监揉捏双腿，一边与张贵有一搭没一搭聊着闲话。

"张贵，你看朕的气色，是不是比先前好多了？"

张贵本来已被赐坐，听到皇上问话，又一咕噜滚下凳子跪了，觑了皇上一眼，答道："奴才看万岁爷的气色，竟是比先前好看多了。"

"哦，你天天跟着我，最知底细，你再仔细看看。"隆庆皇帝欠欠身子，由于兴奋，脸上果然露了一点浮光。

张贵刚才是随口说的恭维话，其实他心底亮堂：皇上的脸色已是深秋落叶一样枯黄——这是病入沉疴的表现。他这几日之所以亢奋，是因为吃了王九思的"阴阳大补丹"。张贵也知道这王九思为皇上配制的是"春药"，虽然心里头担心，但人微言轻不敢表露。张居正当街把王九思拿了，张贵心里头暗暗高兴，以为这样皇上就没有"撞邪"的机会，仍旧回头来吃太医的药，病情才有可能真正好转。

"你怎么这样看着朕？"

张贵怔怔地望着皇上，其实在想着自己的心思。隆庆皇帝这么一问，张贵惊醒过来，违心答道："回万岁爷，奴才方才认真看了，万岁爷的气色真是好了许多。"

"嗯，"隆庆皇帝满意地点点头，又把头靠回到垫枕上，惬意说道，

第十二回　太子无心闲房搜隐　贵妃有意洞烛其奸

"王九思的药有奇效，你是证人。"

张贵跪着沉默不语。

正在这时，西暖阁当值太监进来禀报孟冲求见。"快让他进来。"隆庆皇帝一挺身坐了起来，精神立刻振作了许多。

随即就听到一阵急匆匆的脚步声穿过游廊，孟冲刚一进门就跪了下来，气喘吁吁说道："奴才孟冲叩见皇上。"

"怎么弄得这样驴嘶马喘的？"隆庆皇帝温和地责备了一句，接着就问："王九思接出来了？"

"回万岁爷，奴才已把王九思送回炼丹处，王九思让奴才转奏皇上，未时之前，他就把今日的丹药炼好。"

"如此甚好。"

隆庆皇帝赞赏地看了孟冲一眼，吩咐赐坐。孟冲谢过，瑟缩坐到凳子上，拿眼扫了扫张贵。张贵明白孟冲有事要单独奏告皇上，碍着他在场不好启齿，故知趣地跪辞离开西暖阁。

待张贵的脚步声消失，孟冲这才小声奏道："万岁爷，宫中出了一点事。"

"何事？"

"太子爷不知为何闲遛到了咸福宫后头，碰到了那四个小娈童。"

"这是什么大不了的事儿？"

隆庆皇帝不以为然地笑笑，待听孟冲把整个事情经过述说一遍，隆庆皇帝这才感到问题严重。他虽然风流好色，却生性懦弱，这会儿嗔怪说道："你也是，干吗要一次弄进四个来，如今倒好，捅了这么大的娄子。"

"奴才办事欠周详，实乃罪该万死，"孟冲缩头缩脑，一副猥琐的样子，嘟哝说道，"奴才本意是想多弄几个，一是备皇上挑选，二是以应不时之需。"

"这四个孩子如今在哪里？"

"还在宫中，冯保吩咐把住了各处宫门，是只蚂蚁出去，也得看清是公是母。"

"那个老太监怎么死的？"

"办事人怕露馅对皇上不利,就大胆把他处理了一下,这冯保气势汹汹,一定要把李厚义绑走,是奴才把他保了下来。"

"内阁出了个张居正,大内又出了个冯保,他们是成心和朕作对啊!"

隆庆皇帝说这话时,口气更多的不是愤怒而是伤感。那副颓唐的样子,仿佛不是九五至尊,手中并不握有生杀予夺之权。孟冲听罢甚觉凄凉,恳求道:

"请皇上降旨,把冯保布置的各处宫禁全都撤掉。"

"好吧,你去作速办理。"隆庆皇帝挥挥手,孟冲跪谢正欲退出,隆庆皇帝又补了一句:"王九思那头的丹药,你也去催催,朕还等着吃哪。"

"是,奴才记着。"

孟冲唯唯诺诺退出。隆庆皇帝有些饿了,吩咐传膳。二三十道菜摆了满满一桌,一看这些佳肴,隆庆皇帝又胃口全无。侍膳太监添了一小碗香喷喷的鹦鹉粒米饭给他,他扒了一口,竟像嚼木屑似的全无味道,又放下碗,拣了一块芝麻煎饼吃了。这顿午膳就算对付了过去。

饭桌撤去,隆庆皇帝正对着小太监拿着的水盂漱口,外头又有太监来奏报:"陈皇后与李贵妃两位娘娘求见。"一听此话,隆庆皇帝一口水全都喷到了小太监脸上。孟冲跪奏之事弄得他心神不宁,情知两位后妃来见不是什么好事,本想传旨将她们拒之门外,一时又下不了决心。正犹豫间,陈皇后与李贵妃已是轻移莲步,双双走进了西暖阁。

"臣妾给皇上请安!"

陈皇后与李贵妃一齐说道,又一齐跪了下去。隆庆皇帝上前亲自将她们扶起,吩咐太监搬来软垫绣椅坐了。隆庆皇帝看着眼前这两位多日不曾召见的后妃,只见陈皇后穿着一袭织金凤花纹的荷叶色纱质裙,由于怯寒,又披了一个红绡绲边的云字披肩,脸上也薄薄地敷了一层用紫茉莉花实捣仁蒸熟制成的珍珠粉,看上去越发的雍容华贵。李贵妃还是上午会见冯保时的那身装束,只是脱了脚下的纻丝软靴,换了一双绣了兽头的"猫头鞋"。鞋面由红缎制成,衬着白色长裙,很是新颖别致。隆庆皇帝目不转睛地盯着李贵妃,虽然与她耳鬓厮磨十几年了,却从未发现她像今天这般美丽动人,顿时就产生了想和她亲热的念头,只是碍着陈皇后在场不好表露,便指着李贵妃

第十二回 太子无心闲房搜隐 贵妃有意洞烛其奸

脚上的鞋说："你这双鞋很好看，往日朕不曾见你穿过。"

"蒙皇上夸奖，"李贵妃起身施了一个万福，答道，"这鞋叫'猫儿鞋'，是苏样，臣妾的宫里头有位侍寝女官，是苏州人，手儿很巧，这双鞋的样式是她传出来的。"

"我看鞋头上绣的不像是猫头。"

"这是虎头，自古猫虎不分家。苏州地面女子穿这种鞋，本意是为了避邪。"

"避邪？"隆庆皇帝下意识地反问一句，"避什么邪？"

李贵妃没有作答，只是瞟了陈皇后一眼。陈皇后这时也正拿眼看她，四目相对，一股子相互激荡的情绪都在不言之中。原来，李贵妃自咸福宫归后，便来到慈庆宫，把发生的事情向陈皇后讲了。陈皇后正陪着李贵妃一块儿生气，冯保又赶过来禀报王凤池之死以及孟冲专横阻挠搜查的种种情状，更把李贵妃气得七窍生烟，她吩咐冯保："你尽管搜查去，一定要把那四个小孽种找出来，出了事由我和皇后担当。"李贵妃知道孟冲之所以如此胆大妄为，是因为有皇上撑腰。这事儿既然已经闹开了，必定要见个山高水低，因此决定拉上陈皇后一块担待。却说冯保去了不到一个时辰，便转回来奏道："启禀皇后和贵妃娘娘，那四个小孽种躲在浣衣局①的库房里，被奴才搜出来了。""人呢？"李贵妃问。"关在内厂，请娘娘放心，蚂蚁都衔不走。"东厂设在大内的分衙，称作内厂，这是专门监督和惩处内宦太监的机构。李贵妃一听放了心，对陈皇后说道："皇后姐姐，咱们现在一块去见皇上吧。"陈皇后虽然怕事，但一想到"娈童"，心里头的一股子怒气也是消释不下，于是颔首答道："也好，咱姐妹两个一块儿去皇上那里讨个说法。"于是乘舆来到西暖阁。

隆庆皇帝见后妃两人对眼神，心里头便开始打鼓。他毕竟做贼心虚，连忙转移话题问李贵妃："钧儿呢，他怎么没有一起来？"

"他在温书。"李贵妃欠身回答，接着又望了一眼陈皇后，说道："再说臣妾和陈皇后想向皇上启禀一件事情，太子在场不好说话。"

---

① 浣衣局：明代内宫宦官官署中的一个，专管宫内洗衣服的事务。

"有什么话改日再谈吧，朕今日有些累了。"

隆庆皇帝支吾一句，就想打发她们走。李贵妃赶紧跪下，奏道："臣妾所言之事，只是几句话。"陈皇后跟着也跪了下去。

隆庆皇帝本想回避，见后妃二人刻意纠缠，心里头便不高兴。他本可以强行逐客，怎奈他又缺乏这种魄力，无奈之下，只好哭丧着脸，又坐回到绣榻上。

李贵妃知道皇上不高兴，但事情到了这一步，也顾不得许多了，她劈头问道："孟冲弄了四个小孽种藏在大内，不知皇上可曾知晓？"

"有这等事？不会！"隆庆皇帝矢口否认，想一想如此武断恐为不妥，又道："这件事可把孟冲叫来一问。或许是新来的小太监，大家不认识也未可知。"

"绝对不可能是新来的小太监。"李贵妃断然说道。

"你怎么就敢断定？"

"那四个小孽种已在浣衣局库房里搜出，如今关在内厂。"

"哦！"隆庆皇帝这一惊非同小可，心里头埋怨孟冲办事不力，脱口问道："谁抓的他们？"

"冯保。"

"那四个……嗯，那四个孩子说了什么？"

"暂时尚未审问。"

隆庆皇帝大大松了一口气，遮掩说道："你们暂且回去，待冯保审问明白，再让他前来奏朕。"

隆庆皇帝再次暗示逐客，李贵妃直欲弄个水落石出，哪里肯定走，故意问道："臣妾实不明白，这孟冲弄几个小孽种进宫做甚？何况宫里头暗中传着的一些闲言闲语，也不利皇上。"

"有何闲言闲语？"

"有人说，孟冲弄来的这几个小孽种，都是为皇上准备的。"

"为我？为我准备做甚？"

隆庆皇帝装糊涂，陈皇后没有李贵妃那样玲珑的心机，说话不知婉转，这时忽然插进来冒冒失失说道：

第十二回　太子无心闲房搜隐　贵妃有意洞烛其奸

"前些时就有传言，说孟冲偷偷领着皇上去了帘子胡同，皇上的疮，就是从那里惹回来的。"

"胡说！"

隆庆皇帝一声厉喝，忍耐了半日的怒气终于歇斯底里爆发了。他气得浑身打战，伸出手指头，指点着跪在面前的陈皇后和李贵妃，哆嗦着说道：

"你们……你们给、给……"

他本想说"给朕滚出去"，但一句话竟未说完，就因怒火攻心、血涌头顶而双脚站立不住，顿时只觉天旋地转，身子一歪，直挺挺地倒在绣榻之上。

这突如其来的变故，把陈皇后与李贵妃吓坏了，她们赶紧起身奔到绣榻旁，只见隆庆皇帝两眼翻白，口吐白沫，两手握拳，身子抽搐，已是人事不省。

"快来人！"李贵妃喊道。

门外守值太监抢步入内，见此情状，慌忙去喊日夜在皇极门外值房里当值的太医。

太医匆促赶来，一看隆庆皇帝的状况，便知已是深度中风。但他还是装样子拿了拿脉，然后对陈皇后与李贵妃跪下哽咽奏道："皇上要大行①了。"

一听此言，皇后与贵妃一起大放悲声。这时张贵也三步并作两步跑了进来，伏在绣榻之前失声痛哭起来。

"张贵，你不能在这里哭了，"李贵妃强忍悲痛，擦着眼泪说道，"你快去通知内阁成员来乾清宫，不要忘了通知张阁老。"

---

① 大行：永远离去之意。

第十三回

皇上驾崩阁臣听诏
街前争捕妖道潜踪

冯保堵住宫门在大内搜查四位娈童的事情，早有人报知内阁。高拱心知此事又会引发一场波澜，弄得不好，孟冲就会地位不保。冯保早就有心取而代之，这一下给他创造了可乘之机。高拱感到事态严重，便把高仪喊进值房就此事磋商。两人还没商量出个头绪来，就接到了隆庆皇帝病危的报信，要他们会聚张居正一同进乾清宫。

高拱一听大惊失色，连忙问前来传旨的乾清宫太监："皇上到底咋样了？"

"小人不知道，"太监气喘吁吁地答道，"张公公差我速来传旨，我就跑来了。"

"走，去乾清宫。"

高拱说着抬脚就要出门，太监却不挪步，小声说道："高老先生，旨意说得明白，要等张先生一起进宫。"

"张先生在家里，何时能到？"

"宫中已差人快马前去传旨，想必不会耽搁多久。"

高拱想到上午皇上在文华殿召见他时，还对张居正恨意难消，如何现在却又执意要他入宫觐见？如果皇上真的病危，那么此番前去，必定就成为皇上托付后事的顾命大臣。既如此，张居正逮捕王九思引起圣怒的事，岂不就一风吹了？高拱感到形势变化太快，便问太监：

"要张先生一同入宫，是皇上的旨意吗？"

第十三回 皇上驾崩阁臣听诏 街前争捕妖道潜踪

"不,是皇后的懿旨,贵妃娘娘的令旨。"

"啊?"高拱又是大吃一惊,追问道:"皇上为何不发旨意?"

"皇上已不能说话了。"太监回答,他见高拱有继续追问的意思,生怕失言,赶紧说道,"两位阁老宽坐些儿,我到院子里头候着张先生。"说罢退了出去。

高拱有片刻间脑子一片茫然,他用手掐了掐额头,定了定神,喊进一位在值房当差的典吏①,吩咐道:

"你迅速前往刑部,向刘尚书传我的指示,火速捉拿王九思,重新收监。"

典吏领命而去。一直坐在一旁一声不吭的高仪,这时问道:"中玄兄为何要重新捉拿王九思?"

高拱煞有介事地回答:"我看皇上的病,弄到如此严重的地步,就是这个王九思炼的阴阳大补丹在作怪。"

"这么说,张居正是对的了?"

面对高仪的追问,高拱苦笑了笑,答道:"我们做大臣的,第一件美德就是要忠君,爱皇上所爱,恨皇上所恨。"

高仪听出高拱的话意是为自己的言行做婉转解释,但他是个书生气十足的人,仍执意问道:"你怎么就知道,皇上现在突然改变主意,不喜欢这个王九思了呢?"

高拱重新捉拿王九思,原是应付突变的一步棋:如果皇上真的一病不起,捉拿王九思既可以得到民心,又可以讨得新皇上的欢心;如果皇上有惊无险,还可以向皇上说明,此举是动荡之际保护王九思的一项举措。这一招可谓费尽心机。偏遇上高仪这个书呆子,非要打破砂锅问到底。高拱不想兜这个底,只得悻悻答道:"这件事情就这么做了,如果皇上怪罪下来,由我一人担待。"说罢起身来到了院子。

却说张居正接到旨意,也是须臾不敢怠慢,急匆匆乘轿来到内阁,刚抬脚迈出轿门,就看见高拱已站在面前乌头黑脸埋怨他来得太迟,也不及细

---

① 典吏:主管的官吏。

说，三位阁臣跟着传旨太监一溜小跑进了乾清门。

早已守候在门口的张贵，把三位内阁大臣领进乾清宫，来到隆庆皇帝的寝殿东偏室。这东偏室如今沉浸在一片凄凉之中，已从西暖阁搬回这里的隆庆皇帝，躺在卧榻上昏迷不醒，身子时不时地抽搐几下。此时他眼睛紧闭，大张着嘴，嘴角泛着白沫，一名小太监跪在旁边，不停地绞着热毛巾替他擦拭。

御榻内侧，悬起一道杏黄色的帷帘。陈皇后与李贵妃坐在帷帘里头，紧靠着隆庆皇帝的头部。皇太子朱翊钧紧挨着李贵妃，不过，他是站在帷帘之外的，靠近隆庆皇帝的身边。他盯着不停抽搐的父皇，既惊恐又悲痛，眼眶里噙满了泪水。

御榻外侧，隆庆皇帝的脚跟前，还站了一个人，这就是冯保。

高拱一行三人匆忙走进东偏室，连忙跪到御榻前磕头。高拱一进门就发现气氛有点不对头，第一不见太医前来施救，第二作为大内主管的司礼监掌印太监也不在场。

"皇上！"长跪在地的高拱，轻轻喊了一句，他的喉头已发硬了。他转向陈皇后奏道："请皇后下旨，火速命太医前来施救。"

陈皇后满脸惊恐，哽咽答道："太医施救过了，刚刚退了出去。"

"哦！"高拱答应一声，便把双膝挪近御榻，看着只有进气没有出气的隆庆皇帝，一时间心如刀绞。他伸手去握住皇上露在被子外头的手，仿佛握住的是一块冰。

"皇上！"

高拱抑制不住悲痛，一声大喊，顿时老泪纵横。

此时，只见得隆庆皇帝眼皮动了动，他仿佛有所知觉，微微张了张嘴。这一微小的变化使在场的人都感到惊喜，他们屏住呼吸，紧张地盯着皇上，屋子里死一般地寂静。但过了不一会儿，皇上的身子又开始抽搐。

"皇上！"

这次是张居正与高仪一同喊出，两人不似高拱这样忘情，而是吞声啜泣。

面含忧戚的李贵妃一直沉默不语，这时开口说道：

"请诸位阁老听好,冯保宣读遗诏。"

冯保趋前一步,将早在手中拿好的一卷黄绫诏书打开,清清嗓子喊道:

"请皇太子朱翊钧接诏。"

朱翊钧仓促间不知如何应对,李贵妃从旁轻轻推了他一把,他这才醒悟,从御榻后头走出来,面对隆庆皇帝跪下。

冯保念道:

> 遗诏,与皇太子:朕不豫,皇帝你做。一应礼仪自有该部题请而行。你要依三辅臣,并司礼监辅导,进学修德,用贤使能,无事怠荒,保守帝业。

念毕,冯保把那轴黄绫诏书卷起扎好,恭恭敬敬递到朱翊钧手上。朱翊钧向父皇磕了头,依旧回到李贵妃身边站好。

冯保又抖开另一轴黄绫诏书,说道:"这是皇上给内阁的遗诏,请高拱、张居正、高仪三位阁臣听旨。"

三位长跪在地的阁臣,一齐挺腰肃容来听,冯保扫了他们一眼,接着念道:

> 朕嗣祖宗大统,今方六年,偶得此疾,遽不能起,有负先皇付托。东宫幼小,朕今付之卿等三臣同司礼监协心辅佐,遵守祖制,保固皇图,卿等功在社稷,万世不泯。

读罢遗诏,冯保把那黄绫诏书递给了高拱。高拱抬眼望了望命若游丝的隆庆皇帝,充满酸楚地问道:

"皇上给太子的遗诏,以及给我们三位阁臣的遗诏,都提到司礼监,为何司礼监掌印孟冲却不在场?"

冯保身子不由自主地抖了一下,他听出高拱的弦外之音是冲着他来的,便下意识拿眼光瞟向李贵妃。李贵妃也正在看他,眼光一碰,李贵妃微微颔首,开口说道:"冯保是太子的大伴,又是多年的司礼监秉笔太监,有他在也是一样。"

"秉笔太监毕竟不是掌印太监，孟冲不来这里听诏，似乎不合规矩。"高拱犟气一发，便顾不得场合，由着自家思路说下去。话一出口，意识到顶撞了李贵妃，又赶紧补充说道："皇上厚恩，臣誓以死报。东宫太子虽然年幼，承继大统，臣将根据祖宗法度，竭尽忠心辅佐，如有人敢欺东宫年幼，惑乱圣心，臣将秉持正义，维护朝纲，将生死置之度外。"

高拱这番话说得荡气回肠，但话中的"刺"，依然让李贵妃感到不快。略停了停，她说道："高阁老的话说得很好，就照说的去做，皇上放心，皇后和我也都放心。"

"老臣谨记贵妃娘娘的令旨。"

高拱本意是巴结讨好李贵妃，但由于说话口气生硬，李贵妃更是产生了"孤儿寡母受人欺侮"的感觉，她顿时眼圈一红，一下扑到隆庆皇帝身上，泪流满面地哭诉道："皇上啊皇上，你醒醒啊，你不能丢下我们孤儿寡母啊，皇上……"

也许受了这哭声的惊扰，隆庆皇帝突然身子一挺，喉咙里一片痰响，脸色憋得发紫。

"太医——"

"皇上！"

救人的救人，痛哭的痛哭，乾清宫里，顿时乱作一团。

这当儿，冯保与张居正交换了一个眼色。两人虽然也都面罩哀戚，但泪花后头都藏了一丝旁人看不透的如释重负的眼神。张居正抬起手背揩揩泪眼，跪身说道："请皇后与贵妃娘娘节哀，皇上正在救治，需要安静。"

听了这句话，东偏室里的哭声戛然而止，李贵妃抽噎着，朝张居正投来感激的一瞥。

冯保努努嘴，示意两个在场的太监把仍伏在御榻前抽泣的高拱架出乾清宫，张居正与高仪也随后躬身退出。

却说刑部尚书刘自强接到高拱的命令后，立即派出一队铺兵，由一位名叫秦雍西的专司缉捕的员外郎带队，前往崇文门跟前的王真人府，刚拐进胡同口，便见另有一队铺兵已把王真人府围得水泄不通。秦雍西命令手下跑步前进。先来的铺兵，看到又来了一班荷枪执棒的皂隶，又连忙分出一队来，各个亮出枪械，拦住了铺兵们的前路。

"什么人如此大胆！"

秦雍西策马上前，大喝一声。铺兵们却并不买账，其中两人挺出枪来，逼住他的马头，唬得秦雍西一收缰绳，那马咴咴一叫，原地腾起，磨了一个旋差点把秦雍西摔下马来。秦雍西正欲发作，忽听得有人说道："秦大人，受惊了。"秦雍西定睛一看，不禁吃了一惊，说话的竟是巡城御史王篆。原来，到纱帽胡同给张居正传旨的太监是冯保派去的，因此张居正已知道隆庆皇帝病危的确切消息。进宫之前，他派人送信给王篆，要他立即带人重新逮捕王九思。王篆接信后即刻动身，终于抢在秦雍西之前包围了王真人府。

一见是王篆，秦雍西心略宽了宽。论官阶秦雍西是从五品，王篆是正七品。但因王篆开府建衙，是堂上官①，而秦雍西是刑部职司属官，官场上的铺排威风，却是比王篆差了许多。秦雍西跳下马来，朝王篆一揖，笑道："啊，原来是王大人，你怎么来到这里？"

王篆还了礼，也有些惊诧地问道："我正要问你，带了人马来这里做甚？"

秦雍西回答："奉首辅高大人之命，我率队前来逮捕王九思。"

王篆又是一惊，问道："高阁老下令逮捕王九思？这不大可能吧？"

"怎么不可能，你看，我有拘票②在手。"秦雍西说着，掏出拘票来递给王篆看，又问道："却不知王大人带了这么多的铺兵来，又是做甚，该不是保护王真人吧？"

"保护？"王篆一声冷笑，说道，"秦大人不要忘记，这王九思正是下官奉张阁老之命捉拿归案的，要不是从你们刑部大牢放出，也省得我又来一遭。"

"这么说，王大人也是来逮捕王九思的？"

"正是。"

---

① 堂上官：指官署中的正长官。
② 拘票：衙门开具的使与嫌犯有关的人员到案问询的强制性凭证。

"这就奇了！"秦雍西看看手中的拘票，问王篆："请问王大人奉何人之命？"

"张阁老。"

秦雍西听了一笑，立刻露出不屑的神气，说道："如此说来，这件事就用不着王大人劳神了。捉拿一个王九思，哪用得着两拨子人马。"

"秦大人说得也是，依下官之见，还是你们回去。"

"我们回去？"秦雍西立刻摆出了大衙门颐指气使的办事派头，回道："高阁老命令下到刑部，捉人办案，我们才是正差。"

秦雍西这几句话至少有两层含义：第一，高阁老是内阁首辅，当以他的指示为主；第二，刑部是一等一的办案大衙门，你巡城御史职责是维护京城治安，虽然也可以捎带着办理一些有违治安的案件，却没有下发拘票的权力。王篆鬼精鬼精的一个人，哪能听不出秦雍西的话意？心里头虽然怄气，表面上却不温不火，讪笑说道：

"秦大人总不至于忘记，这王九思正是下官昨日一手捉拿的吧？"

"昨日是昨日，今日是今日。王大人，你可是看清了，捉拿王九思的拘票在我手上。"

"秦大人也不要忘了，巡城御史衙门，也有捉人的权力。"

"你那权力，仅限于维护京城治安。"

"王九思当街打死人命，正是破坏了京城治安，捉拿他原在下官权限之内。"

"人你已经捉了？"

"秦大人一来，就跟下官歪掰了半天，我哪有时间动手。"

"既未动手，还望王大人闪开些个，让我的人马过去，捉拿这个妖道。"

"秦大人为何一定要与下官争抢呢？"

"高阁老指示到刑部，人若是让你捉了去，我如何交代？"

"人若是让你捉去，张阁老处我又如何交代呢？"

两人就这么争执不下，原都是争功心切。正在这时，忽见得王真人府内有浓烟蹿了出来。王篆再也顾不得与秦雍西争论，命令手下喊开紧闭的朱漆大门。

第十三回　皇上驾崩阁臣听诏　街前争捕妖道潜踪

几位兵士把大门擂得山响，里面却毫无动静。王篆与秦雍西均感不妙，王篆命人撞开大门。两拨人马一拥而入，发现庭院里杳无一人，那顶蓝呢大轿以及一应金扇仪仗，全都静悄悄摆放在轿厅里。庭院正中摆了三个大铜炉，那是王九思炼丹的工具，其中一只尚在燃烧，浓烟便从其中冒出。王篆走近一看，炉子里烧着的是一块焦肉，发出刺鼻的臭味，地上还丢了一张血淋淋的猫皮。王篆顿觉不妙，挥挥手大喊一声："搜！"

秦雍西生怕落后，也向他的手下发布命令："旮旮旯旯都给我搜到，一个人也别放走。"

顿时，只听得踹门踢杌子砸缸摔盆子的一片乱响。这王真人府原是隆庆皇帝钦赐的，分前后两院。前院搜了个底朝天，人影儿也不曾见到一个。一伙人又拥进后院，依然是扇扇房门上了大锁。依次砸开来都是空荡荡的，最后砸开了一间库房，只见里头关了十几个童男童女。这些孩子被王九思拘禁在这里，本来就吓惊了魂，这会儿又见得一下子拥进来这么多舞枪弄棒的兵士，都吓得大哭起来。王篆与秦雍西闻声走进来，命令铺兵们离开屋里，然后想方设法哄得孩子们不哭，向他们询问王真人的去向。怎奈这些孩子们打从关进这间屋子就再也没出去过，所以也是一问三不知。王篆与秦雍西正急得没头绪，刚走出库房，只见两个铺兵又不知从何处拎出一个干巴老头儿来。

"你是这里的什么人？"王篆问道。

老头儿脸上青一块紫一块，想必是挨了兵士的揍，这会儿见到戴乌纱帽的官员，连忙扑通跪了下去，战战兢兢答道："大人，小的是王真人雇用的伙夫。"

"伙夫？"王篆打量着老头儿，头发脏乱，面色黧黑，浑身上下没个看相，不由得狐疑地问："你当哪门子伙夫？"

"替王真人烧那三只炉子。"

"啊，原来那三只炉子是你烧的。"秦雍西顿时来了兴趣，追问道，"本大人刚从前院过来，看见一只炉子里浓烟滚滚，好像在烧一块焦肉，地上还有一张血淋淋的猫皮，这是怎么回事？"

"回大人，王真人把一只猫活剥了皮，然后把还没有断气的剥皮猫丢进大号炉里，命令小人多加柴炭，把那只猫烧焦。"

"他为何对这只猫如此痛恨?"

"不止这只猫,凡是猫他都痛恨。"

"却是为何?"

"回大人,王真人是属鼠的。"

"怕猫捉老鼠?"秦雍西禁不住扑哧一笑,侧过头来与王篆开了个玩笑,"王大人,你我都成了猫了。"

王篆勉强一笑,接着又冷下脸问那老头儿:"王九思哪里去了?"

"回大人,一个时辰前走了。"

"走了,去了哪里?"

"说是进紫禁城,给皇上送丹药去了。"

"骗人的鬼话,这王九思出门最好讲排场,既是给皇上送药,为何大轿仪仗都摆在轿厅里不用?"

"这……小的就不知晓了。"

"不知晓?"王篆双手一剪,吊起两道短蹙的疏眉,厉声喝道,"瞧你这副腌臜①相,竟敢糊弄本官,你若不交代王九思的去处,我就剥了你的皮。"

"大人饶命,小的真不知晓……"

老头儿磕头如捣蒜,忙不迭声地讨饶。王篆看出这老头儿讲的是实话,却又不肯便宜放了他,便命令道:"把这老家伙绑了,带回去细细拷问。"

两个铺兵把老头儿押解出去,王篆对秦雍西说:"秦大人,差事办砸了,我们各自回去复命吧。"

"也只得如此了。"

秦雍西说罢,便领了捕快回刑部交差。王篆当即下令严守各处城门,万万不可让王九思溜走。

三位阁臣刚从乾清宫回到内阁,就有太监从乾清宫跑来报信:隆庆皇帝已经龙宾上天。这是隆庆六年的五月二十五日,下午申酉时牌之交。虽然已

---

① 腌臜:卑鄙,丑恶。

第十三回　皇上驾崩阁臣听诏　街前争捕妖道潜踪

是预料中事，三位阁臣仍不免聚在朝房里号啕痛哭一番，接着抹干眼泪，议出三项决定：一、立即八百里传邮，把讣告发布全国；二、隆庆皇帝一应丧事礼仪由礼部遵祖制定出方案，呈上皇太子批准执行；三、治丧期间，在京各衙门堂官一律在朝房值宿，不得回家。全国各地衙门就地设灵堂致祭，不必来京。商量既定，内阁中书便按阁臣的意思斟酌词句写好告示，盖上内阁关防，命人送往京城各大衙门，传邮的事则指示兵部施行。把这些要紧事忙完，已是掌灯时分。值日官进来请三位阁老到膳食房用餐。抽这空儿，张居正回自己的值房一趟。来到膳食房时，只见他已换下一品锦绣官袍，穿上了一袭青衣角带的丧服。瞧他这副打扮，两位依旧穿着吉色官袍的阁老顿时浑身不自在。议事前，他们已差人回家拿衣包去了，却没想到张居正已是随身带来。高仪心里头只想着张居正的精明，而高拱却从这件小事中看出蹊跷：皇上今日是突然发病，他张居正为何就知道皇上一定会死？

胡乱吃过晚饭，三位阁老各自回值房安歇。平日一到晚上就漆黑一片的内阁院子，如今各个楼座门口都挂起了灯笼——当然不是惯用的绣有"内阁"二字的大红宫灯，而是贴了一个黑色"奠"字的白纱西瓜灯。皇上死得突然，一应丧仪祭品还来不及置办周详。这几对灯笼本是库房旧物，值日官翻检出来略加修饰就挂了出去。惨白的光芒衬出那几个黑色的"奠"字，院子里顿时充满了肃穆悲凉的气氛。

高拱刚回到值房，心绪烦乱，正想喝盅茶稳稳神，管家高福推门进来。他专为送衣包而来。高拱立即趸到内阁换好丧服，走出来正欲对高福说话，却发现值房里又多了一个人。

"元辅。"那人喊了一声，便朝站在门口的高拱跪了下去。高拱认出这人是秦雍西，便吩咐平身赐坐，问道："你有何事？"

秦雍西答道："下午元辅下到刑部的手令，要将王九思重新逮捕收监。尚书刘大人把这差事交给了下官办理。"

高拱心乱如麻，差一点把这件事给忘了，这会儿见秦雍西提起来，连忙追问："人拿到了？"

"没有。"

"怎么回事？"

高拱的脸色顿时就不好看。秦雍西这是第一次面谒首辅，心里头紧张得不得了，也不敢看首辅的脸色，只垂着眼睑，把事情经过一五一十述说一遍。

听说王篆也率人前往拘捕王九思，高拱心里头清楚张居正这是在铆着劲儿与他斗法。恼怒之余，听说双方都没有捉到王九思，又多少有一点快慰，随口骂道："便宜了这龟孙子，竟让他跑了。"

秦雍西揣摩首辅的口气，似没有更多责怪的意思，于是问道："下一步如何处置，还望元辅大人示下。"

"你看咋办才好？"高拱盯着秦雍西问。

秦雍西想了想，答道："依下官之见，可让刑部发出缉报①，着各地捕快严密布控，务必将此妖道捉拿归案。"

高拱点点头，赞赏地说："此举甚好，你回去和刘大人讲，以刑部名义上一道折子，奏明王九思种种欺君害民的不法行为，请旨拿办。"

"元辅指令明确，下官回去奏明刘大人照办就是，只是……"

秦雍西欲言又止，高拱追问："你还有什么疑虑？"

秦雍西小心问道："皇上已经龙宾上天，折子抬头应该向谁请旨？"

"啊，这个嘛。"高拱觉得秦雍西很是心细，这一问题问得很好，斟酌一番，他指示道："新皇上还未登基，这折子就写给皇后和皇贵妃，请她们降旨。"

"是，下官明白。"

秦雍西告辞走了。两人谈话时，高福退到外间回避，这会儿又走了进来，从怀中掏出一封信递给高拱，说道："这是邵大侠的来信，下午收到的。"

高拱"啊"了一声，急忙拆开来看。信写得简单，只寥寥数语，告之已到广西地面，所托之事少安毋躁，数日后必有佳音传来。看罢信后，高拱把它揉成一团，就着灯火烧了，高福上前把纸灰收拾干净。高拱一边品茶，一边喃喃说道："这封信在路上走了八九天，想必邵大侠已经得手了。"

---

① 缉报：侦察报告。

第十三回　皇上驾崩阁臣听诏　街前争捕妖道潜踪

"如果不出意外，过不几天就该有佳音传给老爷。"高福刚说完，又觉得此话不妥，赶紧又补充说道："邵大侠一贯胆大心细，做事不会出差错的。"

高拱眼珠子一转，问："你真的这么相信他？"

"真的相信。"高福一半真心，一半为了讨好主人，言之凿凿地说道，"小人跟老爷这些年，什么样的人没见过？官场上的人对老爷好，那是有所求。邵大侠却不一样，这人有侠肝义胆，帮老爷却是不求回报。"

高拱长叹一声，颇有感触地说道："你的话言之有理。如今皇上驾崩，朝廷政局可谓风云变幻。稍一不慎，就会授人以柄。这时候，李延的事情千万不可让人知道。"

高福理解主人的心情，看到主人拧眉攒目的劳心神情，也只能拿些宽心的话来安慰。虽然高拱对皇上驾崩早有心理准备，但事到临头，他依然感到太突然。皇上在世时对他诸多依赖，君臣感情非比一般。如今皇上大行，他突然觉得失去了支撑，心里空落落的，有着说不尽的惆怅和苦涩……

见高拱兀自愣神，高福小声说道："老爷，不知你还有何吩咐，若没有啥事情，小的这就先走了。"

"再待会儿吧，高福，你坐下。"

高福给高拱的茶盅里续上水，打横坐在杌子上。高拱静静地眯着眼睛，好一会儿才问：

"高福，皇上驾崩，外头都知晓了吗？"

"回老爷，都知晓了，我从府里过来的路上，看到有些店铺已挂上了白灯笼。"

"啊，你可听到一些什么话来？"

"我急着赶路，又是坐的轿子，所以不曾听得什么话。"

"你自家怎么看呢？"

"我？"高福一愣，老爷从不和他讨论公事，这会儿却和他唠嗑这天大的事情，想了想，斗胆说道："皇上死得太突然了，今儿个上午，皇上还在文华殿接见了老爷。"

"你听谁说皇上接见了我？"

"我方才进来时，在会极门门口碰到韩揖，是他告诉小人的。"

"是啊，这里头肯定有蹊跷。"高拱起身踱到窗前，看着对面卷棚前挂着的惨白灯笼，把这两天紫禁城内外发生的事情连到一块儿来想，隐隐约约感到张居正与冯保已经联手，处处都在制造陷阱与杀机。而他们的后面，还有一个极有主见的李贵妃。对这个皇上的宠妃，他一向都不曾攀附。因为他认为，不管皇上如何宠她，她毕竟只是一个贵妃，而且皇上御座六年，也从未听说过她干政的事。现在看来，他的这个想法错了。回想起下午在乾清宫皇上座榻前李贵妃对他说的那几句话，看似褒奖，实际上已隐含了老大的不满。如今皇上一死，十岁的太子即皇帝位，宫中说话最有影响力的当然是这位太子的母亲了……高拱越想越不是滋味，心里头更是七上八下，不由得喃喃自语道："看来，老夫又失算了一步棋。"

候在一旁不敢出声的高福，以为高拱是在和他说话，又没听清高拱说的什么，只得嗫嚅着喊了一句："老爷。"

高拱一转身，方才还挂了一脸的愁容突然不见了，并且恢复了固有的傲慢与自信。他猛地一掀胡须，走到高福跟前，谑声骂道："高福，你也忒稀松，老夫我这边叹口气，你那边就手脚冰凉了。你放心，天塌不下来。你现在回去，让咱府上人都穿上孝服。吊唁皇上，咱家也做个好样子给人看看。"

第十四回

访南岳时黜官受窘
极高明处孤鹤来临

李延一行从庆远出发，不过十日就到了桂林。殷正茂看他家眷众多，行李繁重，便给了老大的面子，派一名裨将率五百兵士护送。到了桂林之后，那位裨将带了人马回去复命，留下一名小校率三十名兵士，吩咐他们一直把李延护送到广州。从桂林到广州，有两条路可走：一是南下南宁，再从那里到广东地面的廉州，从廉州乘海船回到广州，这条路近，但风险甚大，近年来海盗猖獗，杀人越货的事屡有发生，李延不敢冒这个险；另一条路是由桂林往东取道韶州到广州，这条路虽是通连桂粤两省的官道，但穿行于崇山峻岭，路面也不见得十分安全。李延与两个师爷商量斟酌一番，决定从桂林到衡州，再从衡州过郴州抵韶州，这条路虽然要绕道几百里地，但沿途州县相连，人口密集，走起来比较放心。主意既定，李延也无心在桂林盘桓，只稍事休整了三日，让三姨太回去和家里人团聚一回，便又匆匆上路。一路上轿马浩荡，前有军士开路，后有军士压阵。虽没有了两广总督的威严仪仗，这威风却依然了得！因此，常引来不少行人驻足观看，啧啧连声称叹。

不知不觉又过了十来天，一行人马平安抵达衡州。衡州知府王东升亲自出城迎接，并安排李延一行住进驿站。因为驿站是官家旅店，专为接待升官赴任公行办差的过路官员，只要住进来，吃喝拉撒睡一应开销，甚至各种应酬费用都由驿站包下，临走时还会奉送一笔礼金。因此，住驿站便成了官员的特权。但是手中如果没有兵部发给的勘合，就没有资格住进驿站。李延手上原本有一本勘合，但随着职务的撤销，这本勘合也就自动失效。李延与王东升并无私交，见他如此善待，心中自是感激不尽，免职上路后的愁苦心情也暂时得到舒展。在晚间的接风宴席上，听王东升介绍府城近前的南岳衡山，顿时动了游山的兴致。第二天一早，留下管家李忠照顾家眷，自己带了两个师爷，乘三乘暖轿，拣十名军士护卫，为了不致招摇，让军士们也都换上了便服，一路朝衡山逶迤而来。

却说盘桓于湘中大地的南岳衡山，逶迤八百余里，七十二峰峰峰皆秀，其主峰祝融峰高耸入云。相传唐尧虞舜来此祭祀社稷，巡疆狩猎。大禹曾在此杀白马祭告天地，得"金简玉书"，立治水丰碑。就凭这些记载，南岳的名声就响彻寰宇。加之山上古木参天，幽径重重，白云飞瀑，宛如仙界。游人到此，莫不心旷神怡，有超凡拔俗之想。

李延一行来到山下南岳镇已近午时，在镇子里参拜了南岳大庙，用过午膳，便开始登山。斯时节令已过了夏至好几天，湘南大地骄阳似火，热浪滚滚。李延坐在轿子里，时有凉爽的山风吹来，倒并不感到炎热。只是苦了那四个轿夫，空手走在陡峭的石板路上尚且吃力，何况肩上还压了一根沉重的轿杠。走上山路不过片刻工夫，一个个身上便没有一寸干纱。李延上山心切，掀开轿帘催促："你们快点，早点上山，我有大把的赏钱。"有钱能使鬼推磨这话不假，轿夫听说有赏钱，便把吃奶的力气都使上，扯号踩点子地登高疾行。不觉又两个时辰过去，衡山上已是日头偏西，炽烈的阳光变得柔和起来，投射到松林间淡淡的云烟里，让人感到周遭是难以言喻的诗情画意。李延轿帘儿撩得开开的，贪婪地看着四围山色，一时陶醉得很。忽然，炸雷似的一声喊："停下！"唬得他打一个激灵，差一点跌出轿外。

三乘轿子停了下来，头一个钻出轿子的是董师爷，他见拦在李延轿子前头的是一个穿着军服的黑靴校官，便凑上前来，用折扇指着校官的鼻头问道："你这厮，何事拦路喧哗？"

董师爷忘了自己眼下的布衣身份，仍拿出两广总督府上师爷的架势跟人说话。那校官后退一步，把董师爷周身上下打量一番：只见他身穿一件象牙色的锦囊葛直裰，头上戴了一顶染青鱼冻布质地的逍遥巾，脚上蹬了一双黄草心鞋，内中还塞了一双玄色丝袜。一看这副打扮，就知是个有钱的主。那校官又勾头看看头乘轿子里的李延，也是脑满肠肥，

第十四回　访南岳时黜官受窘　极高明处孤鹤来临

一身光鲜。心想不过是个白衣财主，平日在乡里横行惯了，如今连我兵爷也不放在眼里。这念头一闪，校官就恶向胆边生，抢步上前劈手夺过董师爷手中那把价值二两银子的泥金折扇，三把两把撕得稀烂，扔在地上，还用脚踩了几下。

"你？"董师爷白净脸皮气成了紫猪肝，戳着指头骂道，"你这兵痞子，也敢在太岁头上动土。"

校官伸手又掴了董师爷一巴掌，狞笑着说道：

"你敢骂我兵痞子？我倒要看一看，你是何方太岁，来人！"

"到！"

立时，路边蹿出五六个兵士。

"把这屌太岁给我拿了！"

校官手一挥，几个兵士如狼似虎扑抢上来。

"慢着！"随着一声厉喝，只见护卫在李延轿子跟前的一身短衣布褂打扮的壮汉走到校官跟前，抱拳一揖说道："兄弟不要误会，我们是一家人。"

"一家人？"校官盯着壮汉，疑惑问道，"你们是哪里的？"

壮汉从系在腰间的宽布带里抠出一个腰牌，递给校官说："请兄弟过目。"

校官接过一看，那腰牌上写着：

　　　　两广总督行辕护卫亲兵校官李武

"你就是李武？"校官问。

"在下正是。"李武答。

"听说两广总督行辕驻扎在广西庆远剿匪，你为何跑来这里？"

"我有公干在身。"

"既是公干，为何不穿军服？"

"老兄倒像是审案子的。"

李武把校官拉到一边，把自己的公差大致述说一遍，校官朝仍在轿子里坐着的李延扫了一眼，低声问道："他就是卸任总督李大人？"

李武点点头："正是。"

校官便趋身过去，朝李延打了一揖，说道："衡山卫把总姜风拜见李大人。"

李延微微颔首，抬手招了招，说道："近前说话。"

姜风走近轿门，李延问他："你为何要拦我轿子？"

姜风答道："回李大人，明日有钦差上山进香，卑职奉命清道。"

"钦差进香？哪个钦差？"

"听说是京城大内来的一位章公公，奉圣命来衡山拜香，为皇上祈福。"

"啊，有这等事。"李延略一沉思，又问："这位章公公今在何处？"

"听说今日到衡州，明日一早上山。"

"如此说来，明日就得封山了？"

"正是，"李武指了指曲折而上的苍茫山道，说道，"现在就封山了，各条路口上都有人把守。"

"这么说来，我慕名而来，现在只能扫兴而归啰。"

李延说罢踱下轿来，伸展了一下坐僵的身躯。他毕竟久居高位，尽管卸了官袍，但举手投足仍还有一股大官派头。姜风也是看风使舵之人，这时便用巴结的口气跟在李延身后说道："卑职奉命封山清道，办的也是钦差，但李大人毕竟是官身之人，不算闲杂人等，你照旧游山就是，只是明日若碰上章公公的拜香队伍，稍稍回避些个。"

尽管李延心中有一种"虎落平阳被犬欺"的感觉，但姜风毕竟给了他台阶，让他面子上还过得去。他当即喊过董师爷吩咐："你给这帮弟兄们拿点银子，折算我李某请他们喝顿酒。"

董师爷刚刚遭到羞辱，心里还有气，回到自己轿子里拿出一锭十两的纹银，拍到姜风手上，悻悻说道："兵爷，往后做事，别把眼珠子搭在脚背上。"

姜风咧嘴一笑，答道："大水冲了龙王庙，这是常有的事，还望董师爷原谅这一遭。"

说话间，已是金乌西坠，晚霞满天，归巢的雀鸟一阵阵飞过头顶。李延

第十四回　访南岳时黜官受窘　极高明处孤鹤来临

手搭凉棚，遥看一座铁青色的峰头被万山推出，直插云霄，便问姜风："这最高峰可是那里？"

姜风回答："那正是南岳最高峰祝融峰。大人来朝南岳，一定要到那里的祝融殿抽一支南岳灵签。"

"灵吗？"

"灵验得很。当今的内阁大学士张阁老，十五年前在那里抽过一支签，解签的老道说他不出十年就要当大学士，张阁老只当是玩笑话，把那支签摔到地上，哪知道十年后，老道士说的话果然印证了。"

李延听了吃惊，说别人他不知晓，这张居正可是当今内阁次辅，官场中有名的铁腕人物，代替他接任两广总督的殷正茂正是张居正的同年好友。顷刻间他觉得世事真是如同这山间白云，去来无迹，卷舒无定。他心中默算了一下，十五年前正是嘉靖三十五年，已经隔了一个年号，便问姜风："张居正抽签的事，你怎么知道？"

姜风听出李延的怀疑，便指着周围一些看热闹的山民说道："李大人以为我姜风吹牛皮，不信你问问这些山里人，有谁不知道这件事？"

人群中立刻叽喳一片：

"姜总爷说的是真话。"

"祝融殿那个老道士还在，不信你去问他。"

…………

众人的话把李延的情绪撩拨了起来。他再次望了望祝融峰，刚才还历历在目的葱翠山脉顷刻间被浩浩白云吞没，只剩下一座突兀的峰头，在绚丽的晚霞中发散出闪闪熠熠的光芒，不由兴奋地说道：

"走，上山，今夜里，我就去会会那位老道士。"

姜风赶紧阻止说道："李大人不必性急，从这里到山顶，还有二十来里山路，天马上就黑了。从这里上南天门，山路陡得很，抬轿子危险。你不如就此住一个晚上，天明再出发。"

李延想想也有道理，抬眼把周遭看了一遍，除了三五间茶棚食肆，再也不见一幢像样的房舍，便问："这周围哪有旅店？"

姜风答道："旅店没有，但近处有一座福严寺，却是可以入住的。"

"我们一行这么多人，住得下吗？"

"住得下，李大人有所不知，这福严寺是南岳第一古刹呢。当年张居正大学士上山，第一夜也是住的福严寺，如今寺里头还留了他的一首诗。"

李延略一思忖，说："既如此，我们就去福严寺。"

"好，卑职给李大人带路。"

姜风说罢，先派了一名军士飞跑到福严寺报信。李延又重新登轿，不过一盏茶工夫，拐过一个山嘴，便看见半坡之上，古树丛中露出一道低矮的红墙，墙内几重斗拱飞檐的大殿，福严寺到了。

接了军士的报信，福严寺长老觉能亲出山门迎接。姜风刚把双方介绍过，只听得一阵嘚嘚马蹄声急骤驰来，循声望去，一名军士已在山门前滚鞍下马，喊道："姜总爷，李大人请你火速去南台寺。"

"何事？"

"小的不知，只是要你快去。"

姜风不敢怠慢，朝李延一揖说道："李大人对不起，卑职公务在身，不能奉陪了，还有一个李大人等着我。"

李延本想问一句"又是哪里的李大人？"想想不妥，一个闲人怎好问别人的公务，只是还了一揖在山门别过，随长老觉能进了寺院。

乍一见到觉能和尚，李延就想到了庆远街西竺寺的百净和尚。所不同的是，百净和尚干瘦冷峻，而这位觉能和尚体态肥胖，慈眉善目，活像弥勒再世。知客僧把这一行客人安顿妥当，又领他们吃过斋饭，尔后各自散去休息，只把李延和两个师爷带到方丈室与觉能和尚叙话。

觉能和尚首先向客人介绍了福严寺的历史，他首先讲了山门上的对联："六朝古刹，七祖道场"。"六朝古刹"是说该寺由慧思和尚建于南朝陈光大元年，慧思是佛教天台宗①第二祖，对《般若经》《法华经》很有研究。他创建于南岳的这第一座寺庙，初名般若寺，到了唐先天二年，禅宗七祖怀让来般若寺住持，辟寺为禅宗道场，一时僧徒云集，声震江南，这下联的"七祖道场"即指这一段历史。后来到了北宋太平兴国年间，有一名叫福严的高

---

① 天台宗：汉传佛经的一个宗派，发源地为浙江省台州市天台县国清寺，因其创始人智顗常驻浙江天台山，故称天台宗，天台山国清寺是天台宗的祖庭。

第十四回　访南岳时黜官受窘　极高明处孤鹤来临

僧来寺中任住持。在原般若寺基础上增修扩建，较之从前规模更大，无论从影响到建置，都无疑成了南岳第一巨刹。后人为了纪念福严和尚的功德，便把般若寺更名为福严寺。如今寺中僧众一百余位，每日来寺中敬香的善男信女络绎不绝，旺时达一千多人。

觉能和尚如数家珍向李延介绍情况，李延却心不在焉。一到这种求神拜佛的地方，他就想到自家的荣辱祸福，耐着性子听觉能把话说完，他就问道：

"庆远街西竺寺住持百净和尚这个人，不知师父知道否？"

"从未谋面，但听说过，"觉能和尚笑了笑说，"听说他从不住城市和名山，而且练出了天眼通，能知人吉凶。"

李延眼皮子跳了一下，想到在西竺寺抽的那支签以及百净的解释，说道："老师父身为南岳第一古刹的住持，想必也是知人吉凶的。"

觉能摇摇头，说道："人之吉凶，毕竟是六道轮回之事，老衲一心向佛，不研究这个。"

李延听出这话有搪塞之意，心里有些不舒服，感到话不投机，便想告辞回屋休息，偏在这时候，董师爷冷不丁冒了一句问话：

"请教老师父，听姜风讲，张阁老十五年前来过衡山，第一夜就住在福严寺，可是真的。"

"这倒不错，也是老衲接待的。"

"听说他还留了一首诗在寺里头。"

"是的。"觉能眯眼儿看着董师爷，语气中充满自豪，"施主想看看？"

董师爷看着李延，本来已生了睡意的李延一听有了新鲜事儿，当即答道："还请老师父拿出来，让我等见识见识。"

觉能当即命在一旁侍候茶水的小沙弥去里屋取出一个立轴来，董师爷上前帮着抖开，展在李延面前。灯光不甚明亮，李延凑近细看，是一首七律：

苏耽控鹤归来日，李泌藏书不仕年。

沧海独怜龙剑隐，碧霄空见客星悬。

> 此时结侣烟霞外，他日怀人紫翠颠。
> 鼓棹湘江成远别，万峰回首一凄然。

题款为：赠沈山人次李义河韵书为福严寺觉能上人补壁张居正。

李延在两广总督任上，看过好几份兵部转来的张居正的亲笔批示，因此对这立轴上的字迹是熟悉的，这位大学士的书法藏灵动于风骨之内，寓冷峻于敦厚之中，原也是别具一格。眼前这幅字除了上述特点，似乎还添了一点超然物外的烟霞之气。李延读了一遍诗后，接着欣赏书法，最后又把诗再三玩味。自认为已悟透了这首诗的底蕴，于是问两位师爷："你们两个，平常也好哼哼唧唧作诗，看出这诗的意思了吗？"

董师爷一向以才子自居，这会儿见主人考问，便干咳一声，颇为自信地回答："在总督府办差时，我看过一份吏部咨文介绍阁老们的履历，首辅高拱今年六十一岁，次辅张居正今年四十八岁，据此推算，张阁老写这首诗时，实际年龄只有三十二岁。我不知道那时张阁老在何处为官，怎么有空游衡山。"

觉能长老插话："那时张阁老不在任上，他因病从翰林院编修的官位上退下，回到湖广荆州府老家养病，这期间他上了衡山。"

董师爷伸指头戳着立轴上"李义河"三字，说道："这个李义河想必就是当今的湖南道按察使李大人了。"

觉能长老点头答应："正是，这个李义河是张阁老的同年，又是同乡，那时也恰好在家养病，二人就结伴上了衡山。"

董师爷弄清这些细节，接着就习惯性地摸了摸光溜溜的下巴，开始眉飞色舞摇头晃脑地发表高见：

"这诗中的第一句，苏耽控鹤，用的是《神仙传》中的故事，说的是桂阳人苏耽，一日有白鹤数十只降于门，载他而去，苏耽从此就成仙了。第二句李泌藏书，用的是衡山的故事，唐人李泌，历任玄、肃、代、德四朝宰相。出仕之前，他在衡山隐居了十年。他隐居的住所叫端居室，室内藏书上万册，韩愈有诗写道'邺侯家多书，架插三万轴'，这个邺侯就是李泌，是他当宰相后的封号。我还听说过李泌在衡山'食芋得相'的故事。据说有一

第十四回 访南岳时黜官受窘 极高明处孤鹤来临

天李泌到附近寺院听和尚念经,他从念经的声音中听出有个和尚与众不同。便暗暗打听这个和尚的底细,弄清楚他法号明瓒,白天干苦力,晚上睡牛棚,每天早午两顿饭,吃的都是别人留下的剩饭剩菜,除了做事、念经,他从不和人交言,也不爱整洁,邋邋遢遢的,和尚们背地里都叫他'懒残和尚'。李泌从见懒残和尚第一眼开始,就认定这是个深藏不露的得道高人。一天深夜,李泌偷偷摸摸来到懒残和尚独居的牛棚,自报姓名,并恭恭敬敬向懒残和尚行礼。懒残和尚好半天不搭理,突然一抬头,把一泡痰吐到李泌脸上。李泌也不气恼,只默默把痰抹掉。懒残和尚仍不搭理他,只自顾从火灰中扒出一个煨熟的泥芋,灰也不打、皮也不剥就这么吃起来。吃着吃着,瞟了一眼李泌,见他仍毕恭毕敬站着,没有走的意思,就叹了一口气,把手中吃剩的半个泥芋递给李泌,说:'吃下这半个芋头,也勿多言,下山领取十年宰相去吧。'李泌吃下这半个芋头,听懒残和尚的话下山去了,到了京城,果然当了十年宰相。觉能长老,我的这个故事有没有讲错?"

"没有。"觉能和尚早就坐回到椅子上,一直闭目敛神来听,这会儿睁开眼睛,微笑答道,"这个懒残和尚,也不知从何处来的,一到衡山就在福严寺挂单①,那时还不叫福严寺,叫般若寺。"

李延听得出神,这时插话惊问:"懒残和尚后来哪里去了?"

"走了,"觉能和尚肃敬地说,"当时庙里僧人,谁也不知道懒残和尚怎么走的,李泌当了宰相后曾回来找过,也是怏怏而归。"

"衡山聚五岳之秀,真是藏龙卧虎之地啊!"

李延免不了一番感叹。董师爷见众人情绪都被他调动,越发得意,继续说道:

"张阁老这第二句诗,李泌藏书不仕年,实乃全诗的关键,说明他当时的心境,觉得入仕为官没有意思,想终老林泉。这也难怪,十五年前,正是奸相严嵩一手遮天,天下士人顺他者昌,逆他者亡,许多为官之人,都有归隐之思⋯⋯"

董师爷口若悬河,扯起黄瓜根也动,李延知道再让他说下去,一个时辰

---

① 挂单:指行脚僧到寺院投宿。单,指僧堂里的名单,行脚僧把自己的衣物挂在名单之下,故称挂单。

也打不住，便挥手打断他的话头，转而问一直不吭声的梁师爷："老梁，你有何高见？"

梁师爷是个闷嘴葫芦①，虽然也偷偷摸摸写几句诗，却从不在人面前炫耀。主人问话，他愣住一会儿，木讷说道："只不知这个沈山人是谁。"

李延一笑，说道："这算是问到正题儿了，要理解这首诗，沈山人是关键。"

觉能和尚说道："这个沈山人，也是个来无影、去无踪的神秘人物。他曾在我们福严寺借居了两年，很少同人搭话，除了看书静坐，就是登山涉水。张居正来寺中住宿，沈山人正在寺中，不知为何，两人一见面就有许多话说，秉烛夜谈一直到天亮，然后就有了这首诗。"

耐不得寂寞的董师爷，立即接了觉能和尚的话说："这个沈山人，该不会是第二个懒残和尚吧。"

觉能婉转回答："福严寺是七祖道场，天下法院，常有不可思议之事发生，也是常事。"

李延对觉能的话很是信服，说道："我看这个沈山人，定然是世外高人。世上先有黄石公，后有张良；先有懒残和尚，后有李泌。沈山人借居福严寺，想必是要在这里等候张居正，为他指点迷津的。"

觉能和尚频频点头，答道："老衲也曾这么想过，自两人那次见面之后，一晃十五年，衡山上再不见沈山人的踪迹。"

李延此时心境突然变得苍凉起来。说到李泌，可以作为一则历史的美谈来欣赏。说到张居正，就无法摆脱个人的恩怨及利害关系来做局外人了。高拱与张居正两人，尽管当年也曾风雨同舟，肝胆相照，但随着局势演变，为了争夺宰辅之权，当年的这一对朋友无疑已成了水火不容的生死冤家。上衡山之前，李延并没有认真思考过张居正的事情。他总以为高拱圣眷甚深，总揽朝纲多年，上至皇上，下至百官万民，莫不对他多有依赖，真可谓是具有移山心力的威权人物。张居正比起高拱，无论是资历还是影响都远逊一筹，根本无法与之抗衡。但现在看来，事情比自己想象的要复杂得多。如果张居

---

① 闷嘴葫芦：指不爱说话的人。

第十四回　访南岳时黜官受窘　极高明处孤鹤来临

正果真有高人指点，得佛光庇护应天地造化之机，那么他取代高拱是迟早要发生的事。他想到张居正曾三番五次推荐殷正茂接替他出任两广总督，都因高拱阻梗而作罢。这次得以实现，是高拱突然改变主意呢，还是张居正的影响力在上升？他因远离京城不明情况而无从判断。但离任一个多月来，却没有收到高拱的只言片语，究竟是座主对他生气还是有难言之隐呢？这也令他百思不得其解。明日京城大内章公公奉圣旨上山敬香祈福，这也不是一个寻常的举动。大凡只有国家遭受大灾或皇上病重才有此举。皇上病情究竟如何，他因读不到邸报而不知晓确切消息。但凭多年的为官经验，他知道京城正在酝酿着一场暴风骤雨。尽管被撤职，他对高拱依然一往情深，他坚信只要高拱在位，他还会有东山再起之日。但是，如果张居正取而代之呢？他想起自己在两广总督任上贪污百万两银子军费之事，顿时心惊肉跳。尽管他用二十万两银子塞住了殷正茂之口，但如果形势变化，殷正茂还会不会守口如瓶，不揭他隐私呢？思来想去，他隐约感到，张居正上台之日，就会是他灭顶之灾到来之时。他瞥了一眼坐在对面慈眉善目的觉能和尚，忽然觉得他深不可测，很想与他单独交谈，便对两位师爷说道："你们两位且回房歇息，我与长老再闲聊会儿。"

两位师爷起身告辞，方丈室内只剩下觉能与李延两人。已交亥时①，寺院一片寂静，远处偶尔传来一两声宿鸟的啼唤，更增添了山中的神秘感。忽然，一阵穿堂风吹来，把李延座旁烛台上的蜡烛吹灭，屋子里物件影影绰绰，只觉能手中捻动的佛珠闪动着幽幽的微光。这情形李延骇怕，不由自主地并拢双腿攥紧拳头，待小沙弥重新点燃蜡烛，李延虔敬问道：

"觉能长老，你觉得张居正真的有宰辅之命吗？"

觉能已看出李延神情恍惚，似有难言之隐。心想这于失意之人在所难免，但为何总要围绕张居正谈话，倒叫他费解。略作思忖，答道：

"张居正现在不已经是阁老了吗？"

"阁老与宰辅还不一样，宰辅是首相，如今的宰辅是高拱，张居正只是一个次辅而已。"

---

① 亥时：晚上九点至十一点。

李延一番解释，觉能听得无味，只依自己的思路回答："当年沈山人与张居正究竟谈了些什么，老衲无从知道。但张居正在祝融殿里抽的那支签，倒有人把那签文抄来送我。"

"签文如何说？"

觉能想了想，念了四句诗："一番风雨一惊心，花落花开第四轮。行藏用舍皆天定，终做神州第二人。"

李延仔细听过，说道："这签诗倒是明白如话，只是不知藏有什么玄机。"

觉能回答："玄机在第二句与第四句上。人生十二年逢一个本命年，即一轮。四轮加起来是四十八岁，这是第二句中的玄机。第四句其实也没有什么玄机。神州第一人是皇帝，在皇帝一人之下、万民之上的是宰相，就是本朝的首辅。神州第二人即是首辅。"

李延惊诧地说道："张居正今年正好四十八岁，难道他要当首辅了？"

觉能目光一闪，双手合十说道："阿弥陀佛，这是天意。"

李延顿时觉得周身冰凉。觉能看到李延脸色大变，也是疑惑满胸。但他谨守出家人本分，无心打探别人隐情，倒是李延按捺不住，沉默了一会儿，然后说："觉能师父，你看在下近期内是否有灾？"

觉能歉然一笑，答道："李大人，方才老衲已经说过，尘世间吉凶悔吝之事，老衲一概不去预测。"

李延以为觉能推诿，仍央求道："觉能师父若能为在下指点迷津，也不枉我到福严寺走这一遭。何况佛家人说，救人一命，胜造七级浮屠。"

觉能停止拨动手中念珠，盯着李延说："李大人此话言重了，你如今解甲归田，好端端做天地间一个闲人，如何要人救命？"

李延长叹一声，欲言又止。觉能接着说："今夜月白风清，不知李大人可否有兴趣，陪老衲出去走走。"

"去哪里？"

"我们这寺院后门外，掷钵峰上有一个台子，是当年李泌登高远眺之地，那里至今还留有一块大石碑，镌刻着李泌亲书的'极高明处'四个大字。"

第十四回　访南岳时黜官受窘　极高明处孤鹤来临

"极高明处？"

"对，极高明处！"觉能说着站起身来，探头看了看窗外月色，悠悠说道，"到了那里，你就明白李泌为何会写这四个字。"

李延深深嘘一口气，说道："我随你去。"

两人走出寺院后门，沿着院墙一侧迂回而上不过百十来步，便看到几株盘龙虬枝的古松，挺立在空蒙皎洁的月色之中，古松之旁，是一个两丈见方的平台，有一方石桌和四个石凳。

"这就是极高明处？"李延问。

"这就是极高明处。"觉能和尚说着伸手朝上一指，"你看，那就是李泌留下的石碑。"

李延顺手看过去，果然看到挨着岩壁立了一块大碑。也就在这时候，几乎两人同时都看到了，碑底下盘腿坐了一个人。

"咦，有人！"

李延一声惊叫，连着后退几步。觉能和尚合掌念了一声"阿弥陀佛"，站在原地说道："不知是何方高人，深更半夜坐在这里，吓着了我们寺中远道而来的施主。"

那人盘腿坐在原地不动，开口说话，声音中充满不可抗拒的诱惑：

"请觉能上人恕罪，我专在这里等候你们寺中这位远道而来的施主。"

"你是谁？"

"不要问我是谁，我是天地间一只孤鹤。"

"孤鹤？"

"那就叫我孤鹤吧。"

凭感觉李延觉得眼前这个人并非歹徒。他定了定神，走上前来问觉能："你不认识他？"

觉能摇摇头。

"孤鹤"又开口说话了："李大人，我等你已经很久了。"

李延小心答道："我不认识你。"

"相逢何必曾相识，今夜里，我想与李大人在这极高明处，做披星戴月之谈。"

谈了一晚上的奇人奇事，李延却是没想到会在自己身上发生。他甚至觉得这位"孤鹤"就是沈山人一类人物。觉能把他引到这里来，就是为了让他获得"极高明"的人生韬略。想到这里，他不禁有些兴奋，便问觉能："觉能师父，依你之见呢？"

觉能感到这个人来得突然，只含糊回答一句："一切随缘。"

"孤鹤"紧接着觉能的话说道："觉能上人说得很好，相见即是缘分。"

李延问："孤鹤先生，你要和我谈什么？"

"谈解脱法门。"

李延一听这是佛家语言，便相信真的遇到高人了。嘴上没说什么，屁股已坐到石凳上。觉能见状，道一声"阿弥陀佛"，当下辞过两人，依原路折回寺中。

第十五回

李按台坐镇南台寺
邵大侠月夜杀贪官

姜风在福严寺山门前与李延一行告别，随报信的武弁①即速来到南台寺，在这里等他的"李大人"不是别个，正是湖南道按察使李幼滋。

五月初，皇上接受李贵妃的建议，派出大内中贵②分别前往五台山、峨眉山、普陀山、九华山、青城山、武当山、崆峒山以及衡山等八大佛道名山敬香祈福。历来，这种大型的皇室活动，虽不关涉国计民生，内阁也得积极参与，协助办理。接到旨意之后，内阁照会礼部以及钦天监选派了八名官员陪同大内中贵一同前往。又从兵部选派八名官员，各领一队锦衣卫，负责沿途的保卫和接送工作。这八支队伍选了吉日，一同离了京城浩浩荡荡前往各处名山。给皇上办差，那领队的中贵颐指气使飞扬跋扈自不必说，就是一般的随行人员，也都骄焰逼人。这八支敬香队伍一路行州过县，都有地方官员过境接送。那些头顶乌纱身穿官袍的官员，都是饱读诗书的进士出身，虽然打心眼儿里瞧不起皇上跟前那一群"没根"的男人，却又得罪不起。敬香队伍到了自家管辖地界，好酒好肉款待不说，还得以孝敬皇上置办"香火钱"的名义，大大送上一笔银子。却说来衡山敬香的这一支队伍，领头是内官监太监章公公。他人还没有离开京城，张居正就写了一封信给李幼滋，告诉这位章公公原是李贵妃所居慈宁宫的管事牌子，希望李幼滋慎重对待。就是没有这封信，李幼滋也不敢怠慢，有了这封信，他更是把它当头等大事来办。在

---

① 武弁：武官。
② 中贵：地位高、有权势的太监。

长沙接到章公公一行，为之大摆筵席接风，着实热闹了一番。尔后，趁着章公公在长沙还和其他官员有些应酬，李幼滋又先行动身来到衡山，就地指挥安排章公公一行上山敬香事宜。在李延上山的头一天，李幼滋就住进了衡山南台寺。衡山上有福严寺、方广寺、丹霞寺、南台寺四大丛林，均是唐朝以前的古刹。其中以南台寺周围的风光最好，而且为施主准备的住房也最为精致，李幼滋选中这里作为章公公一行上山敬香的居留之所。

这李幼滋也的确是一个能上能下的角色，一个官居四品的堂堂按台大人，亲自指挥一应杂役清理打扫寺院客舍。哪里该摆一把椅子，哪面墙上该挂幅画儿，他都要亲自发话。最后还与方丈一起制定出接风"素筵"的菜谱。忙活了一天，人也有些乏了。回到客舍躺在竹椅上闭目养了一会儿神，忽然听得寺院里传来喧哗，命人前去询问，告之说是前来投宿的香客，已被寺中的知客僧回绝了。李幼滋由此想到众多的游山客身份不明，若让他们滞留山上，其中如果藏了歹徒惊扰为皇上祈福的"钦差"，那自己的十分殷勤也就会全都泡汤。想到此，他便命人火速去找姜风，要他连夜派兵前往各寺院道观，把留宿山上的游山客一律清下山去。

却说姜风气喘吁吁跑来南台寺，叩见李幼滋领取指示后，当即面有难色。

"看你脸上有犯难之意，究竟有何事情？"李幼滋坐在躺椅上，斜睨着垂手站立的姜风。

姜风一介武夫，说话直通通的："我这个把总，管带一百来名兵士。这山上各处寺观住宿的游客，多则上千，少说也有几百人，如何一时清得干净。"

"做一点事就叫苦，这成何体统！"李幼滋说着就恼下脸来，申斥道，"养兵千日，用兵一时。朝廷花大把银子养着你们，就指望这时候派上用场，你莫给我低眉落眼做脸色，反正今晚上要把游客清理干净。"

姜风知道拗不过，便说："李大人，这任务卑职接下，但我也得讨个章程。"

"说吧。"

"如果游客不肯走呢？"

第十五回　李按台坐镇南台寺　邵大侠月夜杀贪官

"撵！"

"撵也撵不走呢？"

"你这个把总执行公务，有随机处置之权，这样简单的事，还须问本官？"

"按台大人，我当然得问。卑职手下兵士，个个手执兵器，如果和游客推搡扭打起来，说不定就会闹出人命。"

"你想吓唬本官？"

"卑职没有这个意思，按台大人不要误会。"姜风忙不迭声解释，"去年八月南岳香市，一天上山敬香的游客就有一万多人，卑职手下人维持秩序，就和一些愣头发生冲突，双方动起刀来，还真的闹出了人命。"

"既是这样，碰到蛮不讲理的人，不等他动手，先拿枷把他锁了。"

"这也是个话。"

姜风本是领会的意思，但话说得不得体，李幼滋也就产生了"秀才遇到兵"的懊丧。姜风还欲问什么，庙里的知客僧走了进来，说是方丈请李幼滋过去。

李幼滋随知客僧走过一个过堂，到了对面厢房，这里也是一排客房，方丈站在一间客房门口，朝迎面走来的李幼滋施了一礼，说道："依李大人的意思，我们用碧纱笼把这首诗罩了，不知合不合意，还请李大人过目。"

李幼滋跨进房间，这是寺中最好的客房之一，预备给章公公住的。只见雪白的墙壁上安置了一个制作精巧的碧纱笼，内中罩着的是书在白粉墙上的一首诗：

　　一枕孤峰宿暝烟，不知身在翠微巅。
　　寒生钟磬宵初彻，起结跏趺月正圆。
　　尘梦幻随诸相灭，觉心光照一灯燃。
　　明朝更觅朱陵路，踏遍紫云犹未旋。

落款九个字：宿南台寺，张居正并书。

李幼滋偏着脑袋盯着墙壁出神，方丈也不知他是在欣赏诗呢还是欣赏碧纱笼。站在一旁等了一会儿后，小声问道："李大人，这碧纱笼你看做得如何？"

"很好，很好！"李幼滋略一点头，扫向方丈的眼风，也就显得格外地兴奋，"十五年前，我与张居正结伴来游衡山，那时他从翰林院编修职位上退下来养病，我从户科给事中的位子上退下来养病。两个七品官，都三十啷当岁，养病在家。无官一身轻，游山玩水，真是不亦乐乎。我们游衡山的第一夜，住在福严寺，第四夜就住进南台寺。那时，你还不是这里的方丈。那夜里，我们两人在寺里就着斋菜喝了一点酒，趁着酒兴，张居正随口吟了一首诗，并让小沙弥拿来笔墨，把这首诗写到墙上。那时候，张居正满脑子装的都是一些出家人的思想。十五年了，我二度上山，见到这首诗如见故友。张居正已由七品编修跃升为一品内阁大臣，再也没得空闲做当年那种出家梦了。不过他的诗留在南台寺墙上，真的成了南台寺的珍宝。明日让章公公住进这间房，他一定也很高兴。"

李幼滋提起的这段往事，现在的南台寺方丈虽不是当事人，但老早就听说了。他对张居正留在墙上的这首诗，还是精心保护，只是不曾想到应该弄个碧纱笼罩起来。

"方丈师父，这间房平时锁起来，只有像章公公这样的钦差或者封疆大吏来了，才打开让他们一住，你看如何？"

一直点头应承却不说话的方丈，见李幼滋问上脸来，只得答道："李大人提议极好，老衲照办。"

一直跟来看热闹的姜风，这时冷不丁插上一句："听说张阁老要当首辅。"

"你听谁说的？"李幼滋问。

"祝融殿的老道人，十五年前，张阁老在那里抽了一支签，按台大人不是跟在一起吗？"

李幼滋听了这句话尽管心里头热乎，但表面上却不得不板起面孔训斥："你大小也算是吃皇粮的人，怎好如此信口开河？啊，真是的，你为何不去执行公务，却跟来这里？"

姜风又是抱拳一揖，说道："回按台大人，卑职还有一事须得请示。"

第十五回　李按台坐镇南台寺　邵大侠月夜杀贪官

"请讲。"

"清理山上游客,是不分青红皂白一律开赶呢,还是有所分别。"

"一律开赶。"

"如果游客中也有官身,怎么办?"

"哦,这大约不会吧?"

"眼下就有一个。"

"谁?"

"刚刚卸任的两广总督李延。"

"李延?"李幼滋大吃一惊,他简直不相信自己的耳朵,连忙追问一句:"你说是从广西庆远卸任的那个李延?"

"正是。"

"他现在何处?"

"福严寺。"

姜风接着把他遭遇李延的事情讲述一遍,李幼滋感到事情真是太巧。大约两个月之前,他奉张居正之命秘密去了一趟庆远街,尽管殷正茂闪烁的态度令他不满。但他仍从别人口中探到李延贪墨的一些蛛丝马迹,如今在朝廷敬香队伍到来之际,李延又突然出现在衡山,这究竟是赶巧儿的事呢,还是李延要来这里同什么人接头?李幼滋顿时多了一分警惕。思忖一会儿,他突然一改对姜风的生硬态度,拍拍他的肩膀,亲热地说:"走,回到我房间去,就这件事情,我们再好好谈谈。"

听着觉能和尚渐行渐远的脚步声,寺院后门吱扭响了一下,接着复归于静,孤鹤这才起身沿着台子周边的石栏杆走了一圈,然后拣了一个石凳,与李延隔着石桌相对而坐。觉能和尚走后,李延的心里忐忑不安,虽然他求访异人的心情迫切,但眼前这个人出现得过于突然,又叫他放心不下。趁着孤鹤散步之时,他偷偷打量,见他身穿一件三梭布道袍,月光下分不清道袍的颜色是青还是黑。头上戴了一顶很有仙家气韵的忠静冠,脚上穿着白布袜,蹬了一双麻耳草鞋。虽看不清他有多大年纪,但从下巴上那三绺长须来看,恐怕也是五十岁开外的人了。

刚坐定,孤鹤先开口说话:"李大人,你从庆远一路走来,恐怕老是提心吊胆吧。"

这第一句话就让李延心里发怵,但他毕竟是当过两广总督的人,稳稳神,便用半是不满半是试探的口吻说道:"先生怎好这样说话?"

孤鹤一笑,讥刺道:"常言道,落毛的凤凰不如鸡,李大人现在也算是落难之人,怎么能够还像两个月前那样,对人颐指气使?"

李延被噎了一下,抱拳又问:"请教先生尊姓大名,是何方高人?"

"方才已经说过,相逢何必曾相识,你叫我孤鹤好了。"

"孤鹤先生,你好像对我的情况很熟悉。"

"是啊,"孤鹤目光闪烁,让人感到有一股逼人的寒气,"高拱是你座主,这是天底下人都知晓的事。如果不是有这层关系,两广总督这样的要职,怎么会轮到你?"

这等于当面掴人的耳光,李延脸上挂不住,恼怒说道:"孤鹤先生,我与你素不相识,你怎好这样当面羞辱别人。"

孤鹤答道:"忠言逆耳利于行,李大人,如果三年前你上任之初,身边有我这等人向你说真话,你就不会自恃有高拱这样的后台,而为所欲为不顾后果,以致落到今日的下场。"

李延一怔,觉着这位高人说话虽然难听,但句句是实,不免长叹一声,接着问道:"依先生之见,往后我的祸福如何?"

"大人自己怎样看呢?"

"先生既然什么都知晓,我也没有什么可隐瞒的了。"李延回道,"我的前程祸福,都连在恩师座主身上。"

孤鹤点点头:"此话不假。"

"可是,我现在担心的是,座主首辅之位难保啊。"

"大人为何会有这层忧虑?"

"或许这里头有天意。"

李延接着把在福严寺所见所闻说了一遍。孤鹤听得仔细,接下来说:"天意难违这话不假,高阁老与张居正,一个是太师,建极殿大学士,一个是少师,文渊阁大学士,都是封侯拜相之人。一入内阁,就算是应了天意。至于他们两人往后谁为首辅,这要看当时的造化。"

第十五回　李按台坐镇南台寺　邵大侠月夜杀贪官

"依我之陋见，所谓造化，就是人事浮沉，听说明日要来一位章公公上山敬香，为皇上消灾祈福，说明皇上病情不轻……"

李延说着把话头打住，他发现孤鹤把头扭向那块"极高明处"石碑，似乎在倾听什么。

"孤鹤先生？"李延喊了一句。

孤鹤"哦"了一声，把头调回来，说道："我听到石碑后边有窸窸窣窣的声音，似乎是只野兔子。请李大人继续说。"

断了这一下，李延突然觉得方才说的都是闲话，于是言归正题，问道："先生说过，今夜你要为我开释解脱法门。"

"是的。"

"何为解脱法门？"

"就是一了百了，万事皆休。"

"这种话我听过。"

"啊？"

"是庆远街西竺寺住持百净说的，话头不一样，但意思差不多。我离开庆远之前，曾向他请教吉凶，他让我读一首唐伯虎的诗。"

"唐伯虎可是有名的风流才子，百净让你读他的哪一首诗？"

"漫兴十首中的第四首。读是读了，但李某不才，一直没有解透诗中的玄机。"

"还记得那首诗吗？"

"记得。"

李延说着，便用手指扣着石桌，低声吟哦起来：

伥伥暗数少时年，陈迹关心自可怜。
杜曲梨花杯上雪，灞陵芳草梦中烟。
前程两袖黄金泪，公案三生白骨禅。
老后思量应不悔，衲衣持钵院门前。

自那次去西竺寺拜会百净回来，李延从唐伯虎诗集中找到这首诗，闲来无事就吟哦几遍，因此这短短五十六个字早已烂熟于心。此时此地再次吟诵，竟止不住满腔酸楚。念罢诗句，已是喉头哽咽，不能自已。

"唐伯虎这首诗，果真充满了伤感。"孤鹤抚着三绺长须，喟然叹道，"前程两袖黄金泪，公案三生白骨禅。李大人，这两句诗中，就藏了真正的解脱法门啊！"

"啊，请先生开释。"

"本来，高阁老已经为李大人安排了一个锦绣前程，怎奈你财迷心窍，贪墨巨额军饷，这不是'前程两袖黄金泪'又是什么？至于'公案三生白骨禅'嘛，先生是明白人，难道非得让我点明吗？"

李延心下一沉，忖道："他怎么知道我贪墨军饷一事？"越发觉得这位孤鹤神秘莫测。事既至此，也顾不得面子，只哭腔哭调地说道：

"先生既然什么都知道了，还望指点迷津。"

孤鹤摇摇头，眉头紧紧拧住，半晌不作声。这副神情让李延产生了大祸临头的感觉，他起身绕过石桌，竟扑通一下跪倒在孤鹤面前，嘴中连连哀求："还望先生施行大德，拯救李某。"

孤鹤并不去扶起李延，而是抬头望天，只见一轮明月挂在星空，极高明台旁边，几棵古松的枝叶反射着细碎的银白色的光芒，远处黑簇簇的峰头像一团团起伏不定的乌云。孤鹤仿佛受到了什么启示，铁青的脸色稍稍松弛一下，缓缓说道：

"李大人，你且起来。"

看到李延艰难地爬起来坐回到石凳上，孤鹤接着说道："你真的想知道我是谁？"

"你是谁？"李延睁大了眼睛。

"实话告诉你吧，我姓邵，人称丹阳邵大侠。"

"邵大侠？"李延一阵惊愕，问，"你就是那个为高拱谋取了首辅之位的邵大侠？"

"正是。"

李延顿时像溺水者抓到了一根浮木，他一把扯住邵大侠的手，激动地说："李某久闻邵大侠大名，没想到能在衡山见到你，实乃三生有幸。"

第十五回 李按台坐镇南台寺　邵大侠月夜杀贪官

邵大侠推开李延的双手，阴沉说道："李大人，先不要说这些不见油盐的屁话。我说过，我是来为你开启解脱法门的。"

"多谢多谢。"李延一下子变得神采飞扬，说话也畅快起来，"邵大侠真是神机妙算，掐准了今夜我要来这极高明台，事先就来这里把李某候个正着。"

邵大侠勉强一笑，答道："李大人过奖了，我邵某可不会什么神机妙算，从桂林开始，我就偷偷跟着你，一直跟到这衡山。"

"你跟了我半个月？"

"是啊，确切地说，是十七天。"

"你为何要跟着我？"

"奉内阁首辅高拱之命。"

"是座主让你来救我？"

"救你？也算是吧。"邵大侠看到李延眼神里充满了期望，内心不禁产生些许怜意，但一闪即过，接着委婉说道："正是你的座主，让我来向你传授解脱法门。"

"何为解脱法门？"

邵大侠盯着李延，鄙夷地说："你这是第二次问，我再回答一次，一了百了，万事皆休，就是解脱法门。"

李延仍然糊涂，他搔了搔额头，自言自语道："一了百了，怎样才是了呢？"

邵大侠见李延执迷不悟，也不想再同他绕弯子，干脆明了说话："双眼一闭，两脚一伸，不就一了百了？"

李延一听大惊，失声叫道："怎么，你要杀我？"

邵大侠冷笑着回答："不是我要杀你，而是你自寻死路。"

李延吓得面如土灰，讷讷问道："为何是我自寻死路？"

"为的就是你贪墨太甚，辜负了高阁老对你的荐拔之恩。"

邵大侠说话的声调虽然不高，却像寒剑一样刺来。李延两股战栗，结结巴巴地分辩道：

"不会，一个月前我还专门给座主去了一信。我李某虽然才能不济，但绝不是忘恩负义之人。"

"你给高阁老的信，说的什么？"

"这……"李延欲言又止。

"说呀！"

邵大侠一再逼问，李延长叹一声，说道："既然你和老座主这等关系，我也没有必要隐瞒了，我想老座主也已年过花甲，为了他日后的归田计，我为他在南北两处购置了五千亩田地。老座主对我多年提携，信任有加，这也算是在下对恩师的一点心意。"

听罢李延的剖白，邵大侠又是冷冷一笑，讥道："如果没写那封信，你兴许还有一条活路，正是这封信，这世上才留你不得。"

"怎么，是老座主要杀我？"

李延战战兢兢，说话声调都变了。邵大侠盯了他一眼，一字一顿地说："你不要冤枉了高阁老。他这次差我邵某前来会你，只是要我传话给你，好好儿回老家待着，老老实实夹起尾巴做人，并一再交代让我不要难为你。但我邵某跟了你多日，看你一路上的铺排光景，觉得如果留你性命，终究是给高阁老留下了祸口。"

"邵大侠，你？"

"李大人，我邵某明人不做暗事，像你这等贪墨的昏官，我实在不肯放过，要恨你就恨我邵大侠。"

至此，李延已是汗流浃背，求生的本能让他跪在地上，涕泪横流地说道："邵大侠，我与你无冤无仇，你为何要如此待我？"

"为了高阁老的前程，我邵某只能借你这颗头颅了。"

李延一听这话，从地上爬起来拔脚就跑，却不知何时钻出两个人来，提着明晃晃的砍刀封住去路。李延想大呼"救命"，其中一人用刀尖指着李延的喉管，低声喝道："你胆敢喊叫一声，立马叫你脑袋搬家。"

李延见状，又回转身来跪到邵大侠脚下，苦苦哀求道："邵大侠，我与你无冤无仇，还望饶过李某一命。"

"你不死，高阁老的首辅之位就真的难保，你若死了，事情或可还有转圜余地。李大人，百净和尚要你一心向佛，你就留在福严寺，修你的白骨禅

第十五回 李按台坐镇南台寺　邵大侠月夜杀贪官

去吧。"

"不——"

李延撕肝裂胆一声尖叫，但只叫出半声，就被那位横刀客伸手卡住喉咙。另一位更是手脚麻利，把砍刀朝石桌上一放，伸手从怀中掏出一根白绫，打了个活结，往李延脖子上一套，再把另一头系在树上一拉，李延立马悬空。求生的本能促使李延双脚乱蹬一气，越蹬脖子上的绳套越紧，不一会儿，这位曾经声名显赫的两广总督大人，就伸出舌头咽气了。

望着挂在树上还在微微晃动的李延的尸体，邵大侠合掌念了一声"阿弥陀佛"，然后扯掉用来伪装的那三绺长须，对两位手下人说："走，即刻下山！"

李幼滋得知李延的死讯，已是三更天气。深更半夜山路陡峭模糊，既不能骑马也不能乘轿，李幼滋只得在几位兵士的护卫下步行前往。南台寺距福严寺虽然只有三里地，但一色的上山路，李幼滋又身躯肥胖，待走到福严寺山门前，已是上气不接下气，周身汗湿。早在山门前候着的姜风上前单腿一跪，算是迎接。李幼滋气喘吁吁问他："李延怎么突然死了？"

"卑职也觉得蹊跷，一听说出了事，我就急速派兵士前去报告大人。"

姜风如此回答，李幼滋也不再追问什么，跟着姜风往极高明台走去。天煞黑时，李幼滋得知李延住在福严寺后，把姜风叫到房间问了细枝末节。然后拿了一张名刺给姜风，让他去福严寺交给李延，并转告他的意思，让李延在福严寺宽住三天不要出门，待章公公一行敬香完毕下山后再出来游玩，并说等自己把公务料理完后再到福严寺请李延吃饭，以尽地主之谊。李幼滋这么做原是有两层意思，一是防止李延和钦差见面，二是把他留在山上"软禁"几日，让姜风派人监视他的动静，看他是否会露出什么马脚来。算盘虽然打得好，但谁知不到三个时辰，就有这件令人意想不到的怪事发生。

走到极高明台，只见李延仍悬着白绫挂在树上。随行军士燃了几支火把，借着火光，李幼滋看到李延伸着舌头两眼圆睁的惨相，不禁一阵恶心，他别过脸喊道："怎么还挂在树上，快放下来。"

"卑职是想让大人过目，呃，你们把他放下。"

姜风一挥手，一个兵士跳起来挥刀砍断白绫，只听得扑通一声闷响，李延的尸首跌落在地。两个士兵把他抬到高台里侧，拿来一个床单盖了。李幼滋瞅了一眼，问道："李延怎么会跑到这儿来上吊？"

姜风回答："回李大人，依卑职来看，李延并非自己上吊，而是他杀。"

"啊，你如何知晓？"

"听觉能老和尚所言。"

姜风遂把觉能老和尚领李延到极高明台碰到"孤鹤"的事说了一遍。

"这么说，那个自称孤鹤的人是杀害李延的凶手？"

"极有可能。"

"他人呢？"

"早跑得无影无踪，卑职看过现场的脚印，似乎还不止孤鹤一个人，大人请看这个。"

姜风说着拿出一挂用马尾制成的三绺长须，李幼滋瞥了一眼，问道："你把老生唱戏用的长须拿来做甚？"

"这是在现场捡到的，据觉能和尚辨认，正是那个孤鹤挂在下巴上的。"

"这么说，孤鹤是化过装的？"

"正是。"

李幼滋问了个大概，心里头盘算这起凶杀案不外乎两个原因：一是仇杀，二是谋财害命。若论仇杀，李延在两广总督任上所结的仇家，无非就是叛民匪首黄朝猛与韦银豹。他们若派人追杀李延，早在广西地面就动手了，何至于千里迢迢追到衡山，因此仇杀的可能性不大。倒是谋财害命的可能性极大。姜风已讲过，杀人现场不止孤鹤一人，会不会是李延身边的人勾结外来的杀手干成这件勾当？常言道家贼难防，李延贪墨军饷聚敛大笔钱财的事情，虽可以瞒过天下人，却不可能瞒过身边心腹。如此推理，李幼滋顿时兴奋起来，他觉得趁机拷问李延身边之人，说不定可以牵出一个轰动朝野的贪墨大案来。

"姜风。"李幼滋大喊一声。

"卑职在。"

"李延身边有哪些人？"

"两位师爷，一个姓董，一个姓梁，还有一个叫李武的小校带了十名军士，另外就是十二个抬轿的轿夫。如今卑职已把这些人全数拘禁，连庙里的和尚也都严加管制。"

"你做得很好。"李幼滋大声称赞，接着布置，"你作速在寺院里找一间空房，把那两位师爷弄来，我要连夜审问。"

"是。"

姜风转身要走，李幼滋又把他喊住，指了指床单盖着的尸首，说道："这位李延，好歹也做到两广总督位上，是个正三品的封疆大吏，落得如此悲惨下场，诚为可叹。你派人到山下大户人家寻个上等棺木，把他收殓了。隆重交给他的家人，也算有个交代。"

姜风领命而去，李幼滋也走进福严寺，到方丈室拜会了觉能长老。十五年前，李幼滋与张居正同游衡山，宿福严寺见沈山人都在一起，与觉能也算是故友重逢了。只是重逢得不是时候，李延之死给整个福严寺笼上恐怖的气氛。觉能神情怏怏，与李幼滋应酬几句，便再也不肯说话。李幼滋猜想觉能是怕担干系，因此好生安慰。正在两人喝茶磨工夫时，姜风进来告知已找到空房。

"你们找空房做甚？"觉能问。

"做临时公堂，把李延身边的人叫来审问。"

"阿弥陀佛。"觉能双手合掌，缓缓说道，"佛门乃清净之地，出了命案，已属不幸，万不可再作公堂，扰得佛祖不安。"

"那……"李幼滋知道在寺院里头不好摆官场威风，只好低声商量道，"觉能师父，李延的命案不连夜突审，恐怕就会让歹人有脱逃之机，深更半夜，不在寺庙里审，哪里会有房子呢？"

"没有抓住孤鹤，审这些无辜之人做甚？"

"不审这些人，又哪里去寻孤鹤？说不定这些人里头，正好有孤鹤的帮凶。"

"罢罢，佛门公门两不相挨，老衲管不了公门之事，只是恳求李大人，不要把寺院当作公堂，亵渎佛门清净之地。"

"亵渎"两字一下子惹恼了李幼滋，他顿时沉下脸来，讥刺道："古人云普天之下，莫非王土。你这福严寺并非化外之境，也属王土范围，我李某不才，也是皇命在身，有保境安民之责，李延命案出在福严寺，不在这里审结，叫我还去哪里？"

觉能长叹一声，也不说话，只是闭着眼睛捻动着手中佛珠。李幼滋朝他抱拳一揖，说道："觉能师父，不是李某成心要得罪你，公务在身，实属无奈。"说罢转身随姜风出来，走到那间暂作为公堂的知客堂，只见权当衙役的兵士已在两厢站定。李幼滋踱到方桌前坐下，姜风问道："请大人示下，先带哪一位进来？"

李幼滋问："你看那两位师爷，哪一位刁钻些个？"

姜风答："姓董的那一位。"

"好，就先带上董师爷。"

"带董师爷——"

姜风一声锐喊，不但打破了寺院的宁静，就连寺院门口那棵千年老银杏树上的宿鸟，也被惊得翅膀一阵扑棱。

第十六回

后妃定计桃僵李代
首辅论政水复山重

已经日上三竿，白炽的阳光照在紫禁城的琉璃瓦上，反射出淡紫色的光芒。节令已到仲夏，广袤的华北平原已是暑气蒸人，可是乾清宫里，依旧凉风习习，清爽宜人。比之几天前，乾清宫已是焕然一新，许多陈设都已更新，最显眼的是西暖阁中那几架绘有春宫图的瓷盘尽数撤下，换上的是几架图书。而且，宫中的太监宫女也换掉了多半。乾清宫掌作太监张贵如今去奉先殿临时管事，隆庆皇帝的梓宫①放在那里，一切祭奠如仪，都由张贵负责。接任乾清宫掌作太监的是原慈宁宫管事牌子邱得用。这些变化皆因乾清宫又有了它的新主人——明朝的第十三代皇帝朱翊钧。

却说隆庆皇帝驾崩之后，全国各地所有官员一律换成青服角带的丧服。在京官员每日到衙门办事之前，一律先到会极门外参加一连七日的跪祭仪式。与此同时，皇太子朱翊钧的登基大典也在紧锣密鼓地进行。国不可一日无君，何况又有先帝的托付。接到这道遗诏的第二天，即五月二十六日，新进内阁辅臣同时还兼着礼部尚书的高仪就按仪式所规定上了《劝进表》，希望皇太子早日即帝位，并将礼部拟就的另一份《登基仪注》随疏附上。接着，五月三十日，文武百官以及军民代表都来到会极门上表劝进。这都是"一应礼仪"中的程式，虽空洞无物，却得一丝不苟地进行。皇太子接到《劝进表》，也按礼仪做了谕答②，这谕答也由内阁代拟："览所进表，具见

---

① 梓宫：皇帝的棺材。中国古代皇帝、皇后的棺材多用梓木制成，故名梓宫。
② 谕答：告诉，使人知道，一般用于上对下。

卿等忧国至意，顾于哀痛之切，维统之事，岂忍遽闻，所请不准。"

这样反复了两个来回，到了六月二日，朱翊钧身着经服来到文华殿，接受百官的第三次劝进。当皇帝固然是万人钦慕的一件乐事，但对于一个还沉浸在丧父之痛中的十岁孩子来说，这些枯燥乏味的繁文缛节，实实在在是一种痛苦的折磨。坐在文华殿的丹墀之上，朱翊钧听宣读官读完百官所献的第三道深奥艰涩的《劝进表》，便召内阁、五府、六部等大臣进殿，煞有其事地商议一番，然后按内阁票拟传出谕旨：

卿等合词陈情至再至三，已悉忠恳。天位至重，诚难久虚，况遗命在躬，不敢固逊，勉从所请。

太子终于答应登基了，根据钦天监选定的吉日，六月十日，朱翊钧举行了隆重的登基典礼。一大早，朱翊钧就派出成国公朱希忠、英国公张溶、驸马都尉许从成、定西侯蒋佑分别前往南北郊、太庙、社稷坛①祭告。他自己则来到父亲的梓宫，祭告受命后，又换上衮冕②祇告天地以及列祖列宗，随后又叩拜父亲的灵柩和两位母亲。这一应大礼完毕，他来到皇极殿，在一片山呼万岁鼓乐声中，接受百官的朝贺，并遣使诏告天下，宣布明年为万历元年。

登基前三日，朱翊钧即按规定入住乾清宫。因为他年纪太小，一切都不能自理，因此他的母亲李贵妃便也一同搬来。当皇极殿那边的礼炮声、奏乐声、唱诵声以及震耳欲聋的三呼万岁声越过层层宫禁传进乾清宫时，新皇帝的嫡母与生母——陈皇后与李贵妃两人，正坐在乾清宫西偏室外的小客厅里。李贵妃如今住进了西偏室，陈皇后依然住在慈庆宫。小皇帝上朝后，李贵妃派人去把陈皇后请了过来。两人刚坐下来，便有七八个宫女一齐拥了进来，打头的便是李贵妃的贴身侍女容儿。她们都穿着大红的吉服，发髻上插戴着蜜珀镶金的团花，一个个梳妆整齐，喜气洋洋。她们一进屋，不等李贵

---

① 社稷坛：皇帝祭祀土地神和五谷神的祭坛。明代北京城里的社稷坛遗迹在今北京天安门西侧的中山公园内。
② 衮冕：衮衣和冕冠，帝王的礼服和礼帽。

第十六回　后妃定计桃僵李代　首辅论政水复山重

妃反应过来，就齐刷刷跪了下来，喊道："奴婢给皇后和贵妃娘娘道喜。"

看到宫女们心花怒放的样子，李贵妃也是满脸笑容，她指着跪在地上的容儿，侧过头对陈皇后说："皇后姐姐，你看看这群喜鹊，全没个安分的样子。"

陈皇后勉强一笑，说道："新皇上登基，没有喜鹊才不热闹呢。"

"你以为她们真的是道贺呀，她们是见着你来了，一齐寻个由头儿，找我们两个讨赏来了。"

"啊？"陈皇后这才恍然明白，连忙说道，"新皇上登基，后宫女官照例是有封赏的。"

"这些鬼精，就知道有这些规矩，所以等不及了，你说是不是，容儿？"

李贵妃故意板起面孔。容儿深知主人这会儿正在兴头儿上，便也不怕她，望着主人噘着小嘴说："娘娘把奴婢看扁了。我们跟着娘娘，已经有了享不尽的荣华富贵，哪还在乎什么封赏。我们姐妹这会儿邀齐了进来，原是为了要送一份礼物给娘娘。"

"什么礼物？"

容儿向前膝行几步，把随身带来的一只锦盒打开，拿出一方刺绣递上。

李贵妃接过抖开一看，原是一方长约五尺、宽约两尺的刺绣观音大士像。她命两名宫女把那方刺绣举起来看，这是一方宫内织染局①制作的海天霞色锦，锦上用鹅子黄的丝线绣了一尊手执净瓶的观音。这幅观音像如真人般大小，端庄秀美，栩栩生动。李贵妃一看就非常喜爱，问道："这是从哪里请来的？"

容儿顽皮地眨眨眼睛，笑着作答："回娘娘，这尊观音，是奴婢们从心里头请出来的。"

"啊？"

容儿咯咯地笑起来，说道："我们姐妹几个，花了三天时间，绣出了这尊观音。"

"你们自己绣的？"李贵妃再次端详着这幅刺绣观音，高兴地说，"难

---

① 织染局：明代宦官官署八局中的一个，掌管皇帝及宫廷所使用布缎衣料的织造洗染事务。

为你们这片孝心，手艺也巧。"

容儿又说："请娘娘仔细瞧瞧，这观音娘娘像谁？"

乍一看这幅绣像观音时，李贵妃就觉得她丰腴大度，秀美端庄，样子也很熟悉，但一时想不起像谁，便问陈皇后："皇后姐姐，你看像谁？"

陈皇后看了看观音绣像，又看了看李贵妃，笑着说道："我看这幅观音绣像谁也不像，就像你。"

"像我？"李贵妃大吃一惊，拿眼睛盯着容儿。

容儿回答："启禀李娘娘，皇后娘娘看得很准，奴婢们正是依据李娘娘的形象，绣出这幅观音的。"

"阿弥陀佛，罪过，罪过。"李贵妃双手合十念叨，但眉宇之间依然洋溢着一股喜气，说道，"我本来很喜欢这幅观音，你们这样一讲，我反而不敢收了。"

"娘娘这是谦虚，"容儿嘴巴甜甜的，"宫里头的人早就传开了，说娘娘是观音再世。"

"越说越不像话，我何德何能，敢比大慈大悲救苦救难的观音菩萨。"

李贵妃嘴里虽这么说着，仍吩咐贴身女婢给容儿几个姐妹每人赏了五两银子。待她们退出后，李贵妃侧耳听了听皇极殿那边的动静。只听得鼓乐仍时时作响，不由得叹了一口气，说道："钧儿才十岁，如今要当皇帝。天底下该有多少事情，他如何应付得了。"

打从隆庆皇帝驾崩，陈皇后顿觉自己的地位下降了许多，虽然名分上她仍高过李贵妃，但因李贵妃是朱翊钧的生母，宫里上上下下的人，无不变着法子巴结她。陈皇后受到了冷落，好在她一向遇事忍让，不与人争短论长，再加上她也觉察到李贵妃对她的尊重一如既往，因此倒也没有特别感到难过，这会儿接了李贵妃的话头，她答道：

"钧儿年纪虽然小，但坐在皇帝位子上，还有谁敢不听他的？大行皇帝①在世时，就说过这样的话，要想把皇帝当得轻松，只要用好两个人就行了。一个是司礼监太监，一个是内阁首辅。"

---

① 大行皇帝：对刚刚去世的皇帝的尊称，待其谥号、庙号确定后，才以谥号或庙号作为正式称号。

第十六回　后妃定计桃僵李代　首辅论政水复山重

李贵妃点点头，沉吟着答道："这话不假，只是现在的这两个人，有些靠不住啊。皇上在世时，他们不敢怎么样，现在情形不一样了。钧儿年小，你我又都是妇道人家，人家若想成心欺侮你，你又能怎样？"

"这倒也是。"说到这里，陈皇后忽然记起了什么，又问道："冯保捉住的那四个小娈童，如今怎么处置？"

"还没处置呢，冯保说，等新皇上登基了，再请旨发落。"

"冯保倒是忠心耿耿的。"

"是呀，他是钧儿的大伴，对钧儿的感情，除了你我之外，第三个人就算是他了。昨日，我与他唠嗑子，说到对钧儿的担心，他倒出了一个主意。今天把你请来，就是要和你商量这件事。"

"什么事？"

"冯保说，佛法无边，慈航普度，新皇上登基，若能一心向佛，求得菩萨保佑，这龙位就一定会坐得稳当。"

"理是这个理，但总不成让皇上一天到晚念经吧。"

"不单念经，还要出家。"

"出家？"陈皇后大吃一惊，脸色都变了，急忙说道，"让大明天子放下江山社稷不管，去当和尚，岂不荒唐！"

李贵妃笑着摇摇头，答道："姐姐理解错了，冯保的意思不是让钧儿去当和尚，而是为钧儿物色一个替身去出家。"

"哦，这倒是个好主意。"陈皇后长出一口气，"只是物色的对象，一定要可靠才是。"

"这个自然，我看事不宜迟，这事儿就交给冯保，让他尽快办理。"

"好。"陈皇后点头答应，接着又问道："那四个小娈童究竟如何处置，务必让冯保回话。"

李贵妃答道："不单那四个小娈童，还有那个妖道王九思，也被冯保捉拿归案了，如今一并关在东厂大狱。"

提起王九思，陈皇后余恨未休，愤愤地说："我看这件事也不用再拖了，着冯保迅速审理，从重处罚。"

李贵妃点点头，答道："皇后姐姐说的是，只是冯保现在做事还放不开手脚。"

"为何?"

"皇后姐姐忘了,冯保上头,还有一个司礼监太监孟冲啊。"

"啊?"

陈皇后一时沉默不语,李贵妃看着她脸色,试探地问道:"姐姐你看,是不是把孟冲换了?"

陈皇后稍稍一愣,问:"你看这事儿,应该由谁来做主?"

"自然是皇上。"李贵妃立即回答,接着又说:"钧儿才十岁,内阁那头高胡子也靠不住,这件事就只能我俩拿主意了。"

陈皇后想了想,觉得李贵妃的话也有道理,于是点头首肯。

新皇上登基大典完毕,高拱从皇极殿回到内阁,刚说在卧榻上休息片刻,就听到外面什么人在跟值班文书说话,声音急促,似乎有要紧事。从隆庆皇帝宾天到万历皇帝登基,这二十多天,高拱一直寝食不安。国丧与登基,本都是国之大事,礼仪程式烦冗复杂,况且事涉皇家权威,每一个环节上都马虎不得;再加上一应军政要务,全国那么多州府行辕,每天该有多少急件传来,虽说通政司与六部六科都会按部就班分门别类处理这些问题,但凡需请旨之事,都须得送来内阁阅处。张居正与高仪两位辅臣,虽然也都是干练之臣,但都知道高拱专权的禀性,凡敏感之事都绝不插手,里里外外的大事要事烦心事,都让高拱一个人揽着。因此,在皇权更替的这段时间,高拱忙得脚不沾地,从未睡过一个囫囵觉。这会儿刚眯眼,外头的说话声又让他睡不着,他揉揉眼睛挪步下榻,推门出来,却只见文书一人坐在那里。

"方才和谁讲话?"高拱问。

文书慌忙站起来回答:"回首辅大人,是韩揖。"

"韩揖?他人呢?"

"他说有急事要向大人禀告,我看大人太累,想让大人睡一会儿,就让他走了。"

"韩揖这么说,肯定有十万火急之事,你快去把他喊回来。"

文书答应一声"是",飞快而去。片刻时间,就把韩揖领了回来。韩揖上个月离开首辅值房，升任为吏科都给事中。与韩楫一起来的还有户科都给事中雒遵。

两人来到高拱值房，行过官礼，韩楫就迫不及待地说道："元辅，冯保这个阉竖，竟然让我们向他磕头。"

没头没脑的一句话，让高拱听了丈二和尚摸不着头脑，但看两人的脸色一片愤懑，情知事出有因，不由得申斥几句："我看你这个韩楫，还是一个不成器，你如今已是六科言官之首，却为何行事还如此草率，说话也不成条理，到底发生何事，仔细道来。"

经这一骂，韩楫不再那么躁动了，而是正襟危坐毕恭毕敬把所要禀告的事情说得清楚明白：上午新皇上在皇极殿举行登基大典，朝贺百官按鸿胪寺官员的安排，分期分批入殿朝觐，轮到六科和十三道御史这一列言官进去朝贺时，发现冯保站在新皇上朱翊钧的御座之旁。言官们向皇上伏拜三呼万岁，冯保也不避让，而是满脸奸笑，与皇上一起享受言官们的三拜九叩大礼。

"有这等事？"高拱问。

"回首辅大人，此事千真万确，"雒遵接过韩楫的话回答说，"我们科道官员，参加朝贺的有八十多人，个个都可以做证。"

听两人如此一说，高拱当时就想发作，但转而一想，又忍住了。这些时，有两个人影总在他脑子里打转，一个是张居正，另一个就是冯保。隆庆皇帝去世，朝廷的政治格局虽然暂时没有什么变化，但各方势力都在暗中较劲。张居正每日到内阁入直，不哼不哈，倒没有看出他有什么惹人注意的反常举动。但冯保则不然，这些时他上蹿下跳，气焰不可一世。据孟冲告知，冯保深得李贵妃信任，每天都要去慈宁宫好几次。他知道冯保早就觊觎司礼监太监之位，如今坐在这个位子上的孟冲，无论从哪方面讲，都不是冯保的对手。正是因为这一点，高拱的心情才一直郁郁不振。他心底清楚，一旦冯保与张居正结成政治联盟，后果将不堪设想。因此他总是在心里头盘算，怎样出奇制胜，能够一下子把冯保置于死地。

看到首辅在低头沉思，韩楫和雒遵两人不敢再出声，也不敢提出告辞，只得在一旁陪坐，情形有些尴尬。斯时正值半下午的光景，窗外一片火辣辣的阳光，让人看一眼就头上冒汗。院子中那棵老槐树上突然响起刺耳的蝉鸣，透过纱窗传进值房，把沉思中的高拱惊醒，他揉了揉两只发胀的眼睛，看到眼前这两位得意门生一副紧张的样子，顿时抑住重重心事，勉强一笑，问道："二位怎么不说话了？"

韩揖与雒遵对望一眼，韩揖示意雒遵回答，雒遵于是谨慎说道："就方才禀告之事，我们特来向首辅讨个主意，应该如何处置。"

高拱反问："你们说，如何处置才叫妥当？"

雒遵本是个细心人，除每日政务处理之外，尚格外留心本朝典故，故说话论事，多引经据典，务必有根有据，这会儿答道："武宗一朝，司礼太监刘瑾由于深得皇上宠信，也是为所欲为，气焰嚣张。皇上让他代祭宗庙，他竟敢独行御道，同行人莫不吓得面如土灰，但慑于刘瑾淫威，谁也不敢吭声。后来刘瑾失宠伏诛，这件事便成了取他性命的正当理由。今日冯保之举动，比之刘瑾，是有过之而无不及，刘瑾只不过走了一下只有皇上一人才能走的御道，这冯保却是在众目睽睽之下，与皇上同登丹墀御座，而且这件事发生在新皇上登基之时。按大明律的僭越罪一项，冯保就该凌迟处死。"

"哦。"高拱点点头，向雒遵投过一瞥赞许的目光，但依然不肯对这件事表示具体态度，又转问韩揖："依你之见呢？"

韩揖揣摩着高拱的心思，小心翼翼答道："依愚生之见，若不趁机把冯保除掉，必将后患无穷。"

"就是这个话。"

高拱一拍桌子，正欲就此话题议论下去，忽然听得外头有人尖着嗓子喊了一句："皇上圣旨到——"话音未落，早有一位牙牌太监走进高拱的值房。韩揖与雒遵两人赶紧踅进隔壁文卷室里回避，高拱跪下接旨。

牙牌太监抖开一卷小巧的黄绫横轴，一字一板地念道：

圣旨：从即日起，解除孟冲司礼监掌印太监职务，着冯保接任，并继续兼掌东厂。内阁知道。钦此。

乍一听到这道中旨，高拱仿佛感到脑袋都要炸开了。按照成宪，皇帝的诏令都应经过内阁票拟。"不经凤阁鸾台，何名为诏"这句话，是大臣们耳熟能详的史实。除了内阁之外，通政司和六科对于皇帝的诏令，也都有随时复奏封驳①之权。这本是大明开国皇帝朱元璋钦定的章程，但是经历了几个皇帝之后，政事日见糜烂，对于皇权的监察，并不能认真履行。有时候碰到棘手的事，皇上不想让内阁掣肘，便直接下达手谕②到内阁，这种手谕习惯上称为中旨。

看重权力与责任的高拱，对绕过内阁的中旨一向不满。何况万历皇帝登基的第一天，就来了这一道提拔冯保的中旨。此风一开，往后内阁岂不成了聋子的耳朵——摆设？越想越生气，跪在地上的高拱竟忘了去接那道圣旨。

"高拱接旨——"

牙牌太监又尖着嗓子喊了一句，高拱这才不情愿地伸手接过那个黄绫横轴。按惯例，他应该答复"臣遵旨"，但他没有说这三个字，而是起身走回到太师椅上坐下，把黄绫横轴随手搁在桌案上。牙牌太监把这一切看在眼里，不由得问了一句："高老先生，你看奴才如何回去缴旨③？"

高拱抬眼看到牙牌太监满脸讪笑中，藏了那种"骑着驴子不怕老虎"的神气，满腔怒火再也抑制不住，便狠狠地把桌子一拍，厉声喝道："中旨，哼！这中旨到底是谁的旨意，老夫倒要弄个清楚明白。皇上才十岁，年龄小得很呢！他知道什么叫中旨，嗯？一切都是你们做的，迟早要把你们赶走！"

牙牌太监出宫传旨，颐指气使惯了，哪里见过这等架势！瞧着高拱乌头黑脸暴跳如雷黑煞星一般，也不敢理论，如一只受惊的兔子逃出内阁。

韩揖与雒遵两人，从文卷室的门缝里，把值房中发生的事情看得清楚明白。凭直觉，他们感到高拱这下闯了大祸。待牙牌太监走远，他们从门后头走出来，高拱怒气未消，问他们："方才的事你们都听见了？"

"都听见了。"两人小声回答。

---

① 封驳：封还皇帝的诏书敕令，并对其内容不当之处加以驳正。
② 手谕：上司或尊长亲笔写的指示。
③ 缴旨：回复由皇帝下达的命令。

值班文书这时进来，递给高拱一条拧过水的毛巾。高拱接过随便揩了揩满头的大汗，又端起茶盅里的凉茶漱了漱口，情绪才慢慢稳定下来。他叹一口气，说道："老夫已是年过六十的人了，游宦三十多年，历经嘉靖、隆庆两朝，见过了多少朝廷变故，胜残去杀的人事代谢，早就看腻了。其实，六十岁一满，我就有了退隐之心。悠游林下，有泉石天籁伴桑榆晚景，何乐而不为？怎奈先帝宾天之时，拉着我的手，要我辅佐幼主，保住大明江山，皇图永固。我若辞阙归里，就是对先帝的不忠。这顾命大臣的神圣职责，倒整得老夫左也不是，右也不是。我本意想学古之圣贤，任法不任智，任公不任私。但是，又有谁能体谅老夫这一片苦心呢？刚才的事你们都看到了，皇上绕过内阁，颁下中旨，让冯保接替孟冲。这道旨下得如此之快，不给你任何转圜的机会，你们说，新皇上一个十岁孩子，有这样的头脑吗？提起前几十年，大内出了王振、刘瑾这样两个巨奸大猾，扰乱朝纲，把朝廷搞得乌烟瘴气。如今这个冯保，比起王振与刘瑾两人，更是坏到极致，是个头顶生疮、脚底流脓的角色，如果让他当上大内主管，他就会处处刁难政府，必欲使我等三公九卿、部院大臣仰其鼻息，任其驱使。这等局面，又有谁愿意见到！"

高拱掏肝剖肺说完这段话，便把身子往椅背上一靠，仰着脸，看着彩绘的屋顶出神。韩揖与雒遵，都是高拱多年的门生，对座主霹雳火样的脾气，都多有领教，但从未见到他像今天这样伤感。两人顿时也都心绪黯然，一时间谁都不肯开腔，值房里死一般寂静。

"元辅，"愣怔了许久，雒遵终于鼓起勇气说话，"你是朝廷的擎天柱，冯保算什么，充其量是一条披着人皮的狗。"

高拱依然目盯着房梁，不发一语。韩揖接着雒遵的话，说道："冯保是一条狗，这话不错。但这条狗的主人，是皇上，是贵妃娘娘。俗话说，打狗也得看看主人，若不是碍着这一层，元辅能这样忧心如焚吗？"

"内廷与外宦的矛盾，自古皆然，"雒遵凡事好争个输赢，这会儿又搬起了理论，"本朝开国时，太祖皇帝看到前朝这一弊政，便定出了大明律条，凡内宦敢于干政者，处以剥皮的极刑。太祖皇帝治法极严，在他手上，就有几个太监被剥了皮。"

第十六回　后妃定计桃僵李代　首辅论政水复山重

雒遵话音一落，韩揖就顶了过去："你说的不假，可是自太祖皇帝之后，你听说还有哪个太监因为干政被剥了皮的？"

"但是太祖皇帝的这一条律令，也没有废止啊！"

"废是没废，空文而已！"

听到两人的争论，高拱突然一挺身在太师椅上坐正，双目如电扫过来，疾声问道：

"为什么成了空文？你们两人，眼下是天下言官之首，就这个问题，思虑过没有？"

雒遵几乎是不假思索地说："在于政事糜烂，纲法名器不具。"

"说得好！"高拱眼中掠过一丝不易察觉的兴奋，他顺手指向韩揖，"为何政事糜烂，韩揖，你说说。"

韩揖想了想，答道："古人云，三代之亡，非法亡也，而亡在没有执法之人。"

高拱微微颔首，说道："这些道理你们都懂，部院大臣都是执法之人，也都行使着纠察之权。如今的政府，也可谓贤者在位，能者在职。但是，我们的政事为何还是糜烂如故呢？"

"积重难返。"雒遵咕哝了一句。

"这是原因之一，"高拱断然说，"但还有更重要的一条，我们方才所议，都属臣道，这里头起关键作用的，是君道。君臣合道，上下一心，政治自然清明。反之，政事不糜烂，那才叫怪呢。"

话说到这个份上，韩揖与雒遵都不敢接腔了。高拱并不理会两位门生已经产生了心悸，兀自用手推了推桌子上的那轴"中旨"，轻蔑地说："你们说这道中旨，在太祖皇帝手上，发不发得出？在成祖皇帝手上，发不发得出？可是现在呢？咱们的新皇上，是大明天下的第十三位皇帝，登基当日，退朝不过一个时辰，就发出了这么一道中旨，这是咱们臣子的不幸呢，还是咱们臣子的大幸？"

说到这里，高拱打住话头，很显然他想听听两位门生的回答。韩揖觑了一眼雒遵，见他低头坐在那里没有答话的意思，便小声回了一句："当然是不幸。"

"你答得不错，但这是常人之理。"高拱习惯地捋了捋长须，脸上又恢复了平日那种刚毅的神情，"不幸与大幸，其分别原也只在一念之间。唐太宗一代明主，曾谓侍臣曰：'治国与养病无异也。病人觉愈，弥须将护，若有触犯，必至殒命。治国亦然，天下稍安，尤须谨慎，若便骄逸，必致丧败。'如今朝廷，还远远谈不上丧败，只不过出了一二奸佞，但若任其奸佞蒙蔽圣聪，丧败也就为时不远。如今皇上，以十岁冲龄，又深居九重，不能尽见天下事，就是见了天下事，一时也不能明辨是非。先帝看到这一点，才让老夫领头来当顾命大臣。凡有圣上不明白之事体，放旨有乖于律令者，我这个顾命大臣，就有责任正词直谏，以裨益政教。当然，犯颜忤旨，并不是每一位大臣都能做到。桀杀关龙逢，汉诛晁错，都是犯颜忤旨的后果。但作为皇上的耳目股肱①，焉能为了一己安危，而不顾社稷倾危，尽忠匡救乎？"

高拱一番慷慨陈词，又让两位言官看到了他们心目中的首辅风范，韩揖趁机说道："我们六科十三道的言官，商量就今日冯保高踞御座之事，分头上折子弹劾，不知首辅意下如何？"

高拱略一思忖说："就这一件事情弹劾，恐怕会搬起石头砸自己的脚。皇上生母李贵妃宠着冯保，一般的事情怎能扳倒他？我看，棋分两步走。第一，我们政府虽然以天下为公，但落实到具体事情，也须得变通处理。如今紫禁城里头起关键作用的，既然是李贵妃，我们就得设法赢得李贵妃的支持。第二，冯保这些年来，劣迹秽行一定不少，你们应尽快派人分头搜索，对这条毒蛇，不动则不动，一动就必须打在它的七寸上。"

"元辅安排极为妥当，学生当尽快去做。"

韩揖说罢，便与雒遵起身告辞。走到门口，高拱又把他们喊了回来，吩咐雒遵道："你去告知户部张大人，让他再从太仓银中拨出二十万两银子，送到李贵妃处。"

"这……"雒遵一脸狐疑，愣了一会儿，才谨慎答道，"送到李贵妃处，总得有个名目。"

---

① 股肱：辅佐君主的大臣，又比喻左右辅助得力的人。

"亏你还是谙熟典故之人，这个名目还不知晓，"高拱笑道，"大凡新皇帝登基，都得订制一批头面①首饰，分赠后宫嫔妃。如今皇上是个孩子，但这个礼仪也不可减去，就让皇上的生母来主持。"

雒遵心知此举是为了讨好李贵妃，但他不便点破，只是迟疑地说："昨日，我还去户部拜访了张大人，他对我诉了半天的苦，言先帝宾天与新皇上登基这一应礼仪，共花去了六十多万两银子，现在，国库已空，若再不开源节流，官员们的俸银都无法支付了。"

"户部的难处我知道，"高拱脸色阴沉，蹙着眉头说，"但这也是一笔必须花费的银钱。你去告诉张大人，大家务必和衷共济渡过这个难关，往后出了什么事，有我高拱扛着，谁也难为不了他张大人。"

"是。"

雒遵答应着，与韩揖一起退出了值房。

---

① 头面：首饰，这里指头部的装饰品。

第十七回

怒火中草疏陈五事
浅唱里夏月冷三更

散班后,高拱回到家中,没想到又出了一件事令他心神不安。

进得家门,高拱卸去官袍换上便服,刚在书房坐定,高福就喜滋滋地拿过一封信,双手递给高拱,低声说道:"老爷,这是邵大侠派人送来的信。"

"哦!"

高拱答应一声,立马将那封缄口的密札拆开,抽出一张信笺来看,上面只有简简单单的两行字:

李花南岳谢去
游子归去来兮

高拱已约略猜出这两行字中的"玄机",但心中仍不敢肯定,便问高福:"邵大侠人呢?"

高福答道:"听说他已回到南京,只是派了一个人送来这封信。"

"送信人呢?"

"也走了。"高福看出高拱心情焦急,又赶紧补充道:"送信人说,李延已在衡山福严寺后头的极高明台上自尽了。"

"什么?你说什么?"高拱连连追问,他仿佛没听清楚,或者说听清楚了不敢相信。

第十七回 怒火中草疏陈五事 浅唱里夏月冷三更

高福又重复了一遍。高拱一时惊得合不拢嘴，愣了半晌，又捡起案台上的那张信笺看了看，说道："李花南岳谢去，大概指的就是这件事了，送信人说，李延是怎样自尽的？"

高福略作迟疑，答道："送信人并未详细叙说，只说是吊死在一棵老松树上。"

"什么吊死的，我看八成是被邵大侠干掉的，这个邵大侠，做事也忒狠毒。"

说这话时，高拱一脸沮丧。不由得回忆起那天晚上在死牢里与邵大侠秘密会见时的情景。当他说明请邵大侠帮忙时，邵大侠就明显流露出杀人灭口的意思。他虽然表示了反对，但因没有想到邵大侠这种江湖人士的行事风格，故酿成今日这种后果。一想到自己可能成为杀害李延的间接凶手，高拱的心头便一阵阵发紧。这其中许多谜团只有与邵大侠见面时才能解开，高拱便问："这个邵大侠，为何不肯来京见我？"

高福答道："我问过送信人，他说他家主人离家时间太长，担心南京方面的生意，故从衡山下到岳阳后，从那里雇了一条船，直接回南京了。"

"哦，是这样。难怪信上还有一句话，游子归去来兮。"

高拱说罢，便把那张信笺揉皱烧了。人既然已经死了，怪谁也都没有用。何况高拱心底也清楚，邵大侠这么做，也是为了他的彻底安全。心里头经过一阵痛苦的煎熬，高拱又恢复了平静，一门心思又回到了现实：打从隆庆皇帝驾崩，宫廷内外局势已发生了不小的变化。隆庆皇帝在位时，凡事都依赖高拱。现在情形却不一样，新登基的小皇帝还不能单独问政，凡事都得要母后李贵妃裁决。这李贵妃对冯保甚为依赖，而冯保又是他高拱的死对头。如今冯保已出掌司礼监大印，这无疑使得高拱暂处下风。他最担心的是，冯保与张居正联手，这样就使得他这位"天字一号"枢臣陷入腹背受敌的境地。想到这里，高拱便记起了隆庆皇帝去世后三日，他与高仪在内阁值房里的一次谈话。

那天下午，大约未牌时分，高拱正在阅处礼部送来的恭请太子登基即皇帝位的《劝进表》，大理寺卿谷正雨前来求见，向高拱报告，刑部张榜通缉的妖道王九思，早被冯保手下暗中捕获，如今关在东厂牢里。一听到这消息，高拱心里头酸溜溜的，于是踅进高仪的值房，把这消息告诉他。高仪听了，半晌不作声。过了许久，才轻声问道："首辅打算怎么办？让刑部和大理寺去东厂要人？"

高拱叹一口气，答道："捕缉之事，理归刑部，谳问①断案之责，在大理寺。像王九思这样轰动朝野的钦犯，理该交三法司处理，只是冯保抢了这个头功，断不会放人的。"

"首辅所言极是，"高仪一副忧心忡忡的样子，蹙着眉头说，"我看这个冯保，早就派人把王九思盯死了，他这么做，主要还是冲着孟冲来的，朝廷内外都知道，是孟冲把王九思这个妖道引荐给皇上的。"

"偏偏张居正……"

高拱欲言又止，高仪瞅了他一眼，淡淡一笑说："我知道首辅要说什么，偏偏张居正当街捉拿王九思，又是你首辅下令放了。"

"这可是皇上的旨意。"

"如今皇上宾天，还有谁能够证明呢？"

高仪与高拱是多年的同事朋友，所以说话不存芥蒂。高拱也意识到自己在这件事的处理上有些窝囊。如今被高仪戳到痛处，脸色不禁难堪起来，不由得咕哝一句："南宇兄，你是知道的，我素来不喜欢妖道神汉这一类人，像绿头苍蝇一样，在皇上身边旋来旋去。"

高仪点点头，答道："首辅的人品我是知道的，只是这种辩解已毫无意义。依在下看，你的当务之急，是如何处理与冯保的关系。"

"冯保？"高拱像被蝎子蜇了一口，厌恶地说，"我为何要和他处理关系？"

高仪苦笑了笑，说道："难道首辅你真的没有看出来，冯保是登极幼主多年的大伴，他取代孟冲出掌司礼监，是迟早要发生的事。"

高拱哪能看不出这个趋势，他只是不愿意接受罢了。高仪这么一说，他的心情越发变得沉重，愣了一会儿，不由得感叹道："皇上英年早逝，把社稷风雨，留给了你我两个顾命大臣。"

---

① 谳问：审判定罪。

第十七回　怒火中草疏陈五事　浅唱里夏月冷三更

高仪沉默良久，叹口气说："天道六十年一个轮回，此言不虚也。"

"南宇兄这感慨为何而发？"高拱问。

高仪缓缓道来："六十年前，正是正德初年，当时的司礼监掌印刘瑾，深得武宗皇帝的信任。那时的内阁也是三位大臣，一个是河南人刘晦庵，一个是浙江人谢木斋，一个是楚人李西涯。那三个内阁大臣的籍贯，竟然同我们三人的一模一样，你说巧也不巧。更巧的是，那个楚人李西涯狠毒非常，他与刘瑾内外勾结，狼狈为奸，一年之内，竟把首辅刘晦庵、次辅谢木斋全部排挤出内阁。"

标榜"以史为鉴"的高拱，对这段历史也是相当熟悉。高仪话音一落，他就补充说："天道轮回，也有不尽相同的地方。那时，武宗皇帝继位时十五岁，而当今太子才十岁。那个李西涯勾结刘瑾，却还晓得掩人耳目，这个人，"高拱指了指张居正的值房，"与冯保沆瀣一气，却是明目张胆的。我在内阁说一句话，冯保那边立刻就知道了，你说可恨不可恨。"

"山雨欲来风满楼啊！"高仪感叹道。

"依老兄之见，现在应该如何？"高拱试探地问，接着叹一口气说，"我真想上本乞休了。"

高仪沉思了一会儿，说："先皇龙驭上宾，幼主尚未登基，你若上本要求致仕，则有负于先皇之托，这是不忠，做不得。继续当首辅，又因内外掣肘，难免大权旁落，你也难济国家大事，做这种官也就没有意思，你也不肯做。这叫进不得，退不得，两难啊！"

高拱见高仪一副无计可施的样子，顿时犟性又发了，说："公大概不会忘记顾命之时，老夫的慷慨陈词，我所言'生死置之度外'，就是看到势不可为，准备以死报效先皇。"

"元辅既有这等决心，实乃皇上之福，国家之幸。不过，古人明哲保身之训，元辅还应记取。"

"张居正与冯保勾结之势已成，老夫要据正理，存正法，维护朝纲，又怎样能够明哲保身呢？"

高拱这股子勇于任事的气概，倒是令高仪敬佩，但他也感到高拱的褊狭，如此行事肯定要吃大亏，故委婉地说："元辅，你和张居正也曾经是志同道合的密友啊！"

高拱长叹一声，说："过去的事，还提它干什么？"

"你现在一掌挡双拳，很难应付，若能和太岳重归于好，单只中宫作梗，事情就要好办多了。"

高拱当时没说什么，但事后细想，觉得高仪的话很有道理。不管怎么说，张居正毕竟和自己曾经是风雨同舟的盟友。现在，若要两人捐弃前嫌，修复友谊，虽然并非易事，但对张居正晓之以理，动之以情，让他心存顾忌，不敢和冯保联盟，却还是可以做到的。因此在这几天，他一改僵硬的态度，又开始笼络张居正。不管收效如何，至少又恢复了和好如初的形象。安顿好张居正这一头，他正在想如何尽快拔掉冯保这颗眼中钉，没想到还是迟了一步，任命冯保为司礼监掌印太监的中旨已颁到了内阁。

明代的内阁与司礼监，本来就是一个互相制约的关系。如果说内阁大臣是皇帝的私人秘书，那么司礼监掌印及秉笔太监则是皇上的机要秘书。各府部衙门进呈皇上的奏本到了司礼监后，按常规都会转到内阁，内阁大臣拿出处理意见，另纸抄写再呈上御前，这个叫"票拟"，也叫"阁票"。皇上如果同意内阁的票拟，再用朱笔抄下，就成了谕旨，俗称"批朱"。司礼监名义上的职权是掌理内外章奏及御前勘合，照内阁票拟批朱。事实上他们的职权，可以无限地扩大。对于内阁票拟的谕旨，用朱笔加以最后的判定，这本是皇帝自己的事，但若碰上一个不负责任的皇帝，"批朱"的大权就落到了司礼监秉笔太监的手中。这样，内阁的票拟能否成为皇上的谕旨，则完全取决于司礼监掌印。高拱任首辅期间，司礼监先后有陈洪、孟冲掌印，由于他们都是高拱推荐，加之隆庆皇帝对他这位在裕王府担任了九年侍讲的旧臣倚重甚深，所以内阁的票拟，都能够正常地得到"批朱"。现在却不同，冯保本是高拱的死对头，加上新登基的皇帝又是个孩子，冯保完全有可能为所欲为。高拱因此又联想到武宗皇帝时的那个司礼监掌印太监刘瑾，由于他深得武宗信任，独擅"批朱"大权，甚至把章奏带回私宅，和妹婿孙聪、食客张文冕共同批答。一时间内阁竟成了聋子的耳朵——摆设，而刘瑾成了事实上的皇帝。天下官员与他的关系是顺者昌，逆者亡，卖身投靠者飞黄腾达，谁敢对他言一个"不"字儿，轻则贬斥到瘴疫之地，重则杖刑弃市。前事不忘，后事之师。高拱意识到冯保有可能成为第二个刘瑾。与其听任发展,坐以待毙,不如趁他立足未稳,奋力反击,这样或可为社稷苍生除掉一大隐患。

思来想去,高拱决定给新登基的小皇帝写一份奏疏。他吩咐书童磨墨抻纸,自己则在书房中负手踱步,考虑文句。俄顷,书房里墨香弥漫,高拱也大略打好腹稿,回到案前,拈起那管精致的羊毫小楷,在专用的内阁笺纸上开了一个头:

> 大学士高拱等谨题:为特陈紧切事宜,以仰裨新政事。兹者恭遇皇上初登宝位,实总览万机之初,所有紧切事宜,臣等谨开件上进,伏愿圣览,特赐施行。臣等不胜仰望之至,谨具题以闻:

写到这里,高拱搁住笔,他的脑子里浮出新皇上一张孩子气十足的脸。昨日在文华殿接受群臣的劝进时,竟不知如何答对。每逢必须答话时,便从袖子里掏出一沓纸条,一张一张翻拣,找出一张合适的来,像背书一样念出,这些条子上的语句,一听都是冯保的口气。高拱觉得这是首要解决的问题,于是写道:

> 一 祖宗旧规,御门听政,凡各衙门奏事,俱是玉音亲答,以见政令出自主上,臣下不敢预也。隆庆初阁臣拟令代答,以至人主玩惕,甚非事体。昨皇上于劝进时,荷蒙谕答,天语庄严,玉音清亮,诸臣无不忭仰。当日即传遍京城,小民亦无不欣悦,其所关系可知也。若临时不一亲答,臣下必以为上不省理,政令皆由他人之口,岂不解本若无?今后令司礼监每日将该衙门应奏事件开一小揭帖①,明写某件不该答,某件该答,某件皆某衙门知道,及是知道了之类。皇上御门时,收拾袖中,待各官奏事,取出一览,照件亲答。至于临时裁决,如朝官数少,奏请查究,则答曰:"着该衙门查点,其纠奏失仪者,重则锦衣卫拿了,次则

---

① 揭帖:明代内阁直接送达皇帝的一种机密文件。

法司提了问,轻则饶他。"亦须亲答如此,则政令自然精彩,可以系属人心。伏乞圣裁。

这一段写下来,高拱的思路才通透。他决定就御门听政、设案览章、事必面奏、按章处事、章奏不可留中①这五件要紧事逐一阐发观点。由于想到新皇上是个十岁的孩子,他一反过去奏疏那种咬文嚼字的文体,而改用平易的口语。写到按章处事这一节时,他又想到下午那道绕过内阁的"中旨",不禁再次怒火攻心,于是奋笔疾书:

> 四　事必议处停当,乃可以有济,而服天下之心。若不经议处,必有差错。国朝设内阁之官,看详章奏拟旨,盖所以议处也。今后伏乞皇上,一应章奏俱发内阁看详,票拟上进,若不当上意,仍发内阁再详拟。上若或有未经发拟径自内批者,容臣等执奏明白方可施行,庶事得停当,而亦可免假借之弊。其推升庶官及各项陈乞与一应杂本,近年以来,司礼监径行批出,以其不费处分而可径行也。然不知推升不当,还当驳正。或事理有欺诡,理法有违犯,字语有乖错者,还当惩处。且章奏乃有不至内阁者,使该部不复,则内阁全然不知,岂不失职?今后,伏望皇上命司礼监除民本外,其余一应章奏,俱发内阁看详。庶事体归一而奸弊亦无所舛矣。伏乞圣裁。

这一节的内容,明眼人一看就知,就是要剥夺司礼监的权力,不给冯保干政留有余隙。

不知不觉过了一个多时辰,高拱终于写完了一篇数千言的奏疏,又反复看过两次,觉得所要表述之事尽在言中,这才放下心来,在淡黄的绢丝封面上,恭恭敬敬题上了"陈五事疏"四个字。

把这一切做完,不觉已到了戌牌②时分,高拱感到手臂有些酸累,站起身

---

① 留中:皇帝把臣下的奏折留在宫禁中,既不交出讨论,也不批答回复。
② 戌牌:指戌时,晚上七点至九点。

来甩甩手，这才发现高福一直站在身边。

"你怎么还待在这儿？"高拱问。

"老爷这一晌太累，今儿个回来，晚饭都来不及吃，又伏在桌上写了这一两个时辰，老夫人不放心，着我来看看。"

高福说着，把一直捧在手中的一杯参茶递了上来，高拱接过呷了一口，这才感到饥肠辘辘。放下茶盅，伸了个懒腰说道："你去招呼厨师，炒两个菜，弄一壶酒，就送到这书斋里来。"

"是。"

高福躬身退下，不想被从外面跑进来的书童撞了个趔趄。

"何事这么慌张？"高拱问。

书童也为自己的冒失感到不好意思，避过一旁，向高福表示歉意。高福一把扯住书童往门外拉，书童拗不住，只得扭过脑袋望着高拱。

"慢着！"

高拱一声喊，已经走出书房门的高福只好停下脚步，高拱踱到门口，问书童：

"你好像有事？"

"回老爷，"书童畏葸①地觑了高福一眼，嗫嚅着说，"户部张大人，在外头客厅里，已经坐了一个多时辰了。"

"哦，为何不早说？"高拱有些生气了。

"这……"书童语塞。

高福赶紧抢过话头回答："这个不怪他，是我不让禀报的，老爷太累。"说着回头斥责书童："不是让你把张大人劝走吗，怎么还没走？"

书童委屈地答道："他不肯走，说今晚上非见老爷不可。"

两人还在争论着，高拱却已迈出门槛，搡开两人，径自穿过内庭走向客厅。

"养正兄，对不起，害你久等了。"

高拱人还没有进门，声音先已传了进来。正坐在紫檀椅上百无聊赖的户

---

① 畏葸：畏惧、胆怯。

部尚书张守直，这时站起来拱了拱手，面有愠色地说道："元辅，我唐突造访，实乃事出有因，你的管家说你很累，不想传达。我对他说，我就是在这里等到天亮，也要见到元辅。"

高拱干笑了笑，歉意地说："手下人不懂事，多有怠慢，还望养正兄见谅。"

张守直看到高拱一脸倦容，发黑的眼圈里布满血丝，一副花白的长髯也失去了往日的光泽，心中的那一股子窝火顿时消失，而换为敬仰与怜悯之情。

"元辅，我知道你这些时的确很累……"

"养正兄，"高拱挥手打断张守直的话头，"你今夜一定要见我，是不是为那二十万两银子的事？"

"正是。"张守直点点头，困惑地说，"散班后，雒遵跑来敝舍，说元辅让他转告，明日拨二十万两太仓银给李贵妃，用来制作后宫嫔妃的头面首饰，此事当真？"

"的确当真，是我让雒遵急速到你府上转告。"

高拱回答坚决，张守直吃惊地望着他，思忖片刻，才鼓起勇气问道："元辅可还记得前年马森去职的事？"

"马森？"

高拱一愣，顿时垂下眼睑，默不作声。

却说前年的元宵节，隆庆皇帝带着后宫众位嫔妃一起在皇极门前看鳌山灯。瞅准隆庆皇帝看灯看在兴头儿上，坐在他身边的李贵妃趁机说道："皇上，你看看众位嫔妃戴的头面，是不是都太旧了。"隆庆皇帝扭头朝众嫔妃扫了一眼，的确没有一件头面是新款，心中也甚为过意不去。这才记起登基四年，还没有打制头面首饰赏赐后宫。第二天，便下旨户部拨四十万两太仓银购买黄金珠宝，为后宫眷属打制一批首饰，但这件事遭到了当时户部尚书马森的抵制。马森上疏畅言国家财政的困难，国家一年的财政收入只有二百多万两银子，支出却要四百多万两，仅军费和治河保漕两项开支，就要三百多万两。入不敷出，因拖欠军队饷银而引起兵士哗变的事也屡有发生。马森在奏疏中列举种种困难，希望皇上体恤国家财政困难，收回成命。隆庆皇帝虽然不大喜欢理朝，但对于历年积存的财政赤字心里还是清楚的。他平常也注意节约，比如说嫔妃们的月份银子比起前朝来要少得多。他在南苑①主持内侍比武射箭，一箭中的者也只赏了两个小芝麻饼。武宗皇帝也搞过同样的一次比赛，得奖者最低是五十两银子。两相比较，隆庆皇帝的小气也创造了明代皇帝之最。但这次不一样，隆庆皇帝已在鳌山灯会上向嫔妃们做了承诺，如不兑现，则有失皇帝的尊严，隆庆皇帝便驳回了马森的上奏。马森实难从命，只好申请乞休，隆庆皇帝准旨。高拱推荐他的同年，时任南京工部尚书的张守直来北京接任马森之职。张守直一到任，经过盘查家底，也感到实难从命。于是在征得高拱的同意下，再次上疏，婉转陈述户部的难处。这次隆庆皇帝做了让步，主动减去三十万两，只让户部拿出十万两银子来。张守直还想上疏抗旨，高拱劝住了他，说皇上既已妥协让步，总得给皇上一个面子，张守直这才遵旨办理。这笔银子从太仓划出之日，也是马森离京回籍之时。当时在京各衙门官员有两百多人出城为马森送行，可见人心向背。

张守直现在又重提这件旧事，弄得高拱心里很不是滋味。他接过侍者端上的茶呷了一口，睨了张守直一眼，慢悠悠问道：

"养正兄，你是不是想做第二个马森？赢得那些清流派的一片喝彩？"

张守直好像被人踹了一个窝心脚，脸腾地一下红了，急忙辩解道："元辅，你不要把在下的意思理解错了，我俩交情二十多年，难道你还没看清楚在下的为人？我是那种贪图虚名的人吗？如果我想当第二个马森，今晚上就不会来你的府上，我只会明天一早，到会极门外去递辞呈的折子。"

"那你提马森做甚？"高拱逼问。

"前事不忘，后事之师。"张守直喟然一叹，吞了一口口水，接着说道："给李贵妃拨二十万两银子，如果说不出一个正当的名目来，叫天下士人怎么看待这件事情？"

"下午雒遵也是问名目的事，现在你还是问这个，难道雒遵没告诉你？"见张守直垂头不语，高拱又接着说："历来新皇上登基，都有一笔开销，为后宫嫔妃定制头面首饰，这是朝廷大法，为官之人，谁不懂这个

---

① 南苑：明代的皇家苑囿，因苑内有永定河的故道穿过，形成湖泊沼泽，草木繁茂，禽兽聚集。

规矩？"

"正因为士人都懂这个规矩，所以我才担心，不要让人看出蹊跷来。"

张守直平素是有名的和事佬，遇事极少与人争执，可是今晚上好像成心要和高拱过不去，因此高拱感到别扭。放在别人，他的炮仗脾气早就发作了，但因顾忌张守直是多年朋友，且也是年过六旬的人，故一味隐忍，接着张守直的话，高拱又冷冷地问了一句：

"养正兄，你这话是何意思？"

张守直体肥怕热，碰巧这几天气温骤升，客厅的雕花窗扇虽都已打开，却没有一丝风吹进来，害得他一直不停地摇着扇子，脑门子上依然热汗涔涔①。这会儿他一边擦汗，一边忧郁地回答：

"元辅，你可别忘记了，今天登基的皇上，还是个十岁的孩子，哪有后宫嫔妃？"

高拱心中一咯噔，忖道：这倒是个疏忽。武宗皇帝登基时十五岁，也尚未婚娶，故免了头面首饰这一项开销。当今皇上比他更小，若不找个合适的理由，就会给人留下话柄。他抬起右手慢慢摩挲着额头，陷入了沉思……

"元辅。"张守直又轻轻喊一声。

"嗯？"高拱抬了抬眼皮。

张守直压低声音说道："不才虽然愚钝，但还是理解你的苦衷。你是想通过这二十万两银子的头面钱，去争取李贵妃的支持。"

"哦？"高拱勉强一笑，"你是这样看的？"

"只要这件事一成现实，京城各大衙门里头，都会这样认为。如今皇上只有十岁冲龄，今年春上才开讲筵，哪懂什么治国韬略，真正当家的是皇上的生母李贵妃。在下早就听说，这位李贵妃，是个极有主见的人。"

"她是很有主见，今儿皇上下的那道中旨，想必雒遵也都告诉你了。"

"讲了，冯保出掌司礼监，又兼着东厂，权势熏天啊，他的后台正是李贵妃，元辅要争取她，原也是为了社稷苍生，朝廷纲纪。"

"养正兄能看到这一点，也不枉是我的知友，"高拱蹙起眉棱骨，叹

---

① 涔涔：汗流浃背的样子。

第十七回　怒火中草疏陈五事　浅唱里夏月冷三更

一口气说，"你已看得清楚，我高拱向你讨要二十万两银子给李贵妃，并不存半点私心！至于你刚才说到，新皇上还是个娃娃，没有后宫眷属，这是事实。但忽略了一点，当今皇上是个孝子，先帝的嫔妃个个都在，为她们定做头面首饰，是先帝生前的未了之愿。当今皇上定做头面首饰赏赐后宫，乃也是登基仪注题中应有之义。"

张守直收起扇子一捣手心，说道："洪武皇帝创建大明基业，讲求的就是孝治天下，当今皇上定制头面首饰赏赐后宫，乃是出于孝道，嗯，这道理讲得过去，只是……"

高拱指望张守直说下去，张守直却打住话头，再也不吭声。高拱只得问道："只是什么？"

张守直两手一摊，哭丧着脸说："元辅，户部的家底你知道，巧媳妇难为无米之炊啊！"

"又哭穷，"高拱拉长了脸，说道，"一国财政都在你养正兄的掌握之中，就是扫箱子角儿，这区区二十万两银子，也还是扫得出来的。"

"元辅既如此说，在下也没有办法。实话对你说了吧，上个月的太仓里，还有一百八十多万两银子。广西庆远方面的军费，解付①了六十多万两，本来只要四十多万两，是你元辅做主，多给了殷正茂二十万两。这个月先帝宾天和新皇上登基，两个大典各项开销，又花去了六十多万两。还有打通潮河与白河的漕运②工程，这是为了把通州仓的粮食运来京城的大事，年初就定下来的，第一期工程款就得四十万两银子，这也是先帝御前钦定的。因为财政拮据，只预付了二十万两，河道总督朱衡上折子催要了多次，定于这个月再解付二十万两，这道旨意也是内阁票拟上去的。我这里说的，只是几个大项，还有一些小项开支，这里几万，那里几万，我就不必细说。总之，户部手上掌握的，还有三十多万两银子。如果再拨走二十万两，不要说疏浚打通潮白河的工程款无处着落，就是京城大大小小上万名官吏的月俸银，也找不到地方开销出来。"

论及财政，张守直眉心里蹙起了两个大疙瘩，除了诉苦别无他话。高拱

---

① 解付：把钱付出去的意思。
② 漕运：指从水路运输粮食，供应京城或军需。

也知晓这些情况，平素他对财政收支也极为关注。能省的就省，如今年紫禁城中元宵节的鳌山灯，在他的提议和力争下，就只花了五万两银子，较之往年的十五万两例银，一下子就省了十万。但这次却不同，为了争取李贵妃，这二十万两银子是非花不可的。事情既然已经摊开来讲，高拱也不便硬来，只得推心置腹，以商量的口吻说道：“养正兄，你的难处我知道，但现在是大家和衷共济、共渡难关的时候，朝廷的财政情况一年不如一年，这是有目共睹的事实。但眼下的政治局势，比起财政情况，更是乱得一团糟。冯保已经取代了孟冲，还有人对我这首辅之位，也是觊觎已久，如果事情真的发展到那种地步，我的首辅当不成，户部尚书恐怕也不会再是你养正兄了。”

高拱如此缓缓道来，张守直却听出了话中的弦外之音。他出任户部尚书两年多时间，曾有三份折子弹劾他，都因高拱从中袒护，他才有惊无险。特别是最近的一份，是广西道御史孙孝先写的，言李延为了户部能及时解付军饷，曾向张守直行巨贿。折子送上之时，正值隆庆皇帝病重期间，高拱票拟，以"查无实据，不可妄奏"八个字把此事了结。张守直因此对高拱心存感激。他何尝不知道，只要高拱这个靠山一倒，他张守直立马就要离开户部尚书宝座，卷铺盖回家了。

"我也知道事态严重，"张守直讷讷说道，"方才说了一大堆难处，并不是我张守直搪塞元辅，不肯办这件事，而是为了让元辅把事体想得更为周详妥当，不至于让奸佞之人鸡蛋里寻骨头，找出什么岔子来。我明天就开出二十万两银票来，潮白河工程款再拖一些时候，朱衡那边，还望元辅晓以利害，不要让他添乱。"

"这个请你放心。"高拱爽快答道，"朱衡那里由我来说话，其实也拖不过一个月，只要能稳住李贵妃，赶走冯保，事情圆满解决，去哪里找不回这二十万两银子？再不济，一道咨文下到两广总督行辕，让殷正茂把二十万两银子退回来就是。"

"这个恐怕难！"

"难在哪里？"

"谁不晓得殷正茂爱钱如命，让他退回银票，无异于从猴子嘴里抠枣儿，行不通。"

第十七回　怒火中草疏陈五事　浅唱里夏月冷三更

高拱不以为然地笑笑，说道："这个就请你养正兄放心，孙悟空本事再大，也跳不出如来佛的巴掌心。"

两人笑过，张守直起身告辞。

高拱与张守直两人谈话时，高福来过客厅两次，他本意是来催主人吃饭，但见两人谈话分外认真，便不敢从中打搅，直急得耍猴儿戏似的里外到处乱窜。直到张守直离开，高福这才又前脚赶后脚地走进来，说道："老爷，酒菜都备好了。"

由于饿过了头，高拱这时反倒没了胃口，他站起来伸了个懒腰，答道："都子时①了，还吃个啥，去给我打盆热水来，我泡个脚睡觉。"

高福嘴中答应"是"，却是不挪脚，高拱扫了他一眼，说："你还磨蹭个啥，快去呀！"

高福嗫嚅着回答："老爷，你老这么饿着，身子骨吃不消哇。"

"你少啰唆。"

高福不管主人烦不烦躁，犹自絮聒下去："老爷，今晚上这顿饭，是夫人亲自做的。"

"哦，老婆子下厨了？"

"是呀，夫人见你这些时操劳过甚，过着饥一餐饱一顿的日子，也是心疼得不得了，所以今夜里亲自掌厨，做了几样平日你最爱吃的小菜，暖了一壶酒，就等着你品尝。"

"老婆子呢？"

"做完菜，夫人感到累，先自睡了。"

高拱觉得夫人的情意难拂，于是吩咐："既是这样，就把酒菜搬到书房里来，我喝上两杯，解解乏。"

高福欢天喜地地下去。高拱回到书房不过片刻，便见高福提了食盒子进来，后头还跟了一个袅袅婷婷的女子。

"这个是谁？"高拱指着女子问高福。

---

① 子时：夜里十一点至一点。

高福避过一旁，朝那女子努努嘴，那女子大大方方走近前来，弯腰向高拱蹲了个万福，媚声说道："老爷，奴家名叫玉娘。"

"玉娘。"高拱觉得这个名字有些耳熟，只是记不起来在哪里听过，于是对玉娘说："你暂且出去一下。"

玉娘退了出去。

高拱问高福："这位玉娘是哪里来的？"

高福答道："老爷，这位玉娘就是上次邵大侠来京时带来送给你的。"

"哦！"

高拱这才记起那档事情，邵大侠走后，高福把玉娘安顿在一处尼姑庵里，每日里有两个小尼姑照顾她。高福曾向主人几次提起，要他抽空见见玉娘。高拱总是推辞，一来这些时朝廷接连发生大事，的确忙不过来；二来高拱也担心京城人多嘴杂，在这非常时期，不要招来物议①，事情就这么搁下了。可是万万没想到，玉娘却在家中出现了。高拱顿时恼下脸来，斥责道：

"高福，你小子胆子也真大，竟敢把玉娘领到家里来。"

高福急忙申辩："老爷可不要错怪小人了，这件事是夫人的主意！"

"夫人？"高拱一愣，"我那老婆子，她如何知道？"

"是，是小人告诉她的。"

高福于是讲出事情经过。昨日，高拱离家后，夫人把高福找来，说道："我看老爷这些时不但忙得脚不沾地，眉心上攒着的那两个疙瘩也总不见消除，天晓得他有多少烦心事。你跟了他多年，主人并不把你当奴才看，而是情同父子。你总不成眼看老爷活得如此艰难，而不帮着他找些子快乐。"高福听了也有同感，他冥思苦想一阵，终于鼓足勇气把玉娘的事向夫人禀告了。夫人一听，不但不生醋意，反而要高福把玉娘领回家来让她看看。高福领命，今日把玉娘领进家门，夫人接见说了会子话儿，竟对这玉娘十分地喜欢，便吩咐留在家中侍候老爷。

听罢原委，高拱笑了起来，说道："我家这个老婆子真是开通，居然给

---

① 物议：众人的议论，多指非议。

第十七回　怒火中草疏陈五事　浅唱里夏月冷三更

老公拉皮条，既是这样，就叫玉娘进来吧。"

高福转身出门把玉娘领了进来，又把食盒子里的酒菜拿出来摆好，这才退了出去，小心把门掩好。

高拱家中的书房同客厅一样大，平素夜里只点一盏宫灯，光线不甚明亮。今夜里书童按高福的吩咐把书房里的四盏宫灯全都点燃，因此屋子里明亮得如同白昼。借着亮炽的灯光，高拱仔细端详坐在眼前的玉娘：只见她穿着一袭素白的八幅罗裙，腰间数十道细褶，每一褶一道颜色，搭配得既淡雅又别致，裙边一两寸宽的地方，绲了大红的花边，看上去很醒目，让人愉悦。也许是独自面对高拱的缘故，玉娘有些紧张，微垂着白腻如玉的鸭蛋脸，只让高拱看到一个梳裹得整齐的用金银丝线绾成的插梳扁髻。

"玉娘。"高拱喊了一句。

"老爷。"

玉娘抬起头来，只见她一双美丽的大眼睛脉脉含情，抿着两片薄薄猩红的嘴唇，微微上翘的嘴角露出些许的调皮与天真。面对这么一位不胜娇羞的美人儿，高拱不免心旌摇荡，一双火辣辣的眼睛盯着玉娘的脸蛋不挪开。玉娘被看得不好意思，香腮上飞起两朵红云，她躲过高拱的目光，站起身来说："老爷，奴家给您斟酒。"

"好，你陪老夫喝一杯。"

高拱说着，趁玉娘挪步过来斟酒的当儿，伸手把她执壶的手摸了一把，他像摸到了滑腻的牛乳，周身顿时如同遭到电击。在官场同僚中，高拱以不近女色闻名，可是今夜里，他也忍不住失态了。

"老爷，奴家敬您这一杯酒。"

玉娘双手举着酒杯，半是羞涩半是娇嗔地送到高拱跟前，高拱有些情不自禁，说话声调有些异样："不是说好，你陪老夫一起喝吗？"

"这是敬老爷的，您先喝下，下一杯奴家再陪您喝。"

"好，那就一言为定。"

高拱接过酒杯一饮而尽，玉娘又斟酒两杯，两人碰杯对饮。一杯酒下肚，玉娘的脸庞更是艳若桃花，光泽照人。高拱也是神采奕奕，兴致大发，他吃了两筷子菜，问玉娘："你和邵大侠是何关系？"

玉娘答道："奴家原籍在淮北，十一岁因家境没个着落，被父亲卖给一个大户人家当上房的使唤丫头。没过半年，又被那家主人转卖到南京秦淮河边的玉箫楼，认了一个新的干妈。那干妈便教我弹琴唱曲，吟诗描画。五年下来，倒也学了一些糊弄人的本事。干妈本是把我当作摇钱树来栽培，指望日后靠我腾达养老。那一日，邵大侠逛到玉箫楼来，不知谈了什么条件，就把我赎出身来，并把我带来北京，讲清楚了让我服侍老爷。"

玉娘一口气说完自己的经历，这倒更引起高拱的怜爱，问道："你那干妈可还疼你？"

"疼是疼，可是管教也严。"

"怎么个严法？"

"我进玉箫楼，从没见过一个生人，也从不让我参加任何应酬。"

"你那干妈是个精明的生意人，她是想留着你放长线钓大鱼。这不，邵大侠就上钩了。"

高拱说罢，先自大笑起来，又把玉娘斟上的酒饮了一杯，玉娘也陪着笑了。高拱接着问道："邵大侠是怎么跟你说的？"

玉娘两颊飞红，抿着嘴唇不语。

"说呀！"高拱催促她。

"邵大侠说，他给我寻了个除了皇帝之外天底下最显赫的人家，让我来当偏房。邵大侠说的这个人，就是老爷您了。"

玉娘细声细气说完这段话，羞得无地自容，伸出两支玉手捂住发烫的脸。这副忸怩不安娇滴滴的样子，越发逗得高拱开心。这时他已春心荡漾，很想上前把玉娘搂进怀里亲她一亲，但他还是克制住了，又寻个话头问道：

"你干妈教你唱了些什么曲子？"

"好多啦，大凡堂会上流行的曲子，奴家都会唱。"

"啊，那你就唱它几支，给老夫佐酒。"

"奴家遵命。"

玉娘转身，出门去拿了一张琵琶进来，调了调弦，问道："老爷要听哪一支？"

第十七回　怒火中草疏陈五事　浅唱里夏月冷三更

高拱平素极少参加堂会应酬，就是偶尔参加，也无心留意曲牌，让他点唱可真是难为了他，因此答道："你就拣好听的给我唱来。"

玉娘点点头，敛眉略一沉思，便轻挥玉指拨动琵琶。随着柔曼如捻珠般的弦声，玉娘唱道：

山抹微云，天粘衰草，画角声断谯门。暂停征棹，聊共引离尊。多少蓬莱旧事，空回首，烟霭纷纷。斜阳外，寒鸦数点，流水绕孤村。

销魂。当此际，香囊暗解，罗带轻分。谩赢得青楼薄幸名存。此去何时见也，襟袖上，空惹啼痕。伤情处，高城望断，灯火已黄昏。

如果单只说话聊天，高拱只把玉娘看成是一个万里挑一的美人坯子。及至玉娘开口一唱，高拱才领会到玉娘原来是一个色艺俱佳的二八佳人。听她慢启朱唇刚一开腔，高拱便有三分陶醉。他索性闭了眼，静听玉娘的一曲妙唱。那声音媚甜处，让人可以感觉到怀春少女的似水柔情；娇嗔处，让人如置画楼绣阁，听红粉佳人的打情骂俏；紧凑处，如百鸟投林，飞泉溅玉；悠扬处，如春江花月夜的一支洞箫。字正腔圆，珠喉呖呖。高拱听得痴了，玉娘一曲终了，他尚沉浸其中。

"老爷，奴家献丑了。"玉娘说道。

高拱醒过神来，连声叫好。望着明眸皓齿的玉娘，不禁又蹙了蹙眉头，说道："你方才唱的是宋代秦少游的《满庭芳》，词是好词，只是过于伤感。看看，曲子唱完了，你的眼中犹自泪花闪闪。"

玉娘怀抱琵琶欠欠身子，歉意地说："这是干妈教给奴家的第一支曲子，我顺嘴唱了出来，没想到惹得老爷不高兴，奴家赔罪了。"

高拱没料到随便说一句，竟引起玉娘如此紧张，便故作轻松地一笑说道："我只不过随便说说，老夫极少听人唱曲子，你却是唱得真好，你再唱下去，唱下去。"

"老爷，奴家唱点诙谐的如何？"

"随你。"

玉娘又不经意地拨了一下琵琶,定定神,又唱了一首:

> 提起你的势,笑掉我的牙。
> 你就是王振、刘瑾,也要柳叶儿刮,
> 柳叶儿刮。
> 你又不曾金子开花、银子发芽。
> 我的哥啰!你休当玩耍,
> 如今的时年,是个人也有三句话。
> 你便会行船,我便会走马,
> 就是孔夫子,也用不着你文章,
> 弥勒佛,也当下领袈裟。

唱这支曲子,玉娘好像换了一个人,脸上的忧戚一扫而空,换成逗人发笑的顽皮。二八佳人学街头耍把戏的那种油腔滑调,这强烈的反差本身就很出彩。因此把高拱逗得胡子一翘一翘地大笑,笑声止了,又满饮了一杯酒,高拱问道:"这支曲子叫啥名字?"

玉娘答道:"回老爷,叫《锁南枝》,是一支专门讽刺宦官的曲子。"

高拱眼眶里闪过一丝不易捉摸的光芒,说道:"老夫听到了,你唱的曲词儿中提到了王振、刘瑾这两个恶贯满盈的大太监,这曲子也是你干妈教的?"

玉娘摇摇头,答道:"这曲子是奴家来到京城后才学会的。"

"啊,跟谁学的?"

"也没跟谁学,那一日,在两个小尼姑的陪同下,到泡子河边看景儿,在一个小书肆里买回一个唱本儿,上面有这首词儿。"

"既是唱本儿,里头肯定有许多的词,你为何单单选中这一首来唱?"

"这……"玉娘欲言又止。

高拱追问:"这里头难道还有什么可隐瞒之事?"

这一问,倒把玉娘唬住了,她连忙答道:"老爷言重了,奴家自到京

第十七回　怒火中草疏陈五事　浅唱里夏月冷三更

城，日日夜夜都想着老爷，哪有什么隐瞒的事。奴家拣了这首词儿来唱，原是想讨老爷的欢心。"

"此话怎讲？"

高拱说话直通通的，口气很硬。这是因为长期身居高位养成的习惯，叫一个女孩儿家听了很不受用，但玉娘隐忍了，依旧含笑答道："奴家听说，老爷很不喜欢宦官。"

"哦？"高拱端起一杯酒来正准备一饮而尽，一听这句话又把酒杯放下了，问道："你一个女孩儿家，怎好打听老夫官场上的事？"

玉娘说："也不是特别打听，满京城的人都知道，老爷不喜欢紫禁城内的一个冯公公，奴家只不过拣耳朵听来。"

"因此你就拣了那首词儿来唱，讨我的欢心，是吗？"

"正是。"玉娘黑如点漆的眸子忽闪了几下，不安地问："老爷，这有什么不对的吗？"

"也没有什么，"高拱长吁一口气，说道，"玉娘啊，老夫看你是聪明过头了。"

高拱说着，脑子里便浮出两句古诗："花能解语添烦恼，石不能言最可人。"玉娘一个小小的女孩儿家，干吗要打听大老爷们儿官场上的事情？既留心打听，谁又能保证她日后不掺和进来播弄是非？虑着这一层，高拱又联想到把隆庆皇帝缠得神魂颠倒的那个奴儿花花，她不也是有着倾城倾国之貌吗？看来，古人所言不虚，女人是祸水，越是漂亮毒害越大。这么想下去，本来已被撩拨得精神振奋欲火难熬的高拱，刹那间又变得眼含刻毒心如冰炭，他推开杯筷，起身走出书房。一直候在书房外头过厅里不敢离去的高福，见主人走了出来，赶忙满脸堆笑迎上去，喊道："老爷。"

"嗯，"高拱停下脚步，盯了高福一眼，说道，"你把玉娘送回去。"

高福一愣，小声问道："送到哪儿？"

"你从哪儿接来的，就送回到哪儿！"

高拱说完，头也不回地走回了后堂。高福不知道发生了什么事情，望着主人渐渐走远的背影发了好一阵子呆。斯时已三更，万籁俱寂，只书房里头，隐约传出玉娘微微的啜泣。

第十八回

勘陵寝家臣传密札
访高士山人是故知

新皇帝登基第二天，张居正遵旨前往天寿山视察大行皇帝的陵寝工程。出了德胜门，眼见沃野平畴，青葱一片，不觉心情一爽。从隆庆皇帝犯病到去世，差不多也有半年时间了，张居正一直郁郁不乐，这是因为他与高拱的关系越来越紧张。近些时，虽然高拱屡屡做出和好的姿态，但张居正心底清楚，这只是高拱害怕他与冯保联手而做出的防范措施，并不是真正地摒弃前嫌，因此也只是表面应付。两人的矛盾不仅南北两京的官员们都已知道，甚至那些退休致仕的官员也耳闻其详了。昨天散朝回家，他同时收到了陈以勤和殷士儋的来信。这两人都曾是内阁大臣，先后与张居正同事，后又同样因为得罪高拱而被排挤去职，回籍闲居。一在四川南充，一在山东历城。他们在信中对张居正的前途表示了关切。张居正满腹牢骚，本想对过去的同僚一诉，何况这两人最能理解他目前的处境。但转而一想，白纸黑字写出去的东西，若谬传他人，便成了抹不去的证据，因此落笔回信时便又存了一分小心。殷士儋脾气暴躁，且经常酒后失言，当年同在内阁，也不敢同他推心置腹交谈。给他的回信，只是几句安慰的话：

使至，知台从已返仙里，深慰鄙念。

宋人有一联云："山中宰相无官府，天下神仙有子孙。"前一句，公已得之，后一句，愿公勉焉。使旋迫节，草草附复。别具侑柬，幸唯鉴存。

第十八回　勘陵寝家臣传密札　访高士山人是故知

陈以勤胸有城府，给他的回信，也就谈得透彻些。甚至说出了"枢衡之地，屡致臬兀。机辟盈野，凤翔九霄"这样露骨的话。在中旨还未颁到内阁之前，他已知道冯保接任了司礼监掌印的职务，他料定高拱接到中旨后必定暴跳如雷。正好新皇帝让他来天寿山，使他得以躲过内阁那难堪的场面。

时为六月中旬，炽烈的阳光无遮无拦地倾泻。驿道两边的杨柳，叶子都晒得蔫蔫的，躲在浓荫深处的知了，高一声低一声的嘶鸣，更让人感到闷热难挨。刚出城的时候，因为还是早晨，凉风悠悠，阳光也不撒泼，张居正因此心旷神怡。两个时辰后，情形就完全不同了。他乘坐的马车，燠热如同蒸笼一般。车轿的四围帘子虽都卷了起来，却一丝风也没有，旁边站着的小厮虽不停地给他打扇，他仍汗下如雨，那一身青服乌纱黑角带的穿戴，都已经湿透了。

车入昌平县境，昌平县令已在那里恭候多时。路边临时搭起的凉棚里，已摆好了七八桌酒席，招待张居正一行。火蒸火燎的张居正胃口全无，只喝了一碗绿豆稀饭，吃了几片西瓜，就又催赶着上路了。大约未时光景，张居正一行来到了天寿山的大红门前。

坐落在京城北郊昌平县境内的天寿山，是成祖朱棣宣布迁都北京后，亲自选择的陵地。为选择一块理想的"吉壤"，朱棣从全国各地召聚了一批有名的风水大师，让他们跑遍了北京周围的山峦岗地。这些风水大师们风餐露宿，跋山涉水，忙乎了几个月，最后遴选了五处山陵，绘出图样来让朱棣圈定。朱棣又让他最为倚重的"黑衣宰相"姚广孝和大相士袁珙参加意见，多方斟酌，终于把风水大师廖均卿挑选出的黄土山选定为皇陵。朱棣嫌黄土山名儿不雅，遂亲改其名为天寿山。

这天寿山的确是一块难得的上乘吉壤。它首尾八十里，是燕山山脉的一个分支，来脉虎踞龙腾，悠远有致。东、北、西三面群山环绕，南边却开敞无阻，好像一个大庭院。"院子"尽头，有一对小山把门，左边称为龙山，右边称为虎山。从天寿山正中一处叫康家庄的村子后头，密林里流下一股清澈的山泉，迂回流过这片三山环抱的平坦腹地，然后从龙山与虎山之间潺潺流出，流向广阔的平原。无论山形水势，还是土层植被，均无一点可挑剔之处。朱棣选中这块陵地后，便把康家庄的村民尽数迁出，在其旁边修建了自己的陵寝，民间所传"康家庄边万年宅"，指的就是朱棣的长陵。自朱棣起，仁宗朱高炽的献陵、宣宗朱瞻基的景陵、孝宗朱佑樘的泰陵、武宗朱厚照的康陵、世宗朱厚熜的永陵等一共八个皇帝的陵寝都在这天寿山中。正在修建中的穆宗朱载垕的昭陵，是这山中的第九座皇陵了。

车轿在龙虎二山之间的大红门前停下，这是皇陵的正门。所有官员、兵士等到此一律下马，连皇上也不例外。张居正在车轿里头另换了一套干净的素服下车。穆宗皇帝去世第二天，就来这里督工的礼部左侍郎王希烈和钦天监夏官①孔礼，这时导引张居正从大红门的左门进入陵区，沿着青石长阶走上感恩殿，这是皇帝前来祭陵的驻跸②之地。隆庆二年清明，张居正曾随着穆宗皇帝来这里祭过一次陵。皇上亲祭了永陵与长陵，余下六陵由皇上指定六名大臣代为祭扫。张居正代皇上祭扫的是武宗朱厚照的康陵。就在那次祭陵中，穆宗也亲自定下了自己百年之后的陵寝之地。一晃四年过去了，山川依旧，人事全非。当年主持春季山陵大祭的穆宗，如今也已作古。想到这一层，张居正不觉抚髯长叹，倍感凄凉。

在感恩殿稍事休息，张居正就在王希烈和孙礼的陪同下，乘板舆到了修建昭陵的工地。成祖朱棣的长陵正好在天寿山与大红门之间的中轴线上，左右皆是历代陵寝。世宗皇帝的永陵靠近"庭院"，脚下蹬着龙山。正在修建的穆宗皇帝的昭陵与永陵隔谷相对，正好对着虎山。当初礼部和钦天监两家主持为穆宗选择"吉壤"时，也拿了几处方案，穆宗一下子就看中了现在这块地方。他说："百年之后与先帝父皇比邻而寝，朕心大慰。"穆宗说这句话时，张居正正好侍立在侧。当时他觉得钦天监选定的几块地中，这地方并不算太好。虽然也在龙脉之上，却回势稍差，缺乏逶迤奔腾的气势。但皇上自己喜欢，他这位大臣哪敢发言"有悖圣意"呢？四年后，再来看这座将竣工的陵寝，张居正当初的感觉并没有多大改变。

在昭陵工地上转了一圈，听了王希烈与孔礼两人的汇报，张居正心中有了底。按钦天监选定的日期，九月十一日是穆宗梓宫落土的吉日。到今天整整还有三个月，而昭陵工程基本已接近尾期，最多只需一个月时间就可完全

---

① 夏官：儒家经典《周礼》分为天、地、春、夏、秋、冬六官，即六篇记载各种制度，其中夏官记载军事制度，以大司马为长官，掌管军队。后世多以夏官代称兵部尚书。

② 驻跸：帝王出行，途中停留暂住。

第十八回　勘陵寝家臣传密札　访高士山人是故知

竣工。

此时夕阳西下，四围郁郁苍苍的松树，在阳光的衬照下，翠色很是抢眼。解暑的清风，挟着不远处依山而下的泉声，悠悠传来，令人心旷神怡。张居正便动了走一走的念头，于是踏上林间的石板道，朝德胜口村的方向走去。这德胜口村同康家庄村一样，原也是山中一个不小的村庄，因修建皇陵而尽数迁出，只留下一个地名。从一片林子中走出来，登上一处突兀的岩石，张居正看到了埋葬着世宗皇帝的永陵。由此他想到了这位笃信道教斋醮的皇帝，由于一意修玄，导致大权旁落，首辅严嵩专权达二十余年，次辅徐阶也就忍耐了二十余年，一直耐心等待扳倒首辅的机会……沉思中，张居正不由自主地转了一个身，位于德胜口村上头埋葬着武宗皇帝的康陵，在渐渐暗淡的夕阳中，散溢出一股难以名状的孤凄。这位沉迷女色、不理朝政的风流皇帝，成天躲在豹房①里寻欢作乐，要么楚馆秦楼，要么放鹰逐犬。朝中大事，竟让大太监刘瑾一手处理。一个恶贯满盈的太监，竟代秉国政五年多，社稷纲常，被弄得乌烟瘴气。封疆大吏的奏折，刘瑾的门人可以随意批答。厚颜无耻的贪婪小人，刘瑾可以随意地卖官鬻爵。最有名的例子，莫过于大理司事张䌽，每见到刘瑾就远远地拜倒在地，膝行上前，口中连呼"爷爷"。刘瑾开怀一笑，对身边随从说："你们看看，这才是我的好孙子。"不久，就拔擢张䌽为吏部尚书。严嵩与刘瑾，一个首辅，一个司礼监掌印，都是前朝的巨奸大猾，就因为碰上两个糊涂皇帝，他们才敢为非作歹，糟蹋公器②。太平出良吏，顺世出名臣。可是，自明太祖创下大明基业，到现在也两百多年了，为什么就出了这么多贪吏奸臣呢？

张居正触景生情，刚刚转好的心情，一下子变得沉重了。这时，忽然一阵吵闹声把他从沉思中惊醒。循声看去，只见守陵驻军的一名小校正在驱赶一位老汉，眼看老汉被推得跌了一跤，张居正便喝住小校，走了过去。这才看清老汉并不老，五十岁左右，麻衣麻鞋，虽是村夫野老的打扮，眼光却深邃有力。

---

① 豹房：明武宗的享乐之所，位于皇城西苑，即今北海公园西面，内置虎豹等珍禽异兽，故而得名。
② 公器：比喻国中有才能的人。

张居正问小校:"你为何要推他?"

小校答道:"回阁老张大人,这个人私闯陵区,例该有罚。"

皇陵有一个营的军士守护,闲杂人等若私闯陵区,按条例处罚,轻则拘役,重则关押。张居正又扫了那人一眼,只见那人不卑不亢,身上全然没有俚俗人家的卑琐之气。

"看你一身孝服,是不是为大行皇帝志哀?"张居正问。

"是。"老汉点头回答,"新皇帝虽然于昨日登基,但他毕竟与大行皇帝是父子。子之登基之喜不能掩父之大行之哀,所以,我这身麻衣麻鞋,要穿过二十七日的举丧之期。"

老汉说话铿锵有力,态度也不卑不亢。张居正顿时对他感兴趣起来,问道:"老人家贵姓?"

"免贵,贱姓常。"

几句答话,张居正已断定眼前的这个人是个读书人。从他的行为举止,他陡地想起了一个人,两人很有相似之处。但他不相信有这种巧遇,又问道:"请问常先生,为何要私闯皇陵?"

"我想来看看正在为大行皇帝修建的昭陵。"

常先生这一句话,倒让在场的官员们都吃了一惊。王希烈忍不住插问:"你为何要看昭陵?"

"看大行皇帝是否葬得其所。"

"你是风水先生?"孔礼以行家的眼光,把常先生上下打量了一番。

"村夫野老,略懂一点堪舆①之学。"

常先生微微一笑,又把眼光投向了昭陵。

"你看昭陵的风水如何?"孔礼继续问。

常先生眼中掠过一丝难以捉摸的神色,想说什么,却又不好开口。

孔礼看了一眼张居正,感到这位次辅大人也有听下去的兴趣,于是怂恿道:"常先生,你但说无妨。"

常先生点点头,说:"这块地若下葬大夫朝臣,也算是一块吉壤了,但

---

① 堪舆:俗称风水,指住宅基地或墓地的形势,也指相看住宅或墓地是否吉利之术。

第十八回　勘陵寝家臣传密札　访高士山人是故知

作为天子陵寝，还是有所欠缺。"

"欠缺在哪儿？"

"天子陵寝，必须拱、朝、侍、卫四全，就像皇上在金銮殿接见大臣时的样子。皇上坐在宝座上，两边有侍从，后面有高大威严的屏风，前面有玲珑的桌案，远处有列班的朝臣。用这四全的法则来看昭陵，朝臣与侍卫都有点散乱，其势已不昌隆了。"

说到这里，常先生便指点着昭陵前后左右的山川形势，一一说明，把这一行官员都听得目瞪口呆。孔礼供职钦天监，是专司皇陵堪舆的命官，成年累月同风水大师打交道，在这方面可谓见多识广，他知道今天碰到了高手。常先生挑出了昭陵的毛病，换句话说，就是他这位命官的失职。出于自我保护，孔礼说道：

"你这是一家之言，当年选定昭陵的风水大师都是闻名天下的专家，说的和你可不一样。"

论及专业，常先生却固执起来了："大人，我先头已经说过，我一介村夫，不和任何风水大师争短长，我只说自己的观点。"

张居正很欣赏常先生的观点，同时也理解孔礼的心情，这时候站出来打圆场说："昭陵这块吉壤，是大行皇帝在隆庆二年钦定的。"

"是啊，是皇上钦定的。"孔礼跟着就嚷起来，朝张居正投来感激的一瞥。

常先生摇摇头，不禁惆怅地说："如此说来，这是天意啊！"

"此话怎讲？"王希烈问。

常先生环顾了一下天寿山，这时暮霭飘忽，影影绰绰的松林上头，到处是盘旋归窠的宿鸟。常先生缓缓说道："天寿山水木清华，龙脉悠远，形势无可挑剔。唯我中国之大，也是难得的吉壤。但是，望势寻龙易，须知点穴难。当年永乐皇帝的长陵，点的就是正穴①。一处吉壤，只有一个正穴。天寿山的正穴就是长陵，自永乐皇帝冥驾长陵，一晃也有二百年了，这天寿山中，又添了献陵、景陵、裕陵、茂陵、泰陵、康陵、永陵等七座皇陵，现在

---

① 正穴：此处指正式埋葬的墓穴。

又有了昭陵，总共是九座皇陵。依老朽来看，这里皇陵的穴地，是一穴不如一穴。千尺为势，百尺为形。势来形止，是谓全气，天寿山的全气之穴，只有长陵。"

常先生一番剖析，说得头头是道。但听他宣讲的这一干朝臣，包括张居正在内，却是谁也不敢接腔。官袍加身的朝廷命官，谁敢对皇陵的优劣妄加评论？尽管他们内心觉得常先生言之有理，但绝不敢随声附和，因此竟一时间冷场了。倒是那机灵的小校，看到张居正不说话，猜想他的为难，便又朝常先生吼了起来：

"你个常老儿，尽他娘的胡说八道，还不快走。"

"我这就走，"常先生朝张居正拱拱手，说，"大人，恕老朽猜测，你们是为视察昭陵而来，天寿山葬了九个皇帝，地气已尽，为保大明的国祚，必须寻找新的吉壤。"

说罢，常先生朝张居正一行深深一揖，掉转头匆匆下山了。望着他渐渐模糊的背影，张居正忽然醒悟到什么，他命令那小校："你去把那位常先生拦下来，晚上我还要找他谈谈。"

张居正刚回到感恩殿的住所，就有担任警卫的小校进来禀告，说是家人游七有要紧事求见。张居正心下纳闷，离家才一天又有什么大事发生？便命小校领游七进来。少顷，只见游七风尘仆仆满头是汗地跑进来，后头还跟了一个人。两人一进厅堂，喊了一声"老爷"，磕头行礼。这当儿，张居正才看清，跟着游七进来的是冯保的管家徐爵。

"这不是徐爵吗？你怎么来了？"张居正问。

"我家主人有要紧事向张先生讨教。"徐爵恭敬回答。

两位管家各觅了椅子坐下。张居正盯着一贯鲜衣怒马如今却是一身仆人打扮的徐爵，笑着说："原来是你家主人有事，我还真的以为是游七有事。"

"老爷，我真的有一封急信要送给你，"游七连忙插话说明原委，"我正要起程送信，徐管家来府上说是要见你，于是临时换了一身衣服，和我一起来了。"

第十八回　勘陵寝家臣传密札　访高士山人是故知

"路上没人认出你？"张居正问徐爵。

"没有！"游七代为回答，接着从怀里掏出一个沉甸甸的信封，双手呈上。

张居正接过来拆封一看，是李幼滋从衡山寄来的密件，总共有十几张信笺，详细述说李延在福严寺神秘死去的经过以及连夜突击审查李延一干随从的结果。最令人振奋的事情，是李延的帮办董师爷交代了李延向京城一些部院大臣行贿的事实，并从李延行李中搜出了那三张寄名高福的五千亩田契。张居正一目十行看过这封信，又看了看随信寄来的那三张田契的原件，顿时心花怒放，心里头直夸奖李幼滋会办事。但表面上他却声色不露，慢腾腾地把信笺依原样折好，装回信封，放在茶几上，然后问徐爵："你家主人有何事找我？"

游七不知道信的内容，徐爵当然更无从知晓，因此两人都猜不透张居正此时的心情。徐爵瞄了瞄茶几上反放着的信封，习惯地眨眨眼，答道："今儿个上午，有两封题本送到了皇上那里。一封是刑部上的，讲的是妖道王九思的事。说王九思既已让东厂抓到，就该交给三法司问谳定罪……"

"该定何罪？"张居正插问。

"折子上说，王九思以妖术惑乱圣聪，导致先皇丧命，理当凌迟处死。"

"哦。"张居正不置可否地哼了一声，接着问："还有一封折子说的什么？"

"是礼部上的。说按新皇上登基成例，应从户部太仓拨二十万两银子，为后宫嫔妃打制首饰头面。"

张居正"哦"了一声，这份题本多少有些出乎他的意料。游七观察主人的脸色，趁机说道："这道折子的意图再也明显不过，就是他高胡子变着法子讨好李贵妃。"

张居正脸上勃然变色，他眉毛一拧，瞪着游七厉声斥道："狗奴才大胆，你有何资格议论朝政，嗯？"

张居正突然发怒，唬得游七一下子从椅子上跌下来，双膝跪地，筛糠一般答道："老爷，奴才知罪，奴才知罪。"

张居正余怒未息，吼道："滚出去！"

游七连滚带爬退出厅堂，看到游七惶然退出的窘态，徐爵也浑身不自在。虽然他对张居正家风甚严早有耳闻，但如此不留情面还是让他感到难堪。毕竟，他与游七的身份差事相同，因此感同身受，竟也产生了挨骂的感觉。

倒是张居正，脸上早已乌云尽退，好像刚才的事压根儿没有发生，他转向徐爵，和颜悦色说道："徐爵，你的话还没说完呢。"

徐爵顿时感到张居正真是一个深不可测的人物，心中也就产生了一种敬畏。他又眨了眨眼，说道："我家主人收到折子，不敢怠慢，赶忙奏报皇上。皇上没主意，不知如何批答才好。"

"按常例，这两道折子应该送内阁拟旨。"

"这个我家主人懂得，只是这里头的道理很明显，"说到这里，徐爵觑着张居正神色，小心翼翼说道，"方才游七所言，虽然触犯了张先生的家规，但他道出了个中症结所在。"

张居正默不作声，沉思一会儿，问道："李贵妃知道这两个折子吗？"

"知道，"徐爵点点头，声音压得更低，"她也没了主意。我家主人看透了李贵妃的心思，对这两件事情的处理，她都同意折子上所奏之言。"

"这正是高拱的厉害之处。"张居正在心里说道。但他依然不显山不露水地问道："冯公公是怎么想的？"

"我家主人感到十分为难，如果拟旨准行，则让高拱抢了头功，从此事情就不好办；如果驳回折子，又怕得罪李贵妃，日后更难办事。我家主人苦无良策，只得派我来这里向先生讨教。"

徐爵本想把事情说得委婉一点，但面对张居正深藏不露的眼神，他不免有些慌乱，因此也就赤裸裸地说出了冯保的为难。其实，他就是不如此直说，张居正也清楚不过。听罢徐爵的陈述，他伸出指头，漫不经心地叩着面前的花梨木茶几，沉吟着说："其实，这两件事都不难办理。"说着，示意徐爵走近前来，细声细气与他耳语一番。徐爵听罢，不禁眉飞色舞，连连说道："好，好，依先生之计行事，他高胡子就会偷鸡不成反蚀一把米。"

张居正眉头一皱，轻轻拍了一下徐爵的肩膀，提醒道："徐爵，你家主人如今已升任大内主管，你这位当管家的，凡事要紧开口、慢开言，常言

第十八回　勘陵寝家臣传密札　访高士山人是故知

道，小心不亏人。"

徐爵立即收了兴头，小心答道："张先生的叮嘱是至理名言，小的当铭记在心。还有一件事，我家主人让我告诉你，今天通政司转来了湖南道按察使李幼滋的手本，奏报前两广总督李延在衡山自尽。"

"哦，有这等事？"

张居正装出大惊失色的样子，徐爵幸灾乐祸说道："这个李延，是高胡子的得意门生，他这一死，高胡子的阵营里，便少了一条走狗。"

"李幼滋的手本还说了些什么？"

"其余倒也没说什么，仅仅奏报了李延的死讯而已。"

听徐爵如此回答，张居正也就放了心。看来李幼滋是个有心人，他把此事的底牌全都告诉了张居正，对朝廷那边只是敷衍了事地上了一道公文。

张居正瞥了瞥茶几上那个空无一字的信封背面，似乎要说什么，只见小校又敲敲门，进来禀告："张大人，内阁中书马从云求见。"

马从云接替韩揖在高拱值房当值，他为何此时此地突然出现？张居正眉棱骨一耸，对小校吩咐："你让马大人在外头稍坐会儿，听我的传呼进来。"

"是。"小校躬身退下。

不等小校的身影在回廊上完全消失，徐爵就满脸狐疑地说道："马从云不是高胡子的心腹吗，他怎么来了？"

"你不要管这些闲事，"张居正阴沉着脸说，"此处非久留之地，我也不留你吃饭了，你去喊上游七，回廊这头，还有一道门出去，你们俩赶紧离开。"

徐爵点点头，也不再说什么，闪身出门邀游七走了。张居正收拾好李幼滋的密札，这才传话让马从云进来。

"张大人！"

随着这一声喊，身材颀长穿着七品官服的马从云已跪到张居正面前行礼，张居正伸伸手示意他坐下，马从云坐在刚才徐爵坐过的那把椅子上，一双眼睛滴溜溜朝屋子四处张望，这一动作引起了张居正的不快，他压着性子问道："你怎么来了？"

267

"首辅有急件让我送给张大人。"

说罢，马从云从随身带来的锦囊里抽出了一份黄绫硬面的题本，张居正接过一看，封面上写了四个鹌鹑蛋大小的苍劲楷体字："陈五事疏"，一看就是高拱的手迹。张居正一页一页翻读，嘴中不时叫好，不过片刻读完，他合上题本，问马从云："元辅让你送来，是否是征求我的签字？"

"正是，"马从云背书一样说道，"首辅说，皇上以十岁冲龄登基，于政体多有不熟，先帝弥留之际，曾把三位阁臣召至榻前，亲授顾命，现在，三位内阁顾命大臣须得戮力同心，辅佐皇上，廓清政体，明辨国是。"

张居正心里头明白，这份《陈五事疏》是针对任命冯保为司礼监掌印的那道中旨而来的。连同徐爵刚才提到的那两份题本，都是高拱一手策划的攻势，旨在取悦李贵妃，扳倒冯保。平心而论，张居正很是佩服高拱高明的政治手腕，他欲除政敌，步步为营，步步都是好棋。对手稍一不慎，就会落入他精心设计的陷阱而俯首就擒。凭以往的经验，他知道这仅仅只是开始，山雨欲来风满楼，好戏恶戏都还在后头。此情之下，他张居正很难做局外人，高拱也不允许他做局外人。这不，大热天的让马从云把这份《陈五事疏》送到天寿山来让他签字，就是要把他拖入这场斗争，联合向冯保发动攻击。好在张居正早已看清了这场斗争的性质，并把自己在这场斗争中所扮演的角色以及如何审时度势进退予夺等大事都已思虑清楚，所以事到临头并不慌乱。他起身到里屋，启开书童随身带来的墨盒，毫不犹豫地在高拱、高仪之后签上了自己的名字。

马从云拿到签好字的《陈五事疏》题本，也不再耽搁，告辞走出感恩殿，打马返回京城。

把这两拨人接待完毕，不觉已到酉牌时分。王希烈、孔礼一班官员尚瘪着肚皮等张居正共进晚餐。因张居正是一品阁老大臣，又是奉皇上旨意而来，在这里督工的礼部左侍郎王希烈不敢怠慢，吩咐庖厨准备了丰盛的酒席，要为张居正接风。这种官场酬酢最是耗费时间，但张居正也不好推托，只得把脱下的一品官服重新穿上，步入所住厢房一侧的宴会厅，一时间珍馐罗列，举筷飞觞。张居正顾忌着王希烈是高拱线上的人，因此只是勉强应付，就皇上陵寝工程问题，说了一些鼓励的话，一顿饭吃得气氛越来越淡。

第十八回　勘陵寝家臣传密札　访高士山人是故知

本想套近乎的王希烈，隐约感到张居正这个人不大好侍候，也就草草撤席收场，各自回房间休息。

却说张居正一回到下榻处，即命小校去把那位常先生找来。常先生进来时，张居正已除了官服，并让书童给客人沏好了茶水。

宾主坐定，张居正说道："下午在先帝陵寝工地，我看常先生言犹未尽，因此便让小校把先生留下来，有些事情还想向你讨教。"

常先生坐在明亮的宫灯之下，依然是一身麻衣，只是眉宇间洋溢着一股灵动的生气。他笑着回答："阁老大人是名倾朝野的文渊阁大学士，在下只是一介草民。虽胸有点墨，亦难担当求教之言。"

张居正久居高位，各色人等见得多了，但觉得这位常先生身上自有一种人所不能企及的仙风道骨。从见他第一眼起，他的脑子中就闪过那副对联："雪满山中高士卧，月明林下美人来。"现在见这常先生谈吐属对，既无村夫野老之粗俗，亦无文人骚客的迂腐穷酸，更是肃然起敬，因此问道："听常先生口音，好像是江西人。"

"阁老大人说得不错，在下正是江西人。"

"听你谈吐，也是饱读诗书之人，为何要隐伏草莽，弃绝功名？"

"当年我也曾进京参加过春试①，只是受了刺激，从此再也不肯走进考场一步。"

"你应试过？哪一年？"

常先生放下手中的茶杯，扬了扬两道漆黑的卧蚕眉，盯着张居正说："阁老大人，你真的不认识我了？"

"你是……"

看到张居正迟疑的神态，常先生悠悠一笑，抚摸了一下修理得整整齐齐的山羊胡子，说道："阁老大人，你还记得初幼嘉吗？"

"初幼嘉？"

张居正浑身一激灵，这是他年轻时的挚友，一起参加乡试、京试②。正

---

① 春试：明代科举考试中的会试，因其在丑、辰、未、戌年的二月举行，故别称春试、春闱、春榜等。

② 京试：指会试，即在京城举行的由礼部主持的科举考试，考中的称进士。

是二十六年前那次京试，他考中进士，初幼嘉却榜上无名。为了安慰多年的同窗，他写下了那首在士子中广为流传的七律"燕市重来二月初"，前不久，冯保还专门抄录了这首诗送他。只是光阴荏苒，自嘉庆二十六年在京城与初幼嘉分别，不觉二十多年过去，他再也没有听到初幼嘉的任何消息。现在，常先生骤然提到这个名字，勾起了张居正对往事的无尽回忆，他连忙问道：

"你怎么知道初幼嘉，你是谁？"

常先生仍旧笑道："你不记得我，该记得那两句诗：'常记江湖落拓时，坐拥红粉不题诗。'"

经这么一提醒，张居正立刻就想起来了。二十六年前那次京试，全国各地数千名举子会聚京师，其中有一名江西籍举子，名叫何心隐，正好与张居正、初幼嘉同住一家客栈。这位何心隐为人风流倜傥，同时也颇为自负。彼此熟悉后，一次举子们聚会，何心隐在桌上说："我何某虽然不才，但这次来京会试，奔的就是鼎甲①，余者皆不在吾辈眼界之内。"一听这话，张居正与初幼嘉都一下愣住了，谁也不搭腔。须知朝廷有定规，三年一次的京城会试，取进士数百名，共分三级：一称赐进士及第，再称赐进士出身，三称赐同进士出身。其中一级的前三名，第一名是状元，第二名是榜眼，第三名是探花。数千名举子多年寒窗苦读，千里迢迢赶来京城会考，得以金榜题名者，已属凤毛麟角，少之又少，却是没有几个人敢像何心隐这样口吐狂言只想跻身鼎甲。一时间酒席有些冷场。静了一会儿，初幼嘉问道："柱乾兄，如果你考不上甲科呢？"何心隐一笑，满饮了一杯酒后，决然答道："考不上鼎甲，我何某今生再也不进考场。"却说半个月之后京试放榜，何心隐不但没有考上鼎甲，连二、三甲进士都没有他的份，同时落榜的还有初幼嘉。本来，在长达三个多月的旅居生活中，何心隐与初幼嘉因为声气相投就已产生了友谊，现在又双双落榜，更是同病相怜，很快就成了莫逆之交。已经金榜题名的张居正对这两个旧遇新知，除了同情与安慰亦别无他法。放榜后三

---

① 鼎甲：明清科举考试殿试的前三名。通过殿试的考生，按名次分为一、二、三甲。一甲仅三人，即状元、榜眼、探花，又称为鼎甲，赐进士及第；二甲若干人，赐进士出身；其余为三甲，赐同进士出身。故明代进士又称为"甲科"，举人则称"乙科"。

第十八回　勘陵寝家臣传密札　访高士山人是故知

日，两人联袂出京返回南方故里。张居正为他们饯行，互相说了一些勉励的话。张居正对何心隐说道："柱乾兄，你也不必负气，三年后再入京春闱，鼎甲榜上一定会虚位以待。"何心隐摇摇头，满不在乎地答道："叔大兄，你不必安慰我，功名原是羁心累人之物，我本来就不喜欢，何况上次酒席上我已说过，今生再也不进考场。"张居正虽然对何心隐的狂人做派颇有腹诽，但又欣赏他的狭义豪气，于是又问道："你一个读书人，弃绝了功名，又能做些什么呢？"何心隐朝张居正做了一个鬼脸，答道："前天夜里，趁你们这些新科进士邀齐了去拜谒座主时，我和初幼嘉两个闲来无事，便去棋盘街旁的槐花胡同逛了一回。"张居正来京师不久，就听说槐花胡同是妓女聚居之地，当即笑道："你们还真会找地方享受，是不是有销魂之夜？"初幼嘉答道："销魂谈不上，逢场作戏当一回狎客，亦是快慰人生。在青楼上玩得高兴时，我哼了几句歪诗。"说到这里，何心隐略一定神，接着低声吟哦起来："常记江湖落拓时，坐拥红粉不题诗。此身应是逍遥客，肯把浮名换玉脂。"何心隐刚念完，初幼嘉接着说道："槐花胡同的女史们，倒也粗通文墨，有一位叫梅雪的，顿时就捻动琵琶，把柱乾兄的这首情诗按曲儿唱了，众女史一齐拍手叫好，开玩笑说，谢大人作得好诗，这第一句诗若改成'常记槐花胡同时'就更好了。柱乾兄说这意思虽好，但改不得，一改就不合平仄。女史们就笑闹着喊他常先生，意思是让他常去槐花胡同光顾。"初幼嘉说罢，三人又笑了一回，就此抱拳揖别。不觉光阴荏苒，白云苍狗二十六年过去，张居正再也没有见过初幼嘉与何心隐两人，但这位何心隐的踪迹，倒是时有耳闻。听说他后来因仰慕王阳明的大弟子王艮的学说，师从王艮弟子颜钧，多少年后，成了名闻天下的大学者，到处授徒讲述王学。张居正一直苦无机会再次见到这位当年在京师结识的狂人，没想到面前这位私闯皇陵禁区的"常先生"，就是当年的那个风流才子何心隐。

事情既已捅穿，张居正再仔细端详坐在面前的故友，除了偶尔表现出来的神采飞扬的气质，眼前的何心隐，与当年那位风流倜傥的年轻士子实在相去甚远，不由得感慨道：

"柱乾兄，若不是你自己说破，我真的认不出你了。"

何心隐笑道："二十六年前，我们只在京城一块待了三个月，认不出本属正常。今天，我若不知道新皇上命你来视察先帝陵寝工程，也认不出你来了。"

"你怎么知道我来视察先帝陵寝？"张居正警觉地问。

何心隐脸上浮出诡谲的笑容，盯着张居正意味深长地说道："叔大兄，我来此地，原是为了会你。"

"哦？"张居正平息了故友重逢的激动，又恢复他那深沉练达的习性，平静问道，"不知柱乾兄会我为的何事？"

何心隐身子前倾，压低声音说："叔大兄多年韬光养晦，现在终于有出头之日了。"

"此话怎讲？"

"叔大兄真的要我说明？"

何心隐目光突然变得犀利，张居正看了他一眼，蹙着眉缓缓说道："柱乾兄不要忘记，此处可不敢胡言乱语。"

"是呀，"何心隐踱到窗前，撩开柔纱窗幔，看着月光下的隐隐山林，感叹地说，"这里是大明龙脉之所在，一般人来这里，除了景仰膜拜，又还能说出什么！但你我不一样，你久蓄凌云之志，要当伊吕一样的人物，我何心隐也是生于斯世的狂人。选择这里来谈大明天下、社稷苍生，正是风云际会的上乘之地。"

看着何心隐清癯的背影，张居正忽然感到这位故友身上有着一股磁石般的力量。

"柱乾兄，你再也不是当年的何心隐了。"

何心隐回过身来，反剪着双手说道："我知道我何心隐在叔大兄的心目中，还是一个寻花问柳的狎客形象。但那个'常先生'早已死去了，这其间的人世浮沉，三天三夜也说不完，这些谈资且留将日后细细道来。今天，我们还是先谈正事。"

"你究竟有何正事？"

"谈正事之前，我先请你看样东西。"

何心隐说着，便从怀中掏出一份揭帖。

第十九回

解偈语秉烛山中夜
敲竹杠先说口头禅

张居正抖开那张揭帖,只见上面写了一首五言四句的顺口溜:

> 田边有个人
> 踩石捉鹭鸶
> 此鸟一展翅
> 飞入白云里

反复看了几遍,张居正也没看出其中有什么玄机,只是觉得这字迹似曾相识,便问道:"这揭帖是谁写的?"

何心隐答道:"就是你的总角之交初幼嘉。"

"是他?"张居正又是一惊,立忙追问:"他现在哪里?"

"他远在武昌。"

"在武昌,他在武昌做甚?"

张居正神态急切,他虽然身居高位,但对自己当年的布衣朋友依然十分挂念。何心隐看到这一点,内心不免感动,于是答道:"初幼嘉皈依佛门已经二十多年了,释名无可。如今是禅门临济宗的传人,驻锡①在武昌府城外小洪山上的宝通寺。"

---

① 驻锡:僧人出行,以锡杖自随,故称僧人住止为驻锡。

"宝通寺？"张居正当年赴武昌乡试曾去小洪山游玩过，依稀记得那是一座小庙，"幼嘉既是临济宗传人，也该住个有名的大庙。"

"叔大兄此言差矣，"何心隐答道，"幼嘉，也就是现在名震禅林的无可大禅师，曾立下志向，一生要建十座临济宗禅门巨刹。这宝通寺是第四座，自从他三年前出任住持，临济宗弟子纷纷前来依附，十方施主也纷纷解囊相助，如今的宝通寺，已经是恢宏壮丽的禅佛丛林了。"

"啊！"张居正一阵激动，心想这人生际遇真是一篇不可记述详尽的大块文章，感叹再三，说道，"你们两个人，如今一个是大禅师，一个是大学者，用佛家话说，都修成了正果。"

"比起叔大兄，我和无可禅师，都只能算是边缘人物了。"

"柱乾兄何必如此自谦！"

"不是自谦，我这是掏心窝的话。"何心隐悠悠说道，"大禅师也好，大学者也好，虽然也算是七尺须眉的事业，但毕竟无补苍生，算不得经天纬地的大业。倒是叔大兄，眼看就要登首辅之位，这才是铁血男儿的伟业啊！"

何心隐声音不大，但由于夜静，句句话都亮如洪钟。张居正虽然知道客厅外头是长长的回廊，周围并无闲杂人等，但他还是担心隔墙有耳，连忙示意何心隐不要再说下去，并压低声音说道：

"柱乾兄，你是闲云野鹤，可以由着心性说话，但我可是官身不自由啊，你万万不可瞎说。"

何心隐不以为然地摇摇头，说道："叔大兄，我何心隐是个狂人，天天都在说狂话，但绝对不会说瞎话。"

张居正不愿意与刚刚重逢的故友发生争执，便掉转话题，指着案几上那张揭帖问道："无可禅师写这几句顺口溜，到底是何用意？"

"是送给你的。五月初，我游学武昌，特意到宝通寺拜佛，与无可相会。并说要来京师，有可能还会来见你，问他有何言语捎给你，他想了想，就写了这四句顺口溜。"

"如此说来，这不叫顺口溜，用禅家话说，应该是偈语。"

"是偈语。"何心隐朝案几上放着的揭帖略一注目，接着说道："刚拿到手时，我也琢磨不出什么意思，及至到了京城，看到这里的局势，才逐渐理会了其中的奥妙。"

张居正来了兴趣，迫不及待地说："请柱乾兄快快解释。"

何心隐指着揭帖，问张居正："你看这些偈语中的字，都由哪些偏旁部首组成？"不待张居正回答，他又接着说："这二十个字中，一共有十个口字，一个石字，三个鸟字，还有一个尸字。"

张居正又拿起揭帖看了一回，果然含了这么多部首，便问道："这又是什么意思？"

何心隐笑道："奥妙就在这里头，尸下有十口，是张居正的居字，很明显，这偈语透露了天机。"

张居正不以为然地摇摇头，说道："我倒看不出什么天机来，而且，有居而无正，怎可就证明是写给我的？"

"这就是无可禅师的过人之处，"何心隐深不可测的眼神中闪着睿智的光芒，继续说道："你虽久居内阁，但一直是次辅而未能荣膺正职，因此这偈语中便隐去了正字。"

"哦？"

看到张居正满脸惊讶，何心隐又说："虽然正字隐去，但偈语中还是含了正字。唐代诗人王维的诗句'漠漠水田飞白鹭'，鹭鸶之于水田，可谓正居之地。我看田边这个捉鹭鸶的人，指的就是你。"

张居正敛眉沉思了一会儿，答道："如果无可真的是这么认为，他就曲解了故友的襟抱。"

"叔大兄，我知道你一直为人谨慎，但在故友面前，你就不必遮掩了。二十六年前，你才二十二岁，就写下了'环佩相将侍禁庐'这样的诗句，而且，从那以后，你年复一年，锲而不舍，凭着坚忍的意志和过人的才智，终于跻身内阁。现在，你离首辅之位，只有一步之遥，难道你真的不想捉这只鹭鸶吗？"

何心隐一番慷慨陈词，倒把张居正说得怦然心动，他叹了一口气，答道："当年年轻气盛，不知人世深浅，故好作妄语，经历这么多年，才明白大业原非人事所及。"

"叔大兄此言又差矣，"何心隐快人快语，当即驳道，"古人言，天道酬勤，只这一个勤字，便有做不尽的文章。"

"是吗？"张居正苦笑了笑，说道，"即便我是那个想捉鹭鸶的人，到头来也是竹篮打水一场空。"

"此话怎讲？"

"无可禅师的这首偈子，不是已经说明了吗，那只鹭鸶没有捉住，飞到白云里去了。"

何心隐哈哈一笑，善意地揶揄道："我看叔大兄是让官场的是非弄糊涂了。我且问你，武昌府城另有一个称呼叫什么？"

"古称江夏。"

"那是史称，还有一个呢？"

张居正摇摇头。

何心隐又问："你登过黄鹤楼吗？"

"登过。"

"登过黄鹤楼，总该记得崔颢的那首诗吧，其中有'黄鹤一去不复返，白云千载空悠悠'两句。"

经这么一点拨，张居正顿时恍然大悟，连忙答道："记起来了，武昌府另有一说，称为白云黄鹤之地。"

"这就对了。"何心隐一拍大腿，兴奋说道，"鹭鸶飞进白云，不是飞到了你的故乡吗？这首辅之位，该稳稳地落在你的手里。"

听何心隐如此解释，张居正甚是喜欢，但嘴上却说："这是幼嘉，啊不，这是无可禅师的文字游戏，不可当真，不可当真。"

何心隐看透张居正的心思，也不争辩，想了想，宕开一句问道："叔大兄，自从洪武皇帝创建大明天下，一晃两百年了，期间有了十三位皇帝。依你之见，这十三位皇帝中，哪一位可享有太平天子的美誉？"

张居正回答："应该是永乐皇帝。"

"对，是永乐皇帝！"何心隐以激赏的口气回答，接着说："洪武年间，永乐皇帝还是燕王，龙潜王邸，住在这北京的燕王府中。听说有个叫袁珙的相士，相术精致入微，只是隐居山中，不肯在江湖走动。燕王便派遣特使，恭请袁珙到燕王府中给他相面。袁珙沐浴斋戒后日夜兼程到了北京，择了一个吉日来燕王府与燕王见面。燕王一见袁珙，仙风道骨，一派大家风范，未及言谈就已对袁珙肃然心仪了。这袁珙也肃恭而前，围着燕王转了一圈，接着就面对圣容，俯仰左右，几眼就把燕王的相看了个里外透彻。看完，袁珙先跪下给燕王磕了一个头，然后再坐起来说：'燕王是太平天子之相，龙形而凤姿，天广地阔，日丽中天；重瞳龙髯，双肘若肉印之状，龙行虎步，声亮如钟，实乃苍生真主。朱明江山，皇帝事业，文治武功，要在你的身上发扬光大，这正是太平天子的作为。等到你年交四十，一部髯须长过肚脐，即是你高登宝位之时。'一番话说得燕王将信将疑。须知袁珙说这话时，洪武皇帝已经把皇位传给了长孙建文君。也许正是袁珙这席话起了作用，促使朱棣挥师南下，从侄儿手中抢得皇帝宝位。等到洪武三十五年壬午六月十七，燕王四十二岁生日这一天，上膺天禄①，嗣登大宝。这位建下百世之功的太平天子，才相信袁珙所言，丝毫不差。"

何心隐一段绘声绘色的描述，却不能引起张居正多大兴趣。他酷爱读书，平日留心的虽都是经邦济世的学问，但像《太清神鉴》《珞禄子三命消息赋》《李虚中命书》《麻衣道者正易心法》之类的命理术数书籍，闲来时也读过几十本。有了这个根基，再加上何心隐所讲的这段野史他也耳熟能详，所以听来并不激动。待何心隐讲完，他只是敷衍答道："永乐皇帝四十而不惑，知道自己威加四海而情系万机的龙种天命。国家神器，本属天机，只不过碰巧被袁珙言中而已。"

"不是碰巧，而是一言中的！"何心隐听出张居正口气轻蔑，遂不满地反驳，"叔大兄，你我都做学问，臧否古人并无不可，但并不是以半桶水讥笑满桶水，更不是以无知批驳有知。"

受此一番抢白，张居正的脸色红一阵白一阵甚为难堪。好在他久历官场练出涵养，加之又是故友初次见面，便强咽下极度的不快，勉强一笑说："柱乾兄，我开句玩笑，你反倒认真了，这么多年没见，没想到你多了这么多学问。"

刚发完火，何心隐就感到后悔，但话既出口，他决不肯认错，这会儿见

---

① 天禄：上天赐予的禄位。

张居正主动赔了笑脸，也就趁势下台阶，说道：

"我这犟牛脾气，只怕到死都改不了，还望叔大兄海涵。我方才说到袁珙一节，其实还有下文。太平天子是燕王出身的永乐皇帝，这个没有异议。但是，本朝的内阁首辅，也就是相当于前朝的宰相一职，自永乐时的解缙起，到高拱这一任，任过首辅一职的有四十多人，但没有一个称得上是太平宰相。从李淳风所著的《推背图》推断，高拱之后，必然有一位太平宰相出现。叔大兄，依我之见，这位太平宰相，是非君莫属了。"

张居正望着面前这位侃侃而论如同少年的故友，问道："柱乾兄，你觉得何等样人才能得到太平宰相之美誉？"

何心隐几乎是不假思索地回答："顺上之为，从主之法，虚心以待令，有口不私言。让天下黎庶万民，怀志者得志，怀土者得土，无苛政，无酷吏，国泰民安，疆土永固。国家有此中兴之象，必是太平宰相之作为。"

张居正微微一点头，随即苦笑答道："依你这番高见，太平宰相只怕是镜花水月，过去不曾有得，将来也不会出现。"

"是的，当太平宰相，是可遇而不可求的事。可是，叔大兄，这种千载难逢的机遇，却已经出现在你的面前。"

"何以见得？"

"大明的第十三个皇帝，昨日已经登基，是个只有十岁的少年天子，无可的偈子中，出现了十个口，正好暗示了这件事。如此少年君父懂得什么，治国安民，还不是依靠首辅？所以，这一任首辅，尽可把满腹经纶用于指点江山，激浊扬清，开创太平盛世。"

何心隐嘴上所言，正是张居正心中所想之事。他感到这位故友虽然目中无人宏论滔滔的习性没有改变，但不愧是名噪士林的大学者，于是笑谑道："柱乾兄，你今晚所言，好像都不是阳明先生的心学。"

"这叫帝王学。"何心隐越发兴致勃勃，不无卖弄地说，"阳明先生是我学问的祖师爷，他创立的心学是知的范畴，而帝王学则立足于用。"

张居正说："知行合一本是阳明先生学问的根本，从这一点讲，你倒是心学的正宗传人。我想，你若是生在战国时代，行合纵连横之术的苏秦、张仪，一定在你之下。"

"叔大兄过奖了，"何心隐表面虽然谦逊，但骨子里头仍是不可磨灭的自负，"经邦济世的学问，对于叔大兄来讲，是用，是行，对我何心隐来讲，是知，若我俩联合起来，才叫知行合一。"

"怎么，你又回心转意想做官了？"张居正惊讶地问。

何心隐一笑，理了理被穿堂风吹得凌乱的山羊胡子，说道："叔大兄把我的意思理解错了。俗话说，一道篱笆三个桩，一个好汉三个帮，你当太平宰相，我略献匠心，起一点帮衬的作用。不要说做官，我连你的幕僚都不想当，只是在你觉得需要之时，我帮你出出主意而已。"

"他大老远赶到天寿山来见我，原来是想当国师。"张居正心中忖道，因此又多了一份警觉，说道："你口口声声说我是太平宰相，好像我现在已荣登首辅之位了。"

"这个是迟早的事。"何心隐的口气不容置疑。

张居正笑了笑，揶揄道："柱乾兄又不是天子肚里的蛔虫，怎么说得这么有把握？"

何心隐回道："这本来就是和尚头上的虱子，明摆着的事嘛。你想想，昨日登基的少年天子，四年前被册立为太子时，叔大兄你是立了大功的，如今满朝文武，在这件事上的有功之臣，除了你，还有一个高仪，但高仪已是病入膏肓之人。新皇上的大伴是冯保，皇上已下中旨让冯保取代孟冲当上了司礼监掌印，下一步，肯定就会让你取代高拱出掌内阁。"

张居正心里头承认何心隐分析得有道理，也希望有这样的结局，但表面上却显得对此事漠不关心，故以提醒的口气回道："柱乾兄，妄测圣意不应该是人臣所为。"

"如果不揣摩圣意，人臣之道又从何体现呢？"何心隐机智地反问了一句，接着说道："现在来说无可禅师这首偈语中的第三层意思，方才说过，这二十字中，隐含了一个石，三个鸟。"

"一石三鸟，"张居正立即接腔说道，"无可弄这么个成语在里头，又是什么天机？"

"一石三鸟究竟有何意义，我也不得知，但依我猜测，应该是指叔大兄出任首辅后应该做的三件事情。"

"哪三件事？"

"当然是廓清政治，开创新风。"

"请具体讲。"

一论及政治，张居正便有了官场上那种颐指气使的口气，何心隐很是听不惯，但因为下面所要谈的是他多年来萦绕于胸的治国大计，便也计较不得态度，遂呷了一口茶水，清清喉咙，从容说道：

"这第一件要做的事，是进贤用贤，消除朋党政治。古人言，官乃治国之本。百官得人，则以仁抚世，泽及草木。反之则生灵涂炭，国无宁日。纵观本朝两百年来，三公九卿禄秩丰隆者，却是没有几个肯为朝廷办事，为百姓谋求福祉。这是为何？就因为贤人多不在朝。远的不说，就说嘉靖皇帝时的首辅严嵩，这是大明开国以来最大的奸相，他所用之人，多为同年、学生、乡谊、亲戚，朋党政治到他手上已是登峰造极。再说近一点，如今还在首辅之位的高拱，天下各州府宪台①，两京各大衙门，一半官员出自门下。平心而论，高拱是难得的干练任事之臣，但亦陷入朋党政治之泥淖而不能自拔……"

何心隐打开话匣子，便收不住势头，但他所讲述之事，张居正有更深切的体验。他知道照这么议论下去，三天三夜也说不完，便打断何心隐的话头，说道："柱乾兄，实例就不必举了，朋党政治实乃官场的毒瘤，要解决这个问题，也不可能一蹴而就。进贤用贤，说起来容易，实际做起来也非易事。有人的确是贤臣，声名很大，但让他具体办事，不是办糟就是办不成。"

"这就是我接下来要说的第二件事情，你要多用循吏，少用清流。"

"哦，"张居正眸子幽幽一闪，说道，"这倒有些新意，不才愿闻其详。"

何心隐受到鼓舞，更是讲得眉飞色舞，头头是道了："循吏一词，本为太史公所创，意指那些勤政利民、刚正不阿、执法无私的官员。而清流者，

---

① 宪台：地方官吏对知府以上长官的尊称。

第十九回　解偈语秉烛山中夜　敲竹杠先说口头禅

是指那些遇事不讲变通，一味寻章摘句的雕虫式人物。这些人讲求操守，敢与官场恶人抗抵，这是好的一面，但他们好名而无实，缺乏慷慨任事的英雄侠气。大凡年轻士子，甫入仕途，都愿做循吏，想干一番伟业。但随着涉世日深，他们不免两极分化，一部分熏染官场腐朽之气，日渐堕落，另一部分人则洁身自好，归到清流门下，除了空发议论，也就无所作为了。真正坚持初衷，执着循吏之途，则属凤毛麟角，少之又少。"

"说得好！"张居正这次的赞叹是由衷地发出，他起身在厅堂里来回走了几步，在何心隐跟前停下，肃然动容地说，"柱乾兄这番议论，痛快淋漓，切中时弊，这才叫当局者迷，旁观者清。现在，你且讲第三条。"

"这第三条嘛，"何心隐目送张居正回到座位，慢悠悠说道，"比之前两件事，做起来恐怕更难。"

"是吗？"张居正随口问道。

何心隐点点头，一字一顿地说："你应该做的第三件事情是清巨室，利庶民。"

何心隐说罢，专注地看着张居正的表情，只见他双眉紧锁，半晌都不作声。此时，感恩殿外月明如水，松涛飒飒。山风过处，已把白日的暑气吹送净尽。张居正起身踱到窗前，看了看近在咫尺的黑色峰峦，长出一口气之后，才开口说道："孟子说过，'为政不难，不得罪于巨室'，可是，你却要我清巨室，这不是自掘坟墓吗？"

"叔大兄，史书昭昭，记载甚详。历代衍成社稷祸变者，莫不是巨室所为，所以，像唐太宗这样一代明主，登基之初，便把江右巨室统统贬为庶民。本朝开国洪武皇帝，唯恐死后巨室生乱，也千方百计剪除干净……"

"别说了，"依然站在窗前的张居正，连头都不回，只是摆手制止何心隐说下去，"柱乾兄，你既然千里迢迢前来赐教于我，当然会找出许多例子来说明巨室之害。我只问你，何为巨室？"

张居正猛地一转身，两道犀利的目光朝何心隐射来，一丝寒悸突然从何心隐心头掠过，他顿了顿，答道："巨室，顾名思义，应是皇亲国戚，显宦之家，只有这帮人，才有可能挟天子以令诸侯，巧取豪夺，鱼肉百姓。"

张居正冷冷一笑，说话口气带有申斥的意味："柱乾兄，照你这么说，岂不是成心要我与皇上作对吗？"

"可是，这样做也符合朝廷的利益。"

"你这是书生意气，算了吧，我们还是不要谈什么帝王学，还是谈谈你研究多年的阳明心学吧。"

何心隐本来就是心气很高的人，一听张居正的口气不想再谈下去，顿时长叹一声，说道："叔大兄，我游学京师，怀有一腔热血来见你，谁知遭你一盆冷水。罢，罢，我们就此别过。"说罢，何心隐起身一揖，闪身就要出门。

"柱乾兄，且慢！"

张居正这么一喊，已走到门口的何心隐又站住了。

"这么晚了，你去哪里？"张居正问。

"回京城。"何心隐气鼓鼓地回答。

"明日我们一起回去嘛，"张居正显然有些过意不去，便把一脸冷漠尽数收起，换成笑脸说道，"我们分别整整二十六年，今宵月色如此之好，我们应该温一壶酒，作竟夕之谈，畅叙别后之情。"

何心隐原来还有一分企盼，以为张居正回心转意，叫他回来再共商国是。现在见张居正如此表态，也就不再存什么指望，于是再次拱手一揖，决然说道："叔大兄，该说的话我也都说了，还是就此别过吧。"话音刚落，人已抬脚出门。

"柱乾兄且慢，我派人送你。"

"不用了，山门外头，还拴着我骑来的一头小驴子。"

就在张居正与何心隐天寿山秉烛夜谈的时候，冯保坐着一乘四人抬蓝呢便轿，来到了丁香胡同孟冲家中。其时孟冲从驴市胡同街北的昭宁寺①请了一位高僧到家里来为他讲解佛法。

却说隆庆皇帝死后，孟冲知道自己大势已去，便已有心让位给冯保。新皇上登基前两天，孟冲就差不多把自己值房里的东西收拾清楚了，并派人去把冯

---

① 昭宁寺：原称报恩寺，天顺元年（公元1457年）更改寺名昭宁寺。

第十九回　解偈语秉烛山中夜　敲竹杠先说口头禅

保找来，恭敬地说："冯公公，司礼监掌印这把交椅，本不该让我来坐，论资历名望，都该是你。只怪他高胡子推荐了我，没法子，胡乱当了两年，也就挡了你两年的道。现在，我把这把交椅还给你。你看看，这值房我都收拾好了，你随时都可以搬进来。"冯保一笑，说道："孟公公也是宫里头的老人了，怎讲出这等没规矩的话，你的掌印太监是先帝任命的，又不是什么私物，可以随便送人。"孟冲答："如今先帝宾天，新皇上眼看就要登基，走马换将也是天经地义的事。你是新皇上的大伴，坐进这值房是迟早的事，我孟冲坐在这位子上，好比是戴碓臼玩狮子①，自己累死了，别人还说不好看，何必呢，不如趁早让给你，我这就去乾清宫向太子跪奏。"孟冲这份主动，倒是出乎冯保意外，尽管他心中高兴，表面上还是虚情假意把孟冲劝阻一番。昨日，新皇上任命冯保为司礼监掌印的中旨颁下之前，孟冲就已向冯保办理了交接手续，然后蔫耷耷地回到了丁香胡同。这处私宅是隆庆皇帝赏给他的，平日里在宫中办事，很少回到这里居住，就是偶尔来住一夜，也是天不亮就慌着赶回宫中。今儿早上，他第一次睡了个懒觉。其实他仍是鼓打四更就醒了，一骨碌坐起来，正要唤小童服侍穿衣，这才想起现在已是赋闲之身，禁不住鼻子一酸，含了两泡眼泪，又懒洋洋躺下去，蜷在炕席上想心事。思量自己的升降沉浮，感到人生如梦，怎么也理不出个头绪，因此便想到把昭宁寺的高僧请来。

听说冯保登门造访，正在静心聆听佛法的孟冲吓了一大跳，不知是祸是福，便把高僧丢在书房里，跫身到客厅里来。

"冯公公，是什么风儿把你吹来了？"孟冲一落座，就一脸奉承地寒暄起来。

冯保笑了笑，说："孟公公这么说，倒有些责怪我的意思了。"

"哪里哪里，我是说你冯公公现在是大忙人，怎么还有空到我这荒宅子里来。"

"昨儿夜里就说来看你，因忙着新皇上登基的事，分不开身，故拖到今天。"冯保说到这里，抬头看了看四周，又把孟冲打量了一番，接着说："看你的气色还不坏。"

---

① 戴碓臼玩狮子：碓臼主要用来舂数量不大的糙米、杂粮、米粉和面粉，还兼带着打糍粑。这句话意指出力不讨好。

孟冲实人实语："今儿上午我还闷得慌，请了个高僧到家里来，为我宣讲佛法，堵在胸口的那块石头，总算搬开了。"

孟冲说着就笑起来，冯保虽也跟着一起笑，却多了一道心眼，问道："高僧是哪里来的？"

"昭宁寺的。"

"昭宁寺的？"冯保耸了耸鼻子，书房里飘出一股檀香味。冯保伸头朝连着客厅的书房看了一眼，问道："方才我在门口落轿时，还听到了木鱼声，是你敲的还是别人敲的？"

"就是那位高僧敲的，他教我念经。"孟冲回答，他想把这件事支吾过去，便改了话题说："冯公公带来的人呢？"

"都在轿厅里歇着。"

"呀，这怎好怠慢。老杨！"孟冲扯着嗓子喊来管家，吩咐道，"去弄些酒菜，把冯公公手下班头好好侍候。别忘了，临走前每人封一些脚力银。"

老杨退下办事去了。冯保不置可否，依旧望着书房，问孟冲："孟公公，那位高僧还在里头吧？"

"啊，在。"孟冲回答。

"能否请出来相见，我也正想听听佛法。"

孟冲知道冯保这是多疑，怕里头藏了什么是非之人，连忙起身走回书房，领了一个六十来岁身披玄色袈裟的老和尚出来。

老和尚显然已经知道冯公公的来历，一进客厅就朝冯保双手合十行礼，说道："贫僧一如与冯施主结得佛缘，好在这里相见。"

冯保也起身还了一礼，坐下说道："你就是一如师父！久仰久仰。听说你在昭宁寺开坛讲授《妙法莲华经》，京城善男信女蜂拥而至，把个昭宁寺挤得水泄不通，可见一如师父道行高深。"

一如答道："阿弥陀佛，那是佛法精妙，吸引了十方施主，不是贫僧的功劳。"

冯保转头问坐在一如对面的孟冲："孟公公，你今儿个向一如师父请教什么？"

第十九回　解偈语秉烛山中夜　敲竹杠先说口头禅

"一如师父为我讲授《心经》。"

"《心经》？好哇，讲了多少？"

"讲了差不多三个时辰，才讲了第一句，"孟冲挠了挠后脑勺，想了想，结结巴巴念道，"'观自在菩萨，行深般若波罗蜜多时，照见五蕴皆空'，就这一句。"

"请问哪五蕴？"冯保跟着发问。见一如和尚准备回答，他连忙摆手制止，笑道："我是问孟公公的。"

"五蕴，哪五蕴？我刚才还记得，"孟冲一时记不起来，又拍脑袋又搓手，自嘲道，"看我这木疙瘩脑袋，左边捡，右边丢，硬是记不全，只记得第一蕴是个色字。"

"对，色、想、受、行、识，是为五蕴，不知我说得对不对，一如师父？"

一如点点头："冯施主说得一字不差。"

"请教一如师父，五蕴皆空，这个'空'当指何讲？"

冯保神情专注地望着一如和尚，仿佛他今晚是特意来这里请教佛法似的。一如师父两眼微闭，悠悠答道："《心经》里已回答明白，色即是空，空即是色。"

"告子有言，'食、色，性也。'请教一如师父，告子所言之色，与《心经》所言之色，是一回事呢，还是两回事？"

"既是一回事，也是两回事。"一如师父睁开眼睛看了冯保一眼，又缓缓答道："告子之色，是乃女色，《心经》之色，乃大千世界诸般物相，亦有'质碍'之意。凡眼之所见、耳之所闻、鼻之所嗅、舌之所言、身之所触，皆为色。《心经》之色包含了告子之色，所以说既是一回事，又是两回事。"

"那么，色为何就是空呢？"

冯保问话的口气虽然恭敬，但细心人仍能听出有考问的意思。一如师父并不计较，他盘腿坐在椅子上，从容答道："五蕴之中，尚分两法。第一蕴为色法，其余四蕴皆为心法。色法指大千世界诸般物相，心法乃众生本体感悟之道。五蕴皆空这一句，乃整个《心经》关键之所在。须知大千世界诸般物相，没有任何一件一成不变，就说冯施主你，童年时的样子现在已无法追回，入宫前和入宫后也大不一样，昨日之你与今日之你也迥然不同，请问哪一个时间的冯公公是一个真我呢？如果你认为当下坐在这儿的冯公公是真我，那么过去所有时日的冯公公岂不是假的吗？所以，父母所造之色身，总在变幻之中，这叫无常，无常生妄见。往往我们认为的真，其实是妄。在色身中，你找不到真实的体性，所以说，色即是空。"

一如和尚隐约感到冯保心火正旺，故委婉地借解释《心经》之机加以规劝。冯保向来心细，哪会听不懂一如话中的玄妙，一如话音一落，他就说道："与君一席话，胜读十年书。听一如师父这么一解释，我冯某也明白了不少道理。"

一如微微一笑，说道："冯施主也是有大乘根器的人，若不是这样，不会对《心经》如此熟悉。"

"一如师父这是过奖了，我这点东西，是从主子那儿捡来的。"冯保说着，看着木讷坐在一旁的孟冲，又接着说："孟公公也应该知道，当今皇上的生母贵妃李娘娘，在宫里头被人称作观音再世。她老人家每天早晨起来，必定焚香净手，恭恭敬敬抄一遍《心经》，如今，她抄过的经文，怕要码半间屋子。"

"啊，如此虔敬向佛，必是社稷苍生的福报，善哉，善哉！"一如由衷赞叹。

冯保接着说道："前几日，贵妃娘娘还把我找去，说是要为皇上找一个替身剃度出家，并把这件事交给我来办。我准备把这几天忙过了，把京城各大寺庙的高僧都请来共同做成这件事，到时候，还望一如师父能够参加。"

"阿弥陀佛，贫僧愿躬逢其盛①。"一如答过，他感到冯保夜访孟冲一定有事，自己不方便再待在这里，遂起身告辞。孟冲还想挽留，冯保却说道："孟公公有心向佛，也不是一天两天的事儿，今晚就先让人送一如师父回昭宁寺安歇。何时想学了，就坐轿子过去，或者再把一如师父接过来，也不差这半会儿工夫。"

---

① 躬逢其盛：亲身参加了盛典或亲身亲历了盛世。

第十九回　解偈语秉烛山中夜　敲竹杠先说口头禅

孟冲害怕冯保在这里久坐，故想留住一如牵制。见冯保如此婉转逐客，也没了法子，遂安排人把一如送回昭宁寺。

一如刚离开客厅，冯保听着笃笃而去的脚步声，回头来问孟冲："孟公公不是相信道教吗，怎么又改信佛教了？"

孟冲一听话中有话，耳朵立刻竖了起来，紧张地说："冯公公真会开玩笑，我哪信过什么道教？"

冯保冷冷一笑，讥刺道："你既压根儿没信过道教，为何要把那个妖道王九思吹得神乎其神，还推荐给先帝。"

"这……"

孟冲一时语塞，他偷偷觑了冯保一眼，心里头更是突突地打鼓。刚才在一如面前，冯保春风拂面，谦逊有加。如今虽然还是一张笑脸，却是笑里藏刀，孟冲顿时有了不祥之兆。

"冯公公，你知道，咱们都是皇上的奴才，皇上想要做的事情，我们哪能推诿？"

"理虽然是这个理，但凡事总得想个后果。"冯保摸着光溜溜的下巴，故意拿腔拿调地说，"孟公公，我今天来这里，主要是想给你透个信儿。"

"有什么祸事吗？"孟冲的心提到了嗓子眼上。

"是不是祸事，我说出来，孟公公你自个儿揣摩。"冯保狡狯地眨眨眼，接着说道："咱们有什么说什么，先帝在的时候，你这个司礼监掌印的确让先帝满意，但是，你却无意中伤害了一个人。"

"谁？"

"李贵妃。"

"她？"孟冲倒吸了一口冷气，紧张地问，"冯公公，贵妃娘娘她说什么了？"

"她今天把我找到乾清宫，数落了你四大罪状。第一，你把奴儿花花弄进宫来，把先帝迷得神魂颠倒；第二，你偷偷领着先帝乔装出宫，跑到帘子胡同找娈童，让先帝长了一身杨梅疮；第三，你把四个小娈童化装成小太监弄进宫来，被太子爷，也就是当今皇上瞧见了，你又指使钟鼓司杀人灭口，弄死了那个王凤池；第四，也是贵妃娘娘最不能饶恕的，你把那个妖道王九思引荐给先帝，还弄出征召一百双童男童女配制'阴阳大补丹'的闹剧。先帝英年早逝，就因为你这一系列的馊主意。"

冯保娓娓道来不见火气，可是他所说的每一句话在孟冲听来都如巨雷轰顶。冯保一席话说完，孟冲已如木头人一般，唯一证明他是个活人的，是脑门子上密密地渗出一层豆大的汗珠。冯保见他这副样子，心中有一种快感，他把身子往椅背上一靠，提着嗓门说道："孟公公，你怎么不回话呀？"

"啊，"孟冲如梦初醒，定了定神，然后哭丧着脸说道，"冯公公，你也别绕弯子了，是不是新皇上让你传旨来了？"

"传什么旨？"冯保一愣。

"赐死呀，"孟冲撩起袖子往脸上连汗带泪胡乱揩了一把，哽咽道，"先帝宾天之日我就想到了，会有这么一天。"

看孟冲这副德行，冯保差一点没笑出声来，但他忍住了，想了想，说道："皇上昨日刚登基，还顾不上下这道旨，但我听李贵妃的口气，倒真恨不能立刻就把你孟冲打入十八层地狱。"

孟冲噙着泪花说道："事到如今，我也无须辩冤了。不过，冯公公你也清楚，你数落的那四条罪状，条条款款，都是奉先帝旨意办的。"

"孟公公，你若这么说，只会惹怒李贵妃，真的招来杀身之祸。而且，把四件事全都推在先帝身上，亦与事实不符。"

"有何不符？"

"没有你从中撺掇，先帝怎么会知道那个王九思？"

孟冲勾头不语，冯保又说："王九思现就拘押在东厂，几次受刑下来，他把什么都交代了。"

"啊，他说了些什么？"孟冲一脸惊慌。

"他说的太多了，"冯保欲擒故纵，兜着圈子说，"若把他的口供交到三法司，孟公公，你恐怕十个脑袋也保不住啊。"

孟冲再也坐不住，起身走进内院抱出一个红木匣子来，双手把匣子递给冯保，失魂落魄地说道："冯公公，王九思让我把他引荐给先帝，答应事成后送我十万两银子，后来又给我送过两张银票，总共十五万两银票，都在这匣子里了，我现在全都交给你。"

第十九回　解偈语秉烛山中夜　敲竹杠先说口头禅

冯保打开匣子一看，果然躺了三张银票，他仔细看了看，都是京城头号钱庄丰隆号见票即兑的一等一银票，顿时心中一阵狂喜，他今夜前来，要诈取的就是这个。其实，王九思在东厂大牢里屁事也没交代，冯保凭直觉就断定孟冲在王九思身上吃了不少好处，便想诈他一诈。没想到这个憨头，一诈就灵。银票到手，抬头再看看孟冲一副待剐的狗熊样儿，顿时又动了恻隐之心。

"孟公公毕竟是老实人，"冯保假惺惺地叹口气说，"但总该记得古训，君子爱财，取之有道。"

孟冲心里头酸楚，咕哝着说："古训太多了，我记得还有一条，成者为王，败者为寇。我现在是寇了，说是寇，这是我孟冲抬举自己，其实我是被绑到案板上的猪，等着被剥皮。"

冯保扑哧一笑，打趣说："谁敢剥孟公公的皮，我冯保不依。"

"你？"孟冲听出话中有缝儿。

"老孟啊，"冯保改了一个亲切的称呼，动情地说，"我们两个，差不多同时进宫，都四十多年了，平常虽然锅里不碰碗里碰，闹些小别扭。但真正碰到较劲儿的大事，立时间，那份感情就塞满心窝子。你想想，你眼下这个处境，我冯某能见死不救吗？"

孟冲深知冯保的秉性：哪怕明天就要动你的刀子，今天看见你还是一个哈哈三个笑，绝不让他看出任何蛛丝马迹来。现在见冯保的态度突然来了个一百八十度的大转弯，他根本不敢相信。但他毕竟是出了名的"憨头"，言语上兜不了弯子，这时忍不住直通通地问："冯公公此话当真？"

"我冯某什么时候说过假话？"冯保信誓旦旦，"我如果想加害于你，今夜里就不会专门到你府上来通报。"

"那你说，如何能够救我？"

"只要你按我说的去做，我就保你平安无事。"

"好，那就请讲。"

"第一，对任何人不得讲你曾受贿王九思十五万两银子。"

"这个我一定做到。"

"第二，不要同闲杂人来往，在眼下这非常时期，最好不要出门。若闷得慌了，就去把一如师父请来讲讲佛法，这个做得到吧？"

"这不是把我软禁在家吗？"孟冲心里忖道，嘴上却回答干脆："做得到。从现在起，凡不三不四没有来历的人，不让他踏进我家门槛。"

"就是有来历的人，更要提防。"说到这里，冯保加重了语气，"老孟啊，你我都是宫中的老人，宫里的事知道不少。如果你万一在什么人面前说漏了嘴，到时候我想帮你也帮不成啊。"

"冯公公的意思我明白，怕我孟冲离开司礼监不服气，人前人后发牢骚，这你就多心了。让我孟冲把一头羊拆零打散，做出几十道菜来，哪样该烩，哪样该爆，哪样该卤，哪样该炖，我眼到手到，保证不出一点差错。可是自从到了司礼监，每天见到那成堆的奏折，就像见到一堆烂白菜，别提心里头多腻味，偏内廷外廷为了这些折子，每天扯死扯活的，鸡眼瞪成驴眼，想起来也真是没啥意思。老实说了吧，司礼监的那颗印，在我看来，真的不如尚膳监的一把锅铲，熘一道菜出来，你还能喝二两老酒。一颗印盖下去，却不知要遭多少人嫉恨，这是何苦呢？因此，我早就想离开司礼监，只是先帝在时，我不敢开这个口，这回新皇上颁一个中旨，倒真是遂了我多年的心愿，冯公公你说得对，我从此可以享清福了。"

孟冲说着倒也真动了情，说完了自个儿发起呆来。冯保觉得他的话有夸张的成分，但基本真实可信。但话既已说到这个地步，索性就说得更通透些。

"老孟，"冯保声音更显温和，"你的这种心情，我冯某能理解。实不相瞒，你的这颗脑袋，还在掉与不掉两可之间。现在外头都在传，高拱对新皇上不恭，可能会有造逆之举，他若找到你，你可要小心啊！"

"这个请冯公公放一百二十个心，"孟冲拍着胸脯说道，"他高胡子真是来了，我虽不敢推他出去，但我可以当个扎嘴葫芦。"

看到孟冲犟着脖子发狠，冯保忍不住又是扑哧一笑，便故意逗他："高胡子如果真的来了，你怎么办？"

"杀猪杀屁股，各有各的套路，"孟冲也学着卖关子，"你冯公公猜猜，我会怎么对他？"

"闭门不见。"

"不敢，人家是首辅。"

第十九回　解偈语秉烛山中夜　敲竹杠先说口头禅

"装病。"

"好端端的，为啥要装病？"

"那……"冯保摇摇头，表示猜不出来。孟冲说："我会满脸堆笑地把高胡子迎进门，然后让管家陪他聊天下棋，我则亲自下厨，把他平素喜欢吃的糟凤翅、大葱爆牛心、红枣炖驴尾等几样家常菜做一桌出来，陪他喝酒。"

"美酒佳肴，不正好说话吗？"

"不会的，酒不过三巡，高胡子就会主动告辞。"

"为什么？"

"十年陈卤水，毒性胜砒霜，这句话你该听说过吧？我会在大葱爆牛心的那道菜里头，微微加点陈卤。你放心，剂量小死不了人，但吃下去发作得快。不消片刻工夫，屁股底下便像是有条蛇在蹿，高胡子还不会趁早告退？"

冯保忍俊不禁，又一次大笑出声，指着孟冲一面喘气一面说道："这等主意，只有你孟冲想得出。"

只在这时，孟冲才找回一点自信，凑趣地说："这叫卤水点豆腐，一物降一物。"

"孟公公，今后有空儿，我还会经常来看你，"冯保眼看时候不早，拿起那只红木匣子起身告辞，走到院子里又站住对孟冲说，"你现在闲居在家，不比当差时各方面都有照应，一应用度肯定吃紧。我已同内宫监打过招呼，从现在起每月给你这里送十担米，另外，明天就过来十个小火者在你这里听差。"

"这……"孟冲一时语塞。

明朝祖制，凡宦官私宅闲居，一切用度自行开销，内宫概不负责。冯保这么处置，实在是前无先例。孟冲既心存感激，又有些惶惶不安。

第二十回

演蛤蟆戏天子罚跪
说舍利珠内相谗言

乾清宫东暖阁后头，有一处披檐。因有乾清宫的东墙遮挡，这披檐的背旮旯甚为隐蔽。这天半晌午，孙海领着小皇帝朱翊钧偷偷从东暖阁中溜来这里玩耍，同时跟来的还有另外一名小内侍。这名小内侍不是别人，正是那日在老太监王凤池的屋子里头为朱翊钧表演"蚂蚁大战"的客用。这客用虽然生在穷苦人家，但眉清目秀，人又机灵，因此很是讨人喜欢。他流落京师，被人诓骗卖到帘子胡同，第一天就被孟冲看中，将他连同另三名小娈童一起扮成小内侍，偷偷领进了紫禁城。且说这事情败露之后，四名小娈童虽属无辜，按《大明律》规定却也不能轻饶，重者处死，轻者也得充军守边。合该客用走运，朱翊钧心里一直挂牵那"蚂蚁大战"的游戏，因此偷偷告诉冯保，要他把客用弄来表演。冯保为了讨好这个十岁的新主子，也就瞒着李贵妃，私自把客用阉了。从此，假太监变成了真太监，客用便成了东暖阁答应①。这东暖阁又称昭仁轩，是皇帝的书房。与东暖阁相对的还有一个西暖阁，又称弘德轩，是皇上批阅奏折的地方。东暖阁答应就是书童，不过，这个书童的地位可不是一般内宦所能比拟的。孙海、客用成了御前近侍，在太监里头，也算是不可一世的大珰新贵了。板起面孔学大人，装腔作势当皇帝，对于朱翊钧来讲，不是快乐而是痛苦。他最高兴的事便是和孙海、客用一起无拘无束地玩耍。朱翊钧心里明白，母亲不允许他瞎玩。所以他对客用

---

① 答应：明代对贴身宦官和宫女的一种称呼。

第二十回　演蛤蟆戏天子罚跪　说舍利珠内相逸言

千叮咛万嘱咐，要把那两只盛装蛤蟆与蚂蚁的竹筒儿藏好。却说这天半晌午，客用得了孙海的暗示，像做贼似的从住处的床底下摸出那两只竹筒儿，来到这处背旮旯儿，又为朱翊钧表演起游戏来。

每次观看，朱翊钧都显得非常兴奋。皆因他对其中的奥妙百思不得其解，问客用，也是只知其然不知其所以然。不止一次，他扒开客用，自己来指挥蛤蟆与蚂蚁，但都失败了。尽管他仿效客用的动作，也无济于事，这些小灵物根本不听他的。今天他又试了一回，还是如此，他不免愤愤不平地说道："这个癞蛤蟆，难道不知道我是皇帝？"

孙海一笑说："回万岁爷，这癞蛤蟆没长人耳朵，不懂人话，同它生气也是白生的。"

朱翊钧瞪了孙海一眼："它不懂人话，怎么听客用的？"

这倒把孙海问住了。他当即就问客用："你是不是留了一手，没教给万岁爷？"

"奴才岂敢？"客用委屈地说，"这蛤蟆和蚂蚁是我爷爷帮着训练的，我又不会。"

"你爷爷呢？"朱翊钧问。

"应该还在老家吧。"客用没把握地回答。

"朕宣他进宫，让他帮我训练。"

朱翊钧立刻又摆出了小皇帝的姿态，一副无所不能的样子。孙海摇摇头说："万岁爷，这个使不得。"

"为何使不得？"

"太后不会同意的。"

"哦？"

朱翊钧立刻像泄了气的皮球，愣了一会儿，一脸沮丧地说："当皇帝不好玩儿。"

话音刚落，猛听得一声厉喝："大胆！"

震得朱翊钧浑身一激灵，抬头一看，顿时吓白了脸，只见她的生母李贵妃正怒气冲冲地站在跟前。原来李贵妃抄完佛经后，踱步到东暖阁去看看儿子的学习，却空无一人。后在乾清宫管事牌子邱得用的带领下，才寻到这个背旮旯里来。

孙海、客用情知这下闯了大祸，齐刷刷儿跪倒在李贵妃的面前，勾着头不敢言声。

太后看了看地上蹲着的两只蛤蟆和两队纠缠不清的蚂蚁，厌恶地问邱得用："乾清宫砖缝儿里都抠得亮亮的，哪里钻出来这等脏物？"

邱得用躬身一看，心里已明白了八九分。他想帮小万岁爷遮掩过去，又惧怕李贵妃的威严，只得喝问孙海、客用两个奴才："你们说，这脏物哪里来的？"

孙海瞄着客用不吭声，客用不敢隐瞒，从实说了。

李贵妃未进宫之前，也看过这种叫花子把戏，想到朱翊钧万乘之尊，竟被两个奴才勾引玩这种下三烂的游戏，更是气上加气，指着跪在地上筛糠一般的孙海、客用，命令邱得用说："这两个奴才无法无天，拖下去一人打三十板子！"

"遵旨。"

邱得用一个长揖，命令跟来的侍从把这两人架走了。

李贵妃朝朱翊钧横了一眼，说："你跟我走。"

朱翊钧跟着母后回到东暖阁。李贵妃命令内侍拿了一个黄缎子包裹的棕蒲团放在砖地上，然后朝低眉落眼站在一旁的朱翊钧斥道："给我跪上去！"

朱翊钧哪敢违拗，他连看一眼母后都不敢，只把双膝一弯，挺腰跪在蒲团上，含在眼眶里的两泡眼泪，这时候再也忍不住，大滴大滴地落在砖地上。

坐在绣榻上的李贵妃，看到儿子这副样子，心顿时一软，恨不得立即伸手把儿子搂进怀里，但一种望子成才的责任感促使她没有这样做。

李贵妃对儿子管教之严，获得宫廷内外的一致赞誉，都称她是一个最能干、最负责任的母亲。朱翊钧自从八岁出阁讲学起，就没有睡过懒觉，天一亮就被母亲叫起床来，读书习字，一日不辍。当了皇帝后，朱翊钧的辛苦更胜过往日，每逢三、六、九早朝的日子，只要一听到宫外头响起"柝、柝、柝"的五更报时声，李贵妃就立即起床，把尚在梦乡中酣睡的朱翊钧喊

第二十回　演蛤蟆戏天子罚跪　说舍利珠内相谗言

醒。这时天还未亮,正是一个孩子最好睡觉的时候,但朱翊钧一看到母亲严峻的脸色,一刻也不敢怠慢。待宫娥替他穿好衣服,盥洗完毕,舆轿已抬到了乾清宫门口。朱翊钧在众多太监的侍拥下上朝而去。李贵妃便在专为她改建的乾清宫中的精舍里正襟危坐,手中拿着那串"菩提达摩佛珠",一边捻动,一边念经。其间,儿子上朝的礼炮声传来,百官序班入殿觐见的唱颂声传来,虽然对她的心情有所扰动,但她还是能够稳住神,把一卷《心经》反复念上十遍。朱翊钧退朝归来,第一件事就是到精舍里向母后请安。这时,李贵妃便会当着冯保的面详细地询问早朝的情况,甚至与入奏官员的每一句对话都要询问清楚,然后问冯保,皇上的回答是否有误。如果错了,应该怎样回答。小皇帝朱翊钧就是在母后如此严厉的督责下练习政事,他本人也颇为勤奋,当了十来天皇帝,入朝问事,接见大臣的一般礼仪也都能够应付下来。但孩子毕竟还有贪玩的天性,只要一落空,躲开李贵妃的眼睛,他就要想方设法找乐子。这不,今天刚刚溜出去就被李贵妃逮个正着,如今领回东暖阁中受罚。

东暖阁中这时候静得可怕。看到皇上罚跪,大小内侍没有一个人敢进来。这样足足过去半个时辰,忽然听得门外一声喊:"启禀贵妃娘娘,奴才冯保求见。"

"进来。"李贵妃发话。

冯保今天有事请示李贵妃,走进乾清宫,听说万岁爷罚跪,不免大惊失色,这可是千古未闻的奇事。若传出去这万岁爷的脸面往哪儿搁?思虑一番,冯保决定硬着头皮进去解劝。他急匆匆跨进东暖阁,看到朱翊钧跪在屋中间,摇摇晃晃已是坚持不住了,便扑通一声跪倒在朱翊钧的身后,哀声求情道:"启禀贵妃娘娘,今儿的事,完全是孙海、客用两个奴才的罪过,万岁爷是冤枉的。万望贵妃娘娘可怜万岁爷的身子骨儿,不要让他再跪了。"说着,冯保竟动了感情,呜咽起来。

看到朱翊钧跪得满头大汗,李贵妃已是心疼至极。冯保求情,她也趁势转弯,对朱翊钧说:"起来吧。"

朱翊钧站起来,两腿跪得酸酸的,支持不住,竟跟跄了一下。冯保赶紧从后面把他扶住。朱翊钧感激地看了冯保一眼,踅到母亲身边的另一乘绣榻上坐下。

李贵妃示意冯保坐到对面的杌子上,对他说:"冯公公,你是万岁爷的大伴。万岁爷学问的长进,你还要多多操心。"

"奴才遵旨。"冯保毕恭毕敬地回答。

"冯公公还有何事要奏?"李贵妃接着问道。

"有。"冯保奏道,"今天,在恭妃居所当差的一名内侍出宫,门人看他怀中鼓鼓囊囊的,神色又不大对头,就把他拦下了,一搜,从他怀里搜出一把金茶壶来,当即就把他拿到内宫监询问,他招供说是恭妃娘娘让他送出宫的。"

"往哪儿送?"李贵妃问。

"送往恭妃娘娘的娘家。那名内侍说,恭妃娘娘家中托人带信进来,说她父亲病得不轻,家中连看病的钱都没有了,让恭妃娘娘好歹接济一点。恭妃娘娘好长时间没得过封赏,月份银子又有限,一时急了,就将这把金茶壶拿了,让内侍送出去。"

冯保说罢,唤人把那把金茶壶送了进来。李贵妃接过来反复看过,不禁勾起对旧事的回忆。隆庆元年,穆宗登基时下旨内宫银作局制作了二十把金茶壶,用以赏赐嫔妃。恭妃是穆宗第一次诏封的八位妃子中的一位,故也得了一把金茶壶。如今,穆宗刚刚龙驭上宾,恭妃就要拿这把金茶壶出去典当给父亲治病,李贵妃心里很不是滋味。她倒不是埋怨恭妃薄情寡义,不珍惜先帝的赏赐,而是将心比心,对恭妃寄予深深的同情。穆宗登基以后,对宫内各色人等的赏赐非常之少。嫔妃们私下有些议论,却又不敢向皇上提出来,不要说她们蓄私房钱,就是头面首饰,也有两年多没有添置,为了这件事,宫府之间还闹了不少矛盾。一想起这些往事,李贵妃禁不住唉声叹气,数落了一回,她把那把金茶壶递给冯保,吩咐说:"这件事不能怪恭妃,她也是穷得没法子,这把金茶壶还是让她拿回娘家吧,她父亲治病要紧。"

"太后真是观音再世,菩萨心肠,奴才这就去办。"

冯保说着,便要退出东暖阁。

朱翊钧这时说话了:"大伴,等会儿再走。"

"万岁爷还有何吩咐?"冯保又坐回到杌子上。

第二十回　演蛤蟆戏天子罚跪　说舍利珠内相谗言

朱翊钧转向李贵妃，小心翼翼地说："母后，这件事的处置，儿另有想法。"

"哦，你说。"看到朱翊钧小大人的神态，李贵妃心中一阵惊喜，向儿子投以鼓励的目光。

朱翊钧受到鼓舞，胆子大了一点，他撩起袖口揩了揩眼角残留的泪痕，轻声问道："请问母后，是家法重要还是人情重要？"

李贵妃一怔："当然是家法。"

"儿认为恭妃娘娘的做法违反了家法，"朱翊钧闪动着亮晶晶的眸子，口气也变得决断了，"按规矩，大内里的物件儿，不管大件小件，没有得到皇帝的恩准，是不准携出宫门的，恭妃娘娘要把这把金茶壶送往娘家，儿身为皇帝，却并不知道这件事。这就犯了家法。"

"钧儿言之有理。"李贵妃顿时眉心里溢出了笑意，她要的就是这样有头脑、有魄力的儿子，"钧儿，那你说该怎么办？"

"刚才听母后和大伴讲，儿才知道宫中嫔妃的生活如此困难，所以，恭妃娘娘也不是故意违反家法。但不管怎么样，先帝父皇的御赐之品，是决计不能流入民间的。依儿之见，家法也要，人情也要。家法在前，人情在后。那个送金茶壶的内侍，应该打三十大板。这把金茶壶，依然还给恭妃娘娘。然后，从内宫库中拨出一百两银子，还着那位挨了板子的内侍送到恭妃娘娘的家中。"

朱翊钧说这番话时，平日的稚气与顽皮都尽行收敛，换成满脸的严肃。特别难能可贵的是，他条理清楚，提出的处理意见，既不悖人情又维护皇家尊严。李贵妃并没有因自己的意见被儿子否决而生气，相反，她显得异常高兴。只见她此时眼睛大放光彩，以赞赏的口气问冯保："冯公公，万岁爷做如此处理，你看是否妥当？"

冯保也正自诧异，这个刚才还在罚跪的淘气孩子，十岁的皇上，为何能如此得体地处理事体。见李贵妃发问，连忙起身回答："启禀贵妃娘娘，万岁爷圣断英明。如此处理，恭妃娘娘定能体谅万岁爷的一片厚爱仁孝之心。"

"好，那你就按万岁爷的旨意办理。"

"是。"

冯保躬身退下。

冯保离开乾清宫东暖阁回到司礼监值房,刚把处理恭妃金茶壶事件的旨意吩咐下去,便见徐爵急匆匆跑了进来。徐爵虽是家臣,平素想见主人,也得事先通报,眼下连招呼都不打一个就硬往里闯,冯保顿时拉下脸来,厉声申斥道:"瞧你这傻了吧唧的狗熊样,把这里当戏堂子了?"别看徐爵五短身材一脸凶相,见了冯保却是骨头没有四两重,经这一骂,他那张脸立马臊得像一块紫猪肝,惶惶地退到门外,唱了一个喏:"老爷,奴才徐爵有事求见。"

"进来吧。"冯保没好气地招呼。

徐爵这才重新挪步进门,在值房中间砖地上跪了。冯保迷眼睃着他,问:"有什么事?"

主人不发话,徐爵也不敢起来,只得跪在砖地上答话:"奴才方才清查通政司今天送来的折子,其中有南京工科给事中蒋加宽的一个手本,是弹劾胡自皋的。"

"哦,手本呢?"

"在这里。"

徐爵从怀中掏出手本,冯保抬手做了一个手势,徐爵这才敢起来,双手把那个手本递了上去。冯保抖开来看,只见那手本并不长,仅两个折页,但所写内容却非同小可,正是揭露徐爵如何让南京工部主事胡自皋出银三万两购买那串菩提达摩佛珠。其中一段"查胡自皋身为朝廷命官,却不思报效国家,整日钻营,不惜斥重金贿赂内珰,以三万两银购买菩提达摩佛珠送与冯保之家臣徐爵。尤为可笑者,此佛珠乃不法之徒造假诓骗,三万两银子所购之珠,实值不过铜钱一串耳。"读到这里,冯保不禁雷霆大怒,把手本朝案桌上重重一掼。徐爵知趣,早已重新回原地跪好了。冯保咬牙切齿骂道:"徐爵呀,徐爵,俺让你往南京走一遭,谁知道你给俺抓了一把屎回来。"

"老爷,"徐爵揉了揉鱼泡眼,哭丧着脸说,"奴才知罪。"

"这事儿怎么事先一点风声都没有?"

第二十回　演蛤蟆戏天子罚跪　说舍利珠内相诳言

"有，是奴才不敢告诉老爷。"

"大胆，这种事也敢隐瞒！"

"奴才实不敢隐瞒，"徐爵吓得额头挨地，撅着屁股答道，"奴才是想事情办妥了，再禀告老爷。"

"说，到底是怎么回事？"

经不住冯保这么逼问，徐爵便讲出了购买菩提达摩佛珠的后续故事。

却说徐爵那次自南京归后，就一直与胡自皋保持联络。一日收到胡自皋的来信，告之那串菩提达摩佛珠可能有假。南京城里，本来就有一些制造假古董的高手，他们仿制古瓷古画，几可乱真，更不要说那串谁都没有见过的菩提达摩佛珠。徐爵听后大惊，连忙派了两个人前往南京，会同胡自皋一块去找那位出卖佛珠的师爷。哪里还能找得到？听周围人讲，那位师爷赁居藕香斋，前后也不到一个月时间，因此街坊谁也说不清此人的来历踪迹。徐爵这才感到，"师爷"在南京的出现，原是专门为了设局骗卖"佛珠"的。他知道此事如果败露，冯保定不会轻饶他，唯一的解决之道，是找到那位"师爷"，追回三万两银子。偌大一个南京，找寻一个人尚且不易，何况此人说不定已经逃逸。江南之大，寻此"师爷"更是如同大海捞针了。亏得徐爵胆大心细，仰借冯保的势力动用东厂布在江南的耳目，通过红黑两道，硬是把躲藏在苏州府用直镇的那位"师爷"提溜了出来。这种事不便上官府过堂，徐爵手下人把"师爷"弄到沉湖边上一座荒寺鞫审。"师爷"开头嘴硬，硬是不承认造假，一顿刑罚下来，"师爷"架不住，只得承认那串菩提达摩佛珠的确是他一手造出的。所谓一百零八颗舍利子，全都是羊骨头经打磨特制而成的。好在那一张三万两的银票兑出后，分文未动。徐爵手下人便取了这三万两银子，径自在苏州府换成了银票，然后把那位"师爷"押到船上，划进苏州边上的沉湖，绑着石头丢进湖底喂鱼了。两位办事人昨儿夜里才赶回京师。

听完徐爵的述说，冯保一方面觉得这事办得窝囊，一方面又觉得徐爵还是一个肯做事的好奴才，蹙着眉毛想了一会儿，问道："银票呢？"

"在这哪。"

徐爵又从袖口里抠出那张银票递了上去，冯保只瞅了一眼，并不接银票,说道:"拿回府入账吧。"

"是。"徐爵又把银票放进袖中藏好。

冯保示意徐爵找个杌子坐下,他自己靠在罩了九蟒朝天黄缎套子的太师椅上,闭目养了一会儿神,然后又拿起那个手本看了一遍,问:"蒋加宽何许人也?"

徐爵回答:"奴才查了一下,此人是隆庆二年的进士,虽与高拱无师生之谊,但他是河南南阳府人氏,与高拱是同乡。"

冯保点点头,又问:"他是怎么知道这件事的?"

徐爵从冯保的脸上看不出个子丑寅卯来,因此心里头一直紧张,这时便谨慎地回答:"听说这件事是一个叫邵大侠的人捅出来的。"

"邵大侠?"冯保眼中贼光一闪,这个名字他是熟悉的,"他怎么知道?"

"邵大侠此人在南京极有势力,红黑两道都吃得开,可以说,没有他不知道的事情。"

"果真如此吗?"冯保阴沉沉追问了一句。看到徐爵张口就要回答,他摆手制止,又问道:"今天送进来的折子,还有什么要紧的?"

"内阁又有具揭送来,催问那两个奏本。"

"知道了,你先退下去。"

徐爵离开后,冯保独自一人待在值房里,仰坐在太师椅上,怔怔地望着彩绘的房梁出神。此刻他心乱如麻,头涨得厉害。看他抬手捂着额头,早有侍奉在侧的小火者打了一盆凉水进来,绞了毛巾帮他揩了一把脸,冯保这才清醒一些,再次拿起桌上的那道手本翻阅。

打从九年前出任司礼监秉笔太监,七年前又兼东厂掌印,冯保实际上就成了内廷中贵二号人物,且一直觊觎司礼监掌印之位。经过数年来韬光养晦呕心沥血的争斗,现在终于如愿以偿。但他心底清楚,如今尚在首辅位上的高拱,一定不会善罢甘休。新皇上登基第二天,他就以内阁公本形式给新皇上上了一道《陈五事疏》,这意图很明显,就是遏制司礼监的"批朱"之权,亏得小皇上不谙政务,由他冯保代批了六个字:"知道了,承祖制。"而后发还内阁。几乎就在同时,刑部要求东厂移交王九思的题本和礼部要求

第二十回　演蛤蟆戏天子罚跪　说舍利珠内相谗言

从户部划拨二十万两太仓银给后宫先帝嫔妃打制头面首饰的奏疏都送呈御前，冯保一看便知，这两道折子的目的是笼络李贵妃，给他这个新任的司礼监掌印来个釜底抽薪。高拱不愧是官场斗士，斫轮老手。这一系列的奏疏，的确打动了李贵妃的心。按惯例，刑部礼部两道折子，应该发还内阁票拟，但李贵妃一时还吃不准高拱的意图何在，故让冯保压了两天。冯保也不知此事如何处置才叫妥当，故派徐爵连夜赶到天寿山中向张居正讨教。一波未平，一波又起，那两道折子的事还未了结，南京方面又送来了蒋加宽弹劾胡自皋的手本。这越发是"醉翁之意不在酒"了，弹劾胡自皋是假，真正的目的，是要把这一把火烧到他冯保身上。不用探究就知道，蒋加宽的手本也是他高拱下出的一步叫杀的狠棋。刚才徐爵提到邵大侠也参与其中，这更引起了冯保的警惕。当年邵大侠为高拱复官入阁而来京师活动的事，他早有耳闻。上个月邵大侠再度入京与高拱秘密接触，也被东厂侦知。冯保本想动手把邵大侠拘拿，没想到这小子神不知鬼不觉地溜了，如今又在南京兴风作浪，继续为虎作伥，死心塌地为高拱卖命。没有他，南京方面就不可能有这支暗箭射来。朝廷规矩，凡百官入奏题本分正本副本，正本送呈御前，副本留通政司存底。好事不出门，恶事传千里。这蒋加宽手本内容，恐怕早已通过通政司启封官员之口在京城各大衙门传遍。想到这一层，冯保恨不能剥了蒋加宽的皮。转而一想，蒋加宽固然可恨，但最可恨的还是高拱。"庆父不死，鲁难未已"①，冯保伸指头蘸着茶盅里的茶水，在案桌上把这八个字一连写了几遍，脑子里也就形成了一个大胆的阴谋。他把蒋加宽的手本装进奏本匣子，命令身边的小火者：

"备轿！"

司礼监掌印处在皇极殿的右边，中间隔着一条甬道。冯保坐了一个四人抬的乘舆，悠悠忽忽上了甬道，入右崇楼，往乾清宫迤逦而来。这紫禁城中，原是不准太监乘坐舆轿的。太祖定下的规矩，不管你级别多高，年纪多大，只要你是太监，在紫禁城里头，就只能是垂手步行。换句话说，在太祖御前，太监地位极为卑下。这情形到了成祖手上稍有改变，起因是他起兵夺

---

① 庆父不死，鲁难未已：意思是说庆父不死，鲁国的祸乱就平息不了。比喻不除掉罪魁祸首，就不会有安宁。

位前后，有不少南京宫城内的太监拥护他，向他传递重要的情报。因此他在夺取皇位之后，便一改太祖不许太监读书识字的禁令，而专门在紫禁城中设了一个内书堂，选拔聪明年幼的入宫小宦入内读书，并常常选派所宠信的宦官担任监军。宦官的地位一下子提高了许多，但还不至于提高到可以在紫禁城中坐轿的地步。真正开了这个禁令的，是明朝的第六个皇帝朱祁镇。他即位时才九岁，比当今皇上朱翊钧还小一岁，当时有个司礼监掌印太监王振，极得朱祁镇的信任，成了名副其实的"内相"，便也就允许他在紫禁城中坐轿，从此遂成定例。冯保出任司礼监掌印之前，虽然也有代步工具，但只不过是两人抬的肩舆①，规格档次都无法和四人抬的舆轿相比。现在他坐在这乘舆轿上，看到偶尔遭遇的内珰中贵都赶紧趋避，心中感觉自是极好。但那份来自南京的弹劾胡自皋的手本，毕竟搅乱了他的心情。山雨欲来风满楼——他知道，他与高拱之间的争斗这才仅仅开了一个头，真正的厮杀招数还在后头。高拱为了扳倒他，肯定是想穿脑袋挖空了心思。冯保虽然对高拱恨之入骨，却从来都不敢小瞧他。这位高胡子久历官场长居高位，如今满朝文武，上至部院大臣、各路言官，下至各地抚按、州府长吏，莫不都是门生故旧，亲朋好友。这些人拧成一股绳，吐口唾沫也能把人淹死。"俺要打下这只雁来，却又不能让它啄瞎了眼睛。"冯保这么思忖着，不觉轿舆已抬到了乾清宫门口。

李贵妃与朱翊钧母子二人，还待在东暖阁中，冯保走后的这大半个时辰，李贵妃依旧坐在那乘绣榻上，一边拨弄着手中的那串菩提达摩佛珠，一边听儿子背诵这几日新学习的几节《论语》，尔后又看儿子练字。才说休息一会儿，刚吃了两片冰镇西瓜，听东暖阁管事牌子来奏冯保求见，便让他进来。

冯保进来磕了头，李贵妃让他寻杌子坐下，问道："恭妃娘娘那头的事，办妥了？"

"办妥了，"冯保双手搁在膝头上，一副奉事唯谨的样子，"奴才依皇

---

① 肩舆：轿子。

第二十回　演蛤蟆戏天子罚跪　说舍利珠内相诳言

上和贵妃娘娘的旨意，从御用监支取一百两银子，给恭妃娘娘送了过去。另外，奴才还斗胆给贵妃娘娘做了一个主，从奴才的薪俸中支了五十两银子，算作贵妃娘娘的私房钱，一并送给恭妃娘娘。"

"你为何要这么做？"李贵妃问。

冯保迟疑了一下，然后字斟句酌答道："如今宫内宫外，都盛传贵妃娘娘是观音再世，更加上是当今皇上的生母，不但是隆崇有加万民景仰的国母，更兼有救苦救难的菩萨心肠。恭妃娘娘父亲生病，万岁爷念及先帝，大孝根心，从御用监划拨一百两银子救济，这是天子公情。贵妃娘娘再额外救济五十两银子，则是再世观音救苦救难的母仪之德了。奴才这么想着，也就斗胆这么做了，若有不当之处，还望贵妃娘娘与皇上恕罪。"

冯保条陈①明白，语见忠恳，李贵妃大为感动，心想这等体谅主子的奴才，还有什么不值得信任的！何况冯保提到她是"观音再世"，儿子登基那天，以容儿为首的八个宫女也这么说过，还送了一幅她们自绣的观音像。外头既有这等舆情，自己看来还得多做救苦救难的善事。这么想过，李贵妃温婉一笑，把手上的念珠提了一提，说道："这件事冯公公做得极好，只是总让你破费，我心中甚为过意不去，如果朝廷内外，给皇上办事的人都像你这般忠诚勤勉，钧儿的皇位，坐着就轻松多了。"

李贵妃说着，怜爱地看了坐在侧边另一乘绣榻上的小皇上一眼，此时的朱翊钧也正全神贯注地听着两人的对话。母后对冯保的夸赞，更增添了他对这位长期厮守的大伴的信任。母子俩这种感情的流露，冯保看在眼里，喜在心中。他觉得火候已到，便连忙切入这次拜谒的主题：

"启禀贵妃娘娘，奴才还有一件事，不知当问否？"

"请讲。"

"娘娘手中捻动的，可是那串菩提达摩佛珠？"

"正是，"李贵妃看了看手中这串散发着幽幽蓝光的念珠，猜想冯保这时候提起这件事，是不是想邀功请赏，于是说话的口气显得更加亲热，"冯公公给我送来这么贵重的礼物，我还没好好儿谢过你哪。"

---

① 条陈：分条陈述。

"娘娘这么说，倒真是折杀奴才了。"冯保故意装得惶惶不安，接着说道："这些时我总在寻思，先帝去世，新皇上登基，这一应事体，也算得上是改朝换代的大事。朝廷中虽也有那么三两个人想利用这场变故，闹腾出点什么祸事来，终究也是竹篮打水一场空。依奴才陋见，这一切，全赖娘娘虔心事佛，也恰在这个节骨眼上，菩提达摩佛珠重现天日，到了娘娘手上，这真是天意啊！"

冯保奉承主子，说话向来有剥茧抽丝的功夫，经他这一提醒，李贵妃也确实悟到了手上这串珠子后头的"天意"，可不是吗？自从得了这串佛珠，宫里宫外才开始称她为"观音再世"。尤其令她满意的是，儿子继承皇位，竟然平平安安，风波不兴。想到这里，李贵妃把手上的佛珠捻得更响了。

"冯公公，你也是有佛根的人啊，"李贵妃感慨地说，"没有你，这串菩提达摩佛珠，怎么会到我手中。"

"娘娘是观音再世，没有奴才，这串佛珠照样还会到娘娘手上。"冯保说到这里，顿了一顿，脸色略见阴沉，接着说道："可是，如今南京衙门里头，却钻出来一个人揪住这件事，无中生有，要给娘娘败兴。"

"啊，有这等事？"

"有，"冯保打开随身带来的盛放折子的红木匣子，取出那份蒋加宽的手本，恭恭敬敬递给了李贵妃，"请娘娘与万岁爷过目。"

李贵妃接过只看了看标题，便退还给冯保，说了一个字："念"。

"奴才遵旨。"

冯保又把蒋加宽的手本接回，一字一句地念给李贵妃与朱翊钧母子听。手本不长，不消片刻工夫念完。听着听着，李贵妃捻动佛珠的手指慢慢停了下来，浅浅画过的修眉蹙作一堆。此事发生之前，朱翊钧并不知晓，这时看看母后的表情，问冯保到底是怎么回事，冯保便把这件事的来龙去脉奏说一遍。朱翊钧听罢，放下咬在嘴中的手指头，嚷道："大伴，那个叫胡自皋的，真的为你出了三万两银子？"

"回万岁爷，这纯属无稽之谈，"冯保一脸委屈，按事先想好了的谎话申辩道，"买这串佛珠的三万两银子，原是先帝给奴才的赏赐，说起来是隆庆二年，先帝把沧州的一处田庄赏了奴才，这回为了凑这笔银子，奴才便把那处田庄卖了。"

"既是这样,那蒋加宽为何要诬陷于你?"

朱翊钧如此追问,正好落进冯保的圈套,他从容答道:"回皇上,恕奴才冒昧说话。蒋加宽一个小小的南京工科给事中,哪有这个胆量,以莫须有的罪名诬告奴才?这皆因他的背后有人支持。"

"啊,有谁支持他?"

朱翊钧惊奇地瞪大了眼睛。李贵妃一直锁着的弯眉一动,似乎也有听下去的兴趣。冯保咽了一口唾沫,正欲说下去,忽然听得挂了浅月色柔幔的木格雕花窗子外头,传来一声脆脆的叫声:

"太子爷!"

接着便听到细碎的脚步声在窗棂外边的回廊上停住了,一个声音传进来:"嗨,小畜生,教你多少遍了,怎么就记不住,不是太子爷,是万岁爷,万——岁——爷——喊。"

原来是乾清宫管事牌子邱得用在逗那只从慈宁宫带过来的白鹦鹉大丫鬟。李贵妃没好气地用脚一推绣榻前的青花瓷脚踏,朝窗外厉声喊道:"邱得用,没瞧着万岁爷在谈事?把大丫鬟提走!"

"奴才遵旨!"

听着外头砖地上一响,邱得用磕了一个头,取下挂在回廊上的鸟笼子,蹑手蹑脚走了。经过这个小小的插曲,冯保隐约感到李贵妃心绪烦乱,这原本也在他的预料之中,因此并不慌张,依旧接了朱翊钧的问话答道:"这蒋加宽的后台不是别人,正是现任的首辅高拱。"

"是他?"这回是李贵妃脱口问出。

"启禀娘娘,先帝在时,奴才就是高拱的眼中钉。他推荐孟冲出掌司礼监,孟冲做了什么好事?从奴儿花花到妖道王九思,净把先帝往邪道上引……"

"不要说了。"李贵妃担心冯保说漏嘴,当着朱翊钧的面说出先帝的丑行,故打断冯保的话头,问道:"闲言少叙,我且问你,这串菩提达摩佛珠,到底是真是假?"

"肯定是真的!"冯保斩钉截铁地回答,那口气硬得叫人不容置疑,

"不瞒娘娘说，这串佛珠买来不到一个月，南京方面就有一些风声，说这串佛珠是假的。其实奴才买它之前，已专门请了数位得道高僧鉴定过。他们都一致肯定，这一百零八颗舍利佛珠，颗颗都是蕴含佛光的无价之宝。谣言出来之后，奴才又专门派人去了南京查证落实。差人前几天从南京回来，一是证明佛珠来路光明正大，的确是梁武帝留传下来的菩提达摩佛珠，二来也找到了谣言的源头，说出来又会让娘娘大吃一惊，造这个谣言的人，名叫邵大侠。"

"邵大侠是谁？"李贵妃问。

冯保又加油添醋把邵大侠的生平介绍一番，特别渲染了他和高拱的特殊关系。李贵妃听罢，如释重负地长出一口气，感叹说道："人心隔肚皮，世上事果然难以预料。就这么一串佛珠，居然还有人利用它来大做文章。可恶，可恶！钧儿承继大统登皇帝位，我一直放心不下两个人，怕他们欺钧儿年幼，不肯同心同德辅佐圣业。这两个人，一个是孟冲，另一个就是高拱。孟冲已经撤换，剩下这个高拱，一直是我的心病。他一直深得先帝信任，又是先帝临危时的顾命大臣，没有十足理由，也不好撤换他。钧儿登基第二天，他上了一道《陈五事疏》，虽然针对的是你冯公公，要遏制司礼监的权力，但所陈五事，却也无懈可击。后来刑部和礼部上了两道折子，依我来看，倒觉得这位高胡子没有辜负先帝的嘱托，所作所为，具见忠诚，很有点顾命大臣的样子。折子已经压了两天了，方才你走后，我还与钧儿商量，且把这两道折子发还内阁，让高胡子看详，票拟准行。不知冯公公你意下如何？"

李贵妃这番话极有主见，让冯保至少听出了三层含义：第一，高拱的《陈五事疏》虽然针对的是你冯保，但对皇上练习政体还是大有裨益；第二，蒋加宽这份弹劾胡自皋的手本，李贵妃虽然厌恶，却也不肯轻易牵连到高拱身上；第三，李贵妃对刑部礼部这两道折子十分赞赏。应该说，高拱这些时的努力没有白费，李贵妃对他的态度由猜忌变为欣赏。这正是冯保最不愿见到的局面。此时，他面对朱翊钧困惑的眼神以及李贵妃凛然不可亵渎的目光，心里头一阵惊悸，他感到若不当机立断，抖出个撒手锏来，听凭眼前这位贵妃娘娘对高拱的好感发展下去，后果将不堪设想。愣怔了一会儿，他鼓足勇气说道：

"启禀皇上，启禀贵妃娘娘，关于刑部与礼部那两道折子，奴才看过，也觉得这是出自高拱的精心安排，但有一点，叫奴才百思不得其解，这个一贯盯着皇上的钱袋，生怕皇上多花一个铜板的高胡子，为何一反常态，变得如此体贴皇上了？奴才悟不透这里面的蹊跷，前日专门派人去天寿山请教了张居正，张先生一番剖析，奴才这才恍然大悟，明白了高胡子的险恶用心。"

冯保这席话，多少有点让李贵妃出乎意外，她惊诧地问道："张先生怎么讲？"

冯保说道："这两份折子，张先生分析周详。先说刑部公折，这折子说妖道王九思淫邪进妄，惑乱圣主，所造'阴阳大补丹'，导致先帝血气两亏，元气大丧，终至失元丧本，龙驭上宾。先帝之死，王九思罪责难逃，因此，应将王九思交由三法司鞠谳，拟定谋逆罪，凌迟处死。"

冯保一口气说完折子内容，话音刚落，李贵妃紧接着说道："刑部这道折子，句句都是实话，王九思合该凌迟处死，这难道还有什么不妥吗？"

冯保抬眼审量了一下李贵妃的表情，又悠悠说道："奴才初看这道折子时，也像娘娘这么想，觉得像王九思这样的妖道，凌迟处死也还便宜了他。但张先生的看法却不一样，他认为如果按刑部这道折子鞠谳定罪，虽则大快人心，却将先帝陷入不仁不义之中。"

"啊，这两者有何联系？"

"先帝驾崩之日，朝廷早已诏告天下，先帝是因久病不治而龙驭上宾，生老病死乃人之常情。先帝病死，这是正终，设若审判王九思，这妖道从实招来，说先帝是因吃了他制的春药而死，先帝岂不是死于非命？天下岂不耻笑先帝是个色魔？千秋后代，昭昭史笔，又该如何评价先帝的为人呢？"

冯保这一连几个反问，顿时把李贵妃问得目瞪口呆。她没有想到如此清楚明白的一桩案子的处理中，竟隐藏了这么深的阴谋。设若她的夫君——隆庆皇帝死后令名不保，那么后人该以何等样的眼光看她？她那刚登皇帝位的儿子，岂不成了色魔的后代？如此想来，李贵妃心中打过一阵寒战，不由得十分敬佩张居正的深沉练达，洞察秋毫。她接着问道：

"关于礼部这道公折，张先生又有何见解？"

"礼部的这道折子，据张先生看，也是包藏了祸心的。"冯保一边说，一边思索，那样子看上去好像要尽量说出张居正的原话来，"张先生说，据他所知，由于近些年赋税督催不力，军费、漕运等费用开支又每年递增，户部太仓银已所剩无几。而蓟镇二十万兵士过冬的棉衣，打通京畿潮白河的漕运等等大项开支，户部都难以拨付。这种时候，若硬性从户部拨二十万两银子给后宫嫔妃打制头面首饰，这种做法，在天下士人看来，就会说咱们新登基的万岁爷，是个只要家而不要天下，只图自身享乐而不管社稷福祉的糊涂君主。娘娘，此事要三思而行啊！"

李贵妃点点头，但心里头却如同倒海翻江烦躁得很。如果真的如张居正所分析，那么高拱就是死不改悔，以"顾命大臣"自居，专权干政，威福自重。但这样下去，对他高拱又有何好处呢？

"张先生的分析，句句都有道理。"李贵妃既像喃喃自语，又像是对冯公公述说，"现在看来，刑部礼部两道折子，确有挂羊头卖狗肉之嫌，高拱久居内阁，应该知道其中的利害。他究竟是不是存心而为，一时还难以定论。"

针对李贵妃的疑虑，冯保说道："启禀娘娘，要想弄清楚高拱是不是存心而为，一试便知。"

"如何试法？"

"把这两道折子发回内阁，看高拱如何票拟便知。"

李贵妃点点头，答道："好，就这么办。"

第二十一回

众言官吃瓜猜野谜
老座主会揖议除奸

却说那日征得张居正与高仪的签名之后,高拱便把那份《陈五事疏》以内阁公本形式送呈新登基的万历皇帝。第二天,传旨太监送了一个御批出来,只短短六个字:"知道了,承祖制。"奏稿却留中不发了。旧制:内阁送进宫中的奏折,皇上看过之后,都应发回内阁票拟,然后再由皇上"批朱"颁行。但是,作为三位顾命大臣联合签名的第一份内阁公本,却被留中不发,这不能不说是一个极为严重的政治事件。立刻,政府各部院大臣以及各路言官都知道了这件事,且都表示出强烈的不满。当然,最不满的还是高拱本人。须知《陈五事疏》是他精心策划的驱逐冯保的第一步棋,如果一开头就是个哑炮,往后的事就更难动作了。因此,一接到中旨后,高拱便秉笔疾书,再上一疏:

臣高拱、高仪谨题:
　　臣等先于本月初十日恭上紧切事宜五件,仰裨新政。今日伏奉御批"知道了,承祖制"。臣等窃唯五事所陈,皆是祖宗已行故事,而内中尚有节目条件。如命司礼监开揭夹鉴,尽发章奏,如五日一请见,如未蒙发拟者,容令奏请与夫通政司将封建本辞送该科记数备查等项,皆是因时处宜之事。必须明示准允,乃可行各衙门遵行。况皇上登极之日,正中外人心观望之际,臣等第一条奏即未发票,即未蒙明白允行,恐失人心之望。用是臣等不敢将本送科,仍用封上再进。伏望皇上鉴察，发下臣等票拟，臣等如有差错，自有公论。祖宗法度，其孰能容。臣等无任，仰望之至。

这第二道奏疏又作为急件送进宫中，隔一天，宫中终于发还补本到内阁票拟。高拱这一下大受鼓舞，在心中酝酿多时的草拟皇上的批语也就一挥而就了：

览卿等所奏，甚于时政有裨，具见忠荩。都依议行。

几乎就在当天，皇上的"批朱"就到了内阁，对票拟无一字修改。收到这道圣旨，高拱那颗一直悬着的心终于放了下来。他立即就此事咨文通报在京各大衙门并邸报全国各州府。与此同时，他又指示刑部礼部把各自早就写好的公本送进宫中。隔了一天，高拱坐轿子入直，刚到值房，送本太监又把这两个奏本送来内阁票拟。高拱不让送本太监离开，当着他的面，提笔拟了两道票。

刑部公本的票拟是：

览奏。妖道王九思以邪药进于先帝，惑乱圣躬，十恶不赦，三法司须从严惩处。

礼部公本的票拟是：

准奏。我朝以孝治天下，朕初承大统，理当如典行赏。

拟完票，高拱看着虽说此时才誊正但私下已练过多回的这几行狼毫小楷，心下甚为满意。吩咐文书拿了五两银子赏给传旨太监，嘱咐他把这两道票拟连本一起带回宫中，交给皇上"批朱"。然后，又派人去把韩揖、雒遵等给事中喊来会揖。

正值炎炎六月，又久日不雨，北京城里头，大街小巷蹿着的都是灼人肌

第二十一回 众言官吃瓜猜野谜 老座主会揖议除奸

肤的热风,偏今儿一丝风没有。给事中坐的都是四人抬的小轿,顶着日头,轿子里燠热如同蒸笼。及至来到午门内的六科值房,各个都汗流浃背。一身绣着鸂鶒①的七品夏布官服,前胸后背都浸出了汗渍。各自进了值房后,揩脸的揩脸,摇扇的摇扇,暑气还没有除尽,接了高拱的指示,又都一窝蜂随着堂差来到内阁二楼的朝房。

关于内阁与六科的关系,这还得从给事中这一官职的设置说起。明太祖朱元璋立国之初,鉴于宋元两代君弱臣强,朝廷权力失控乃至崩溃的教训,加之左丞相胡惟庸谋反对他的刺激,促使他革除丞相制,把丞相之权分于六部。但如此一来,他又担心部权过重而威胁皇权,又对应六部而设六科给事中,对六部权力加以牵制及监督。这六科给事中不隶属于任何部门,直接向皇帝本人负责。如此一来,给事中不但掌握了参政议政的谏议权,还增加了监察弹劾权,朝廷文武百官无不受其监督。论官秩,六科给事中虽只有六品,但就是那些爵位至重的三公九卿、部院大臣,与之见面也得行拱手之礼。关于六科特殊的政治地位,还有一事可做佐证。政府各大衙门,都设在京城各处,唯独内阁与六科的值房设在紫禁城里头。一进午门,往右进会极门,是内阁;往左进归极门,是六科值房。永乐中紫禁城失火,六科值房被烧毁,六科才搬到午门外的值房办公,相沿至今。由此可见六科言官的重要。按先朝传下的惯例,每月的初一、十五两天,六科给事中都要到内阁和辅臣作揖见面,称为"会揖",相当于一个互通声气的例会。只是今天这次会揖不伦不类,一是时间不对,离六月十五还差两天;二则内阁除高拱外,张居正、高仪两位辅臣均不在内阁,张居正在天寿山视察隆庆皇帝陵寝尚未回来,高仪患病在家;三则给事中也未全到,只来了七八个,都是高拱的门生,套用一句官场的话说,都是"夹袋中人物"②。

韩揖一帮给事中们在内阁二楼的朝房中坐定,这才知道张居正与高仪两位辅臣都不在阁,高拱也因急着签发几道要紧咨文而不能即刻上楼,顿时他们就不那么严肃斯文了,嘻嘻哈哈开起了玩笑。韩揖离开内阁还不到一个月,自我感觉还是这里的半个主人,他下楼找到主管供应的典吏,弄了两个

---

① 鸂鶒:一种水鸟,形大于鸳鸯,而多紫色,好并游,俗称紫鸳鸯。
② 夹袋中人物:指当权者的亲信或存记备用的人。

水泡西瓜上来。内阁有一口深井，头天把西瓜放进去泡一个晚上，第二天捞起来吃，又沙又凉，解暑又解渴。

吃罢西瓜，向来心宽体胖的礼科给事中陆树德打了一个饱嗝，坐在椅子上跷起了二郎腿，向坐在对面的工科给事中程文打了一个手势，说道："打个谜语你猜猜，怎么样？"

程文长着一张凹脸，吃得满下巴都是西瓜水，这会儿从袖口里掏出手袱儿，一边揩一边应道："你说吧。"

陆树德指着面前盛满西瓜皮的盆子说："就这，打两个字。"

"两个什么样的字？"程文问。

"告诉你还要你猜个啥？"陆树德眨巴着一双鼓眼睛，诡谲地说，"这两个字，恐怕在座的诸位各个都尝试过。"

程文迷迷怔怔硬是想不出个头绪，余下的人望着那盆瓜皮出神，一时都给难住了。

"你给提个醒儿。"雒遵说。

"哈哈，没想到这个一眼就明的谜语，竟难住了你们这一帮满腹经纶的才子。"陆树德一个哈哈三个笑，自是得意得很，"好吧，我来提个醒儿，张生月下会莺莺，为的啥？"

"偷情。"一位年轻的给事中脱口而出。

"哦，沾上边了。"

"啊，知道了，"雒遵一拍巴掌，未曾开口先已咧嘴大笑，骂道，"好你个老陆，在堂堂内阁中枢之地，说这样的浑话。"

"究竟是什么？"韩揖追问。

雒遵忍住笑，说道："如果我猜得不差，这两个字的谜底是——破瓜。"

"破瓜？啊，真是的，这不是一盆子破瓜又是什么！"

程文一拍脑门子，那种恍然大悟的样子很是滑稽，引来一阵哄堂大笑。

雒遵本来就好捉弄人，现在眼见一屋子人受了陆树德的愚弄，便成心报复。他伸手指着陆树德，笑谑道："常言道，二八佳人，破瓜之期。这意思很明白，女子长到二八一十六岁，就像端午节后的桃子，总算熟透了，可以享用了。瓜熟蒂落，才有破瓜之说。可是，我听说你去年去杭州公干，在那里嫖了一个袅娜少

第二十一回 众言官吃瓜猜野谜 老座主会揖议除奸

女，才十五岁。这还是一只青瓜呢，陆老兄，你这是暴殄天物啊。"

"对，在下也听说过这件事，老陆，你现在老实坦白，那一夜是如何风流的。"

"是啊，快坦白。"

众人一阵起哄，陆树德招架不住，赶紧辩解道："你们这是冤枉好人。那一夜，杭州太守为小弟举行堂会，的确有一个十五岁的女子随了戏班来到堂会上，太守便让她陪我喝酒，唱了几支曲子，仅此而已。"

"看你把自己说得，都成了守身如玉的圣人，"雒遵占着赢势，继续奚落道，"若说吃猫的鱼，天底下一条也没有，但吃鱼的猫满世界都是，头一个就是你陆老兄。"

"这也包括你雒大人。"陆树德反唇相讥。

眼看两人闹起了意气，脸色都有些挂不住了。一向充当和事佬的程文，便出来打圆场，说道：

"老陆说句玩笑话，大家何必当真。其实，老陆这个谜语虽贴切，却不典雅。我现在再说一个谜语，答案比老陆的粗俗，却典雅得很。"

"哟，程文也会这个？"韩揖一乐，嘿嘿笑道，"你说说看。"

程文一脸正经，说道："首先声明，这个谜语不是我撰造的。待谜底揭开后，我再告诉撰造者是谁。这谜语是一个字——回。"

"回？"陆树德忘记了不快，插嘴问道。

"对，回。"

"打什么？"

"打男欢女爱的一个动作。"

朝房里一时间静默下来。这一帮给事中，就韩揖年纪大一点，有四十多岁，余下的皆三十出头，平常在一起合署办公，疯闹惯了的。程文向来嘴短拙于言辞，今天他弄出这么一个难猜的"一字谜"，倒让大家搜肠刮肚抠不出一个答案来。

"回，男欢女爱，这两码子事儿如何联系得起来？"

"哦，这字谜刁钻！"

众人想不出头绪，议论一番，便吵着要程文自己把谜底说出来。

313

程文揉了揉眼角的眵目糊，慢吞吞地说："这个谜底也是两个字，口交。"

"口交？"谁嚷了一句。

程文接着说："大口套小口，不是口交又是什么？"

众人这才悟出其中奥妙，于是轰的一声，笑得前倾后仰。韩揖的眼泪都笑出来了，他指着程文，喘着气说道："想不到你程文，看着蔫头耷脑的，竟还有这等心窍。"

程文并不觉得好笑，他仍板着面孔答道："我已说过，这个字谜是别人撰造的。"

"谁？"

"刚刚上任的司礼监掌印太监兼东厂提督冯保。"

"他？"雒遵叫了一声，头摇得拨浪鼓似的，"他底下根都没有了，还撰得出这等字谜？"

程文答道："我程文从不说瞎话，这事千真万确，是冯保的管家徐爵讲出来的。"

"你从哪儿打听到的？"韩揖问。

"从一个古董商那儿。"

程文接着讲出事情的原委。他有一位经商的布衣朋友，粗通文墨，颇有儒风。闲暇之余好逛古董店，搜求一些古董及古人字画。一日到了棋盘街古雅斋古董店，看到一幅春宫图，其绢极细，点染亦精工。画中男女，与时下流行的鄙亵不堪入目的春宫图迥然相异。其图中男女，唯远相注眺，近处却都以扇掩面。有一浮浪人弯腰偷看帷幕中的浴女，那浴女也仅仅只露出浑圆的一只玉肘来，令人遐想不尽，却又春光不泄。那位商人觉得这是一幅春宫图中的上乘之作，便有意购买，向古董商询价。古董商告之这幅春宫图来自琉球，漂洋过海来之不易，因此索要五十两纹银。商人嫌贵与之讨价还价，古董商坚持不让。那位商人正犹豫着，忽听得旁边有人说道："五十两纹银不贵，我买下了。"说着，让跟着的长随兑了银票，把那幅画拿走了。商人望着那买主的背影，一副财大气粗的样子，心中甚为懊恼。这时，卖出了好价钱的那位古董商，一脸神秘地对他说："客官，这买主你不认识吧？他经常光顾我这片店子，看到好

第二十一回　众言官吃瓜猜野谜　老座主会揖议除奸

东西从不讲价钱，买了就走，也不留姓名。后来总算闹清楚了，他是替他家主人买的。他家主人好收藏古董字画，据我猜测，这位幕后主人身价一定不低。有一次看一幅春宫图扯浑，那买主打了一个'回'字谜让我猜。我才知道他家主人还是一个风流才子。"商人听了也甚感惊奇，便问古董商是否打听出这位"风流才子"究竟是谁？古董商摇摇头茫然不知。过了一些时日，商人又去古雅斋闲逛，古董商对他说："那位大买主的名字搞清楚了，叫徐爵。"商人朋友听了一惊，回头蹓到程文家，坐着聊天时说到了这件事。

一班给事中听完程文讲述的故事，顿时都被撩拨得心如火炭。大家还在咂摸着冯保这段隐私后头的东西，陆树德已是响亮地啐了一口，骂道："他娘的，早就听说冯保假斯文，好收藏古董字画，没想到他更爱春宫图。"

雒遵想得更深一层，他扫了在座的诸位同仁一眼，意味深长地说道："看来，往日之所传，说冯保私造淫器以献先帝，并非空穴来风。乾清宫东暖阁中摆设的那些春宫图瓷器，保不准也是先帝听信了冯保的建议，特意去景德镇烧制的。"

一名给事中说道："要想弄清楚这件事的真伪，只有把孟冲找出来做证。"

"孟冲？"韩揖摇摇头，苦笑着说，"昨夜我去他宅子里拜访，原意就是想让他披露一些冯保在宫内作恶之事。这位老厨师不肯见我，让管家出来搪塞，说是病了，脑袋疼得就像炸开了一样，什么客人都不能见。"

"这是个软蛋。"有人骂道。

"也难怪他，"陆树德说道，"听说前几天，冯保派了十个小内侍前往他宅子里做事，明里是服侍照顾他，暗里却是监视他，不准他同任何人来往。"

这么七嘴八舌地议论着，这些个一心想扳倒冯保的言官，竟有了狗咬刺猬下不了口的感觉。这时，又是那位程文开口说话了：

"冯保这阉竖，如果他裤裆里真有过硬的东西，必定是天底下第一号淫棍。现在的他，纵然把天下的春宫图买尽，也只是饱饱眼福而已。我百思不得其解的是，李贵妃向来端庄严肃，母仪天下，冯保本是诲淫诲盗的主，他是如何掩藏嘴脸，博取李贵妃的信任呢？"

"这就是冯保的高明之处，"雒遵盯着程文答道，"此人笑里藏刀，心智过人。唯其如此，首辅才有化解不了的心病啊。"

"首辅的心病也是天下士子的心病，我想，今天的会揖……"

韩揖话还没说完，忽听得走廊里响起重重的脚步声，顷刻间只见书办马从云走进朝房来报告：

"首辅到了。"

高拱一进门，众言官先已肃衣起立，一起向他行了官礼。高拱挥手示意大家坐下，自己也拣正中空着的主人位子坐了。高拱平素不苟言笑，这些门生都很惧怕他的威严。但今日他们看出座主心情甚好，眼角密如蛛网的鱼尾纹和那两道绕嘴的深刻法令，都往外溢出难得的笑意。一俟坐定，高拱朝门生们扫了一眼，笑道：

"方才在走廊听得里头叽叽喳喳甚是热闹，如何我一来，就变得鸦雀无声了？"

首辅一来，尊卑定位。韩揖挂衔的吏科都给事中乃六科给事中之首，因此轮到他来答话。他欠欠身子，毕恭毕敬答道："学生们在议论阉竖冯保，思量着如果现在交章弹劾，正是时候。"

高拱微微颔首。他坐在西首，此时阳光透过东窗照射进来，炫得他眼睛有些睁不开。韩揖看到这一点，连忙起身亲自去放下东边一排窗户的卷帘，朝房里光线顿时柔和下来。高拱似乎并不介意韩揖的殷勤，只是瞅着大伙儿笑道：

"老夫知道你们都在说笑话，今天我心情好，也凑个兴儿，说个笑话给你们听。"

首辅有雅兴讲笑话，这可是破天荒头一遭儿，众门生受宠若惊，莫不拊掌欢迎。高拱示意大家安静，开口说道：

"话说嘉靖二十年后，世宗皇帝一意修玄，把一应军国大事，都交给奸相严嵩处理。严嵩既受宠遇，历二十余年不衰。此人在政府经营既久，加之性贪，一时间卖官鬻爵，几成风气。满朝文武，无人敢撄其锋。更可气者，一大批溜须拍马之人，都纷纷投其门下，为虎作伥。那时，我寄身翰林院充

第二十一回 众言官吃瓜猜野谜 老座主会揖议除奸

史官,一日有事去请示严嵩。到了他的私宅,一帮求谒严嵩的官员,如同蚁聚。这时正好严嵩出门延客,候见的人顿时都肃衣起立,屏声静气,鞠躬如鸡啄米,这情形极为可笑。我一时忍俊不禁,便大笑起来。严嵩觉得我放肆,便问我何故如此大笑。我从容答道,'适才看见相爷出来,诸君肃谒,让我记起了韩昌黎《斗鸡行》中的两句诗:'大鸡昂然来,小鸡悚而侍。'严嵩听罢,也破颜而笑。待他回宅子里仔细一思量,便认准我是有意讥刺他,于是怀恨在心,寻机对我施加报复,终至把我削籍为民。按常理,碰到这种不平之事,六科给事中、十三道御史这些言官,就得站出来建言上本,主持公道,弹劾不法。但那时,所有言官慑于严嵩的权势,竟没有一个人敢站出来主持公道。这件事很是让士林齿冷。这时正好有一位尚书生了疥疮,请太医院一位御医前来诊治。那御医看过病后,对那位尚书说:'大人的这身疥疮,不需开单用药,只需六科给事中前来便可治好。'尚书被御医的话弄糊涂了,问道:'治疥疮如何要六科给事中来?'御医答道:'六科给事中长了舌头不敢说话,那就只好让他们练一练舔功了。'尚书这才明白御医是在绕着弯子骂人,也就捧腹大笑,这故事于是就传开了。"

高拱绘声绘色讲完这段"笑话",在座言官却是没有一个人笑得起来,他们的感觉是被人当面掴了耳光。因这"笑话"是从他们尊崇的座主——首辅大人口中所出,他们不但不能发作,而且还得揣摩,首辅今日招来他们会揖,为何要来一个如此刻毒的开场白?

别人尚在愣怔,程文却有些不依了,他负气说道:"元辅大人讲的不是笑话,而是一段史实,我初来六科就听到过。但学生认为,那位御医攻击言官之辞也不足为听。诚如首辅所言,朝中首先有了严嵩这样一只大鸡,然后才会有包括言官在内的那一群小鸡。大鸡小鸡乱扑腾一气,政府还不乱成了鸡窝子!"

程文本想说明的意思是"上梁不正下梁歪",但他冲动起来表述不清,鸡长鸡短把自己都给说糊涂了。那副"较劲"的样子又把众人逗得笑起来,这一笑,朝房里的气氛又缓和了下来。高拱知道大家误解了他的意思,趁机解释说:

"看方才大家一个个冰雕泥塑的脸色,就知道你们听了老夫讲的笑话心里头不受用。我并无意借古讽今，挖苦你们。程文你也不必辩解，你今年多大，三十啷当岁吧？老夫被严嵩削籍时，你才刚出生呢。我讲的是一件真事，但再说一遍，不是为了挖苦你们才讲。老夫是想借此说明，给事中为皇上行使封驳监察之权，处在万众瞩目的地位，碰到朝政窳败、贪赃枉法之人，要有拍案而起犯颜直谏的勇气。这不仅是责任，也是道义，否则，就会令天下人耻笑。"

雒遵脑瓜子灵活，至此已把高拱的心思猜透了七八分，便开口问道："元辅，今天的会揖，是否讨论弹劾冯保之事？"

"正是，"高拱爽快回答，"今天找诸位来，正是为了会议此事。皇上登基那天，雒遵来告诉我，说冯保侍立御座之侧不下来，百官磕头不知道是敬皇上还是敬他。你们言官都气呼呼的，摩拳擦掌要弹劾他。老夫考虑当时的形势扑朔迷离，暂且观望几天再说。现在看来，新皇上，还有皇上的生母李贵妃，都还是以国事为重，顾全大局，并不是一味偏袒冯保。《陈五事疏》按阁票下旨便是明证。今天早上，刑部礼部两道折子也都送还拟了阁票，这都是事态向好的迹象。那一天老夫布置下去，让南京工科给事中蒋加宽的折子先上，投块石头探个路，折子昨日送进宫，虽没有送还内阁，但有《陈五事疏》设定的章程，总还是要送来票拟的。韩楫，我让你调查冯保的那两件事，查实了没有？"

韩楫应声答道："我布置给程文了。"

高拱又把眼光移向程文，程文摇摇头。

高拱眉心里蹙起了一个大疙瘩。他所问的两件事，第一件事是冯保大兴土木建造私宅时，其物料一切皆取自内廷御用库。库内本管太监翟廷玉认为冯保这是鲸吞公物，说了几句不中听的话，被冯保知道了，便派了几个东厂校尉把翟廷玉捉拿下监，并反诬翟廷玉在御用库监守自盗，严刑拷打。翟廷玉不堪折磨，在狱中自杀身亡。第二件事是冯保在外边偷偷采购一些"淫器"与"春药"呈献给隆庆皇帝，导致隆庆皇帝久习成疾，英年早逝。大行皇帝生前爱好"淫器"并食"春药"成癖，在宫廷内外已是公开的秘密。只是献"淫器"与"春药"的人，有的说是孟冲，有的说是冯保。高拱授意程文去找孟冲调查，其用意很明显，就是想探实孟冲的口

第二十一回　众言官吃瓜猜野谜　老座主会揖议除奸

供。因为这两件事都可以把冯保问成死罪。特别是后一件，在宫廷是有先例的：弘治十八年，太监张瑜服侍孝宗皇帝吃药，失误拿错了药盒儿，把"春药"拿给皇上吃了，导致孝帝接见外臣时春情勃发。当时公侯科道等官侦知此事，便合本论劾，硬是把张瑜拘拿问斩了。张瑜并不是成心献"春药"都丢了性命，设若冯保有意呈献，就断没有活命的道理。宫中的老太监，都知道这个故事。高拱让给事中们搜聚这些传言，然后一件件查证落实。他毕竟经验老到，知道对冯保这样根基深厚的人，要么就不弹劾，若要弹劾，就必须做到铁证如山。

高拱不满地瞪了韩揖一眼，问道："关于进献春药的事，你去找孟冲核实过了？"

韩揖苦着脸回答："我去过孟冲的家，他闭门不见。"

雒遵赶紧补充："听说冯保往孟冲府上派了十名小火者，明说是听差，实际上是把孟冲看管了起来。"

"有这等事？"高拱略感到意外，旋即脸一沉，说道，"冯保如此做，是做贼心虚的表现，也说明他在宫中还立足未稳，弹劾他，此其时也。"

"元辅说得对，我们现在就写折子。"

沉默了多时的陆树德，这时兴致勃勃喊了一句，众位给事中兴奋地讨论起来。这当儿，马从云又跑进朝房，对高拱耳语："元辅，工部尚书朱大人要见你。"

"他人呢？"高拱问。

"已在值房里坐着了。"

高拱心想这位来者不见不行，便对众言官说了一句："你们先议着吧，我去去就来。"说罢就下了楼。

高拱回到值房，但见工部尚书朱衡已在小客厅里坐定。这朱衡是嘉靖十一年的进士，且当尚书多年，已是三朝元老，年龄也比高拱大六岁，所以高拱对他不敢马虎，一见面彼此就行了平等的官礼。高拱执意把客厅的正座让给朱衡，看过茶后，高拱发觉朱衡脸色不大好，于是谨慎问道："士南兄，你是无事不登三宝殿，请问今日为何事而来？"

"肃卿兄，"朱衡倚老卖老，对高拱以字相称，"老夫今日派人去户部划拨潮白河的工程经费，户部坚持不给。问他们理由，一个个都支支吾吾，让来问你，简直岂有此理！"

朱衡说着，气得连连跺脚，刚刚擦去汗渍的额头上，又渗出一层汗珠子来。望着他那一脸的怒气，高拱干巴巴地笑着，一时也不知如何作答。

若要弄清楚朱衡发火的原因，还得先介绍一下潮白河工程的起因。且说京城仕宦及蓟镇数十万军士的粮食供应，大半靠一条贯通南北的运河从江浙一带运来。粮食运到通州仓后，再从陆路转运到京师及蓟镇等处，不但耗费大量人力，而且往往还不能及时运送，导致通州仓储存放的粮食霉烂。针对这一情况，毕生致力于漕运及治河的水利专家朱衡便在年初给隆庆皇帝上了一道疏，其中说道：密云环控潮、白二水，是天设便利漕运之地。以前潮、白二河分流，到牛栏山才汇合，通州之漕运船只能到达牛栏山，然后再由此陆路运送至龙庆仓，一路输挽①甚苦。现在白河改从城西流过，离潮河不过一二里地，如果能将两河打通，疏浚植坝，合为一流，水流变深便于漕运。往昔昌平的运粮额为十八万石之多，现在只有十四万石，密云仅得十万石。全靠招商运输，每年为此耗费大量银钱，殊多不便。听说通州仓储粮因转运不及大多泛红朽烂，如果打通潮、白二水，每月漕运五万石到密云供给长陵等八卫官兵，再把本镇运输费用折色银三万五千两节约下来留给京军，则通州仓无腐粟，京军沾实惠，密云免金商，一举而可得三方面好处。这道章疏由大内转来内阁票拟。高拱极其赞同朱衡的建议，于是说服隆庆皇帝同意实施这一疏通昌平河运的工程，并让朱衡专门负责。朱衡接旨后，认真造了一个工程预算，大约需要六十万两银子，工期约七个月，隆庆皇帝批旨准行。现在，工期已到了第五个月，正在如火如荼的节骨眼上。按计划，第一期工程款四十万两银子，上个月就该全部到位。户部推说困难，一拖再拖，只给了二十万两，言明余下的二十万两银子，本月十五日前一定解付，今天是最后期限。朱衡派人去户部划款却碰了一鼻子灰回来，因此十份恼火。他哪里知道，这笔钱正是高拱授意户部尚书张本直扣下，预备着拍李贵妃的马屁，用来给后宫嫔

---

① 输挽：运送物资。

第二十一回　众言官吃瓜猜野谜　老座主会揖议除奸

妃制作头面首饰。因这件事不好摆在桌面上说，一向不肯承担责任的张本直，便耍了个滑头，让朱衡径直来找高拱。

"肃卿兄，今天你给老夫一个说法，这笔工程款到底给还是不给？"

朱衡在气头上，顾不得官场礼节，说话的口气分外呛人。高拱心里知道，此时若说明事情真相，朱衡不把内阁闹翻天才怪。如果拖延一两日，等待皇上把礼部的折子批复下来，那时再做说服工作就占了道理，因此他决定来个缓兵之计，先把朱衡稳住再说。沉吟一会儿，高拱答道：

"工程款谁说不给，这是先帝御前廷议定下的事情，谁敢不照办？"

朱衡脖颈儿一犟，气呼呼地说："张本直就不照办，再不拿钱出来，民工就会闹事，工程也会无休止地拖延下去，这责任由谁来负？"

"士南兄不要如此激动，"高拱一副息事宁人的样子，婉转说道，"张本直可能有什么难处，又不便向你说明，故把你支到我这里，你现在且回去，回头我去户部，务必使这件事有个圆满解决。"

朱衡听出首辅话中有送客的意思，情知硬坐在这里也解决不了问题，于是一提官袍站起来与高拱作揖告别，走到门口，又丢下一句硬邦邦的话：

"明日工程款再拿不到，老夫只好上折子到皇上那里去讨个公平了。"

这句话暗含威胁，高拱听了很不受用。但因有更重要的事情要做，这件事只能暂且忍下。送走朱衡，高拱又回到楼上朝房，问众位给事中："事情计议得如何？"

"大计已定。"韩楫代表大家向高拱汇报，"冯保窃取内库材料大兴土木营造私宅之事，由工科给事中程文上本参劾；皇上登极冯保篡踞御侧之事，因涉及礼仪，应由礼科给事中陆树德上本参奏。这两个参本，明天一大早就送到皇极门。为提防冯保把折子留中不发，我们特准备正副两本。正本送进宫中，副本送到内阁。"

高拱微微颔首，众言官知道这是表示同意，但大家期待着他说几句有分量的话，高拱硬是不吭声，这些门生们便开始猜测座主的心思。雒遵认为刚才议定的两份奏折，还不足以引起皇上以及他两位母后的重视，因此也就不能扳倒冯保，这可能是首辅担心的事情。他想了想，说道：

"方才大家所议的这两份折子，固然很好。但若想一举把冯保逐出司礼监，依下官之见，还有更重要的材料可以利用。"

"啊？"高拱目光扫了过来，问道，"还有什么材料，雒遵你说。"

雒遵接着说："先皇的遗诏，就是要内阁三大臣与司礼监同心辅助幼主的那一份，自从邸报上刊出后，在官员中引起很大的反响。大家都认为，这份遗诏疑点甚多。"

"有哪些疑点？"高拱追问。

"第一，学生听说，座主你和高仪、张居正两位阁臣赶到乾清宫的时候，隆庆皇帝已经昏迷，这份遗诏是不是他亲口所言就很成问题。第二，大明开国至今两百多年，从没有宦官与内阁大臣同受顾命的先例。洪武皇帝开国之初，就规定宦官不得干政，甚至定下了宦官干政处以剥皮的极刑，因此，这道遗诏有违祖制。第三，既让司礼监与内阁三大臣同心辅佐，而当时的司礼监掌印是孟冲，也不是冯保，为何那一日在隆庆皇帝病榻前，却又只有冯保而没有孟冲？这诸多疑点，让大家颇费猜疑。"

"依你之见，这份遗诏有假？"

"官员们都在私下议论，这份遗诏可能是矫诏①。"

"矫诏？"高拱紧问一句。

"对，矫诏！"雒遵语气肯定地回答，"若能就此矫诏之事上疏弹劾，天下士林必然响应。一旦落实下来，他冯保就不是离开司礼监的问题了，前代犯此矫诏之罪的，都得处以大辟②之刑。"

"雒遵说得对，再上一疏，弹劾他矫诏之罪！"

"俗话说，打蛇要打七寸，这一疏上去，就等于打了冯保的七寸。"

众言官齐声附和赞同雒遵的主张，高拱依旧是沉默不语。其实，雒遵说到的这件事，他也一直心存疑惑。作为主要的当事人，他是亲耳听到冯保在隆庆皇帝病榻前宣读这份遗诏的。当时因为心情悲戚没有细想，事后回忆当时的所有细节，的确如雒遵所言，存有许多漏洞。但如果据此说是"矫诏"，那么，这"矫诏"也绝非冯保一个人的能力做得下来的。至少，新皇上的两位母后参与了此事。如果这时候用"矫诏"之罪去弹劾冯保，岂不是

---

① 矫诏：假托的皇帝诏书。
② 大辟：古代五刑之一，初谓五刑中的死刑，隋代以后泛指一切死刑。

引火烧身？蛇没打着，反倒被蛇咬死，这种事决计不能做。虑着这一层，高拱说道：

"官员们的私下议论，老夫也早有耳闻，但矫诏一事，虽有可疑，尚无实据。这次弹劾，就不必在矫诏一事上做文章了。"

"首辅所言极是，"韩楫瞟了雒遵一眼，打圆场说道，"雒遵的提议不失为一个好主意，但擒贼擒王，还得按首辅的方略行事。"

韩楫既安抚了雒遵，又搔着了高拱的痒处，高拱兴奋地一捋长须，说道："只要各位同仇敌忾，上下一心，不愁大奸不除。清君侧①，可建千古不朽之功。"

会揖在一片昂扬的气氛中结束，给事中都各自回衙起草奏本去了。

---

① 清君侧：指清除君主身旁的坏人，也往往成为诸侯王或军阀起兵反叛朝廷的一种政治借口和斗争手段。

第二十二回

辗转烹茶乃真名士
指点迷津是假病人

在天寿山住了两夜，张居正第三天回到北京。路途因天气炎热，张居正中暑了，上吐下泻，只得躺在家中养病。其实他的病并没有那么严重，皆因眼下高拱与冯保的争斗已到白热化，他想回避，所以称病不出。说是谢客，他只是把不想见的人拒之门外，若有心腹官吏前来汇报事体禀告时局，他则会见如常。

且说这天上午巳牌时分，张居正穿着一身家居度夏的绛色丝绸方巾道袍，躺在书房的竹椅上，拿着一卷闲书翻阅。这闲书乃宋人周辉撰写的《清波杂志》。周辉虽然出生于簪缨世族，但一生却没有做过官，不过读了不少书，游历过不少地方，是江右有名的饱学之士。晚年卜居在杭州清波门下，写出了这部十二卷的《清波杂志》。张居正拿着的这套书，是南京四大刻书坊之一珠林坊的新刻本，装帧考究，印刷精良。这套书是他的挚友、新近因处理安庆叛军事件而遭高拱解职的应天巡抚张佳胤派人送来的。对张佳胤遭此打击，张居正一直抱着深深同情，但除了去信安慰也别无他法。现在看到故人送来的这函闲书，心中更不是滋味。他知道张佳胤是借这件礼物表明心迹：他从此绝意公门，只想诗酒自娱，悠游林下，写一点笔记文之类的闲书。

翻看了十几页，正自昏昏欲睡，游七过来报告："老爷，竹笕装置好了。"

"哦，去看看。"

张居正揉揉惺忪的眼睛，随游七走出书房穿过花厅来到花园。张学士府

第二十二回　辗转烹茶乃真名士　指点迷津是假病人

一进七重，第一重为门屋，过门楼依次为轿厅、大厅、女厅，女厅后是一个约占五亩地的花园。再接着是三进的上房，组成两个三合院，接着又是一座用骑楼连接的高敞宏大的四合院。以花园为隔，大学士府的前半部分是公务会客、宴聚堂会之所，后半部分是内眷家属居住之地。大学士府的书房有两个，一个在客厅之侧，三进五楹，是大书房。另一个在四合院内，与他的寝室相连，是小书房。

却说张居正从大书房里出来乍到花园，但觉阳光耀眼，幸而花木扶疏浓荫匝地，尚无热浪袭人。游七把他领到花园右角山墙下——这山墙外乃是东厢楼下的甬道，这里有一个藤蔓葳蕤的葡萄架。架下砖地上有一个石桌，四只石凳，是游园时偶尔休憩之地。如今倚着墙角儿，用木架悬空支了一只木桶，木桶底有沙滤装置，此时有水珠渗出，如断线珍珠。这些水珠又流进一根长约丈余且铺了寸把厚银白细沙的宽大竹笕，这些经沙过滤后的晶亮水珠，再滴入一只洁得发亮的白底青花瓷盆。

这套装置究竟作何用处，还得花费些笔墨来介绍。大约四月间，尚在江西巡抚任上的殷正茂，托押运贡品来京的官员，给张居正捎来了一罐密云龙茶。这密云龙茶产自江西南康县西三十五里的焦坑——一块二三十亩地的地方。自宋元丰年间此茶被列为内廷专供饮品之后，数百年来，此茶一直成为皇家贡品，声誉不衰。此茶取每年清明前后茶树新生嫩芽为料，制成精细小团茶饼，乳白如玉，看似一朵风干的菊花。由于产地狭小，每年产量不过百斤，最为上乘的极品玉云龙，只有五斤左右——这都要如数贡进内府，外臣很难品尝得到。今年雨水适宜，清明密云龙茶多制出了两斤，督责此事的殷正茂便从中"抠"出一罐来送给张居正。对于衣着饮食，张居正向来颇为讲究。收到密云龙茶后，他当即烧水沏了一壶，滗掉茶乳，细品绿色茶汤，只觉得满嘴苦硬，久方回甜，茶味竟是一般。后来问及御茶房专门给皇上沏茶的司房，方知皇上品饮此茶，专用的是从玉泉山运来的泉水。茶水茶水，一是茶，二是水，有好茶而无好水，沏出的茶汤必定就不是正味。知道了这层奥秘，张居正依旧把那只盛装密云龙茶的锡罐封了，等着有机会弄来玉泉山的泉水再行品尝。这回到天寿山视察大行皇帝陵寝，但见茂林之中乱崖深处，岩隙中流出的泉水分外清亮，掬上一捧品饮也甚觉甘美，便让小校寻了几只大缸①装载泉水携带回来。到家的那天晚上,命人将这天寿山的泉水煮了一壶冲沏密云龙,与夫人一块儿品尝,却依然还有些许浊味。夫人失望地说:"这茶的声名那么大,怎么喝起来如此平常。"张居正回答:"密云龙乃茶中极品,这个不容置疑。为何我们冲沏两次,均无上味,看来还是不得沏茶要领,兴许这天寿山的泉水真的就不如玉泉山。"在一旁陪侍的游七听罢此话,回道:"老爷,依小人看来,天寿山的泉水肯定要比玉泉山的水好,至于这茶汤中的浊味,八成问题还出在那几只大缸上头。小人看过,那几只大缸都是新的,窑火气尚未退尽,再好的泉水盛在里头,都难免沾惹土气。""哦,这话有理。"张居正频频点头,便命人去把那几缸泉水倒掉。游七又赶紧插话:"老爷,小人读闲书,记得古人有泉水去浊之法,只需架一竹笕,用沙过滤,泉水便复归于甘甜。"张居正听罢,遂命游七明日如法炮制。

现在站在竹笕旁,张居正躬身看了看滴入青花瓷盆的泉水,紧绷的脸色微微有些舒展。这时恰好有两只彩蝶追逐着飞到葡萄架下,一直守候在竹笕旁边防止飞虫掉入盆内的一名侍女欲挥扇驱赶,张居正制止了她,说道:"彩蝶并非脏物,由它飞吧。"接着又对游七讲:"我看这瓷盆里的水够上一壶了,你命人拿去烧好再沏上一壶密云龙。记住,烧水要用松炭,松炭性温火慢,泉水煮得透些。"游七答应一声走了,张居正独自一人在花园中漫步。

张大学士府中的这座花园,在京城士人中颇有一些名气。皆因这学士府的前任主人——那位致仕回了苏州老家的工部侍郎,本人就是一个造园的高手。五亩之园并不算大,却被老侍郎弄得"几个楼台游不尽,一条流水乱相缠"。循廊渡水,一步一景;景随人意,动静适宜。园子中几处假山,塑得巧,看去险。积拳石为山,而作为胶结物的盐卤和铁屑全部暗隐,这种浑然天成的苏派叠石技巧,着实让人叹为观止。

再说这花园正中是个一亩见方的莲池,入口处是一丛假山,先入洞然后沿"山"中石级走过去,便有一道架设的曲折木桥可通莲池中央那座金碧辉

---

① 大缸:一种大肚子小口可以盛水的瓦器。

煌的六角亭子。亭子入口处的两边楹柱上，挂了一幅板书对联："爽借秋风明借月，动观流水静观山。"这是高拱前一任首辅徐阶的手书，张居正觉得这对联意境甚好，加之徐阶又是他的恩师，所以保留下来不曾易换。原来的主人给这座亭子取了一个名字叫"挹爽亭"，张居正入住之后，更名为"雪荷亭"，取夏荷冬雪皆可于此赏玩之意。兴致来时，他就会请来二三友好，于月色空蒙之夜，在这亭子里摆上几样酒菜，飞觞传盏，品花赋诗，享受一下赋闲文人的乐趣。

张居正此番来到亭子之前，他的书童先已来到，并搬来了一张藤椅。张居正坐上去，正欲吩咐书童去把那套《清波杂志》拿来这里阅读，忽听得前面客厅里传来喧哗之声。

"来了什么人？"张居正蹙着眉头问书童。

书童也茫然不知，只得伸直脖子朝前面望去。只见得一位家人飞快跑过来，在莲池岸边对着亭子喊道：

"启禀老爷，巡城御史王大人求见，还给老爷送了一只比小马驹还大的梅花鹿来。"

"介东，你为何要送一只鹿来？"

命人把王篆喊到亭子里来坐定，张居正不解地问。王篆穿着夏布官服，浑身上下冒着热气。他约莫四十岁，生得白白净净，窄额头，刀条脸，浅浅的眼眶里，一双微微有些发黄的眼珠子总是滴溜溜转个不停。这会儿见张居正拿话问他，便收了正在摇着的黑骨撒扇，说道："卑职昨日来看望，听辅台说两腿发软，而且脸色也不大好。卑职就想这是因为辅台前些时心忧国事，操劳过度，身体伤了元气，中暑只是一个诱因。我便问了京东大药房的沈郎中，这个人医术可了不得，太医院一帮御医，碰到什么疑难杂症，也前去找他会诊。沈郎中说，人到天命之年，先天精气已消耗得差不多了，以至肾库虚竭。这时候如不注意后天保养，百病就会乘虚而入，这期间的保养，应以填精固元为本。沈郎中还说，新鲜鹿血最有补元功效，卑职于是就托人买了一只两岁的公鹿。"

王篆向来话多，别人说一句他说十句。张居正对他这毛病批评过多次，但他就是改不了。不过今天是闲聊，张居正也不计较，耐着性子听他啰唆完了，笑道："你一个堂堂的七品巡城御史，牵着一头鹿招摇过市，成何体统。"

王篆挤眼一笑说："卑职虑到这一层，让手下班头牵着鹿游街，我坐轿走另一条道儿来的，碰巧在胡同口碰上了。这头鹿血气正旺，一天割一碗血伤不着它。沈郎中嘱咐，鹿血要现割现喝最有疗效。因此，也只能把鹿牵到先生府上。割鹿血也有讲究，不是随便什么人都能做的活儿。我把那割鹿人带来了，辅台您看是不是现在就让他动手割血，趁热喝上一碗？"

"今天就不喝了吧，"张居正耸耸鼻子闻了闻清风送来的荷香，惬意地说，"待会儿，我请你品饮焦坑密云龙。"

"密云龙？"王篆一惊，他久供京职，当然知道此茶的来历及身价，不由得拿舌头舔了舔嘴唇，神秘地问，"是皇上赐给先生的？"

张居正不置可否，转头看了看莲池那边葡萄架下的竹笕，接着问王篆："我让你打听的事儿，可有消息？"

昨天张居正刚从天寿山回来，王篆就登门拜望，张居正心中惦记着那位在天寿山中突然冒出来的何心隐，便让王篆打探：这位何心隐还在不在北京，如果在北京又在干什么？王篆领了这道秘示，即刻就让手下一班档头办事四处打听。今日来学士府，正是要禀告所探到的一些消息。只是因为牵来了一头鹿，倒把正事儿搁置一边了，这会儿见张居正主动问及，他连忙答道：

"回辅台，这位何心隐还在北京。"

"啊，在哪里？"

"住在贡院大街的江西会馆。"

"他住在那里做些什么？"

"做什么，吹牛皮呗。"王篆极为轻蔑地一笑，摇着头说，"辅台，这位何心隐是位疯子。"

"你为何这样认为？"

"这个人仰慕王阳明的学说，主张万物一体，居然在江西吉安老家办起聚合堂，身理一族之政，凡婚丧赋役一应事体，合族必须通其有无。全族不但均贫富，连儿女婚姻也一概由他做主，弄到后来，县里官吏到他居住的乡里催缴赋税，他带领族中蛮横子弟反抗，被县令下令逮捕关进大牢，后经地方缙绅出面担保才得以出狱。这样一来，家乡待不住了，他便云游四海，到处讲学。说来也怪，天底下竟有那么多的读书人崇拜他的学说，跟着他跑。他现住在江西会馆里，每日里，那里就像开庙会，许多年轻士子都去朝拜他……"

说着说着，王篆打住了话头，他发现张居正一脸浅浅的笑意突然消失得干干净净。他这才猛然记起，张居正曾说过何心隐是他的故友。王篆不禁后悔自己一时得意忘形，忘了张居正和何心隐的这层关系。脑子一拐弯，话风立刻就变了："辅台，下官方才所言，都是底下档头打听到的街言巷语，并不是卑职本人的看法。"

"你本人有什么看法？"张居正追问一句。

王篆斟酌一番，圆滑地答道："与其说这位何先生是疯子，倒不如说他是狂人，李太白有诗'我本楚狂人，凤歌笑孔丘'，何先生也是以讥刺孔孟之道为能事，因此他是狂人。"

"你这是褒奖还是贬抑呢？"

"既非褒奖，也非贬抑，据实评论而已。"王篆说了句模棱两可的话，想了想，接着说道："这位何心隐，除了谈学问，还喜欢评论朝政。"

"他是否评论过我？"

"昨天听辅台讲过，多年前进京会试，曾与何心隐有一面之交。但何心隐自己却对这段交往只字不提，他只是说，辅台是一位满腹经纶力挽狂澜的人物，有宰相之命。"

"这是疯子之言，不足为信。"张居正忽然提高声调，正色说道，"介东，你要同何心隐打招呼，不要让他胡言乱语。"

得了这道指示，王篆心里头明白张居正并不喜欢何心隐这个"见面熟"，说话也就大胆了，当即拍马屁说道："有辅台这句话，卑职知道如何去做了，干脆，我命令手下寻个由头，把这位疯子叉出北京。"

"这样做也就不必了，"张居正一摆手，沉吟着说，"我与何心隐虽无八拜之交，毕竟也有识面之缘。这样做，岂不令天下学子笑我张居正寡情薄义？不过，在这朝政形势扑朔迷离阴阳未卜之际，何心隐也真的不适合待在北京。这样吧，待会儿我让游七拿过一百两银子，你代表我送给何心隐，算是资助他的川资①，好言劝他离开京师。"

"如果何先生不肯离开呢？"

"难道介东一个堂堂巡城御史，连这点小事也办不妥？"

张居正如此一个反问，弄得王篆一脸的窘态，他嘿嘿干笑两声，说道："何心隐虽只是举人出身，却是天下学子景仰的人物，卑职说话怕他不信。"

张居正点点头，过了好一会儿，才缓缓说道："你送两句话给他，就说是我说的，要想鹭鸶入白云，还需先生出京师。"

王篆默记了两遍，不解地问："辅台，恕卑职冒昧，这两句顺口溜是何意义？"

"你且不要管这许多，只据实转告就是了。"

"是。"

王篆一头雾水却又不敢再问，正欲起身告辞，只见游七拎了一壶开水，后头跟着一个十五六岁的女侍，提着茶盒来到六角亭外。

"水烧好了？"张居正问。

"是，茶具也都拿来了。"游七答。

"就在这儿沏吧。"张居正指了指六角亭中的雕花矮木桌，然后对王篆说："介东，喝一杯密云龙再走。"

说话间，那侍女已进到亭子来打开茶盒，取出一应备好的茶具、茶点及那一个玲珑锡罐盛装的密云龙茶。游七亲自掌泡，点汤、分乳、续水、温杯、上茶一应程序，都做得十分细致认真。茶倒好了，两只洁白的梨花盏里，各有半杯碧绿的茶汤。游七这时退后一步侍立，女侍轻盈挪步上前，蹲一个万福，柔声说道："老爷，请品茶。"

一直认真关注着整个沏泡过程的张居正，这时伸手向王篆做了一个"请"的动作，然后拿起一只梨花盏，送到鼻尖底下闻了闻，回头对站在身后的游七说："这香味清雅得多。"

---

① 川资：盘缠，旅费。

第二十二回　辗转烹茶乃真名士　指点迷津是假病人

游七垂手一鞠，恭敬地说："请老爷再尝尝茶汤。"

张居正小呷一口，含在嘴中润了片刻，再慢慢吞咽下去，顿时满脸绽开笑意，说道："泉水过滤之后，果然甘甜，这才应该是密云龙的味道，介东，你觉得如何？"

王篆已是品饮完了第二杯，他咂着嘴，附和道："这茶入口又绵又柔，吞到肚中，又有清清爽爽的香气浮上来，数百年贡茶极品，果然名不虚传。"

"好茶还须有好水。"

张居正说着，又把这泉水的来历说了一遍，王篆听着，心里便在琢磨：眼前这位次辅大人对事体真是要求甚严，大至朝政，小至品茶，都这么细致认真。这么思量下来，忽然记起了一件事，慌忙放下茶盏，说道："哎呀，差点忘了一件大事。"

"何事？"张居正问。

"卑职来这里之前，刑部送了一道咨文到我衙门来，要我和刑部员外郎一起前往东厂交涉，把那位妖道王九思移交刑部拘押。我想请示一下台辅，此事应如何处理？"

张居正并没有马上回答，而是吩咐游七带着那位女侍去后院给夫人冲沏密云龙茶。看着两人走过曲折木桥上了岸，张居正这才开口说道："上次你和秦雍西两人到王真人府争捕妖道，结果扑了一场空，让冯保的东厂抢了先手。这次再让你们两人到东厂要人，这肯定又是高阁老的主意。"

"我也是这么想的。"王篆把座椅朝张居正跟前挪了挪，压低声音说道，"三法司拘审王九思，我这巡城御史，既可帮办，也可以不帮办。如今刑部正儿八经移文过来要我参与，这还是头一遭。外头都知道我和辅台的关系，高阁老这么做，无非是想把辅台拖进他与冯公公的这场争斗。卑职想好了，我这就回衙门，找个理由搪塞过去，不和秦雍西一道去东厂弄个难堪。"

张居正微微一笑，回道："你就是去了，也未必弄得出人来。"

王篆不知底细，仍有些担心地说："听说刑部的折子，皇上已送出让内阁票拟了。"

"这个我知道，"张居正睨了王篆一眼，说道，"内阁票拟，皇上可以批票，也可以不批。"

王篆一愣，狐疑地说，"皇上刚刚批旨准行高阁老的《陈五事疏》，同意照票批朱，总不成这么快就改变了吧。"

"如果阁票不中圣意，还可以发还再拟嘛。"

张居正答话的口气极为随便，王篆本是个善于察言观色的角色，他从张居正的"随便"中悟到了什么，不禁诡谲一笑，说道："卑职来的路上，碰到礼部的一个郎中，他说他刚从六科值房那边过来，今天，六科给事中上了三道奏本参劾冯保，折子都从皇极门递进去了。"

"这些年轻的言官真是勇气可嘉，怕折子递不进去，齐齐儿跑到皇极门外猛敲登闻鼓①，听说把皇上都惊动了。"

"辅台都知道了？"

"早饭后姚旷来送邸报，顺便把今天发生的这件大事告诉了我。"

"看来这一回高拱与冯保两人，不是鱼死就是网破了。辅台大人正好坐山观虎斗。"

张居正不动声色，想了想，又郑重其事说道："你现在就去刑部，会同秦雍西一块去东厂要人。"

"还是去吗？"王篆不解地问。

"去，这个过场一定要走。"张居正盯视着王篆，目不转睛地说道，"不过，我猜想，这个王九思，十有八成已经死了，就是没有死，也活不过三天。"

"哦？"王篆一惊，"他怎么会死？"

"既要让贵妃娘娘满意，又不能把人交给三法司，介东，如果你是冯公公，你会怎么做？"

经张居正这么一点拨，王篆才醒悟过来，说道："冯公公历经三朝，又新登司礼掌印之位，恐怕不会缺少这种霹雳手段。"

---

① 登闻鼓：封建社会时期，统治者为表示愿意直接听取臣民的意见或冤情，便在朝堂外悬鼓，允许臣民自由击鼓，以便向上传话报告，谓之"登闻鼓"。

第二十二回　辗转烹茶乃真名士　指点迷津是假病人

王篆前脚刚走，徐爵就急急赶到张学士府。他专为送程文、雒遵和陆树德三份弹劾冯保的奏折给张居正看。这三份奏折，以程文的奏折分量最重，洋洋两千余言，一共列举了冯保十大罪状。第一条便是"冯保平日私进诲淫之器，以荡圣心；私进邪燥之药，以损圣体。先帝因以成疾，遂至弥留"；第二条揭露冯保"矫诏"，假传圣旨而窃取了司礼监掌印太监的职务；其他的八条，如"陛下登基之日，科道官侍班见冯保直升御座而立……挟天子而共受文武百官之朝拜，虽王莽曹操未敢为也"，还有"私营庄宅，置买田产，则价值物料，一切取诸御用监内官监及供用库。本管太监翟廷玉言少抗违，随差豪校陈应凤等拿廷玉勒送千金，遂陷廷玉死"等等，皆指责冯保耗国不仁，窃盗名器，贪赃枉法，草菅人命，哪一条都罪不容赦而必诛除。最后，程文写道：

> 先皇长君照临于上，而保犹敢如此，况在陛下冲年，而幸窃掌印，虎而加翼，为祸可胜言哉。若不及今早处，将来陛下必为其所欺侮，陛下政令必为坏乱不得自由，陛下左右端良之人必为其陷害，又必安置心腹布满内庭，共为蒙蔽，恣行凶恶。待其势成，必至倾危社稷，陛下又何以制之乎？昔刘瑾用事之初，恶尚未著，人皆知其必为不轨。九卿科道交章论劾，武皇始尚不信，及其酿成大衅，几危社稷，方惊悟诛其人，而天下始安矣。然是时武皇已十有五龄也，犹且有此逆谋，况保当陛下十龄之时，而兼机智倾巧又甚于刘瑾者，是可不为之寒心哉。伏乞皇上，俯纳职愿，敕下三法司，亟将冯保拿问，明正典刑。如有巧进邪说，曲为救保者，亦望圣明察之。则不唯可以除君侧之恶，而亦可以为后人之戒矣。社稷幸甚，天下幸甚。职等不胜激切恳祈之至。

雒遵的奏折，也说了两条，第一条说的也是冯保立于御座而不下，弄得文武百官不知是在拜皇上还是拜冯保；第二条用的是程文提供的资料，说冯保给闲住的孟冲每月十石米，岁拨人夫十名是"僭乱祖制，私作威福，背先帝之恩，挠皇上之法"。最后也是"伏望皇上将冯保付之法司，究其僭横情罪，勿事姑息"。陆树德的奏本并无新的内容，无非把冯保立于御座而不下之事细加剖析，进而指斥冯保的司礼掌印一职"事涉暧昧，来历不明……倘此人不去，则阻抑留中之弊，必不能免"。

仍旧坐在雪荷亭中品茶赏荷的张居正，看过这三份奏折后，情知形势严峻。为了扳倒冯保，高拱真正是动了大心思。首先上一道《陈五事疏》，把事权收回内阁，这一步取得了胜利。第二步接着又上刑部礼部两道公折，其用意是讨李贵妃的欢心；再接着让南京工科给事中蒋加宽上手本弹劾胡自皋，这是投石问路，实乃一石二鸟，既揭露冯保巨额索贿，又把李贵妃的怒火撩拨起来。手本由通政司转入大内不见反响，高拱认为这其中固然有冯保作梗的缘故，但也不排除李贵妃此刻处在两情难灭的矛盾境地，于是决定趁热打铁发动六科众言官一起奏本……这种步步为营排山倒海的凌厉攻势，冯保纵然是三朝元老，面对天底下所有言官的同仇敌忾，肯定也是难以招架。按惯例，外臣给皇上的奏折，是万不可私自携带出宫的。冯保如今甘冒天大的危险让徐爵把这三份奏折偷着拿出来给他审读，这位新任"内相"的焦灼心情也就可想而知。

"贵妃娘娘和皇上看过这三份奏折了吗？"张居正问。

"还没有，"徐爵一脸焦急的神色，不安地说道，"贵妃娘娘每天早饭后，要抄一遍《心经》，皇上温书也得一个时辰。冯公公瞅这个空儿，让我把折子送给张先生，想讨个主意，这时间还不能耽搁得太久。程文这帮小子把登闻鼓一敲，满宫中都知道了。"

"不是满宫中，而是整个京城。"张居正伸手探了探过亭的清风，锁着眉头说，"如今是六月盛夏，偌大一座京城，本来就闷热如同蒸笼。这样一来，更是燠热难挨了。"

徐爵知道张居正是有感而发，但他替主子担忧，巴望赶快切入正题，于是央求道："张先生，你快给咱家老爷拿个主意。"

"看你急得，事情还没有坏到哪里去嘛！"张居正虽然这么安慰徐爵，但心中也并不是很有底。在这节骨眼上，如果稍有不慎处置不当，局面就会弄得不可收拾，他的脑子里刹那间掠过种种关节，理出一个头绪，接着问道："刑部礼部两道公折，皇上看过没有？"

第二十二回　辗转烹茶乃真名士　指点迷津是假病人

"冯公公读给皇上与李贵妃听了。"

"圣上有何旨意？"

"贵妃娘娘初听折子时，还觉得高胡子像个顾命大臣的样子，及至等到冯公公把张先生的分析讲出来，贵妃娘娘如梦初醒，才看出高胡子的险恶用心。"

徐爵接着把那日在乾清宫东暖阁中发生的事大致讲了一遍。张居正听罢，微微一点头，说道："只要贵妃娘娘铁定了心，认为冯公公是一个正派的内相，是当今皇上不可或缺的大伴，莫说三道五道折子，就是三十道五十道，也只是蚍蜉撼树而已。"

"这一点，我家主人心底也是清楚的，他只是担心，这三份折子，特别是程文的那一道与贵妃娘娘见了面，万一贵妃娘娘一时发起怒来，我家主人该如何应付？"

"事情既已到了这个地步，想捂是捂不住了。我看索性把事情闹大，闹他个天翻地覆，解决起来可能更为便利。"

"依张先生看，如何把这事闹大？"

徐爵眼巴巴地望着张居正，恨不能从他脸上看出什么锦囊妙计来。张居正问："冯公公在宫中多年，人缘一定不差。"

"这个自然，咱家老爷在宫里头，可以说是一呼百应。"

"让他们出面，向李贵妃求情。"

"啊，"徐爵略一思忖，问，"这个有用吗？"

"听说李贵妃平日里极重感情，这一招兴许有用。"

"行，这个组织起来不难。"

"还有，"张居正示意徐爵近前些，继续说道，"刑部秦雍西要去东厂交涉拘审王九思，现在恐怕已在路上了，这件事也还有文章可做。"

"王九思？"徐爵晃着脑袋看看四周无人，仍压低声音说，"我家主人本想今夜把他处理掉。"

张居正脸上掠过一丝不易察觉的刻毒笑意，冷静说道："我已猜想到冯公公会这样做，如果还没有动手，倒不妨……"

接下来的话，变成了窃窃私语。刚刚说完，只见游七神色紧张地跑进亭子，说道："老爷，大门口堵了一帮人，要进来。"

"都是些什么人？"

"怕有十几个，都是各衙门的官员，领头的是吏部左侍郎魏大炮，吵着要见你。"

"是他？"张居正大热天儿打了一个寒战，心想来者不善，善者不来。便问徐爵："你是怎样来的？"

"骑马。"

"马呢？"

"拴在大门外的系马桩上，"徐爵哭丧着脸，焦灼说道，"既是魏大炮带队，肯定都是高胡子的心腹，说不定就是来堵我的，我如今出不了门，可就误了大事。"

事发突然，张居正也担心出意外，忙问："你有没有带侍从？"

"没有，那匹马也是临时抓来的。"

"这就不要紧了。"张居正略略松了一口气，"府中还有一道后门，你让游七领你从后门走。"

"是。"

徐爵收起那三份奏折藏好，随着游七朝后院匆匆走去。片刻工夫，游七回到雪荷亭问张居正："老爷，魏大炮那帮人怎么打发？"

"你去告诉他，说我病了不能见客，有什么事情写帖子来。"

"是。"

游七又急匆匆进了前院。一阵风来，吹得一池荷花乱摇，满池的蛙声也骤然响起一片。心情忐忑不安的张居正感到有些累了，于是拖着沉重的步子回到书房，躺在垫着杏黄软缎的竹躺椅上闭目养神。蒙眬中，他感到跟前站了一个人，一睁眼，又是游七。

"你怎么又来了？"张居正有些生气。

"老爷，魏侍郎留下了这张帖子。"游七说着，把手上的那张笺纸恭恭敬敬递了过去。

张居正接过来，只见帖子上写着：

> 外人皆言公与阉协谋，每事相通，今日之事，公宜防之。不宜卫护此阉，恐激成大事，不利于公也。

"混账！"

张居正丢掉帖子，一个挺身从躺椅上站起来，恶狠狠地怒骂了一句，吓得游七退到书房门口，走也不是，留也不是。

第二十三回

紫禁城响彻登闻鼓
西暖阁惊听劾奸疏

如果不上朝，卯辰之间①，御膳房的管事牌子就会把早餐送进乾清宫。李贵妃与万历皇帝母子二人用过早膳，一个回佛堂抄经，一个到东暖阁温书、习字，而冯保也会风雨无阻于辰牌时分准时来到东暖阁陪侍小皇上。不知不觉一个上午就过去了，然后又是午膳、休息，到了下午未时，李贵妃又陪着儿子来到西暖阁，听冯保念念当日要紧的题本以及内阁送呈的票拟，同时冯保还会针对题本仔细阐述应如何处理。碰到冯保吃不准的事体，才传旨召内阁或部院大臣于云台会见，当面详议。客观地讲，朱翊钧这时候还不能亲政，所谓"旨意"，都是听了冯保或部院大臣的建议之后，由他的母亲李贵妃裁决定下的。

却说今天早上，李贵妃母子二人正在用膳，忽听得一阵闷雷似的鼓声传来，激越急促，一向肃穆静谧的紫禁城顿时紧张起来。一名侍女刚添了一杯牛乳准备端给小皇上，乍闻鼓声吓得一抖，杯子失手坠地摔得粉碎，牛乳洒了一地，还弄脏了朱翊钧的袍角。侍女赶紧跪到地上，嘴中连说"奴婢该死"。李贵妃倒也没有责怪她，只是让她赶紧打扫干净，然后吩咐侍立一旁的邱得用出去看看究竟发生了什么事。

少顷，邱得用急匆匆跑回来跪下禀告："启禀娘娘，是六科的一帮言官，在皇极门外敲响了登闻鼓。"

---

① 卯辰之间：即卯时至辰时之间，上午五点至上午九点。

第二十三回　紫禁城响彻登闻鼓　西暖阁惊听劾奸疏

说话间，那洪大的鼓声还在紧一阵慢一阵地传来，朱翊钧用手捂了捂耳朵，问："什么叫登闻鼓？"

"回皇上话。"李贵妃命令邱得用。

"是。"邱得用挪了挪膝盖，把身子转向朱翊钧说，"启禀皇上，登闻鼓架在皇极门外，鼓面八尺见圆，大过磨盘。一般外官大臣递折子，都通过通政司，每日辰时送到皇极门外交给司礼监接受文书的中官①，也有的大臣怕司礼监不及时把奏折送呈御前，便亲自携带奏折，跑到皇极门外敲响登闻鼓。"

"递折子为何一定要敲鼓呢？"朱翊钧接着问。

"这登闻鼓本为永乐皇帝爷所创，原意就是怕司礼监不及时传折，故给呈折的外官造了这面鼓。只要一敲鼓，不要说紫禁城，就是皇城外的棋盘街也听得见。皇上一听到鼓声，就知道有紧急奏折到了。"

"六科的言官，今日有什么要紧的折子？"这回是李贵妃在发问。

"这个，这个小的不知。"邱得用支支吾吾。

正在这时，只听得外面有人尖着嗓子喊道："启禀皇上，启禀李娘娘，奴才冯保求见。"

"进来吧。"李贵妃回道，接着对邱得用说："你且出去。"

邱得用从地上爬起来躬身退下，冯保急匆匆从外面跑进来，差点与他撞个满怀。

冯保叩首问安，李贵妃给他赐座，问他："六科的言官，把登闻鼓敲得这么响，究竟递了什么折子？"

冯保脸色煞白，平日那股子不紧不慢雍和从容之气已是不见，只见他瞳仁里闪动的是一片惊悸慌乱。他尽量掩饰窘态，干咳了几声，答道："启禀李娘娘，一共三道折子，全是弹劾奴才的。"说着，便将拿在手上的三道折子递了上去。

李贵妃并不伸手去接，只把绞得整整齐齐的两道修眉蹙作一堆，没好气地说："递这种折子，也值得敲登闻鼓？一大早就瞎闹腾，这帮言官还有点

---

① 中官：宦官。

规矩没有？"

这几句话，冯保听了很是受用，但他不敢掉以轻心，仍哭丧着脸说："他们敲登闻鼓，是怕奴才不传折子。六科的这帮给事中，都是高阁老的门生，他们仰恃首辅威权，故敢于胡作非为。先帝在位六年，这登闻鼓一次也没有被人敲过，现在倒好，新皇上登基才六天，这鼓就被敲得震天响。"

冯保话中的弦外之音，是说高拱根本不把十岁的小皇上放在眼里，李贵妃玲珑剔透的心窍，哪有她听不懂的话？自隆庆皇帝去世，她最忌讳的就是别人把他们母子二人当成孤儿寡母来看。这会儿只见她脸上像是落了一层霜，冷冷问道："折子你看过了吗？"

冯保欠身回答："奴才还来不及看。"

"你先拿回去，自个儿瞅一遍吧。"

"李娘娘……"

"别说了，"李贵妃打断冯保的话头，轻蔑地说，"我知道你要说什么，按规矩，击鼓传折，皇上立刻就得看折子发出旨意来。言官们欺我们孤儿寡母不谙朝政，故弄出这么个噱头来。俗话说，打狗欺主，这一点难道他们不懂？你现在先回去，俺娘儿俩才坚持了几天的规矩不能变，我现在去抄一遍《心经》，皇上还得温一个时辰的书。过了这时辰，你再来读折子吧。"

说罢，李贵妃挥手让冯保退了出去。

冯保回到司礼监，闻讯赶来的徐爵早在值房里候着了。两人关起门来读完奏折，冯保又把方才在乾清宫发生的一幕告诉了徐爵，说道："南京蒋加宽的折子，如今还放在西暖阁，高胡子又组织在京言官与我作对，声势如此之猛，也是前所未有。看来，不把我扳倒，高胡子是决计不肯罢休。"

徐爵读完奏折，也是心惊肉跳，他跟随冯保多年，主子的所作所为没有他不知道的。程文折子中所列十大罪状，虽然也有捕风捉影之处，但绝大部分都有根有据。如"私进诲淫之器""陷害内官监供用库本管太监翟廷玉致死"等条，徐爵都曾参与，如果坐实①，哪一条罪状都得凌迟处死。但徐爵更

---

① 坐实：落实，证实。

第二十三回　紫禁城响彻登闻鼓　西暖阁惊听劾奸疏

知道冯保眼下圣眷正隆，权衡一番，他又觉得这场风波虽然来势汹汹，但并不怎么可怕。于是说道："老爷，我看这班言官如同一群落林的麻雀，别看叽叽喳喳十分热闹，只要有一个石头扔过去，保管都吓得扑翅儿飞走。"

"事情真像你说的这么简单也就好了，"冯保伸出手指摩挲着两眉之间的印堂穴，眼睛瞄着桌上的奏折说，"前朝历代，多少权势熏天的大人物，都败在言官的手中。"

"这个小的知道，但今日情形有所不同，皇上是个孩子，一切听李娘娘的，而李娘娘又对老爷如此信任。她方才在乾清宫对老爷说的那番话，等于是给老爷吃了定心丸。"

"你真的是这样认为？"

"真的，老爷，李娘娘在今日这种情势之下，不依靠您又能靠着谁呢？"

"表面上看是这么个理，但李娘娘非等闲女流，心思有不可猜度之处，大意不得，大意不得。"

冯保如此说话，自然有他的隐忧。三年前，李贵妃背着隆庆皇帝与冯保密谋把奴儿花花弄死，冯保把这件事办得干净利索，从此深得李贵妃信任，所以在新皇上登基之时便让他取代孟冲当了司礼监掌印。但是，自当了这个司礼监掌印太监，冯保就没有一天轻松过。高拱不断递本进来，无非两大内容，一是讨好李贵妃，二是弹劾冯保。李贵妃虽然对他冯保信任如常，好言宽慰，但仍有一些细微的变化被冯保察觉。比方说，自从蒋加宽的手本进呈后，李贵妃就不再手持那串"菩提达摩佛珠"了。而且，那道手本既不发还内阁票拟，也不传中旨，而是放在西暖阁中不置一词。冯保想问也不敢问，他感到李贵妃已在蒋加宽的手本上头存了一块心病。女人天生猜忌心就重，李贵妃没有读到程文、雒遵、陆树德三人的奏折之前，可以水行旧路①袒护冯保，如果读过奏折，天晓得她的态度会不会改变……

冯保前思后想心乱如麻，徐爵也在一旁替主人操心着急，忽然，他想到张居正已从天寿山回到家中，便出主意说："上次刑部礼部两道折子送进宫中，老爷让我去天寿山找张先生讨教，听说起了作用。这次，何不再请张先

---

① 水行旧路：指照旧行事。

生出出主意。"

冯保眼睛一亮，当即点头同意，让徐爵带着那三道折子迅速赶往张学士府。

当徐爵大汗淋漓气喘吁吁跑回司礼监时，已经快到了午牌时分，冯保急得像热锅上的蚂蚁，在值房里团团转。他一来担心李贵妃派人来喊他过去读折；二来担心徐爵携折出宫被人发现，横生枝节平添麻烦，幸好这两件事都没有发生。徐爵进到值房，口干舌燥茶都顾不上喝一口，便简明扼要把他拜谒张居正的大致情形述说一遍。冯保听罢，又与徐爵计议一番，该找什么人，该办什么事商量停当，反复斟酌再也找不出漏洞时，这才吩咐徐爵如计行事快去东厂，以免那边有什么意外发生。自己则携了这三道折子，乘肩舆来到乾清宫。

李贵妃与朱翊钧，已经坐在西暖阁里头了。李贵妃的身边，还站着她的贴身侍女容儿，帮她轻轻摇着宫扇。冯保进去磕了头，李贵妃仍是客客气气地请他坐凳子，问道："看过折子了？"

冯保觑了李贵妃一眼，只见她手上仍是捻动着一串念珠，但不是那串"菩提达摩佛珠"，心里头便有些发毛，回话也就特别谨慎：

"启禀娘娘，奴才把这三道折子反反复复读了好几遍。"

"害怕是吧？"李贵妃的口气有些揶揄。

冯保答得不卑不亢："都是些不实之词，老奴怕倒不怕，只是伤心。"

李贵妃淡淡一笑，说道："实与不实，你先念给咱们听听再下结论。"

"是。"

依冯保此时的心性，他真恨不能把这三道折子撕个粉碎。但他眼下却不得不强咽怒火，硬着头皮展开那三道折子，依次念将下来。这时间他的心情已是十分的沮丧与凄怆。方才李贵妃所说，表面上听是玩笑话，但其中又似乎暗含了某种变数。他庆幸自己没有掉以轻心，早已估计到眼下的情势。联想到自己这么多年来一直韬光养晦，对李贵妃的殷勤侍奉甚至超过对隆庆皇帝。可是事到临头，李贵妃仍是一点不给面子，硬是让高拱如此这般羞辱自己。冯保入宫四十多年，还从未碰到这等尴尬之事。越想心里越不平静，拿

第二十三回　紫禁城响彻登闻鼓　西暖阁惊听劾奸疏

着折子的手也不由自主地颤抖起来，偏是言官们用词阴损，他每读一句，都感到有剜心剔肺之痛。等到磕磕巴巴读完折子中最后一个字，两眼中噙了多时的一泡老泪再也无法忍受，哇地一下痛哭失声。

"大伴！"

朱翊钧一声惊叫，他从未见过冯保如此失态，一时不知如何是好。

"皇上！"

冯保趁势滚下凳子，哀号着匍匐在地。

平心而论，李贵妃对这位老奴一直深为信任并倚为心腹。早上刚收到折子时，她本想即刻开折念读，但旋即改变念头，让冯保把折子携回司礼监。她这么做基于两点想法：一是事情来得突然，她得留点时间给自己从容思考应该如何处置；二是让冯保先看折子，也好就折子中所弹劾之事预先想好答辩之辞。应该说她这么做，先已存了一份袒护冯保之情。现在，她见读完折子的冯保伏在地上，抽搐哀哭，更是动了恻隐之心。她甚至想亲自上前扶起冯保好生安慰，但想了想又打消这个念头。她虽然压根儿没想过整治冯保，但为了羁縻人心，让这位老奴更加死心塌地为他们母子两人当好看家狗，她决定首先还是吓唬他一下。

"冯公公，你且坐回到凳子上，好生回话。"

李贵妃的声音冷冰冰的。一半伤心一半演戏的冯保听了，不禁打了一个寒噤，也就止住抽泣，回到凳子上双手按着膝头坐了。

"程文弹劾你十大不忠，这第一件可否是真？"李贵妃问。

她本想问"你给先帝购献淫器与春药可否是真？"但因碍着十岁的小皇上坐在身边，故问得含糊委婉一些。对于李贵妃所问之事，冯保的脑海里闪出四年前的一幕。

那天上午，也是在这西暖阁中，时任秉笔太监的冯保被召来给隆庆皇帝读折子。公事甫毕，隆庆皇帝让其他人退下，单独留下冯保问道："冯保，听说你喜好收藏古董？"冯保点头称是，皇上又问他喜欢收藏一些什么样的古董，冯保答道："奴才喜欢字画、玉器和瓷器。"隆庆皇帝点点头，接着问道："你在古董店中，可否看到过房中所用器具？""房中器具？"冯保不知皇上指的是什么，正自纳闷。皇上又说："就是专门用作采战之术的器具。"冯保这才明白，原来皇上指的是男女行房时所用的"淫具"，冯保虽未见过，但听说过。有一种银制的托子，用春药浸泡后套在阳具上，可增添阳具的长度和威力。于是答道："奴才没有见过，但听说过。"隆庆皇帝忽然淫邪一笑，说道："你若再碰上，就访求几件来，让朕见识见识。"冯保诺诺答应。几天后就特事特办认真选购了几件偷偷携进乾清宫送给隆庆皇帝。此事也就是天知地知你知我知，断没有第三个人晓得。外头虽有传言，也只是捕风捉影并无真凭实据。因此冯保并不慌张，面对李贵妃的冷漠脸色，他拭了拭眼角的余泪，按事先想好的答词回道：

"启禀娘娘，这是断然没有的事。"

"既然没有，为何程文敢构陷于你？"

"他们恨着老奴才，老奴才是皇上的一条狗，他们把这条狗打死了，皇上也就孤单了，内阁就可以为所欲为了。"

说着说着，冯保又哽咽起来。李贵妃仍是不置可否，喟然一叹后，说道："这些个我都知道，但是无风不起浪啊！"

李贵妃喜怒不形于色，问话的口气也清淡寡淡，但冯保却感到磐石压心。他瞟了李贵妃一眼，又低头答道："回娘娘，浪是肯定有的，但奴才斗胆说一句，我姓冯的绝不是掀浪之人。再说，奴才今日就是冤死了，也绝不辩解。"

"这是为何？"李贵妃诧异地问。

"奴才的清白是小事，先帝的千秋英名才是大事，如今先帝刚刚大行，冥驾还停在仁寿宫中，就有这么多污言秽语讥刺先帝，作为先帝的老奴才，我看在眼里，痛在心里，此刻奴才我实在是……实在是肝……肝肠寸……寸断啊！"

说罢，冯保嘴一撇，又双手掩面失声痛哭起来。一直默默站在李贵妃身边摇扇的容儿，受了感染，竟也小声抽泣起来。

"大伴！"

朱翊钧喊了一句，也是泪花闪闪。

这骤然发生的情景让李贵妃大为感动，也有点不知所措。正在这时，门外传来了邱得用的声音："启禀皇上，启禀李娘娘，奴才邱得用

第二十三回　紫禁城响彻登闻鼓　西暖阁惊听劾奸疏

有事禀报。"

"进来。"李贵妃说。

邱得用神色慌张地跑进来，刚跪下就连忙奏道："启禀皇上，启禀李娘娘，宫里头各监局①的奴才，都想入阁叩见。"

"啊，为的何事？"

李贵妃起身走到窗子跟前，撩开窗帘一看，只见窗外砖道及草坪上，已是黑压压跪了一片，怕是有一二百号人，都是宫内各监局的大小牌子，也有十几位太监大珰跪在前头。

"他们这是为什么？"李贵妃转身问邱得用。

邱得用看了看坐在凳子上犹自双手捂脸的冯保，小声说道："回娘娘，这些奴才都是为冯公公的事来的。"

"为他？"李贵妃盯了冯保一眼。冯保这时也正从指缝儿里露眼看她，只见李贵妃慢腾腾回到绣榻上坐好，咬着嘴唇思忖片刻，然后吩咐邱得用："你去把领头的喊几个进来。"

邱得用出去不一会儿，便领着三位大珰进来，他们是内官监管事牌子吴和、御马监②管事牌子崔元以及司礼监秉笔太监张鲸。三人进了西暖阁，齐刷刷跪倒在李贵妃母子面前，一起喊道：

"奴才叩见皇上，奴才叩见李娘娘。"

朱翊钧犹自沉浸在刚才的惊愕中没有回过神来，这会儿奴才们锐声请安，更让他成了惊弓之鸟。李贵妃察觉到儿子的惊恐之状，她伸手握住儿子的手，然后问跪着的三个奴才：

"你们邀来这么多奴才，跪在毒日头底下，究竟为的何事？"

跪在中间的吴和，朝前膝行一步答道："回李娘娘，奴才们来为冯公公鸣冤。"

李贵妃明亮的眸子一闪，她看看冯保，只见这老奴才仍是双手捧着脸，头垂得更低了，她咬了咬红润的嘴唇，示意容儿不要再打扇了，然后问道："这么说来六科言官们上的折子，你们都知道了？"

---

① 监局：泛指明代内宫以十二监、八局为主要机构的各种宦官官署。
② 御马监：明代宦官官署，十二监中的一个，掌管腾骧四卫营马匹及象房等事务。

仍是吴和回答："登闻鼓敲得震天价响，奴才们焉有不知的道理？"

"谁组织你们来乾清宫下跪的？"

…………

"说！"

李贵妃声音不大却极具威严，三位大珰都情不自禁抖了一下身子。这回轮到司礼监秉笔太监张鲸跪前奏事。

"回娘娘，"张鲸嘎着嗓子说道，"奴才们谁也没有组织，大家听说外廷言官们要弹劾冯公公，都自发地跑来乾清宫，向皇上、李娘娘求情。"

"你们担心我和皇上不能秉公而断？"

"奴才们不敢！"

三位大珰听出李贵妃的不满，连忙一起头碰砖地谢罪，一直缩手缩脚坐在凳子上的冯保，这时也挪步上前，与三位大珰一起跪了。口中说道："都是奴才的不是，惹得娘娘生气。"

"不干你的事，你且回去坐着。"李贵妃指了指凳子，看到冯保回去坐好了，又开口问道："张鲸，你还没有回答我的问话哪。"

这三位大珰平日里都与冯保关系融洽，算是一拨子死党。今日里按冯保的私下吩咐吆喝来一批内侍，硬着头皮闯进乾清宫来替冯保求情，心里头都想着冯保是皇上"大伴"，这么做是锦上添花，并无多大危险。可是，从进得西暖阁，见到李贵妃一直板着脸，说话口气寒得瘆人，心里头又都慌张起来，一时间不知如何应对。这会儿，听李贵妃对待冯保的口气十分友好，他们又大大松了一口气，张鲸本来已虚下去的胆子又壮了起来。

这张鲸三十七八岁年纪，进宫也二十多年了。因聪明伶俐，被选在内书堂里读书。一帮太监中，就他的文墨最好，因此得到冯保的赏识和器重，他原先在御用监管事，冯保出掌司礼监，便提拔他为司礼监秉笔太监。作为冯保的心腹，这会儿只见他挺身答道：

"娘娘英明睿断，皇上登极之初，圣聪亦传闻天下，断不会听信奸佞之词，诬办好人。奴才们今儿来这里，固然有担心冯公公受冤的心思，这是奴才们的小心眼，是以小人之心度圣上之腹，万万不应该的，不过……"

说到这里，张鲸不再往下说了。

第二十三回　紫禁城响彻登闻鼓　西暖阁惊听劾奸疏

"不过什么，说呀！"李贵妃催促。

张鲸扭捏着从怀中掏出一本薄薄的书卷来，膝行上前，把书举过头顶说："请李娘娘看看这个。"

李贵妃接过这本用绵纸印刷的书卷，只见瓷蓝封面的书签上，赫然写了两个魏碑体的大字：女诫。

"女诫？"

李贵妃脱口念出来，不禁倒吸一口冷气。她平日除了读抄佛经外，一切闲杂书籍都不曾浏览，但这本《女诫》却是读过好多次的。这是洪武皇帝开国之初就让人编印的一本书，旨在训诫所有内宫嫔妃眷属只能谨守女人本分，不得干政。违令者轻者打入冷宫，重者处以极刑。历代所有入宫女子，无论贵贱，都得读这本书。现在乍一看到这本书，李贵妃陡然想到自己这些时的所作所为都是在"干政"，顿时心惊肉跳，薄施朱粉的鼻翼上也渗出了几粒香汗，她把那本书随手往榻旁的矮几上一扔，厉声问道：

"张鲸，你呈上这本书是何居心？"

张鲸连忙俯下身子，诚惶诚恐答道："启禀娘娘，奴才没有任何居心，这本书来自六科值房。"

"来自六科值房？"李贵妃又是一惊，又把那本书拿起来扬了扬，诧异地说："我看这本书还是新版的。"

"是新版的。"张鲸说着抬起头来看了一眼犹自兀坐的朱翊钧，继续说道："皇上登极之后，京城紫云轩书坊赶印了一千本，两天内被抢购一空。买主多半是京职官员，听说六科值房的官员，是人手一册。"

"这紫云轩有何背景？"

"这一点奴才也不甚清楚，只知道紫云轩的主人孙春雨同六科值房一帮言官过从甚密。"

李贵妃咬着银牙，沉默不语，西暖阁中的气氛已是十分紧张，这时，邱得用又进来禀告说有人求见。

"又是谁？"李贵妃烦躁地问。

"东厂差人来送信，说是刑部派出巡捕去东厂抢那个妖道王九思。"

"啊？"

李贵妃顿时觉得头晕眼花，双腿酸软。这么些个蛇蛇蝎蝎的事接踵而至，确实叫她招架不住，她挥挥手命令众奴才退下。当屋子里只剩下他们母子二人时，她把朱翊钧一把揽在怀里，叹道："先帝啊，你为何要走得这样早，留下我们孤儿寡母受此惊吓。"说罢，母子二人抱作一团，已是泪下如雨。

整个上午，位于东安门外戎政府街的东厂都如临大敌，数百名头戴圆帽身穿旋褶直裰足蹬白靴的番役①，都在执刀肃队拱卫。

且说这东厂乃永乐皇帝在位时设置，一经成立，东厂的敕谕②就最为隆重。大凡内官奉差关防，铸印用的都是"某处内官关防"统一格式，唯独东厂不同，关防大印用的是十四字篆文"钦差总督东厂官校办事太监关防"。既点明"钦差"，又加上"太监"称号，以示机构之威，圣眷之重。东厂设本厂掌刑千百户两名，贴刑两名，掌班、领班、司房四十余名，档头办事百余名，番役千余名，机构庞大，等级森严。东厂打从成立之日起，就为世人所侧目，这皆因东厂是由皇上直接掌握的侦查刑治机构，连刑部、大理寺、都察院这些位列九卿威权圣重的三法司都不能辖制。东厂的权力无所不及，无远弗届，果然是大得了不得。凡三法司办案会审大狱，北镇抚司③、巡城御史拷讯重犯，东厂皆有人出席记录口词，甚至连犯人被拷打次数、用刑情况，也都记录翔实，于当晚或次早呈进御览；六部各大衙门跟前，每日也都有东厂密探侦看有哪些人出入，有无塘报；京城各门皇城，各门关防出入，也皆有详细记载，某地失火，某处遭受雷击，每月晦日，在京各集市杂粮米豆油面之价，也须即刻奏闻。永乐皇帝创设这一机构，本意就是侦查大臣对朝廷有无二心，办事是否公正，结交是否有营党纳贿之嫌以及民情世俗之变化，因此东厂作为皇上的耳目，其受宠信的程度常人不难想象，士林中说起

---

① 番役：又称番子，明代宦官管辖的东厂、西厂和锦衣卫当中专门进行侦探、缉捕和刑讯活动的差役。
② 敕谕：以敕书晓谕。
③ 北镇抚司：明代审理诏狱的机关。北镇抚司本是锦衣卫所属机构，成化年间特设印信，有事专达皇帝，锦衣卫不得干涉，成为事实上的独立机关。北镇抚司专门处理皇帝钦命的刑事案件，即诏狱，可以自行逮捕、侦讯、行刑、处决，不必经过一般司法机构。

第二十三回　紫禁城响彻登闻鼓　西暖阁惊听劾奸疏

它，也莫不谈虎色变。

自隆庆二年，冯保即以秉笔太监身份兼掌厂印，表面上他虽然在孟冲之下，但因他管领东厂，手中握有密封进奏的特权，所以孟冲非但不敢对他马虎，遇到紧切大事每每还要逊让三分。自冯保掌得厂印之后，东厂上上下下全都换成了他的亲信，一切都得看他的眼色行事，外人是针插不进，水泼不进。单说那个妖道王九思，哪怕在圣眷正隆时，其一言一行也都在东厂的牢牢掌握之中。及至隆庆皇帝驾崩，王九思乔装打扮意欲溜出京城，殊不知东厂早把他盯得死死的，一俟他溜出家门，便秘密把他逮捕带进东厂拘押。

隆庆皇帝驾崩之后，宫府政治格局即刻发生变化，新一轮权力争斗日趋激烈，因此王九思也成了奇货可居，双方都想从他身上得到陷对方于不利的证据。冯保据东厂之便抢了先手，颇为得意。高拱虽老谋深算，终究棋输一着。那天听说王九思被东厂抓走之后，当即就派人把刑部尚书刘自强叫到内阁，当面指斥他办事不力，并要他领衔上刑部公折，要求皇上准旨把王九思交由三法司拘谳。却说刑部公折发还内阁票拟后，刘自强得到消息，这次再不敢怠慢，指示刑审司作速移文东厂要求把王九思转到刑部大牢关押，并让刑部员外郎秦雍西仍旧办理此事。

秦雍西知道自己领的这份差事最是难办。东厂本来就是一个"鬼难缠"的机构，何况这件事还夹杂着宫府之间的争斗。他因此也就多了一个心眼，撺掇着本部堂官给巡城御史衙门王篆那里移过一道文去，要他协理帮办此案。办成了，他的功劳少不了，办不成，就多一个人来承担责任。于是两边商定日期，会合一起，领了两百名衙役，浩浩荡荡往东厂衙门而来。

东厂这边早就得到了消息，冯保虽然不在，但他的得力副手掌刑千户陈应凤早就踞坐公堂等候。徐爵也赶在秦雍西、王篆到来之前到了东厂，与陈应凤秘密会见传达冯公公指示。两人又紧张计议一番，然后静等秦雍西一行的到来。

再说秦雍西与王篆率领一干巡捕来到东厂大门口，只见门前拦了三道槎柮行马①，门里门外，也都站满了执刀的番役。秦雍西骑在马上扫了一眼，对

---

① 槎柮行马：古时官府门前阻拦人马通行的木架子。

身边的王篆说:"王大人,看他们这架势,好像要打架。"

王篆从张居正处得到秘示,知道如何应付这趟差事。因此说道:"东厂这帮人,是狗头上长角,处处要充大王。我们且不管这些小喽啰的气焰,只找他们当家的论事。"

秦雍西点点头,喊过随行班头让他过去交涉。那班头走过去,隔着桦栌行马与东厂一位身穿十二颗布纽扣的青色圆领襕衫、足蹬黑色皂靴的贴刑交涉一番,只见那贴刑挥挥手,立刻就有十几个番役动手搬开桦栌行马。班头回来报告说:"那位掌爷请两位大人进公堂会话。"

按规矩,衙门之间会办公事,差官到此,本衙门堂官应该到门口拱手迎接。东厂如此冷淡,秦雍西心中很不受用。他虽不是刑部的堂官左贰①,但毕竟也是一位五品命官,他望了望双手叉腰站在门口台阶上的那位贴刑,没好气地问王篆:"王大人,这帮王八蛋,怎么这样不懂规矩?"

王篆虽然与秦雍西存心不一,但受此冷落,也是恨得牙痒痒的,他吊起两道稀疏的眉毛,骂道:"他娘的,这帮家伙狗仗人势,秦大人,这差事我没法帮办,下官就此别过了。"

王篆说着就要上马开路,慌得秦雍西一把把他扯住,苦着脸说:"王大人,这是我们两家合办的事,你走不得。"

"那你说咋办?"王篆趁势气鼓鼓地拿架子。

秦雍西咽了一口口水,一副委曲求全的样子,恨恨说道:"咱们暂且咽下这口气,就这么去他的公堂,办妥事情再说。"

---

① 佐贰:副职之官吏。

第二十四回

东厂豪校计诛妖道
工部老臣怒闯皇门

东厂大门西向，入门有一片空地，满植花木，中间一条阳篷砖道直通值事大厅。大厅之左连着一间小厅，内中供有岳武穆像一轴，厅后青砖影壁上雕满了狻猊①等兽以及狄仁杰断虎故事。大厅之右是一间祠堂，内供东厂建制以来所有掌厂太监职名牌位。祠堂前有一石坊，上面悬了一块写着"万世流芳"的匾，乃嘉靖皇帝手书。祠堂再往南，便是东厂狱禁重地，东厂直接办案的重刑犯人都羁押在此。王九思如今就关在里头。

秦雍西与王篆随了那位贴刑进了东厂大门，来到值事大厅。进了一间耳房，只见里头先已坐了一个人。大约三十五六岁，长着一张猴脸，两腮肉球般鼓起，准头丰大，一双眼窝深凹进去，两道眼光射出来，自有一股蛮横凶杀之气。他穿一件产自广东潮阳的上等软薄黄丝布制作的绣蟒直裰，跷着二郎腿斜躺在太师椅上。

"掌爷，"那位贴刑趋前行了跪礼，禀道，"刑部员外郎秦大人与巡城御史王大人前来知会。"说罢，又回头对秦、王二人说："这是我们陈掌爷。"

"在下陈应凤。"陈应凤收起二郎腿，稍稍挪了挪发福的身躯算是礼见，接着说："二位大人请坐。"

秦雍西与王篆感到受了羞辱，但既然办的是上门求人的差事，也只能暂且把这口恶气忍了。二人习惯地拱手坐下，喝了几口厅差送上的凉茶，秦雍

---

① 狻猊：传说中龙生九子之一，形似狮，喜烟好坐。

西舔舔嘴唇，开口问道："陈掌公，冯公公不在这里？"

陈应凤大咧咧答道："咱们冯老公公，每日上午都在陪侍皇上，你们两位大人有什么事，跟我说就行。"

看他这副二杆子德行，秦雍西恨不能拂袖而去，但仍只能一忍再忍，又问："刑部的咨文，你们收到了吗？"

"什么咨文？"

"关于妖道王九思移交的事。"

"啊，这道文收是收到了，只是冯老公公忙，还来不及过目。"

"陈掌公刚才不是说，这里的事情你可以做主吗？"王篆逮着机会，以讥刺的口气插进来问道。

陈应凤扫了王篆一眼，又把二郎腿跷起来说："除了王九思，其余的事我都可以做主。"

秦雍西知道这样谈下去，三天五天也不会有结果，于是换了个话题问："听说你们抓住王九思后，已经过了几次堂，今天我们能否看看卷宗。"

"我们这儿的卷宗，没有皇上的旨意，任何人都不能看。"

陈应凤一下子挡得干干净净，事涉东厂特权，秦雍西也无话可说。偏是王篆刁钻，提了个溜尖的问题："人呢，人我们能不能见见？"

"你是说王九思？"

"正是。"

陈应凤嘻嘻一笑，答道："我知道两位大人的心思，怕王九思不在是不是？我们东厂办事，向来一板一眼，处处落实。也好，这个主我做得，来人！"

立时有一位身穿黑色圆领襕衫的档头跑进门来，唰地跪下："掌爷有何吩咐？"

"传我的话，打开牢门，我要陪两位大人前往看看。"

"是！"

那位档头滚瓜似的跑去，陈应凤起身一提直裰下摆，手一伸说："二位大人，请。"说罢头前带路，出门向南，沿路已是布满了番役刀兵，警戒森严。不一会儿来到大牢门前，陈应凤挥挥手，两名牢卒上前打开铸有

第二十四回 东厂豪校计诛妖道 工部老臣怒闯皇门

斗大狻犴①的锁头，推开大门，却是一处高墙封锁的庭院，院两厢是牢头办事廨房②，再往里进第二道门，又是一重院子。两边厢的房子黑黢黢的，由于高峻逼仄，从中间天井上照射下来的阳光也显得惨淡。为了适应这里暗淡的光线，调整目力，陈应凤领着秦、王二人在院门口站了站，忽然，听得右边厢第一间房里传出一阵惨叫，让人听了毛骨悚然，好在秦、王二人都是刑治官员，这种声音听惯了的。秦雍西问："这里是刑房？"

陈应凤一笑，狡黠地说："刑房只有你们刑部才有，我们这里不叫刑房，叫点心房。"

王篆当巡城御史才一年时间，对京城各刑治衙门的深浅还没有全弄明白。但他对东厂刑法酷烈早有耳闻，只是一直无缘见识，今日既来到这里，索性就想探个究竟，于是问道："为什么叫点心房？"

陈应凤本是怙恶不悛的主儿，因此乐得介绍，他指着两边厢房说："这里一共是八间房，左右各四间，每间房都是一道点心，这右边厢第一间房，就是方才传出叫声的，是第一道点心，叫饿鹰扑食。"

"饿鹰扑食，此话怎讲？"王篆问。

"讲什么，你看看便知。"

陈应凤说罢，便领着两位官员来到第一间房门口。只见房中悬着一道横梁，一个人双脚捆死，脸朝门口倒吊在横梁上，两只手也用两根木棍支起撑住动弹不得。里墙上，密密麻麻钉满了锋利的铁钉。很显然，只要有个人把这个倒吊着的人使劲一推，他的后脑勺便会撞向墙上的铁钉。轻者扎破皮肉，重者就会把后脑勺扎成马蜂窝。此刻只见那个吊着的人已是满头满脸鲜血昏死过去。

看到陈应凤过来，正在房中用刑的两名番役就要跪下行礼，陈应凤示意免礼，问道："这鸟人是谁？"

番役答："回掌爷，就是昨夜从御酒房里偷酒的那个贼。"

"啊，知道了。"陈应凤回头对秦、王二位说，"这个倒霉鬼原是御酒房里的小火者，屡屡把御酒房的酒偷出来卖。昨夜里又偷了两罐，让巡夜的

---

① 狻犴：龙生九子之一，形似虎，能明辨是非，秉公而断。
② 廨房：官吏办公的场所。

禁军逮着了。孟公公执法不严,紫禁城成了贼窝子,冯老公公接任,下决心刷新统治,对这些鸡鸣狗盗之徒,是有一个逮一个,有两个逮一双。"

秦雍西看那个小火者仍是昏迷不醒,心里便觉得东厂草菅人命,于是小声嘀咕:"不过是一只耗子,哪用得着如此大刑。"

陈应凤耸了耸他的那只大鼻子,轻蔑地说:"秦大人是朝廷任命的刑官,也该知道杀鸡给猴看的道理。话又说回来,八道点心,饿鹰扑食这道点心吃起来最轻松,你们来看这第二道。"

说着,便挪步到第二道门前,王篆勾头一看,是间空空荡荡的屋子,遂不解地问:"这屋子里暗藏了什么机关?"

"什么也没藏,等点心上来时,你们就知道了,这第二道点心叫豆馅烙饼。"

秦雍西一心想着王九思的事,没心思这么没完没了地耗时间,说道:"陈掌公,我们还是先办正事,去看看王九思。"

"行,要看就看。"陈应凤答应得爽快,接着又问王篆:"王大人,你想不想见识见识什么叫豆馅烙饼?"

王篆有心想看看这"点心房"的新鲜玩意儿,便朝秦雍西做了一个鬼脸,说:"秦大人,再急也不差这一刻,豆馅烙饼是道什么样的点心,我们也好开开眼界。"

秦雍西闷不作声算是应允。陈应凤嘬着嘴巴啐了一声,问站在身边的一位体壮如牛满脸横肉牢头打扮的人:"黑老五,牢里进了什么新人?"

黑老五应声作答:"回掌爷,今儿上午刚收了一个姓郑的,是个老头。"

"犯的什么案子?"

"他在街上设赌骗钱。"

"去,把他弄来,做一道豆馅烙饼,让两位大人见识见识。"

"是。"

黑老五答应着,却是不挪步。陈应凤瞪了他一眼,唬道:"快去呀。"

黑老五迟疑了一下,畏葸着答道:"掌爷,这郑老头六十多岁了,瘦成一把柴,怕是受不住这个折腾。"

"啊,那还有谁?"

第二十四回 东厂豪校计诛妖道 工部老臣怒闯皇门

黑老五搔着后脑勺，为难地说："能吃住这道刑的，都用过了，剩下的都是吃不住的。"

秦雍西一听，连忙插话说："既是这样，今天我们就不看了，还是去看王九思吧。"

王篆摇摇头，沮丧地说："也只好这样了。"

众人正欲挪步朝里走，偏是黑老五多了一句话："这个王九思，倒是没用过这道点心。"陈应凤听罢眼珠子一转，觉得机会到了。在秦、王两人来之前，徐爵已向他传达了冯公公秘示，要趁机神不知鬼不觉地把王九思弄死，最好还能嫁祸于人。两人想了半天也想不出个主意。弄死不难，难就难在嫁祸于人上。如果让王九思死在秦、王二人面前，这个"祸"就算是嫁成了。主意既定，他当即停住脚步，拍了拍头前带路的黑老五的肩膀问："黑老五，这点心房八道点心，王九思吃过哪一道？"

黑老五心里犯嘀咕：王九思用没用过刑，难道掌爷你不清楚？为何要这样问我？抬眼看去，只见陈应凤直朝他做眼色，也不明白是什么意思，只得硬着头皮回答："回掌爷，这妖道打从关进大牢，皮肉就不曾受过一丁点儿苦，皆因冯老公公有交代，王九思是钦犯，明正典刑之前，不能让他死在牢里。"

"这个我知道，除了没女人搂着睡觉，这个妖道比住在家里还舒服。"陈应凤愤愤不平地说道，接着自失地一笑，摇着头说："不过，就是用刑，也拿这个妖道没有办法。"

"此话怎讲？"王篆又来了兴趣。

"听说这妖道还真的有些功夫，黑老五，把你知道的说给两位大人听听。"

憨里憨气的黑老五至此才明白陈应凤朝他挤眼色是要他述说王九思的种种"能耐"，得了这道暗示，他立马眉飞色舞添油加醋说将起来：

"这妖道功夫真是了不得，记得他进来吃第一顿饭，他是先吃饭菜，后吃碗碟，一股脑儿地吃得干干净净，渣子都不吐。还有一次，他嚷着要喝水，我让手下烧了一铫子滚烫的开水送进去，他接过对着铫嘴咕噜咕噜一口气喝干。我的天，这开水烧得白烟子直冒的，若是滴一滴到咱们的手上，保准烫起一个大泡，可是那妖道喝了却像没事儿人一样，好像他的喉管是铜做的。"

几位官员就站在天井边听黑老五一阵神侃，王篆笑着问秦雍西："秦大人，这黑老五说的话你信不信？"

秦雍西性子急，但是个本分人，他想了想，答道："王九思这些个邪门，以前也听说过，但耳剽①之事，焉能当真。"

王篆接过话头，瞄着陈应凤说："秦大人说得对，耳听为虚，眼见为实。陈掌公，你能否让王九思为咱们演出一两招。"

陈应凤要的就是这句话，他立即回答："这个不难，只是不知秦大人意下如何。"

秦雍西心想只要能见到王九思是个大活人就成，于是应道："看看也未尝不可，陈掌公准备让妖道表演什么？"

"也不劳二位动步了，"陈应凤指了指那间空屋，说，"就让妖道来这里，表演豆馅烙饼。"

"豆馅烙饼到底是个啥东西？"秦雍西不放心地问。

"这是道谜，先说出就没意思了。"陈应凤深陷的眼窝里贼光一闪，卖关子说，"黑老五，你把这里的事办好，二位大人先随我到前院公廨里喝茶，待会儿再过来看。"

秦雍西与王篆又随陈应凤来到前院牢头廨房里喝茶，这期间陈应凤又出来一趟，在"点心房"里对黑老五耳语一番，最后小声叮嘱："你先去值事厅的耳房里请示徐大爷，他若同意了，你再做不迟。"说完又回到廨房。

这一回茶喝了差不多小半个时辰，黑老五才过来请他们回点心房。三人刚进院子，只见房廊上先已站了两个狱卒押着一个双手反扣用粗麻绳捆起、头罩黑色布套的人犯。

"这就是王九思。"陈应凤介绍。

秦雍西没见过王九思，便问王篆："他是不是妖道？"

王篆转问陈应凤："陈掌公，能否把他的头罩摘下来？"

---

① 耳剽：仅凭耳闻所得，就像是窃取。

第二十四回　东厂豪校计诛妖道　工部老臣怒闯皇门

陈应凤点点头，一个手势过去，狱卒就把人犯头罩除了。王篆一眼看过去，认得是王九思无疑。只是在牢里关了一个多月，这家伙当初那股子傲慢不可一世的凌人之气已是不见。

"不错，是他。"王篆低声对秦雍西说。

此时两个狱卒推了王九思一把，大喝一声"跪下！"王九思猝不及防踉跄一步，脚下一片铁链子响。秦雍西等人低头去看，这才发现王九思打着一双赤脚，脚脖子上紧箍着一副大铁镣，看上去足有七八十斤。

王九思恶眼瞪着眼前的三位官员，既不说话，也不下跪。两个狱卒从后面使劲，生生地踩弯他的膝盖。

"王大真人，别来无恙呀？"王篆踱步上前，像审视笼中猎物一样看着王九思。

王九思轻蔑地看了他一眼，又环视了一下在场的人，满不在乎地说："你啰唆个鸡巴，隆庆皇上已死，老子如今犯在你们手上，要杀要剐随便。"

一个堂堂朝廷命官竟被人犯给骂了，王篆脸上哪挂得住，他恼羞成怒，正欲发作，陈应凤拦了他一把，斥道："好你个妖道，鸭子死了嘴硬，你等着吧，看我陈掌爷怎么收拾你。"

说罢，手一挥，两个狱卒把那只头罩依旧给王九思套上了。这时，只见两个番役抬了一只盖着盖子的大缸进来，走到那间空房门口卸下，揭开盖子，只见缸中青烟直冒。秦雍西与王篆伸头去看，缸里盛满了黄豆般大小的小石子，每一粒都被烧得乌突突热气灼人。两名番役用随身带来的木柄铁铲把那缸中石子铲起泼到空房地上，一股焦煳的热浪直朝外蹿，熏得王篆、秦雍西两人站立不住，只得退到天井另一边。

"把妖道押进去！"

陈应凤一发话，番役狱卒一齐动手，抬起王九思就往那空屋里去。此时，那一缸滚烫的石子已尽数泼在地上，戴着头罩的王九思被四脚朝天扔到了屋里，先是听得一声重物砸地的闷响，接着是一阵令人毛骨悚然的惨叫。只见王九思满地一片乱滚——殊不知这一滚，便把那无数个烧透的滚烫石子悉数烙到身上，片刻间，王九思身上衣服被烧得精光，周身皮肉"吱吱"作响，被小石子烙烫得青烟直冒。捆绑双手的粗麻绳也被烧断，头套也被烧毁。也许是求生的本能，王九思一个鲤鱼打挺站立起来，发疯似的朝门口狂奔。黑老五见状，连紧迎上去挡，王九思也不知哪来的力气，竟双手把牯牛一样的黑老五像拎小鸡一样拎起，猛地摔向屋内。这回，轮到黑老五去做"豆馅烙饼"了。顿时，只听得屋内传出杀猪似的号叫。与此同时，王九思从番役手中抢了一把刀，忍住万箭穿心般的疼痛要去砍脚镣间的铁链，但比拳头还粗的铁链，哪是这片刀砍得断的。王九思"锵、锵、锵"斩了几刀，刀口被砍崩了几大块，铁链上只留了几道印子。王九思只好作罢，便一手提着铁链，一手拎着刀，一跛一跛地朝外院走来。

再说本来想看稀奇的王篆和秦雍西，包括陈应凤在内，谁也没想到事情会有这种变化。当王九思抢步出门时，三个人都呆若木鸡，半步也动弹不得。在王九思挥刀斩链时，不知是谁喊了一句"快跑"，三个人才撒鹰似的跑向外院。这里毕竟是狱禁重地，一有动静，四面八方立刻就有刀兵赶来。三人跑到外院时，只见已有十几个番役持枪的持枪，拿刀的拿刀，把个院门死死封住了。见到这些手下，陈应凤稍微镇静了一些，他立即命令："快，你们冲进去把妖道逮住。"

话音未落，只见王九思已跌跌撞撞来到前院门口。此时他周身赤裸，已是皮开肉绽。脸上嵌满了石子和污血，一只眼球被烧得掉了出来，搭在脸颊上。这样子如同魔鬼，谁见了都害怕。

"快，动手杀死他！"王篆神经质地高喊一句。

"不，不能杀他！"秦雍西立即锐声制止，他虽然惊魂未定，但仍不忘自己的职责，要带个活人回去交差。

杀也罢不杀也罢，王九思好像根本没有听见这些嚷言，此刻他一手以刀拄地，另一只手伸到脸上摸到那只烧流的眼球，一扯拿到手中，又一把扔到嘴里，嚼了几口吞咽下去，接着狂笑说道："老子吞了一枚阴阳大补丹。"说着，只见得他的身子抽搐了一下，接着全身痉挛，他松了握刀的手，双手猛抓胸口。

"他怎么了？"秦雍西惊恐地问。

"烧得痛呗。"

第二十四回 东厂豪校计诛妖道 工部老臣怒闯皇门

陈应凤幸灾乐祸地说。此时他已完全恢复了常态，紧张地关注着自己导演的这一场好戏。

王九思乱抓乱挠一通之后，突然眼珠子一鼓实，扑倒在地，四肢动弹了几下，然后七窍流血而死。

"他死了！"

陈应凤喊道，语调显得特别兴奋。秦雍西赶紧上前俯身翻了翻王九思的眼皮，果然瞳孔放大，已是没有了鼻息。

"快去救黑老五。"不知谁喊了一句。

众人又一窝蜂拥进"点心房"，只见黑老五已经伏在那间屋的门槛上死去，也是七窍流血。

陈应凤蹲下看了看，然后站起来一跺脚，假装痛得揪心揪肺，嚷道："就是你们两位大人，非要看什么豆馅烙饼，不但死了妖道，还把咱们的黑老五赔了进去。我这就进宫，去向冯老公公禀报。"说罢抬腿就要走，王篆一把扯住他，分辩说："陈掌公，你不要出了事就诬人，是你自己要我们见识什么叫豆馅烙饼，怎么到头来成了我们的事？"陈应凤道："怎么不是你？就是你说要王九思表演一两招。秦大人也点头同意，这样我才下令把王九思弄出来。"

陈应凤得理不让人，兜底儿说话。秦雍西与王篆虽不明白这里头藏了多大的阴谋，但已意识到进了陈应凤的圈套。由于事关重大，王篆还想理论，秦雍西拦住他，冷静地说："陈掌家，王九思与黑老五都是七窍流血而死，这肯定不是受烫的症候。"

陈应凤鼻子一哼，蛮横地说："豆馅烙饼就是这么个死法。"

逮住这个话把儿，秦雍西追问："你既然知道这个刑法会死人，为什么还要坚持做呢？"

陈应凤一口咬得死死的："不是我，是你们两位大人要见识！"

"王九思既死，能否让我们抬走？"

"活的不行，死的更不行。"

"为什么？"

"这是东厂的规矩。"

秦雍西与王篆对视一眼，感到无计可施。

刑部尚书刘自强得知妖道王九思的死讯后，觉得此事非同小可，便和秦雍西一起匆匆来内阁向高拱禀告。自从早上六科值房三位言官敲响登闻鼓后，这紫禁城内外就一直沸沸扬扬没个安生的时候，内阁的忙碌也就可想而知。张居正与高仪两位辅臣都患病居家，就高拱一人当值。前来晋见的人一拨接着一拨，这其中既有例行公事如外省官员来京朝觐到内阁听取首辅指示的，也有的是被登闻鼓敲得坐不住，跑来内阁打探消息。后者都是公侯勋戚之列，如成国公朱希忠、驸马都尉许从成等等，不是这等人物，高拱也不会接见。就这么十几拨人走马灯似的接见下来，不觉已到了下午未牌时分。高拱中饭都顾不上吃，只坐在值房里胡乱喝了一碗菜汤，吃了两个窝头。外边还有三四拨人候着，刘自强因是急事，便插队先自进来。刚把话说完，高拱便发出了一声惊呼：

"什么，死了？"

高拱身子一挺，差一点把坐着的太师椅带翻了。刘自强知道高拱性子急，怕他下面会说出不中听的话来，故先赔小心说道："死是肯定死了，但是死得很蹊跷。秦雍西在现场看得真切，王九思，还有那个牢头黑老五，都是七窍流血而死，这显然不是烫死的。"

"你说，是怎么死的？"高拱问秦雍西。

秦雍西因为两次办砸了差事，因此一直局促不安，这会儿只有一半屁股坐在凳子上，一脸怯色地回答："依下官的怀疑，那些烧烫的石子中，都含了见血封喉的毒药。"

"冯保这是杀人灭口。"刘自强插话说。

高拱半晌没吱声，长出一口气后，才缓缓说道："杀人灭口，这一点不用怀疑，冯保的手段毒哇。"

"首辅，"秦雍西抬起头，鼓着勇气说道，"来之前，下官曾向部堂刘大人建议，刑部就此事再上一道公折弹劾冯保。"

"弹劾他什么？"高拱问。

"就弹劾他杀人灭口。"

高拱摇头一笑说："秦雍西，你这道折子上去，不是弹劾冯保，而是夸奖他办了好事。"

"啊？"

刘自强与秦雍西两人都微微一惊。

高拱继续说下去："当今皇上小，眼下真正当家的是李贵妃，你们想一想，李贵妃是想王九思死，还是想王九思活？"

"自然是想王九思死。"刘自强答。

"这就对了，"高拱目光炯炯盯着两人，慨然说道，"老夫当初提议让刑部上公折，要把王九思从东厂移交三法司拘谳定罪，也是要他死，只不过是明正典刑而已。昨天刚把阁票送进去，皇上批朱还没有出来，东厂那边就当着你这刑部员外郎外加巡城御史的面弄死了王九思，这是抢了先手。人是东厂抓到的，然后又三人对六面的死在东厂，在这件事上，李贵妃不但不会降罪于冯保，相反的，还会说他办了件大好事。"

听完首辅一番分析，秦雍西脸腾地一下红了，嘟哝道："既是这样，我们又何必到东厂要人呢？"

高拱白了他一眼，生气地斥道："亏得你还是个刑部员外郎，问这种蠢话。三法司拘谳问案，这是政府纲常正途。东厂算什么？干的尽是一些见不得人的特务勾当。他们逮着王九思，难道政府能够不置一词，连个态度也没有？"

受这一番抢白，秦雍西羞愧难当，恨不能觅条地缝儿钻进去。刘自强瞧着属下如此尴尬，心中过意不去，便站出来打圆场说："这件事没有办好，在下作为刑部堂官也有责任。现在唯一补救之法，一是赶紧给皇上上一道条陈，奏报王九思的死讯，言明王九思死在刑部与东厂交涉之中；二是把这消息刊载于邸报，同时详列王九思种种罪状，以此为天下戒。这样处置是否妥当，请首辅明示。"

高拱心想人都死了，怎么补救都是处在下风。也就不想在这件事上太费脑筋，于是不耐烦答道："就按你说的处置吧，行文要斟酌，不要再弄出什么纰漏来。"说罢抬手送客。

刘自强与秦雍西两人刚走，高拱才说靠在太师椅上打个盹儿再接见下拨子客人，忽听得房门砰地一响，好像不是推而是被人撞开了，睁眼一看，韩揖已气喘吁吁站在面前。

"首辅，"韩揖连行礼都来不及，就气急败坏地嚷道，"又出大事了！"

"什么大事？"高拱霍然起立。

"工部尚书朱衡，也要去敲登闻鼓。"

"他敲鼓？他为何要敲？"

"还是为潮白河工程款的事。"

"劝住他没有？"

"雒遵正在劝，但这位朱大人自恃是朝廷老臣，根本不把我们放在眼里。除非首辅亲自出面，否则……"

韩揖话还没有说完，高拱早已提着官袍闪身出门，韩揖一愣，抓起高拱留在桌上的一把描金乌骨折扇，一溜小跑地跟了出去。

从内阁到架设了登闻鼓的皇极门，本来就不远，高拱一出会极门，便见皇极门东头的宏政门①口，围了十来个人。其中有一个身着二品锦鸡夏布官袍的矍铄老者，正在指手画脚与人争论，此人正是朱衡。

却说前几日为潮白河工程款解付事宜，朱衡曾去内阁找过高拱。当时高拱好言相劝，答应两日内解决。谁知期限到后又过了两天，户部那边仍拒绝拨款。潮白河工地因钱粮告罄而被迫停工，一些拿不到饷银的工夫三天两头就聚众闹事。再这么拖下去，不但前功尽弃，弄不好还会在天子眼皮底下爆出民工造反的大事来。朱衡既是工部尚书，又兼着这潮白河的工程总督，看这情势心里头哪能不急？今天早上他又去户部交涉，户部尚书张本直听说他来，情知应付不了，便从后门溜了，只留下一位当不住家的员外郎与他周旋。朱衡开门见山说明来意，那位员外郎嘻嘻一笑，说道："朱大人再急也不差这两天，潮白河工程有钱你就开工，没钱你就歇工，谁也不会与你认真的。"朱衡没好气地回答："潮白河工程是先帝定下的大事，工程规模竣工时间都在御前定下，我身为工程总督，焉敢怠慢朝廷大事！"员外郎觉得这位尚书大人几近迂阔，干脆点明了说："眼下朝廷一等一的大事，是如何把事权收之政府。今早上六

---

① 宏政门：明初修建时叫东角门，嘉靖时改称宏政门。

第二十四回　东厂豪校计诛妖道　工部老臣怒闯皇门

科三位言官敲登闻鼓上折子弹劾冯保，想必朱大人不会不知道。"朱衡心里腻味这位员外郎的油嘴滑舌，但因身份使然不便发作，于是耐着性子回答："宫府争斗固是大事，但总不成让天下朝廷命官都不干本职工作，而一窝蜂地去参加这些没完没了的权力争斗。你现在须得回答，这潮白河的工程款，今日是付还是不付？"员外郎心想这位朱大人是个榆木脑袋无法开化，便推辞了说："这事儿下官不知详情，还得我们部堂大人来定夺，部堂大人出去办事，你要划款就得等他。"说罢，员外郎也不陪了，只把朱衡一人留在值房里傻等。这一等差不多等了个把时辰，仍不见张本直回衙，还是一个年老堂差进来续茶时偷偷对朱衡说："朱大人，你也不必犯傻在这里痴汉等丫头，俺们的部堂大人就是看着你来才回避着走掉的，你就是在这儿等上一天，也决计见不到他的人影。"朱衡一听此话勃然大怒，悻悻然离开户部登轿回衙。越想心里越不是滋味，索性写了一份折子弹劾张本直玩忽职守，贻误国家漕运大事。草稿改毕，又誊成正副两本，然后起轿抬至紫禁城午门。由此下轿，按规矩先去了六科值房知会户科给事中雒遵，把折子副本给了他存档，自己则携着正本，迈着八字方步，要来皇极门口敲登闻鼓。

　　自早上程文、雒遵与陆树德三人敲响登闻鼓后，六科值房一帮言官都兴奋得如同科场中举一般，都以为这一下肯定是青史留名了。加之京城各衙门相干不相干的官员都跑来表态的表态，道贺的道贺，他们就以为大功告成，预先弹冠相庆。正在这当儿，冷不丁爆出一个当朝的大九卿、历经三朝的工部尚书朱衡也要去敲登闻鼓，弹劾的却是另一位大九卿户部尚书张本直。这不成了政府的"内讧"吗？登闻鼓如果二度响起，本来已经形成的同仇敌忾一边倒的情势就会变得不可捉摸，六科值房的言官顿时都惊出了一头汗水。韩揖立刻去内阁报信，雒遵则领着几个人跟在朱衡后头朝皇极门走来。

　　未申之间，日头虽已偏西，但阳光斜射过来，依旧如油泼火灼。从六科值房到皇极门，不过数百尺之遥，朱衡踏着砖道走到地头儿时，贴身汗衣已是湿透，官袍上也渗出大片大片的汗渍。此时皇极门除了守门的禁军，也不见任何闲杂人等。平日候在门口当值的传折太监，也不知钻到哪间屋子里乘凉去了。朱衡站在门槛下阴地儿喘了几口粗气，便抬手去拿登闻鼓架子上的鼓槌。

363

雒遵抢步上前，一把按住鼓槌，苦言相劝道："朱大人，这登闻鼓一敲就覆水难收，还望老大人三思而行。"

朱衡白了雒遵一眼，斥道："你这么三番五次拦我，究竟是何居心？"

雒遵说："下官觉得老大人这档子事，政府就能解决，用不着惊动皇上。"

雒遵所说的"政府"，其实指的就是高拱，朱衡窝火的也正是这个办事推诿的"政府"。高拱哄他钻烟筒①，张本直让他吃闭门羹。这封折子明的是弹劾张本直，文字后头绊绊绕绕也少不了牵扯到高拱，只是这一层不能说破。看到雒遵护紧了鼓槌不肯让开，朱衡急了，手指头差点戳到雒遵的鼻尖上，咬着牙说："政府若能解决，我还来这里做甚，未必我疯了？七年前，这登闻鼓被海瑞敲过一次，那一次他还抬了棺材来。今天上午，你们又敲了一次。现在，我是吃个秤砣铁了心，敲定了。你快给我闪开！"

见朱衡如此倔强，且出语伤人，本来一直赔着笑脸的雒遵有些沉不住气了，也顾不得官阶等级，便出语顶道："朱大人，你别在这里倚老卖老。把话说穿了，你若是把这鼓一敲，必定天怨人怒，遭到天下士人谴责！"

"我历经三朝，位登九卿，还怕你这小小言官吓唬？快给我闪开！"

朱衡到此已是怒发冲冠，正欲上前揉开雒遵取那鼓槌，忽听得背后有人喊道："士南兄，请息怒。"扭头一看，只见高拱从砖道上一溜小跑过来。

"首辅！"

众言官喊了一声，一齐避道行礼。朱衡正在气头上，见高拱来只是哼了一声，双手抱拳勉强行了一个见面礼。

"士南兄，你为何跑来这里？"高拱明知故问。

朱衡从怀中抽出折子，递给高拱说："你看看便知。"

高拱读完折子，凑近一步对朱衡耳语道："士南兄，皇门禁地，不是讨论问题的地方，我们能否借一步说话？"

朱衡抱定了主意要敲登闻鼓，仍是气鼓鼓地回答："我是来敲鼓的，还有何事讨论！"

吃了这一"呛"，高拱愣了一下，旋即说道："士南兄，我并不是阻止

---

① 钻烟筒：指两头受气。

第二十四回　东厂豪校计诛妖道　工部老臣怒闯皇门

你敲鼓，我虽身任首辅也没有这个权力。我只是提醒你，这一槌敲下去，恐怕会冤枉一个好人。"

朱衡听出高拱话中有话，便问道："我冤枉了谁？"

"张本直。"

"他三番五次拖着不付工程款，延误工程大事，怎么冤枉了他？"

"潮白河工程款延付，原是老夫的指示。"高拱知道再也无法遮掩，索性一五一十说明原委，接着解释说："礼部一折，内阁的票拟已送进宫中，皇上批复也就是这两日的事情，如果皇上体恤国家困难，把这一道礼仪免了，欠你的二十万两工程款即刻就可解付。"

"如果皇上准旨允行礼部所奏呢？"

"潮白河的工程款还是要给，只是得拖延几日。"高拱叹了一口气，揽起袖口擦拭满头的热汗，韩揖趁机递上那把描金乌骨折扇，高拱一边扇一边说道："士南兄，张本直对你避而不见，并不是故意推诿。他一半原因是怕见了你不好交代，另一半的原因乃是老夫给他下了死命令，务必三两日内筹集到二十万两银子交于你。"

朱衡虽然生性秉直，是九卿中有名的倔老汉，但毕竟身历三朝，官场上的各种把戏看得多了，因此心堂透亮。高拱这么急急忙忙前来劝阻，原意是怕他杀横枪，打乱他围剿冯保的全盘部署。另外还不显山不露水地透出一个威胁：这二十万两银子是为当今皇上生母李贵妃备下的——现在唯有她能代表全体后宫嫔妃的利益。你这道折子递上去，岂不是往李贵妃的脸上抹锅烟子？这后头的结果，难道你掂量不出来？

朱衡悟到这一层，顿时觉得拿在手上的这道折子如一个烫手的山芋。但他心中仍有一种受了愚弄的感觉，因此愤愤不平地说："首辅大人，说起来你们全都有理，我按章程办事，反倒成了无理取闹了。"

"你是部院大臣中难得的秉公之士，谁说你无理取闹了？"高拱听出朱衡有借机下台阶的意思，连忙沉下脸来对侍立一旁的言官们吼道："你们这群瞪眼鸡，还不快过来给朱大人赔个不是。"

言官们纷纷打躬作揖道歉，然后七嘴八舌硬是把朱衡劝着离开了皇极门。

第二十五回

哭灵致祭愁壅心室
问禅读帖顿悟天机

就在朱衡怒闯皇极门的时候，李贵妃与朱翊钧都身着素服离开乾清宫，合坐一乘舆轿前往宏孝殿。宏孝殿在东六宫前边，神霄殿与奉先殿之间，隆庆皇帝的梓宫停放在那里。

自早上六科言官敲响登闻鼓，这大半天接连发生的事情，早已搅得李贵妃方寸大乱。午膳刚罢，冯保又派人给她报信，言妖道王九思已死在东厂"点心房"里头，这消息多少给她一丝快慰。她心下忖道：刑部公开去东厂要人，这说明张居正分析得不错，高拱心里头就想着要把王九思问一个"僭害先帝"的大辟死罪。这从办案程序上讲，虽是无懈可击，但由此一来，隆庆皇帝就成了一个死于风流的昏庸之君，落下千秋骂名。李贵妃心中一直在疑惑，高拱坚持这样做是一时疏忽呢还是存心不良？通过近几天内阁采取的一系列行动来看，她渐渐倾向于后者。本来她十岁的儿子承继大统君临天下，她就旦夕惊惧，生怕有什么祸事发生，让他们娘儿俩捉襟见肘。先帝临终时担心的也是这一点，故把高拱、高仪、张居正三个辅臣叫到病榻跟前，宣读遗诏，要他们尽心辅佐幼小的东宫完成继统大业。可是从先帝宾天后这二十多天的情形来看，高拱所作所为却让李贵妃委实放心不下。他作为顾命大臣，给新登极的皇帝上的第一道折子《陈五事疏》，明里看是为皇上着想，暗中却是为了增强内阁的权力。自这之后，外官送进宫中的奏折，没有一件叫李贵妃愉快，礼部的公折要户部拨款为后宫嫔妃打制头面首饰，倒是件让人高兴的事，谁知又被冯保说成是一个圈套。今天那帮言官敲响登闻鼓

第二十五回　哭灵致祭愁壅心室　问禅读帖顿悟天机

弹劾冯保，不用说又是高拱的主意，真是一波未平一波又起。李贵妃已经有了箭在弦上不得不发的感觉。她毕竟是一个妇道人家，隆庆皇帝在世时，她只是一个虔敬事佛的贤淑贵妃——谨守宫眷本分，从不往国事里搅和。现在偶尔涉言朝政，也是势不得已，儿子毕竟只有十岁啊！午膳后休息片刻，她乘舆前往宏孝殿，原是想在隆庆皇帝灵前，获得一点神天感应的力量。

在宏孝殿负责守灵致祭的原乾清宫管事牌子张贵，已得知了李贵妃与皇上母子二人要来祭奠先帝的消息。今天刚好又是隆庆皇帝三七祭日，一大早，宣武门①外昭宁寺的主持一如师父率领三十多个和尚从东华门进来，在宏孝殿的灵堂里为隆庆皇帝开做水陆道场②，铙钹钟鼓齐鸣，一遍又一遍地念诵《往生经》。本说下午撤场，听说李贵妃要来，张贵又把和尚们留下来，以便在李贵妃致祭时添点气氛。

乾清宫与宏孝殿虽隔着两道围墙，也不过百十步路，看到皇上的乘舆拐过神霄殿，张贵早已率领宏孝殿当差守值的四五十个内侍齐刷刷地跪在殿前砖地上候迎。看到乘舆在殿门口停稳，张贵尖着嗓子喊道："奴才张贵率宏孝殿全体内侍在此恭候圣驾。"李贵妃在乘舆里说了一句："都起来吧。"众内侍一起应道："谢圣母洪恩。"便一齐起身肃立。

宏孝殿是个七楹中殿，如今中间隔了一道黑色绒布帷幕，帷幕后头停放着隆庆皇帝的梓宫，前头便是致祭的灵堂。李贵妃下舆后朝殿里瞥了一眼，但见灵堂中央帷幕之下，横放了好几排祭台，靠里几排祭台上摆满了三牲瓜果祭品，猪、羊都是整头的。最前排祭台上三只斗大的铜炉里，各插了三炷杯口粗细的檀香，殿中烟雾氤氲，挽幛低垂。睹物思人，李贵妃不禁悲从中来，喊过张贵，问道："今儿是先帝爷的三七祭日，灵堂里为何如此冷清？"

张贵答道："本来有三十多个和尚在灵堂里念《往生经》，听说娘娘与皇上要来，奴才让他们回避了。"

"和尚们现在哪里？"

---

① 宣武门：明代初建时称顺承门，正统四年（公元1439年）改称宣武门。
② 水陆道场：即水陆法会，全称"法界圣凡水陆普度大斋胜会"，称为"水陆会"，是佛教的一种修持法，也是佛教中最盛大隆重的一种法会，集合了消灾、普度、上供、下施诸多功德。

"都坐在厢房里休息待命。"

"喊他们来继续做道场。"

李贵妃说罢,先自领了朱翊钧走进灵堂,顿时灵堂里哀乐大作。原来宫内教坊司的四十多个乐工都手持笙箫琵琶等乐器跪在殿门两侧的旮旯里,哀乐一响,顿时加剧了李贵妃生离死别的哀痛。她由两名宫女扶持,在祭台前恭恭敬敬磕了头,又指导着朱翊钧行了孝子大礼,然后绕到帷幕之后,抚着那具阔大的红色棺木,几天来一直压抑着的焦灼与恐惧再也控制不住,不由得大放悲声。紧偎着母亲的朱翊钧,心里头同样交织着不安与悲痛,也不停地揩拭着泪水。

不知过了多久,凄恻婉转的哀乐停止了,李贵妃犹在饮泣,张贵跪在帷幕外头喊道:"请娘娘节哀,请皇上节哀。"

李贵妃这才惊醒过来,在宫女的帮助下整理好弄皱的衣裙,补好被泪水洗残的面妆,重新走出帷幕。只见灵堂里头已跪了一大片身穿黑色袈裟的和尚,打头的一个老和尚说道:"昭宁寺方丈一如,率众弟子恭请皇上圣安,皇母圣安。"

"免礼。"李贵妃微微欠身,表示对出家人的尊敬,接着说:"还望众位师父好好为先帝念经,让他……让他早生西天,阿弥陀佛。"

说罢,李贵妃又是鼻子一酸,晶莹的泪花再次溢出眼眶,知礼的宫女赶紧把她扶出殿门,在张贵的导引下到旁边的花厅里休息。灵堂里头,立刻又是铙钹齐响,钟鼓和鸣,只听得众位和尚跟着一如师父,先放了几声焰口,接着紧一声慢一声地念起了《大乘无量寿经》:

> 彼佛国土,无有昏暗、火光、日月、星曜、昼夜之象,亦无岁月劫数之名,复无住着家室。于一切处,既无标式名号,亦无取舍分别。唯受清静最上快乐。

李贵妃母子在花厅里坐定,喝了几口凉好的菊花冰糖水,情绪才慢慢稳定下来。听到灵堂里传来不紧不慢张弛有序的诵经声,李贵妃若有所思,吩咐张贵派人去把陈皇后请来。

第二十五回　哭灵致祭愁壅心室　问禅读帖顿悟天机

灵堂里的经声继续传来：

>……欲令他方所有众生闻彼佛名，发清静心。忆念受持，归依供养。乃至能发一念净信，所有善根，至心回向，愿生彼国。随愿皆生，得不退转，乃至无上正等菩提。

李贵妃母子一时无话，只坐在花厅里听经，移时听得殿门那边又是一阵喧哗，原来是陈皇后的乘舆到了。陈皇后先去灵堂里致祭一番，然后才来到花厅与李贵妃母子相见。

"母后。"

陈皇后刚进花厅，朱翊钧便从绣榻上起身行了跪见之礼。陈皇后一把扶起他坐定后，怜爱地问："钧儿，当了几天的万岁爷，累着了吧。"

"孩儿不累，还是母后操心。"

朱翊钧懂事地回答，拿眼睛瞄着李贵妃。

两位妇人闲唠了几句，李贵妃接着切入正题："姐姐，今日宫中发生的事情，你可知晓？"

陈皇后点点头，答道："早上听见了登闻鼓，后来听吴洪禀告，说是六科的言官上折子弹劾冯保。"

吴洪是慈庆宫管事牌子。陈皇后向来清心寡欲，对宫内外发生的大事不管不问。自隆庆皇帝去世朱翊钧登极，除了礼节上的应酬，她越发不出慈庆宫一步了。外头有什么消息，全是从吴洪口中得来。听说言官们弹劾冯保，她也是吃了一惊。本想去乾清宫那边见见李贵妃母子打探口实，但想想又忍住了，宫府之争是朝廷大事，乾清宫那边既然不过来通气，自己主动跑过去岂不犯忌？其实陈皇后心中对冯保还是存有好感，他自当上司礼监掌印，便立即往慈庆宫增拨了二十名内侍答应，并亲自送过去。还盼咐内官监掌作，把慈庆宫中用旧了的陈设一概撤走换新。陈皇后平日闲得无聊喜欢听曲，冯保除了安排教坊司的乐工每日派四个人去慈庆宫当值，有时还把京师走红的乐伎请进宫中为她演唱。这些虽然都是琐碎小事，但难得冯保心细如发，不但记得而且还认真去做……

陈皇后答话后就勾头想起心事来，李贵妃见她半天没有下文，又接着话题问她："姐姐，你对这件事怎么看？"

"哪件事？"陈皇后想迷糊了，怔怔地问。

"言官们弹劾冯保的事呀。"李贵妃补了一句。

"看我这记性，近些时，我老犯迷糊。"陈皇后自失地一笑，掩饰地说了一句，接着说道："我觉得这件事情里头，大有蹊跷。"

"蹊跷在何处？"李贵妃追问。

陈皇后指着正在关切地听着她们谈话的朱翊钧，浅浅一笑说："当今的万岁爷就坐在这里，评判是非、如何发旨是他的事，我们这些妇道人家往里掺和个什么？"

这话如果出自旁人之口，肯定又会触动李贵妃的痛处而引发她的怒气，但从陈皇后口中说出，李贵妃却不计较。因为她知道陈皇后向来心境平和与人为善，断不会拿话来讥刺她。于是莞尔一笑，指着朱翊钧说道："这个万岁爷要是能够评判是非，我和姐姐也犯不着如此劳神了。姐姐大概还不知道，现在外头书坊里到处在卖老祖宗洪武皇帝钦制的《女诫》，那意思很明显，就说我们在干政，你说可气不可气。"

李贵妃说着喉头又开始发哽，朱翊钧生怕母亲又开始伤心流泪，连忙岔开话题半是好奇半是撒娇地问陈皇后："母后，你接着说嘛，有什么蹊跷？"

陈皇后向朱翊钧投去深情赞许的眼光，表示理解他的意思，接着问李贵妃："妹子，冯公公接任司礼监掌印，有几天了？"

李贵妃扳起指头算了算，答："六天。"

"才六天工夫，有几封折子弹劾他？"

"四封，一封是从南京寄来的，前天收到，另外三封是六科的言官今天敲登闻鼓送进来的。"李贵妃接着简要地介绍了四封折子的大概内容。

"哦。"陈皇后若有所思，又问："冯公公的司礼监掌印，是怎么当上去的？"

李贵妃见陈皇后像个局外人一样弯山弯水地说话，不免心下焦急，说话声音大起来："姐姐你也真是，难道你真的犯迷糊了？让冯保取代孟冲，是钧儿登极那天，我俩商量着定下来的，然后以皇上的名义发了一道中旨。"

陈皇后抿嘴一笑，加重语气说道："我的好妹子，姐姐并没有犯迷糊，我说的蹊跷就在此处啊！"

"啊？"李贵妃眸子一闪。

"你想想，中旨是绕开内阁直接由皇上发出的，他高胡子能高兴吗？再说咱们大明天下也快两百年了，当过司礼监掌印的太监，少说也有大几十号人，你听说有谁当上六天就遭人弹劾的？王振、刘瑾，这些前朝太监中的大奸，虽然掌印时为非作歹，也没听说一上任就有人要把他们赶下台。外官们为何要这么做，妹子，我们倒要问个究竟才是啊！"

陈皇后这席话，说得李贵妃频频点头，同时也暗暗吃惊：这位皇后姐姐平日里绝不谈论朝政，可是一旦谈起来却头头是道，顿时有些后悔前两天没有及时找她，害得自己一个人独自着急。

"姐姐，你的意思是高胡子他醉翁之意不在酒？"

"差不多是这样。"陈皇后语气肯定。

"那，我们应该怎么办呢？"

李贵妃盯着陈皇后，眼光里充满企盼与求助，陈皇后这时反倒感到为难了。她认为，以李贵妃的精明强干，这么大的事件出来，她不可能没有想法，找她来商量之前恐怕李贵妃心中就已想好了主意。李贵妃虽然同意她的分析，但她的主意究竟又是什么呢？陈皇后此时很想趁机给冯保说几句好话，但话到嘴边又咽回去了。论关系，冯保和李贵妃应该更亲近一些，冯保还是皇上的大伴。因此，贬抑与褒奖冯保的话都用不着她陈皇后这个局外人来说，这是一层。更重要的，当今皇上——眼前这个满脸稚气的孩子，毕竟是李贵妃的亲生儿子。所以凡涉及朝政大事，还是慎重为宜。主意出得好那就万事大吉，若是出了个馊主意，轻者会说她越俎代庖，重者恐怕连"干政"的罪名也会落到自家头上。思前想后，陈皇后抱定决心不给自己种祸，为了搪塞过去，她故意逗着问朱翊钧："钧儿，你这万岁爷该拿个主意，这件事该如何处置？"

朱翊钧脸一红，紧张地望着李贵妃，讷讷地说："还望母后做主。"

花厅里出现短暂的沉默。这时，灵堂那边的诵经声又高一声低一声地传来：

> 佛所行处，国邑丘聚，靡不蒙化。天下和顺，日月清明。风雨以时，灾厉不起。国丰民安，兵戈无用。崇德兴仁，务修礼让。国无盗贼，无有怨枉。强不凌弱，各得其所。

经文的唱声极有感染力，既有覆盆的凄切悲哀，也有白云出岫的超脱与空灵。陈皇后听了心性洞开，感慨说道："听说灵堂里的那个一如师父，是个得道的高僧，声名极高。"

"是的，我也听说了。"李贵妃心不在焉地回答。

"能否把他请过来，为我们指点迷津？"

"请他？"李贵妃笑着摇摇头，"一如师父是个出家人，哪管得这些俗事。"

"妹子不也是观音再世吗，怎么也管俗事呢？"陈皇后巧妙地说了一句奉承话，接着说："皇上管的是天下事，要说俗事是俗事，要说是佛事也是佛事。"

"姐姐说这话倒像个参禅的。"李贵妃好像悟到了什么，呆着脸说，"也好，把一如师父叫过来，不指望他出什么主意，若能帮我们把心气理顺理顺，也就阿弥陀佛了。"

不消片刻，一如和尚在张贵的引导下稳步走进了花厅。仓促之间，找不到吉服替换，一如仍穿着那件黑衣袈裟，行跪见礼时，老和尚一再谢罪，李贵妃叫他不要客气并给他赐座。宫眷与外官会见，按理应该垂帘，因考虑一如是个出家人，这道礼节也免了。赐茶的工夫，李贵妃把这老和尚仔细端详了一番，只见他高额长颊，双眉吐剑，放在胸前捻着佛珠的双手骨节粗大。如果脱下这身袈裟，他看上去就像一个饱经风霜历尽磨难的劳作之人。单凭这一点，李贵妃就对他产生了好感。

"一如师父，这半晌你念经辛苦了。"李贵妃说。

"老衲不累，"一如垂着眼睑慢声回答，"愿大行皇帝早升佛国，阿弥陀佛。"

第二十五回　哭灵致祭愁壅心室　问禅读帖顿悟天机

"一如师父住持昭宁寺多少年了？"李贵妃接着问。

"五年了。"

"寺中香火旺不旺？"

"托娘娘的福，寺中香火一直很旺。"

"一如师父这是讥笑我了，"李贵妃勉强笑了笑，倒也真是有些愧疚地说，"我在京师也住了多年，还没到昭宁寺敬过香呢。明日个我就让人给寺里送二百两银子过去，算是我尽心意捐点香火钱，等这阵子忙完了，再择个日子去寺里烧香。"

一如和尚连忙双手合十，连声念了几个"阿弥陀佛"之后，说道："多谢娘娘照拂，普天之下，莫非王土，有娘娘这样的护法，普天之下，也就尽皆是清净佛土了。"

李贵妃虽然爱听这样的话，但还是谦逊地回道："一如师父过奖了。"

"贫僧并未过奖，娘娘早就有了观音再世的美名，虽深居九重，犹虔敬事佛，每日里抄经不辍。"

"啊，这些你怎么知道？"

"前不久，贫僧在孟公公府中，与冯公公意外邂逅，是听他讲的。"

"他还讲了什么？"

"冯公公与我讨论《心经》，我看他颇有心得。他自己却说，是从娘娘处学得的。"

一如师父那次在孟冲府中与冯保相遇，虽然对冯保印象并不很好，但今天说的又都是实话。他哪里知道，他的这番话却帮了冯保一个天大的忙，以至李贵妃疑心这一如师父是被冯保买通了的。她与陈皇后对视了一眼，又不露声色地问道：

"你与冯公公认识多长时间了？"

"老衲方才说过，只几天前与冯公公在孟冲府中匆匆见过一面。"

"真是这样吗？"

"出家人从不打诳语。"

一如和尚一脸峻肃不容亵渎之色，倒叫李贵妃相信他一辈子也不会说半句假话，顿时感到与一如师父的会见藏有某种难以言喻的"天机"，心中不

373

免兴奋起来。想了想，又说：

"还有一事请教一如师父。"

"请讲。"

"你听说过菩提达摩佛珠吗？"

"什么？"

李贵妃又一字一顿说了一遍："菩提达摩佛珠。"

一如摇摇头。李贵妃便把菩提达摩佛珠的来历做了一番介绍。一如听了，微微睁开眼睛看了李贵妃一眼，说道："菩提达摩赠佛珠给梁武帝，这算是佛国的大事了，可是任何一本佛籍均未载述此事，岂不怪哉！"

李贵妃的眼神里悄悄掠过一丝失望，愣了一会儿，喃喃自语道："如此说来，我被人骗了。"

"大伴骗了你？"朱翊钧也很吃惊，失声喊了一句。

花厅里刚刚轻松下来的气氛顿时又紧张起来，一直静坐一旁默不作声的陈皇后，这时开口说道：

"一如师父，菩提达摩佛珠到底是真是假，我看也是公说公有理，婆说婆有理的事，你说呢？"

一如察看三人的神色，已经感觉到这串"菩提达摩佛珠"后头藏有一段是非。但他毕竟是跳出三界外的出家人，不想察言观色巧承人意，仍坚持说道："菩提达摩是中国禅宗初祖，他十年面壁、一苇渡江的故事广为流传，但这串佛珠，老衲的确没有听说过。"

一如不改口风，倒叫陈皇后有些难堪。她见李贵妃仍自纳闷，便怂恿道："妹子，你索性把这件事向一如师父说通透了，请他评判这里头谁是耍奸拿滑的人。"

"也好。"李贵妃点点头就说开了，"有这么个人，听说南京那边有一串菩提达摩佛珠，又素来知道我虔敬礼佛，便花了一大笔钱把那串佛珠买来送我，就这么件事情，一如师父你说该如何评判？"

一如答道："如此说来，这又是一段公案了。"

"公案，什么公案？"陈皇后一听这话，惊得脸上都变了颜色，"这么点小事，难道还要送三法司问罪？"

第二十五回　哭灵致祭愁壅心室　问禅读帖顿悟天机

李贵妃久习佛书，经常还请一些高僧到宫里头为她讲经，因此知道"公案"乃佛家用语，意指机缘语句禅机施设。她知道陈皇后理解错了，忍俊不禁，扑哧一笑答道："姐姐你理解错了，此'公案'非彼'公案'，这是出家人的用语，与三法司完全不相干。一如师父你就讲讲，这里头有何公案？"

一如说："造假佛珠的人是隔山打牛，献佛珠的人是骑牛找牛。"

"此话怎讲？"李贵妃问。

一如心底清楚，自己面对的是当今的万岁爷以及他的嫡母生母，说话稍有不慎，就会酿成大祸。因此拿定主意不伤害任何一个人，字斟句酌说道：

"隔山打牛者，虽有伤牛之心，毕竟无损牛的一根毫毛。骑牛找牛者，只是一时迷糊，不知牛就在身边。"

"请教一如师父，你说的这只牛当有何指？"

"佛啊。"一如和尚感叹道，"人人心中都有一尊佛，偏偏大千世界芸芸众生不供养自家心中之佛，而向外寻求什么佛宝，这不是骑牛找牛又是什么？"

一如一席话触发了陈皇后的灵感，她接过话头说道："是啊，就说咱们紫禁城中，已经有了一个再世观音，大家还要去求什么佛宝。莫说菩提达摩佛珠是假的，就是真的，也仅仅只是给咱们这尊观音锦上添花而已。"

"姐姐，你胡说什么？"

李贵妃脸色绯红，陈皇后的话让她感到很不好意思，一张端庄的瓜子脸竟露出少有的娇媚。一如觉得陈皇后的话八不对五，只是念了一声"阿弥陀佛"，慢慢地捻着手中的佛珠。

这时，李贵妃一眼瞥见张鲸在门口晃了一下，就让身边内侍去问他为何来到这里。内侍在门外打个转回来禀告，说张鲸是来给万岁爷送揭帖的。李贵妃不免心中一沉：此时又有什么揭帖？便吩咐张贵把一如师父请回灵堂继续念经，然后命张鲸进来。

张鲸进门就行跪礼，刚一抬头看到李贵妃两道寒霜样的目光射过来，又吓得赶紧把头埋下去。

"又有什么揭帖了？"李贵妃冷冷地问。

"启禀李娘娘，是冯公公差我给万岁爷送帖子来的。"张鲸说着从怀中掏出一个卷筒双手呈过去，内侍接过递给李贵妃。

李贵妃并不急于打开，而是接着问："揭帖写的什么？"

"回答龙生九子之名。"

"什么？"

"啊，是这个。"一直闷坐一旁的朱翊钧，这时才如梦初醒般回答，"母后，这个揭帖是儿要的。昨儿上午大伴陪儿读书，儿忽然想起那日您说的一句俗话'一龙生九子，九子九般行'，儿便问大伴，这龙生九子，都叫些什么名字，朕怎么都没听说过。大伴说他也不知晓，要去向张先生请教。张鲸，这封揭帖是否回答此事？"

"回万岁爷，这封揭帖正是张老先生所写，回答万岁爷的提问。"

"啊，是万岁爷问学问。"

李贵妃这才如释重负地松口气，把那卷揭帖打开，竟有一些字不认得，她把揭帖递给朱翊钧，问："你都认识吗？"

朱翊钧看了看，也摇摇头。李贵妃急于想知道龙生九子的名字，便对依然跪着的张鲸说："你把这揭帖念给万岁爷听听。"

"奴才遵旨。"

张鲸又从内侍手中接回揭帖，挺身跪着念将下来：

圣上所问：龙生九子都有何名？臣张居正恭谨具答如下：

龙生九子，各有所好。一曰赑屃，形似龟，好负重，今石碑下龟趺是也。二曰螭吻，形似兽，性好望，今屋上兽头是也。三曰蒲牢，形似龙而小，性好叫吼，今钟上纽是也。四曰狴犴，形似虎，有威力，故立于狱门。五曰饕餮，好饮食，故立于鼎盖。六曰蚣蝮，性好水，故立于桥柱。七曰睚眦，性好杀，故立于刀环。八曰金猊，形似狮，性好烟火，故立于香炉。九曰椒图，形似螺蚌，性好闭，故立于门铺首。又有金吾，形似美人，首尾似鱼，有两翼，其性通灵，不寐，故通巡警。

龙生九子，虽不成龙，然各有所好，各尽所能。诚难能可贵，都是人间万物守护神也。

第二十五回　哭灵致祭愁壅心室　问禅读帖顿悟天机

张鲸来之前，已防着要读帖，故先温习了几遍，把生字都认熟了，所以读起来很顺畅，朱翊钧与两位母亲听得都很满意。陈皇后感叹道："早听说张居正学问了不得，这回算是开了眼界。万岁爷，你说呢？"

朱翊钧显得比两位母亲更为兴奋，凑趣儿答道："朕还有好多问题要请教张先生。"

陈皇后故意逗她："你也可以请教高先生，他也是大学士啊。"

朱翊钧头摇得拨浪鼓似的："朕不请教他。"

"为何？"

"他长的样子太凶，朕怕他。"

他那副认真稚气的样子，逗得陈皇后大笑。李贵妃也跟着笑起来，忽然她又收起笑容，问朱翊钧：

"钧儿，还记得是谁上疏册立你为太子的吗？"

"记得，"朱翊钧点点头，像背书一样说道，"隆庆二年，由礼部尚书高仪提议，内阁四名大学士联名上公折请册立孩儿为太子，如今，内阁中的四名大学士只剩下张居正一人了。"

"嗯。"李贵妃眼神里掠过一丝兴奋，又问："又是谁上折，要为你这个太子开办经筵，让你出阁就学呢？"

"也是张居正，每次经筵之日，有八位老师出讲，都是张居正亲自主持。"

"记得就好。"

李贵妃说罢，又掉头问仍跪得笔直的张鲸：

"冯公公呢？"

"回娘娘，冯公公在司礼监值房里。"

"在干什么？"

"他也不见人，只一个人偷偷地抹眼泪。"

李贵妃心底清楚，冯保差张鲸送这份揭帖来，一是表示他虽"蒙受不白之冤"，却依然在忠谨办事，二是也想借此前来探探她的口风。尽管李贵妃心中已有了主意，但她不肯表露出来，只是装作不耐烦地挥挥手，对张鲸说：

"人不伤心泪不流，我知道冯公公的心情。你现在回去告诉冯公公，叫他不要伤心。"

"奴才遵旨。"

张鲸爬起身来躬身退了下去。望着他消失在走廊尽头的背影，李贵妃敛眉沉思了片刻，才开口自语道："一如师父的开释，张先生的揭帖，今儿下午走这一趟宏孝殿，倒真是得了先帝的神灵保佑，找到天机了。"

在一旁仔细观察的陈皇后，狐疑地问："妹子，你找到什么天机了？"

李贵妃轻松地一笑，向侍立身边的容儿做了个手势，容儿便从挂在腰间的小锦囊中抠出两枚崭新的铜钱递过去。李贵妃手心里托着那两枚铜钱，开口说道："姐姐实不相瞒，这几日宫中接连发生的大事，究竟如何处理，叫我实在委决不下。我把姐姐找来，原准备是想向姐姐讨个主意，在这个非常时期，朝廷中这副担子，本该我们姐妹两个来挑。我想好了，如何处理宫府之争，也就是高拱与冯保的矛盾，姐姐能有个好主意，就依姐姐的，姐姐如果没有，咱们就一起去先帝灵前掷铜钱。这两枚铜钱是隆庆四年让户部铸造的第一批钱，先帝赏给我玩的。往常碰到什么为难事，我就掷这两枚铜钱碰运气。这回我没了主意，仍想这样做。我来之前就打算好了，这两枚铜钱姐姐你掷一次，我掷一次，钧儿再掷一次，如果三次中有两次是印有"隆庆通宝"的正面朝上，我们就把高拱的首辅拿掉，反之，我们就让冯保回籍闲居。"

"你现在还打算这样做吗？"陈皇后紧张地问。

"不用了。"李贵妃说了一句意味深长的话，"保护神本是现成的，我们又何必骑牛找牛呢？"

第二十六回

御门宣旨权臣削籍
京南饯宴玉女悲歌

三位言官敲响登闻鼓的第二天,即六月十六日,是常朝的日子。

本来,皇帝外置国事,每早都要登朝,这就是常朝。朱翊钧登基后,虑着他年幼,张居正等奏准三六九日视朝。当天,皇上在皇极门金台御幄中升座,京师中凡四品以上官员待鸣鞭后,分文东武西鱼贯入门行叩头礼,然后登阶循廊分班侍立,按部奏事。至于那些级别较低的官员则只能候于午门之外,在鸿胪寺官员的导引下行五拜三叩之礼,然后北向拱立静候旨意。御门决事①本是常朝旧制,但今日的早朝气氛却大不相同。这皆因昨天一天,紫禁城内外大事接连发生。上任六天的冯保即遭弹劾,这种事史无前例,无啻于平地一声雷,给本来还算平静的京师平添了几分紧张。京城各衙门大小官员胥吏,少说也有几千人,没有谁不让这件事撩拨得心神不宁。因此,东方刚泛鱼肚白时,就有不少官员已来到午门外。寅时一到,只听得三通鼓响,午门立时洞开。禁军旗校早已手执戈矛先行护道排列,盔甲兵器光芒耀眼自是不容逼视。鼓声刚停,两匹披红挂绿的朝象被御马监的内侍牵出午门,在门洞两边站好,各把长鼻伸出挽搭成桥。此时御钟响起,够级别的显官大僚肃衣列队从象鼻桥下进了午门,不够级别的则留在原地看个眼热。移时,礼部鸿胪寺官员清点例朝官员人数之后,手持黄册名簿报了进去。不一会儿,传旨太监便来到皇极门外的台阶上,尖着嗓子喊道:

---

① 御门决事:皇帝亲自到皇宫奉天门,主持朝廷会议,聆听内阁及各部院大臣的奏报,进行议商,做出决断,发布谕旨,贯彻实行。

"有旨——召内阁、五府、六部众皆至——"

一听这旨意，在场官员都知道皇上要在京的所有官员一个不落全部到场。这种情形，只有皇上要宣布重大事情时才会发生。众官员先是面面相觑，接着又都忍不住交头接耳，叽叽喳喳议论一片。

高拱作为百官之首，早朝位置在金台御幄旁边——与皇上只有咫尺之隔。此刻只见御幄空空，撑张五把巨大金伞以及四柄大团扇护卫丹陛的锦衣力士也没有照常出现，高拱便有些忐忑不安。昨天一整天，他是在兴奋与焦灼中度过的。程文、雒遵、陆树德三道折子送进宫中之后，皇上那边却没有一丁点儿消息反馈出来。身为宰辅这么多年，就是抛开孟冲不说，高拱在大内还是有几个"耳目"的，但无奈登闻鼓响过之后，这紫禁城大内的守门禁军比平日多了一倍，出入门禁盘查极严。除了极少数几个与冯保过从甚密的牙牌大珰可以自由进出之外，一般的人是进也进不去，出也出不来。因此整整一夜，心绪不宁的高拱都未曾合眼。而今天的早朝，皇上又迟迟不肯升御座，这里头究竟有何名堂？尽管高拱自信发动言官弹劾冯保是天时地利人和三者俱全，但因得不到准确消息，高拱似觉心中有些底气不足。一个人闷了就想说话，只见他挪步到东檐柱前——这里是大九卿常朝序立之地。只见成国公朱希忠、驸马都尉许从成、户部尚书张本直、兵部尚书杨博、刑部尚书刘自强、工部尚书朱衡、都察院左都御史葛守礼这些京师一等衙门的堂官都已依次站好，看见高拱过来，纷纷作揖相见。

这帮子九卿里头，除了朱希忠和许从成是世袭勋戚另当别论，开科进士荐拔官员里头就杨博与葛守礼两人的资历最高，两人同是山西人，且都是不阿附权臣的德高望重之士。高拱走过来，首先便与他们寒暄，他对杨博说："博老，前些时听说你写了一首《煮粥诗》，在士林中颇为流行，我一直说找过来看，却还未曾见得。"

杨博拈须一笑，答道："老夫今年七十有三，已是行将就木之人，才悟出吃粥是福乃人生第一至理。近些年老夫多方搜求，写成一札《百粥谱》，专道不同配方之粥疗治不同之时症。方才首辅所言之《煮粥诗》，便是老夫为《百粥谱》写的序诗。"

高拱本只想寻个话头道个开场白，却不承想引来杨博这番一本正经的回

第二十六回　御门宣旨权臣削籍　京南饯宴玉女悲歌

答。他并不想就此攀谈下去，但又不得不敷衍，他瞥了一眼仍是空空如也的御幄之后，又勉强笑道："听说这《煮粥诗》写得很有韵味。"

"哪里哪里，穷聊几句顺口溜而已。"

"博老不必谦虚，你这诗就是写得好，"站在旁边的葛守礼这时插话说道，"我只读了一遍，便记住了，首辅若有意欣赏，老葛我念给你听。"

"愿闻其详。"高拱说道。

葛守礼便手捣笏板①，操着他那浓重的山西腔吟唱起来：

煮饭何如煮粥强，好同儿女细商量。
一升可作三升用，两日堪为六日粮。
有客只须添水火，无钱不必问羹汤。
莫言淡薄少滋味，淡薄之中滋味长。

唱毕，葛守礼拂了拂他那部全白的长须，意味深长地问高拱："首辅，博老此诗如何？"

"好，好。"高拱若有所思地答道，"淡薄之中滋味长，嗯，博老这句诗中，当别有襟抱。"

杨博看了看两廊以及御道上站满的官员，微微颔首答道："别有襟抱不敢当，但老夫的确是有感而发。为官之人，若能长保食粥心境，就不会咫尺之地狼烟四起了。"

高拱这才意识到两位老臣是在变着法子"规劝"他，不由得想到自己与冯保的争斗，是关系到社稷纲常的原则大事，竟被他们看作是争权夺利的私人恩怨。再看看旁边的几位尚书，都把耳朵竖得尖尖的听这场谈话。顿时，他的本来就不愉快的心情一下子蹿起了无名火，遂冷冷答道：

"多谢博老赐教，不过依在下来看，吃粥与当官毕竟不是一回事。淡薄之味可以喻之于粥，却不可比之于官。就以你博老自己的例子来说，嘉靖四十年你以兵部右侍郎领衔总督蓟镇时，俺答来犯，古北口一役吃了败仗，本不是

---

① 笏板：又称手板、玉板或朝板。古代臣下上殿面君时，双手执笏来记录君命或旨意，以防止遗忘。

你的责任，可是兵科给事中一本参了上去说你指挥不力，引起圣怒，下旨将你革职令回籍闲居。这一居就居了五年，你说，此中滋味淡薄得起来吗？"

高拱的话夹枪带棒，扫得杨博脸上红一阵白一阵，眼看就要爆发争论，葛守礼赶紧站出来打圆场说道：

"首辅把博老的意思理解错了，他说的淡薄，指的是居官自守，常嚼菜根，甘之如饴，这应该是士人的本分。至于涉及社稷纲常政令教化这等大事，作为事君之臣，则不容苟且偷安，垂头塞耳。《表记》云，'事君，远而谏，则谄也；近而不谏，则尸利也'。这些个道理，哪个读书人不懂？首辅啊，不是我老葛说你，不要听到人家咳嗽一声，你就喘粗气。是非曲直，人人心中都有一杆秤。你要在幼主登极之初，力图总摄纲纪开创善治，这满朝文武，除开少数几个心术不正之徒，还有谁能不拥护！"

葛守礼向来说话泼辣，且又光明磊落，不要说大臣之间，就是隆庆皇帝在世时，每次廷议，只要有葛守礼参加，也显得比平日谨慎得多。高拱本来满脸的不高兴，自吃了他这一顿明是批评暗是褒奖的"抢白"，心情反而一下子转好了。他揉了揉布满血丝的眼睛，铁青的脸颊上又慢慢上了一点红润。他正欲与葛守礼搭讪几句，却一眼瞥见张居正从台阶上走了进来。高拱一愣，马上离开东檐回到御幄旁站定。张居正强打精神与九卿们打躬见过之后，也来到高拱身边站下。

"叔大，你的病好些了？"高拱问道。

"泻是止住了，只是两腿还软得像棉花，"张居正显得痛苦地回答，"本说再休息两天，可是天才麻麻亮，就一连三道快马催我早朝，不得不来啊。"

高拱感觉到张居正的病并不像他自己说的那么严重，看他故意装出的有气无力的样子，心里头便不高兴，悻悻然说道："听说你患病在家疗养，实际上却也没闲着，一天到晚家中访客不断。"

高拱的这副态度，早已在张居正意料之中，他并不想在御幄之旁与首辅闹意气，只压低声音淡然答道："人既病了，自然会有个三朋四友登门看望，这又有何奇怪的？只是昨日魏学曾到我府上，我因为太乏了，没有见他，他给我留了张纸条，说话不存半点客气。"

第二十六回　御门宣旨权臣削籍　京南饯宴玉女悲歌

"他送张什么纸条？"高拱明知故问。

"还不是与言官们弹劾冯保有关。"

高拱冷峻地点点头，他又朝两檐扫了一眼，与大九卿序立的东檐柱对称的西檐柱，是六科的言官序立之地。六科言官论官阶只有七品，但俸禄排衙都是四品待遇，朝参时，其地位又仅仅次于二品堂官，得以序立近侍之地。此刻的西檐柱前，三十多位言官站得整整齐齐的，一个个表情严肃，绝不见交头接耳之状，这股子镇静叫高拱大为赞赏。他又问张居正："三位言官弹劾冯保的事，昨天我让内阁值日官去你府中知会，见到了？"

"值日官是下午去的，见到了。"

"你觉得这件事会有一个怎样的结果？"

张居正含糊地回答："待会儿皇上升座，我们就会知道皇上的态度。"

高拱一听张居正这种藏头露尾的话，就知道他根本不可能与自己和衷共济，心里头也就更加有气。于是负气说道："待会儿皇上升座之后，如果问及昨日程文、雒遵、陆树德三人上折子的事，我将慷慨陈词，以正理正法为言。"说到这里，高拱顿了一顿，又接着说："只是我要说的话恐怕有些逆耳，如果违忤了圣意，其责任由我一人担当，你放心，绝不会有只言片语牵连到你。"

自徐爵昨日到他府中秘访之后，张居正虽没有听到新的消息，但大致结果他也能猜得个八九不离十，但此过节只能讳莫如深。为了平息高拱的怒气，他勉强打起笑容说道："元辅不必多此一虑，皇上虽然年幼，但聪明睿智，是非曲直，必能判断明白。"

"但愿如此。"

高拱刚刚答完话，忽听得殿门前"叭、叭、叭"三声清脆的鞭响，接着传来一声高亢的喊声：

"圣——旨——到——"

传旨太监的嗓子经过专门训练，这三个字似吼非吼，却悠扬婉转传到午门之外。刹那间，从午门外广场到皇极门前御道两侧以及金台御幄两厢檐柱间，近千名文武官员哗啦啦一齐跪下，刚才还是一片叽叽喳喳窃窃私语的场面，顿时变得鸦雀无声。太阳恰好也在此时升了起来，皇极门门楼上覆盖的琉璃瓦，反射出一片耀眼光芒。跪着的众位官员头也不敢抬，只听得一阵

"橐、橐、橐"的脚步声走上了金台前的丹墀，接着听到有人说道：

"万岁爷今儿个不早朝了，命奴才前来传旨。"

跪在跟前的高拱抬头一看，认出说话的是皇极殿主管太监王蓁。高拱便狐疑地问："王公公，皇上为何不御朝？"

王蓁睨了高拱一眼，一脸冰霜地说："高先生休得多言，奴才这就宣旨。"

按规矩早朝宣旨，接旨的人应该是内阁首辅。高拱因此习惯地朝前膝行一步，说道：

"臣高拱率文武百官接旨！"

王蓁左瞧瞧，右瞧瞧，像在故意卖什么关子似的，突然一咬牙，憋足了劲儿喊道：

"请张老先生接旨！"

高拱一听这话，禁不住浑身打了一个激灵，不由得转头去看张居正。张居正这时也正好抬起头来看他，四目相对，都流露出难以名状的惊诧。王蓁看到这一幕，脸上闪过一丝阴笑，抬手指了指张居正，又大声喊了一句：

"张老先生，快上前接旨。"

这一回不单是高拱，两厢檐廊的九卿以及言官都听得真切，莫不纷纷抬起头来。高拱是首辅，接旨的理当是他，为何要绕过他让次辅接旨？大家都心下疑惑，又不敢言声，只是互相以眼睛询问。这当儿，只见高拱满脸臊红把身子朝后挪，而张居正膝行向前，口中说道："臣张居正接旨。"

王蓁看了看张居正，双手把那黄绫卷轴圣旨展开，一板一眼朗声读道：

皇太后懿旨、皇太妃令旨、皇帝圣旨：

说与内阁、五府、六部等衙门官员，大行皇帝宾天先一日，召内阁三臣在御榻前，同我母子三人亲受遗诏。说：东宫年幼，要你们辅佐。今有大学士高拱专权擅政，把朝廷威福都强夺自专，通不许皇帝主专。不知他要何为？我母子三人惊惧不宁。高拱着回籍闲住，不许停留。你每大臣受国家厚恩，当思竭忠报主，如何只阿附权臣，蔑视幼主，姑且不究。今后都要洗心涤虑，用心办事。如再

第二十六回 御门宣旨权臣削籍 京南饯宴玉女悲歌

有这等的,处以典刑。钦此。

王蓁读完圣旨,便走下丹墀把那黄绫卷轴递到张居正手中。只这一个动作,在场的所有官员都明白,高拱顷刻之间已从一人之下万人之上的权力巅峰上遽然跌落,而张居正则取而代之。这一变化来得太突然,以致所有官员都惊慌失措不知所从。完成差事的王蓁已飘然回宫,可是皇极门内外,仍是一片死一般的寂静。

第二天正午时分,一队刀明枪亮的缇骑兵押着一辆破旧的牛车摇摇晃晃地走出了宣武门,车上乱七八糟堆满了箱箧行李物件。车前沿上坐着一对形容憔悴的翁媪,一看却是狼狈不堪的高拱夫妇。

昨日皇极门宣旨后,锦衣卫缇骑兵就上前把跪在地上的高拱押送回家,随即就把高府所居的那条胡同戒严了,一应闲杂人等都不准进去,这也是李贵妃听信冯保之言采取的防范措施。虑着高拱身为宰揆柄国多年,培植的党羽众多,已具备了呼风唤雨一呼百应的影响力。如今既已使出雷霆手段,褫了他的官职,就再也不能给他喘息的机会任其寻衅生事,于是拨了一队缇骑兵把高拱当作"罪臣"看管起来。缇骑兵隶受锦衣卫管辖,专司捉拿押送犯人之责,平常就飞扬跋扈气焰嚣张。如今奉了圣旨,更是吹胡子瞪眼睛不可一世。高府上上下下的人,平日里也都是昂头三尺,颐指气使惯了的。如今突然遭人白眼受人呵斥,一时间都成了雪天的麻雀瑟作一团。更有一些昧了良心的仆婢,趁着混乱纷纷窃取主人的细软作斧资而鸟兽散,只苦了忠心耿耿的高福,顾了这头顾不了那头,照得住这个照不住那个,急得像只没头苍蝇,屋里屋外窜进窜出不知该忙些什么。今日天一亮,缇骑兵就把大门擂得山响,要高拱急速启程回河南新郑老家。高福仓促之间雇了一辆牛车,胡乱装了一些行李,把主子高拱老两口搀上车,就这么仓皇上路了。

虽然牛车尽可能拣僻静道儿走,沿途还是有不少的人赶来围看。这些看稀奇的人,大都是京师的平民百姓。看到昔日运筹帷幄参佐帝业有吐握之劳的社稷干臣落得如此下场,观者莫不感慨唏嘘。

打从坐上牛车,高拱就一直眯着眼睛打盹儿。其实他哪里有什么瞌睡,只是不想睁眼来看这物是人非的京师而已。昨日初听圣旨，他真的是蒙了，以至匍匐在地失去知觉。直到缇骑兵把他从地上架起来走下御道时，他才霍然清醒，意识到自己在这场宫府争斗中已是彻底失败。这虽然出乎意料，却又在情理之中。眼看就要走出午门，他知道一旦走出这道门，今生今世就再也没有机会走进来了。于是愤然挣脱缇骑兵的挟持，反身望了望重檐飞角的皇极门以及红墙碧瓦的层层宫禁，他整了整衣冠，对着皇极门一揖到地。斯时文武百官尚未退场，他们分明都看见了刚才还是首辅如今却成了"罪人"的高拱，两道犀利的目光中充满了深情也充满了怨恨。为了不致在昔日的属下百官面前失态，高拱竭力保持了他的孤傲和镇静，可是一回到家中，就再也控制不住感情，一任浑浊的泪水在布满皱纹的脸上流淌。如今坐在牛车上，高拱心绪烦乱，思前想后，他的脑海里走马灯似的旋转着两个人影：一个是冯保，另一个就是张居正。在他看来，正是这两个人内外勾结，才使他落得今日的下场。

一出正阳门，便都是凸凹不平的土路，一连多日未曾下雨，路面比铜还硬，牛车走在上面颠簸得厉害，高拱老两口前倾后仰东倒西歪骨头像要散了架。加之热辣辣的日头没遮拦地直射下来，路边地里的玉米叶子都晒得发白，高拱觉得浑身上下如同着了火一般。他虽然感到撑不住，但为了维护尊严，仍坚持一声不吭。只是苦了他的夫人，一辈子锦衣玉食住在深宅大院，几曾受过这样的折腾？出了正阳门不远，就差不多要晕过去了。亏得高福寻了一把油纸伞来撑在她头上，又经常拧条用井水浸湿的汗巾为她敷住额头，才不至于中暑。

大约午牌时分，牛车来到宣武门外五里多地一处名叫真空寺的地方。这是一座小集镇，夹路一条街上有二三十家店铺，也真的有一座真空寺。从这里再往前走就算离开京畿踏上了直通河南的官道。走了这半日的路，大家已是口干舌燥饥肠辘辘。高福正想上前和这拨催逼甚紧的缇骑兵头目——一个态度蛮横极尽刁难的小校打个商量，想在这小镇上吃顿午饭稍事休息，等日头偏西后再上路，却发现街上已站了一个人，仔细一看，原来是高拱的姻亲刑部侍郎曹金。高拱只有一个独女，嫁给了曹金的第二个儿子。

此刻的曹金，身上依然穿着三品官服。黑靴小校一看有位官员拦路，连

第二十六回　御门宣旨权臣削籍　京南饯宴玉女悲歌

忙翻身下马。若在平常，这样一个没有品级的小军官见了朝中三品大员，早就避让路旁垂手侍立。但现在情形不同，小校是领了皇命押送高拱回籍的，官阶虽卑，钦差事大。因此小校不但不避道，反而迎上去，拱手一揖问道："请问大人是哪个衙门的？"

曹金知道高拱今日回籍，故提前来这里候着了，这会儿他也不敢计较小校的无理，佯笑着回答："本官乃刑部右侍郎曹金。"

"啊，是刑部的，"小校一听这衙门与自己的差事有点瓜葛，忙堆起了笑脸，问道："曹大人有何公干？"

"来，我们借一步说话。"曹金说着就把小校领到避人处，往他手心里拍了一个银锭，说道，"这二十两银子，算是我曹某慰劳兄弟们的。"

小校突然得了这么大一笔财喜，高兴之余又颇为惊诧，问道："曹大人为何要这样？"

曹金瞧了瞧歇在日头底下的牛车以及疲惫不堪的高拱夫妇，说道："实不相瞒，牛车上的高拱是我的姻亲。"

"啊，原来如此。"小校顿时收敛了笑意，盯着曹金问："曹大人想要怎样？"

"你看，日头这么毒，让牛车歇下来，在这儿吃顿午饭再上路，你看如何？"

小校也是饥渴难挨想歇下来打尖吃饭，但他更想趁机敲诈曹金一把，便故意卖关子说道："曹大人，这个恐怕不成啊，出京师时，俺的上司一再叮嘱，要尽快把高拱押出京师地面，更不许他同任何官员接触。因为怕吃午饭误事，出发前俺已安排弟兄们都随身带了煎饼。"

曹金心想这是虎落平阳被犬欺，心里头直觉晦气，却又不得不赔笑说道："校爷，你好歹通融通融。"

小校答道："不是我不肯通融。只是一停下来，出哪怕一丁点儿事情，干系都得我担着。我总不能为了区区二十两银子，赔搭上身家性命。"

曹金一听，知道小校是嫌银子太少借机敲竹杠，尽管恨得牙痒痒的，他仍喊过家人，又取了二十两一锭的纹银递到小校手中，说道："就吃一顿午饭，若出任何差错，我曹某负责担待，校爷你看如何？"

"曹大人既如此说，小的也只好卖这个人情了。"

小校说着收起两锭纹银就要去安排，忽听得一阵急促的马蹄声从宣武门方向急速驰来。须臾间，一名侍卫校官来到牛车跟前滚鞍下马，大声问道："谁在这里负责？"

"俺。"小校迎过去，一看这锦衣卫校官衣着光鲜，官阶虽然相同，但腰牌格式却不一样，这是午门内当差的穿戴，便堆下笑脸来问："请问有何事？"

锦衣卫校官答道："在下是新任首辅张居正大人的护卫班头，名叫李可，张大人要在这里为高老先生送行，怕你们一行走过了，故先差小的赶来报信。"

张居正为高拱摆下的饯行宴，就在与真空寺只有一墙之隔的京南驿里备下。曹金本在街上酒楼里备了一桌，听说张居正亲自赶来送行，只好留着自家受用。这消息也让高拱感到意外，张居正此举是他万万没有想到的。但他正在气头上，既无颜面也无心情与"仇人"坐在一起传杯把盏。因此连真空寺都不想待了，便催着要牛车上路。曹金一味苦言相劝，高拱看到老伴要死不活的样子，也不忍心即刻上路，也就顺势下台阶地嘟哝道："好吧，我且留下来，看张居正为老夫摆一桌什么样的'鸿门宴'！"

京南驿乃官方驿站，这里树荫匝地，大堂里窗明几净，清风徐来。高拱老两口在偏房里差不多休息了半个多时辰，张居正的马轿才到。如今他已是新任首辅，出门的仪仗扈从声势气派又是不同，百十号人前呼后拥，马轿前更添了六个金瓜卫士。京南驿里里外外，一时间喧声震耳。张居正下得轿来，只干咳了一声，院子里立刻一片肃静。

"高老先生在哪里？"张居正问跪迎的驿丞。

不用驿丞回答，高拱已反剪双手走出偏房。他早晨出门时穿着的一件蓝夏布直裰，浸透了汗又沾满尘土，进京南驿后换了一件半旧不新的锦葛道袍，看上去倒像是一位乡村的老塾师。乍一见他这副样子，张居正感到很不习惯，心里头也就自然涌起了一股子酸楚。

却说昨日高拱被缇骑兵架出午门后，以葛守礼、杨博为首的部院大臣都围着张居正，希望他出面具疏皇上，替高拱求情。张居正知道圣意已决，断

第二十六回　御门宣旨权臣削籍　京南饯宴玉女悲歌

没有转圜余地。但为了安抚大臣们的情绪，也为了避嫌，张居正顾不得回家养病，而是径直来到内阁，援笔伸纸，字斟句酌地向皇上写了一份为高拱辩冤的奏疏：

> ……臣不胜战惧，不胜遑忧。臣等看得高拱历事三朝三十余年，小心谨慎，未尝有过。虽其议论侃直，外貌威严，而中实过于谨畏。临事兢慎，如恐弗胜。昨大行皇帝宾天，召阁臣三人俱至榻前，亲受遗诏，拱与臣等至阁，相对号哭欲绝者屡。每唯先帝付托之重，国家忧患之殷，日夜兢兢。唯以不克负荷为惧，岂敢有一毫专权之心哉！

疏文写到这里，张居正还真的动了一点感情，接下来便是陈词恳切地希望皇太后、皇太妃、皇帝能够收回成命，挽留高拱。奏疏写完后，张居正命人飞马报至重病在家的高仪，征得他同意后，以两人名义送进宫中。当天下午，皇上的圣旨就传到内阁："卿等不可党护负国！"

以上事件均已见载于当天上午发往各衙门的邸报。张居正签发这期邸报原已存了洗清骂名开脱责任的用意。这样做了仍嫌不足，早上到内阁点卯，把紧要事体作速处理之后，又乘马轿直奔宣武门而来——他决计亲自为仓皇南归的高拱送行。

此刻面对站在走廊上的高拱，张居正愣了一下，旋即快步迎上去，抱歉地说："元辅，仆来迟了，害得你久等。"

看到张居正身着云素绸质地的一品官服，不见一点汗渍。高拱悻悻然说道："你这新任首辅，理当日理万机，却跑来为我这待罪之人送行，真是棒槌打磬——经受不起啊。"

张居正当着众人面不好回答，只装作没听见，转而问驿丞："宴席准备好了？"

"回大人，都备好了。"

"高老夫人那里，单独送一桌过去，随行家人也都酒菜招待。元辅，听说你的姻亲曹侍郎也来了，怎不见他的人？"

"听说你来,他先已回避了。"

"既是这样,曹侍郎那里也送一桌过去。"

张居正吩咐完毕,便与高拱联袂进了宴会堂。这是一间连着花厅的三槛大厅,窗外树影婆娑,蝉鸣不已。须臾间酒菜上来,摆了满满一桌。驿丞忙乎完毕退了下去,只剩下张居正与高拱两人坐着。大厅里空落落的,倒显得有些凄凉。张居正亲自执壶,一边给高拱斟酒一边说道:"元辅,本来说多邀几个人来为你饯行,也好有个气氛,但转而一想又改变了主意,还是我俩对酌谈心,更合时宜。来,先干一杯。"

两人一碰杯,都是一饮而尽。高拱趁张居正斟酒的当儿,冷冷说道:"叔大如此做,就不怕背上'党护负国'的罪名吗?"

张居正苦笑了笑,说:"这么说,皇上昨日的批旨元辅已经知道了。"

"你这么快就登载于邸报,不就是想让我知道吗?"高拱狠狠瞪了张居正一眼,愤愤地说,"叔大,对天起誓,我高某何曾亏待于你,你竟这样负心于我。"

"元辅,你别误会……"

"我没有误会,"高拱粗暴地打断张居正的话,说道,"你与阉人结盟,必欲去我而取而代之,你虽做事诡秘,毕竟还留了蛛丝马迹让人看到。"

张居正真不愧有宰相肚量,高拱等于是指着鼻子骂他,他却依然不温不火,夹了一口菜到嘴中细嚼慢咽吞了下去,又微微呷了一口酒,这才慢条斯理答道:

"元辅,你眼下心境仆诚能理解。但你说仆与阉人结盟,纯属无稽之谈。何况宰辅一职,乃国家至重名器,不是想得就能得到的。昨日皇极门之变,骤然间你我一贬一升,一退一进,一衰一荣,应该说都非你我之本意,我今天赶来送你,原是为了向你表明心迹……"

说到这里,张居正顿了一顿,正欲接着说下去,忽听得外头传来喧哗之声。两人一时都扭头看去,只见一素衣女子已闯进花厅,欲进到宴会堂里来,却被守候在那里的高福拦住。两人正在撕扯,高拱一眼认出那女子正是玉娘,遂高声叫道:"高福,让玉娘进来。"

高福一松手,玉娘趁势就闯进宴会堂,望着高拱喊了一声"老爷",顿

第二十六回　御门宣旨权臣削籍　京南饯宴玉女悲歌

时珠泪滚滚，跪倒在地。

这突发的情景让张居正大吃一惊。他定睛细看跪在酒席前的这位年轻女子，只见她天生丽质，面容姣美，虽然泪痕满面污损了淡妆，却更能引发别人的怜香惜玉之心。

"元辅，这女子是？"张居正问了句半截子话。

高拱心中也甚为诧异。自那夜让高福把玉娘送走之后，他便不再记得起她，可是没想到玉娘竟会在此时此地出现。

"玉娘，你怎么来了？"高拱问。

玉娘哽咽着回答："昨夜里奴家听说了老爷的事情，便要到府上拜望，怎奈兵爷们拦着不让奴家进去。今天一大早奴家又去了，说老爷已动身回河南老家，奴家也就雇了一辆骡车随后追来。"

玉娘哀哀戚戚，让高拱大受感动。冰刀霜剑的世界，难得有如此多情的女子。他起身离席上前把玉娘扶起，让她坐到酒席上来，指着张居正对她说："玉娘，这位是张先生。"

玉娘起身道了个万福，又含羞地问："老爷，这是哪个张先生？"

"张居正先生。"高拱回答。

"张居正？"玉娘顿时两颊飞红，杏眼圆睁，愤愤然问高拱，"老爷，不就是他抢了你的首辅之位吗？"

"女孩儿家懂得什么！"高拱明是申斥暗是高兴地说道，接着对张居正说："这个女孩儿叫玉娘，有人把她介绍给老夫，让她照应老夫的起居生活，老夫自忖消受不了这等艳福，故狠心把她送进了寺庙。"

"你这是暴殄天物啊！"张居正本想对高拱调侃一句，但话到嘴边又咽回去了。平心而论，在同僚官友的私家堂会上，京城的名姝丽女，张居正也见过不少。但像眼前这位玉娘如此温婉脱俗招人怜爱的，却极为少见。虽然玉娘对他的态度并不友好，他也不计较。看到玉娘对高拱一往情深，他心中不免对高拱大生醋意：这老家伙，表面上一本正经，没想到却金屋藏娇，还诳我说要送到寺庙中去。

刚才还像斗鸡样的两个男人，因为玉娘的来到，一下子都变得和蔼可亲了。高拱大约也猜得出张居正此刻的心境，笑着问道："叔大，看你不言不语，好像不信老夫刚才所言？"

"正是，"张居正也不掩饰，爽然答道，"玉娘也算是一个奇女子，元辅南归，迢迢千里之途，有玉娘陪伴，也不寂寞了。"

"奴家赶来，就是要陪老爷回家。"玉娘暂掩悲戚，趁机插话说道。

"好，好。"张居正贪看了玉娘几眼，羡慕地说，"有风华绝代的美人陪侍，江山可弃也。来，元辅，为你的艳遇，我俩再浮一大白。"

"是啊，我有美人，你有江山，咱俩扯平了。"高拱掀髯大笑，但细心人听得出来，这笑声很勉强。两人碰杯后，高拱对玉娘说："你的家伙带来没有？"

"什么家伙？"玉娘红着脸问。

"唱曲儿用的。"

"啊，老爷说的是琵琶。带来了，在骡车上。"

"高福，去骡车上把玉娘的琵琶取来。"高拱朝门外喊了一句，高福应声去了，不一会儿就取了琵琶过来。高拱又说："玉娘，今日的情景，也算是长亭送别，你且为咱们唱上一曲。"

"奴家理会。"

玉娘答过，便把坐着的凳儿挪开了些，敛眉凝神片刻，只见她把纤纤玉指往那四根丝弦上一拨，玎玎珰珰的乐声顿时流出，和着那撩人情思的丝弦之声，玉娘开口唱道：

  夏草繁茂春花已零落，
  蝉鸣在树日影儿堕。
  两位相公堂上坐，
  听奴家唱一曲《木兰歌》：

玉娘先唱了这几句导板，声音不疾不徐，却先已有了三分凄怆，两分萧瑟。张居正心下一沉，再不当是逢场作戏，而是认真听她弹唱下来：

  世上事一半儿荒唐一半儿险恶，

第二十六回　御门宣旨权臣削籍　京南饯宴玉女悲歌

皇城中尔虞我诈，

衙门内铁马金戈。

羽扇纶巾，说是些大儒大雅，

却为何我揪着你，你撕着我，

制陷阱、使绊子，

一个比一个更利索。

呜呼！今日里拳头上跑马抖威风，

到明日败走麦城，

只落得形影相吊英雄泪滂沱。

只可叹，荣辱兴衰转瞬间，

天涯孤旅，古道悲风，

都在唱那一个字：

错！错！！错！！！

玉娘唱得如泣如诉，不知不觉投入了整个身心，待把那三个"错"字唱完，已是荡气回肠，泪下如雨。在场的两个男人听了，也都肃然动容，嗟叹不已。半晌，高拱才如梦初醒般从嘴里蹦出两个字来："完了？"

玉娘强忍泪水，答道："奴家唱得不好，如有冒犯处，还望老爷原谅。"

高拱没说什么，只端起杯子来频频饮酒，张居正却开口问道："请问玉娘，方才这《木兰歌》，词是谁撰的？"

玉娘答："我寄居的尼姑庵对门，住着个卖画为生的老头儿，这词儿是他替奴家填的。"

高拱摇头一笑，半是自嘲半是挑衅地说："叔大，这首《木兰歌》词，倒像是专为咱们两个写的。"

张居正不置可否，只低头喝了一杯闷酒。玉娘并不顾忌张居正的存在，只含情脉脉地望着高拱，凄然说道："老爷，奴家此番追来，就打算和您一起回河南老家。"

"那怎么成？"高拱头摇得拨浪鼓似的。

"怎么不成？"玉娘追问。

高拱沉默不语，此时他打心眼里有点喜欢玉娘了，但他不愿意在张居正面前显露儿女情长的落魄之态，权衡一番，他横下心来答道："老夫此番回籍，已是雨中黄叶树，灯下白头人。桑榆晚景已经没有几年了，哪还敢奢望有什么红颜知己。"

"奴家才疏艺浅，不敢当老爷的红颜知己，但暮鼓晨钟之时，做红袖添香之人，奴家还是胜任的。"

玉娘愈是恳求，高拱愈是心硬。他不想这么没完没了地纠缠下去让张居正看笑话，于是一咬牙，竟说出了伤人的话："玉娘，女子以三从四德为本，哪能像你这样，缠住人家不放！"

一个守身如玉的女孩儿家，哪经得这般羞辱？玉娘顿时脸色腺红，她怨恨地看了高拱一眼，哭诉道："老爷如此说话，奴家还有何面目见人。今天，奴家就死在你面前了。"说罢，不等高拱反应过来玉娘已站起身来，一头向堂中楹柱撞去，只听得一声闷响，玉娘顿时倒在楹柱之下。

两个男人猝不及防，眼看躺在地上的玉娘头上已是血流如注，慌得高拱连声大叫："来人！快来人！"

高福立刻冲了进来，同时还有四五个皂隶跟在他后头，大家七手八脚抬起玉娘就往外跑。

"要救活她！"

高拱朝急速离去的高福的背影喊了一句，听着杂沓的脚步声远去，他颓然若失坐回到椅子上，神情沮丧一言不发。

张居正因不知道高拱与玉娘这件事的前因后果，也不便贸然相劝，暗地里却在为玉娘叹息。看看时候不早，张居正还要急着赶回京城，便开始说收场的话："元辅，仆已乞恩请旨，为您办好了勘合，您可以驰驿回籍了。"

所谓驰驿，就是动用官方的驿站，一站接一站派员用骡马接送。高拱用上驰驿，就等于去了"罪臣"的身份，而成了正常致仕的回籍官员。这份勘合的确是张居正为高拱争取到的，但高拱此时心情坏透了，不但不领张居正这个人情，反而大声吼道："行则行矣，要它驰驿做甚？"

张居正依然好声好气回答："牛车过于颠簸，元辅年事已高，哪经得起这番折腾。"

第二十六回　御门宣旨权臣削籍　京南饯宴玉女悲歌

"你不要又做师婆又做鬼，把老夫赶下台，今日又跑来这里卖乖。这勘合，我说不要就不要！"

高拱隐忍了多时的怒气终于歇斯底里爆发，一下子从椅子上跳起来，像头狮子在屋子里旋转咆哮。张居正脸色铁青，看得出他也是强抑怒火。他起身踱步到窗前，看着寂寂无人的花厅庭院，长叹一口气说："元辅，仆若有心把你挤出内阁，又何用拖至今天。"

高拱一听话中有话，没有即刻反驳，但依旧是两眼凶狠地盯着张居正。张居正缓缓地从袖口中掏出几张纸来，一声不吭地递给高拱。

高拱接过一看，不禁倒吸一口凉气。这几张纸中，有三张是李延为他购置田地的契约。还有一张纸上，密密麻麻写着上百位官员的名字，都是接受了李延贿赂的人，数额多少，何时接受全写得一清二楚。这件事高拱自以为是神不知鬼不觉处理得干干净净不留一点后遗症，却没想到实实在在的证据都捏在张居正手上。这几张纸若是交到皇上那里，他高拱的下场就不仅仅是回籍闲居了，而且他留在京城各大衙门的门生故旧，恐怕也都会一网打尽。

"好哇，证据都捏在手上了，你想要怎样？"高拱色厉内荏地问。

"并不想怎样，原物奉还而已。"

说罢，张居正已是闪身出门，高拱追到门口，喊道："叔大，你等等，你……"

张居正回转身来一揖，说道："元辅，我俩就此别过，唯愿你旅途保重，早日平安抵家。"

听着张居正"噔、噔、噔"的脚步声走远，余恨未消的高拱狠狠啐了一口，把那四张纸撕得粉碎。

第一卷终